삼대록계 국문장편소설

유씨삼대록

4

역주자 김지영(金志映)은 서강대학교 국문과를 졸업하고 동 대학원에서 석, 박사 학위를 받았다. 현재 서강대와 경기대 등에서 글쓰기 및 전공 강의를 하고 있다. 『근대적 글쓰기의 제도화 과정과 변환 양상 연구』로 박사 학위를 받았으며 저술한 논문으로는 「조선시대 애정소설에 나타난 사랑과 성」, 「홍대용의 『의산문답』을 통해 살펴본 한국 생태 사상의 가능성」, 「신소설을 둘러싼 담론적 논쟁들」이 있다.

역주자 정언학(鄭彦鶴)은 경기 안성 출생으로 서강대 국문과를 졸업하고 동대학원에서 중세국어문법에 관한 연구로 박사학위를 받았다. 현재 홍익대, 나사렛대 등에서 강의를 하고 있다. 국어의 시제와 상, 국어 문법형태소의 문법화 등에 관심을 두고 연구를 하였다. 저서로는 『상 이론과 보조용언의 역사적 연구』가 있으며, 논문으로는 「'-고 잇다' 구성에서의 '진행' 의미 발전 양상」, 「'-습니다'류의 통시적 형성과 형태 분석」 등이 있다.

역주자 한길연(韓吉娟)은 서울대학교 국어국문학과를 졸업하고 동 대학원에서 석사학위 및 박사학위를 받았다. 서울대학교, 가톨릭대학교, 아주대학교 등에 출강하였으며, 현재 서울대학교에서 강의교수로 재직 중이다. 고전소설을 전공하고 있으며, 그 중에서도 대하소설(국문장편소설)을 주로 연구하고 있다. 고전소설을 과거의 화석화된 문학이 아닌 살아 생동하는 현재진행형의 문학으로 거듭날 수 있도록 하는 데 주력하고 있다. 논문으로는 「대하소설의 능동적 보조인물 연구」, 「대하소설의 의식성향과 향유층위에 관한 연구」, 「『유씨삼대록』의 죽음의 형상화 방식과 의미」 등이 있으며, 저서로는 『조선후기 대하소설의 다층적 세계』 등이 있다.

이화한국문화연구총서 9

유씨삼대록 4

초판 인쇄 2010년 2월 20일 **초판 발행** 2010년 2월 25일

역주자 김지영 · 정언학 · 한길연 **펴낸이** 박성모 **펴낸곳** 소명출판 **출판등록** 제13-522호

주소 서울시 서초구 서초동 1621-18 란빌딩 1층

전화 02-585-7840 **팩스** 02-585-7848 **전자우편** somyong@korea.com **홈페이지** www.somyong.co.kr

값 21,000원

ISBN 978-89-5626-453-0 93810
ISBN 978-89-5626-445-5(세트)

이 저서는 2005년 정부의 재원으로 한국연구재단의 지원을 받아 수행된 연구임(KRF-2005-078-AS0041)

이화한국문화연구총서 9

삼대록계 국문장편소설

유씨삼대록 4

김지영 · 정언학 · 한길연 역주

소명출판

| 일 러 두 기 |

가. 현대어역 및 주해

1. 현대어 번역문은 한글 맞춤법 체계에 의거해 자연스러운 현대 한국어 문장이 되도록 하였다.
2. 띄어쓰기와 관련해 한 인물에 대한 관직명이 연달아 나올 때는 붙여 썼다.
3. 띄어쓰기와 관련해 '공'이나 '부인'과 같은 호칭이 성(姓)과 연이어 나올 경우, 원래는 띄어 써야 하나 독서의 편의를 위해 예외적으로 붙여 썼다.
4. 현대어로 번역한 표현이 작품 원문의 형태와 많이 달라졌을 경우, 각주에서 원문의 표현을 밝혔다.
5 현대어로 번역한 본문에서 어려운 한자어는 한자를 병기했다.
6. 판독(判讀)이 어려운 어휘나 문장은 이본을 참조하여 보완하고 주석을 달아 그 사실을 밝혔다.
7. 이본을 참조해도 판독이 어려울 경우 그 사실을 각주에서 밝혔다.
8. 면이 바뀔 때는 바뀐 부분 첫 글자 위에 방점(˙)을 찍고 원문의 면수를 표시하였다.
9. 주해는 다음과 같은 경우에 하였다.
   1) 관직명, 인명과 같은 고유명사.
   2) 전고(典故)가 있는 한자어 및 지금은 사용하지 않는 한자어.
   3) 어학적 주석이 필요한 근대 국어 어휘나 표기 체계.
   4) 등장인물 및 그들 간의 관계, 앞 줄거리를 환기시킬 필요가 있을 경우.
10. 주석의 표제어는 현대어로 번역한 본문을 대상으로 하였다.
11. 문장 부호의 사용은 다음과 같다.
    1) 큰 따옴표(" ") : 직접 인용, 대화, 장명(章名).
    2) 작은 따옴표(' ') : 간접 인용, 인물의 생각, 독백.
    3) 『 』: 책명(冊名).
    4) 「 」: 편명(篇名)
    5) 〈 〉: 작품명
    6) ( ) : 한자어의 한자를 드러낼 경우.
    7) [ ] : 표제어와 그 한자어의 음이 같은 경우는 '( )'를, 음이 다른 경우는 '[ ]'를 사용함.
    8) { } : 원문 표현을 그대로 옮긴 경우.

나. 원문

1. 현대 맞춤법 체계에 의거해 띄어쓰기를 했다.
2. 한자는 병기하지 않았다.
3. 면이 바뀌는 곳은 면수 표시를 했다.
4. 판독이 불가능한 경우에는 □ 표시를 했다.

유씨삼대록 해제

『유씨삼대록』은 일찍이 『열하일기』에 소개되었듯 18세기 초반에 창작되어 널리 향유된 국문장편소설이다. 『유효공선행록』의 후편으로서 연작형 삼대록계 국문장편소설의 선편을 잡은 이 작품은 삼대록계 소설의 전형적인 구조를 갖추고 있으면서 상층 중심의 품격 높은 취향을 잘 보여준다.

『유씨삼대록』은 널리 향유된 작품인 만큼 현재 40여 종의 이본이 전한다. 그 중에서도 20권 20책의 국립중앙도서관본은 완본일 뿐만 아니라 여러 완본들 가운데서도 가장 표현이 풍부하고 다채롭다. 분량도 같은 20권 20책인 한국학중앙연구원본보다 수십 만 자 정도나 더 많다. 따라서 이 책에서는 국립중앙도서관본을 선본(善本)으로 보고 이를 현대어로 옮겼다.

『유씨삼대록』은 유씨 가문 주요인물들의 이야기가 3대에 걸쳐 유장하게 펼쳐진다. 『유씨삼대록』 안에서 1세대라 할 수 있는 유백경, 유우성

형제 등에 관한 이야기, 2세대인 유세기, 유세형 형제 등에 관한 이야기, 3세대인 유관, 유현 형제 등에 관한 이야기가 비슷하면서도 다양한 변주를 보이면서 전개되고 있다. 그 중에서도 '세'자 돌림 항렬인 유세기, 유세형, 유세창, 유세경, 유세필 그리고 설영, 현영, 옥영 등의 부부 이야기가 중심이 되어 펼쳐진다.

정인군자와 요조숙녀가 만나 별 갈등 없이 잘 살아가는 부부, 미리 약혼한 정혼자가 있음에도 불구하고 부마로 간택되어 공주와 혼인하게 됨으로써 숱한 갈등을 겪는 부부, 요조숙녀인 아내보다 뒤늦게 만난 활달한 여협(女俠)의 아내를 사모함으로써 갈등을 겪게 되는 부부, 서로 간에 별다른 결함이 없는데도 성격이 맞지 않아 갈등을 겪다가 죽을 고비를 넘기고서야 화합하는 부부, 시계조모(媤繼祖母)로 인해 정실 자리를 빼앗기기까지 하며 온갖 구박을 받다가 시계조모를 감화시킴으로써 비로소 함께할 수 있는 부부, 호탕한 성품의 남편이 강렬한 성품의 아내의 기를 꺾으려고 온갖 구박을 하다가 아내가 죽을 고비를 겪고서야 화합하는 부부 등 다양한 혼사장애담이 펼쳐진다. 이는 『유씨삼대록』이 가문의 창달과 번영에 관한 이야기로 한정되지 않고 인생살이의 다채로운 모습을 밀도 높게 보여줌으로써 '인생총서(人生叢書)'로 기능하고 있음을 보여준다.

특히 여타의 국문장편소설에서 주요인물들이 수복을 누리는 것과는 달리 『유씨삼대록』에서는 주요인물들이 요절하는 양상을 통해 죽음에 관한 문제를 집중적으로 조명하고 있다. 『유씨삼대록』을 '진양공주전'이라 평가하기도 할 만큼 살아서나 죽어서나 유씨 가문을 수호하면서 가장 전인적인 인물로 그려지는 진양공주가 25세에 요절하며, 남성인물들 중 가장 비중 있게 그려지는 인물인 진양공주의 남편 유세형이 48세에 요절하는 등 가문구성원들의 때 이른 죽음이 집중적으로 부각된다. 이밖에도 여타의 국문장편소설에서 대개 80세를 향유한 뒤 저 세상으로 가는 주요 인물들과는 달리, 40~60세의 나이에 죽음을 맞이하는 가문구성원들에 관한 이야기가 빠짐없이 비중 있게 서술되고 있다.

이를 통해 일상적인 죽음의 모습들이 곡진하게 형상화된다. 임종을 목전에 두고 죽어가는 자는 집안의 후원에서 가족들과 담담하게 시를 주고받으며 영원한 이별을 나누지만 다른 가족들은 슬픔을 이길 수 없어 뒤돌아서서 처절히 눈물을 흘리는 대목, 가족들이 손가락을 잘라 피를 내어 죽어가는 부모형제의 입에 넣고 자신의 목숨으로 대신하기를 간절히 빌지만 결국 부모형제는 죽어갈 수밖에 없는 대목, 가족들이 죽어갈 부모형제 앞에서 낮에는 억지로 웃음을 짓지만 밤에는 그 옆에 번갈아가며 잠을 자면서 남몰래 눈시울을 적시는 모습 등 죽음과 관련한 사소한 일상들이 섬세하게 그려진다. 『유씨삼대록』은 과장되지 않은 실제적인 삶의 모습을 충실히 재현하는 가운데 상층의 품격 높은 삶을 재현한 작품이라 할 수 있다.

더욱이 아픈 몸임에도 불구하고 친구가 관복을 입고 찾아보면 억지로 몸을 추슬러 관복을 입고 맞이하는 모습, 기운이 다해 죽어가는 찰나에 황제가 내림하면 관복을 이불 위에 덮고서 황제를 영접하는 모습, 장례식 때 황제가 조문 오면 죽은 사람의 명정(銘旌)을 내려 절하게 함으로써 황제에 대한 예를 다하는 모습 등 세세한 대목에서 당대의 예법을 충실히 재현하려 애쓰고 있다. 『유씨삼대록』은 현존하는 국문장편소설 중 당대 상층의 삶에 가장 밀착되어 있는 가운데 이를 격조 높게 형상화한 작품은 아닐까 생각한다.

이렇듯 의미심장한 작품일 뿐만 아니라 분량이 워낙 방대하기에 2005년부터 현대어 번역을 시작하여 2010년에서야 비로소 그 결실을 맺을 수 있게 되었다. 처음에 번역은 1권~9권은 한길연이, 10권~17권 79면은 김지영이, 17권 80면~19권은 한길연이, 20권은 정언학이 담당하였다. 이 과정에서 수십 차례의 회의를 통한 상호 검토와 교정이 있었다. 이후 이를 총 4책의 현대어본으로 출간할 계획을 세우면서 1책(1~5권)과 2책(6~10권)은 한길연이, 3책(11~15권)은 김지영이, 4책(16~20권)은 김지영, 한길연, 정언학이 다시 재검토를 하면서 수차례의 상호 교정 작업을 거쳤다.

아직도 한두 가지 미결로 남은 부분이 없는 것은 아니지만, 본 작업이 많은 사람들에게 『유씨삼대록』과 같은 걸작을 널리 알릴 수 있는 소중한 발판이 되었으면 한다. 그리하여 우리 고전에 대한 새로운 인식의 전환을 마련하는 데 작은 디딤돌이 되기를 기대한다.

2010년 1월

한길연

◎ 유씨삼대록 4

차례

현대어역

원문

유 씨 삼 대 록

16권

1 이때 진공 유세형은 감기에 걸려 병이 다시 도졌는데 증세가 가볍지 않아 날이 갈수록 위중해졌다. 아들과 조카들이 침상 곁에서 극진히 치료하였으나 진공의 증세는 나아질 기미를 보이지 않았다. 병이 한 달 남짓에 미쳐 공이 상소를 올려 사직을 청하였으나 상(上)께서 듣지 않으셨다. 오히려 곁에 있던 내시를 시켜 자못 자상하게 위문하시니 공은 그저 성은에 감사히 여길 따름이었다. 여러 아들들은 다 조정에 말미를 얻어 약을 달여 올리며 진공의 곁을 떠나지 않았다.

이 무렵 원(元) 나라 때의 남은 부락들이 북방에 창궐하였다. 대명의 기운이 쇠한 지 여러 해가 되었으므로 이들은 그윽이 주나라의 솥을 만지려는 뜻[1)]이 있었다. 이들이 북으로 묵특(冒頓)과[2)] 체결하여 대동(大東) 근처를 자주 침노하므로 상께서 근심하셨다. 지금까지는 진공이 안팎을 검사
2 하고 살펴 임금의 근심을 나누므로 상께서 깊이 믿으시는 바가 있어 큰 염려가 없었으나 이때는 공은 병들고 변보(變報)는 잦아져 상황이 위태로웠다. 그러나 상께서 근심하셔도 좌우의 여러 신하들은 다 문학을 소임으로 하고 종일토록 하는 바라고는 간언(諫言)[3)]이나 상소(上疏)[4)] 따위였으니 어찌 용병(用兵)의 지략을 알겠는가? 상께서 매우 우려하시고 좌우와 의논하시니 모여 있던 내시와 제왕이 이 틈을 타 아뢰었다.

---

1) 주나라의 ~ 뜻 : 주나라의 솥이란 국가의 보물을 뜻함. 본래는 우(禹)가 수토(水土)를 평정한 후 구주(九州)에서 바쳐 온 쇠붙이를 한데 모아 주조한 큰솥으로 '구정(九鼎)'이라 함. 삼대(三代) 시절 그것을 전국(傳國)의 보물로 삼았는데, 무왕(武王)이 상(商) 나라와 싸워 이긴 후 그 솥을 낙읍(洛邑)으로 옮겨왔기 때문에 주나라의 솥(周鼎)이 됨. 여기서는 중국을 침범하려는 뜻을 품었다는 뜻으로 쓰임.

2) 묵특(冒頓)과 : {묵투룰}. 이수봉본에는 '묵특을'로 되어 있어 이를 참조함. 여기서는 '묵특선우(冒頓單于)'의 흉노족과 같은 북방민족을 지칭하는 말.

3) 간언(諫言) : {토관(吐款)}. '토관'이란 자신의 솔직한 감정을 토로하는 일.

4) 상소(上疏) : {모영(毛穎)}. '모영'이란 붓의 별칭으로 당(唐) 나라 때 한유(韓愈)가 우언『모영전(毛穎傳)』을 지어 의인화 한 이후 붓을 가리키게 됨. 여기서는 붓으로 하는 일을 가리켜 상소로 번역함.

“이러한 때 진공은 병이 들고 유관, 유현은 사직했으니 국사에 마음을 다할 사람이 없사옵니다. 그윽이 생각건대 동평장사 소경문은 문무를 겸비한 재사로 지혜가 뛰어나고 꾀가 많으며 언변이 뛰어나니 마땅히 오랑캐 무리 가운데 보내어 인의(仁義)로써 교화하고 잘 달래어 오랑캐들로 하여금 성인의 백성이 되게 하시면 천하가 거의 요순(堯舜)[5]의 다스림을 볼 수 있을 것입니다.”

지금의 천자인 세종(世宗)[6]은 원래 효종(孝宗)[7] 같은 신성(神聖)하심이
나 무종(武宗)[8] 같은 기상, 곧 남북으로 순행(巡幸)하여 모든 오랑캐들로
하여금 수레를 물리치고 임금의 가마를 메게 하시던 그 기상과는 다르시
어 간신의 더러운 말을 곧이들으시고 제갈공명(諸葛孔明)이 칠종칠금(七縱
七擒)[9]하던 어려움을 생각지 못하셨다. 또한 황소(黃巢)가 격문(檄文)을 보 3
고 의자에서 내려앉았던 일[10]을 좋게 여기시어 소생의 문장과 풍류가 오
랑캐들을 항복하게 할 만하다 여기시고 결국엔 소무[11]가 흉노에게 속지

---

5) 요순(堯舜) : 당(唐)나라의 요(堯)임금과 우(虞)나라의 순(舜)임금을 말하며, 성군(聖君)과 명군(明君)의 대명사로 쓰임.

6) 세종(世宗) : 명나라 제12대 황제. 연호(年號)는 가정(嘉靖)이며 재위기간은 1521~1566년임.

7) 효종(孝宗) : 명나라 제10대 황제. 연호(年號)는 홍치(弘治)이며 재위기간은 1488~1505년임.

8) 무종(武宗) : 명나라 제11대 황제. 연호(年號)는 정덕(正德)이며 재위기간은 1506~1521년임.

9) 칠종칠금(七縱七擒) : {칠금(七擒)}. 제갈공명(諸葛孔明)의 전술로 일곱 번 놓아주고 일곱 번 잡는다는 말로, 자유자재로 하는 전술을 뜻함.

10) 황소(黃巢)가 ~ 일 : {황소의 격셔[檄書] 보고 교위[交椅]예 ᄂᆞ리던 일}. 황소(黃巢)는 중국 당(唐)나라의 반란 지도자. 과거에 낙방하고 소금 밀매인 노릇을 하다가 사회가 불안한 틈을 타서 왕 선지(王仙芝) 등과 반란을 일으켜 한때 수도 장안을 점령하고 황제(黃帝)라 일컬었으나 뒤에 패하여 죽음. 황소의 난이 일어나자 881년(헌강왕 7) 최치원이 그 토벌총사령관인 고변(高騈)의 휘하에 종군하였는데, 황소가 이 격문을 보다가 저도 모르게 침상에서 내려앉았다는 일화가 전할 만큼 뛰어난 명문이었다고 함.

11) 소무(蘇武) : 자 자경(子卿). 흉노(匈奴) 정벌에 공을 세운 소건(蘇建)의 차남. 제7대 황제인 무제(武帝)의 명을 받고 흉노의 지역에 사신으로 갔을 때, 선우(單于)에게 붙잡혀 복속할 것을 강요당하였으나 이에 굴하지 않아 북해(北海 : 바이칼호) 부근에 19년간 유폐됨. 흉노에게 항복한 지난날의 동료 이릉(李陵)이 설득하였으나 굴복하지 않고 절개를 지켜 귀국한 후에 선제(宣帝)의 옹립에 가담하여 그 공으로 관내후(關內侯)가 됨.

않은 것처럼 될 것이라 믿으셨다. 그리하여 그 날로 상께서 조서를 내리시며 이르시길 소경문에게 절월(節鉞)[12]을 주고 북쪽 변경의 사타(沙陀)[13]에 보내어 오랑캐 왕을 가르쳐 타이르라 하시고 변보가 급하니 즉시 길을 떠나라 명하셨다. 이 소식을 들은 소씨 가문에서는 모두 매우 놀라 온 집안이 망극하기 그지없었다. 평창의 모친인 진부인이 평장인 소경문을 붙들고 통곡하며 차마 놓지 못하자 평장이 온화한 목소리와 부드러운 말로 부모를 위로하고 돌아서 여러 아우들과도 이별했다. 비록 왕명이 급하긴 했으나 평장은 장인인 진공의 병이 위중한 것이 염려되어 잠깐 들러 하직하려 했다.

이 무렵 진양후 형제는 평장의 소식을 듣고 매우 놀랐으나 부친의 환후가 가볍지 않으므로 감히 고하지 못하고 있었다. 그러다 문득 소생이 왔음을 공에게 고하니 공이 그제야 알고 탄식하며 말하였다.

"남자가 세상에 태어났으면 사방을 다스려 왕명을 욕되지 않게 하는 4 것이 옳은 일이다. 한겨울에야 소나무와 잣나무의 절개를 알고 강한 바람에야 억센 풀[14]을 안다 하였으니, 네가 다만 몸을 군부에 둔 줄 알고 흰 칼날이 두려워 겁을 내어 장부의 몸을 욕되게 하지 않는다면 19년 수양한 것과 마찬가지일 것이다. 또한 15년 얼음산의 높은 절개는 홀로 빛나지 않으리니 스스로 다스리기에 노력하여 마음과 뜻을 가다

---

12) 절월(節鉞) : 절부월(節斧鉞). 관찰사·유수(留守)·병사(兵使)·수사(水使)·대장(大將)·통제사 들이 지방에 부임할 때에 임금이 내어 주던 물건. 절은 수기(手旗)와 같이 만들고 부월은 도끼와 같이 만든 것으로 군령을 어긴 자에 대한 생살권(生殺權)을 상징.

13) 사타(沙陀) : 서돌궐(西突厥)의 한 파. 중국 당 나라 초기에 천산산맥(天山山脈)의 동부에 있었음. 고종(高宗) 때 당나라의 간접지배를 받았으나 토번(吐蕃)의 압박을 받아 북정(北庭) 방면으로 이동하였다가 808년 당나라 헌종(憲宗)에게 투항하여 예속됨.

14) 억센 풀 : {경초(勁草)}. '질풍경초(疾風勁草)'란 모진 바람이 불면 강한 풀을 알 수 있다는 뜻으로, 역경을 겪어야 비로소 그 사람의 굳은 절개(節槪)나 진가를 알 수 있다는 말로 쓰임.

듣고 조심하여라."

진공은 말을 마친 후 병을 참고 일어나 앉아 좌우로 하여금 술을 가져오게 하여 억지로 한 잔을 잡고 또 한 잔을 부어 평장에게 주며 이별을 고했다. 좌우에 있던 아들과 조카들은 공의 병이 중한데 소생은 만 리 여행길에 사생(死生)을 기약하지 못하게 되었으므로 얼굴에 슬픈 빛이 감돌며 두 뺨에 눈물이 흐르는 것을 막지 못했다. 평장 역시 깊이 느끼고 깨달아 잔을 기울이고 공손하게 말하였다.

"장인어르신의 높은 경계를 명심하여 뼈에 새기고 잊지 않겠습니다. 원컨대 몸을 보호하시어 소자가 돌아오는 때 봄날의 빛을 돌이켜 오늘 이 술을 다시 주시길 바라옵니다."

공은 흔쾌히 고개를 끄덕이고는 다시 손을 잡고 잘 가라하며 다시 별다른 말을 하지 않았다. 평장은 길이 바빠 총총히 하직하며 진양후에게 말하였다.

"국사가 급하여 미처 내당에 이별을 고하지 못하고 형님의 누이[15]를 보지 못하니 형님이 이 뜻을 전해주십시오."

그런 후 작별하고 일어나 나가 절월을 거느리고 북쪽 변방을 향하니 친척과 여러 친구들이 백 리 밖까지 나와 전송했다.

길을 떠나 북쪽 변방에 이르니 때는 바로 춘삼월이었다. 먼 곳으로 날아갔던 기러기가 남쪽으로 돌아오고 음산(陰山)[16]이 만 리에 드높아 행색이 처량했다. 옥관(玉關)[17]으로 가는 길에 심사가 무료했으나 국가 대사

---

15) 형님의 누이 : {넝미[佘妹]}. '영매'는 상대의 누이동생을 높이는 말. 여기서는 소생의 부인인 문창군주를 가리킴.
16) 음산(陰山) : 중국 내몽고 자치구 몽골고원 남쪽에 있는 산맥.
17) 옥관(玉關) : 감숙성 돈황 부근에 있던 서역으로 가는 관문을 가리킴.

가 몸에 있는지라 고향을 그리워하는 마음과 부모를 생각하는 마음을 깊이 억제하고 오랑캐 무리 속으로 들어갔다. 평장이 몽고왕을 보고 칙서를 내어 좋은 말로 달래었다.

"번왕이 역모의 마음을 일으켜 태조께서 천하를 빼앗은 한을 갚고자 하니 어찌 즐겨 예로써 대접하겠소?"

이들이 천자의 사신을 볼 때에 이미 전각 아래에는 기름 가마와 창칼이 벌여져 있고 용맹한 전사들과 무수한 병졸들이 자신들을 둘러싸고 서 있
6 었다. 번왕이 장검을 집고 의자 위에 걸터앉아 호랑이 같은 소리로 천자의 사신을 불렀다. 평장은 그 기세가 좋지 않음을 보고 이미 사생결단할 마음을 갖고 조금도 요동하지 않았다. 평장은 칙서를 받들고 뚜벅뚜벅 전각 위로 걸어 올라가 번왕에게 말하였다.

"성천자(聖天子)의 칙서가 이르러 너희 오랑캐들을 가르치고 타이르시는데 어찌 예로써 공경하여 맞는 철자도 없이 이렇듯 무례함이 심하단 말이냐?"

그러자 번왕이 매우 노하여 말하였다.

"명나라가 강함을 유세로 하여 우리 원나라를 멸망시켰으니 이는 누대에 걸친 원수이다. 내 이제 병사를 일으켜 명나라를 평정하여 옛 원한을 풀고 혜종(惠宗)[18]의 옛 도읍을 회복하고자 하거늘 너는 어떤 사람이기에 감히 천자의 사신을 자칭하고 당돌하게 이르러 이렇듯 하는 것

18) 혜종(惠宗) : 원나라 제11대 칸(재위 : 1333~1368년) 토곤 테무르라고 함. 1351년 홍건적이 봉기하여 구 두당이던 주원장이 반란자들을 차례로 쓰러뜨리고 화남을 통일해 1368년 난징에서 황제로 즉위해 명나라를 건국함. 그 해 원은 주원장의 명나라군에 의해 수도인 대도(大都)를 빼앗기고 몽골고원에 있는 상도(上都)로 천도함. 1369년 상도도 명나라가 점령해 상도의 북쪽에 있는 응창부(應昌府)로 천도하고 1370년 혜종은 황태자 아율실리다라에게 칸지위를 물려주고 사망함.

이냐? 빨리 기름 가마에 들어가 부월(斧鉞)의 괴로움을 면하라."

평장은 크게 웃으며 말하였다.

"내가 천명을 받들어 너희들을 어루만지고 위로하려는 것은 아득한 것을 버리고 밝은 데로 나아가고자 함이니 어찌 한번 풀어 설명하지 않겠느냐? 7 당초에 오랑캐 원(元)이 송(宋)나라를 멸망시키고 비린 티끌이 천하를 더럽히므로 문무에 두루 뛰어나신 우리 태조 고황제께서 삼척검을 집고 의병을 일으켜 진우량(陳友諒)[19]과 장사성(張士誠)[20]의 무리를 강남으로 가 멸하시고 원 순제(順帝)[21]를 사막으로 내치시어 막남(漠南)[22]을 쓸어 깨끗하게 하셨다. 그리하여 사해의 오랑캐가 모두 비고 남과 북[23]이 한 집안이 되었으니 이는 인력으로 미칠 수 있는 바가 아니다. 대대로 여러 임금께서 황상의 자리에 오르시고 지금의 천자께서 명을 이으시어 천하가 태평하니 이는 마치 북두성이 자기 자리에 머물

---

19) 진우량(陳友諒) : 원(元) 나라 말기의 군웅(群雄). 호북성(湖北省)의 어부의 아들로 태어나, 현의 하급관리가 됨. 서수휘(徐壽輝)가 반란을 일으키자 그 휘하에 들어갔고, 곧 부장(部將) 예문준(倪文俊)의 서기가 되어 점차 무장으로서의 자질을 길러감. 1357년 예문준을 죽이고 그 병력을 모은 다음, 이듬해 양자강(揚子江)을 따라 내려가 안휘성(安徽省) 남부에 기반을 굳힌 후 이어 1359년에는 황제 서수휘를 죽이고 스스로 황제라 부르며 국호를 '대한(大漢)'이라고 함. 강주(江州)에 도읍하고 한때 강서(江西)・호남(湖南)・호북(湖北)을 세력 아래 두고 주원장(朱元璋 : 明의 태조)과 빈번히 싸웠으나, 1363년 파양호(鄱陽湖)의 결전에서 패하여 전사함.

20) 장사성(張士誠) : 원(元) 나라 말기의 무인. 본래 태주(泰州 : 江蘇省 泰縣)의 염전인 백구장(白駒場)에 적을 둔 소금 중개인이었으나 1353년 염장(鹽場) 관리와 염정(鹽丁) 사이의 분쟁이 일어난 것을 틈타 염정을 모아 난을 일으킴. 태주와 고우(高郵)를 점령하고 그곳을 근거지로 하여 '성왕(誠王)'이라 칭하고 국호를 '대주(大周)'로 정함. 한때 원나라 군사에게 패한 적도 있었으나, 1356년 양자강(揚子江) 하류 삼각주지대의 중심지인 강소성(江蘇省) 소주(蘇州)를 함락시키고 '오국(吳國)'이라 칭함. 한때 세력이 강소성에서 절강성(浙江省) 일대에 미쳤으나, 남경(南京)에 본거지를 두고 있던 주원장(朱元璋)과의 오랜 항쟁 끝에 1367년 서달(徐達) 등이 이끄는 명(明)나라 군의 총공격에 대패, 포로가 되자 자살함.

21) 원 순제(順帝) : 순제는 명(明)나라의 시호이고, 북원(北元)의 시호는 혜종(惠宗).

22) 막남(漠南) : 몽고고원에 있는 고비사막의 남쪽 지역.

23) 남과 북 : {호월(胡越)}. 호(胡)는 중국의 북방에 있고 월(越)은 중국의 남방에 있는데 여기서는 멀리 떨어져 있는 지방이 모두 하나가 되었음을 의미함.

러 있어도 모든 별들이 그를 중심으로 도는 것[24]과 같다. 그런데 너는 불과 홍라산(紅羅山)[25]의 남은 무리로서 막북(漠北)[26]의 한 구석에서 목숨을 부지하는 것도 천자의 큰 은혜임을 알지 못하고 감히 묵특이 창궐했던 일을 본받아 천자의 사신을 이처럼 핍박한단 말이냐? 아침에 나를 죽이면 다음날 대명(大明)의 용맹한 수만 군대[27]가 짓밟아 올 터인
8 데 너는 조정에 유성의(劉誠意)와 조국공(趙國公)[28] 같은 사람이 다시 없을 것으로 여기는 것이냐?"

번왕은 그 풍채가 사람의 마음을 움직이고 언사가 뛰어나게 훌륭한 것을 보고 마음으로 매우 기특하게 여겨 사람을 시켜 칙서를 받고 향연을 베풀어 접대하게 했다. 소평장 또한 은근한 담론과 씩씩한 위의로 조정의 위풍을 빛내어 그들의 마음을 어루만지기를 극진히 하니 번의 모든 장수들과 호왕이 서로 가리키며 칭찬하기를 마지않았다.

날이 저물어 객사(客舍)에 나오니 번왕은 사신의 사람됨과 풍채를 공경

---

24) 북두성이 ~ 것 : {북신(北辰)이 거기소(居其所)의 듕셩[衆星]이 공지(共之)홈}. 『논어(論語)』「위정(爲政)」편에 "공자께서 말씀하시기를, 덕으로써 정치를 하는 것은 비유하자면 북두성이 제 자리에 머물러 있어도 모든 별들이 그를 중심으로 도는 것과 같다[子曰, 爲政以德, 譬如北辰居其所, 而衆星共之]."고 한 구절이 있음.

25) 홍라산(紅羅山) : 혹은 '홍라산(紅螺山)'이라고도 하는데 광녕중 둔위성 동북쪽 60 리 되는 곳에 있음. 유기(劉基)와 이문충(李文忠)의 군대가 이 홍라산에서 아율실리다라의 원 나라 군대를 화공(火攻)으로 격퇴하여 간신히 탈출한 아율실리다라가 북쪽으로 가 왕조를 계속함. 명나라는 그에게 소종(昭宗)이라는 시호를 주고 있으며 역사상 이 나라를 가리켜 북원(北元)이라 함.

26) 막북(漠北) : 몽고고원에 있는 고비사막의 북쪽 지역.

27) 용맹한 ~ 군대 : {수만 비휴지듕[貔貅之衆]}. '비휴'란 고서(古書)에 나오는 맹수의 이름으로 용맹한 군대를 비유함.

28) 유성의(劉誠意)와 조국공(趙國公) : 유성의는 명 나라의 개국공신인 유기(劉基)를 가리킴. 원(元)의 관리였다가 주원장의 참모가 되어 명의 개국에 기여함. 강직한 성품으로 관작을 끝내 사양해 성의백(誠意伯)이 내려짐. 평소 적을 많이 만들어 나중에 주원장이 대부분의 공신들을 숙청할 때 독살당했다는 설이 있음. 조국공은 주원장의 생질(甥姪)이었던 이문충(李文忠)을 가리키며 주원장을 도와 명나라를 세우고 개국공신에 봉해짐. 학자적 기풍을 가지고 있어 주원장의 사랑을 받았으나 후에 간언을 했다가 미움을 받아 주원장에 의해 독살됨. 유기와 이문충의 주력부대가 합력하여 원 나라 군대를 물리치고 응천을 함락시킴.

하고 사랑하여 신하들과 더불어 의논하여 평장을 달래 신하를 삼고자 했
다. 또한 일이 더욱 공교롭게 되어 여기서 끝난 것이 아니었다. 왕의 딸
양성공주는 정궁 달목씨의 소생으로 태어날 때부터 천지의 빼어난 기운
을 타고나 물고기가 물속으로 숨고 기러기가 하늘에서 떨어질 만큼 아름
다운 자태[29]와 달이 숨고 꽃이 부끄러워 할 만한 용모[30]가 있을 뿐 아니
라 사람됨이 시원시원하여 여자들 가운데 영웅호걸이었다. 왕이 이 공주
를 대단히 사랑하여 부디 기특한 부마를 얻고자 하였으나 사막 한가운데
에 어찌 인물이 있겠는가? 공주는 천성이 시원하여 아름답긴 하였으나 9
성현의 가르침을 알지 못하고 여자로서 지켜야 할 사덕(四德)과 도리를 배
운 적이 없었다. 그러나 공주 또한 오히려 자기의 특이한 기질로 평범하
고 속된 인간이나 머리 깎은 오랑캐 부류에게는 몸을 허락하고 싶지가 않
아 평소부터 중국의 아름다운 군자를 남편 삼길 원하여 몸이 북방에 태어
난 것을 원망하곤 했다.

그러다 이 날 천자의 사신을 금란전에서 맞아 내당에서 휘장을 치고 보니 사신의 관옥 같은 얼굴과 가을 하늘 밝은 달 같은 풍채는 마치 학의 날개에 탄 신선처럼 세상사람 같지가 않았다. 금관을 쓰고 홍포를 입고 여러 추장(酋長)들 속에 섞여 있으니 모래 속에 명월주(明月珠)가 비취고 거친 돌 속에 보옥(寶玉)이 섞여 있는 듯하였다. 그 빛나는 눈빛과 재주로 가득한 기상은 천고에 뛰어났으며 언론이 당당하고 위의가 숙연하여 위세

29) 물고기가 ~ 자태 : {팀어낙안지틔[沈魚落雁之態]}. 부끄러워서 물고기는 물속으로 들어가고 기러기는 땅으로 떨어진다는 뜻으로, 미인(美人)을 형용(形容)해 이르는 말.

30) 달이 ~ 용모 : {폐월슈화지용[閉月羞花之容]}. 달이 숨고 꽃이 부끄러워한다는 뜻으로, 절세의 미인을 비유해 이르는 말. 진(晉)나라 헌공(獻公)의 애인 여희(麗姬)가 어찌나 아름다운지 그녀를 보면 그 아름다움에 압도되어 '물고기는 물속으로 깊이 숨어버리고 기러기는 넋을 잃고 바라보다가 대열에서 떨어졌다[沈魚落雁].'고 하고, 또 '환한 달은 구름 뒤로 모습을 감추고 꽃은 부끄러워 시들었다[閉月羞花].'고 하여 여희의 미모를 극찬한 고사에서 온 말.

나 힘으로는 가히 꺾지 못하고 사생(死生)으로도 얼굴을 바꾸지 않았다.
공주는 이 모습을 보고 매우 탄복하여 어느덧 사신을 흠모하게 되었다.
10 사람을 시켜 사신의 시종을 탐문하게 한 공주는 사신이 방년 18세에 작
위가 동평장사에 올랐으며 크고 아름다운 명망과 문장의 재주로 중국에
서도 유명하다는 얘기를 듣고 마음이 기쁨으로 가득해졌다. 공주는 부왕
께 속에 품은 생각을 고하고 그 사람에게 시집가게 해줄 것을 청하였다.
번왕 또한 매우 기뻐할 뿐 아니라 공주와 결혼하면 머물게 하기가 쉬울까
하여 더욱 기뻐하였다. 다음날 여러 신하들에게 이 뜻을 이르고 승상 답
날청으로 하여금 천자의 사신에게 구혼하게 하였다. 이 얘기를 듣고 너무
놀란 평장은 이렇게 말하였다.

"나는 조정의 대신이오. 황명을 받들고 번국의 인심을 어루만져 임금
의 가르침을 밝히며 예의로 가르치려 한 것이거늘 어찌 외국에서 사돈
을 맺어 국법을 어지럽히겠소? 국왕이 나를 돌아보는 뜻은 은근하나
내 진실로 분수에서 벗어난 일은 감히 받들지 못할 것이며 또한 일찍이
아내를 취한 사람이니 귀국 공주에게 욕이 되지 않겠소? 공주가 나를
따라 먼 곳으로 시집가면 살아서는 다시 만나지 못할 것이니 부녀가 서
11 로 떨어져 그리워하는 마음은 참담할 것이오. 차라리 본국에서 요긴한
부마를 얻어 백년해로하는 것만 같지 못할 테니 여러 가지로 불가능한
일이 많소. 그대는 돌아가 이 뜻을 자세히 고하시오."

답날청이 여러 번 간청하였으나 평장이 한결같이 굳게 거절하므로 어쩔 수 없이 이대로 돌아가 왕에게 아뢰었다. 이 말을 들은 왕이 말하였다.

"예로 청하여도 허락하지 않으니 가히 위엄으로 잡아 가두고 협박하여 부마로 삼아 나라의 정사를 맡기리라."

답날청이 간하여 말하였다.

"신이 천자의 사신을 보니 기상이 매우 정연하고 위의가 늠름하여 위세나 힘으로는 가히 굴하지 않을 것입니다. 내일 궁중에 잔치를 베풀고 사신을 불러 후한 예로 대접하고 술잔을 나누는 사이에 공주를 불러내어 보이면 사신도 젊은 남자로서 객사에서 무료한 중에 공주의 절세미모를 보면 아무리 쇠 같은 간장과 돌 같은 마음이라 해도 요동하지 않겠습니까?"

이 말에 왕이 매우 기뻐하며 단단히 계획을 짜 다음날 금란전에서 큰
잔치를 베풀고 특별히 천자의 사신을 청했다. 이때 평장은 답날청을 거절
하여 보내고 결국은 끝이 있을 줄 짐작하여 마음으로 조심하고 있었는데 12
사신이 이르러 번왕이 청한다는 말을 듣고 마지못해 금란전에 이르렀다.
왕이 자리에서 내려와 맞으며 평장을 윗자리에 앉히고 스스로 술자리에
거하여 후하게 대접하는 것이 자못 은근하였다. 전각 아래에는 창칼이 나
란히 서 있고 북소리와 음악 소리가 진동했다. 술에 반쯤 취했을 때 왕이
몸을 움직여 말하였다.

"사신께서 작은 나라에 이르러 이미 예악과 문물로 오랑캐 무리를 교화하시니 개벽 이후로 드문 일입니다. 감탄을 이기지 못하여 비록 천한 여식이라도 감히 사신의 뒤따르는 수레를 좇아 모시게 하고자 했는데 뜻밖에 거절을 당하니 황송하고 부끄러워 낯이 뜨겁습니다. 제 딸이 어찌 감히 정실이 되기를 바라겠습니까? 첩의 자리를 채운다 해도 군자의 위풍을 흠모하여 조금도 싫어하지 않을 것이니 만일 구구한 소청을 고집하고 듣지 않으신다면 또한 후회할 일이 있을 것입니다."

평장은 번왕이 군대를 펼쳐놓고 대단히 유세를 부리며 말하는 것을 보 13

고 마음속으로는 매우 화가 났으나 억지로 참고 빙그레 웃으며 말하였다.

"저는 중국의 조그만 선비에 불과합니다. 왕께서 후한 예로써 대접하시고 귀한 공주를 저에게 맡기고자 하시니 감격함을 모르지 않으나 형세가 절대 가능하지 않으므로 뜻을 다 풀어 말했으니 다시 번복해서 말할 것이 없습니다. 대왕은 이상히 여기지 마십시오."

왕은 벌컥 성을 내며 좋지 않은 얼굴빛으로 말하였다.

"사신은 나의 나라를 더럽게 여기지 마라. 남자가 첩을 취하는 데 사생결단으로 고집하는 법은 없으니 깊이 생각해보라. 또한 내 딸아이를 대수롭지 않은 위인으로 아니 한번 시원히 내보여 능히 싫어 구박할 수 있는가 보리라."

말을 마치고 좌우를 돌아보니 내궁에서 1백여 인의 호녀(胡女)들이 한 공주를 부축하고 전각 위에 이르렀다. 사신과 그를 따라온 모든 사람들이 눈을 들어 보니 그 여자는 붉은 비단으로 머리를 싸매고 소매가 좁은 검은 긴 옷에 패랭이꽃을 수놓았으며 두 무릎까지 오는 검은 목화(木靴)[31]를 신었는데 얼굴이 옥 같으며 두 눈이 별 같아 환한 빛이 사람의 마음을
14 움직일 만큼 자색이 뛰어났다. 그러나 사신은 제도가 괴이하고 왕이 협박하는 데 노하여 분한 마음으로 머리털이 곤두서는 듯했다. 사신은 단정히 의자에 기대어 눈을 들지 않았으나 번왕이 여러 여자들에게 가르쳐 말하였다.

"북쪽 벽에 앉은 이는 대국 천자의 사신이신 동평장사 소공이니 이는 곧 공주의 남편이다. 예를 폐하지 마라."

31) 목화(木靴) : {훼}. '훼'란 '목화(木靴)'의 옛말. '목화'는 벼슬아치들이 사모(紗帽)와 각띠를 할 때 신던 신. 검은 녹비로 목을 길게 만들었는데, 모양이 장화와 비슷함.

말을 마치자 모든 호녀들이 공주를 부축하여 네 번 절했으나 평장은 쇄자(刷子)[32]와 비단 부채로 얼굴을 가리고 결연하게 앉은 채 조금도 요동치 않았다. 그러나 왕 또한 괴이히 여기는 빛도 없이 금 술잔에 술을 부어 공주로 하여금 친히 사신께 나아가 드리라 했다. 공주가 잔을 들어 평장에게 나아갔으나 평장은 정색하고 받지 않았다. 그러자 왕이 웃으며 말하였다.

"사신께서 술잔을 싫어하시니 잔을 물리고 네가 마땅히 곁에서 모시고 앉아 고운 목소리로 객사의 울적한 심사를 위로하여라."

공주가 마지못해 다시 나아가 말하였다.

"저는 북방에서 나고 자랐고 사신께서는 중국에서 나고 자랐으니 서로 떨어진 거리가 만여 리라 서신이 서로 통한 적이 없었습니다. 그러나 월하(月下)의 연분이 중하여 이곳에 이르니 삼생(三生)[33]의 오랜 약조가 오늘날 맺어졌습니다. 어찌 구구한 의심을 두겠습니까? 청컨대 잔을 맛보고 아름다운 음성을 열어 소원을 좇아주신다면 제가 천한 첩의 소임을 원망하지 않고 당당히 치마를 잡고 진수(溱水)를 건너리니[34] 아녀자의 당돌함을 용서하소서."

사신이 매우 노하여 벌떡 일어나 칼을 빼어 꾸짖으며 말하였다.

"음탕한 오랑캐 계집이 감히 조정 대신을 업신여기니 방자하기가 어찌 이 지경에 이르렀단 말이냐? 네 감히 내 보검의 위엄을 알지 못하니 너를 베고 북방을 평정하는 것이 대장부의 일일 것이다."

---

32) 쇄자(刷子) : 갓이나 탕건 등의 먼지를 터는 솔.

33) 삼생(三生) : 과거, 현재, 미래의 세상이라는 뜻에서, 전생(前生)과 현생(現生)과 후생(後生)의 총칭.

34) 치마를 ~ 건너리니 : 『시경(詩經)』「정풍(鄭風)」〈건상(褰裳)〉에 나온 "그대가 나를 사랑하여 그리워한다면 내 치마를 걷고 진수라도 건너련만(子惠思我, 褰裳涉溱)."이란 구절을 가리킴.

말을 마치자 소리가 우레 같고 두 눈에 번갯불이 일어났다. 공주는 매우 두려워 잔을 던지고 몸을 피하여 장막 안으로 들어갔다. 호왕이 대단히 노하여 큰 소리로 호령하니 전각 아래 있던 무수한 군장들이 달려들어 사신을 결박하고 전각 아래로 끌어내렸다. 왕이 위엄으로 부마가 되라 협
16 박하였으나 사신은 끝내 안색 하나 바꾸지 않고 언성을 높여 큰소리로 말하였다.

"너희 오랑캐들이 상국(上國)의 덕화(德化)를 알지 못하고 예의에서 벗어나 핍박하니 어찌 영구하길 바라겠느냐? 내 불행하여 오랑캐에게 욕을 당하나 몸을 더럽히지는 않으리라. 너희 개 같은 무리의 딸로써 상국 대신을 욕할 수 있을 줄 알았느냐?"

번왕이 말하였다.

"그대가 내게 귀순하면 한낱 공주와 즐길 뿐 아니라 천승(千乘)의 부귀를 누릴 터이니 명나라 조정의 구구한 작위와 비기겠느냐? 속절없이 죽으면 유익함이 없을 것이니 잘 생각하고 항복하라."

사신이 크게 꾸짖으며 말하였다.

"나는 조정 대신으로 조서를 받들고 이르렀으니 어찌 개 같은 오랑캐의 더러운 딸과 혼인할 수 있겠느냐? 차라리 부차(夫差)35)의 죽음과 소무(蘇武)36)의 양치기를 달게 받을지언정 오랑캐에게 뜻을 굽혀 허리를

35) 부차(夫差) : {부찰}. 문맥상 '부차'로 보임. 부차는 춘추시대 말기의 오(吳)나라 왕. 합려(闔閭)의 아들로 아버지가 월왕(越王) 구천(句踐)에게 패하여 죽자 그 유언을 받들어, BC 494년 월(越)나라에 복수함. 책사(策士) 오자서(伍子胥)가 구천을 죽여야 한다고 진언하였으나, 간언을 받아들이지 않고 구천을 회계산(會稽山)에서 근신하도록 허락함. 그러나 북진(北進)정책에만 신경을 쓰는 동안에, 설욕에 여념이 없던 구천이 범려(范蠡) 등의 보좌로 공격해와 오나라는 멸망함. 부차는 오자서의 간언을 듣지 않은 것을 후회하며 자살함.

36) 소무(蘇武) : 자 자경(子卿). 흉노(匈奴) 정벌에 공을 세운 소건(蘇建)의 차남. 제7대 황제인 무제(武帝)의 명을 받고 흉노의 지역에 사신으로 갔을 때, 선우(單于)에게 붙잡혀 복속(服屬)할 것을 강요당했으나 이에 굴하지 않아 북해(北海) 부근에 19년간 유폐됨. 흉노에게 항복한 지난날

굽히지는 않을 것이다. 비록 남의 세상이나 의롭게 죽게 된 것이 천만 다행이구나. 어찌 오랑캐의 위엄을 두려워하여 구차하게 목숨을 구하겠느냐?"

이렇듯 꾸짖기를 마지않으니 번왕이 더욱 분노하여 그를 죽이고자 하
였다. 그러나 공주가 죽이는 것은 옳지 않다고 간하여 만 리 북해(北海)에 17
가 한 달을 지내는데 오랑캐들이 음식을 주지 않아 기갈이 심했다. 시종
들과 함께 풀뿌리를 캐며 짐승을 잡아 주림을 면하였으나 매양 유신(庾信)
의 〈애강남(哀江南)〉[37]을 외우며 시절을 슬퍼하고 문천상(文天祥)[38]의 충
절을 사모했다. 또한 소무(蘇武)가 숫양을 치던 수고[39]를 부질없이 여겨
한 번 죽기를 선뜻 결연한 후에는 다시 염두에 두는 법이 없었으므로 모
든 호인들이 매우 어렵게 여기며 탄복하여 말하였다.

"천 년 후에 다시 전속국(典屬國)[40]을 보는구나."

의 동료 이릉(李陵)이 설득했으나 굴복하지 않고 절개를 지켜 귀국함.

37) 유신(庾信)의 〈애강남(哀江南)〉 : 〈애강남(哀江南)〉은 남북조시대 북주(北周)의 유신(庾信)이 양(梁)의 멸망을 슬퍼하며 지은 부(賦). 유신은 자(字)는 자산(子山)이며 신야(新野) 지금의 하남성 내)사람으로, 양(梁)나라에서 어사중승, 우위장군 등의 관직을 지냄. 궁정체(宮廷體) 시문에 능하였으며, 작품으로는 〈애강남부(哀江南賦)〉 〈고수부(枯樹賦)〉 〈원가행(怨歌行)〉 등이 있음. 유신은 양(梁)나라 원제(元帝) 소역(蕭繹)의 명을 받들어 서위(西魏)에 사신으로 파견되어 장안(長安)에 도착하였으나 유신이 고국을 떠나와 있던 동안, 양나라는 서위에게 멸망되고, 다시 서위는 북주에 의해 계승됨. 유신은 당시 문단(文壇)에서 그 명망이 매우 높았기 때문에, 서위의 군주는 그를 강제로 장안에 잡아두고 대관(大官)으로 삼음. 유신은 고향을 떠나 북조(北朝)에서 28년 동안 머무르며 고향을 매우 그리워함.

38) 문천상(文天祥) : 중국 남송의 정치가, 시인. 자 송서(宋瑞)・이선(履善). 호 문산(文山). 문천상(文天祥)은 송(宋)이 원(元)한테 망하는 시절에 태어났던 선비로 망한 나라를 다시 찾으려고 의병을 일으켜 싸우다가 이기지 못하고 잡혀 포로가 되어 북경으로 끌려감. 원나라 세조(世祖)가 그 사람의 잘나고 의기 높은 것을 보고 아껴 쓸까 해서 항복하기를 권했으나 종내 듣지 않고 버티다가, 갇혀 있은 지 두 해 만에 시시(柴市)에서 사형을 당함.

39) 소무(蘇武)가 ~ 수고 : 소무의 지조에 탄복한 흉노 선우가 소무를 투항시키려 했으나 듣지 않자 그를 땅굴에 가두고 음식과 물을 주지 않음. 여러 가지 방법이 모두 소용없자 흉노 선우는 소무를 북해(北海) 기슭으로 보내어 양을 치게 하고서는 "숫양이 새끼를 낳으면 한나라로 돌려보내겠다."고 말했다고 함.

40) 전속국(典屬國) : 원래는 외국에서 항복해온 자를 관리하는 직책을 의미하나 여기서는 소자경

수개월이 지나자 굶주려 죽은 자가 10여 인이요, 자기 또한 기아를 면치 못하고 있었으나 사면을 돌아보아도 오로지 망망대해에 첩첩산중일 뿐이었다. 중국을 바라보니 꿈꾸는 듯한 넋이 고향의 산을 넘지 못하고 외로운 그림자만 바다 밖을 이리저리 떠도니 눈앞에 닥친 다급한 위험[41] 에서 구해줄 사람이 없었다. 사신은 이러한 때를 당하여 죽는 것을 돌아
18 가는 것같이 당연하게 여겼다. 그러나 자신은 만 리 밖으로 임금과 어버이를 떠나서 뛰어난 문장과 풍채와 천하를 다스릴 만한 큰 재주를 품고도 오히려 기아로 죽은 원혼이 되게 생겼고 허다한 종자들 역시 자기로 말미암아 다 죽게 되었으니, 비록 큰 절개를 굳게 잡아 금석(金石)을 약하게 여긴다 해도 비분강개한 마음을 진정시킬 수가 없었다. 한편 여러 종자들은 몸을 부지할 기운이 없어 모래사장에 거꾸러져 있었는데 갑자기 두어 명의 오랑캐들이 큰 통에 미숫가루를 담고 양 두어 마리를 잡아가다가 이 모습을 보았다. 그 중 하나가 다가와 그들에게 물었다.

"뭐하는 사람들이기에 의관 제도가 다른데 이렇듯 모여 앉아 있는가?"

이에 시종 중 한 사람이 말하였다.

"우리는 중국 사신으로 이 나라에 왔으나 번왕이 사신을 잡아 이 땅으로 보낸 후 양식이 끊어져 조만간 죽게 생겼소. 부디 미숫가루 한 그릇만 적선해주시오."

그러자 몽고인이 슬피 말하였다.

"중국 재상이 이같이 고생하시니 어찌 슬픈 생각이 들지 않겠소? 내 마

을 가리킴. 소자경이 흉노에서 살아 돌아오자 한(漢) 나라에서 소자경을 높여 전속국(典屬國)이라 함.

41) 눈앞에 ~ 위험 : {연미(燃眉)의 급ᄒᆞᆫ 거술}. '연미'란 눈썹이 탈 정도로 불에 가깝게 있음에 전(轉)하여, 위험이 닥친 것을 비유함.

침 벗을 대접하러 가는 중이었으나 이것으로 그대들 일행을 구하리 19
다."

그러고는 미숫가루와 고기를 다 가져다가 사신으로부터 모든 종자에 이르기까지 배불리 먹이니 모든 사람들이 그제야 눈이 밝아져 말을 할 수 있게 되었다. 일시에 일어나 감사하니 몽고인이 말하였다.

"사람을 살리는 것 역시 음덕(陰德)이니 어찌 족히 일컬을 바겠소? 번왕이 그대들을 죽이고자 하니 양식을 줄 리 없고 끝내는 천자의 사신께 항복 받고 맞아 가려 하리니 사신께서 끝내 고집한다면 살아남기 어려울 것이오. 지레 죽기 쉬우니 참혹하구려. 내 어려서부터 요동의 동쪽 지역에 가서 물건을 팔아 집에 곡식이 여러 만 곡 있으니 그것으로 그대들을 구하리다. 훗날 잊지나 마시오."

이렇게 말하고 가더니 그 후 하루 두 번씩 국과 밥을 해다가 먹이기를 한 끼도 빼먹지 않았다. 혹은 아름다운 술과 좋은 안주를 은근히 권하기도 하였으나 행적이 비밀스러워 사람들이 알까 두려워하는 기색이 있었다. 만일 번왕의 기찰이 오면 마침 있다가도 급히 피하여 보이지 않으니
사신이 그윽이 이상하게 여겨 생각했다. 20

'오랑캐 중에 비록 의로운 선비가 있다 하나 어찌 1백여 명이나 되는 사람들을 한결같이 공양하길 이렇게까지 하겠는가? 그 가운데 분명 까닭이 있을 것이다.'

그러나 구태여 물리치고 무찔러 사양할 바는 아니라 은근한 후의에 감사할 따름이었다. 그러나 그 사람됨을 보니 비록 순진하고 근면하며 영리하긴 하나 이런 의로운 기개를 낼 위인은 아니므로 마음속으로 이상하게 여겼다.

이렇듯 하기를 3개월에 이르니 사신은 본래 귀한 집안에서 곱게 자란 사람[42]이라 병이 날로 중해져서 오랫동안 낫지 않았다. 그러나 드넓은 광야에 집도 없이 한 조각 장막에 의지하여 비바람과 눈서리를 겪으니 어찌 병을 조리하며 의약을 쓸 도리가 있겠는가? 곧 속수무책이더니 그 몽고인이 보고 슬퍼하며 말하였다.

"귀인이 청춘의 나이에 원통하게 죽는다면 어찌 아깝지 않겠소?"

드디어 두꺼운 장막을 가져다가 사신을 눕히고 난 후 이렇게 말하였다.

"이 곳에는 의원이 없으나 몇 개월 전 우리 집 근처에 다른 나라에서 한
21 도사가 왔는데 풍토에 상하거나 괴이한 병이 있으면 능히 손으로 고치더이다. 내 마땅히 불러와야겠소."

그렇게 말하고 가더니 이윽고 용모가 신선 같은 젊은 도사가 황관(黃冠)[43]에 학창의(鶴氅衣)[44]를 입고 말을 타고 왔다. 몽고인과 함께 들어온 그는 사신을 보고 진맥한 후 이렇게 말하였다.

"이는 고초를 겪고 풍토에 상해 그런 것이니 안심하고 약을 먹은 후 조리를 잘 하시오."

그런 후 소매 안에서 몇 첩의 약을 내어주고 풍토병에 걸린 것을 고치는 법을 자세히 가르친 후 길게 절하고 물러나는데 말하는 것이 시원스럽고 행동거지가 고상하여 진실로 신선과 도사의 풍모를 가지고 있었다. 사신이 혼미한 중에도 기이하게 여겨 사는 곳과 성명을 물으니 도사가 이렇게 말하였다.

---

42) 귀한 ~ 사람 : {고량ᄌᆞ녜[膏粱子女ㅣ]로 쳔금귀골[千金貴骨]}. '고량자녀'란 고량진미(膏粱珍味)를 먹은 자제라는 뜻으로 부귀한 집에서 자라나서 고생을 모르는 사람을 이름. '귀골'은 귀하게 자란 사람.

43) 황관(黃冠) : 도사(道士)의 관(冠).

44) 학창의(鶴氅衣) : 학 따위의 깃털로 만든 옷이란 뜻으로 도사들이 입는 도포를 가리킴.

"나는 본래 세상을 피하여 이름이 없소. 그러나 사신께서 만일 액운이 다하여 중국에 들어가게 되면 빈도(貧道)[45]가 당당히 황극전 아래에 가서로 보게 될 것이오."

이처럼 말하고는 바람처럼 훌쩍 가버렸다. 사신이 그 기상을 기특하게 여겨 칭찬하고 드디어 그 약을 달여 먹으니 두어 번 만에 효험을 보았다.
일행이 매우 기뻐하였다. 몽고인이 날마다 찾아와 병을 묻고 병든 몸에 22
맞추어 음식을 공급하니 증세는 날로 차도를 보였다. 그러나 사신이 끝내 그 뜻을 바꾸지 않으므로 일행이 다 감동하여 사생을 함께 하고 마음을 바꾸지 않았으니 이는 그 충성스런 뜻에 감동했기 때문이었다.

이때 번왕은 사신이 죽기로 작심하며 뜻을 굽히지 않는 것을 보고 매우 원망하여 결국 유언비어를 퍼트려 '천자의 사신이 번국의 부마가 되어 군사를 거느리고 중원을 치려 한다.'고 거짓 소문을 내었다. 대명이 사신의 삼족(三族)을 죽여 돌아갈 길이 끊어지면 공주를 맡겨 머물게 하려고 이처럼 거짓으로 쓴 격서를 대동(大東) 등 여러 곳에 보낸 것이었다.

변보(變報)가 마치 눈 달리듯 하여 포정사(布政司)[46]가 밤새 달려 천자께 아뢰니 천자께서 매우 노하시어 조회를 열어 만조백관을 모으시고 번국에서 온 격서를 내리셨다. 이때 진공은 병이 더욱 중해져서 참여하지 못하고 유씨 집안의 여러 공들과 소년 유생들이 그 자리에 있었다. 여러 신
하들이 격서를 보니 다음과 같이 되어 있었다. 23

---

45) 빈도(貧道) : 중이나 도사가 '자기'를 겸손하게 일컫는 말.

46) 포정사(布政司) : 정식명칭은 승선포정사(承宣布政使). 명나라에서는 초기에 지방의 13성에 좌·우포정사를 두고 성의 정치를 관장하게 하고 베이징[北京]·난징[南京] 부근에는 직례(直隷)를 설치하여 중앙정부가 직접 관할함.

천하는 한 사람의 천하가 아니요, 흥망은 자고로 순환하는 것이니 한(漢)이 망할 시절에 왕망(王莽)이 반역을 도모하여 신기(神旗)를 꺾어버렸을 때 뉘라서 백수(白水)에 진인(眞人)이 일어날 줄[47] 알았으리오? 원(元)이 망할 시절에 대명이 하나로 통일했으나 과인에게 이르러 천명이 다시 돌아왔으니, 이제 정예병 백만과 용맹한 장수 1천여 명으로 만리장성을 무찌르고 산해관(山海關)[48]을 깨뜨려 깊이 돼지 몰 듯 들어가려 한다. 또한 부마도위(駙馬都尉) 양경후 소경문이 천문지리와 음양병법에 관통하니 예전엔 비록 명나라 조정의 봉록을 받았으나 오늘은 우리나라의 부마가 되어 장인과 사위의 명분이 정해졌으므로 이제 중군의 도통(都統) 모주(謀主)로 삼아 날을 택하여 군사를 출병하려 하니 마땅히 근본을 다 알고 천시를 아는 자이거든 군대를 멈추고 손을 묶어 일찍 귀순하라.

이 격서를 본 만조백관들은 얼굴빛이 하얗게 되었다. 평장 소경문의 부친인 제남백(濟南伯) 소운의 부자(父子)와 친족들은 다 뼈와 살을 때려서 상처를 내며 관을 벗고 띠를 풀어 머리를 땅에 조아리고 피를 흘리며 엎드려 아뢰었다.

24 "신의 부자가 조정의 후한 은혜를 입어 외람되게도 중임을 맡아 만 리에 봉사하였는데 이처럼 흉노가 거짓을 꾸며대어 길이 창궐하고 있습니다. 충신과 열사가 몸을 보전하기 어려운 땅이라 살아 돌아오기 어

---

47) 백수(白水)에 ~ 줄 : 왕망(王莽)이 한(漢) 나라를 찬탈하고 황제가 되었는데, 광무제(光武帝)가 백수에서 일어나 중흥하였으므로 그를 일컬어 백수진인(白水眞人)이라고 함. 백수(白水)는 중국의 남양(南陽) 백수현(白水縣)으로 왕기(王氣)가 성대하게 일어나는 지역을 가리킴. 『후한서(後漢書)』「광무제기(光武帝紀)」에 보면 후한(後漢) 광무제(光武帝) 유수(劉秀)가 백수진인(白水眞人)으로 일컬어졌는데 망기(望氣)를 잘 하는 왕망(王莽)의 사자가 남양(南陽) 땅에 이르러 그가 거하는 지역인 용릉곽(舂陵郭)을 멀리 바라보고는 "기운이 성대하게 일어나는 것을 보니, 왕자(王者)가 일어나 천명을 받을 곳임이 분명하다"라고 감탄했다는 고사가 전함.

48) 산해관(山海關) : 중국 하북성(河北省) 북동단(北東端), 요동만에 면하는 도시. 만리장성 동쪽 끝의 천하 제일관(天下第一關)에 해당하는 예로부터의 요지.

려울까 밤낮으로 근심하였는데 이제 격서의 뜻을 보니 반역의 죄상이 분명하여 구족(九族)을 편안히 보호하기 어렵게 되었습니다. 하오나 자고로 '자식에 대해 그 아비만큼 잘 아는 이는 없다.'[49] 하였으니 경문은 평소 소행이 충효를 뜻으로 세워 죽고 사는 문제로 뜻을 굽히지 않을 아이입니다. 또한 이 지경에 이르면 아무리 무식한 백성이라 해도 흉노에게 투항하여 임금과 아비를 배반하고 삼족(三族)의 화를 자초하지 않을 것인데 경문이 차마 어찌 대역부도를 예사로 하겠습니까? 그러나 실상을 알 길이 없사오니 신의 죄, 만 번 죽어도 능히 용서받지 못할 것입니다. 오직 성상(聖上)께서 밝히 살피시기만을 바라옵니다."

천자는 소공인 제남백이 머리를 조아리고 엎드려 눈물을 흘리는 것을 보시고 한동안 말없이 생각하셨다. 그리고 여러 신하들을 돌아보시며 그들의 생각을 물으시니 승상 성의백 유세기가 아뢰었다. 25

"흉노가 거짓으로 꾸며 말하는 것을 어찌 취하여 믿겠습니까? 경문이 소년 혈기로 인의로 교화하지 못하고 저들을 화나게 하여 서로 부딪히니 흉노가 그 굴하지 않는 것에 노하여 짐짓 이 격서를 지어 보내어 폐하로 하여금 그 삼족을 죽여 돌아갈 길을 끊으려 함입니다. 폐하께서는 마땅히 권도(權道)로써 소가 일족을 사하시고 본가에 안치(安置)하신 후 정예병과 용맹한 장수들로 흉노를 쳐 사신을 핍박하고 조정의 명령을 거역한 죄를 물으셔야 할 것입니다. 그러면 왕의 사자가 돌아와 폐

---

49) 자식을 ~ 없다 : {지ᄌᆞ[知子]는 막여뷔[莫如父ㅣ]라}. 『한비자(韓非子)』「십과(十過)」편에 나오는 이야기. 제(齊)나라 환공(桓公)을 오패(五霸)의 패자(霸者)로 만든 관중(管仲)이 병이 들자 환공이 찾아가 "중보(관중)의 병이 중한 것 같습니다. 불행히 일어나지 못한다면 정치를 누구에게 맡겨야 합니까?"하고 물음. 그때 관중이 말하기를, "저는 늙었으니 묻지 않으심이 좋습니다. 그렇지만 제가 듣건대 신하를 알아보는 것은 임금보다 나은 사람이 없고, 자식을 알아보는 데에는 아비보다 나은 사람이 없다고 하였습니다[臣老矣, 不可問也, 雖然, 臣聞之, 知臣莫若君, 知子莫若父]."라고 한 데서 유래한 말임.

하께 개선을 아뢰는 날 경문이 반역을 했는지 안 했는지 사실을 알 수 있을 것입니다. 그러니 이제 만 리 변방의 오랑캐 말을 들으시고 증자(曾子)의 어머니가 북을 던진 것 같은 일50)을 가볍게 하셨다가 만일 원통하고 억울한 일이 있게 되면 어찌 군신의 대의를 저버렸다 하지 않겠습니까?"

여러 신하들 또한 일시에 아뢰었다.

"유세기의 말이 지극히 마땅하옵니다. 엎드려 원하옵건대 폐하께서는
26 잠깐 분노를 누르시고 소가 일족을 용서하시어 안치하신 후 군대를 옮겨 그 실상을 살피시옵소서."

상께서는 잠깐 제왕의 위엄을 푸시고 전지(傳旨)를 내려 제남백 일가를 본부에 가두신 후 출정할 대장을 물으셨다. 모두 미처 대답하지 못했을 때 부풍후 유세경이 여러 사람 중 맨 먼저 나아가 아뢰었다.

"신이 일찍이 국가에 한 점 공도 없이 후한 봉록을 받은 지 수십 년에 이르도록 성은에 보답할 길을 꾀하지 못해 항상 고인(古人)에게 부끄러워 개탄하던 바였습니다. 이제 국가의 우환을 당하여 물러나 있으면 죄를 더하게 되리니 원컨대 황명을 얻어 공을 세우게 해주시옵소서."

상이 매우 기뻐하시며 말씀하셨다.

"경들이 풍양(豊穰)을 쳐 공을 세웠으나 사해(四海)가 편안하므로 다시 시험하지 못하였다. 또한 진공이 서역을 정벌하였으므로 경을 다시 쓰지 않았는데 경이 이제 충의로 인한 분한 마음에 강개하여 자원하니 짐
27 은 감격스러움을 이기지 못하겠다. 특별히 대동 근처 총독을 내릴 테

50) 증자(曾子)의 ~ 일 : {증모(曾母)의 투져[投杼] ᄒᆞ 믈}. '투저'란 '북을 내던지다'라는 뜻으로 거짓 말도 자꾸 듣게 되면 영향을 받을 수 있다는 말로 쓰임.

니 오랑캐 군사를 평정하도록 하라."

부풍후가 천자의 은혜에 감사하니 늘어서 있던 대신들 중 한 사람이 아뢰었다.

"세경이 비록 지략은 뛰어나나 사람됨이 너그럽고 인자함을 중요시하므로 그 덕은 알기 쉬워도 위엄은 알기 어렵습니다. 그러니 연후 유현으로 하여금 힘을 합하게 하면 흉노가 능히 살아남을 수 없을 것입니다. 이 사람이 비록 나이는 어리나 지략이 뛰어나고 꾀가 많아 일을 맡으면 용기 있게 결단하여 세상을 뒤엎을 만한 영웅호걸이니 반드시 성공할 것입니다."

이 말을 듣고 모두 보니 이는 태학사 사천이었다. 상께서 크게 깨달으시고 즉시 연후를 부르시어 이 일을 이르셨다. 연후는 비록 평생 소원이었으나 아버지의 병이 중하므로 안타깝고 답답하여 땅에 엎드려 머리를 조아린 채 말하였다.

"신은 재주가 없고 학식이 모자라 명장감이 아니옵니다. 하물며 아비의 병이 위중하여 정신이 산란하오니 국가 대사를 그르칠까 두렵습니다."

그러자 상께서 말씀하셨다.

"경의 부자는 짐의 제일가는 신하로서 국가와 고락을 함께 해야 할 것이 28
다. 경의 형제 친척들이 번성하고 짐이 지성으로 의약을 다스리고 있으니 경은 사사로운 정을 그치고 밖을 돌아보는 짐의 근심을 덜게 하라."

상께서 이렇듯 말씀하시므로 연후는 감히 사양하지 못하였다. 결국 상께서 부풍후에게는 평북대원수를 내리시고 연후에게는 부원수를 내리시며 절월을 주시니 숙부와 조카가 그 은혜에 감사하고 물러나 부중으로 돌아왔다.

이때 문창군주는 평장이 만 리 변방으로 떠나면서 자기도 보지 않고 바람처럼 훌쩍 떠난 것을 보고 비록 그 기상은 옳게 여겼으나 외롭게 혼자 들어가 살았는지 죽었는지 소식이 아득하여 슬퍼하고 있었다. 또한 늙어 가시는 시부모님께서 과도히 염려하시고 병환 중이신 아버지께서 근심하시는 것을 보니 불효가 막심하였다. 비록 공의 눈앞에서는 억지로 참았으나 침소에 돌아오면 어린 아들이 아비를 부르는 소리가 군주의 마음을 갈
29 기갈기 찢어 아침 구름, 저녁 비에 넋을 사르고 아침 햇살, 저녁 달빛에도 애를 끓이며 밤낮으로 가만히 하늘에 빌어 평장이 무사히 돌아오기만을 바라고 있었다. 군주의 아름다운 얼굴은 점차 초췌해지고 환한 얼굴빛은 날로 시들어 바람이라도 불면 날아갈[51] 듯했다. 진공과 형제들은 차마 보지 못하였고 승상과 이부인은 불쌍히 여겨 여러 가지로 위로하며 지내고 있었다. 그러다 천만 뜻밖에 번국에서 격서가 이르러 부풍후와 연후가 출정하고 소씨 가문은 본가에 안치되어 그 화를 장차 측량하지 못하게 되니 맑은 눈물이 비단옷을 적시고 간장은 끊어질 듯했다. 문창군주가 바삐 영하전에 나가 아버지를 뵈니 진공이 병을 참고 일어나 앉아 이렇게 말하였다.

"아직 놀랍긴 하나 아우와 현이가 정벌하러 가니 국사는 염려할 바가 아닐 것이다. 그러나 소아의 몸이 오랑캐 가운데서 괴로움을 당하고 있으니 그 강직함에 오랑캐가 핍박한다 해서 혼인을 맺을 리 없겠지만 그렇다면 목숨이 위태할 것이니 걱정이로구나. 몽고가 간사하고 음흉
30 하여 격서로 경문을 사지에 넣으니 이는 바로 소씨 가문을 죽여 이룽

51) 바람이라도 ~ 날아갈 : {우화(羽化)홀}. '우화'란 날개가 돋혀 신선이 되어 날아간다는 뜻이나 완곡하게 사람이 죽는다는 뜻으로도 쓰임.

(李陵)[52]의 갈 길을 끊으려 했던 것과 같은 일이다. 지금 분명 그 몸은 북해 가에서 숫양을 치고 있거나 땅굴에서 7일을 굶고 있을 테니 내 남은 생애 중 10년은 줄어든 것 같구나."

말을 마친 공의 안색은 슬프고 참혹하였다. 그때 성의백이 위로하며 말하였다.

"경문이 너무 젊은 나이에 높은 지위에 올라 재앙이 일어난 것이다. 한때 낀 마가 사라지면 무사히 올 것이요, 더구나 넷째 아우의 노련한 지략과 조카의 뛰어난 기상으로 미친 오랑캐는 염려할 바가 아니니 아우는 병중에 심려를 과히 하지 마라."

연후가 이어 아뢰었다.

"한 때의 날카로운 기운으로 오랑캐를 격노케 하여 우환이 있고 또 풍채와 용모로 호녀의 흠모를 받아 '부마' 두 자를 격서에 올렸으니 이는 곧 대인께서 이르신 바처럼 조정에서 그 삼족을 죽여 돌아올 길을 끊으면 귀순할까 하여 그런 것입니다. 조정이 비록 믿지는 않았으나 어찌 31
위태롭지 않겠습니까? 다만 백부의 말씀이 여러 사람들의 의심을 진정시켜 이제 출정할 것을 재촉하시니 소자 비록 재주는 없으나 숙부의 위엄을 빌어 오랑캐를 평정하고 매제[53]를 구하여 돌아오겠습니다. 대인은 부디 마음을 너그러이 하시길 바랍니다."

52) 이릉(李陵) : 중국 전한(前漢)의 무장. 자 소경(少卿). 농서(隴西 : 甘肅省) 출생. 이광리(李廣利)가 흉노를 쳤을 때 보병 5,000을 인솔하여 출정, 흉노의 배후를 기습하여 이광리를 도왔으나 귀로에 무기・식량이 떨어지고 8만의 흉노군에게 포위되어 포로가 됨. 무제가 이릉을 빼어오려고 공손오(公孫傲)에게 막북 침입을 명했으나 공손오가 돌아와 이릉이 흉노군을 훈련시켜 방비하고 있다고 말하자 격노한 무제는 이릉의 어머니를 비롯하여, 처, 아들, 동생에 이르기까지 모두 주살함. 실제로 흉노를 도운 것은 이서(李緖)란 자였으나 돌아올 곳이 없어진 이릉은 흉노에 투항하여 선우(單于)의 딸을 아내로 맞아들였고, 우교왕(右校王)으로 봉해져 선우의 군사・정치의 고문으로서 활약하다 몽골고원에서 병사함.

53) 매제 : 소경문을 가리킴.

부풍후가 이어 위로하며 말하였다.

"저희들은 불과 수개월 내에 돌아올 것이고 소아도 반드시 화를 면하여 무사히 살아 돌아올 것이니 형님은 너무 걱정하지 마십시오."

그러나 여러 사람이 이렇듯 말하여도 공은 길게 탄식할 따름이었다. 그러자 문득 문창군주의 옥 같은 두 눈에는 눈물 자국이 가득하였다. 구름 같은 검은 머리카락은 어지러이 흐트러져 있고 색깔 없는 옷차림은 별다르게 꾸미지 않아 군주의 모습은 마치 지는 꽃같이 쇠잔하였다. 군주가 공의 앞으로 나아가 나직이 아뢰었다.

"듣자오니 북쪽 변방에 변이 있어 시부모님과 일가가 다 안치되었다
32 하온데 소녀 홀로 물러나 있는 것은 옳지 않은 듯합니다. 슬하를 하직하고 시가로 돌아가 죄를 함께 받고 싶습니다."

그러자 좌우의 모든 숙부와 여러 형제들이 그 애원하는 거동을 불쌍히 여겨 얼굴빛을 고쳤다. 공이 나아오라 하여 군주의 손을 잡고 눈물을 흘리며 말하였다.

"일이 불행하여 이 지경에 이르렀으나 소서방은 복을 타고난 아이이다. 결국엔 오랑캐 가운데 빠지지 않으리니 너는 과도히 염려하지 말고 몸을 보전하여 시집에 가서도 세월을 무사히 지내고 부부가 함께 나를 보러 오거라."

군주는 두 줄기 눈물이 비같이 흐르고 정신이 아득하였으나 아버님의 병을 염려하여 과도히 슬퍼하지 않고 편안한 목소리로 천천히 대답하였다.

"일이 이 지경에 이른 것은 망극하지만 오히려 생각하면 낭군의 사람됨이 죽고 사는 데 흔들려 충효의 죄인이 될 사람이 아니니 왕의 사자가 돌아오는 날 원통함과 억울함은 밝히 말할 수 있을 것입니다. 그러

나 다만 뜻을 굽히지 않고 집안을 보전하면 그 몸이 위태해질 것이니 이 어찌 하늘이 소녀에게 내린 고통이 아니겠습니까? 그렇지만 모든 일은 운수와 관련되어 있으니 미리 서두르면 무익할 것입니다. 이제 소녀는 시집으로 돌아가오니 아버님께서는 과도히 염려하지 마시고 몸을 보중하시기 바라옵니다. 소녀는 오직 무창(武昌)[54]에 오를 생각만 하며 조아(曹娥)[55]의 효를 잊지 않겠습니다." 33

모든 사람들이 놀라며 탄식하였으나 공은 슬픔을 돌이켜 기뻐하며 말하였다.

"내 아이가 효성이 지극하여 남보다 뛰어난 생각에도 막힘이 없으니 한낱 조급한 태도는 없겠구나. 슬픔으로 낳고 기른 아비의 사랑을 잊지 말거라."

군주는 삼가 고마움을 표한 후 여러 일가친척들과 이별하러 들어갔다. 조부모 계시는 곳에 들어가 조부모께 하직하니 이부인이 목 놓아 애끓게 소리 내어 울었다. 장부인은 군주를 안고 차마 떠나보내지 못하여 눈물을 비 오듯이 흘리며 말하였다.

"세상일 중에 뜻밖의 일이 많으니 소랑에게 불행한 일이라도 있으면 너의 평생을 어찌 하면 좋단 말이냐?"

여러 숙모와 여러 형제들이 군주를 붙들고 통곡하니 여러 공들이 들어와 너그러이 위로하여 진정케 하였다. 그런 후 군주는 시가로 향하였으나

54) 무창(武昌) : 중국 무창(武昌) 지방에 있는 망부석(望夫石)에 얽힌 고사를 가리킴. 멀리 간 남편이 돌아오기를 산 위에서 매일 매일 바라던 아내가 나중에는 그만 돌이 되었다고 한다.

55) 조아(曹娥) : 중국 후한(後漢) 때의 효녀. 회계상우(會稽上虞) 사람으로 아버지 조우(曹旴)는 무당이었는데, 강가에서 물의 신령에게 제사를 드리던 중 물에 휘말려 강으로 빠져 죽어 시체를 찾자 못하니, 14세의 조아가 강둑으로 오르내리면서 아버지를 찾아 울부짖음으로 밤낮으로 그치지 않기를 17일이나 계속하다 강에 몸을 던져 하루 만에 아버지의 시체를 업고 나왔다고 함.

34 감히 화려한 가마는 타지 못하여 겨우 작은 가마에 두어 명의 시비를 데리고 떠났다. 군주가 소부에 이르니 소공 부부와 가족들이 모여 있는데 온 집안에 울음소리가 진동하고 있었다. 군주를 보고 시부모가 황급히 맞아 붙들고 통곡하니 군주가 겨우 정신을 차려 시부모를 위로하고 눈물을 흘리며 탄식하는데 그 참담한 모습은 차마 보기 어려웠다. 시부모가 더욱 불쌍히 여겨 오히려 마음을 너그러이 억제하며 아들이 무사히 살아 돌아오기만 하늘에 빌 따름이었다. 진부에서는 군주를 보내고 새로이 슬퍼했으나 진공의 병이 중하고 군대의 상황이 급하여 온 집안이 뒤숭숭하고 어수선했다.

며칠이 지나자 부풍후가 연후를 데리고 교장(敎場)으로 가서 군마의 수를 점검하고 날을 택해 길을 떠나려 하니 상께서 명을 내리시어 도읍을 지키던 병사 30만을 빼어 주시고 각 진의 포정사(布政司) 이하를 선참후계(先斬後啓)[56]하는 상방검(上房劍)[57]과 보조궁(寶雕弓),[58] 금비전(金鈚箭)[59]을

35 주시고 친히 등각문에 나와 앉으시어 일등 예악(禮樂)으로 전송하셨다. 숙부와 조카 두 사람은 머리를 조아려 은혜에 감사하고 정기(旌旗)를 돌이켰다. 공포(空砲) 소리가 한 번 나더니 대원수 유공이 오화마(五花馬)[60]를 타고 황금으로 된 봉시(鳳翅) 투구[61]에 연환쇄자(連環鏁子) 갑옷[62]과 상방

---

56) 선참후계(先斬後啓) : 군율(軍律)을 어긴 사람을 먼저 처형하고 나중에 임금에게 보고(報告)함.
57) 상방검(上房劍) : 임금이나 황제가 차는 칼로 장군에게 내리는 검을 가리키기도 함.
58) 보조궁(寶雕弓) : 보석으로 장식한 독수리 모양의 활.
59) 금비전(金鈚箭) : 사냥전용 화살, 화살대는 나무나 대나무로 길게 만들고 화살촉은 비교적 얇고 넓게 하여 금을 박아 넣음. 대부분 제왕이 사용함.
60) 오화마(五花馬) : 『삼국연의』에서 손책(孫策)이 타고 다녔던 말로 유명. 산속을 평지처럼 누비며 푸른색과 흰색의 조화로 오색빛을 띰.
61) 봉시(鳳翅) 투구 : 봉황의 날개 모양처럼 생긴 투구.
62) 연환쇄자(連環鏁子) 갑옷 : 사방 두 치 정도 되는 돼지가죽으로 만든 미늘을 작은 쇠고리로 꿰어서 만든 갑옷.

보검(上房寶劍)을 쥐고 상께서 내리신 황나산(黃羅傘)을 받치고 먼저 출발했다. 그 관인한 기상은 당나라 분양왕(汾陽王)[63]의 부류요, 신묘하고 빼어난 무예는 국초 중산왕(中山王)[64]의 무리였다. 얼굴 생김새가 당당하고 위풍이 늠름하여 가슴 속에 온 세상을 다스릴 재주와 지략을 품었음을 알 수 있었다.

전진(前陣)이 출발 한 후 또 이어 주포(主砲)가 울리며 부원수 연후가 흰 눈같이 하얀 대완마(大宛馬)[65]를 타고 머리에는 금으로 된 속발관(束髮冠)[66]을 쓰고 몸에는 붉은 색 비단 도포에 수은갑(水銀甲)[67]을 껴입고 허리에는 두 갈래 백옥 띠를 두르고 나타나니 칼과 패옥 소리가 요란하였다. 홍양산(弘陽傘)[68] 아래 앉아 있으니 그 시원스런 풍채와 용모는 적벽강(赤壁江) 어귀에서 조조를 파하던 주공자(周公子)[69]의 얼굴 아니면 유선

---

63) 분양왕(汾陽王) : 당(唐) 나라숙종(肅宗) 때 사람인 곽자의(郭子儀)를 가리킴. 안사(安史)의 난을 평정하고 위구르를 회유하며 토번을 무찔러 당나라를 구한 후 분양왕에 봉해짐.

64) 중산왕(中山王) : 자(字)는 천덕(天德). 익호는 무녕(武寧)으로 명나라 호현(濠縣) 사람. 22세 때 곽자흥(郭子興)의 아래에 있던 주원장(朱元璋)의 부하가 되어 손덕애(孫德崖)에게 붙잡힌 주원장을 구출한 뒤로 신뢰를 받아 양자강을 건너 집경로(集敬路)를 공략한 뒤 대장이 되고 전강(鎭江)을 점령한 뒤 통군원수(統軍元帥)가 됨. 1361년 원장이 오국공(吳國公)이 되자 강남행추밀원사(江南行樞密院事)가 되었고 이어서 강서(江西)의 한제(漢帝) 진우량(陳友諒)을 격파하고 주원장이 오왕(吳王)이 되자 좌상국(左相國)에 오르고 1367년 소주(蘇州)의 오왕 장사성(張士誠)을 공략한 무공으로 신국공(信國公)에 봉해짐. 연이어 원군(元軍) 토벌에서는 25만의 군세를 총지휘하였고 주원장이 응천부(應天府)에서 즉위하자 무관일의 자리를 차지함. 1370년 위국공(魏國公)에 봉해지고 사후 중산왕(中山王)으로 추인됨.

65) 대완마(大宛馬) : 중앙아시아 지역의 명마로 피땀을 흘릴 때까지 계속 달린다고 해서 한혈마(汗血馬)라고도 불림. 유성추의 명수 왕쌍(王雙)이라는 장수가 타고 다녔고 '천리정완마'라고도 불림.

66) 속발관(束髮冠) : 머리가 흐트러지지 않게 쓰는 관.

67) 수은갑(水銀甲) : 별칭은 백철갑(白鐵甲)으로, 쇠로 만든 미늘에 수은을 덧칠하고 가죽으로 엮어 만든 찰갑.

68) 홍양산(弘陽傘) : 의장으로 쓰던 붉은 빛의 양산.

69) 주공자(周公子) : 중국 삼국(三國)의 하나인 오(吳)의 명신(名臣) 주유(周瑜)를 가리킴. 처음 손견(孫堅)을 섬기다가 손견이 죽은 후 손책을 섬겨 양자강(揚子江) 하류지방을 평정함. 손책이 죽은 후에는 그의 동생 손권(孫權)을 섬겼으며 위(魏)의 조조(曹操)가 화북(華北)을 평정하고 강릉(江陵)에 진격해 오자 오나라의 강화론자(講和論者)들을 누르고 촉(蜀)의 제갈공명(諸葛孔明)과 함께 적벽대전(赤壁大戰)에서 위군(魏軍)을 대파함.

36 주(劉先主)[70]의 경국병을 무찌르던 6백인의 영웅호걸 같은 풍채였다. 풍류가 사람의 마음을 움직이고 환한 빛은 백만 군대 가운데 홀로 뛰어나서 푸른 바다의 신령한 용 같으니 상께서 바라보시고 매우 기뻐하셨다. 여러 신하들이 다 상께 하례하며 말하였다.

"하늘이 성상께 크나큰 복을 내리시어 국가에 이런 영웅호걸이 연이어 나왔습니다. 오늘 유세경 부자가 행군하는 것을 보오니 손자(孫子)와 오기(吳起)가 다시 나고 양저(穰苴)[71]가 죽지 않은 것 같으니 어찌 족히 미친 오랑캐들을 염려하겠습니까?"

상께서 더욱 기뻐하시며 특별히 궁중 내시를 보내시어 유승상과 진공을 위문하시고 친히 약을 지어 아침저녁으로 진공의 병을 물으시니 온 집안이 천은에 망극하여 갚을 바를 알지 못하였다.

부풍후와 연후가 조부모와 부모께 하직 인사를 드리자 승상이 군대 안의 이해를 경계하고 한바탕의 이별 인사를 마쳤다. 그때 강부인이 자녀들을 거느리고 중당에 있었으나 안색이 평소와 조금도 다름없었다. 그저 가
37 는 길에 몸을 보중하고 싸움에 이기고 돌아오길 원할 뿐 부부는 조금도 슬픈 빛이나 구구한 말이 없었다. 그러나 진공의 병소에 이르러서는 부자 형제가 손을 잡고 주저하며 차마 떠나지 못하므로 공이 말하였다.

"아우의 재주로써 오랑캐는 족히 근심할 바 아니니 일찍이 개선가를 연주하며 돌아오면 이 어리석은 형이 병을 참고라도 백 리 장정에 나가

70) 유선주(劉先主) : 유비(劉備). 중국 삼국시대 촉한(蜀漢)의 제 1대 황제. 제갈공명이 유비가 죽은 후에 어린 후주(後主) 유선(劉禪)을 보필하였기 때문에 후주인 유선에 대해 유비를 선주라고 한 것임.

71) 양저(穰苴) : 전양저(田穰苴)를 말함. 본래 전완(田完)의 후예인데 대사마(大司馬)에 봉해졌으므로 사마양저(司馬穰苴)라 부름. 사마양저는 춘추시대 말기 제나라 대부로, 재상 안영의 추천을 받아 장군에 임명됨. 그는 군대를 매우 엄정하게 지휘 감독하고 병법에 정통하였으며 싸움에도 용감함. 사마양저는 이론과 실천면에서 '사마법(司馬法)'을 계승, 발전시킨 인물로 평가됨.

술을 이끌어 맞을 텐데 어찌 아녀자의 구구한 태도를 하느냐? 현이는 또한 어린 나이에 재주도 없이 중임을 맡았으니 삼가 조심하여 군법을 범하지 말고 숙부를 도와 공을 이루고 집안의 명예를 떨어뜨리지 말거라. 만일 그릇함이 있으면 국법은 사사로운 정이 없으니 성상께서 비록 용서하신다 해도 나는 결단코 너를 용서치 않을 것이다."

연후가 거듭 절하여 명을 받든 후 말하였다.

"대인의 말씀을 어찌 감히 받들어 행하지 않겠습니까? 다만 사사로운 정으로 간절히 답답하고 우울한 바는 아버님의 건강이 이같이 좋지 않으신 때 슬하를 멀리 떠나 일찍 돌아올지 늦게 돌아올지 알지 못하는 38
것이니 불초 소자 간장이 미여지는 것 같습니다. 엎드려 원하옵건대 대인은 삼가 건강을 되찾으셔서 소자의 마음을 편안하게 해주십시오."

말을 마치자 눈물이 도포 위에 비같이 떨어지니 공이 정색하고 성난 음성으로 말하였다.

"남자가 세상에 태어나 임금 섬길 날은 많고 아비 섬길 날은 적은 것을 너는 어찌 모르느냐? 조정이 군사를 양성하는 것은 1천여 날이지만 쓰는 것은 한때이다. 우리 부자가 국은을 입었으니 이는 분골쇄신(粉骨碎身)하여도 만에 하나를 감당치 못할 것이다. 내 비록 병이 중하긴 하나 죽을 염려는 없고 너는 속히 돌아올 텐데 몸에 융복을 입고 눈물을 흘리는 것이 어찌 대장부의 일이란 말이냐? 네 아비가 되어 가르치지 못한 것이 부끄럽구나."

연후가 황공하여 눈물을 거두고 사죄하니 부풍후가 손을 맞잡고 머리를 조아려 감사하며 말하였다.

"형님의 밝으신 가르침을 아우가 삼가 받들어 행할 것입니다. 더구나 조카의 재주가 평범하지 않은데 어찌 염려하십니까?"

39 그런 후 연후는 하직하고 일어나 여러 누이들과도 이별하였다. 공의 눈앞에서는 겨우 참았으나 아버님 안색이 좋지 않고 숨 쉬는 것이 편하지 않은 것을 보고 떠나는 연후의 마음은 망극하기 그지없었다. 연후는 아버님이 병드신 이후로 부인을 찾지 않은 지가 수개월째였다. 이날 장부인 슬하에 절하는 때에 양씨와 왕씨가 다 모여 있었으나 따로 별 말 없이 그냥 밖으로 나가니 그 가풍과 사람됨이 본래 처자에게 이러하였다. 만 리 변방에 떨어진 전장에 나가면서 죽을지 살지 모르는 이별을 당하여 소중히 여기던 부인과 사랑하던 아들을 떠나면서도 한 마디 말을 붙이고 돌아보며 사랑하는 말이나 표정도 없으니 예전의 화려하고 홍청거리던 행동은 완전히 사라지고 없었다. 이 어찌 열렬한 장부와 세상을 뒤엎을 영웅호걸이라 아니 하겠는가? 정기(旌旗)를 돌이키니 기치(旗幟)가 해를 가리고 따르는 사람들이 천리에 이르기까지 끊어지지 않았다. 왕의 군대가 도중에 조금도 백성의 것을 범하지 않으니[72] 백성들이 소박한 음식을 마련하여[73] 왕의 군대를 맞았다.

40 길을 떠나 산해관(山海關)을 지나 막북(漠北)에 이르니 광활한 사막이 아득하고 오랑캐 풍속이 어지러워 인적이 끊어지고 하늘을 찌를 듯한 고목과 겹겹이 쌓인 누각만이 종종 있었다. 원수는 전령을 시켜 군사를 거용관에 주둔케 하고 사자로 하여금 글을 가지고 번국으로 가게 했다.

차설(且說). 번왕은 천자의 사신을 가둔 후 용사들을 불러 모으고 위로

72) 도중에 ~ 않으니 : {소과[所過]의 츄호[秋毫]로 블범[不犯]ᄒᆞ니}. '추호불범(秋毫不犯)'이란 매우 청렴하여 남의 것을 조금도 건드리지 않는다는 뜻.

73) 소박한 ~ 마련하여 : {단ᄉᆞ호댱[單食壺漿]}. 이 말은 대나무로 만든 밥과 병에 넣은 마실 것이라는 뜻으로 넉넉지 못한 사람의 거친 음식을 뜻하는 동시에 백성이 군대를 환영하기 위해 갖춘 음식을 가리키는 말로도 쓰임.

하여 군사에 관한 일을 의논하고 있었다. 그러다 명군의 대병이 이르렀음을 듣고 급히 승상 답날청을 불러 의논하니 장군 왕수길이 말하였다.

"명나라 조정은 유학을 숭상하여 활 쏘고 말 달리는 일에는 소홀합니다. 격서를 보아도 문필이 희한하지 무예가 빼어나게 용맹한 무리는 아니라 족히 두렵지 않으니 내일 맞붙어 싸울 것이라 일러 보내십시오."

이렇듯 명나라 조정에 싸움을 부추기니 대원수가 연후에게 말하였다.

"이제 우리 군사는 만 리 길을 쉬지 않고 달려와 사람과 말이 피곤하고
지쳤으나 적군은 정예병을 드높이 자랑하며 싸움을 기다린 것이 분명 41
하다. 그러니 아직 성벽을 지키며 나가지 말고 조카가 마땅히 정병 10
만을 거느리고 사이 길에 매복하여 군량과 마초를 끊으라."

원수는 고창(高昌)[74] 정 북쪽의 산세가 험한 것을 보고 정남장군 왕수인으로 하여금 2만의 군사를 거느려 계곡 입구에 매복하게 하고 평북장군 원통과 진서장군 윤사신을 불러 귀에 대고 조그맣게 말하였다.

"너희 두 사람은 군졸들이 떠들지 못하도록 입에 하무[75]를 물리고 말한테서는 방울을 뗀 후 길을 떠나 고창성 20리 백운산 아래에 가 이리이리하여라."

그러자 여러 장수들이 원수의 명령을 받들고 병사들을 이끌고 갔다. 원수는 다음날 기를 두르고 북쪽을 쳐 야영하고 있던 적군을 향해 나아갔다. 도중에 양 군이 진을 쳐 세력을 이루고 싸움을 일으키니 천조대장 이석량이 말을 타고 나아가 번왕을 크게 꾸짖었다. 그러자 번왕이 매우 분노하여 좌우에게 호령하여 천조대장을 잡으라 했다. 전투가 3합에 이르

---

74) 고창(高昌) : 5~7세기 동(東)투르키스탄의 투루판[吐魯番] 분지에 있던 한(漢)나라 사람의 식민 지국가. 여기서는 그 나라가 있었던 지역을 가리킴.

75) 하무 : 떠들지 못하도록 입에 물리던 나무 막대기를 말함.

42 자 석량이 거짓으로 패한 체하고 백운산을 향해 달아나니 원수 또한 정기를 돌이켜 바삐 달아났다. 군대 안이 매우 혼란하여 갑옷과 병장기를 버려 길에 가득하였으므로 번의 군사들이 다투어 줍느라 대오를 잃었다. 원수가 기를 휘둘러 한 번 부르자 왕수인과 이석량 두 사람이 일시에 쏟아져 나와 두 길로 협공하였다. 번국 군대는 어찌된 일인지 살필 겨를도 없이 크게 패하여 주검이 산같이 쌓이고 피가 흘러 내가 되었다. 이때 원수가 대군을 몰고 별안간 엄습하여 죽이니 번왕이 달아나 고창성을 지나 백운산 아래에 이르렀다. 사람과 말이 바삐 도망하여 바로 산을 넘는데 한 방의 대포 소리가 나더니 문득 산이 무너지고 사람과 말이 연이어 땅에 파놓은 함정에 빠졌다. 그 때 왼쪽에서는 원통이, 오른쪽에서는 사신이 일시에 나와 적을 죽이고 함정에 빠진 사람들을 생포했다. 승상 답날청, 첩목아 등이 다 잡히고 번왕은 겨우 피하여 달아났으므로 원수가 쟁을 쳐 군사를 거두었다.

43 이날 크게 이겨 번군 10여 만 명을 죽이고 번장을 잡아 장막 앞에 이르니 원수가 사람을 시켜 앞에 무릎을 꿇리고 모반의 상황과 사신의 소식을 물었다. 답날청이 머리를 조아리고 사실을 자세히 고하자 원수는 그제야 사신의 곤욕이 호녀(胡女)에게서 비롯된 것을 알고 놀라움을 이기지 못하였다. 그러고는 모든 추장을 다 함거(轞車)76)에 가두어 훗날 처치를 기다리라 하고 병사들을 데리고 운중성 50리에 주둔한 후 사신을 구할 일을 의논했다. 이때 왕수인이 나아와 이렇게 말하였다.

"원수께서 불모지에 들어와 한 번 북쪽을 치고 30만 군대를 무찌르고 번장을 생포하니 위엄이 막북에 진동하고 있습니다. 군대를 잠깐 쉬게

76) 함거(轞車) : 죄인을 호송하는 데 쓰던 수레.

하여 날카로운 기세를 좀 끊고 지리를 살핀 후 나아가는 것이 마땅하리니 적국을 가볍게 여기는 것은 지혜로운 자의 일이 아닙니다. 청컨대 명공은 살펴주십시오."

원수가 대답했다.

"장군의 뜻이 내 생각과 꼭 같소."

그러고는 군대를 멈추어 쉬게 하고 움직이지 않으며 적이 움직이기를 44
기다렸다.

이때 부원수는 장군의 명령을 듣고 적의 엄습을 완전히 막고 있었다. 한편 오랑캐 장수 탈탈불해는 본래 승상 탈탈의 자손으로 조상의 음덕으로 번국의 대장이 되어 뒤를 지키고 있었다. 그는 연후가 소년 서생임을 업신여겨 여러 번 공격하면서 욕하고 꾸짖었으나 연후가 조금도 요동하지 않고 지켜 수개월이 흘렀다.

하루는 밝은 달이 환히 비치고 보루 위에 찬바람이 불어 옷깃을 움직였다. 원수는 고국을 바라보며 임금과 부모를 그리워하다 아버님의 환후가 염려되어 마음이 슬프고 애달팠다. 그때 갑자기 한바탕 광풍이 북쪽에서 일어나 중군의 수자기(帥字旗)[77]를 부러뜨리니 중군이 모두 놀라 얼굴빛이 하얗게 되었다. 그러나 원수는 군사들에게 호령하여 소동을 부리는 자는 목을 베리라 말하고 말투와 얼굴빛이 평소와 조금도 다름없었다. 그러자 군사들이 비로소 편안히 안정될 수 있었다.

원수가 여러 장수들과 의논하여 말하였다. 45

"오늘 밤에 적이 반드시 성채를 위협할 것이니 너희들은 사면에 군사

77) 수자기(帥字旗) : 진중(陣中)이나 영문의 뜰에 세우던 대장(大將)에게 딸린 기. 열 두 폭으로 되었는데 빛은 드림을 위시하여 모두 누르며 '장수 수(帥)' 자를 검은빛으로 썼음. 혹은 붉은 바탕에 흰 자를 쓰기도 함.

들을 감추고 있다가 엄습하여 죽여라. 나는 대대의 인마를 거느리고 중군을 통솔할 것이다."

모든 장수들이 명령을 받들고 군사들을 이끌고 가자 연후는 스스로 강한 기병 5만을 거느리고 적진을 엄습했다.

이때 오랑캐 장수 탈탈불해가 모든 번장들과 의논하며 이렇게 말하였다.

"명나라 진의 대장은 나이가 너무 어려 지략이 없는데다 귀한 집안에서 곱게 자란 사람이니 어찌 능히 손오의 병법을 알겠는가? 마땅히 오늘 밤 삼경에 철갑 기병으로 그 진영의 울타리를 위협하고 빼앗아 대장을 잡고 계속 몰아쳐 전후로 협공하면 가히 한 번에 깨뜨릴 수 있을 것이다."

그러고는 북쪽 성채의 군사들을 다 일으켜 명나라 진영으로 오니 때는 바야흐로 9월 16일이었다. 서늘한 바람이 처량하고 북방은 날이 추우므로 흰 눈이 펄펄 내려 사방에 흰 비단을 친 듯했다. 길을 떠나 명나라 진
46 영에 이르러 멀리서 보니 불빛이 쇠잔하여 징이나 북 소리가 없었다. 방비가 없는 줄 알고 한 방의 대포 소리를 신호로 하여 쏟아져 들어갔으나 진영 안에는 한 사람도 없었다. 함정에 빠진 것을 알고 황급히 퇴군하려 할 때 관군이 함성을 크게 지르고 북과 나팔 소리를 일제히 울리며 적을 사면에서 에워싸고 일시에 마구 치니 탈탈불해가 매우 놀라 죽도록 싸워 겨우 화살을 헤치고 달아났다. 그러나 군사는 거의 반 이상 죽고 겨우 패군을 거느려 압취곡에 이르니 하늘은 이미 밝아오고 있었다. 번의 군대가 겨우 숨을 고르며 길을 떠나려 하는데 그때 유성마(流星馬)[78]가 달려와 알렸다.

---

78) 유성마(流星馬) : 옛날에 통신병을 지칭하는 말.

"앞에 일대 날랜 병사들이 길을 막았는데 으뜸 대장은 대명 부원수 연국후 유현이라 합니다."

이 말을 듣고 여러 장수들은 매우 놀랐다. 탈탈이 황급히 말을 달려 나와 보니 한 명의 대장이 금관 홍포에 큰 칼을 옆에 차고 천리추풍마(千里秋風馬)를 타고 수자기(帥字旗) 사이로 나아오는데 팔이 길고 힘이 있어 활을 잘 쏠 듯하였다.[79] 영웅호걸다운 풍채는 사람의 마음을 움직일 만하고 위엄이 예사롭지 않아 백만 군대 중에 빼어나니 이는 곧 연국후 유현 47
이었다. 그러나 탈탈불해는 그 나이 어림을 업신여겨 창을 잡고 말을 달려 바로 달려들었다. 원수가 칼을 들고 맞아 서로 싸운 지 3합이 안 되어 연후가 팔을 길게 늘여 탈탈불해를 사로잡아 옆에 낀 채 말을 타고 이리저리 돌아다니기를 마치 무인지경(無人之境)같이 하니 번의 군사들은 대장이 잡힌 것을 보고 일시에 창칼을 버리고 항복했다. 연후가 후하게 대접하며 위로하길 힘써 이날 항복한 군졸이 3만여 인이었으며 죽은 사람의 수는 셀 수 없었다.

천자의 군사들이 대승을 거두어 연후가 군사를 이끌고 번국의 영지에 웅거하며 삼군을 점령하여 근처 모든 오랑캐 고을 10여 성에게서 항복을 받고 항복한 장수들을 예로써 대접하니 원근에 그 소식이 널리 퍼져 돌아오는 자가 구름 같았다. 연후가 탈탈불해를 잡아 함거에 두었는데 탈탈불

---

79) 팔이 ~ 듯하였다 : {원비선사[猿臂善射]ᄒᆞ며}. '원비'란 원숭이의 팔이라는 뜻으로 '팔이 길고 힘이 있음'을 이르는 말이며 '선사'란 활을 잘 쏜다는 뜻. '원비선사'라는 말은 전한(前漢) 때 농서군 성기현 사람이었던 이광(李廣)을 수식하는 말로 많이 쓰임. 그의 집안은 대대로 활 쏘는 기술(射法)을 전해 받는 전통이 있었음. 한무제 때 우북평 태수로 임명되었는데 흉노는 이광을 한나라의 날쌘 장군(漢飛將軍)이라 부르면서 그와의 싸움을 피해 수년간 한나라의 국경을 침입하지 못함. 이광이 사냥을 나가서 수풀 속에 있는 돌을 호랑이로 보고 활을 쏘았는데 명중하여 화살촉이 깊숙이 박혀 가보니 돌이었으나 다른 날 그 돌에 화살을 쏘았을 때는 화살이 박히지 않았다는 고사가 전함. 한 무제 때 흉노에 투항한 이릉(李陵)의 조부.

해의 심복이었던 사람이 항복한 군졸 가운데 있다가 가만히 탈탈불해를
48 빼내어 달아나고자 했다. 여러 군사들이 그 사실을 알고 그를 잡아 연후에게 고한 후 죽이고자 하였으나 연후가 웃으며 이렇게 말하였다.

"이는 인정으로 마지못할 일이다. 오히려 오랑캐 가운데 의로운 선비가 있음이 아름답게 여겨지는구나. 내가 듣기로는 망국(亡國) 태우는 가히 도가 높다 이르지 못하고 패군(敗軍)의 장수는 가히 용맹하다 이르지 못한다 하지만 그들도 대부분 마음과 힘을 다해 노력한 사람들이다. 이제 비록 그 수하의 손에 구해져서 고국에 돌아간다 해도 이는 한낱 망명한 오랑캐 군졸이니 중국에 해로울 것도 도움 될 것도 없을 것이다. 마땅히 놓아 보내어 중국의 덕화(德化)를 알게 하리라."

여러 장수들이 다 엎드려 절하고 탈탈불해를 수레에서 꺼내어 원수의 명령을 전하고 말과 안장을 주어 돌아가게 했다. 그러나 탈탈불해는 원수의 말을 듣고 매우 부끄러워하며 스스로 목을 찔러 죽었다. 연후는 이 소식을 듣고 사람을 시켜 관곽을 주어 후히 장사하라 한 후 드디어 병사를 내어 적을 쳤다.

49 번왕이 이때 부풍후에게 완전히 패하고 성에 들어가 여러 신하들과 상의하니 좌승상 해안평이 아뢰었다.

"대명의 군사가 일전에 10만 군사를 죽이고 승승장구하여 전후로 협공하니 지금 나라가 위태롭습니다. 마땅히 사자를 보내어 화친을 청하고 천자의 사신을 돌려보내면 거의 보전할 수 있을 것입니다."

왕이 망설이며 결정하지 못하고 있는데 문득 보초병이 알렸다.

"대명 대원수 유세경이 10만 대병을 운중(雲中) 등 여러 곳에 잔뜩 배치하여 각처의 양식길과 구원병을 막고, 항복하는 이는 부르고 거스르는

이는 쳐 본국의 세력을 외롭게 하고 있다 합니다. 또한 부원수 유현은 나이는 어리나 지략이 남보다 뛰어나 대장 탈탈불해를 잡아 죽이고 십만 군대를 거느려 도읍을 바로 취하여 그 세가 풍우 같으니 그 날카롭고 민첩함을 당할 이가 없어 연이어 10여 성을 공격하고 이제 거의 도읍에 다다라 50리밖에 남지 않았다 합니다."

왕이 매우 놀라 여러 신하들을 돌아보며 말하였다. 50

"국사가 이와 같으니 어찌 하면 좋겠느냐?"

전전장군(殿戰將軍) 달목은이 아뢰었다.

"신이 비록 재주는 없으나 1만 병사를 주시면 명군을 깨뜨리고 적장을 생포하여 휘하에 드리겠습니다."

왕이 기뻐하며 즉시 군사를 주니 달목은이 군사를 이끌고 성 밖으로 나갔다.

이때 연후는 승리한 장병들을 이끌고 멀리 몰아서 단번에 거침없이 나아가 호탕하게 이르러 번군을 만났다. 연후가 진을 이루고 말을 내니 부종병 진린이 간하였다.

"군사가 천 리 길을 행군하여 쉬지를 못했으니 사람과 말이 피곤할 것입니다. 잠깐 쉬어 진영에 울타리를 세우고 싸워도 늦지 않을 것입니다."

연후가 웃으며 말하였다.

"하늘이 기특한 기회를 빌려주시거늘 이제 취하지 않으면 도리어 화를 얻을 것이다. 어찌 시급한 일이 무엇인지 알지 못하고 시간을 지체하겠느냐?"

말을 마치고는 북을 치며 나아갔다. 달목은이 연후를 맞이하여 서로

51 교전한 지 10여 합에 연후가 보검을 들어 달목은을 두 조각 내고 남은 군사들을 마구 쳐 성 아래 이르렀다. 왕은 두려워 떨며 즉시 군사의 수를 점검하여 사방의 문을 지키게 하고 아우 첨목원달을 보내어 화친을 청했다. 연후가 불러서 보니 첨목원달이 무릎으로 기면서 나아와 머리를 조아리고 말하였다.

"우리 몽고인이 대명의 신하로서 명을 섬긴 지 2백 년이 되었습니다. 어리석고 아득하여 황제의 위엄을 침범하였으나 천자의 군사가 죄를 물으시니 죄를 뉘우치고 조공을 올려 화친을 이루고자 하옵니다. 전날 사신 소경문이 국왕의 좋은 뜻을 물리쳐 이 환난을 일으켰으므로 왕이 매우 놀라 북해(北海) 가에 가두었으나 이제 사람을 보내어 데려오라 하였으니 평안히 돌려보내고 오래오래 좋은 의를 맺어 다시 침범하지 않기를 바라옵니다."

연후가 꾸짖으며 말하였다.

"오랑캐가 함부로 대국을 침범하고 천자의 사신을 괴롭히고 모욕을 주
52 니 천자께서 진노하시어 군대가 이르렀는데 너희 임금과 신하들은 스
스로 손을 묶고 관을 짊어지고[80] 나아와 항복하지 않고 입술과 혀로
군대의 전투의지를 늦추고자 하느냐? 빨리 돌아가 목을 씻고 베일 날
을 기다리며 망령된 계교를 내지 마라."

첨목원달이 원수의 위풍과 군대의 엄숙함을 보고 매우 두려워 다시 말을 못하고 돌아와 고하니 왕은 어찌 할 줄을 몰라 행동의 앞뒤가 맞지 않았다. 그때 문득 병풍 뒤에 있던 한 사람이 나아와 아뢰었다.

---

80) 스스로 ~ 짊어지고 : {ᄌᆞ박예츤[自縛輿櫬]}. '면박여츤(面縛輿櫬)'과 같은 뜻으로 스스로 손을 뒤로 묶고 관을 짊어지고 사죄하는 모양을 뜻함. 여기서 '예'는 '여'의 오기로 보임.

"환란이 저 때문에 비롯되었으니 원컨대 스스로 명나라 진영에 나아가 부왕의 위태함을 풀고 속죄하겠습니다."

왕이 보니 이는 곧 양성공주였다. 왕이 말하였다.

"네 어찌 능히 위태한 것을 풀 수 있겠느냐?"

공주가 말하였다.

"부왕은 마음 놓고 계십시오."

그런 후 공주는 남자 옷으로 갈아입고 종자를 거느린 채 명나라 진영에 이르렀다. 이때 연후는 오랑캐의 사자를 꾸짖어 돌려보내고 여러 장수들과 함께 군사를 쓰는 일을 의논하고 있었는데 사람이 들어와 '번국의 사자가 이르렀다.'고 알렸다. 연후가 한동안 말없이 생각하다 불러 들어오라 하였다. 양성공주가 씩씩하게 걸어 장막 앞에 이르니 연후가 융복을 53
갖추고 큰 칼을 집은 채 자리에 앉아 있는데 곧 모진 호랑이와 신기한 용 같아서 눈가에 부는 찬바람이 마치 눈보라가 날리는 듯하였다. 전후좌우에 늘어선 용맹한 장수들은 대오가 가지런하고 기치가 밝게 빛나 언뜻 보기에도 두렵고 거북스러웠다. 그러나 공주는 전혀 흔들리지 않고 길게 엎드려 절하며 말하였다.

"무지한 몽고인이 비록 아는 것은 없으나 명공이 여러 대에 걸친 재상 가문으로 명망이 태산 같음은 잘 알고 있소. 수하에 십만 군대를 거느리고 일 개월 내에 1천여 리를 승승장구하여 행진하니 가히 조국공(趙國公)[81]의 뒤를 이었다 할 수 있으나 또한 적국을 업신여기니 이는 지

---

81) 조국공(趙國公) : 조국공은 주원장의 생질(甥姪)이었던 이문충(李文忠)을 가리킴. 주원장을 도와 명 나라를 세우고 개국공신에 봉해짐. 학자적 기풍을 가지고 있어 주원장의 사랑을 받았으나 후에 간언을 했다가 미움을 받아 주원장에 의해 독살됨. 유기와 이문충의 주력부대가 합력하여 원 나라 군대를 물리치고 응천을 함락시킴.

혜로운 자의 일이 아니오. 우리나라가 명나라 조정과 자웅을 다투어
피차에 사신을 공경하는 도가 있어왔거늘 우리나라가 천자의 사신을
가두고 장군이 우리나라 사신을 의자 위에 앉은 채 만만히 업신여겨 대
54 접하여 중국도 예의를 몰랐고 번국도 예의를 잃었으니 어찌 서로의 무
식함이라 아니 하겠소? 우리는 비록 북방에서 나고 자랐으나 어렸을
때부터 영웅호걸을 사모하여 천하에 무서울 것이 없었으나 다행히 장
군들의 거침없이 호진(胡塵)을 휩쓰는 재주에 항복하여 사신을 보내어
조공을 올리길 청하였거늘 장군이 꾸짖어 물리치셨소. 일찍이 들으니
천지가 처음으로 열린 후 오랑캐와 중국이 나란히 공존하여 낮과 밤,
추위와 더위가 바뀌는 것 같았다 하였소. 또한 명나라 태조의 뛰어난
무예와 모든 원로대신들의 뛰어난 재주로도 홍라산(紅羅山) 아래의 남
은 무리들을 없애지 않았고 흑룡강(黑龍江)의 쇠다리를 건너지 못했소.
천도(天道)는 본래 살리는 것을 좋아하시고 만물을 아끼시는 법인데 어
찌 우리 원으로 하여금 마침내 한 나라를 두어 세조(世祖)[82]의 제사도
잇지 못하게 하시오? 장군이 고집스럽게 항복을 받지 않고 완전히 멸
55 하게 하고자 하는 것은 하늘의 뜻을 거역하는 것이오. 반드시 재앙이
있을 것이니 장군은 깊이 생각하시오."

연후는 그 의사 표현이 사람의 마음을 움직이고 언변이 물 흐르듯 하는 것을 보고 매우 기특하게 여겼으나 짐짓 다시 꾸짖으며 말하였다.

---

82) 세조(世祖) : 몽골제국 제5대 칸이며, 중국 원(元)나라의 시조. 이름은 쿠빌라이이며 칭기즈칸의 손자. 1251년 형 몽케가 제4대 칸의 자리에 오르자 중국 방면의 대총독에 임명됨. 1259년 남송(南宋)을 몸소 무찌르던 형 몽케칸이 사천(四川)의 병영에서 병사하자 이듬해 이례적으로 중국의 개평부(開平府)에서 대칸의 자리에 올랐으며, 중국식으로 건원(建元)하여 중통(中統)이라 함. 그 뒤로 두 칸이 싸우기를 4년, 마침내 아리크부카를 굴복시킨 쿠빌라이는 도읍을 연경(燕京 : 北京)으로 옮겨 대도(大都)라 일컫고 이어 1271년 『역경(易經)』에 입각하여 나라 이름을 원이라 함.

"너희 몽고인이 대국 천자의 위엄을 알지 못하고 이렇듯 창궐하며 감히 세 치 혀를 놀려 나를 달래고자 하느냐? 사신 소경문은 바르고 올곧은 대신이거늘 너희들이 감히 핍박하여 가두고 황제의 군대를 수고롭게 하고서도 이제 항복할 줄을 모르고 감히 사자를 보내어 어지러운 말을 당돌하게 하니 죄악이 가득하구나. 칼집 속에 들어있는 새로 간 보검을 네 머리에 시험하리라."

그러자 공주가 웃으며 말하였다.

"장군의 말이 가소롭구려. 장군의 위엄이 초한 때의 무신군(武信君) 같
으나 성 안에 장한(章邯)이 있을 것[83]이다. 병법에 적을 업신여기는 자
는 망한다 했으니 칼집 속 보검을 내 머리에 시험하기 전에 장군이나
깊이 조심하라. 장군이 위엄을 길이 자랑하나 우리 성안에는 아직 20 56
만 정예병이 있고 돈과 곡식은 1년은 충분히 감당할 것이다. 더구나 군
사들이 다 한번 죽기를 각오하고 싸울 뜻이 있으니 장군은 어찌 병사들
의 노고를 생각하여 평안한 항복을 받지 않고 생명을 잔인하게 해하고
자 하느냐? 비록 번국을 멸망시킨다 해도 사신은 구하지 못하리니 이

83) 무신군(武信君) ~ 것 : 무신군은 항우(項羽)의 숙부인 항량(項梁)을 가리킴. 진2세 원년(B.C. 209) 7월, 진승(陳勝)과 오광(吳廣)이 대택향(大澤鄕)에서 진나라에 항거하는 농민봉기를 일으켜 장초(張楚) 정권을 세우자 항량과 항우도 회계군수 은통(殷通)을 죽이고 오중(吳中)의 병사들을 모아 반진(反秦)의 기치를 들고 스스로 회계군수에 올라 항우를 부장으로 삼고 정예병 8천명을 거느림. 진승이 희생된 후 그의 부하 장수 소평(召平)이 진승의 명의를 사칭하여 항량을 초왕(楚王) 상주국(上柱國 : 초나라의 상경(上卿)으로 상국(相國)에 해당하는 명예직)에 임명하고는 급히 서쪽으로 진격하여 진나라를 공격하라는 명령을 내림. 진2세 2년 6월 진승이 확실이 죽었다는 소식을 들은 항량은 설현(薛縣 : 지금의 산동성 등현 남쪽)에서 봉기군 장수들을 소집하여 대사를 논의한 후 시골에서 양치기를 하던 초(楚) 회왕(懷王)의 손자 웅심(熊心)을 찾아내어 초회왕으로 추대하고 스스로를 무신군(武信君)이라 함. 항량은 동아에서 출발하여 서쪽으로 정도에 이를 때까지 두 차례나 진나라 군대를 무찌른데다 항우 등이 또 이유의 목을 베자 더욱 적을 과소평가하고 오만하게 굴다가 마침내 진나라 장수 장한(章邯)의 기습을 받아 대패하고 항량은 전사함.

것이 또한 사람이 할 일이냐?"

연후가 칼을 던지고 자리에서 내려와 읍하며 말하였다.

"그대는 당세의 현명한 선비구려. 가히 아깝도다. 저 같은 사람이 오랑캐 땅에 나다니. 원컨대 높은 이름을 듣고 싶소."

공주가 사양하며 말하였다.

"장군의 과분한 말씀을 어찌 감당하겠소? 나는 본래 호왕의 작은 아들로 이름은 첨목달이라 합니다."

연후가 자리를 내어주고 정중하게 대접한 후 떠날 때쯤 되어 말하였다.

"우리들이 조서를 받들어 여기에 왔을 때에는 번왕을 사로잡고 오랑캐
57 땅을 평정하고자 했으나 그대의 말이 이치에 맞는 점이 있으므로 번국 군신의 솥 가운데 목숨을 잠깐 용서하여 항복을 허락하리니 만일 지체하는 일이 있다면 옥석을 가리지 않을 것이오."

공주가 감사하고 돌아가니 연후가 탄식하며 말하였다.

"오랑캐 중에 어찌 저런 위인이 났는가?"

아끼고 사랑하는 마음에 그 행동거지를 살피니 활발한 가운데 부끄러움이 있고 세속에 얽매임은 없어도 부드럽고 연약하여 절대 남자가 아니었다. 공주가 나간 후 항복한 군사들에게 물으니 아는 사람이 있어 대답했다.

"저 사람은 번왕의 작은 딸 양성공주입니다. 바로 천자의 사신과 얘기가 있던 그 공주입죠."

연후가 그제야 깨닫고 말하였다.

"오랑캐 땅에 저런 여자가 있으니 중국 인물은 족히 기특하다 할 수가 없구나."

공주가 돌아가 왕을 보고 문답한 일을 자세히 고하자 왕이 매우 기뻐하며 말하였다.

“네가 아니면 모든 백성의 생명을 뉘라서 구하겠느냐?”

그리고 다음날 북해에 가 천자의 사신을 청하여 예로써 대접하고 공손히 사죄하여 명나라 진영으로 보냈다.

이때 사신은 북해에 갇힌 지 반년에 이르렀다. 비록 몽고인의 도움을 58
받아 살아남을 수는 있었으나 온갖 고생을 겪고 죽을 고비를 여러 번 넘겨야 했다. 그러다 이날 왕이 사례하며 돌려보내자 그제야 연후와 부풍후가 정벌하러 온 것을 알고 마음으로 매우 기뻐하였다. 평장이 명나라 군대의 진영 안에 이르니 원수가 수원장을 거느리고 원문 밖에 나가 평장을 맞은 후 서로 손을 잡고 눈물을 비 오듯 흘리며 지난 일을 말하였다. 그러다 연후가 탄식하며 말하였다.

“그대의 기상으로 오랑캐 땅에서 고생하리라고는 생각지 않았는데 어제 양성공주를 보니 용모와 재주가 비상하더이다. 그러니 어찌 인력으로 미칠 수 있겠는가? 반드시 하늘의 뜻이 있음이니 일이 결국 이렇게 끝나지 않을 것이네.”

평장이 좋지 않은 기색으로 말하였다.

“형은 어찌 이런 말을 하는가? 그 여자로 인하여 국가에 큰 환란이 일어났으니 번국을 평정하는 날에 나의 분을 씻을 것이오.”

이에 연후가 웃으며 말하였다.

“내 호녀를 보니 얼굴과 말하는 것이 다 중국에서도 귀할 만큼 드무니 59
형은 헛된 말을 말고 저 사람이 자기 뜻을 이루고 마는 양을 두고 보게. 이 여자가 반드시 형에게 돌아가고 말리니 나의 생각이 틀리지 않을 것이네."

평장이 고개를 저으며 말하였다.

"다시 이르지 마시게."

그런 후 경성 소식을 자세히 물어 천자께서 자기 가문을 본가에 안치하셨다는 얘기를 듣고 남쪽을 향해 거듭 절하며 눈물을 흘렸다. 그리고 날이 저물도록 지난 일을 얘기하다 몽고인이 자기 무리를 구해주었던 일을 언급하니 연후가 매우 기특하게 여겨 사람을 보내어 북해로 가서 몽고인을 데려 오라 했다. 그러나 사자가 돌아와 간 곳이 없다 아뢰므로 평장이 의아해 하며 시종으로 하여금 북해에 가 두루 물어보라 하였으나 종적이 없었다. 이상히 여겨 그 있던 곳에 가 그 지역 사람에게 자세히 물으니 이 사람은 성안 귀인 집안의 일꾼으로 항상 이곳에 와 양식을 가져다가 사신
60 일행에게 음식을 차려 대접했는데 사신이 간 후에는 또한 간 곳을 알지 못한다 하므로 두 사람이 이 얘기를 듣고 의아하게 여겼다.

다음날 연후가 글을 지어 대원수가 있는 진영으로 승전 소식을 알렸다. 부풍후는 연후가 성공하여 사신을 벌써 구한 것을 매우 기뻐하며 즉시 삼군을 이끌고 나와 연후와 합군하니 그 위엄과 명성이 널리 알려지고 정기가 백 리에 이르도록 끊어지지 않았다. 번국의 임금과 신하들은 간담이 서늘하여져서 성문을 크게 연 후 왕이 백성과 신하를 거느리고 10리 밖까지 나와 항복했다. 부풍후가 붙잡고 일으켜 성채 안으로 들어가 귀한 손님으로 대접하니 번국의 임금과 신하들이 매우 기뻐했다.

다음날 왕이 부풍후와 연후를 청하여 백성을 편안히 하라 하므로 두 사람이 말을 나란히 갖추어 성안에 들어가니 백성들이 향기로운 꽃과 등불로 이들을 맞았다. 궁중에 들어가 두 원수와 평장이 가운데 윗자리에 앉

고 왕이 말석에 앉아 소와 말을 죽여 제사 지내는 한편 병졸들에게 잔치
를 베풀고 모든 빼앗은 토지와 추장들을 돌려보냈다. 그런 후 세자 첨목 61
화를 볼모로 잡아가려 하자 양성공주가 부풍후 앞에 나아와 아뢰었다.

"대인이 세자를 볼모로 삼으신 것은 우리나라를 의심하셔서 그런 것이니 감히 다투지 못하오나 세자가 만 리 타국으로 홀로 떠나는 것은 사사로운 정으로 참지 못하겠습니다. 제가 비록 아녀자라 하나 함께 볼모가 되어 객지에 있는 동안 남매가 서로 위로하고자 하오니 대인은 측은지심을 드리워 주십시오."

부풍후는 그 모습을 가엽고 측은하게 여겨 세자의 아내들을 다 좇아가
게 하고 공주가 동행하는 것도 허락했다. 왕이 삼일정에 나와 이별하며
아들과 딸의 손을 잡고는 차마 떠나보내지 못하였으나 공주는 평소와 다
름없이 위로하고 길에 올랐다. 보는 사람들마다 그 뜻을 이상하게 여겨
'세자는 볼모로 가는 것이나 공주가 자원한 것은 인정이 아니다.'하며 의
심하지 않는 사람이 없었다. 평장은 자기를 따라오려는 뜻인가 싶어 놀라
며 반드시 죽이리라 다짐하였다. 그러나 연후가 그 사실을 알고 가는 길 62
에 혹시라도 변이 있을까 하여 가만히 부풍후께 고하였다. 부풍후는 그
말을 듣고 급히 중군의 여러 장수들에게 명하여 만일 번국 세자 남매를
해하려는 자가 있으면 군법을 따라 다스리겠다고 하였다. 그러자 장수들
은 감히 무례하거나 방자하게 굴지 못했다. 평장 또한 뜻을 이루지 못하
여 분개하길 마지않았다.

이때가 가정(嘉靖)[84] 16년이었다. 부풍후가 승리했음을 아뢰고 돌아오는데 시절은 같은 해 10월이요, 출사한 지는 8개월째였다. 객지에서 꾸는

---

84) 가정(嘉靖) : 명(明)나라 제12대 황제 세종(世宗)의 연호로 재위기간은 1521~1566년.

꿈은 고향을 노닐고 늙으신 부모의 기다림은 동네 어귀를 서성일 터라 돌아오는 마음이 마치 시위를 떠난 화살 같았다. 삼십만 대군은 한결같이 채찍을 재촉하고 날을 아울러 행하여 먼저 승전보를 올린 후 뒤이어 길을 떠났다.

차설(且說). 유씨 집안에서는 부풍후와 연후가 출정하고 문창이 시가에
안치된데다 진공의 병이 날이 갈수록 중해지므로 안팎의 모든 사람들이
63 다 근심하고 두려워하였다. 그러나 천자께서 친히 오시어 진공을 문병하
시고 의약을 직접 지어 치료하시니 유씨 온 가문이 천자의 은혜에 감격해
하였다.

한편 황자(皇子) 제왕(齊王) 태는 금상의 총희인 철미인의 아들로 사람이
어리석은데다가 탐욕이 너무 많아 평소 상의 총애를 믿고 백성들에게 나
쁜 짓을 일삼으며 허다한 인명을 살해하고 부녀를 겁탈하곤 하였다. 그러
다가 소경문의 탄핵 때문에 자신은 황제로부터 엄한 꾸지람을 받고 심복
환관 태억은 죽임을 당하자 부끄럽기도 하고 분하기도 하여 다시 일을 꾸
며 평장을 변방으로 내쳐버린 것이었다. 게다가 진공은 병이 들어 거의 1
년이나 국정을 폐하였고 연후와 부풍후 또한 북쪽으로 출정하여 용맹한
장군과 병사들이 모두 나가고 경성[85]은 비게 되었으니, 비록 문장 학사
와 절의 열사가 조정에 가득하다 해도 지혜와 용기를 겸비하고 있는 것은
진공 부자인데 공은 이미 병들었고 연후는 변방으로 나갔으니 제왕으로
서는 이제 거리낄 것이 없었다. 또한 태자가 자주 병이 들어 상께서 근심
64 하시므로 제왕은 이 틈을 타 태자의 자리를 뺏고자 하는 마음이 있었다.

---

85) 경성 : {년곡(輦轂)}. 임금이 타는 수레라는 뜻으로 임금이 있는 도읍이나 임금의 자리를 비유함.

그리하여 내시장으로 하여금 조용히 탐지하게 하니 상께서 화를 내며 말씀하셨다.

"동궁이 이미 정해져 있는데 제왕이 어찌 감히 분수에도 맞지 않는 일을 바란단 말이냐? 만일 다시 방자한 짓을 한다면 구차히 국법을 기다리지 않을 것이다."

그러고는 환시 어유정을 절도(絶島)로 귀양 보내셨다. 제왕은 매우 두려워 가만히 왕비의 아비 각노 여원평과 사례태감 마영성과 함께 모반을 꾀했다. 원래 이 여원평은 어린 나이에 과거에 급제하여 그 명망이 내각에 있었으나 사람됨이 간악하고 음흉하며 아첨하길 잘하여 왕을 도와 무도하고 패륜한 짓거리를 많이 하고 있었다. 여원평이 이때를 타 왕을 달래며 말하였다.

"왕은 천승(千乘)의 귀한 자제로 마마께서 특별히 사랑하시어 궁중과
친근하나 상께서는 왕을 사랑하지 않으시어 적서(嫡庶)의 구분을 엄히
하시고 있소. 또 어유정이 말을 잘못하여 왕이 이미 태자의 자리를 뺏
고자 하는 뜻을 가지고 있는가 의심하시는 것이 심하시니 혹시라도 서
인으로 폐출되는 화[86]가 있을까 두렵소. 더구나 동궁은 대왕 모자에
대한 원망이 골수에 사무쳐 항상 동궁에 딸린 사람들에게 말하길 '제왕 65
이 한왕(漢王) 고구(高煦)[87]의 뜻이 있다.'하니 황제께서 하루아침에 붕
어하시면 대왕은 죽어도 묻힐 땅이 없을 것이오. 여염의 평범한 사내

86) 서인으로 ~ 화 : {압량(壓良)의 화}. '압량'이란 양민을 억누른다는 뜻으로 주로 '압량위천(壓良爲賤)'의 의미로 쓰임.

87) 한왕(漢王) 고구(高煦) : 성조(成祖) 영락제(永樂帝)의 둘째 아들로 이름은 주고후(朱高煦). 혹은 주고구라고도 함. 무예에 뛰어나 성조가 정난병(靖難兵)을 일으켜 즉위할 때 공을 세움. 그러나 자신의 봉토에는 즐겨 가지 않고 태자(仁宗)를 모해하고 원망하다가 조카인 선종(宣宗)이 즉위하자 거병(擧兵)하지만 결국 붙잡혀 처형됨.

로 말해도 아비가 의심하고 형이 원수로 알면 보전하기 어렵거늘 국법의 엄함과 삼척(三尺)의 법률[88]이 대왕 모자를 가만히 두겠소?

때가 가고 시절이 오지 않으면 속절없이 미앙궁 종실 아래 회음후(淮陰侯)의 뉘우침[89]이 있을 것이니 대왕은 마땅히 이때를 타야 하오. 대왕이 병을 칭하고 조회에 참석하지 않으면 상께서 친히 임하시어 보실 터이니 그때 궁중에 정예병을 감추었다가 상께서 오시길 기다려 일시에 창칼로써 협박하여 동궁을 폐하고 대왕께 천자의 자리를 내린다는 조서를 초하시오. 조서를 받은 후 상을 붙들어 양노궁에 들이고 왕이 난가(鑾駕)를 갖추어 궐 안에 들어가 제위에 오르시고 백관 중 좇지 않는
66 자는 삼족을 베어버리고 태상황(太上皇)을 받들어 천하를 호령한다면 누가 감히 좇지 않겠소?"

이 말을 들은 왕은 매우 기뻐했다. 이에 마영성과 의논하여 그에게는 거사하는 날 사례감 군사를 거느리고 궁궐을 호위하여 태자와 그 외 동궁에 딸린 사람들을 잡으라 하고, 여원평에게는 동료 소인들과 함께 어가(御駕)를 모시고 왕궁으로 와서 왕위를 전해주는 조서의 초를 잡아 반포하라 했다. 또한 본부 정예병 3천여 인을 거느려 날을 정한 후 날마다 성 밖에 나가 진법(陣法)을 연습하라 하고 무예에 재주 있는 사람들을 뽑으니

---

88) 삼척(三尺)의 법률 : {삼척의 늪}. '삼척법(三尺法)'이란 고대(古代) 중국(中國)에서 석 자 길이의 대쪽에 법률(法律)을 썼던 옛일에서 유래(由來)한 말로 명문화된 법을 가리킴.

89) 회음후(淮陰侯)의 뉘우침 : 회음후는 중국 한(漢) 나라 유방(劉邦)의 부하였던 한신(韓信)을 가리킴. 승상 소하(蕭何)에게 인정을 받아 해하(垓下)의 싸움에 이르기까지 한군을 지휘하여 제국(諸國) 군세를 격파, 군사면에서 크게 공을 세움으로써 제왕(齊王), 이어 초왕(楚王)이 되었으나 한제국(漢帝國)의 권력이 확립되자 유씨(劉氏) 외의 다른 제왕(諸王)과 함께 차차 밀려나 BC 201년 회음후(淮陰侯)로 격하되고, BC 196년 진희(陳)의 난에 통모(通謀)하였다 하여 여후(呂后)의 부하에게 참살 당했음. 일찍이 한신의 모사인 괴철이 한신에게 천하를 삼분하여 왕이 될 것을 간하였지만 한신이 이를 거절하자 괴철은 한신의 곁을 떠났음. 한신은 죽을 때 "내가 괴철의 말을 듣지 않아 오늘이 있게 되었다."라는 말을 남겼다고 함.

이는 모두 반역이었으나 제왕을 돕는 사람들은 점점 많아졌다. 왕이 여원평으로 하여금 조정에 뇌물을 풀어 당대 재상들을 모으니 문무백관이 다 제왕의 어질고 순한 기상과 너그럽고 인자한 덕을 사모하였다. 그래도 홀로 모든 유씨들만은 왕의 인자하지 못한 마음을 알고 태자를 위하여 조심하였으나 환란이 이같이 빠른 것은 알지 못했다.

하루는 달빛이 맑고 아름다우며 귀뚜라미가 손바닥 안에서 외롭게 우 67
니 시절은 바야흐로 8월 보름이었다. 노승상 초공이 여러 손자들을 거느리고 와서 진공의 병을 묻고 대서헌에 돌아와 부풍후와 연후가 출정한 일을 염려하며 밤늦도록 난간머리에 앉아 있으니 여러 손자들이 감히 물러가지 못하여 모시고 있었다. 그 때 각노공이 아버님 앞에 고하였다.

"요사이 여원평이 벼슬아치들과 재상가를 왕래하며 벗을 삼고 혹은 명마나 보석으로 서로 후의를 베풀고 있는데다 제왕은 연일 교외에서 진법을 연습하며 무사를 뽑고 있으니 그 뜻이 흉악합니다. 은근히 염려되는 바가 없지 않으나 정병과 맹장들이 다 북으로 출정하였고 또 둘째 형이 병에 걸려 있으니 국사가 위태롭습니다. 하물며 내시의 무리가 제왕과 결탁하여 궁중에 그를 높이는 소리가 가득하니 동궁에 환란이 적지 않을까 염려됩니다."

이 말을 들은 승상이 말하였다.

"이 무리가 비록 무례하고 방자하나 태자는 매우 비상하신 분이니 염
려 없다. 또한 난을 평정할 몽이가 있으니 근심할 일이 아니다." 68

이에 성의백이 대답하였다.

"아버님 말씀이 마땅하십니다. 반초(班超)[90]가 말하기를 황금도 명이라

---

90) 반초(班超) : 중국 후한 초기의 무장. 73년 두고(竇固)를 따라 흉노(匈奴)토벌의 별장(別將)으로

하였는데 하물며 사해(四海)에 가득한 천자의 부귀를 인력으로 당할 수 있겠습니까? 다만 제왕은 흉악하고 원평은 간사한데다가 안으로는 환관의 무리와 후궁의 간교한 술수가 있고 밖으로는 군호(軍號)로 무사를 불러 모으고 있으니 군대를 일으킬 기미가 보입니다. 둘째 아우가 이렇듯 정신이 흐릿하여 일을 다스리지 못하고 경성이 비어 있는 때에는 급히 방비하기 어려우니 몽이에게 단단히 경계하라 일러 살피게 해야겠습니다."

그러자 승상도 고개를 끄덕였다.

몽은 영릉후의 셋째 아들로 설부인의 소생이었다. 일찍이 진공을 좇아 서역을 치고 돌아오니 상께서 특별히 표기장군 좌군도독으로 임명하신 바 있었다. 조정이 모두 몽을 공경하고 그에게 탄복했으며 영릉후와 설부인은 그를 지나칠 정도로 사랑하고 있었다. 몽은 사람됨이 효성스럽고 우애
69 있으며 너그럽고 인자하여 주색을 멀리하고 국사에 마음을 다하였으며 공손하고 검약하며 겸손히 물러설 줄 알았다. 몸은 비록 군중에 있어도 집에 있을 때에는 베옷과 가죽띠로 부형을 모셔 가난한 유생 같았다. 몽이 나이 열일곱에 개령후 상혁의 딸을 취하니 이는 개국공신 상우춘의 후예였다. 상소저는 매우 얌전하고 점잖으며 씩씩하고 명철하여 그 외모의 뛰어남과 태도의 깨끗함으로 보면 진실로 공자와 백년해로 할 좋은 짝이었다. 또한 내조를 어질게 하고 집안을 다스리는 데에 법도가 있어 평범한 여자의 부류가 아니었다. 이러므로 부부가 뜻이 맞아 서로 공경하였다.

재능을 발휘해 큰 공을 세우고, 이후 31년간 서역(西域)에 머물며, 선선(鄯善)·우전(于闐 : 호던)·구자(龜玆)·언기(焉耆 : 카라샬) 등지의 오아시스 제 국가를 정복하고 부하 감영(甘英)을 페르시아만(灣) 방면으로 파견하여 정보를 수집하는 등 많은 공적을 세움. 서역을 토벌하고 반세기 이상 흉노의 지배하에 있던 50여 나라를 한(漢)나라의 위령(威令) 밑에 복종시킴.

설부인은 다만 아들 하나와 딸 하나를 두었으나 몽은 입신양명하고 웃어른의 뜻을 잘 알아 조심스럽게 공경하는 태도가 지극하였으며 딸인 옥주소저는 용모와 자색이 뛰어나고 쾌활하고 어질고 얌전한 것이 어머니를 쏙 빼닮아 있었다. 나이 13에 태학사 양강의 부인이 되었으니 양강은 연후의 부인인 양씨의 남동생으로 조상이 남긴 풍도와 누이의 특이한 풍채를 닮아 모든 사위 중에 가장 뛰어났다. 설부인이 겸손하고 명철한 덕 70
을 갖추고 있는 덕분에 자녀들이 이같이 뛰어날 수 있었으니 부인에 대한 영릉후의 탄복이 날이 갈수록 더하여 갔다. 몽은 모친이 겸손히 물러나 산림에 은거한 까닭에 그 소생이 자기 남매뿐인 것을 슬퍼하여 언제나 곁에서 황향(黃香)이 베개에 부채질하고 육적(陸績)이 귤을 품은 것처럼[91] 정성껏 모셨다.

이 날 몽은 할아버지와 여러 숙부들이 국가를 근심하는 것을 보고 자기 또한 염려가 되어 물러나 어머니를 찾아뵈었다. 이때 부인은 부모님을 뵈러 상부로 와서 월하정에 머물고 있었다. 몽이 나아가 곁에서 모시고 앉으니 부인이 난간에 기대어 달빛을 보다가 몽에게 물었다.

"밤이 깊었는데 어찌 들어왔느냐?"

그러자 몽이 할아버님과 숙부들께서 하신 말씀을 부인에게 고하였다. 부인은 말없이 한참을 생각에 잠겨 있다가 건상(乾象)을 살펴본 후 안색을

---

91) 황향(黃香)이 ~ 것처럼 : {황향(黃香)의 선침(扇枕)과 뉵젹(陸績)의 회귤(懷橘)노}. '황향선침(黃香扇枕)'이란 '황향이 베개에 부채질을 하다'는 뜻. 황향은 한(漢)나라 때 효자로 이름이 높았던 사람. 이 말은 황향이 마음을 다하여 어버이를 봉양하되 여름이면 어버이의 베개와 이부자리에 부채질을 하고 겨울이면 자신의 체온으로 이부자리를 따뜻하게 하였다는 데서 효자들의 효행을 열거할 때 대표적으로 쓰임. '육적회귤(陸績懷橘)'이란 같은 경우에 함께 쓰이는 말로 '육적이 귤을 품는다'는 뜻. 육적은 동한(東漢) 말엽의 사람으로 역시 효심으로 유명하여 중국의 대표적인 효자 24명에 꼽힘. 그가 6세 때 구강(九江)에 살고 있는 원술(袁術)의 집에 갔다가 대접받았던 귤 3개를 어머니께 드리려고 가슴에 품고 가져왔다는 데서 유래된 고사로 '부모님에 대한 효성'을 뜻함.

바르게 하고 이렇게 말하였다.

"진공 아주버니께서 병이 있으시고 군대는 북쪽으로 출정하여 성안이 텅 비어 있는 이러한 때에 제왕이 만일 도리에서 어긋난 생각을 하게
71 되면 네가 거느린 좌영병은 고스란히 그대로 있으니 그들을 거느리고 삼군과 단단히 약속하여 진을 펼치고 적을 막아라. 내가 하늘을 보니 형혹성(熒惑星)[92]이 자미성(紫微星)[93]을 침범하고 제국 분야(分野)[94]에 살기가 가득하여 두성(斗星)과 우성(牛星)[95]을 깨뜨렸으니 역적의 기미가 수일 내에 있을 것이다. 또한 맑은 기운이 실벽(室壁)[96] 사이에 일어나 있으니 황실을 구해낼 사람은 내 아들이다. 대인과 큰아주버님이 너를 믿으시는 것도 이상한 일이 아니구나."

몽이 매우 놀라 말하였다.

"일이 이와 같다니 급하게 되었습니다. 제나라 병사들은 강하고 용감한데 거기다 여원평이 내외로 협공한다면 결코 적은 무리가 아닐 것입니다. 소자가 비록 혼자서 몇 사람을 감당할 만한 용기는 있다 하나 능히 시작과 끝을 모두 돌아보지는 못할까 두렵습니다."

부인이 말하였다.

"이는 완고하고 소견 좁은 선비나 하는 썩은 말이다. 제왕이 비록 반역의 마음을 낸다 해도 곧바로 천자가 되려고 하면 천하의 인심이 반하여

---

92) 형혹성(熒惑星) : 화성을 가리킴.

93) 자미성(紫微星) : 큰곰자리 부근에 있는 자미원의 별 이름. 북두칠성의 동북쪽에 있는 열다섯 개의 별 가운데 하나로, 중국 천자(天子)의 운명과 관련된다고 함.

94) 분야(分野) : 중국 전국 시대에, 천문가가 천하를 하늘의 이십팔수에 별러서 나눈 것.

95) 두성(斗星)과 우성(牛星) : 두성은 이십팔수의 여덟 번째 별자리를 말하고 우성은 이십팔수 가운데 아홉 번째 별자리에 있는 별들을 말함.

96) 실벽(室壁) : 북방칠사(北方七舍)에 속하는 별자리로 반룡(蟠龍) 자리에 속함. 서양 별자리의 페가수스자리임.

태자에게 돌아갈 것이라는 사실을 알고 분명 계책을 꾀하여 상의 뜻을
억지로 꺾으시게 하고 무사들로 위협하여 임금의 자리를 물려주는 조
서[97])를 받아 태자와 백관을 살육하고 상을 높여 태상황을 삼으려 할 72
것이다. 하니 너는 마땅히 상께서 대궐 밖으로 나가시는 날 군대 중 일
부는 궁궐 문을 호위하여 춘궁에 내란이 일어나지는 않는지 살피게 하
고 다른 일부는 상께서 타신 수레를 모시고 제궁에 가서 군사들에게 진
을 치게 한 후 너는 심복 신하와 함께 상을 모시고 들어가야 한다. 만일
들여보내지 않거든 잠깐 머물러 변이 나길 기다렸다가 쳐들어가 힘을
다해 천자를 구하거라. 그러나 또한 안에서 응해주는 사람이 없으면
일을 이루지 못할 것이니 태감 김홍과 결연을 맺어 상황에 따라 대처하
면 한 번에 반역자를 잡을 수 있을 것이다."

몽이 매우 기뻐하며 공손히 명을 받드니 부인이 말하였다.

"일의 상황이 이러하니 진공 아주버님께 아뢰지 않을 수가 없구나."

이러한 어머님의 말씀을 받들어 다음날 몽은 진부에 가서 숙부를 보았
다. 그러나 공의 증세가 점점 나빠져서 밤에는 두 번이나 매우 급한 지경
에 이르니 여러 아들들이 모두 놀라고 당황하여 어쩔 줄을 몰라 했다. 다
시 다음날의 아침이 되자 공이 또 피를 많이 토하여 정신이 혼미하였다.
몽이 나아가 공에게 안부를 물으니 공이 눈을 들어 몽을 보고 이렇게 말 73
하였다.

"내 병이 이러하여 국가의 대사를 폐한 지 오래되었고 관은 여러 아이
들과 함께 벼슬을 그만두고 병구완하느라 여유를 내지 못하여 걱정이
다. 문부(文部)에 관한 일은 양, 사 두 공과 여러 형제들이 있으니 어지

97) 임금의 ~ 조서 : {슈션됴[受禪詔]}. '수선'이란 임금의 자리를 물려준다는 뜻.

러울 일이 없지만 장수와 병졸들이 북쪽으로 출정하여 병부(兵部)가 비었으니 모르겠구나. 근래에 군무에 관한 일은 어떠하냐? 진법 연습을 자주 하여 태만하지 마라."

몽은 공에게 자세히 상황을 고하고자 하였으나 병세를 더하게 할까 두려워 어렴풋이 대답하였다.

"조정이 다 무사하나 다만 제왕이 연일하여 성 밖에서 진을 펼치고 있으니 민심이 어수선합니다. 그러나 좌영군을 따로 남겨 움직이지 않았습니다."

이 말을 들은 공이 문득 매우 놀라 말하였다.

"내 이제 병이 이리 중한데 제왕이 진법을 연습하는 것은 반드시 생각이 있어서이다. 지금 내가 병이 들어 성안이 비어 있는 때에 불의의 변이라도 있으면 네가 비록 지혜와 용기가 있다 하나 나이가 어려 민심을
74 얻기가 쉽지 않을 것이다. 나라에 근심[98]이 일어나는 것을 막기 어려울 것이니 내 마땅히 천자께 아뢰어 너에게 병권을 줄 것이다. 그러니 예측치 못한 변이 일어나든 칙서를 내세워 변을 제어하여야 한다."

몽은 숙부의 신명함에 탄복하여 감사히 명을 받들었다.

그리하여 공이 병을 이기고 상소를 지었으니 그 내용은 이러하였다.

이제 여러 장수들은 멀리 나가고 신의 병은 날로 깊어져 국정을 다스리지 못하고 폐하여 두었으니 군무의 대사들이 많이 어지럽습니다. 원컨대 권도로써 좌영도독 유몽으로 하여금 내외를 총괄하여 궁궐을 시위하게 하여 주십시오.

---

98) 나라에 근심 : {쇼쟝[蕭墻]의 환(患)}. '소장'이란 군신이 모여 회의하는 곳에 쌓은 담을 말하는데 '소장지변(蕭墻之變)'이란 집안 내부나 한패 속에서 일어나는 변란을 뜻하는 말로 '자중지란(自中之亂)'과 같은 뜻임. 여기서는 내란을 의미하는 말로 쓰임.

상께서 이 말을 좇으시니 이 날 유몽은 오부도총 대도독 대사마가 되어 모든 생사를 주관할 수 있는 자격을 얻게 되었다. 유몽이 진공의 권위를 대신하여 교장에 가 크게 진법을 펴고 엄히 호령하여 명을 어기는 자에게는 군법을 쓰니 삼군은 모두 두려워하며 매우 떨었다.

가정 16년 가을 9월 초삼일에 제왕이 병을 핑계대고 조정에 나오지 않
았다. 상께서 걱정하시며 내시로 하여금 문병하게 하시니 제왕이 회답하 75
여 이렇게 아뢰었다.

"가벼운 질환이 번갈아 몸을 침범한 지 수개월이 되어 이제 마침내 극에 달했으니 용안을 다시 뵙지 못할까 슬퍼하옵니다."

상께서 이 말을 들으시고 슬퍼하시며 다음날 직접 제궁으로 행하려 하셨다. 그러자 승상 성의백이 고하였다.

"제왕이 작은 질환이 있다 하나 한창 나이이니 불과 수일 내에 차도가 있을 것입니다. 그런데 어찌 친히 가시려 하십니까?

상께서 말씀하셨다.

"제왕이 병이 마침내 중하여졌으니 짐이 가서 보려는 것은 부자지간의 자연스러운 정인데 경은 어찌 막는가?"

성의백이 다시 아뢰었다.

"군신과 부자간에 우환이나 질고를 염려하시는 높으신 뜻을 신들이 꺼리는 것은 아니나 제왕의 작은 질환 때문에 귀하신 몸을 움직이시는 것은 체면에 불가하여 그러는 것입니다. 폐하께서 구태여 하고자 하신다면 남북군으로 하여금 어가를 지키라 하시고 대장을 함께 타게 하시어
불의의 사고를 방지하십시오. 근래 건상(乾象)에 자미성이 어둡고 별의 76

위치에 변화가 잦으므로 신들이 깊이 두려워하고 있습니다."

상께서 조용히 한참을 생각하시니 태감 마영성이 이렇게 아뢰었다.

"제왕은 성상의 친아들이신데 친히 가셔서 그 병을 묻고자 하시는 것에 유승상이 이런 의심하는 말씀을 임금께 드리니 나머지 조정 신하들은 말할 필요도 없을 듯하옵니다."

그 말을 들은 유공이 정색하고 말하였다.

"국가의 대사는 환관이 알 바 아니다. 너는 어떤 사람이기에 상방검을 두려워하지 않고 감히 임금 앞에서 참소를 하느냐?"

말을 미처 다 마치기도 전에 도어사 사강이 여러 사람 중 맨 먼저 나아가 마영의 죄를 논하니 상께서는 마지못해 어쩔 수 없이 마영을 하옥시키셨다. 날이 늦은 후 어가를 움직여 제궁으로 향하려 하실 때 유공이 다시 아뢰었다.

"어가로 신하의 집에 행차하시는 것은 지극히 중대한 일입니다. 친아들이라 하여도 법을 폐하지는 못하는 것이니 먼저 군사들로 제궁에 진을 치게 하고 어가를 움직이시는 것이 마땅할 것이옵니다."

77 상께서는 그 말을 좇아 유몽을 함께 태우게 하시고 제궁으로 가셨다. 몽은 이때 하인을 보내어 흉악한 음모를 탐지하게 한 후 가만히 안에서 도와줄 환관과 꾀를 정하였다. 그런 후에 좌영군을 모두 일으켜 도성의 문을 지키게 하고 1천 명의 군사들로 궐 안을 호위하게 하였으며 5천 명의 군사들을 각처에 매복시켰다가 포성을 들으면 일시에 응답하라 시켰다. 그리고 또한 수하의 용사 8백인을 불러 당예갑과 단도를 주고 호령을 기다리라 한 후 어가를 호위하여 왕부에 이르렀다. 그러자 제왕이 모든 일을 다 준비하고 깊이 들어앉아 있으면서도 병을 핑계로 상을 맞지 못하

는 체했다. 어가가 궁문에 다다르자 백관들은 다 떨어져 문 밖에 있고 오직 함께 있던 유몽과 어림군(御臨軍)[99] 1천여 명이 상을 모시고 셋째 문에 이르니 제궁의 환관들이 나와 아뢰었다.

"왕의 병이 중하여 사람의 소리를 들으면 증세가 더합니다."

그러자 상께서 모든 호위 장수들에게 다 물러나 있으라 하신 후 두어
명의 신하들만 데리고 들어가셨다. 안에서는 제왕이 평복으로 상을 맞아 78
병세가 위중한 체하니 상께서 더욱 염려하시며 그 손을 잡고 병이 어떤가 물으셨다. 왕이 눈썹을 찡그리고 겨우 두어 마디로 병이 중하다 대답하는데 그때 홀연 한바탕 광풍이 일어나 전후의 장막을 걷어 치며 무수한 군병이 구름같이 몰려들어 와 각각 병기를 가지고 앞에 서는 것이었다. 상께서 매우 놀라 안색이 흙빛이 되시니 제왕이 일어나 아뢰었다.

"성상께서 친히 임하시니 행여 불의의 변이라도 있을까 두려워 신이 군사를 풀어 어가를 호위하려는 것일 뿐 다른 뜻이 아니니 염려하지 마시옵소서."

말을 미처 다 마치기도 전에 무수한 호위 군사들이 전 앞으로 나아가 크게 외쳐 말하였다.

"태자가 사리에 어둡고 덕을 잃었으니 만일 제왕을 세워 종사를 맡기시지 않는다면 신들은 다섯 걸음 안에 피로써 폐하께 뿌릴 것입니다."

이 말을 듣고 상께서는 얼굴빛이 달라지셨다. 그러자 제궁 대장 장손추가 큰 소리로 말하였다.

"태자는 총명하지 못하나 우리 왕은 총명하고 용감하여 당 태종의 풍
채가 있으니 일찍 제위를 물려주시지 않으신다면 대사를 그르치게 될 79

99) 어림군(御臨軍) : 임금을 호위하는 군대.

것입니다. 신들이 오늘 일을 이루지 못한다면 구족(九族)에게 화가 미칠 것이니 차라리 우리 왕을 받들어 대위에 올리고 상은 태상황으로 높이는 것이 좋겠습니다. 그러니 임금의 자리를 물려주는 조서를 받아 반포하게 해주십시오."

상께서는 매우 놀라 어찌해야 좋을지 알지 못해 하셨다. 그때 문득 장막 사이에서 여원평이 황급히 나와 상께 아뢰었다.

"백성들의 바람이 제왕께 돌아갔으니 천시와 인심이 합하여졌습니다. 이제 제부에 속한 사람들이 들고 일어나 군신 간의 체면이 손상되었으니 폐하는 원컨대 제위를 옮기시는 조서를 제왕에게 내리시어 민중의 심리를 진정케 하고 태자를 폐하시어 사직을 평안하게 하시옵소서. 만일 일이 더디 된다면 예측할 수 없는 화가 있을까 두렵습니다."

상께서 좌우를 돌아보시니 가까운 신하 두어 사람이 있을 뿐, 전 아래에는 철갑을 두른 천여 명의 병사가 늘어서 있었다. 그제야 유승상의 말
80 을 듣지 않으신 것을 뉘우치셨으나 아무 소용이 없었고 다만 일이 급할 뿐이었다. 마지못해 여원평에게 말씀하셨다.

"그대들의 말대로 태자를 폐하고 제왕을 세우고자 하나 국가의 대사를 이곳에서 행할 수는 없는 일이다. 마땅히 만조백관들과 의논하고 정당한 명분과 사리에 맞게 행하는 것이 옳을 것이다. 너희들이 제왕을 도와 대사를 이루고자 한다면 어찌 감히 짐에게 이렇듯 무례하게 군단 말이냐?"

그러자 장손추 등이 소리를 높여 말하였다.

"폐하께서 동궁을 사랑하시고 우리 왕을 사랑하지 않으시니 만일 이렇게 하지 않는다면 일을 이루지 못하여 그리하였습니다. 폐하께서 끝내

신들의 말을 좇지 않으신다면 신들 또한 예의로 청하지 못할 것입니다."

여원평이 급히 이들을 말리고 상께 아뢰었다.

"일이 급하게 되었습니다. 엎드려 비옵건대 폐하께서는 마땅히 제왕께 제위를 물리시고 함께 환궁하셔야 할 것입니다. 그러고 난 후 양로궁에서 천수를 누리신다면 종사에 복일 것입니다."

상께서는 어찌할 도리가 없어 여원평에게 제위를 물리는 조서의 초를 81
잡으라 하셨다. 그때 태감 김홍은 유몽에게 비밀스럽게 지시를 받아 곁에서 상을 모시고 있었는데, 그렇게 모시고 있다가 안에서 변란이 있거든 북을 쳐 서로 응하자 하였으므로 김홍은 이 광경을 보고 급히 전 아래로 내려가 북을 한 번 크게 쳤다. 이를 본 제왕과 원평 등이 급히 좌우에 있던 사람들을 꾸짖어 김홍을 베어 버리라 하였다.

유몽이 셋째 문 밖에서 모든 용사들과 함께 어가가 나오시기를 기다렸으나 안에서는 아무런 동정이 없었다. 그때 갑자기 북 소리가 진동하므로 안에서 변이 생긴 것을 알고 급히 용사들을 거느리고 고함을 치며 적진을 깨치고 들어가니 제의 군사들이 안에서 저지하였다. 이에 유몽이 크게 외쳐 말하였다.

"제왕이 임금을 거역하고 반역을 도모하니 내 역적을 칠 것이다. 감히 막는 자가 있으면 삼족을 벨 것이다."

그런 후 눈을 부릅뜬 채 앞장서서 손에 철퇴를 잡고 달려 들어가 적군을 찔러 죽였다. 8백 명의 용사들도 한결같이 방패와 단도를 들고 찌르고
치니 사람이 감히 당해내지 못하여 다 흩어졌다. 이처럼 바로 바로 죽이 82
며 내전에 이르러 위를 바라보니 마침 여원평 등이 무사들로 천자를 위협하며 김홍을 죽이려 하는 찰나였다. 몽이 이 광경을 보고 언성을 높여 크

게 소리를 지르며 말하였다.

"역적 주제에 감히 임금을 핍박하느냐?"

그리고 여러 군사들을 지휘하여 한꺼번에 나아가니 장손추가 칼을 들고 그들을 맞았다. 그러나 몽의 손이 있는 곳에서 장손추가 두 조각이 나고 좌영 용사들이 힘을 다하니 군사들은 세가 이롭지 않은 것을 보고 모두 달아났다. 이렇듯 겁을 주다가 대포 소리 한 방에 숨어 있던 복병들이 일어나 제왕의 병사들을 낱낱이 잡아 한 곳으로 모으니 제왕과 원평이 황급히 상의 뒤로 피하며 말하였다.

"제군의 무사들이 모반하여 옥석을 분별하지 못할 것이니 폐하는 저희들을 구해주십시오."

이 말을 들은 몽이 매우 노하여 말하였다.

"오늘 일은 이 두 사람이 일으킨 일이니 주동자를 용서할 수는 없사옵니다."

그러고 나서 두 사람을 결박하고 제왕의 온 집안사람들을 모두 거두어
말을 타고 이리저리 오고 가기를 무인지경같이 하며 제국 무사들을 전 아
83 래서 죽이니 그 모습은 마치 용이 도마뱀을 죽이고 범이 여우를 제어하는
것 같았다.

삽시간에 제국의 호위 군사 천여 인을 무찌르고 삼군을 호령하여 왕궁을 뒤져 숨어 있던 병사들을 다 잡아내었다. 상께서는 유몽의 용맹함을 보시고 매우 기뻐하시며 여러 죄수들을 다 잡은 후 백관을 거느리고 환궁하셨다. 불의에 성 안에 이런 큰 난리가 일어나니 백관의 놀라고 당황한 마음과 백성들의 두렵고 어수선함을 어찌 다 기록하겠는가? 다행히 몽의 지혜와 용기로 큰 난리를 평정하여 호위 군사 3천을 한 번에 사로잡은 후

어가를 모시고 궁으로 돌아온 것이었다. 상께서는 문무백관을 나아오라 하시고는 눈물을 흘리며 말씀하셨다.

"짐이 지혜롭지 못하여 한 집안에서 부자지간의 변고가 이와 같았으니 무슨 면목으로 천하에 임금 노릇을 하겠는가? 유몽의 충성과 용기가 아니었더라면 짐은 다시 경들을 보기 어려웠을 것이다."

모든 백관이 상의 말씀에 참혹하여 대답을 하지 못했다. 상께서는 다
시 묻지 않으시고 여원평의 구족을 다 죽이신 후 제왕은 목매달아 죽이시 84
고 태감 마영과 철미인은 베어버리게 하셨다. 또한 성의백의 선견지명에 탄복하시어 그에게 태사(太師)[100]의 자리를 더하시고 금으로 된 화개(華蓋)[101]를 주셨다. 또한 유몽이 어가를 구하고 역적을 잡은 공은 여러 신하들과 동렬에 놓지 못할 것이라 하시며 특별히 평제왕에 봉하시어 삼제를 총섭하게 하시고, 태감 김홍에게는 도태감의 지위를 더하시며 녹봉 3천 석을 주셨다. 세 사람이 천자의 은혜에 감사하여 인사를 마쳤을 때 유몽은 머리를 조아리고 엎드려 왕에 봉하신 것을 사양하였다. 영릉후 역시 매우 놀라 엎드려 간절히 사양하며 말하였다.

"몽이 외람되게도 좌영을 맡는 큰 죄를 지어 어가에 동승하였으니 임금이 위태로우신 때 신하가 어찌 편안히 앉아서 구하지 않을 수 있겠습니까? 이는 신하된 자의 직분이온데 그러한 작은 공로로 대국에 봉하시고 왕작을 내리시니 신의 부자는 황공하고 두려운 마음뿐입니다. 전
아래에서 죽기를 원할지언정 왕작은 정녕코 원치 않사오니 굽어 살피 85
옵소서."

---

100) 태사(太師) : 나라의 법규와 기록을 맡은 벼슬. 삼공(三公)의 하나로 문관의 최고지위이며, 임금의 스승이 될 만한 사람이라는 뜻으로 이름 지어짐.

101) 화개(華蓋) : 옛날에 어가(御駕) 위에 씌우던 일산(日傘)을 말함.

이 말을 들은 상께서는 서글피 말씀하셨다.

"짐이 골육의 변을 만나 생사가 경각에 달려 있을 때 몽이 백인을 깨치고 들어와 짐을 구하고 역적을 잡아 사직을 보호하였으니 그 공은 세상에 드문 것이다. 천하를 나누어 달라 하여도 아까워하지 않을 터인데 삼제와 같은 조그만 나라를 따지겠느냐? 경은 짐의 정을 막지 마라. 짐은 몽의 공을 갚고 뒤 세대의 사람들에게 경계하고자 한다."

그러자 영릉후도 어찌할 도리가 없어 은혜에 감사하고 물러날 따름이었다.

유 씨 삼 대 록

17권

1 재설(再說).[102] 유몽이 왕의 작위를 받고 돌아오자 승상 부부는 놀라고 황공하여 외람된 마음을 금할 수 없었다. 그러나 상의 뜻이 견고하시므로 마다 할 수 없어 그저 천은에 감사할 따름이었다. 또한 승상 부부는 유몽에게 난을 평정하던 사정을 자세히 물은 후 그 지혜와 용기, 재주와 꾀를 아름답게 여겨 기뻐하며 말하였다.

"네가 밖으로 군병과 약속하고 용기와 힘을 내어 적을 친 것은 네 직분에 마땅히 해야 할 일이지만 김홍과 안에서 응수하기로 한 것은 언제 맞춘 것이냐?"

몽이 대답하였다.

"이는 어머님께서 비밀히 계교를 가르쳐주신 것입니다. 어머님께서 말씀하시기를 김태감은 어질고 정직하여 근래의 환관들 중에는 가히 대사를 의논할 수 있는 사람이니 밤을 타서 들어가 만나보고 천자께서 제궁에 가시는 날 변이 생기거든 급히 북을 쳐서 알게 하여 어가를 보호할 수 있도록 언약하라 하셨습니다. 제가 그대로 시행하여 김홍과 의논하니 저 사람 또한 기쁘게 제 뜻을 따라주어 다행히 성공할 수 있었던 것입니다."

2 이 말을 듣고 승상이 탄복하며 말했다.

"며늘아기가 현명하여 그 자식 또한 이와 같으니 몽이 그 어미를 닮았구나."

그 자리에 있던 사람들 역시 칭찬하며 탄복하였다.

다음날 중사(中使)[103]가 절월(節鉞)을 가지고 이르러 몽을 왕에 봉하고

---

102) 재설(再說) : 앞에 전개되었던 사건 중 일부를 다시 자세하게 서술할 때 쓰이는 전환구임.
103) 중사(中使) : 궁중에서 왕의 명령을 전하던 내시를 말함.

그의 처 상씨는 왕비에 봉하였으며 모친인 설씨는 제국 태비로 지위를 높이었다. 몽이 제후의 복장으로 관면을 갖추고 용포를 입고 옥대를 띤 채 조부모와 부모께 절을 올리니 관옥 같은 용모와 호랑이 같은 기상에는 엄연히 군왕의 규모가 일어나 있어 그 모습이 평범한 사람들 가운데 뛰어나 났다. 승상 부부는 이 모습을 보고 매우 기뻐 손을 잡고 등을 어루만지며 사랑하고 소중히 여겼으며 영릉후와 설부인이 유몽을 귀하고 중하게 여기는 마음은 태산이나 바다에도 비할 수 없을 정도였다.

진공은 병중에 이런 말을 듣고 매우 놀랐으나 또한 난이 평정되었고 몽이 왕에 봉해졌다는 말을 듣고는 기쁘면서도 근심이 되어 여러 가지로 마음을 진정시키지 못하고 있었다. 그때 갑자기 북쪽을 평정했다는 첩보가 대궐에 오르고 숙질간인 부풍후와 유현 두 사람이 평장을 구하여 돌아오고 있다는 편지가 부중에 이르니 온 집안에 환성이 물 끓듯 하였다. 진공 3
은 마음이 기쁨으로 가득하여 여러 해 앓던 고질병이 일시에 사라져 증세가 날로 차도를 보였다. 온 집안이 경사스러워 하고 백성들이 기뻐하는 모습은 마치 문왕(文王)이 유리(羑里)에서 나오시자 많은 백성들이 즐거워하던 것과 다름없었다.[104)]

상께서는 승전보를 보시고 매우 기뻐하시며 제남백 일가를 석방시키신 후 즉시 옛 벼슬을 다시 주시고 조서를 내리시어 위로하셨다. 또한 안

104) 문왕(文王)이 ~ 다름없었다 : 문왕은 주(周)나라의 기초를 닦은 명군(名君)으로 성은 희(姬)이고 이름은 창(昌)인데 서방 제후의 수장이란 듯으로 서백(西伯)이라고도 부름. 숭(崇)의 제후였던 호(虎)는 시기심이 많은 사람으로 고죽국(孤竹國)의 이름난 백이(伯夷)와 숙제(叔齊)까지 서백의 치정에 감복하여 따르려 하자 은나라의 주왕(紂王)에게 서백을 모함하여 주왕이 서백을 유리옥(羑里獄)에 가둠. 유리는 험준한 지세로 둘러싸인 지명으로 서백의 땅에서 동쪽으로 800여 Km 떨어져 있는데 오늘날 하남성(河南省) 탕음시(湯陰市) 북쪽 3 Km 지점에 위치해 있음. 문왕은 이곳에 갇혀 있는 동안 64괘를 만들고 『괘사(卦辭)』를 지었는데 오늘날의 『주역(周易)』은 여기에서 말미암음. 이로 인해 백성들의 삶이 더욱 윤택해졌기에 문왕이 유리옥에서 나오자 백성들이 즐거워했다고 한 것임.

으로는 궁인을 보내어 문창군주를 위로하고 격려하시니 군주는 마치 죽은 나무가 따뜻한 봄을 만나 회생한 것같이 되어 그제야 진부에 돌아와 아버지를 보았다. 그때 공은 이미 병에서 회복되어 눈가에 기쁜 기색을 띠고 있었는데 안색이 봄바람같이 따사로웠다. 조부모님과 아버지, 형제들이 모두 함께 모여 앉아 있다 군주를 보고는 반기지 않는 사람이 없었다. 이부인이 이윽히 군주의 손을 잡고 슬프게 말하였다.

4 "너를 보내고 여러 달이 되었구나. 하늘이 굽어 살피셔서 이제 다행히 소랑이 살아 돌아온다는 소식을 들으니 이 늙은이는 죽어도 여한이 없을 것 같다."

군주는 눈물을 흘리며 오랫동안 부모님 슬하를 떠나 있어 사모하고 그리워하던 마음을 이야기했다. 이 말을 들은 공은 더욱 애처로워 손을 잡고 등을 어루만지며 흔쾌히 위로하였다. 군주 또한 슬픈 마음을 진정한 후 좌우에 있던 삼촌들을 돌아보았다. 이때 여러 공들은 조회를 마치고 아들, 조카를 거느리고 들어와 공복을 벗지 않은 채 아침 문안을 드리고 있었다. 통천관과 익선관과 작미관과 평의관이 모두 하나같이 별과 같고 망룡포와 홍금포가 오색구름같이 벌려 있었으며 통천서와 양지옥과 서역옥이 허리에서 빛나고 남옥패와 형옥패가 좌우로 요란하니 이는 진실로 만대에 한번 모일까 말까 한 인물들이 모인 것이요, 천 년에 한번 있을까 한 일이었다. 그밖에 오사자포와 옥대 아홀을 갖추고 벌려 서 있는 자가 수를 모르게 집 안에 메여 있으니 군주가 평제왕 부부를 한번 보고 영릉후와 설부인을 향해 옷깃을 여미고 치하하며 말하였다.

5 "소녀가 집을 떠났다 반년 만에 돌아와 할아버님, 할머님과 여러 숙부들께서 모두 안녕하신 것을 보니 기쁜 마음을 금할 길이 없습니다. 또

한 십일 형께서 입공하시어 왕으로 봉해지신 일은 가문에 영광이며 숙부와 숙모의 복록이 높으신 덕이니 기쁘고 다행한 마음을 이기지 못하겠습니다."

영릉후가 웃으며 말하였다.

"우리 집안의 번창함이 이미 고금에 드문 일이거늘 몽이의 공명으로 더 빛날 일이 있겠느냐? 지위가 지극하고 성상의 총애가 과도하니 오히려 재앙이 있을까 두렵구나. 이는 기뻐할 일이 아니나 오직 네가 환란을 면하고 밝은 세상을 볼 수 있게 된 것이 이 못난 숙부는 그저 다행스러울 뿐이다."

군주는 이 말씀을 듣고 감사를 표하였으며 좌우에 있던 사람들 역시 모두 영릉후 말씀을 금옥 같은 말씀이라 일컬었다. 온 집안이 종일 한 집에 모여 부풍후 숙질이 돌아올 기약이 가까운 것과 진공의 병환이 쾌차한 것을 축하하였다.

다음날 공이 처음으로 입궐하여 조회에 참석하니 상께서 매우 기뻐하시며 편전으로 이끌어 보시고 수돈(繡墩)[105]을 가까이 놓아 반기시며 탄식하신 후 말씀하셨다.

"선생의 병이 오랫동안 낫지 않으니 국사가 어지러워 나날이 북방에서 6
반란을 일으키고 제왕은 안에서 반역을 도모하였구려. 만일 경의 부자와 형제의 충성과 용기가 아니었다면 어찌 사직이 평안할 수 있었겠소? 오늘 선생의 병이 나아 이렇게 내 곁으로 불러 마주 대하고 보니 그 기상과 정력이 전과 다름없으니 이는 국가의 경사일세."

105) 수돈(繡墩) : 수놓은 돈대(의자)라는 뜻으로, 임금의 자리 아래 신하가 앉도록 바닥에서 조금 돋운 좌석을 말함.

공이 머리를 조아리고 천은이 융성하신 것에 감사했으나 몽을 왕으로 봉하신 일은 자못 외람됨을 아뢰었다. 그러나 상께서는 자못 은근한 음성으로 위로하며 달래시고 부풍후 등첩서를 꺼내어 책상 위에 펴 놓고 공에게 보라고 하셨다. 공이 남쪽 자리에 엎드려 절하고 춤을 추어 성상의 크나큰 복을 하례한 후 이날 임금과 신하는 종일토록 그간 쌓여 있던 공사를 서로 의논하여 결정하였다.

공에게 병이 있은 지 10여 개월이라 1년을 거의 다 채우게 되었는데도 상께서는 다사한 일들을 모두 폐하시고 밀린 문서가 문연각에 산같이 쌓이도록 끝내 결정을 내리지 않으신 채 진공을 기다리고 계셨다. 드디어 이 날 상께서 공과 어려운 일들을 의논하신 후 비답(批答)을 내리시려 하
7 자 공이 붓을 들어 순식간에 다 결정을 내린 후 상께 조서를 청하니 신속하기는 풍우 같고 명쾌하기는 귀신같았다. 상께서는 용안이 아득하고 정신이 황홀하여 감탄하고 탄복하길 마지않으시며 한 글자도 고치지 않으셨다. 그리고 또한 공에게 제왕의 남은 무리인 여원평, 철귀비 등의 삼족(三族)을 법에 따라 어찌 처벌하는 것이 좋을지 물으시니 공은 너그럽고 인자한 말씀과 성인의 정사를 두루 말하며 사사로운 원수인 3백여 인과 죄인인 1백여 인을 다 용서하시게 하였으니 공의 어진 덕이 이와 같았다. 상께서는 탄복하는 마음을 이기지 못하시며 물이 아래로 흐르듯 그의 간언을 순순히 따르셨다. 그런 후 상방(尙房)[106]의 진수성찬과 수라를 내오게 하시어 공과 함께 어선(御膳)을 나누시며 즐겨 예우하시는 것을 평생 처음인 것처럼 하셨다.

이윽고 달이 동쪽 하늘에 고요히 떠오르니 차가운 바람은 뼈를 꿰뚫고

106) 상방(尙房) : 대궐의 각종 음식, 의복, 기물(器物)을 관리하던 곳. '상의원(尙衣院)'이라고도 함.

붉은 기러기는 북쪽으로 날아갔다. 때는 그 즈음 어둑해져서 곧 대궐문이 닫힐 때가 되었으므로 공이 퇴조하기를 청하니 상께서 말씀하셨다.

"선생이 중병을 앓고 난 지 얼마 안 되어 이처럼 정신을 허비하였으니
몸 조섭을 잘 하지 못하기 쉬울 터인데 이대로 돌아가면 차가운 바람 8
이 신상에 해로울까 싶소."

그리고는 입고 계시던 자수 여우가죽옷을 벗어서 입히시고 소환을 시켜 친히 향온주를 데우게 하시고 공에게 권하셨다. 공은 천은에 망극하여 눈물을 흘리며 거듭 감사하고 물러나 부중으로 돌아왔다. 이로부터 모든 백성들이 다 고무되어 이렇게 말하였다.

"오늘 대장군이 병에서 회복되시어 국사를 다스리시니 우리들은 이제 죽어도 죄 때문에 죽어 억울하게 울 일은 없을 것이다."

한편 상께서는 유몽의 공을 잊지 못하시어 그에 대한 은총이 친 황자와 다름이 없으셨다. 그에게 제왕의 궁을 상으로 내리셨으나 왕이 굳게 사양하며 어찌할 바를 알지 못하니 영릉후가 왕에게 말하였다.

"비록 천은이 이와 같으시나 네 약관의 어린 나이로 부모와 조부모께
서 아직 위에 계시니 왕공의 부귀로 망령되이 존대하겠느냐? 왕부에
딸린 사람들을 궁중에 머물게 하여 모든 일들을 위에 아뢰게 하고 너희
부부는 내 슬하에 계속 있으면서 반포(反哺)107)의 정과 채무(彩舞)108)의 9
즐거움을 다하고 지위가 높은 만큼 많은 것을 조심하고 피함으로써 재

107) 반포(反哺) : '반포'란 까마귀 새끼가 자란 뒤에 늙은 어미에게 먹을 것을 물어다 준다는 뜻으로, '부모의 은혜를 갚음'을 비유하여 이르는 말.

108) 채무(彩舞) : 부모를 즐겁게 해드리기 위해 채색옷을 춤을 추는 것을 말함. 곧 늙은 부모를 위로하는 일을 미화하여 이르는 말. 춘추전국시대에 노(魯)나라의 효자였던 노래자(老萊子)가 70세의 백발노인이 되어서도 부모가 자신이 늙었다는 것을 알지 못하도록 늘 알록달록한 때때옷을 입고 어린아이처럼 재롱을 부려 노친으로 하여금 나이를 잊게 했다는 데서 유래함.

물을 사사로이 하거나 거처를 따로 하지 마라. 또한 효자의 사친지도(事親之道)에 힘쓰고 공손하고 겸손하게 물러나야 함을 잊지 말아야 하느니라."

왕이 엎드려 명을 받들었다. 그리하여 모든 시종들은 왕부에 머물게 하고 부부는 부모를 모시고 처신하기를 마치 유생과 같이 하니 사람들이 우스갯소리로 말하기를 왕은 용포 입은 선비라 하였다. 그처럼 검소하고 공손하며 성실히 행한 것은 영릉후가 각별히 경계를 엄히 했기 때문이었다.

화설(話說). 그 때 북방으로 원정 간 두 원수는 절월을 돌이켜 경성을 향해 돌아오고 있었다. 도중에 탁주부에 이르자 연후가 여행길에 다리가 무뎌져서 몸이 불편한 까닭에 군을 머물게 하고 수일 동안 조리한 후 출발하려 하였다.

이날은 달이 밝고 이슬이 풀 위에 굴러 마치 형산(荊山)의 백옥같이 밝게 빛났다. 부풍후가 장막 안에서 연후에게 약을 권하여 먹인 후에 이불을 덮고 땀을 내게 하였다. 평장은 밖으로 나와서 멀리 고국을 바라보며 임금과 부모를 생각하다 그리운 마음에 심사가 어지러워졌다. 좌우에 있던 시종에게 교자를 내오라 하여 그것을 타고 가마꾼에게 들게 한 후 영채 안을 이리저리 돌아다니는데 그 때 문득 앞에 몽고 장막 두어 개가 있는 것이 보였다. 그 앞에는 여러 장사들이 칼과 창을 들고 지키고 있었고 두어 사람이 달빛 아래에서 이리저리 돌아다니며 길게 탄식하므로 평장이 자세히 보니 그 사람은 바로 북해가에서 반년 동안 양식을 가져다가 저희들을 구해주었던 몽고인이었다. 평장이 한 번 보고는 매우 놀라 좌우에 있던 시종들에게 그 사람을 청해 오게 하였다. 평장은 그와 함께 장막 안으로 돌아와 그를 자리에 앉히고 물었다.

"우리들이 그대에게 큰 은혜를 입어 오늘날 다시 살아나 고국으로 돌아가게 되었으니 이는 진정 뼈가 가루가 되고 몸이 부서져도 갚지 못할 큰 은덕이네. 번국에 있을 때 그대를 찾았으나 끝내 찾지 못하고 헛되이 돌아온 후 은혜를 저버린 것을 한스러워하고 있었는데 이처럼 오늘 여기에서 상봉하게 되었으니 모르겠구려. 그대는 어떤 사람의 부하이기에 볼모로 삼을 무리에 빠지게 되었소? 자세히 일러주면 내 힘을 다 11
하여 본국에 돌아갈 수 있도록 하리다."

달자는 희미하게 웃고 자리에서 내려 앉아 이렇게 고하였다.

"제가 어르신을 속이고 양식을 바쳐 올린 적이 있으나 다른 사람이 시킨 것이지 제가 사사로운 뜻으로 한 일이 아니었습니다. 어찌 이렇듯 예우하시는 것을 감당할 수 있겠습니까?"

평장이 놀라서 물었다.

"그대는 우리의 은인이네. 말이 어찌 장황하여 처음과 끝은 감추고 중간만 이야기하여 의심하게 하는 것이오?"

달자는 다시 공손히 용서를 빌며 말하였다.

"저는 사실 양성공주의 집안에서 부리는 일꾼입니다. 공주께서 어르신의 위풍을 사모하시어 혼인을 청하셨으나 어르신께서 듣지 않으신 일이 있었습니다. 그런데 왕께서 잘못하면 어르신을 해하려 하시므로 공주께서는 자신의 잘못으로 어르신을 그릇되게 만든 죄를 뉘우치셨습니다. 또한 이렇듯 하루아침에 천자의 사자를 핍박하여 가두어 두었다가 죽이게 되면 우리나라에 미칠 환란이 가볍지 않으리란 것을 아시고 부왕께 간언하시어 잘못을 바로잡으려 하셨습니다. 그러나 왕께서는 어르신이 고집을 부리신 것에 노하시어 끝내 듣지 않으시고 곡식을 끊어 굶어 죽게 만들려 하셨습니다.

공주께서는 어르신의 기상과 충절에 탄복하고 굶주리시는 것을 슬프
12 게 여기시어 아무도 모르게 본궁의 재물을 저에게 맡기시며 사자의 일
행을 구하게 하셨습니다. 그러나 만일 왕께서 알게 되시면 좋지 않은
일이 많을 것이고 사자께서도 즐겨 받지 않으리라 하여 다른 사람인 체
하라 하셨던 것입니다. 그러다 어르신의 병이 중해지시자 공주께서 이
르시기를 '이 사람이 만일 이 곳에서 죽으면 중국 조정에서 죄를 묻는
일이 생길 것이니 그렇게 되면 이는 국가에 크나큰 환란이 될 것이다.
하물며 저 사람이 중국의 대신으로 절개를 꺾지 않으니 충신열사라 할
수 있는데 이처럼 해외에서 굶주림 때문에 억울하게 죽게 된다면 어찌
천추에 애석한 일이 아니겠느냐?'라고 하시고는 마침내 남자 옷을 입고
거짓으로 도사인 체하여 약을 가져다가 어르신을 구하고 이제 볼모로
잡혀갈 것을 자원하여 세자 전하와 함께 들어온 것입니다.

당초 공주께서는 어르신을 보고 이미 마음을 허락하였는데 만일 본국
에 있으면 국왕이 다른 곳에 혼인시켜 공주의 뜻을 빼앗을 것이었습니
다. 이미 마음을 허락한 후에는 고치지 못할 것이니 중국 조정에 들어
13 가 비록 어르신과 인연을 이루지 못한다 하더라도 평생 혼자 늙으며
마음을 고치지 않고 그저 세자와 함께 객지에서 서로 위로하며 지내고
자 하셨습니다. 그러나 부모께는 이런 생각을 말하지 않으시고 다만
어르신께서 소인을 찾으신다는 말을 듣고는 숨어서 어르신 눈에 띄지
마라 하시므로 소인이 만 리 밖으로 피하여서 뵙지 못하였던 것입니다.
오늘은 달빛이 매우 밝기에 우연히 고국을 그리워하다 어르신의 눈을

피하지 못하였습니다."

평장은 이 말을 다 듣고 매우 놀라 한동안 말없이 가만히 있었다. 그러면서도 공주의 사람됨에 한편으로 감동하여 몽고인에게 칭찬하며 말했다.

"원래 그간의 사정이 이러했는데도 내가 알지 못하여 안개 속에 갇힌 사람 같았구나. 나는 한낱 너의 덕이 큰 것만 생각하고 공주의 지혜가 그와 같은 줄은 깨닫지 못했다. 너는 공주에게 어떤 사람이기에 공주의 뜻을 이처럼 자세히 아느냐?"

몽고인이 이렇게 대답했다.

"소인은 공주의 젖아우[109] 입니다. 지금 어미를 따라와 장막에서 한시
도 떠나지 않고 마음을 터놓고 지내어 소인이 자연히 아는 것입니다." 14

평장은 고개를 끄덕이며 말했다.

"너의 공주는 사람이 생각지도 못할 지혜를 지녔으니 남자보다 낫구나. 너 또한 능히 주인의 뜻을 받들어 임기응변이 신출귀몰(神出鬼沒)하니 모르겠구나. 막북(漠北)[110] 같은 먼 변방에 어찌 이런 인재가 있단 말이냐? 돌아가라. 나중에 경성에 가게 되면 찾을 것이다."

몽고인이 거듭 절하며 말했다.

"공주께서도 천자를 알현하고 중국에 있고자 하셨던 까닭에 전날 어르신께 하직인사를 올릴 적에 황극전 아래에 가면 서로 보자 하였는데 이제 그 말이 맞았습니다."

평장 또한 그 일을 깨닫고는 기이히 여겼다.

몽고인이 돌아간 후 평장이 안으로 들어와 부풍후와 연후에게 일의 전

---

109) 젖아우 : {유뎨[乳弟]}. '같은 젖어미를 가진 아우'란 뜻으로 여기서는 유모의 자식을 가리킴.
110) 막북(漠北) : 몽고고원에 있는 고비사막의 북쪽 지역.

말을 자세히 전하니 부풍후가 놀라움을 이기지 못하면서 이렇게 말했다.

"이 일이 또한 기괴하고도 기특하니 공주는 결코 평범한 사람이 아니로구나. 그대가 끝내 버리는 것은 옳지 않으니 조정에 돌아간 후 취하여 금차(金釵)[111]의 자리에 머무르게 하면 조카 또한 사덕(四德)을 갖추
15 고 있으니 서로 화목하게 지내어 자손이 번성하고 집안의 앞길이 창창할 것이다. 고집스럽게 사양한다면 어찌 편협하고 옹졸하다 하지 않겠는가?"

이 말을 들은 평장은 기쁘지 않은 기색으로 탄식하며 말했다.

"저 공주의 사람됨을 보면 기특하고 뜻을 보면 감격스러우나 여러 가지 이유에서 불가합니다. 소생이 비록 용렬하다 하나 어찌 오랑캐와 혼인을 맺겠습니까? 하물며 혼인은 인륜지대사인데도 이를 빌미로 병사가 일어나고 몽고의 격서(檄書)가 조정에 들어가 조정에서 지금 의심하시고 있는 지경인데 그 일을 빌미 삼아 호녀를 취한다면 사람들이 침을 뱉고 꾸짖을 것입니다. 그렇게 되면 소생 또한 살 뜻이 없어 분한 마음을 참지 못할 것입니다. 다만 저 사람의 의협심과 제 목숨을 구해준 은혜가 적지 않으니 각별히 후한 예로 갚기는 하겠으나 결혼할 뜻은 없습니다."

부풍후가 웃으며 말했다.

"이는 고집스러운 말이다. 만물에는 정해진 수명이 있고 운명에는 때가 있는 것이니 전날 비방하는 말이 비록 성하였다 하나 이는 뜬 구름이 태양빛을 잠깐 가린 것에 불과하다. 그때 이미 사실을 분명히 밝혔
16 을 뿐 아니라 군대가 만중으로 사막을 평정하고 북해에 가서 그대를

---

111) 금차(金釵) : 첩의 자리를 말함.

구했으니 모든 사람들이 다 아는 일인데 누가 그대를 양성공주의 부마가 되었을 것이라 의심하겠는가? 또한 전에 있었던 일이 이미 헛되고 공주의 재략과 의협심이 실로 기이하니 어찌 그 사람을 한낱 보잘것없는 사람으로 여기겠는가? 마땅히 천자께 아뢰고 취하는 것이 옳으니 끝내 버린다면 이는 신의 없고 박정한 일이 될 것이다. 내 그윽이 그대를 위하여 취하여 갖지 않으려 한다."

평장이 다시 여러 가지로 불가함을 자세히 오랫동안 설명했으나 연후는 이불로 머리를 싸고 자는 듯이 누운 채 아무 말도 하지 않았다.

며칠 후 연후가 쾌차하자 일행을 정비하여 경성에 이르니 유씨 가문의 모든 종족과 부자 형제가 백 리 밖까지 나와 맞이하였다. 그때 진공과 제남백 등이 승상을 모시고 멀리 바라보니 대군이 대오가 가지런하고 기치가 엄정하였다. 두 원수가 융복을 갖춰 입고 나아오다가 초공과 진공을 만나니 각각 서로 반가운 마음을 이기지 못하였다. 연후는 아버님의 병환이 한결 나아진 것을 보자 그렇게 기쁘고 다행스러울 수가 없어 부자가 서로 손을 붙잡고 넋이 나간 듯하였다. 후군(後軍)에 있던 소평장은 경사에 이르러 제남백을 보고는 급히 말에서 내렸다. 부자가 서로 안고 통곡하기를 그치지 않으니 이를 본 여러 무리들은 모두 슬프고 참혹해 하였다. 진공이 그들을 위로하며 말했다.

"이제 천행으로 무사히 돌아왔으니 지난 슬픔을 일러 무엇 하겠느냐? 임금께서 곧 나오실 것이니 사사로운 정은 이만 그치고 바삐 임금을 맞이하여라."

소공 부자가 눈물을 거두고 함께 나아가 순선문 밖에 이르니 천자께서 가마를 타고 성문 누각에 이르러 좌정하시고 두 원수를 맞이하셨다. 삼군이 기를 두르고 진을 이루어 한꺼번에 만세를 부르니 상께서 매우 기뻐하시며 두 원수를 각별히 위로하시며 말씀하셨다.

"경들이 변방의 비바람을 무릅쓰고 흉노를 무찌르고 소경문을 구하여
18 돌아왔으니 오랑캐들이 이제 명나라 조정에 사람이 있음을 알 것이다. 어찌 시원하지 않겠는가?"

그러고는 소경문을 가까이 오게 하시어 위로하며 말씀하셨다.

"경은 먼 변방에 들어가 오랑캐에게 위력으로 협박을 당하는 욕을 보았으나 늠름히 충절을 붙잡고 굴복하지 않았소. 그러다 북해가로 쫓겨나 목숨이 위태로웠는데도 흉한 격서가 조정에 이르러 짐의 마음을 어지럽혀 거의 우리 군신 간의 관계가 완전치 못할 뻔하였으니 생각해보면 어찌 한심치 않겠소? 경이 집을 떠난 1년 동안 늙은 부모는 이문(里門)112)에 기대어 기다리고 젊은 처자는 깊은 규방 안에서 울며 목숨을 아끼지 않는 것을 짐이 또한 슬피 여겼는데 오늘 이처럼 살아 돌아왔으니 국가에 천만 다행이구려. 마땅히 충절을 크게 표창하여 전속국(典屬國)113)의 한을 없게 할 것이오."

평장은 엎드려 울며 벌을 주실 것을 청하며 말하였다.

"신이 조서를 받들고 들어가 처신을 잘 못하여 불충한 일에 이름이 매이고 이 한 몸이 그에 빠졌으니 만일 폐하의 하늘 같은 은혜와 유세경

---

112) 이문(里門) : 동네 어귀에 있는 문을 가리킴. '의문지망(倚門之望)'이라 하여 떠나간 자녀가 돌아오길 문에 기대어 기다리는 어머니의 마음을 뜻하는 고사성어가 있음.

113) 전속국(典屬國) : 원래는 외국에서 항복해온 자를 관리하는 직책을 의미하나 여기서는 소자경을 가리킴. 소자경이 흉노에서 살아 돌아오자 한(漢) 나라에서 소자경을 높여 전속국(典屬國)이라 함. 소자경(蘇子卿)은 곧 소무(蘇武)로 자가 자경(子卿)임. 흉노(匈奴) 정벌에 공을 세운 소건(蘇建)의 차남. 제7대 황제인 무제(武帝)의 명을 받고 흉노의 지역에 사신으로 갔을 때, 선우(單于)에게 붙잡혀 복속(服屬)할 것을 강요당했으나 이에 굴하지 않아 북해(北海) 부근에 19년간 유폐되었음. 흉노에게 항복한 지난날의 동료 이릉(李陵)이 설득했으나 굴복하지 않고 절개를 지켜 귀국함.

등의 지혜와 용기가 아니었다면 신의 뼈는 오랑캐 가운데에서 썩고 삼 19
족(三族)은 속절없이 동시에 죽어 천 년이 지나도 그 억울하고 원통함을 풀 날이 없었을 것입니다."

상은 평장을 위하여 얼굴빛을 고치고 거듭 위로하셨다. 부풍후가 드디어 평장이 몹시 고생했던 일을 고하고 또한 번국에게 항복을 받고도 오랑캐 인심을 오히려 측량할 수 없어 볼모를 잡아왔다는 사실을 고하니 천자께서는 기뻐하시며 말씀하셨다.

"오랑캐가 여러 번 믿을 수 없는 짓을 했으니 볼모를 잡아 온 것은 잘하였다. 이는 전례에도 있는 일이다."

그런 후 이날 큰 잔치를 베풀어 삼군에게 상을 내리시며 공에 따라 벼슬과 하사품을 내리셨다. 그리하여 부풍후에게는 단서철권(丹書鐵券)을 주시어 태자태부에 명하시고 식록 3천 석을 내리셨으며, 연후에게는 본직이었던 병부상서에 상주국(上柱國)[114]을 더하고 황라산(黃羅傘)을 주어 출입 시에 공로를 드러나게 하셨다. 평장은 비록 전쟁에서 세운 공[115]은 없었으나 신의와 충절을 다하여 죽음의 위협에도 굴하지 않고 변방에서 고생하였으니 나라를 위한 충정이 나타났을 뿐 아니라, 전날 제왕의 방자하
고 불법한 것을 꾸짖어 국가에 해가 될 것을 고하였으니 그 선견지명은 20
거의 장구령(張九齡)[116]이 안녹산(安祿山)을 알아본 것과 같다 하시며 수춘

114) 상주국(上柱國) : 공훈자에게 주기 위해 제정한 훈호(勳號)로, 정2품관에게 주는 것을 상주국, 종2품관에게 주는 것을 주국(柱國)이라 하였음. 이때 같이 제정한 공(公)·후(侯)·백(伯)·자(子)·남(男)의 5등작(五等爵)의 작위 수여와 함께 식읍(食邑)을 급봉(給封)하는 실리가 따랐음.

115) 전쟁에서 ~ 공 : {한마(汗馬)의 공}. '한마'란 싸움터에서 땀을 흘리며 달리는 말을 가리키며, '한마공로(汗馬功勞)'는 전쟁에서 세운 큰 공로 또는 탁월한 업적을 비유한 말임.

116) 장구령(張九齡) : 당나라 현종(玄宗) 때의 재상. 광둥성[廣東省] 취장[曲江] 출생. 문재(文才)가 뛰어나고 어진 재상이었으나 사치와 향락에 빠진 국왕에게 간언을 했다가 이임보(李林甫)에게 미움을 받아 좌천됨. 안녹산(安祿山)이 위험인물임을 간파했다는 일화가 전해짐.

후에 봉하셨다. 또한 절월(節鉞)을 주시어 그 집 문에 정표(旌表)[117]하여 절의문이라 하시니 세 사람이 거듭 절하며 그 은혜에 감사하였다. 그러나 평장은 머리를 땅에 조아리고 간절히 사양하며 말하였다.

"군명을 욕 먹인 죄 정녕 벌을 받아야 마땅할 것인데 어찌 도리어 봉작을 받을 수 있겠습니까?"

상께서 웃으며 말씀하셨다.

"짐이 평생 전속국을 슬프게 여기고 한(漢) 무제의 무정함을 개탄하였는데 어찌 스스로 그 허물을 본받겠는가? 경의 충절과 열의는 옛사람에 못지않으며 반역할 신하를 알아보는 눈은 귀신 같으니 약관(弱冠)의 나이에 이런 지식과 선견이 있음을 내 아름답게 여겨 이 벼슬을 주어 특별히 사직의 신하를 삼고자 하는 것이니 경은 괴롭게 사양하여 짐의 좋은 뜻을 저버리지 마라."

평장은 천은에 감격하며 감사하였다. 그 때 연후가 문득 나아와 아뢰었다.

21 "신이 오는 길에 한 가지 괴이한 가지 일을 들은 까닭에 감히 임금 앞에 아뢰니 올바르게 처리하여 주시길 바라옵니다."

상께서 그 까닭을 물으시니 연후가 웃고 나서는 고개를 숙이고 엎드려 아뢰었다.

"소경문이 번왕의 구혼을 물리쳤으므로 북해에 갇히어 양식조차 끊겨 일행 1백여 인이 굶어 죽기에 이른 적이 있었습니다. 풀뿌리를 모조리 캐어 먹고 산에 있던 벌레를 전부 잡아먹어도 목숨이 위태로웠는데 홀연 한 몽고인이 양식을 가져와 여차여차하고 계속 주식을 주어 일행을

---

117) 정표(旌表) : 착한 행실을 칭송하고 이를 세상에 드러내어 널리 알리는 것을 말함.

구하였으니 그 의기는 천추에 하나뿐일 것입니다. 이렇듯 경문이 비록 목숨은 이었으나 분한 마음에 병이 생겨 목숨이 경각에 달리게 되자 달자(韃子)[118]가 또 한 도사를 청하여 병을 보이고 진맥하여 의약을 극진히 올리니 중하던 병이 며칠 만에 고개를 돌렸습니다. 그 후 그 도사가 떠날 때에 경문에게 말하기를 나중에 황극전 아래에서 서로 보자 하니 경문이 그 뜻을 알지 못하여 의아해했으나 그때는 깨닫지 못하였습니다.

신들이 번국을 파하고 경문을 구한 후 그 몽고인과 도사를 찾아보았으나 도무지 종적을 찾을 수 없었습니다. 저희들은 그의 은혜에 보답하 22
지 못한 것을 안타까워하며 서로 의심하기를, '폐하의 크나큰 복력으로 신하들의 허다한 인명을 구한 것인가?' 하였습니다. 그런 후 군대를 돌이켜 탁주부에 이르렀을 때 몽고 장막 가운데서 전에 사신을 구하였던 그 몽고인을 만났습니다. 경문이 그의 은혜에 감사하고 종적을 감춘 까닭을 물으니 이는 본래 양성공주가 경문의 충절을 아끼고 조정에서 죄를 묻는 환란이 있을까 두려워 남장을 하고 약을 가져다가 죽어가는 사람을 구하고 음식물을 공급하면서도 자취를 감추고 공을 자랑하지 않았던 것이었습니다. 그러니 그 높은 소견과 절인한 의기는 진정 열사, 협사라 하지 않겠습니까?

이렇듯 경문이 저 사람의 은혜를 저버리지 못할 일이 여러 가지인데, 저 오랑캐 공주가 가 볼모가 되기를 자원하여 대국으로 들어와 부녀의 정을 끊고 첫 뜻을 지키며 경문에게 수절하고 늙으려 하고 있습니다. 그 뜻이 의를 지키는 데 있으므로 신들이 거듭 좋은 말로 타일러 취하

118) 달자(韃子) : 서북변의 오랑캐라는 뜻으로, 중국 명나라에서 몽고족을 이르던 말.

라 권하였으나 경문이 끝내 예가 아니라 하며 듣지 않으니 만일 저 사
23 람을 버리고 거두지 않는다면 어찌 이 태평성대에 흠이 되는 일이라 하지 않겠습니까? 엎드려 바라옵건대 폐하께서 엄중한 교지(敎旨)를 내리시어 경문에게 보내시면 호녀(胡女)의 원망도 없을 것이고 오랑캐들 또한 그 은혜를 깨닫고 천은에 감사할 것입니다."

또한 번국에 있을 때에 공주가 남자 옷을 입고 영중에 들어와 자기 나라의 죄를 풀어서 밝히고 모든 백성의 생명을 도탄에서 구하였는데 그 말하는 것이 물 흐르는 듯하고 말투나 표정이 격렬하여 조금도 얽매이는 바가 없었던 사실을 아뢰고 이렇게 말했다.

"이 여자와 같은 사람은 중국에서도 얻기 어려울 터인데 오랑캐 땅 가운데 이 같은 인재가 있으니 어찌 기특하다 하지 않겠습니까?"

상께서 크게 칭찬하시며 말씀하셨다.

"경의 말대로라면 호녀의 일을 처리하는 것에 영웅의 의협심이 있으니 어찌 규중 아녀자라 하겠느냐? 마땅히 이 잔치 자리에 불러 보고 경문에게 혼례할 것을 허락하여 그의 지극한 바람을 좇으리라."

그리고 마침내 몽고의 세자와 공주를 전대(殿臺)로 부르라 하시니 세자
24 첨목화와 양성공주가 예관의 인도를 따라 궁궐 계단으로 나아가 만세를 부른 후 대 아래에 고개를 숙이고 엎드렸다. 이때는 2백 년 동안 나라가 태평하고 백성이 편안히 지낸 지 오래 되어 몽고의 의복 제도와 말소리가 다 중화와 다르므로 문무백관이 다 눈을 기울여 보며 이상하게 여기지 않는 사람이 없었다. 그러나 상께서는 그들에게 자리를 주시고 옥 같은 음성으로 그들을 어루만지고 위로하시며 술을 내리셨다. 이때 문무백관이 동서로 반열을 가지런히 하고 서있는데 그 의관은 별 같고 패옥은 달 같

았다. 더구나 제단 아래에 늘어선 군대의 강성한 위용과 예악 문물의 찬란함은 천고에 드물었으니 몽고 사람들이 어찌 이런 성대한 광경을 구경이나 했겠는가? 송구하여 어찌할 바를 모르니 독항(督亢)의 지도를 가진 바 없고 가슴에 품은 비수도 없었으나[119] 도리어 진무양(秦舞陽)처럼 떨기를 마지않았다.[120] 그러나 양성공주만은 안색이 태연하고 예절을 지키는 것이 조용하여 조금도 겁내는 것이 없을 뿐 아니라 눈을 들어 좌우를 살피는 일도 없었다. 상께서 술을 내리시자 양성공주는 그제야 문득 자리를 떠나며 이렇게 아뢰었다. 25

"신은 번국 오랑캐의 여자입니다. 나라가 깨어지고 몸이 볼모가 되었으니 우리 남매의 외로운 자취는 대국의 종이 되어야 마땅할 것입니다. 그런데 이렇듯 뜻밖에 성상께서 잔치 자리에 부르시어 같은 자리에 앉게 해주시고 신선의 음식으로 기갈을 위로해주시니 천은이 망극할 따름이옵니다. 마치 시든 풀에 빗방울이 젖어드는 것 같으니 어린아이가 부모를 바라는 것과 마찬가지입니다. 그러하니 어찌 저희의 절박한 사정을 우러러 아뢰지 않을 수 있겠습니까?

신의 선대에 이미 천하를 잃고 성군께서 이미 나라를 여셨으므로 저희는 물러나 막북을 지킨 지 2백여 년이 되도록 병사를 움직인 적이 없었습니다. 그런데 어쩌다 사나운 신하의 말을 곧이들어 대국에 항거하고

---

119) 독항(督亢)의 ~ 없었으나 : 전국시대 위나라 사람으로 유명한 자객이었던 형가(荊軻)가 연(燕)나라 태자 단(丹)의 부탁으로 진왕을 죽이러 갈 때 연나라의 비옥한 땅이었던 독항(督亢)의 지도와 진나라 장군이었던 번오기(樊於期)의 목을 가지고 가슴에 비수를 품고 들어갔던 일을 가리킴.

120) 진무양(秦舞養)처럼 ~ 않았다 : 형가는 진나라에 들어갈 때 자신이 기다리던 수행원이 아니라 태자 단이 추천한 진무양을 대동하고 출발하였는데, 진나라에 이르러 형가가 번오기(樊於期)의 목이 든 상자를 받들고 진무양이 독항의 지도가 들어 있는 상자를 든 채 진왕의 옥좌 아래에 천천히 다가가자 진무양이 겁에 질린 채 안색이 창백해져서는 다리를 후들후들 떨어 뭇 신하들이 이상하게 여긴 일을 가리킴.

천자의 사자에게 곤욕을 주었습니다. 성스런 군대[121]가 한번 이르자 성벽은 무너지고 군사와 장군들은 낙담하여 온 나라의 군사와 신하들이 앞 다퉈 무릎을 꿇고 호구와 성지를 드리며 귀순하였습니다. 그러나 옛적부터 오랑캐들은 믿을 수 없다 하여 신의 오라비인 첨목화를 잡
26 아 오게 되었으니 두 나라가 화친하였을 때에도 볼모는 있었던 바라 괴이하지는 않으나 신에게는 사사로운 정으로 간절히 슬픈 곡절이 있습니다.

신의 아비가 나이 육순에 아들이라고는 첨목화 한 사람뿐입니다. 이제 만 리 밖까지 잡혀왔으니 슬하에 봉양할 사람이 없고 죽은 후에는 뒤를 이을 사람이 없으니 어찌 망극한 일이라 하지 않겠습니까? 신이 비록 몸은 여자이나 또한 번국의 친딸입니다. 부모의 정을 잊지 못하는 것은 남녀가 따로 없을 것이니 엎드려 원하옵건대 성상께서는 은혜를 내리시어 첨목화를 돌려보내 종사를 잇게 하시고 신을 볼모로 두어 주십시오. 그리하시면 개나 말의 소임을 맡기셔도 감사히 받겠나이다."

이렇듯 아뢰기를 마치니 목소리가 깨끗하여 옥을 모으는 듯할 뿐 아니라 말하는 것이 간절하고 이치가 있어 만조백관 중 칭찬하지 않는 사람이 없었다. 상께서도 기특하게 여기시어 진공을 돌아보며 물으셨다.

"호녀(胡女)의 사정이 가련하고 말하는 것이 이치에 맞으니 선생은 어찌하고자 하시오?"

27 공은 양성공주의 거침없는 말과 빼어난 용모에 감탄하였을 뿐 아니라 몽고의 세자를 보니 너무 어리석고 못나 돌려보내도 무방하리라 생각했

121) 성스런 군대 : {됴민벌죄[弔民伐罪]ᄒᆞ시는 군ᄉᆡ[軍士ㅣ]}. '조민벌죄'란 불쌍한 백성(百姓)은 돕고, 죄지은 백성(百姓)은 벌준다는 뜻.

다. 또한 양성공주의 사람됨이 진압하기 어려워 평장이 아니면 임자가 없으리란 것을 헤아리고 이렇게 아뢰었다.

"예로부터 제왕이 오랑캐를 치고 혹 화친하면 서로 볼모를 두었습니다. 그러나 호녀의 말이 가련하고 볼모는 하나면 족하오니 저 사람의 원대로 첨목화를 돌려보내시고 호녀를 경문에게 사혼하시어 후한 예로 머물게 하시면 화목하게 한 가족이 되어 요순(堯舜)의 다스림을 다시 보게 될 것입니다."

상께서는 이 말을 옳게 여기시고 즉시 그 뜻을 전하여 양성공주를 머물게 하시고 첨목화를 번국으로 돌려보내라고 하셨다. 모든 몽고 사람들과 세자가 만세를 부르며 무릎 꿇고 절하여 천은에 감사하였다. 그러자 소평장이 안색을 바꾸고 머리를 조아리며 굳게 사양하였다.

"신은 불행히도 호녀의 구혼자가 되어 조정을 어지럽히고 이제 겨우 구사일생으로 돌아왔습니다. 그런데 호녀를 신에게 시집보내려 하시 28
니 신이 당당한 중국의 대신으로 어찌 오랑캐의 사위가 되어 온 세상의 비웃음을 받을 수 있겠습니까? 진공과 유현이 신을 모욕하여 어린아이처럼 보오니 신은 그에 동조하는 것을 매우 부끄럽게 여기옵니다."

그러자 상께서 웃으며 말씀하셨다.

"경은 지금 이 시대의 대장부다. 스스로 그대의 얼굴과 풍채를 원망하고 호녀는 원망하지 마라. 짐이 들으니 경이 이미 진공의 사위가 된 지 오래되었다고 하니 선생이 만일 사사로운 정이 있다면 저런 미색을 경에게 맡기고자 하겠는가? 다만 일의 이치와 의리를 버리지 못할 것이므로 사사로운 정을 버리고 공의(公義)를 따르려 하는 것이니 이것이 어찌 경을 멸시하는 것이겠는가? 경은 고집부리지 말고 호녀의 큰 은혜와 의기를 저버리지 마라. 저 사람이 비록 공주나 경의 부인은 귀한 집안의 자손이요, 더구나 국사(國師)의 적통 여식이 경의 조강지처이니 위
29 계질서를 무시하지는 못할 것이다. 호녀를 둘째 부인으로 삼아 첩의 지위에 두라."

그런 후 예관에게 택일을 하라 하시니 평장이 매우 싫어하며 계속 사양하기를 마지않았다. 이를 본 진공이 정색하며 말했다.

"그대는 한낱 중국의 대신이 오랑캐의 사위가 되는 것이 욕된 줄만 알고 국가의 중대한 일을 맡아 외환을 방어해야 하는 것은 알지 못하는구나. 이제 첨목화를 돌려보내어 세상의 인심을 사고 양성을 머물게 하여 족하(足下)를 맡기면 하나는 그 원을 이루게 될 것이고, 하나는 그대가 국가의 평안과 근심을 함께 하여 국가로 하여금 다시는 북쪽을 돌아보는 근심이 없게 할 것인데, 어찌 작은 미움으로 국가의 중대사를 생각하지 않는단 말이냐? 남아가 이 세상을 살아가는 데 호녀 하나를 가지고 이렇다 저렇다 하지 마라. 몸이 만맥(蠻貊)의 지방에 있어도 그 도를 행할 것이니[122] 그대가 이제 양성을 취한다 해서 신명에 해롭고 충효에 막힐 것이 있겠느냐? 이는 완고한 선비나 하는 썩은 말이로다."

30 평장은 마음속으로 매우 화가 났으나 진공의 얼굴과 위엄이 매우 엄하여 다시 말을 못한 채 그저 은혜에 감사하고 물러날 뿐이었다. 그러자 상께서 큰 잔치를 베푸시어 북쪽으로 원정 갔던 장수와 병졸들을 위로하신 후 석양 무렵 잔치를 마쳤다.

양성공주 또한 이 자리에 함께 참여하여 조정의 의관과 문물을 구경하

---

122) 몸이 ~ 것이니 : 『논어(論語)』 「위령공」장에 나온 말로 '말이 성실하여 신의가 있고 행동이 돈독하여 공경스러우면 비록 오랑캐의 나라에서라도 행할 수 있을 것이다[言忠信, 行篤敬, 雖蠻貊之邦, 行矣].'라 한것을 가리킴.

였다. 공주는 이렇듯 평장을 다시 만나 황제의 명으로 혼인하게 되니 그 기쁜 마음은 말로 표현할 수가 없었다. 또한 어좌 아래에 있던 한 대신이 자기를 소생에게 시집보내고 세자를 놓아 본국으로 돌려보낼 것을 힘써 청하는데, 그 말하는 것이 당당하고 권세 또한 임금보다 못하지 않으며 상께서 그를 경중하시어 한결같이 그 말에 따르시는 것이었다. 그 기상은 하늘의 태양 같고 엄중하기는 태산 같으며 초연하고 대범하기는 비갠 뒤의 바람과 달[123] 같아서 그 빛나는 풍채가 두 원수와 방불했으나 엄중하며 호방하기는 그보다 더한 듯하였다. 공주는 물러나 다른 사람에게 그 사람이 누구인지 묻고서야 그 사람이 진공인 것을 알고 성은이 망극한 가운데에도 진공의 위풍에 탄복하는 마음을 이길 수 없었다.

한편 평장이 부중으로 돌아오자 형제자매가 모두 모여 서로 보며 반가 31
워하였다. 이 때 진부인은 문 밖에까지 나와 평장의 손을 잡고 통곡하였다. 평장 또한 모친을 붙들고 자신의 불효를 흐느끼는 눈물을 바닷물처럼 흘렸다. 모두 그를 위로하여 진정시킨 후 전후 고생했던 사연을 자세히 듣고는 새삼 마음속으로 매우 놀랐다. 또한 양성공주의 말과 진공의 상주로 상께서 혼인시키셨다는 말을 듣고 제남백과 부인이 놀라며 말하였다.

"이 여자가 오랑캐 땅에서 성장했으나 사람됨이 이같이 비상하니 어찌 기이하지 않겠느냐? 형세가 마지못해 취하게 되었으니 이 또한 하늘의 뜻이로구나."

그러나 평장은 끝내 마음이 좋지 않아 말이 없었다. 그러다 생각을 정하고 눈을 들어 좌우를 살피니 군주가 그 자리에 있었다. 그 아름다운 얼

123) 비갠 ~ 달 : {광풍제월[光風霽月]}. 비가 갠 뒤의 바람과 달처럼 마음결이 명쾌하고 집착이 없으며 시원하고 깨끗한 인품을 형용한 말.

굴과 옥 같은 자질은 더욱 찬란하고 깨끗해졌으며 넓은 옷과 긴 단장은
타고난 수려함을 갖추어 새하얀 벽보다도 눈부시게 빛났다. 평장은 1년
동안 그리워하던 마음에 몸과 마음이 모두 황홀했으나 진공 부자가 힘써
32 호녀를 자기에게 보낸 것을 생각하니 마음이 편치 않아 오히려 군주에게
화를 옮겨 군주를 크게 속이려 하였으므로 조금도 반기는 기색이 없이 가
만히 눈길을 낮추었다. 명주소저가 옷깃을 여미고 자리에서 물러나 나직
한 목소리로 말했다.

"아주버님께서 만 리 타국으로 사명을 받들고 떠나신 후 불행한 일을 당하시어 구족(九族)에까지 환란이 미치고 나라에서는 깊이 근심하였습니다. 그런데 이제 이렇게 편안히 돌아오시어 어머님을 기쁘게 해드리고[124] 높은 봉작은 열후에 이르셨으니 저희들은 기쁘고 다행한 마음을 이기지 못하겠습니다."

평장은 두 손을 모으고 겸손히 사양하며 말하였다.

"소생이 운수가 기구하여 나라와 집안에 불충하고 불효하였으니 살아서 돌아온 것이 죽어서 부끄러움을 잊은 것만 못합니다. 그런데 조정의 두 대신이 이러한 저를 더욱 용납하지 않고 호녀로 소생에게 욕을 보이니 하늘 아래 설 낯이 없습니다."

이 말을 들은 명주소저는 가만히 고개를 숙일 뿐이었다.

이 때 군주는 기쁨에 넘쳐 즐거움에 젖어 있다가 평장의 말을 듣고 그
33 마음에 품은 뜻을 깨달았으나 조금도 안색을 바꾸지 않았다. 평장이 아

124) 어머님을 ~ 해드리고 : {훤당(萱堂)의 치의[彩衣]를 밧드시고}. '치의'란 '채의오친(彩衣娛親)'이란 말에서 따온 것으로 이 말은 나이가 많이 들어도 어린아이가 입는 색동옷을 입고 부모를 즐겁게 해 드린다는 뜻. 중국 춘추 시대 초(楚)나라의 현인(賢人)인 노래자(老萊子)가 일흔 살의 나이에도 색동옷을 입고 부모 앞에서 어린아이 짓을 하여 부모를 기쁘게 하였다는 고사(故事)에서 나온 말.

들을 찾아 그 얼굴을 보니 어린 아이가 옥같이 맑고 잘 생겨 모습이나 언행이 아버지와 어머니를 고루 닮았으니 금수(禽獸) 속의 기린이요, 참새 속의 봉황이었다. 이처럼 아이가 대단히 기이하므로 사랑하는 마음을 참지 못하여 나오라 하여 그를 안고 모친을 돌아보며 말하였다.

"소자가 만일 돌아오지 못했으면 이 아이는 아비 얼굴을 알지 못했을 것이니 인륜의 슬픔이 지극하였을 것입니다. 생각해보면 이 모든 것이 호녀로 인한 것이거늘 진공 부자가 한 마음으로 힘을 합쳐 호녀를 저에게 보내었으니 평소에 소자를 더럽게 여겼음을 넉넉히 알겠습니다."

부인은 아들의 깊은 뜻을 알지 못하고 그저 한 때의 농담으로만 알고 웃으며 말하였다.

"진공이 이 일을 주장하여 권한 것은 일의 형세를 손쉽게 하고자 한 것이지 어찌 너를 더럽게 여기신 것이겠느냐? 며늘아기가 너 간 후 이리와 우리 부부를 위로하고 밤낮으로 애를 끓이니 불쌍하기가 돌이나 나무도 녹일 지경이었다. 이제 이렇듯 영화롭게 모이게 되었으니 어찌
희롱으로라도 좋지 않은 말을 하겠느냐?" 34

이 말을 듣고도 생은 아무 대답도 하지 않았다.

이 날 수춘후는 아버지를 모시고 모든 형제와 함께 밤을 지내었다. 다음날 군주 형제가 시부모님께 말씀을 드려 친정에 다녀올 것을 청하고 유부로 돌아가 경사로운 일을 축하하려 하였다. 그러자 제남백은 여러 아들들을 거느리고 함께 가서 부풍후 숙질의 성공을 하례하고 평장을 구한 은혜에 감사하려 하였다. 소후 또한 아직 노한 마음이 풀리지 않았으나 겉으로 드러내지 못하여 아버님을 모시고 유부로 향하였다.

이때 유씨 집안에서는 부풍후와 연후가 조정에서 물러나와 부중에 이

르니 깃발과 창칼은 해를 가리고 백모(白毛)와 황월(黃鉞)은 좌우에 죽 늘
어서 있었다. 당에 오르자 1년 사이에 부모님께서는 강건하시고 온 집안
에는 영화가 드높아 제왕의 혁혁한 공훈과 높은 영화가 비단 위에 꽃을
더한 듯하고 진공의 병 또한 회복되어 신기가 전과 다름없으니 서로 다행
35 스러운 마음을 이기지 못하여 축하하는 말은 봄이 무르녹고 서로 주고받
으며 즐기는 술잔은 자리 위에 어지러웠다. 이 날 즐기기를 다 하고 밤이
되자 조부모와 부모는 연후와 부풍후의 재주와 지략을 아끼며 사랑하였
다. 이에 영릉후가 웃으며 말하였다.

"현은 본래 영웅호걸의 기상이 있으니 적은 수의 오랑캐를 염려하지는 않았지만 늙은 아우의 조심하는 마음에 이런 담대한 용기가 있으리라고는 생각지도 못하였구나. 분명 국가의 크나큰 복으로 신명이 도우신 것이다."

그 자리에 있던 모든 사람들이 크게 웃었다. 부풍후 역시 웃을 뿐 아무 말이 없었다.

다음날 제남백 부자가 군주 형제와 함께 유부에 이르자 진공이 소후에게 가까이 오라 하여 손을 잡고 말하였다.

"네가 죽을 고비에서 살아 돌아오니 두 집안에 경사가 지극하구나. 허나 뜻을 세우지 못하여 우리 부자에 대한 원망이 어제 어전에서 나타났으니 그것을 내 어찌 알지 못하겠느냐? 형세가 마지못하여 그리하였다. 모름지기 이상하게 여기지 마라."

연후가 웃으며 말하였다.

36 "자포[125] 역시 사람이니 저 양성의 경국지색과 뛰어난 기백에 무심할

---

125) 자포 : 평장 소경문의 자(字).

리 있겠는가? 겉으로는 거짓으로 사양하지만 속으로는 봄바람이 화창하여 즐거운 마음에 누이를 괴롭게 하는 것은 아닌가?"

평장은 어이가 없어 오히려 웃고 난 후 이렇게 말하였다.

"연후는 정말 지레 짐작으로 억측도 잘 하는구려. 대장부가 미색을 사양할 것은 없지만 일이 난처하게 되어 사양한 것인데 장인과 그대가 힘써 그렇듯 중매해주셨으니 그저 감격할 따름이네."

이 말을 듣고 좌중이 크게 웃었다. 진공 또한 웃었으나 이미 평장의 생각을 밝히 알고 모르는 체할 뿐이었다.

그런 후 곧 큰 잔치를 베풀어 크게 축하하니 조정의 삼정승(三政丞)과 육판서, 왕공(王公), 열후(列侯)들이 모두 자리를 메웠고 천자께서도 특별히 노승상에게 잔치를 베풀어 공덕을 치하하셨다. 연후는 부풍후와 함께 군대를 들어오게 하여 파진악(罷陣樂)[126]을 연주하게 하고 평제왕은 무사들을 들어오게 하여 승전가를 부르게 하니 음악 소리가 하늘에 진동하고 살기가 등등하여 그 장려함이 천지를 움직일 정도였다. 37

그 자리에 있던 모든 사람들이 술에 취해 마음이 풀어져 있었으나 그 중에도 덕이 높고 현명한 사람이 누구인지는 능히 알 수 있었다. 성의백이 진공을 돌아보며 이렇게 말하였다.

"오늘 우리 부자 형제가 다 국가에 큰 공을 세워 열후에 봉해져 잠깐의 모꼬지에도 집 앞에 갑옷 입은 병사가 모이며 절월(節鉞)이 늘어서 풍류 소리가 하늘을 진동시키고 창칼이 서릿발 같으니 집안의 번성함이 고금에 드물 정도구나. 이는 또한 선조께서 마음을 가다듬고 수행하시던 뜻이 아니니 만일 절제함이 없으면 어찌 조물의 시기를 면하겠느냐?

---

126) 파진악(罷陣樂) : 군대의 진영을 흩어지게 할 때 연주하던 군악(軍樂).

비록 놀이는 장엄하고 화려하여 좋으나 그것도 대나무 자리 위에서 칠현금 소리를 듣고 버드나무 아래에서 남산사(南山詞)를 듣는 것보다는 못한 듯하니 아우의 뜻은 어떠하냐?"

진공은 두 손을 공손히 모으고 물러나 말하였다.

"형님 말씀이 마땅하십니다."

말을 마치고는 풍류와 갑옷 입은 군사를 물리고 조용히 이야기를 나누며 잔에 부은 술과 가야금 소리로 소일하였다. 석양 무렵 소후 부자는 하직하고 돌아갔다.

군주는 진부에 가서 형제자매와 더불어 어머니 앞에서 이야기를 나누
38 고 있었다. 모두 문창군주에게 치하하고 진후와 연후 두 사람 또한 평장
이 살아 돌아온 경사를 기뻐하는데 연후의 온화한 화기와 도도한 이야기가 새삼 더욱 화려하여 지금까지의 근심이 사라지고 앉은 자리에 봄바람이 일어나는 듯하였다. 장부인이 군주의 손을 잡고 연후에게 말하였다.

"봄에는 주공의 환후가 가볍지 않으신데다 소서방의 생사를 몰랐으며 네가 소년 서생으로 군대에 출정하는 것을 보니 간담이 부서져 세상에 살아 있는 것이 원망스러웠다. 이제 이렇듯 모든 근심이 다 변하여 영화가 되었으니 이제 죽어도 한이 없을 것 같구나."

이 말을 듣자 연후는 용서의 말씀을 올리고 군주는 눈물을 흘리며 이렇게 말하였다.

"불초한 자식들이 기구한 운명으로 일마다 순탄치 못하여 부모님께 근심을 끼쳤으니 이 불효는 천고에 없을 것입니다."

부인은 군주를 더욱 애틋하고 가련하게 여기었다. 그런 후 드디어 연후가 평장을 구하던 일과 양성공주의 사건을 풀어 말하고 평장이 노하던

기색을 고하자 부인이 놀라며 말하였다.

"저 호녀가 비록 미모와 꾀가 남보다 뛰어나나 분명 딸아이에게 미치 39
지 못할 것이다. 뿐만 아니라 소랑이 원하지도 않는 것을 우겨서 권하였으니 만일 딸아이에게 그 화가 미치면 어찌 해롭지 않겠느냐? 주공과 네가 비록 공의를 위해 그리 했다 하나 사사로운 정과는 자못 먼 일이다. 장부가 하는 일은 이같이 어지럽지 않은 법이다."

연후가 웃으며 말하였다.

"자포의 고집이 몽고에게는 자랑할 만하여도 누이에게는 당하지 못할 것입니다. 잠시 노한다 하여도 얼마 되지 않아 봄눈 녹듯이 녹을 것이니 어머님께서는 염려하지 마십시오."

부인이 군주를 돌아보며 말하였다.

"네 생각은 어떠하냐?"

군주가 천천히 대답하였다.

"제가 사람을 섬김에 성질이 굼뜨고 천성이 허약하여 능히 철에 따라 손님을 대접하는 소임을 감당하지 못하였습니다. 그런데 이렇듯 뜻밖에 양성공주가 들어오게 되었으니 이는 적은 연분이 아니며 만 리 밖에서 찾아 왔으니 그 은혜와 의리 역시 저버릴 수 없을 것입니다. 하물며
재주와 외모, 그 의협심이 여자 중에 뛰어나니 이 사람은 낭군의 천생 40
배필입니다. 함께 군자를 섬기며 화목하게 지내는 것이 사리에 마땅합니다. 낭군이 하늘의 뜻을 알지 못하고 오히려 저 사람을 박대한다면 이는 장부가 아니며 저에게 화를 내는 것도 곡절 없는 일이니 다그쳐도 소용없을 것입니다."

군주의 말에 명주소저가 웃으며 평장과 문답한 일을 전하자 연후가 크

게 웃고 나서 이렇게 말하였다.

"자포가 비록 이리 하나 누이의 성덕이라면 능히 진정시킬 수 있을 것이니 근심할 일이 아니로구나."

진후가 웃으며 말하다.

"너는 항상 자기 마음대로 사람을 판단하며 옳고 그름을 미리 가리니 자포가 듣는다면 어찌 밉게 여기지 않겠느냐? 자포는 그 사람됨이 미색이나 부귀에 굴하지 않으니 자포를 너무 쉽게 대하지 마라."

연후가 웃으며 말하였다.

"형님은 염려하지 마십시오. 자포가 화를 낸다 해도 길면 1년이요, 일이 쉬우려면 5~6개월이면 될 것입니다. 누이는 그저 자포가 아직 북해에서 안 온 줄로 알고 부부의 화락은 아직 생각지 마라."

군주가 하얀 이를 잠시 드러내어 이렇게 말하였다.

41 "둘째 오라버니의 말씀을 들으니 정말 웃지 않을 수가 없군요. 죄 진 것도 없이 저 사람의 화가 저에게 미친다면 진정 근거 없는 일이 되겠지만 그 또한 어쩔 도리가 없겠지요. 허나 어찌 '화락' 두 자를 가지고 누이를 희롱하십니까?"

이 말을 듣고 좌우에 있던 사람들이 모두 웃었다.

연후는 좌우를 둘러보다 그제야 비로소 왕, 양 두 부인을 발견하였다. 그들에게 아이들을 데려오라 하여 살갑게 대하니 대여섯 명의 자녀들이 슬하에 늘어서서 아버지를 반기었다. 왕씨가 또 한 명의 남자아이를 낳았으므로 연후가 놀라며 바삐 데려다 보고는 부정이 움직여 아이를 사랑하는 마음에 이름을 운경이라 하였다. 그 아이는 눈매가 수려하고 얼굴이 옥 같으며 그 태도가 준수하고 우아하여 연후를 많이 닮아 있었다. 그 모습을 본 장부인이 웃으며 말하였다.

"호랑이 아비에게서 개가 자식으로 태어나는 법은 없다 하더니 네가 낳은 자식이 어찌 평범하겠느냐? 이 아이의 기질이 운망 등과 다를 것이 없구나."

연후가 웃으며 말하였다.

"다다익선이라 군사는 많을수록 좋은 법이라 하였으니 아들이 많으면
어찌 기쁜 일이 아니겠습니까? 두 아내가 여남은씩 낳아도 사양치 않 42
겠습니다."

진후와 한림 등이 이 말을 듣고 서로 마주 보며 웃었다.

다음날 조부모께 문안하는 자리에서 진후가 이부인과 여러 숙모께 연후가 한 말을 고하니 영릉후가 크게 웃고 이렇게 말하였다.

"현이 자식을 사랑하고 아들을 많이 낳고자 하는 것은 인정이라 하겠지만 지금까지의 일을 생각해보면 마음이 완전히 변하였나 보구나. 이는 분명 수락사에서 보낸 7일 무차대회(無遮大會)가 이제야 제대로 보응하여 왕씨는 아들을 낳고 이를 경사롭게 여기는 현의 마음은 이름에 나타난 것이니 불가의 공이 적지 않구나."

이 말을 듣고 양학사 부인이 웃으며 말하였다.

"셋째 오라버니 말씀이 맞습니다. 하지만 왕씨가 수락사에 다녀와 진부에는 들어오지도 못하고 방황할 적에는 부처의 공도 없더군요."

그러자 각노공이 웃으며 말하였다.

"이는 현이 저지하는 바람에 왕씨에게 잠깐 속았던 것이나 불가의 공덕이 결국 단약으로 나타났으니 어찌 오늘 운경을 낳은 것을 새삼 일컫겠느냐?"

43 말을 마치자 그 자리에 있던 모든 사람들이 크게 웃었다. 연후 또한 빙그레 웃으니 왕씨가 매우 부끄러워하며 낯을 들지 못하였다. 성의백이 가만히 웃으며 말하였다.

"둘째 아우와 누이는 박절한 사람이로구나. 다른 사람이 그 허물을 고친 후에는 예전 일을 말하는 것은 옳지 않으니 이는 그 악에 물들지 않도록 젊은이를 권장하는 덕이 아니로다."

진공이 부드러운 목소리로 대답했다.

"형님 말씀이 마땅하십니다. 그러니 두 아우와 누이는 가볍게 듣지 말고 평생 그대로 행하며 잊지 마라."

두 공과 양학사 부인은 용서를 청하고서도 또 웃었다.

왕씨는 아들을 얻은 후 평생 품었던 한이 풀어져 밤낮 아들과 놀며 만사를 잊으니 온 집안이 한편으로는 웃으면서도 한편으로는 가련하게 여겼다. 어린 서생들이 왕씨에게 장난으로 별명을 지어 '적선나한(謫仙羅漢)'이나 '현인세존(賢人世尊)'이라 부르며 성가시게 굴어 연후는 무척 괴로웠다. 그러나 양부인이 왕씨가 낳은 아들을 친아들처럼 아끼고 사랑하는 것을 보고 연후는 그를 더욱 착하게 여겼다.

44 이때 양성공주가 세자를 본국으로 돌려보내고 별관에 홀로 머물며 예관이 택일하길 기다려 혼인 준비를 하니 소씨 집안에서도 마지못해 모든 것을 준비하여 양성공주를 맞아 왔다. 소후는 그 의기와 사람됨을 기특하게 여겼으나 끝내 공주가 오랑캐라는 점을 더럽게 여겼다. 그러나 이때는 능히 피할 수가 없어 억지로 공주를 맞아 돌아와 혼인을 하였다. 공주가 사배(四拜)를 하였으나 소후는 두 손을 모으고 오랫동안 고개를 숙였을 뿐 절을 하지 않았다. 뒤이어 폐백을 받들어 시부모께 인사를 올렸다.

이때 군주는 성의백 부인을 모시고 자리에 있었는데 달처럼 밝고 꽃처럼 아름다운 얼굴이 온 좌석을 비춰 그 자리에 있던 미인들이 모두 빛을 잃었다. 신부가 절하는 예를 행하자 모두 한꺼번에 신부를 살펴보니 그 피부가 백설 같고 눈매는 수려하며 기질이 당당하고 우아하여 세상에서 뛰어났다. 구름 같은 얹은머리와 아름답게 꾸민 단장이 절로 이루어져 신이하고 수려한 모습이 마치 영릉후 부인 설씨와 방불하였으니 세속의 분바른 미인에 비할 바가 아니었다. 좌우에 있던 사람들이 모두 놀라 칭찬 45
하길 마지않으니 성의백의 딸 화주소저가 군주를 돌아보며 말하였다.

"오늘 신부를 보니 형님께서 기(旗)를 눕히고 쟁을 거두어 백두(白頭)[127]의 탄식이 있을까 두렵습니다."

이 말을 들은 명주소저가 좋지 않은 기색으로 말하였다.

"언니는 어찌 불길한 말씀을 하십니까? 저 오랑캐 출신의 못난 사람이 어찌 우리 언니처럼 귀한 집안의 자손[128]을 쳐다나 보겠습니까?"

말끝에 군주가 눈길을 들어 명주를 보고 정색하며 말하였다.

"양성공주는 원나라 황제의 손녀이니 그 사람 또한 귀인이며 사람됨 또한 세상에서 빼어나다. 하여 성상께서 그를 예우하시어 예를 갖춰 소군에게 들여보내셨으니 나와는 같은 항렬인데 아우는 어찌 말이 온화하지 못하고 거만하여 동서 간의 화목을 상하게 하고 부녀의 온순한

---

127) 백두(白頭) : 〈백두음(白頭音)〉은 전한(前漢)의 사마상여(司馬相如)의 부인 탁문군(卓文君)이 지은 것으로 상여가 첩을 얻으려고 하자 이 시를 지어 결별의 뜻을 밝혀 상여가 첩 얻는 것을 단념하였다고 함. 그 노래 가운데 "한 마음 한 뜻이 되어 흰 머리가 될 때까지 서로 떨어지지 않기를 바랐네[願得一心人, 白頭不相離]."라는 구절이 나옴.

128) 귀한 ~ 자손 : {뇽ᄌᆞ봉손[龍子鳳孫]으로 금지옥엽(金枝玉葉)}. '용자봉손'은 용의 새끼와 봉황의 자손이란 뜻으로 주로 임금 혹은 황친을 가리킬 때 쓰는 말이며, '금지옥엽'은 황금으로 된 나뭇가지와 옥으로 만든 잎이란 뜻으로 임금의 자손이나 집안을 높여 이르는 말이거나 혹은 귀여운 자손을 이르는 말임.

덕을 이처럼 잃어버린단 말이냐?"

군주가 이렇게 말하니 소저가 사과하였다. 성의백 부인은 군주의 등을 두드리며 새삼 대견해 하고 사랑하는 것이 비할 데가 없었다.

46 공주가 예를 다한 후 상원부인을 뵙는 절차를 좌우에서 미처 말하기도 전에 먼저 공손히 손을 모으고 자리에서 물러나 시부모께 아뢰었다.

"저는 오랑캐의 천한 여자입니다. 성은으로 귀한 집안에 들어와 군자를 좇게 되었으니 여군(女君)[129]을 먼저 찾아뵙는 것이 옳은 일이라 생각합니다. 아버님, 어머님께서 밝히 가르쳐주시길 청하옵니다."

이 말을 듣고 모든 손님들이 다 놀랐으며 시부모는 그를 우대하며 이렇게 말하였다.

"공주는 귀인이니 예를 억지로 차리게 하는 것은 옳지 않으나 성상께서 위계를 정하셨으며 아들의 조강지처 또한 평범한 사람이 아니니 이미 예법이 밝아 태만히 하지는 못할 것이다. 마땅히 예를 갖추어 찾아보거라."

그런 후 동쪽 좌석에 앉아 있던 한 부인을 가리키며 말하였다.

"이 사람이 내 아들의 정실인 문창군주 유씨로 황상의 생질이자 황후의 친척이다."

공주가 눈을 들어 보니 그 여자는 머리에 벽옥 채봉관(彩鳳冠)을 쓰고 어깨에 진주로 수를 놓은 붉은 옷을 입었으며 허리에는 칠보대를 둘렀고 명월패옥(明月佩玉)은 옷깃에서 맑게 울리고 황금 팔찌는 고운 옷소매에서
47 밝게 빛나고 있었다. 서역의 귀한 구슬이 눈동자에 어린 듯하니 깨끗한 얼굴은 가을 하늘의 맑은 달 같고 꽃다운 기질은 빈 계곡에 피어난 붉은

129) 여군(女君) : 첩(妾)이 본처(本妻)를 이르는 말.

난초 같았다. 그리고 푸른 눈썹은 봄 산에 구름이 새로 걷힌 듯했으며, 한
쌍의 별 같은 눈은 가을 물살에 일어난 맑은 파도 위에 저무는 태양이 비
추는 듯했고, 구름 같은 귀밑에 어린 옥 같은 보조개는 초대(楚臺)에 피어
난 오색구름[130]에 연꽃이 반쯤 핀 듯했다. 붉은 입술과 새하얀 이가 만물
의 정기를 앗았으니 그 수려한 광채와 맑고 날렵한 골격이 어찌 당대에만
빼어날 뿐이겠는가? 깨끗하고 곧은 성품과 완연히 복스러운 얼굴은 고금
을 뒤져도 이 사람 하나뿐이라는 것을 알 수 있었다. 양성이 평생 오만하
고 자부심이 강하여 천하에 자기 같은 사람이 다시없을 것으로 여겼다가
이제 군주를 보니 그 차분하고 조용한 태도와 단정하고 엄숙한 행동거지
는 사람으로 하여금 황급히 낯빛을 바로 하고 옷깃을 여미어 공경함을 이
루고 문득 우러러 사모하게 만들 만하였다. 마치 무산(巫山)을 버리고 한 48
조각 구름을 자랑하는 것 같아 몸이 움츠러들면서 기운이 없어지고 맥없
이 정신이 황홀하여 속으로 생각했다.

'소공이 저 같은 부인을 두었으니 그와 부부간의 화락이 지극할 텐데 막북 구석의 조그만 오랑캐를 마음에 두겠는가? 비록 황명으로 소원을 이뤘으나 사랑을 받기는 힘들겠구나.'

이렇듯 한동안 혼자 생각하다가 천천히 몸을 일으켜 정실부인인 군주를 향하여 두 손을 모으고 사배(四拜)하였다. 군주는 천천히 일어나 조심스레 답례하고 손을 들어 겸손하게 사양하며 말했다.

---

130) 초대에 ~ 오색구름 : {초딕[楚臺] 오운(五雲)}. 초대(楚臺)는 곧 양대(陽臺)를 말함. 『문선(文選)』에 수록된 송옥(宋玉)의 〈고당부(高唐賦)〉에서 비롯된 말. 전국시대 초(楚)의 양왕(襄王)이 송옥과 함께 운몽(雲夢)이라는 곳에서 놀다가 고당관에 이르러 연회를 열고 즐기다가 잠시 낮잠을 자게 되었는데, 꿈속에 아름다운 여인이 찾아와 말하기를 자신은 무산(巫山)의 선녀라면서 왕과 운우의 정[雲雨之情]을 나눈 뒤 헤어지면서 자신은 아침에는 구름이 되고 저녁에는 비가 되어 양대(陽臺) 아래에서 아침저녁으로 당신을 그리워하고 있다고 말하며 사라졌다는 고사가 있음. 초대는 바로 이 양대를 말함.

"부인은 귀인이십니다. 어찌 세속의 예를 좇아 과도하게 예를 하십니까?"

공주는 이미 군주의 맑은 두 눈빛과 아름다운 눈썹에 놀란데다 옥이 구
르고 물이 흐르는 듯한 그 아름다운 음성까지 들으니 마음속이 쾌활하고
가슴이 상쾌하여 사모하고 우러르며 부럽고 탄복하는 마음을 견딜 수 없
49 었다. 그 자리에 있던 사람들이 보기에 군주는 가을 하늘에 뜬 둥근 달 같
고 공주는 소상(瀟湘)과 창오(蒼梧)의 곧고 푸른 대나무 같아 격조는 완전
히 달랐으나 군주의 뒤를 잇기에는 부끄럽지 않았다. 시부모는 기뻐하며
칭찬과 사랑을 아끼지 않았고 군주에게는 화목한 기운이 싹터 화창한 봄
바람이 꽃 숲을 두른 듯하니 모든 사람들이 그 덕행에 탄복했다.

종일 즐거움을 나누고 석양이 서쪽으로 기울고 달이 동쪽에서 떠오르니 그제야 비로소 잔치를 마치고 시녀의 인도를 받아 양성을 신방에 들였다. 소후가 처음으로 눈을 들어 공주를 자세히 보니 한낱 미모만 절세할 뿐이 아니라 눈가에는 총명한 기운이 나타나고 눈동자에는 덕스러운 기운이 비치어 시원스런 기질과 표일(飄逸)한 풍채는 치마 두른 사군자(士君子)요, 비녀 꽂은 열장부였다. 소후는 지금까지의 생각을 돌이켜 기뻐하며 생각했다.

'내가 이미 문창군주 같은 숙녀를 얻었으니 눈에 다른 사람을 멀리 하
여 평생토록 동고동락하고자 하였는데 뜻밖에 이 사람이 이렇게 들어
50 오게 되었으니 이 또한 어찌 연분이 아니겠는가? 내 당초 저 사람이 오
랑캐 땅에서 나고 자라 행실이 천하고 비루하여 친히 잔을 들고 내 앞
에 와 혼인을 구하니 염치가 없어 가히 볼 것 없는 사람이라 했지만 하
는 짓이 점점 기이하여 고금에 듣지 못했던 의협과 지사(志士)의 모습을

갖추었으니 마땅히 후대해야 할 것이다. 문창군주의 부형이 그 딸을 당대에 없는 성녀로 알고 공주를 나에게 맡겼으니 속으로 매우 한탄할 것이다. 내 잠깐 속여야겠다.'

이리하여 이날 밤 양성공주와 원앙의 즐거움을 이루었다. 그리고 또한 그 사람됨이 너무 뛰어난 것을 걱정하여 경계하기 위해 이렇게 말하였다.

"그대가 이제 내게 들어오니 그 두터운 정에 감동하고 내게 베푼 은혜 역시 잊지 못할 것이라 내 평생 지키기로 마음먹었던 것을 허물고 화목하게 지내고 싶소. 그러나 나의 조강지처인 문창군주는 평범한 여자가 아니라 귀한 집안의 천금같이 귀한 딸로 사덕(四德)을 두루 갖추었고 여자가 지켜야 할 도리를 정숙하게 지키는 사람이니 내가 공경하는 바요, 부모님께서도 애중하시는 터라오. 더구나 슬하에 아들을 두어 떳떳한 51
지위에 더욱 존중해야 할 것이니 그대는 조심하여 화목하고 우애 있게 지내시오."

양성공주가 웃으며 말했다.

"명공께서는 저를 알지 못하십니다. 제가 비록 오랑캐 땅에서 나고 자랐으나 근본은 조금 아는데 어찌 정실부인을 시기하겠습니까? 공은 안심하시고 염려하지 마십시오."

소후는 미소 지을 뿐 아무 대답도 하지 않았다.

이후 소후는 공주를 후대하여 관의 일을 처리한 후의 여가에는 양성의 침실을 떠나지 않았다. 이렇듯 소후가 문창군주를 찾아가 이별의 회포를 푸는 일이 한 번도 없으니 부모는 이 일을 의심하여 아들에게 그 연유를 물었다. 그러자 소후가 아무렇지 않게 대답했다.

"소자가 북방에서 풍상을 겪어 몸에 병이 있으니 처자를 가까이 하면 분명 몸조리를 잘 할 수 없을 것입니다. 하여 마음을 닦고 몸을 보호하고자 하는 것이니 염려하지 마십시오. 양성이야 만 리 타국에서 소자를 좇아와 가까운 사람이라고는 소자 한 사람뿐이니 가련하고 또 그 재주가 가상하여 잠깐 그 마음을 위로하고자 하는 것일 뿐 어찌 다른 뜻이 있겠습니까?"

52 부모는 그저 그렇게 여겼으나 군주는 홀로 그 뜻을 알아차리고 더욱 마음을 화평히 하여 공주를 예로써 대접하고 소후의 의복과 손님 대접을 다 직접 주관하며 자기의 존귀한 지위를 나타내지 않고 동서 시누이들과 우애 있게 지내며 시부모를 봉양하였다. 시부모를 뵙고 뜻을 받드는 데 지극히 효성스런 마음으로[131] 정성을 다하여 모든 일에 뛰어나니 시부모의 사랑이 친딸보다 더하고 온 집안의 칭찬과 권세가 온전히 군주에게 돌아왔다. 그러나 군주는 더욱 조심하며 궁녀나 하인들을 많이 두지 않고 좌우에 시녀 두어 명만 좇게 하여 위의가 간략하고 의복이 검소하여 모든 일에 흠이 없었다. 소후는 마음속으로 더욱 탄복하였으나 계속 고집을 부리며 진공과 연후에게 당한 치욕을 씻고자 날이 갈수록 더욱 매몰차게 대하여 얼굴도 보지 않고 온갖 일로 괴롭힘이 끝이 없었다. 그러나 군주는 항상 온순하여 겨루는 일이 없었다.

53 하루는 소후가 양성과 더불어 침소에서 『주역(周易)』 도수(度數)를 풀이하며 술과 안주를 내오라 하니 군주가 시녀를 시켜 잘 갖추어 보냈다. 그

---

131) 지극히 ~ 마음으로 : {봉영집옥(奉盈執玉) ᄒᆞᄂᆞᆫ}. 『예기(禮記)』 「제의(祭義)」에 '효자여집옥여봉영(孝子如執玉如奉盈)'이라는 구절에서 온 말로, '봉영(奉盈)'은 기물(器物)에 가득찬 것을 받드는 것으로 전(轉)하여 경심(敬心), 즉 존경하는 마음을 의미하고, '집옥(執玉)'은 귀중한 옥을 조심스럽게 잡는 것을 말함. 따라서 '봉영집옥'이란 존경하는 마음이 그릇에 무엇인가 가득한 것을잡고, 옥과 같은 보물을 집듯이 조심스럽다는 뜻으로, 여기서는 지극히 효성스러운 모습을 의미함.

러나 소후는 일부러 까탈을 부려 시녀를 호령하며 잡아내려 군주가 집안의 안주인으로서 소임을 잘못한 죄를 엄히 꾸짖고 술과 안주를 다시 내오게 하였다. 그러기를 수십 번에 이르러 소후가 거짓으로 취한 체하며 시녀에게 군주를 불러 오라 하니 군주의 주위에 있던 사람들이 다 못마땅하게 여겼다. 최상궁이 말했다.

"어르신께서 취중에 저러시는 것을 뭐라 할 수는 없으나 군주께서는 귀하신 몸이십니다. 너무 무례하게 굴어 군주의 체면을 상하시게 했으니 가히 몸을 굽히지 못할 것입니다."

군주는 웃으며 말했다.

"보모는 모르는 소리 마라. 소낭군이 이 행동을 모르고 한 것이라면 말로 간하여 깨닫게 하겠지만 알고서 일부러 욕하고자 하는 것을 어찌 돌우겠느냐? 하물며 부부의 높고 낮음은 임금과 신하 관계와 같으니 어찌 옳고 그름을 겨룬단 말이냐? 내가 조금이라도 거만히 구는 것을 친정에서 본다면 이는 아버님과 어머님을 욕 먹이는 짓이 될 것이다. 소
낭군의 고집은 남을 이기고야 그칠 것이니 내가 지금 가지 않는다면 54
욕이 더하고 일이 더욱 요란해질 뿐 좋을 일이 없을 것이다. 그러니 보모는 쓸데없는 소리 마라."

최상궁은 아무 말 없이 탄식할 뿐이었다.

말을 하는 사이에도 소후가 군주를 청하는 소식이 세 번이나 이르러 재촉이 성화같았다. 군주가 두어 명의 시녀를 데리고 천천히 양성의 침소인 운화정에 이르렀다. 소후는 군주가 더디 온 것에 화를 내며 별안간 얼굴빛을 바꾸고 두 눈을 부릅뜬 채 한참이나 군주를 쏘아 보았으나 군주는 안색이 더욱 침착하여 조금도 불평하는 기색이 없었다. 공주가 예를 갖춰

자리에서 일어나 군주를 맞이하니 안색은 온화하나 말이나 표정이 단정
하고 엄숙하여 사람으로 하여금 자연히 경의를 표하게 하였다. 그러나 소
후는 생각 없이 베개를 밀고 자리를 고쳐 앉으며 서로 한동안 말이 없었
다. 그렇게 한참이 지난 후 문득 앞에 놓인 술잔을 들어 군주에게 던지니
옥잔이 산산이 부서지고 술이 엎어져 옷이 다 젖었다. 좌우에 있던 사람
들은 모두 얼굴이 파랗게 질렸으나 군주의 아름다운 얼굴은 아무렇지도
55 않은 듯 태연하여 마치 봄바람처럼 편안하였다. 소후가 눈을 부릅뜨고
바라보며 성난 목소리로 꾸짖어 말하였다.

"부인이 나와 혼인한 지 5~6년에 아들을 낳아 부부간의 정이 박하지 않거늘 무슨 까닭으로 나를 오랜 원수같이 원망하여 내 죽을 곳에서 요행이 살아 왔는데도 밝은 얼굴로 치하함이 없고 도리어 방종하게 투기를 하여 안주인 된 소임을 폐한단 말이오? 양성은 내 스스로 원해서 얻은 바가 아니고 그대의 부형이 탑전(榻前)에 아뢰어 외국 볼모를 나에게 맡기므로 어쩔 수 없어 이곳에 있는 것인데 그대가 어찌 감히 불편한 얼굴을 할 수 있단 말이오? 나를 원망하지 말고 그대의 부형을 원망하는 것이 옳을 것이오."

군주가 몸을 낮추어 저의 책망을 듣고 조용히 자리에서 물러나 겸손하게 말하였다.

"제가 어리석고 둔하여 소임을 온전히 감당하지 못하였습니다. 또한
감히 군자께 먼저 말씀을 드리지 못한 죄가 있습니다. 이처럼 책망하
시니 오직 제 허물을 고치기를 원할 뿐 어찌 감히 원망하며 투기하여
56 가문의 법도를 어지럽히겠습니까?"

이렇게 말을 하니 얼굴이 태연하고 말하는 것은 공손했으나 행동거지

가 바르고 엄격하여 그 엄숙한 거동이 마치 가을바람 같았다. 소후는 거짓으로 꾸몄던 노기가 봄눈 녹듯 하였고 양성은 곁에서 이 모습을 보고 탄복함을 이기지 못하였다. 이윽고 소후가 곁에 있던 시녀들에게 술과 안주를 내오게 하고 군주와 공주에게 바둑을 두어 승부를 정하라 하였다. 군주는 저 사람이 자기의 의중을 떠보는 것이 이와 같음을 보고도 구태여 화난 기색도 없고 좋게 여기는 기색도 없이 무심한 듯 단정히 앉아 손을 움직이지 않았다. 공주가 일어나 두 번 절하고 청하며 말하였다.

"군자께서 저러시는 것은 잠시 취중에 그런 것이니 부인의 높고 넓으신 아량으로 제가 오랑캐 여자임을 더럽게 여기지 않으신다면 원컨대 중국의 예의와 이런 잡기를 가르쳐 사람들의 비웃음을 면하게 해주십시오."

군주는 옷깃을 여미고 천천히 편안하게 말하였다.

"부인은 재덕을 겸비한 여자입니다. 어찌 지나치게 겸손하시어 저를 57
기롱함이 심하십니까? 저는 본래 변변치 못한 사람으로 사덕(四德)에는 어둡지만 오직 삼종(三從)을 지켜 다만 시부모님을 봉양하고 남편을 섬기는 것을 소임으로 할 뿐입니다. 도박이나 잡기 같은 신묘한 일은 본래 배우지 못하였고 시부모님께서 위에 계시니 어찌 감히 남편이 취한 틈을 타 방자히 실없는 장난을 하여 행실을 상하게 하겠습니까? 이런 까닭에 군자의 명을 받들지 못하고 이어 부인의 호의를 저버리니 황송하고 부끄러워 얼굴 둘 곳이 없습니다."

말을 마치자 몸을 일으켜 소후를 향하여 말하였다.

"날이 늦어 부모님께 저녁을 올릴 때가 되었으니 물러가고자 합니다."

소후는 그 예절바른 태도를 보고는 말을 못하고 넋이 나간 듯이 앉아 있었다.

군주가 물러나 정당에 들어가니 명주소저가 이 광경을 보고 분하고 애
58 달픈 마음을 이기지 못하여 눈물을 흘리고 초조해하다가 군주가 태연하
게 나오는 모습을 보고 바삐 말하였다.

"언니야, 괴로운 광경을 눈으로 보고 욕된 말을 참느니 내일 친정으로 돌아가 부모님 앞에서 즐겁게 보내는 것이 어떻소?"

군주는 붉은 입술에 하얀 이를 드러내어 말하였다.

"아우야, 친정을 믿고 시집과 남편에게서 마음대로 들어갔다 나갔다 해도 되겠느냐? 보는 눈이 많으니 아우가 이처럼 제멋대로 구는 것을 사람들이 웃을까 두렵구나."

그러고는 손을 이끌고 당에 오르니 군주의 어질고 총명하고 조용함과 소저의 소담하고 맵시 있음이 마치 한 쌍의 밝은 달이나 두 송이의 기이한 꽃 같았다. 시부모와 시누이들은 볼 때마다 놀라며 이 둘을 비할 데 없이 사랑하였다.

새 해를 맞아 좋은 시절을 만났으나 소후는 군주가 친정에 가는 것을
허락하지 않고 일부러 번거로운 일을 많이 맡겨 군주의 고생이 날마다 이
루 말할 수가 없었다. 그러나 군주는 구태여 못 견디거나 화를 내는 기색
이 없을 뿐 아니라 친정에 가는 일로 소후와 다투어가면서까지 가려 하지
도 않았다. 진공은 딸아이가 세알(歲謁)[132]을 오지 않는 것을 보고 소후의
59 일인 줄을 짐작하고 사람을 보내 군주를 꾸짖었다. 그러자 소후가 즉시
진부에 와서 공을 뵈었다. 공은 그 때 영하전 정침(正寢)[133]에서 아들들과
조카들을 거느리고 손님을 대접하고 있어 심히 분주하였다. 소후는 한참

132) 세알(歲謁) : 예전에 섣달그믐이나 설날에 사당(祠堂)에 가서 인사드리던 일.

133) 정침(正寢) : 거처하는 곳이 아니라 주로 일을 보는 곳으로 쓰는 몸채의 방.

동안 공을 모시다가 객이 잠깐 흩어진 후 공께 고하였다.

"안사람이 늘 부모를 떠나 이곳에 있으니 이는 비록 장인어르신께서 그 사람을 사랑하시어 그런 것이나 실은 부녀자의 도리에 어긋나는 일입니다. 하물며 양성공주가 저에게 들어온 후에는 집안일에 차례가 있고 저 또한 어린 서생이 아니니 안사람을 따라 이곳에 머물며 부모를 떠나 있을 수 없었습니다. 사정이 이러하여 각기 떨어져 있기는 어려우니 장인어르신께서는 사사로운 정을 과감히 끊으시고 친정을 멀리하게 해주십시오."

공은 한동안 잠잠한 채 서안 머리에 있는 정사(政事) 결정한 것을 보다가 천천히 말하였다.

"이 말이 대의에 당연하니 내 어찌 모르겠느냐마는 내 나이가 많지 않은데도 몸에 병이 있어 남은 생이 오래지 않을 듯하구나. 자녀를 곁에
두어 여생을 위로하고자 하는데 어찌 권도(權導)가 없겠느냐? 하물며 60
너희 부부가 어린 나이에 어쩌다 작위가 높게 되었으나 아직 입에서 젖비린내가 채 가시지 않았으니 피차 부모 슬하에 머물면 의관과 먹는 것에 사사로움이 없을 것 아니냐? 딸아이가 시부모 슬하에서 그 명을 좇아 맡은 일이 각별히 요긴한 것은 아닐 것이다. 그런데도 병든 아비를 새해가 되어도 찾아보지 않으니 불초녀로구나. 그 아이가 아비가 없었더라면 어찌 남편을 알 수 있었겠느냐? 마땅히 돌려보내어라. 삼종지의(三從之義)를 풀어서 가르치리니 이곳에 있는다 해도 네가 보채고자 한다면 무엇이 어렵겠느냐?"

소후는 이 말을 다 듣자 도리어 무안하여 공손히 받들어 대답하였다.

"이 사위가 사정이 난처하여 아뢰었던 것이었는데 장인어르신께서 이렇

게 가르치시니 황공하기 그지없습니다. 또한 마지막 하신 말씀은 더욱 의아하오니 이는 분명 안사람이 그 투기로 인해 저를 참소한 것입니다."

공이 웃으며 말하였다.

"이는 대장부가 할 말이 아니구나. 내 비록 늙긴 했으나 너의 속내를
61 모르는 바가 아니다. 어찌 아녀자의 참언이 있었겠느냐?"

진후 등 다섯 사람이 서로 돌아보며 조그맣게 웃으니 소후는 아무 말도 못하고 돌아갔다. 공이 여러 아들들을 대하여 이렇게 말하였다.

"경문이 딸아이를 잡아 두고 그 공손함을 빌어 보채려 하니 심히 밉구나. 너희들이 수레와 말을 가지고 가 제남백에게 청하여 딸아이를 데려 오거라."

진후가 웃으며 대답하였다.

"자포가 누이와 정이 소원하여 그런 것이 아니라 젊은 나이에 아내를 이기고자 하는 마음으로 고집을 부리는 것이니 아버님께서 데려 오신다면 반드시 더욱 화를 낼 것입니다."

공이 웃으며 말하였다.

"내 집이 잘못한 것이 없고 딸아이는 죄가 없는데 국가의 정사를 두고 사사로운 원한을 갚도록 그냥 두어야겠느냐? 내 어제 둘째 딸아이의 글을 보니 소생이 딸아이를 공주의 침실에 청하여 곤욕을 준다는구나. 딸아이에게 죄가 있으면 아는 체 않고 더욱 타일러 조심하라 하겠지만 오로지 나에게 노하여 딸아이에게 그 벌을 주는 것이니 어찌 저 사람에게 맡겨 욕을 받게 하겠느냐?"

두 사람 또한 그렇게 여겨 즉시 수레와 말을 준비하였다. 장부인과 공
62 이 제남백 부부에게 글월을 하여 딸아이를 친정에 보내 주십사 하고 간청

하니 소공 부부가 쾌히 허락하였다. 군주가 감사 인사를 하고 부리는 종을 시켜 소후에게 이 뜻을 전하니 소후가 눈을 감고 자는 체하며 대답을 하지 않았다. 시녀가 돌아와 군후께서 주무신다고 고하니 군주가 잠깐 주저하였으나 부인이 대견해하며 웃고 이렇게 말하였다.

"며늘아기가 아들아이의 허락을 얻지 못해 주저하나 우리가 허락하여 보내는 것이 아들아이가 깨서 들어도 아무 일 없을 것이다. 진공이 많이 기다리실 것이니 빨리 돌아가거라."

군주는 남편인 소후의 뜻을 알았으나 시부모의 명이 있은 후에 지체하는 것은 옳지 않은 일이라 가마에 올라 좌우의 호송을 받으며 문을 나섰다. 이때 소후는 외당에 있다가 군주가 갔다는 것을 알고 매우 노하였다.
그리하여 아역들에게 호령하여 부인을 길가에 버리고 그를 모셔 가는 노
복과 아역들을 다 잡아오라 하였다. 본래 소후의 성정이 엄하였으므로 모
든 사졸들은 두려워 떨며 일시에 그 명을 따랐다. 군주의 일행이 멀리 가 63
지 않았으므로 급히 외쳐 말하였다.

"잠깐 수레를 멈추라!"

여러 사람들이 놀라서 돌아보니 소후의 집 일꾼이 이르러 일행을 다 잡으려 하였다. 서로 크게 부르짖으며 상황이 대단히 위급하니 좌우 궁인과 가마를 모시던 환관들이 다 놀라 어찌 할 줄을 몰랐다. 그러나 진공이 이미 이럴 줄을 헤아리고 먼저 엄태감으로 하여금 돌아가신 여주공의 가마 메던 군사 1천여 명을 거느리고 협로에 숨었다가 만일 무례한 일이 있거든 일시에 내달아 보호하라 하니 엄태감이 이미 수많은 일꾼들을 거느리고 달려와 크게 꾸짖었다.

"너희들은 어떤 사람이기에 감히 밝은 대낮에 군주마마의 수레를 핍박

하느냐?"

이렇듯 좌우를 호령하여 다 잡아 매고 수레를 보호하고 돌아오니 진공이 크게 웃으며 말하였다.

"그 아비가 세상 물정에 어두워 사사로운 정이 없기로 내 아이가 남편에게 이렇듯 죄를 얻었으니 하마터면 길바닥에 버려질 뻔하였다."

64 그런 후 수춘후 집안의 일꾼을 돌려보내고 여러 아들들과 함께 소후의 행사를 두고 웃었으나 문창군주는 마음이 매우 언짢아 말을 안 하였다.

화설(話說). 소후는 군주의 일행을 잡으러 보내고 소매를 걷어붙이고 펄펄 뛰며 한 번 크게 다스리려고 기다리고 있었다. 그때 문득 여러 일꾼들이 떠들썩하게 돌아와 엄태감이 수레를 호송하여 감으로써 저희들이 오히려 잡혀 진궁에 갔던 사연을 아뢰자 소후는 그 장인이 한 일인 것을 알고 어이없어 웃음을 머금을 뿐 말이 없었다.

이윽고 숙모 성의백 부인이 글월을 보내어 소후를 엄히 꾸짖고 제남백 부부가 아들을 엄히 훈계하지 않은 것과 소후의 무례함을 애달파 하는 사연을 전하였다. 제남백이 그제야 알고 소후를 불러 크게 꾸짖자 소후가 황공히 사죄하고 물러나 외당으로 돌아왔다. 이 모습을 본 그 아우 소한림이 웃으며 말하였다.

"형님께서 양성공주를 취하신 후 형수에 대한 옛 정을 잊으시고 이같
65 이 옳지 않은 행동을 하시니 이 아우가 생각하기에도 온당치 않은 듯 싶습니다. 그러니 하물며 진공의 고집과 바른 마음에 오죽하겠습니까? 한 번 노하면 두 가문 간에 화목했던 기운을 잃을 뿐 아니라 그 분 성정으로 딸의 일생을 아끼지 않는다면 모를까, 구태여 형님께 가까이 하게 할 뜻이 없을 것입니다. 형님은 아무쪼록 걱정하셔야 할 것입니다."

그러자 소후가 웃으며 말하였다.

"너는 진공 두 글자에 혼백을 잃으니 이는 네가 내 아내의 현숙하고 아름다움을 소중히 여겨 행여 헤어질까 겁내는 것이겠지만 이 형은 장인 어르신이 노하여 그 딸을 앗아갈수록 시원할 것 같구나."

한림이 크게 웃으며 말하였다.

"형수의 특이하심은 제 아내가 바랄 수 있는 바가 아니며 형님께서 형수를 소중히 여기심은 이 아우가 아무리 아내를 사랑한다 해도 오히려 미치지 못할 터인데 어찌 이 아우를 두고 웃으실 수 있단 말입니까?"

소후는 미소 지을 뿐 대답이 없었다.

소공이 다음날 소후를 데리고 유씨 부중에 이르러 성의백 부부를 보았다. 성의백 부인인 소부인이 맞아 자리를 정하고 소후를 대하여 말하였다. 66

"내가 밝지 못하여 너의 광포함을 알지 못하고 한낱 사사로운 정으로 문창이 족히 부모 제사를 받들고 소씨 가문을 창성하게 할 것만 믿고 힘써 중매를 서 너의 아내를 삼았구나. 그런데 너는 무슨 연고로 변경에서 돌아온 후 한 번 묻지도 않고 양성공주를 취하여 거짓으로 미혹한 체하였느냐? 어제 진공 아주버니께서 글로써 오라버니께 청하여 군주가 명분 있게 당당히 친정으로 돌아온 것인데 무슨 옳지 않은 일이 있다고 사졸을 일으켜 뒤를 따르게 하고 수레를 길가에 버려 세상 사람들의 의심스런 눈초리를 받게 한단 말이냐? 네가 북해 가에서 생사가 위태로울 적에 진공 아주버님께서는 너로 인해 근심하시다 병이 중해지셨고 부풍후 아주버니는 국사를 위해서만이 아니라 실로 사사로운 정을 돌아보시느라 현과 함께 자원으로 출정하여 풍상을 무릅쓰고 오랑캐 땅에 들어가 몸에 화살과 돌팔매를 피하지 않고 너를 구하여 내셨 67

으니 그 은혜가 태산 같지 않으냐? 그런데 너는 무슨 일이 불쾌하여 군주 대접을 소소한 처자 대하듯 하고 광포한 노기로 이같이 오만불손하고 무례하여 배은망덕함이 심하단 말이냐?"

소후가 엎드려 사죄하며 말하였다.

"제가 불초하여 숙모로 하여금 두 집안에 무안하시게 하였으니 그 죄가 깊습니다. 지난 일을 뉘우치나 돌이키지 못할 것입니다. 그러나 안사람이 출입할 때 저를 없는 것처럼 생각하고 스스로 세상에 그 부형이 있는 것만 알고 남편 있는 것을 모르니 제가 미친 성질에 앞뒤를 분별하지 못하였습니다. 이제 숙모님의 밝으신 가르침을 들으니 황공함을 이기지 못하겠습니다."

제남백 또한 성의백에게 아들의 무례함을 사죄하며 부끄러워 진공을 뵐 낯이 없음을 말하니 성의백이 웃으며 말하였다.

68 "어린 아이가 일시의 객기로 아내를 제어하지 않을 수도 없고 가장의 소임과 위험을 폐하지 못하리라 여겨 이러한 거조가 있었습니다. 그러나 아우는 본래 마음이 넓어 이런 일에 개의치 않습니다. 어제도 형제들과 함께 즐겁게 웃으며 조금도 거리끼는 것이 없었으니 형은 염려치 마십시오. 그저 누이께서 당초에 중매하여 혼인을 이룬 까닭에 이제 편협한 소견으로 과도히 무안하여 하는 것입니다. 나는 그 아이를 내 조카와 다름없이 여깁니다. 경문이 장부의 몸으로 양성공주를 얻었으니 형세가 가히 버리지 못할 처지인데다 저 사람의 의기와 은혜 또한 중한 법인데, 그가 한낱 호녀라 하여 상께 아뢰고 그를 맡긴 장인과 처남을 밉게 여기고 그 벌을 조카딸에게 씌워 행동이 오만불손하니 부인이 스스로 시키기라도 한 듯이 밥 먹는 것도 잊어버리고 초조해하는 것

입니다. 그러니 그 편협함이 서로 숙질간에 똑같지 않습니까?"

소후는 숙부가 자신을 오만불손하게 여긴다는 말을 듣자 매우 부끄러웠다. 제남백이 웃으며 말했다.

"문첨[134]의 말씀에 저 둘이 서로 비슷한 숙질이라 하지만 누이와 둘째 69
아이의 성질이 하나는 강하고 하나는 부드러워 서로 전혀 다른데 어찌 똑같겠습니까?"

성의백 역시 화답하여 서로 즐거워하였으나 소부인만은 홀로 정색하고 불편한 기색을 풀지 않은 채 말하였다.

"진공 아주버니께서 조카에게 어떤 사람이기에 마치 호방한 사위가 천한 장인을 압두하는 듯한 계책을 써 그 벌을 처자에게 더한단 말입니까? 어제는 조카딸을 욕하는 게 아니라 진공께서 보내신 하인들을 위협하고 포박하였으니 어찌 한심하게 여기지 않겠습니까? 오라버니께서는 어찌 아들을 중히 꾸짖지 않으시고 저렇듯 농지거리로 안색을 누그러뜨리시어 방자함을 돋우신답니까?"

성의백과 소공은 웃고 소후는 황공하여 거듭 사죄하였다. 그때 진후가 갑자기 평제왕 등 일족 10여 인과 함께 이르렀다. 평제왕이 소후 부자를 보고 서로 예를 갖추고 인사를 마친 후 문득 웃으며 말하였다.

"소후는 비록 나이가 젊으나 관직이 대단히 높아 체면이 중할 텐데 미 70
친 사람처럼 주정을 하여 정실을 길바닥에 버리니 알지 못하겠소. 이 무슨 예법인가?"

소후가 미처 대답하지 못하여서 성의백의 장자 건이 웃으며 말하였다.

"영웅이 하는 일을 세속의 사람이 알지 못하리니 제비와 참새가 어찌

---

134) 문첨 : 성의백 유세기의 자(字)임.

큰 기러기와 고니의 뜻을 알겠습니까?"[135]

소후가 웃으며 말하였다.

"옛 사람이 권문세가에서 며느리 취하는 것을 경계한 것이 바로 저를 두고 한 말이었습니다. 그대의 누이가 내게 시집왔으니 생사의 영욕이 다른 데 있지 않거늘 한 번 꾸짖었다 해서 무지한 환관이 길 위에서 내 명을 좇은 하인을 결박하였을 뿐 아니라 여러 형들이 이같이 비웃으시니 어찌 처가가 두렵다 하지 않겠습니까?"

진후는 온화한 안색에 태연한 말투로 이렇게 말하였다.

"자포는 가히 편협한 남자로구나. 소소한 곡절에 이같이 맺혀서는 마음을 풀지 않고 붕우의 무리들이 사랑하여 하는 농담에 어찌 권문세가

71 를 일컫는단 말인가? 내 들으니 영대인(令大人)께서 제남백을 총제(總制) 하시어 녹이 3천 석이요, 식읍이 1만 호이니 그 권세가 가히 적다하지 못할 것이요, 자포 또한 작위가 제후에 이르러 동평장사 수춘후로 식록이 3천 석이 되어 회남(淮南)을 다스리니 넉넉한 비단과 옥, 소와 양, 창고의 곡식이 충분하여 천승의 부귀가 있어 부모와 자식 양 대에 권세가 혁혁한데 어찌 우리 집을 비난하여 공연한 말로 치사한단 말이오? 말은 비록 시원하나 공손하고 삼가는 도리가 아니오. 또 우리 집 부귀가 어찌 자포의 기롱을 들을 바겠소? 누이를 책망한 것을 말하는 것은 아니나 불쾌한 것이 있으니 인정으로 즐겨할 바는 아니오. 허나 우리들은 부형을 좇아 행실과 마음을 삼가 마음대로 하지 못하는 까닭에 오직

---

135) 제비와 ~ 알겠습니까 : {연작[燕雀]이 안감홍곡지 〃[安感鴻鵠之志]리오}. 『사기』 「진섭세가」 편에 진승(陳勝)이라는 사람이 진나라의 폭정을 비난하는 발언을 하여 주변 사람들이 비웃자, "제비와 참새가 어찌 기러기와 고니의 뜻을 알겠는가?[燕雀安知, 鴻鵠之志哉]"라고 말했다는 데서 유래한 말. 즉 평범한 사람이 영웅의 뜻을 알 수가 없다는 뜻임.

부모의 뜻을 받드는 것 외에 다른 뜻이 없으니 자포는 우리의 용렬함을 웃지 마시게."

소후는 진후의 정대하고 화평한 말 가운데 부형이 위에 계심을 모르고
마음대로 함을 가장 맹렬히 비난하는 말이 있어 스스로 부끄러워 흔쾌히 72
웃고 나서 이렇게 말하였다.

"우연히 말하게 된 것이네. 진후는 고집스럽게 생각하여 화내지 마시게. 장난으로 한 말에 이렇듯 화를 내니 내가 보기에는 진후의 편협함이 나보다 더한가 싶네."

진후가 웃으며 대답하였다.

"내 다른 일은 자포만 못하지만 태어난 지 20여 년에 한 번 노기를 견마(犬馬)에게도 옮긴 적이 없네. 생각건대 편협하게 군 일은 없는가 싶은데 형의 말이 우습구려."

말을 마쳤을 때 연후가 이르러 소후 부자를 보고 소후의 소매를 끌어당기며 말하였다.

"자포가 이곳에 와 우리를 찾지 않은 것은 무슨 뜻인가?"

소후가 미처 답하지 못하였을 때 각노공의 장자 좌풍익 유만이 웃으며 말하였다.

"소자포가 지금 권문세가를 배척하고 우리 집안을 비웃으니 어찌 진부에 나아갈 리가 있겠습니까?"

연후가 웃고 나서 이렇게 물었다.

"권문세가를 배척한다 하나 피차 마찬가지니 도리어 망발이로다. 다그
쳐도 소용없으니 쓸데없는 소리 마라. 지금 아버님께서 침전에서 기다 73
리시니 빨리 가 뵙는 것이 좋겠다."

뒤이어 제남백을 향해 말하였다.

“공께서 이곳에 기거하신 지 오래되었으나 소생이 즉시 뵈옵지 못하였으니 부끄럽습니다. 아버님께서 들으시고 자리를 열어 돌아보시길 바라시며 소생에게 이 뜻을 아뢰라 하셨습니다.”

이 말을 듣고 제남백이 즉시 일어나 진부로 향하니 진후와 연후 두 사람이 제남백을 모시고 함께 떠났다. 소후 또한 떨어지지 못하여 함께 진부에 이르니 진공이 그들을 맞아 예를 마치고 오래 보지 못했음을 말하며 은근한 기색뿐이요, 조금도 불안한 기색이 없었다. 제남백이 사죄하며 말하였다.

“제가 아들 훈계를 어질게 못하여 못난 자식의 행사에 불초함이 심하므로 평소 근심하던 바였습니다. 며늘아기의 아름다운 용모와 빙옥 같은 행실이 제 분에 넘침을 알지 못하고 이유 없이 박대하여 심한 모욕
74 을 주니 제 생각에는 은정이 과하여 이유 없이 하루 종일 바람 불고 거친 날이 많은 것이라[136] 여겨 아는 체하지 않았습니다. 그런데 어제 며늘아기의 친정 길에 행한 망령된 거조는 전고에 듣지 못하던 것이니 한낱 며늘아기를 모욕한 것만 아니라 실로 상공께 무례를 범한 일이 되었습니다. 그 터무니없이 방자함은 다른 사람에게 듣게 해서는 안 될 일이니 무슨 면목으로 어른을 뵙겠습니까마는 은혜를 잊지 못하여 나아왔으니 부끄러워 죽고자 하여도 죽을 땅이 없습니다.”

이에 진공이 웃으며 말하였다.

“선생께서는 어찌 이런 말씀을 하십니까? 딸아이가 깊은 규방에서 사

---

136) 하루 ~ 것이라 : {죵풍챠포[終風且暴]ᄒᆞ미라}. 『시경』「패풍(邶風)」 편의 〈종풍(終風)〉이란 시에서 “하루 종일 바람 불고 날이 거칠었네[終風且暴]”라는 구절에서 나온 말. 여기서는 부부간에 하루 종일 바람 잘 날 없다는 뜻.

리도 모르고 어리석게 자라 대군자의 배필이 되었으니 허물이 많을 것 입니다. 아드님의 높은 안목에 합하지 않을 것이 당연하니 저희 부부가 서로 비난하는 것을 어른이 어찌 선뜻 아는 체하겠습니까? 선생의 말씀이 과도하시니 제가 오히려 심히 불안합니다."

뒤이어 소후에게 나아오라 하여 그 손을 잡고 웃으며 말하였다.

"내 너와 이름은 장인 사위이나 친아들보다 조금도 덜한 데가 없거늘 75
네 어찌 나에게 처갓집 장인의 규례를 하여 이처럼 믿음 없고 무례함이
심하단 말이냐? 너희의 근래 일을 보고 또한 나의 옛일을 생각하니 한
번이나마 내 평생 품은 생각을 말하여 장인과 사위로 더불어 웃음을 도
우려 한다.

내 나이 13세에 선황제(先皇帝)께 신임을 받아 초방(椒房)[137]과 관계를
맺게 되니 황제의 집안이 어려운 것은 군신 간의 의리처럼 명백하여 진
실로 뜻 있는 자로서는 몸을 굽혀 견디기 어려운 바였다. 나이가 젊고
생각이 짧아 우스운 일이 많았으니 이제 생각해보면 한바탕 꿈인지라
뉘우칠 일이 많구나. 소년 때는 남아의 마음에 자연히 강하고 날카로
운 기운이 있는 법이다. 네가 딸아이를 구박하는 것은 그 아이가 부형
의 세를 믿고 가장을 억누르는가 싶어 원통하여 그러는 것이니 그 또한
괴이하지 않은 일이나 딸아이가 너와 가문의 지위가 서로 대등하여 피
차 넘치지 않으니 뜻이나 기운이 막히어 마음대로 못할 것이 없고 내
집의 부귀 또한 조그마하여 너를 압도할 것도 없지 않느냐? 네가 이미 76
몸이 영주(瀛洲)[138]에 올라 물망으로는 사양할 바가 없거늘 어찌 책잡

137) 초방(椒房) : 왕비나 황후 등이 거처하는 방을 말함.

138) 영주(瀛洲) : 옛날 신선이 살았다는 동해(東海) 속의 신산(神山)으로, 명예로운 지위에 오름을 가리키는 말.

는 말끝에 권문세가를 일컫느냐? 이는 절대 어른을 공경하고 겸손하게 행동하는 덕이 아니다. 그 가운데 유감스러운 뜻이 있어 이렇게 하는 것을 알지만 또한 불통하는 것으로 생각하여 그런 것 아니겠느냐?

양성공주와의 혼인은 네가 만일 인연을 맺은 일이 없어 공주가 너를 따라 오지 않았으면 어느 사람에게도 시집보낼 일이 없었을 것이다. 그러나 국가의 녹을 받는 자가 누구라서 감히 사양하여 볼모를 맡지 않겠는가마는 평소 작록을 받던 자가 오랑캐라 하여 인연을 피하고 받지 않는다면 이는 국사를 두 손 놓고 보고 있는 것이니 그 죄가 또한 중하지 않겠느냐? 어쩌다 너와 인연을 맺었으므로 이치에 따라 너에게 들여보낸 것이지 내 스스로 호녀를 구하여 너를 욕보인 것이 아니다. 또한 너
77 에게 호녀를 섬기라 한다면 욕되겠지만 장부가 되어 한 미인을 집안에 두는 것이 무엇이 문호를 그릇 만들고 네 신세를 어그러뜨렸단 말이냐? 제곡(帝嚳)의 공주가 개를 좇으며[139] 한나라 공주가 선우(單于)에게 시집 간 것[140]은 욕이겠지만 장부의 몸으로 번국 공주를 금차(金釵)[141]

---

139) 제곡(帝嚳)의 ~ 좇으며 : '제곡'은 중국 신화 속의 인물인 고신씨(高辛氏)를 가리킴. 그의 시대에 만장(蠻將)인 방왕(防王)이 모반을 일으키자 제곡은 나라가 망하는 것을 염려하여 "만약 방왕의 머리를 베어오는 자가 있으면 황금 천일(千鎰)과 만가(萬家)의 읍(邑)을 포상으로 주고, 또한 나의 딸을 아내로 주겠다"고 포고함. 그러자 제곡의 애견인 반호(盤瓠)가 잠시 동안 그 모습을 감추더니 이윽고 방왕의 목을 입에 물고 나타남. 제(帝)는 상대가 개이므로 약속의 실행을 주저했으나 공주가 "황제이신 아바마마가 약속을 지키시지 않으시다니 그것은 도저히 용납될 수 없습니다" 하고 스스로 자청해서 개 반호의 아내가 됨. 그 사이에서 3남 6녀의 자녀가 태어나 그 자손이 점점 번성했으므로 사람들이 이를 일러 '견융(犬戎)의 나라'라고 불렀음.

140) 한나라 ~ 것 : 유방이 세운 한나라가 중국을 통일한 후 북쪽에 있는 흉노는 중국을 견제하고 대항할 수 있는 유일한 강대국이었음. 유방은 기원전 202년 재위 5년에 비로소 황제로 칭하고 노관을 연왕(燕王)으로 봉하는데 노관이 201년, 흉노에게 투항하는 사건이 발생함. 유방은 흉노가 갓 태어난 한나라에 큰 골칫거리가 될 것으로 예상하고 흉노를 치기 위해 30만 명의 대군을 동원하여 흉노의 시조인 묵특선우(冒頓單于)를 공격함. 그러나 기원전 200년, 유방은 백등산에서 일주일간이나 포위된 상태에서 극적으로 구출되는 등 수모를 당하면서 철저하게 패배하고 흉노와 화친을 맺음. 이 당시 흉노와 한이 맺은 화친의 첫 번째 조약이 바로 한의 공주를 흉노 선우에게 의무적으로 출가시킨다는 것으로, 이 관례는 문제(文帝, 기원전 179~157)때까지 계속됨.

에 머물게 함이 큰 욕인 줄은 내 알지 못했구나. 설사 괴로움이 있다 하나 어찌 천시(天時)와 인사(人事)를 알지 못하고 국사에 사사로운 정을 두어 네가 싫어하는 것을 돌아보겠느냐?

이제 네가 싫어하는 것을 우겨서 맡긴 데에 분을 품고 공사(公事)를 아
내에게 옮겨 갚고자 하니 이는 또한 내가 평소에 너에게 바라던 뜻이
아니다. 대장부의 도량이라 할 수 없으니 깊이 생각하여 아녀자의 자
잘한 태도를 버리거라. 내 몸이 국은을 입어 정사를 잡았으므로 충성
과 온 힘을 다해 죽어서야 그치고자 하니 딸아이 하나를 두고 이렇다
저렇다 하지 마라. 이 한 몸이 꺼지고 내 자식이 죽는다 해도 내 할 일
은 다하려 하는데 어찌 부인의 자잘한 일로 나를 시험코자 하느냐? 춘 78
부장께서 위에 계시니 오늘 내가 이런 말을 하는 것은 옳지 않으나 친
구 사이에는 서로 옳은 일을 하도록 권해야 하는 법이다. 내가 마침 외
람되게도 네 부친의 벗의 자리를 한 자리 차지하고 있고 또 너와는 장
인과 사위의 의리가 있으므로 소소히 겸손하게 구는 세속의 태도를 하
지 못하여 속에 품은 생각을 말하였으니 사위는 괴이히 여기지 마라."

이렇듯 말하는 것은 엄정했으나 또한 너그럽고 부드러워 안팎으로 밝음이 거울 같아 조금도 가식하거나 거짓으로 꾸민 것이 없었다. 소후는 크게 감복하여 공손히 사죄하여 말하였다.

"제가 어찌 감히 장인어른을 업신여겨 공사를 두고 사사로운 혐의로 갚겠습니까? 마음에 원치 않아도 형세가 기왕 그렇게 되었으나 장인어른과 성양[142] 형이 힘써 권하여 저에게 맡기시는 것을 보니 마음속으

---

141) 금차(金釵) : 첩의 자리를 말함.

142) 성양 : 연후 유현의 자(字).

로 원통하고 답답하여 가까이 있는 것이 안사람인 까닭에 잠시 서로 부딪치는 일이 있었습니다. 어제는 친정에 가는 것을 저에게 알리지도 않고 간 까닭에 미친 노기가 일어나 장인어른의 큰 은혜를 저버렸으니 부끄러워 대답할 바를 알지 못하겠습니다."

79 공이 크게 웃고 제남백을 돌아보며 말하였다.

"둘째 아드님의 문재(文才)와 기상이 남보다 뛰어나나 그 단점이 하나 있으니 바로 이기고자 하는 마음입니다. 나이가 차면 거의 군자가 될 것이니 선생은 한때의 호기를 과히 꾸짖지 마십시오."

소공은 탄복을 이기지 못하여 칭찬하는 말을 마다하였다. 그런 후 술과 안주를 내오라 하여 손님과 주인이 단란하게 술을 마셨다. 술에 반쯤 취하였을 때 소공이 군주를 불러 그 손을 잡고 새로이 더욱 대견해 하며 소후에게 명하여 예전처럼 왕래하며 진부에 머물라 하니 소후가 그 명을 받들었다.

석양 무렵 잔치를 파하고 제남백이 돌아가니 소후는 부친과 이별하고 진후, 연후 두 사람과 더불어 영하전에 이르렀다. 진공이 저녁밥을 내오라 하여 아들, 사위와 한 집에서 먹기를 마치니 장부인이 며느리와 두 딸과 함께 소후를 청하여 보고는 제 몸에서 난 자식처럼 아끼고 사랑하였다.

소후가 초에 불을 잇고 월영각에 이르니 군주는 그때 모여 있던 궁녀들
과 함께 침선(針線)을 다스리다가 소후가 들어오는 것을 보고 천천히 일어
80 나 맞았다. 소후는 군주의 아름다운 자태와 빛나는 얼굴이 촛불 아래에
서 더욱 깨끗할 뿐 아니라 그 얌전하고 점잖은 기질이 새삼 무리 가운데
두드러지는 것을 보고는 속으로 경탄하고 공경하는 마음에 구름 같은 애
정이 샘솟는 듯하였다. 이러하니 어찌 거짓으로 지었던 마음을 오래 참겠

는가마는 사람이 심지가 가볍지 않은 까닭에 일부러 정색하고 엄히 꾸짖으며 말하였다.

"그대가 비록 부귀한 집안의 딸로서 아무데서나 스스로 잘난 줄 아나 어찌 지아비가 중한 줄 알지 못하고 출입을 마음대로 하며 부형을 부추겨 내 집의 일꾼을 위력으로 협박하여 나로 하여금 엄한 꾸지람을 받게 한단 말이오? 내 진실로 마음을 한 번 돌이켰은즉 진공 얘기는 말도 꺼내지 마시오. 천자의 예라도 용서치 않으리니 너무 교만하고 방자하게 굴지 말란 말이오."

군주는 안색을 온화하게 하고 조용히 대답하였다.

"제가 사리에 어둡고 둔한 성질로 부모의 사랑만 받고 자라 넓게 배운 일이 없어 군자께 큰 죄를 지었습니다. 부끄러워 그 잘못을 고치고자 하나 미치지 못할까 두렵습니다."

군주는 말이 간략하고 행동이 편안하여 변명하는 일이 없었다. 아내가 81
이미 태연하며 외모는 더욱 온화하니 그 수려한 용모와 아리따운 태도는 더욱 새로웠다. 소후는 눈으로 보기에 기특하고 마음으로도 항복하지 않을 수 없었으나 일부러 말을 하지 않은 채 가만히 그 밤을 새웠다. 다음날 조회를 파한 후 본부로 돌아가자 부모가 그를 경계하며 군주의 덕행과 진공 부자의 은혜는 가히 등한히 하지 못할 것이라 일렀다. 소후는 공손히 명을 받든 후 운화정에 들어가 양성을 보았다. 공주는 그때 세수를 한 후 서안에서 병서를 읽으며 읊고 있는데 기분이 쾌활해보였다. 소후가 웃으며 말하였다.

"부인은 여자로서 시집에서 바느질하고 남편의 수건과 빗을 받드는 소임을 할 뿐이거늘 어찌 육도삼략(六韜三略)[143]을 섭렵하려 한단 말이오?

어제 진부에 가서 상원부인의 거처를 보니 서안에 『열녀전(烈女傳)』[144]
이 놓였고 좌우에 수틀과 문방기구들이 펼쳐져 있었으니 여자의 도리
82 는 마땅히 이러할 것이오. 그대가 비록 변방에서 자라 천자의 교화를
받지 못했으나 이미 당당한 대신의 부인이 되어 예의를 따라야 할 것이
니 오랑캐 풍속을 버리는 것이 옳을 것이오."

양성이 보던 것을 버려두고 일어나 소후를 맞으며 말하였다.

"명공의 말씀이 매우 마땅하시니 제가 어찌 따르지 않겠습니까? 사람이 나면서부터 알기는 어려우니 저 또한 배운 것 없이 성장하여 모든 일에 비루한 것이 많습니다. 일찍 귀 댁에 들어온 후 공의 원비(元妃)를 보니 덕행과 사람됨이 세상에 독보적이었습니다. 우러러 본받고자 하였으나 명공께서 생각지도 못한 고집을 내시어 저 때문에 군주(郡主)께 불평하는 마음이 많으셨습니다. 군주는 부형께서 청하여 친정으로 돌아가셨으니 모든 일에 어찌 안심할 수 있겠습니까? 이제 상원부인이 집에 계시지 않는데 천한 제가 명공과 즐거워하는 것은 체면에 어긋나

---

143) 육도삼략(六韜三略) : 『육도』와 『삼략』을 아울러 이르는 말이며 중국 고대 병학(兵學)의 최고봉인 '무경칠서(武經七書)' 중의 2서(書)임. 『육도(六韜)』의 '도(韜)'는 화살을 넣는 주머니, 싸는 것, 수장(收藏)하는 것을 말하며, 변하여 깊이 감추고 나타내지 않는 뜻에서 병법의 비결을 의미한다. 문도(文韜)・무도(武韜)・용도(龍韜)・호도(虎韜)・표도(豹韜)・견도(犬韜) 등 6권 60편으로 이루어지며 주(周)의 태공망(太公望)의 저서라고 전해짐, 『삼략(三略)』의 '략(略)'은 기략(機略)을 뜻하며 상략・중략・하략의 3편으로 이루어짐. 무경칠서 중 가장 간결한 병서로 사상적으로는 노자(老子)의 영향이 강하나 유가(儒家)・법가(法家)의 설도 다분히 섞여 있다. 이것도 태공망의 저서라는 설과, 한(漢)의 지장(智將) 장량(張良)이 황석공(黃石公)에게서 전수했다는 설도 있고 후한에서 수(隋)나라 무렵에 성립된 것이라는 설도 있음.

144) 『열녀전(烈女傳)』: 부녀의 교양을 위하여 만들어진 부인들의 전기로 두 종류가 있음. 첫째는 유향(劉向)이 지은 『열녀전(烈女傳)』 8편 15권으로, 나중에 송(宋)나라 방회(方回)가 7권으로 간추림. 부인의 유형을 모의(母儀)・현명(賢明)・인지(仁智)・정신(貞愼)・절의(節義)・변통(辯通)・폐얼(嬖孽)의 7항목으로 나누어 항목마다 15명 가량을 수록함. 유명한 현모・양처・열녀・투부(妬婦)의 이야기는 모두 다 나와 있음. 둘째는 명나라 해진(解縉) 등이 임금의 명으로 지은 것. 상권은 고대부터의 후비(后妃), 중권은 제후(諸侯)・대부(大夫)의 처, 하권은 사인(士人)・서인(庶人)의 처의 전기이며, 모두 『고열녀전(古烈女傳)』이나 역사책 등에서 가져온 것들임.

는 일임을 모르는 바가 아닙니다.

깊이 살피건대 명공께서는 복이 많으시어 부부간에 정이 만족스러우
셨으나 군주의 부형이 사사로운 정을 돌아보지 않고 공이 원치도 않는 83
저와 인연을 이루게 한 것을 원망하여 잠깐 격노한 마음에 공연한 말로
군주의 부형의 죄를 들어 군주에게 씌우신 것이 아니겠습니까? 그러나
실은 군주를 싫어하거나 괴롭게 여겨서가 아니라 저를 미워하는 마음
이 근본이 되어 그런 것이기에 제가 잠시 명공의 웃으시는 얼굴을 믿고
당돌하게 간여하지 못하였으나 오늘 말이 났으니 그치지 못하겠습니
다.

당초 부왕께서 명공의 사람됨과 재주를 사랑하시어 우리나라에 머물게 하여 쓰고자 하셨으니, 일이 잘 되면 공이 번국의 신하가 되겠고 일이 잘 되지 않으면 공이 절개를 지키다 죽은 넋이 될 터였습니다. 제가 예의를 알지 못하고 스스로 남편을 가리는 분수에 넘치는 짓을 하였을 뿐 아니라 부왕께 힘써 명공이 허락하시길 원한 까닭에 부왕이 비록 공이 불복한 것에 노하여 죽이고자 하시면서도 북해에 가두셨습니다. 이는 실로 제가 간절히 말씀드렸기 때문이니 이렇게 공을 한 번 구하였습니다. 또한 북해로 가서 공이 휘하의 사람들과 더불어 굶주려 돌아가
시게 생긴 된 것을 탐지한 것은 한편으로 우리 종사를 위하여 만일 공 84
이 죽으면 천자의 조정에서 죄를 물어 화를 당할까 두려워서였으며, 다른 한편으로는 공의 충절을 아껴 재산을 헐어 양식을 잇게 한 것이었습니다. 이렇듯 수양산(首陽山)이 있어도 굶주림이 없었으니145) 이는 제

145) 수양산(首陽山)이 ~ 없었으니 : 백이(伯夷) · 숙제(叔齊)에 얽힌 고사를 가리킴. 백이와 숙제는 본래 은(殷)나라 고죽국(孤竹國 : 河北省 昌黎縣 부근)의 왕자였으나 아버지가 죽은 뒤 서로 후계자가 되기를 사양하다가 끝내 두 사람 모두 나라를 떠남. 그 무렵 주나라 무왕(武王)이 은나

가 공을 두 번 살린 것입니다. 또한 공이 병이 중하여 목숨이 일각에 처하여도 약 한 첩을 얻지 못할 적에 제가 친히 약을 가져다가 공을 구하였으니 이는 제가 공을 세 번 살린 것입니다.

천자의 군대가 공을 구하고 우리나라를 무너뜨렸으므로 우리 남매가 볼모가 되어 이곳에 이르렀으나 공은 문득 전후에 힘써 공의 목숨을 구한 은혜를 저버리고 한낱 제 몸이 오랑캐임을 더럽게 여기셨습니다. 하여 진공과 연후께서 의리를 지켜 천자에게 주달하여 저와의 혼인을 권하신 것을 밉게 여기시어 군주를 거짓으로 박대하고 저를 일부러 후대하셨으니 이 어찌 군자이자 대장부의 행사라 하겠습니까?

우리 세조(世祖)께서 천하를 비추시니 화이(華夷)가 통합되고 건곤(乾坤)이 한 빛이었습니다. 한 사람도 그 신하 아닌 이가 없고 척박한 땅도 원
85 나라 땅이 아닌 데가 없었습니다. 그러다 천명이 명나라에 돌아왔으므로 물러나 오랑캐가 되었으나 당초를 생각하면 천하의 사람들과 권문세족으로 명조에서 녹을 먹는 자 중 그 선대에 우리 원나라의 신하가 아니었던 이가 누가 있겠습니까? 공이 한결같이 오랑캐를 더럽게 여기시니 제가무안하고 분하여 세상에서 구차하게 사는 것이 죽는 것만 같지 못할 듯하옵니다. 공은 모름지기 거짓되고 바르지 못한 속임수를 그치고 차라리 솔직히 저를 박대하고 군주를 존중하시어 좋게 화락하시고 가식하는 행동은 그만두십시오."

양성이 이렇게 말하였다.

라의 주왕(紂王)을 토멸하여 주왕조를 세우자, 두 사람은 무왕의 행위가 인의(仁義)에 위배되는 것이라 하여 주나라의 곡식을 먹기를 거부하고, 수양산(首陽山)에 몸을 숨기고 고사리를 캐어 먹고 지내다가 굶어죽음.

유 씨 삼 대 록

18권

1 이때 소후가 어이가 없어 한참 동안 묵묵히 있다가 말하였다.

"오늘 그대의 숱한 이야기를 들으니 그 뜻이 매우 분명하여 내 가슴이 시원하구려. 다만 내가 그대의 의기와 은혜를 모르는 것이 아니고 오랑캐라고 더럽게 여기는 뜻도 아니오. 당초에 그대의 부왕이 협박하여 그대와 나를 혼인시키려 했고, 그대도 비록 효녀라 하지만 여자가 친히 남편을 선택하는 것은 매우 넘나는 행동이었소. 더욱이 그대의 부왕이 격서를 날려서 나를 대역무도의 말로 모함하니 만일 성상께서 밝게 살피지 않으셨다면 부모형제가 극형을 받았을 것이오. 그대가 스스로 말하기를 나를 세 번 살린 은혜가 있다 하니 그 말은 진실로 옳지만 또 그대로 인하여 내가 세 번 죽을 지경을 당하였소. 은혜와 원수가 서로 같으니 각별히 공로에 보답할 것이 없구려.

또 그대와 결혼하는 것은 내가 싫어했던 바인데 진공 부자가 나를 핍박
2 하여 나의 뜻을 세우지 못하게 된 것을 원통해 하나 진공 부자는 나와 서로 뜻이 맞는 대신이고 예의군자이오. 내가 깊이 한스러워하는 것이 옳지 않기에 잠깐 군주를 곤란하게 하여 화를 풀고자 하였소. 그런데 부형의 꾸짖으심과 숙모의 불평하심이 대단하시므로 지금부터 서로 다 화평하게 지낼 것이니 그대는 안심하고 걱정하지 마시오. 그대가 이미 나의 아내가 되어 친정이 만 리 밖에 있고 일신이 외로우니 어찌 작은 혐의로 박대하는 일이 있겠소?"

양성공주 또한 감격하여 사례하였다. 이 날 소후가 진부에 돌아와 문창군주를 대하여 말하는데 군주의 기색이 정대하고 온순하며 사기가 단정하고 엄숙하여 한갓 양성공주의 호방하고 영웅스러운 기상과 같지 않았다. 흠모하는 뜻이 샘솟아 옛정을 이으니 새로운 정이 산 같고 바다 같

았다. 그러나 군주의 기색에는 조금도 희로애락에 동요함이 없고 부부의 금슬에 유의함이 없으니 소후가 더욱 공경하며 높이 여겨 애정이 날로 진중하였다.

하루는 소후가 연후와 더불어 외전에서 공의 문생과 고리(故吏)[146]와 3
함께 시사(詩詞)를 의논하고 주찬을 내와 즐겼다. 석양에 소후가 술에 취한 채 월영각의 이르러 군주로 서로 말을 나누는데 눈이 몽롱하고 옥같이 아름다운 얼굴이 옷에 기울어지고 면류(冕旒)[147]가 가지런하지 않으니 쇄락한 풍채와 영웅스런 풍모가 군주의 달 같은 얼굴과 선녀 같은 풍모로 쌍을 이루어 어두운 방 안이 환해졌다. 좌우의 궁녀들이 너무나 아름답게 생각하여 서로 이 말을 전하며 칭송하고 기뻐하였다. 장부인이 이 말을 듣고 참지 못하여 모든 며느리와 장손씨 등을 거느리고 월영각에 나가 장막 사이에서 몰래 살펴보니 소후가 정신이 어지럽도록 취하여 아들을 안고 말하고 있었다.

"내가 만 리 타국에 갇혀 생사와 존몰(存沒)[148]을 중국에 전하지 못하니 부인이 어린 아이를 품고 홍안에 한을 머금고 청춘 아미로 일생을 헛되이 늙기를 결심할 때 간장을 얼마나 사르며 그 마음이 어떠하였던가?
오늘 고요할 때 서로 대하여 속마음을 털어놓고자 하니 부인은 공경함 4
을 낮춰 나의 말을 헛되이 듣지 마오."

그러자 군주가 슬피 탄식하고 말하였다.

"지난 일에 놀라 이미 간담이 다 떨어졌으니 다시 말하는 것이 부질없습니다. 하물며 삼족(三族)을 멸하는 화를 당하여 늙으신 시부모님께

---

146) 고리(故吏) : 예전에, 일을 본 경력이 많은 아전.
147) 면류(冕旒) : 면류관의 앞뒤에 늘어뜨린 구슬꿰미.
148) 존몰(存沒) : {존문} 이는 '존몰(存沒)'의 오기인 듯함.

불효를 끼치고 병중에 계신 부친께 큰 근심을 끼쳐 드렸으니 이것은 다 불효녀인 저 때문이었습니다. 그 때 저는 단지 군자의 몸을 염려했을 뿐만 아니라 양가 부모님을 생각하고는 하늘이 무너지는 듯하였으니 오늘의 영화로움을 어찌 기약했겠습니까?"

소후에게는 군주의 슬픈 낯빛과 많은 말이 평생 처음이었다. 군주의 애원한 태도가 꽃다운 향기를 머금어 장부의 마음을 놀라게 하였다. 소후는 슬픈 마음이 은연 중 샘솟아 생각할 겨를도 없이 군주의 곁으로 나가 손을 잡고 말하였다.

"부인은 나를 위해 일 촌 간장을 살랐거늘 나는 부질없는 고집으로 5~6
5 개월 동안 매정하게 대하여 인정에 가깝지 않은 일이 많았소. 양성이 있는 곳으로 처소를 옮겼기에 자연 예전의 화락함이 줄어들었으니 이 어찌 장인어른과 연후의 탓이 아니겠소?"

군주가 정색하며 말하였다.

"군후께서 연소하나 몸이 대신의 지위에 있는데 이런 무례한 말씀을 하신다면 몸을 닦는 자의 도리가 아닐 것입니다. 하물며 양성공주와는 평범한 인연이 아닌데 매번 의외의 사람으로 여기십니다. 제가 당돌하지만 군자의 이 같으신 행동에는 복종하지 않겠습니다."

소후가 더욱 애중하고 공경하여 은근한 희담이 이어졌으나 군주는 다시 말을 하지 않고 엄숙하기가 추상같았다. 소후가 나중에는 겸연쩍어 단정히 물러 앉아 아들을 데리고 희롱하였다. 이윽고 불을 밝히고 이불을 펴자 소후가 더욱 애정이 흘러넘쳐 침상 앞에서 가만히 소곤거리는 말이 끝이 없었다. 그러나 군주는 소후가 술에 취해 행동이 방탕한 것을 흠으로 여겨 촛불을 돋우며 용모를 바르게 하고 옷매무새를 고르면서 밤새도록 잠자리에 나가지 않았다. 그리고 차를 내오게 하며 소후의 옷과 관(冠)을 거두고 소후의 술 취한 몸을 보호하면서 조금도 태만한 기색이 없었 6
다. 소후는 비록 마음이 급하였으나 군주가 엄하기가 가을 하늘 같고 정대하기가 밝은 태양 같은 것을 보자 감히 구구한 정으로 억지로 동침하지 못하였다. 다만 박정타는 소리가 꿈꾸는 중에도 끊이지 않았고 군주의 손을 잡아 자신의 곁을 떠나지 못하게 하였다. 장부인은 밤들도록 몰래 두 사람의 행동을 살펴보고는 매우 기뻐하고 어여삐 여기며 영운전으로 돌아왔다.

마침 진공이 부친께 저녁인사를 마치고 영운전에 오게 되었다. 모든 자식들의 모심을 받으면서 영운전에 이르렀으나 부인이 없었다. 괴이하게 여겨 좌우 사람들에게 묻자 최상궁이 대답하였다.

"부인께서 저녁식사 후에 다섯 명의 소부인들을 데리고 월영각으로 가셨는데 아직까지 돌아오지 않으셨습니다."

공이 모든 자식들에게 말하였다.

"소서방이 월영각에 왔는데 부인이 저곳에 간 것은 어떤 까닭이냐?"

말을 멈춘 사이에 부인과 모든 며느리가 등촉을 따라 돌아왔다. 진공이 맞이하여 말하였다.

"부인이 한밤중에 어딘가를 갔다가 돌아오니 반드시 연고가 있구려." 7

부인이 웃고 드디어 자초지종을 자세히 전하여 말하였다.

"문창의 부부가 성내는 일이 잦고 소서방이 양성공주의 침소로 처소를 옮겼으니 혹시 새사람의 꽃 같음을 사랑하여 옛사람의 옥 같음을 잊었나 의심이 없지 않았습니다. 그래서 번거로움을 무릅쓰고 모든 며느리와 함께 그 사사로운 말을 탐지하였는데 염려했던 것과는 달리 소서방은 딸에 대한 은정이 각별하고 생각지 않게 딸은 소서방에게 매몰함이 심하였습니다. 제가 많이 걱정했던 것이 어찌 우습지 않겠습니까?"

공 또한 웃고 기뻐하였다. 연후가 웃으면서 아뢰었다.

"제가 저번에 자포[149]의 노기가 오래가지 않을 줄 모친께 아뢰어도 믿지 않으시더니 오늘에야 깨달으셨는가 합니다. 누이동생은 여자 가운데 군자이고 규방 가운데 성현(聖賢)이니 자포가 이유 없이 조강지처를 박대할 까닭이 있겠습니까?"

그러자 진공이 웃으며 말하였다.

"부부간의 깊은 정은 인력으로 미칠 바가 아니고 미모와 재덕도 한결같이 믿을 바가 아니다. 그렇다면 어찌 반첩여(班婕妤)[150]와 장강(莊
8 姜)[151]의 무리가 있겠느냐? 다만 딸아이가 복덕을 갖추었고 소서방의 사람됨이 조강지처를 버리지는 않을 것이다. 내가 일찍이 대궐에서 양성공주를 보니 풍채가 구름을 헤치고 나온 가을 달 같고 얼굴은 백옥을 깎고 다듬은 듯하였다. 풍모가 이미 신선 같고 두 눈은 별 같아서 천지조화의 정기를 앗았으니 속세의 아름다운 여자의 무리가 아니었다. 진

---

149) 자포 : 소경문의 자(字)임.

150) 반첩여(班婕妤) : 중국 한(漢)나라 성제(成帝)의 후궁. 성제는 처음에는 반첩여를 매우 총애했지만 시간이 흐르자 조비연(趙飛燕)에게로 사랑이 옮겨 갔음. 조비연은 혹시라도 성제의 마음이 반첩여에게 되돌아갈 것을 염려하여 반첩여가 임금을 중상 모략했다고 무고(誣告)하여 그녀를 옥에 가두게 했음. 나중에 반첩여의 혐의는 풀렸지만 그녀의 처지는 그 옛날 임금의 총애를 한 몸에 받던 때와 같지 않았음. 그녀는 장신궁(長信宮)에 머물면서 과거 임금의 사랑을 받던 일을 회상하고 현재의 자신의 처지를 돌이켜보다가 가을이 되어 쓸모없게 된 부채와 자신의 처지가 일치한다는 생각이 들어 『원가행(怨歌行)』이라는 제목의 시를 지었음. 이 시는 중국 육조문화(六朝文化)를 대표하는 시문선집인 『문선(文選)』에 전해짐.

151) 장강(莊姜) : 장강은 춘추시대 제(齊)나라에서 태어나 위(衛)나라 장공(莊公)의 부인이 되었음. 위장강(衛莊姜)이라고도 하는데 이는 위나라 장강이란 뜻임. 매우 아름답고 어질었으나 자식이 없었음. 장공이 이에다시 진(陳)나라의 여자를 맞이하여 환공(桓公)을 낳았는데 진나라 여자가 일찍 죽자 장강이 자기 아들로 삼았음. 그 뒤 첩의 몸에서 주우(州吁)가 태어났는데, 장공의 총애를 받아서 행동이 방자하고 싸우는 일을 좋아하여 장공은 이후 희첩들을 총애하면서 어진 장강을 박대하게 됨.

실로 천 년에 한 번 나오기 어려운 여장부니 경문이 아니라면 진압하지 못할 것이고 딸아이의 자연스레 만물을 교화하는 어진 덕이 아니면 그 위에 처하여 항복받지 못할 것이다. 천시(天時)와 인사를 헤아려 양성 공주가 소서방에게 돌아온 것인데 소서방이 부질없이 고집을 피워 한바탕 요란하였으니 이 또한 내 딸의 액운이었다."

이에 모든 자식들이 손을 맞잡고는 부친의 말씀이 마땅하다고 일컬었다.

다음날 소후가 진공을 뵈자 진공과 제생(諸生)이 흔쾌히 너그럽게 대하였다. 그러나 본래 농담을 잘 하지 않는 사람들이라 다섯째 공자에 이르기까지 어젯밤 일을 조금도 말과 낯빛에 드러내어 소후를 기롱하는 일이 9
없었다. 소후가 이후로는 진부에 아침에 가고 저녁에 오기를 하루도 그만두지 않았다. 진공은 볼 때마다 사랑하고 중하게 여겨 시사(詩詞)와 문장을 강론하기를 날이 다하도록 게을리 하지 않았으며, 진후 등은 소후의 사람됨을 흠모하였고 소후와 서로 뜻이 매우 잘 맞았다. 소후는 단지 군주와 정의가 두터울 뿐만 아니라 실로 그 장인어른과 처남들이 자신을 알아주는 것을 가볍게 여기지 못하여 자연히 진부에 머물며 군주와 화락하였다.

시절이 늦봄에 이르자 후원에 일만 꽃이 다투어 피고 1천 버들이 푸르러 금실을 드리운 듯 경치가 매우 빼어났다. 제비는 정원 들보에 들어 춤을 추고 꾀꼬리는 꽃과 버들 사이에서 맑게 울었다. 존당(尊堂) 이부인이 모든 자손을 거느리고 후원 만화원에 나와 봄경치를 구경하자 모든 자식들과 며느리들이 곁에서 모시고 담소를 나누었다. 군주가 조용히 진공에게 고하였다. 10

"제가 부모님을 슬하에서 모시고 있는 것이 비록 즐겁지만 부녀자의 도리를 어기는 것이 두려웠습니다. 소낭군의 행동이 요란하므로 신정에 돌아와 삼춘(三春)[152]이 다하도록 돌아가지 못하였더니 이제 시아버님 생신이 두서 날이 남았습니다. 자식이 되어 마땅히 시부모님께 수상(壽觴)[153]을 받들어 건강하게 오래 사시기를 기원하는 축수[154]를 드려야 할 듯합니다. 하물며 소낭군이 살아 돌아온 것은 가문의 큰 경사입니다. 시부모님께서 즐거워하시니 마땅히 잔치를 열어 손님들을 모으고 축하드리면서 뜻을 받드는 것이 옳습니다. 그러나 생각건대 소낭군 형제의 옥과 비단을 시부모님께서 관리하고 계시니 소낭군과 제가 마음대로 할 수 없습니다. 이미 시부모님의 창고 안에 물품들이 들어 있어 자손을 보살피시는 데 쓰시기에 이를 제가 변통하는 데 조금 구애됨이 있습니다. 제가 아버님께 아뢰어 궁중의 재물과 보배를 제 스스로 처리하고자 하는데 사리와 체면에 어떠하겠습니까?"

진공은 군주의 효성스런 말씀과 아름다운 목소리가 완연히 진양공주
11 와 같음을 보자 매우 사랑하여 그 손을 잡고 등을 어루만지며 기뻐하는 기색이 눈썹에 영롱하고 감동하는 낯빛은 두 눈에 가득하여 잠시 말을 하지 않았다. 성의백이 탄식하며 말하였다.

"오늘 질녀의 아름다운 말을 들으니 사리와 체면에 온당하고 효성스런 뜻이 가지런하구나. 소서방이 자식이 되어 뜻이 있어도 말하지 못하는 것을 질녀가 먼저 말하니 그 모친 진양공주와 다름이 없구나. 아름다

152) 삼춘(三春) : 봄의 석 달 동안. 즉 맹춘(孟春)과 중춘(仲春)과 계춘(季春).

153) 수상(壽觴) : 장수를 빌어 올리는 술잔.

154) 건강하게 ~ 축수 : {강능[岡陵]의 슈[壽]} '강릉'이란 『시경(詩經)』 「소아(小雅)」 편 〈천보(天保)〉 장에서 유래하여 축수를 비는 말로 쓰임. 그 글에 보면 "하늘이 그대를 도와 정하시니 풍성하지 않음이 없으시도다. 산과 같고 언덕과도 같으며 산마루와도 같고 구릉과도 같다[天保定爾, 以莫不興, 如山如阜, 如岡如陵]."라는 구절이 나옴.

운 가운데 어찌 슬픔이 없겠는가?"

영릉후 등 세 공이 웃으며 말하였다.

"질녀의 덕행이 공주를 닮은 것은 아름답습니다. 그러나 질녀가 소서방이 큰길 위에서 자신의 수레를 세워놓고 자신의 좌우 사람들을 구박함으로써 욕보인 것을 한탄하지 않고 소서방을 화평한 기색으로 너그럽게 대하면서 한 번도 흘겨보지 않으니 이것이 어찌 도리어 인정이라 할 수 있겠습니까?"

이부인이 말하였다.

"너희들은 이렇게 말하지 말거라. 문창의 이런 일이 더욱 진양공주를 닮았구나. 이전에 둘째 아이[155]가 광폭한 노기로 철로 만든 여의주를 들어 공주를 쳐서 옥비녀와 칠보가 부서지고 공주의 난초와 같은 약한 12
몸은 얼음과 옥보다 더 섬약하니 어찌 상하지 않았겠느냐마는 공주가 안색이 태연자약하여 온화한 말씀으로 승상과 나를 깨우쳐 남편의 죄를 벗겨 내었다. 오늘 어찌 문창이 소서방을 원망하지 않은 것을 괴이하게 여기겠느냐?"

그러자 양학사 부인 등 세 자매가 낭랑히 웃고 말하였다.

"어머님의 밝으신 말씀을 들으니 진양공주의 봄바람 같은 행동과 둘째 오라버니의 과격하신 행동을 눈앞에서 보는 듯합니다."

좌중이 일시에 웃으며 말하였다.

"옛일을 생각하여 뉘우치는 것은 말할 것도 없고 지금에 이르러는 진양공주의 종적도 없으니 비창한 회포가 더욱 깊습니다."

진공이 천천히 웃으며 말하였다.

155) 둘째 아이 : 진공 유세형을 말함.

"어머님께서 비록 옛일을 말씀하신다 해도 모든 형제가 존명을 받들어 나를 보채기를 괴롭게 하느냐? 내 일이 소년 혈기에 과도하였지만 진실로 뜻을 세웠으니 시속의 세력을 좇고 미색을 좋아하고 약속을 저버리는 무리와는 달랐다. 한 번 공주를 욕되게 하긴 하였지만 어찌 한 때

13 다투었던 것이 이승과 저승 간의 한이 되겠느냐? 내 마음은 그런 일을 관계치 않기에 소서방이 딸아이를 술잔으로 치고 길에 버린다 하나 그 일로 화를 내지 않았다."

성의백이 웃으며 말하였다.

"내가 다 잊었더니 모친 말씀을 듣고 낱낱이 깨닫겠다. 과연 소경문이 아우를 닮았구나. 진실로 서로 뜻이 맞는 장인과 사위 사이이니 어찌 정이 각별하지 않겠는가?"

진공이 웃으며 말하였다.

"소서방의 일과 제 일은 매우 다릅니다. 소서방이 만일 저를 본받았다면 이는 도리어 범을 그리려다가 강아지를 그리는 격이 아니겠습니까?"

성의백이 또 웃으며 말하였다.

"내가 보건대 두 사람의 잘잘못을 판단하기 어려우니[156] 진나라를 세우게 한 자나 진나라를 망하게 한 자나 한 족속이구나."[157]

---

156) 두 ~ 어려우니 : {슈지오지즈웅[誰知烏之雌雄]}. "누가 까마귀의 암수를 알랴?"라는 뜻으로 두 사람의 옳고 그름을 판단하기 어렵다는 의미임. 『시경(詩經)』의 〈계총납모(啓寵納侮)〉라는 시에 나오는 구절임.

157) 진나라를 ~ 족속이구나 : 송(宋)나라 소식(蘇軾)이 지은 『소식시사집(蘇軾詩詞集)』 2권의 〈상군설(商君說)〉을 보면, 상군의 법은 백성들로 하여금 농사에 힘쓰게 하고 공적으로 전쟁하는 데에 용감하게 하고 사적으로 다투는 데에 겁먹도록 함으로써 식량이 유족하고 병력이 강대해졌음. 이로 인해 진(秦)나라를 세우는 대업이 이루어졌으나, 백성들은 이익만을 취하는 것을 보았지 덕을 행하는 것을 보지 않았기에 이익만을 중시하고 의로움을 알지 못했으므로 이로 말미암아 결국 진나라는 망하게 되었음. 이 글의 한 대목에서 "진나라를 세우게 한 자도 상군이나, 진나라를 망하게 한 자도 상군이다[帝秦者商君也, 亡秦者亦商君也]."라는 구절이 나옴.

그러자 진공이 크게 웃었다.

군주가 다음날 조부모와 부모에게 인사를 올리고 시댁으로 나아가자 진공이 장손씨로 하여금 재물을 내어 잔치를 치르는 데 쓰라 하고 엄태감으로 하여금 잔치 기구를 옮겨 군주가 시부모에게 축수를 올리는 일을 도우라고 하였다. 이에 아역(衙役)과 궁관이 도로에 이어졌다. 진(晉)·진(秦) 14
두 나라와 연나라 부귀를 기울였으니, 소씨 부중에는 비단으로 수놓은 차일과 장막이 흰 구름에 닿고 구름 같은 병풍이 10리까지 펼쳐져 있었다. 교방(敎坊)의 풍물과 가득한 산해진미로 손님들을 극진히 접대하였다. 이것이 다 군주의 성효와 진궁의 부귀로 자식 된 자는 효도를 다하고 부모 된 자는 자식에 대한 가르침을 다한 것이었다.

제남백이 일곱 아들을 두었으나 군주와 같은 맏며느리를 얻어 이렇듯 거룩하고 영광스런 봉양을 받으니 소후는 장인의 후한 덕과 부인의 지극한 효에 퍽 감격하였다. 자기의 부자(父子)가 2대에 걸쳐 많은 녹봉과 부귀로 한 번 부친의 생신잔치를 못할 것은 아니지만, 소씨 가문이 대대로 청빈한 가운데 여러 형제가 있어 가족이 번다한 까닭에 모친이 부지런히 일하시므로 자신의 녹봉과 상급을 다 부모에게 드려 잔치를 열기가 어려웠다. 그런데 생각지 않게 군주가 이렇듯 성대히 잔치를 준비하고 자신에게 조용히 아뢰어 존당 부모에게 고하고 손님을 모을 것을 말하니 소후가 15
탄복해 마지않았다.

드디어 아우인 한림학사 경원과 더불어 손님들을 크게 모으고 잔을 올리려 하자 제남백부인이 군주의 이 같은 정성을 보고는 명함[158]과 편지를 준비하여 유씨 집안 모든 부인을 초청하였다. 문창군주의 할머니인 이

158) 명함 : {경함}. 명함의 오기인 듯함.

부인은 찬바람에 감기 들까 두려워 오지 못하고, 성의백 부인이 동서와 시누이, 질부와 질녀를 거느리고 일시에 소씨 부중에 이르렀다. 제남백 부인이 일곱 며느리와 세 딸을 거느리고 빈객을 맞이하자 성의백 부인이 여덟 며느리와 한 딸을 거느리고 오고, 영릉후 두 부인이 네 며느리와 세 딸을 거느리고 이르렀다. 또한 부풍후 부인이 여섯 며느리와 한 딸을 데리고 왔고, 각로 양부인이 다섯 며느리와 네 딸을 거느리고 이르렀으며, 양학사 부인 3형제가 며느리와 딸들을 거느리고 왔다. 모든 부인들의 맑은 용모와 빼어난 풍채에는 젊은 시절의 꽃다운 빛이 줄어들지 않았고 모든 며느리의 꽃 같은 얼굴과 옥 같은 기질은 좌중에 있던 단장한 여인들
16 의 빛을 다 잃게 했다. 모든 사람들이 이들을 바라보고는 넋을 잃었다.

그 가운데 중년 부인 여덟 명이 천하에 드물고 만고에 흔치 않은 미색을 가졌으니 옥이 감히 흰 것을 겨루지 못하고 눈이 감히 깨끗한 것을 비교하지 못하였다. 꽃의 공교로움을 속되게 여기고 달의 자태 없음을 흠잡을 정도로 그 아름다움은 세상에 비길 데가 없었다. 이제 나이가 많아 머리에 흰머리가 생기는데도 의복을 바르게 하고 규벽(圭璧)[159]을 잡아 자리에 나아가니 기상이 정숙하고 위의(威儀)가 엄숙하여 풍요롭고 어른다울지언정 풍성한 모습과 고운 태도는 젊은 부인의 붉은 얼굴과 구름 같은 머리를 비웃었다. 이 가운데 군주는 오히려 모든 모친 항렬의 부인들을 이기는 미색이니 말할 것도 없고, 성의백 맏며느리 여씨와 작은 딸 두한림의 처인 화주소저와 영릉후 셋째 며느리인 평제왕의 왕비 상씨와 부풍후의 둘째 며느리인 원의 처 위씨와 각로의 맏며느리인 좌풍익 만의 처
17 영씨와 영릉후의 작은 딸 양태우 부인 옥주와 양학사 작은 딸 수옥소저와

159) 규벽(圭璧) : 제후가 천자를 만날 때 가지던 구슬을 말함.

양상서 맏며느리 두씨, 둘째 며느리 민씨와 사참정 셋째 딸이 그 중 더욱 빼어났다. 진실로 달이 숨고 꽃이 부끄러워할 고운 태도요, 물고기가 숨고 기러기가 떨어질 정도의 아름다운 용모였다. 단장한 모습을 보면 한결같이 꾸민 것이 어지럽지 않았으나 자리에서 두드러졌다. 이때에 제왕, 각로의 부인, 공주, 군주 등 황친과 귀척(貴戚)[160]이 다 모였고 향당과 인근의 젊은 부녀자들이 거의 수천 명이었으나, 유씨 집안의 젊은 여인들과 비슷한 사람조차 없었으니 사람들이 다 눈을 높이 뜨고 혀를 뺀 채 예의 격식을 잊었다. 문득 밖에서 소리가 떠들썩하며 좌우 사람들이 보고하여 말하였다.

"진국 부인이 오십니다."

양학사 부인이 형제들을 돌아보고 말하였다.

"장씨 형님은 어찌 맨 끝에 오십니까?"

사참정 부인이 웃으며 말하였다.

"제가 아까 올 때 한가지로 오자고 재촉하였더니, 장씨 형님께서 장손상궁과 더불어 잔치자리에서 창녀와 악공(樂工) 상 줄 것을 분부하시다가 제가 재촉하는 것을 듣고 말씀하시기를 '처지할 일을 다하지 못하였으니 먼저 가서 방석 하나를 얻어두세요.'라고 하시더니 이제야 오시는군요." 18

말을 멈춘 사이에 기이한 향내가 코에 진동하며 궁녀 두어 쌍이 이름난 향과 보배로운 촉을 잡고 그 길을 따라 멀리 장부인이 오는 행차가 보였다. 군주와 명주 소저가 바쁘게 구슬로 꾸민 신을 신고 장부인을 맞이하니 뒤에서 진후 · 연후의 두 부인과 주씨, 사씨, 옥선군주가 좇아 모셨다.

---

160) 귀척(貴戚) : 임금의 인척(姻戚)을 말함.

장부인의 의관과 위의는 아름답고 성대하여 평범한 사람과 매우 달랐다. 장부인이 당에 올라 인사를 마치고 자리에 나아가니 진부인이 주벽(主壁)[161]으로 팔을 밀었다. 장부인이 사양하며 말하였다.

"여러 존귀한 손님들께서 당에 가득하시고 더욱이 여러 형님들이 위에 계시니 마땅히 형제 차례로 어깨를 이어 나란히 앉는 것이 예법에 옳습니다. 하물며 오늘은 제 사위와 딸이 시부모를 위한 잔치자리로 모든 사람들이 받들어 즐기는데 어찌 조그마한 작위 때문에 주벽을 저에게 사양하시겠습니까?"

드디어 재삼 사양하고 동서로 자리를 정하였다. 모두 바야흐로 정신을
19 진정하고 보니 장부인이 어려서부터 몸단장이 번화한 것을 싫어하고 칠보와 구슬과 비취를 가까이 아니하였는데, 오늘 가벼운 깁옷이 몸에 맞고 한 벌 장복(章服)[162]에 월패(月佩)[163]와 성관(星冠)[164]이 그 직품을 좇아 간략하고 정결하여 완연히 진부 영운전에 있을 때의 복색이었다. 그런데도 그 맑은 아미와 별 같은 눈과 빙옥 같은 골격은 일세를 두렵게 하고 빛나는 귀밑과 지혜로운 풍채는 자리 가운데서 빼어났다. 여러 시누이와 동서들 중 으뜸이 될 것이라 할 만하니 그 밖의 미색을 어찌 비교하여 일컫겠는가? 저 같은 재질과 용모와 색태인데도 도리어 진양공주가 그 위에 자리하였으니, 곧 하늘이 주유(周瑜)를 내고 제갈량(諸葛亮)을 내어 주유로 하여금 탄식하게 한 것[165]이 장씨를 이른 말이라 할 만하였다. 뒤를 좇아

161) 주벽(主壁) : 여러 사람을 좌우(左右)쪽 양 옆으로 앉히고, 그 가운데를 차지하여 앉는 주장(主張)되는 자리, 또는 그 자리에 앉은 사람

162) 장복(章服) : 직품을 가진 신하 혹은 그 부인의 예복(禮服).

163) 월패(月佩) : 여자들이 가슴이나 허리에 차는 패옥의 한 가지로 초승달 모양으로 생겼음.

164) 성관(星冠) : 별 모양으로 생긴 관(冠)을 말함.

165) 하늘이 ~ 것 : 중국 삼국시대 때 오(吳)나라의 책사(策士)로 유명했던 주유(周瑜)는 자신보다도 빼어난 제갈량 즉 제갈공명(諸葛孔明)이 있음을 한탄하여 "하늘은 주유를 내시고 어찌 다시 제

두 딸과 다섯 며느리를 돌아보니 색태가 찬란하여 천추를 기울일 만하고 기질이 가냘프고 어여뻐 만고를 업신여길만 하였다. 그 중 특출한 사람은 진후 · 연후의 두 부인이었으니 이 두 부인의 용모와 태도는 군주의 빛나는 용모와 아름다운 태도에도 떨어지지 않아 사람의 정신을 황홀케 했다. 20
좌중 사람들이 칭찬하며 탄복하여 침이 마르고 혀가 닳을 정도였고, 예법을 잊어 계절인사 하기도 그만두고 넋이 어린 듯 우러러 보기를 한참 동안 하였다. 장부인이 먼저 말을 꺼내 진부인에게 축하하며 말하였다.

"제가 부인과 더불어 사돈 사이가 되어 깊은 규방의 미약한 두 딸을 부인에게 의탁하였는데 허물을 관대히 용서하시고 어여삐 여기시어 제 딸들의 일생이 편안하니 제가 은혜에 감사하여 구슬을 머금기를[166] 항상 원하는 바였습니다. 그런데 평지풍파가 일어나 사위가 사지(死地)에 깊이 들어가게 되어 제 딸의 홍안박명과 두 가문의 망극한 상황으로 인해 제가 거의 눈이 멀 정도에 이르렀었습니다. 그러나 다행히 하늘이 사위의 충절을 밝게 살피시어 사위가 무사히 살아 돌아왔을 뿐 아니라 사위가 특은을 입어 제후에 봉해졌습니다. 이제 부귀로움이 극진하고 문려(門閭)에 딸의 절개를 표창하는 정문(旌門)이 높으니 한평생 상쾌한 것이 이보다 더할 수 없을 것입니다. 제가 깊이 부인의 복덕을 하례하 21
오나 산과 바다 같은 경사는 입으로 다 말하지 못하겠습니다."

진부인이 옷깃을 여미고 겸손하게 사양하며 말하였다.

"제 아들이 시운이 고르지 않아 소무(蘇武)의 액운[167]을 만났습니다. 만

갈량을 내셨는가?"라고 탄식하였다는 고사가 전함.

166) 구슬을 머금기를 : 옛날 장례식 때 죽은 사람의 입에 구슬을 물게 하는 관습이 있었음. 이를 함옥(含玉) 혹은 함주(含珠)라 함. 여기서는 은혜를 갚기 위해 자신이 죽어서라도 결초보은하겠다는 의미로서 이 말을 사용함.

167) 소무(蘇武)의 액운 : 소무의 자(字)는 자경(子卿)으로 흉노(匈奴) 정벌에 공을 세운 소건(蘇建)

일 국가의 큰 복과 두 원수의 대은이 아니었다면 어찌 다시 고국에 돌아와 늙은 부모를 보았겠습니까? 이것이 다 며늘아기의 복덕이 두터워 부부가 완전하게 된 것입니다. 이에 잔치를 열었는데 여러 귀한 손님들이 몸을 낮추어 와주시고 부인의 귀한 마차가 왕림하시어 성대한 말씀을 듣게 하시니 이런 감사한 일을 어찌 생각이나 하였겠습니까? 며늘아기 두 사람이 어려서부터 슬하의 정을 맺었는데 나이를 먹을수록 사덕(四德)이 옥과 같이 맑고 행실이 얼음같이 깨끗하니 천추를 살펴도 이와 비슷한 사람은 다시 없을 것입니다. 소씨 가문의 큰 경사이고 우리 두 아이의 평생이 쾌한 것이니 제가 큰 은혜를 명심하여 결초보은하기를 생각하거늘, 부인이 어찌 도리어 은혜를 일컬으십니까?"

22 이에 장부인이 재삼 사례하였다.

이윽고 풍물패를 나오게 하여 잔치를 베풀었다. 이 날의 거룩함은 세상에 드물었으니 진부의 기구를 옮겨 문창군주가 주인이 되었고 명주 소저가 뒤를 도왔다. 술이 반쯤 취했을 때 소후가 모든 아우들을 거느리고 제남백을 모시고 들어와 수상(壽觴)을 올렸다. 소후가 운룡금포(雲龍錦袍)[168]를 입고 옥대(玉帶)[169]에는 칼을 비스듬히 찬 채 술에 취해 얼굴이 반쯤 붉으니 붉은 부용과 흰 부용이 섞어 핀 듯하였다. 옥 같은 고운 손으로 금잔을 들어 부모에게 나아가니 뛰어난 풍채와 정숙한 예모가 어찌 반하(潘何)[170]의 고움과 송옥(宋玉)[171]의 맑음으로 비길 것인가? 포부가 넓

의 차남. 제7대 황제인 무제(武帝)의 명을 받고 흉노의 지역에 사신으로 갔을 때, 선우(單于)에게 붙잡혀 복속(服屬)할 것을 강요당했으나 이에 굴하지 않아 북해(北海) 부근에 19년간 유폐되었음. 흉노에게 항복한 지난날의 동료 이릉(李陵)이 설득했으나 굴복하지 않고 절개를 지켜 귀국함. 소무의 액운은 바로 흉노에게 붙잡혀 복속을 강요받으면서 유폐되었던 일을 말함.

168) 운룡금포(雲龍錦袍) : 구름과 용을 수놓은 비단으로 된 도포.

169) 옥대(玉帶) : 옥으로 장식한 허리띠.

170) 반하(潘何) : 반악(潘岳)과 하안(何晏)을 말함. 이 두 사람은 중국 고대의 미남자로 유명함.

고 넓어 세상을 건지고 천하를 평안히 할 지략이 있었다. 소공 부부는 이 같은 아들을 사지에 넣었다가 오늘 공후(公侯)의 지위로서 잔을 바치는 것을 보게 되자 기뻐하는 마음이 미칠 듯하여 그 손을 잡고 등을 어루만지면서 눈물을 흘리며 말하였다.

"우리가 비록 자녀가 여러 명이나 평생 애중하는 바는 너뿐이다. 하물 23
며 며늘아기 같은 성녀(聖女)와 짝하여 문호의 중대한 의탁을 네가 맡게 되었구나. 네가 평지풍파를 다 지내고 나서 도리어 술을 부어 부모를 위로하니 우리는 죽어도 한이 없을 것 같구나."

소후가 온화한 말씀으로 여러 번 위로하고 절한 뒤 물러났다. 한림과 모든 아우가 이어 잔을 부었다. 이들은 비록 소후의 출중한 기상만은 못했으나 다 금마옥당(金馬玉堂)[172]의 기상이었다.

문창군주가 옥으로 된 술잔을 높이 들어 시부모님께 나아가 올리니 그 예복의 정제함과 패옥소리의 쟁쟁함이 법도에 어그러짐이 없었으며 빙설 같은 골격과 명월 같은 광채 예의 있는 몸가짐은 정숙하여 조금의 흠도 없었다. 시부모는 새삼 황홀하여 기특하게 여기며 사랑하였고 손님들은 넋을 잃고 뚫어지게 보았으니 마치 만리장천에 여러 빛깔로 아롱진 구름 가운데 있는 선녀를 보는 것 같았다.

문창군주가 예식을 마치고 물러나자 양성공주가 이어서 잔을 드리니 의용(儀容)이 신비하고 풍채가 시원스러워 훌훌 날아다니는 신선 같았으

---

171) 송옥(宋玉) : 중국 전국시대 말기 초(楚)나라의 궁정시인. 굴원(屈原)에게 사사하여 초나라의 대부(大夫)가 되었음. 굴원에 다음가는 부(賦)의 작가로 굴원과 함께 '굴송(屈宋)'이라 병칭(竝稱)함. 문학사상 중요한 『초사(楚辭)』, 『문선(文選)』에 기재된 「구변(九辨)」, 「초혼(招魂)」 등 많은 작품이 있음. 특히 『문선』에 실린 작품들은 미사여구를 구사해 청각문학(聽覺文學)의 수작(秀作)이라 할 수 있음.

172) 금마옥당(金馬玉堂) : 한(漢)나라 때 금마문(金馬門) 옥당전(玉堂殿)은 문학(文學)하는 선비가 출사(出仕)하는 관아(官衙). 후세에 한림원(翰林院)을 일컫는 이름이 됨.

24 나 예법이 전혀 없었다. 이에 좌우 사람들이 그 복스런 용모를 사랑하면서도 군주와 매우 다른 것을 안타까워하였다. 명주 소저가 잔을 드리니 하얀 연꽃 같은 귀밑과 복숭아꽃 같은 붉은 뺨에 맑은 눈동자와 푸른 눈썹이 진실로 군주의 아우라 할 만했다. 시부모가 기뻐하여 애중함이 비길 데가 없었다.

모든 젊은 부인들이 이어 잔을 올리기를 마친 뒤 소공이 모든 자식들과 더불어 밖으로 나가자 모든 부인들이 다시 나와 자리를 이루고 즐겼다. 유씨 집안 모든 부인들은 양성공주를 처음 보았기에 그 미모와 사람됨을 칭찬하였으나 군주에게 미치지 못하는 것을 보고 그제야 마음을 놓았다. 석양에 내외 손님들이 흩어지고 오직 진공 부자와 형제가 머물러 다시금 술을 부어 소후가 돌아온 것을 소공에게 축하하였다. 한 잔 먹고 또 한 잔 먹어 잔뜩 취하자 제남백이 진공을 향해 사례하여 말하였다.

"제가 여러 존공들과 거리낌 없이 사귀어 죽마를 함께 타고 놀던 친분이 있기에 못난 아들 두 명을 존공의 사위로 의탁하여 백 년 사돈의 연분을
25 맺었습니다. 액운이 지나가고 오늘이 제 생일날이라 하여 낮은 곳에 왕림하시어 광채를 도우시는 중 더욱이 진공께서 며느리를 위하여 풍악과 주찬을 성대히 준비하여 잔치자리를 마련해 주셨습니다. 이것이 비록 며늘아기의 효성이긴 하나 존공의 지극하시고 두터운 정 덕분이니 제가 감격함을 이기지 못하겠습니다. 하물며 우리가 친한 인척 사이로 그 정이 평범한 사람들이 미치지 못할 것이니 어찌 일가를 내외하겠습니까? 오늘 아내와 딸과 며느리들을 다 불러 내외를 다 트고 지내는 정의(情誼)를 밝힐 것이니 존공께서는 미미한 정성을 막지 마십시오."

이에 진공이 웃으며 답하였다.

"다른 말씀은 선생께서 과도히 겸손하신 것이니 분별하는 것이 부질없지만 남녀는 유별합니다. 우리들이 다 예의를 지키는 대신인데 어찌 감히 영부인을 뵐 수 있겠습니까? 예는 무겁고 정은 두터운 것이니 처자를 서로 보이지 않아도 몸이 다하도록 교우가 쇠하지 않을 것입니다. 그렇다면 족히 장이(張耳)와 진여(陣余)의 사귐[173]보다 낫지 않겠습니까?"

제남백은 진공의 예의와 고집을 아는 까닭에 다시 청하지 못하였다. 그런데 문득 오랑캐 여자 두어 쌍이 멀리 가리키더니 길이 지껄이며 말하 26
였다.

"우리 여주인께서 나오십니다."

모두 놀라 무슨 일인가 묻고자 하였는데 벌써 양성공주가 훌쩍 당 앞에 이르러 진공을 향해 머리를 조아리고 사례하여 말하였다.

"오랑캐여자인 저 양성은 존공께 산과 바다 같은 은덕을 입었습니다. 제가 오라비를 구하여 늙으신 부친을 위로하고 예의를 지켜 소씨 문중에 돌아와 직녀의 고단함을 면하게 된 것은 다 상공께서 주신 것입니다. 저와 우리나라 군신이 몸이 부서지고 뼈가 가루가 된다 하여도 큰 은혜를 다 갚지 못할 것이니 어찌 규중의 작은 예의로 부녀자의 태도를 취해 이 은혜를 한 번 면전에서 아뢰지 아니하겠습니까? 다만 존공께서 국정에서 공도(公道)로 베푼 은혜를 사문(私門)에 받기를 반드시 기뻐하지 아니할 것이고 또 제가 오랑캐의 더러운 자취이기에 귀댁의 맑은

---

173) 장이(張耳)와 ~ 사귐 : 장이와 진여는 본래 위(魏)나라 대량(大梁)사람으로, 조(趙)나라의 옛 땅을 확보하였으며 초나라의 권력을 약화시키고 유방이 천하를 통일하게 하는데 일조함. 이들은 빈천한 시절에는 죽음을 무릅쓰고 신의를 지켜 문경지교(刎頸之交)를 맺었으나 나라를 움켜쥐고 권력을 다투게 되자 마침내 서로를 멸망시키는 지경에까지 이르게 되었음.

돗자리를 감히 밟지 못하였습니다. 그런데 오늘 이곳에 몸을 낮춰 오셨으니 당돌하지만 제가 이렇게 나아와 존공의 성스런 덕을 만의 하나라도 사례하고자 합니다."

27 진공은 뜻밖에 양성공주를 만나게 되자 마음속으로 놀랐으나 이미 전에 서로 본 일이 있고 눈앞에 이르렀으니 박절하게 양성공주를 보지 않을 수는 없었다. 이에 양성공주에게 몸을 일으켜 당에 오를 것을 청하니 공주가 재삼 사양하다가 자리에 나아갔다. 공이 손을 꽂고 무릎을 쓸어 존경하는 뜻을 나타내며 말하였다.

"성스런 천자께서 중국과 주변 오랑캐를 통합하시어 사해 안이 일가가 되었으므로 번국(藩國) 세자는 성상께서 특별한 은총으로 돌려보내신 것입니다. 만일 대대로 신하로서의 절개를 지키어 사대(事大)하기를 정성으로 한다면 어찌 한낱 상국(上國)[174]의 무기를 잊는 기쁨만이겠습니까? 실로 그대 나라의 종묘사직에도 매우 다행스런 일이 되리니 천자의 덕스런 교화를 저에게 사례하시는 것은 제가 감당하지 못하겠습니다."

성의백 등 모든 사람들이 다 관을 숙이고 두 손을 모으며 무릎을 꿇은 채 눈을 들어 양성공주를 보는 일이 없으니 그 기상이 늠름하여 가을 하늘과 여름 태양 같았다. 공주는 그윽이 둘러보고는 탄복함을 이기지 못하였다. 그러다 문득 동쪽 벽 두 번째 자리에 부원수 연후가 있는 것을 보고 자리에서 물러나 두 번 절하고 말하였다.

28 "군후는 전일 본국에서도 뵈었던 일이 있습니다. 저의 하잘것없는 말을 믿고 들어주시어 모든 백성들이 어육이 되는 것을 면하게 하시고,

---

174) 상국(上國) : 작은 나라로부터 조공(朝貢)을 받는 큰 나라라는 뜻임.

군령을 엄하게 하시어 소후가 해를 입는 것을 면하게 하시며, 저희 남매가 잔명을 이어 오늘에 이르게 하신 것이 다 군후의 은덕입니다. 감격함을 이기지 못하여 당돌히 사례합니다."

이에 연후는 일어나 절하며 답례하고 두어 말로 자신이 감당치 못하겠다고 사양하였다. 이슥고 진공이 형제들을 돌아보고 말하였다.

"해가 서산에 저무니 혼정(昏定)[175]할 때이다. 수레를 돌이키는 것이 옳겠다."

제공이 소리에 응하여 일시에 일어나자 소공 부자가 문 밖에 와 작별인사를 하였다.

이 날 유씨 부중 모든 사람들이 돌아와 시부모를 뵙고 잔치의 성대함과 군주 형제가 득의한 바를 갖춰 아뢰자 이부인이 매우 기뻐하며 말하였다.

"내가 몸이 불편하여 너희들과 함께 가 여러 사람이 모인 가운데 손녀의 특이한 모습을 구경하지 못하였으니 평생의 흠이 되겠구나."

사참정 부인이 웃고 말하였다.

"어머님은 어찌 매번 영주만 기특히 여기십니까? 제가 오늘 잔치자리에서 보건대, 순씨 형님은 본래 추비한 사람이기에 시비할 것이 없지 29
만 그 밖의 여덟 형님이 모든 젊은 여자들의 청춘홍안을 비웃으며 자리 가운데 빼어났으니 어찌 홀로 영주만 기특하겠습니까?"

장부인도 웃으며 말하였다.

"어머님께서는 문창이 어린 나이로 활짝 피어 일세를 복종케 하는 것을 기뻐하시어 말씀하시는 것입니다. 부인께서는 젊을 때의 협기가 오

175) 혼정(昏定) : 잠자리에 들 때에 부모의 침소에 가서 잠자리를 살피고 밤 동안 안녕하기를 여쭙는 일.

히려 없어지지 않아 거짓으로 우리를 기리는 체하고 자신을 찬양하시는 것입니다."

참정부인이 낭랑하게 웃으며 말하였다.

"장씨 형님의 아담하고 빼어남이 옛날 둘째 오라버니를 만나시던 날[176]보다 더하시니 저희들이 빛을 잃습니다. 마음속으로 분해하면서 돌아왔으니 단장이나 예사롭게 하고 가셨으면 인물이 더 두드러지지 않았을 것입니다. 그런데 한 벌 무늬 없는 푸른 비단 치마와 보라색 저고리로 스스로 검소함을 자랑하시고 둘째 오라버니의 사치를 금하시는 뜻을 들추어 매우 뽐내시니 좌중에 칠보로 꾸민 자가 자신의 몸을
30 굽어보고 장씨 형님을 돌아보아 단장의 화려하고 아름다움을 부끄러워하였습니다. 지금 성스런 천자께서 위에 계시어 온 나라가 태평하니 마땅히 모든 만물이 풍요로울 것인데 장씨 형님께서는 무슨 까닭에 홀로 검소하게 행동하려고 하십니까? 장씨 형님은 오래지 않아 신선이 되어 저 백운을 타고 하늘로 올라갈 것이니 우리들과 같은 티끌세상의 탁한 무리를 비웃지 마십시오."

좌중이 포복 절도하고 승상 부부 또한 크게 웃으며 말하였다.

"네가 본래 사치할 마음이 있는 까닭에 장씨 며늘아기의 검소한 덕을 조롱하는구나."

장부인이 웃음을 머금고 말하였다.

"제가 입에 말이 없는 것이 아니나 존전이라 말하기를 꺼린 것인데 어찌 사람을 대면하고 이렇듯 조롱하십니까?"

말이 그친 사이에 성의백 형제가 자질을 거느리고 들어와 부모의 존후

---

176) 둘째 ~ 날 : 장부인이 사참정 부인의 둘째 오라비인 유세형과 혼인하던 날을 말함.

를 여쭌 후 이어 제남백 부자의 말과 좌중에서 보고 들은 것을 전하였다. 맨 끝에 양성공주의 말을 고하자 초공이 웃으며 말하였다.

"양성공주의 일인즉 할 만한 일이나 끝내 오랑캐 풍습을 면하지 못하였구나. 소서방이 양성공주를 괴롭게 여기는 것도 그르지 않도다."

부풍후가 대답하여 말하였다.

"저 양성공주가 비록 오랑캐 여자이나 그 사람됨과 재질은 중국에도 31
없을 것이니 어찌 편벽되게 말하겠습니까?"

이에 승상이 그렇다고 하였다.

이후에 문창군주는 한 달에 보름씩 시댁에 나아갔는데 소후 봉읍의 미녀와 옥, 비단과 소와 양, 창고를 다 시부모에게 속하게 하여 한 가지 일도 스스로 처리하는 일이 없고 양성공주와 더불어서도 화목하기가 동기지간 같았다. 그러나 양성공주는 사람됨이 세차고 강하여 혹 시비와 복첩(僕妾)이 죄를 지으면 조금도 용서하는 일이 없고 형벌이 엄하여 시비를 채찍으로 치고 발로 찼다. 사람들이 공주가 오랑캐 풍습을 면하지 못한 것을 개탄하였고 소후 역시 매우 불쾌하게 여겨 예의로 경계하기를 여러 번 하였으나 공주는 듣지 않을 뿐 아니라 자신을 위협하여 제압하는가 싶어 분해 하였다. 군주는 공주의 사람됨을 좋게 여겼으나 강포한 것을 꺼려 스스로 몸을 닦아 공주를 감화시키고자 일찍이 꾸짖는 소리가 개와 말에도 미치지 않았고 남자 하인들을 안채에 들이지 않으며 내외를 엄격히
하는 등 예법을 엄숙히 하였다. 또한 방 안에 『예기(禮記)』[177]와 『열녀전 32
(烈女傳)』[178] 펼쳐 놓고 한 일도 허황된 행동을 보이지 않았다. 행하는 일

177) 『예기(禮記)』: 오경의(五經)의 하나. 예법의 이론과 실제를 풀이한 책. 공자(孔子)와 그 후학들의 저적을 한나라의 제후인 헌왕(獻王)나이 131편으로 정리하여 엮은 것을 뒷날 유향(劉向)과 대덕(戴德)·대성(戴聖)의 형제들이 잇따라 증보하거나 간추린 것으로 전함.

마다 이처럼 빙옥같이 맑았으며 화평한 기운은 봄바람이나 봄 햇살 같았다. 좌우에 시녀들이 무수하나 한 번도 자신을 대신하여 일을 시키지 않았고, 시부모를 봉양하는 정성이 지극하여 미치지 못할 듯이 하였으며, 남편을 공경하여 모든 일을 순종하나 예에 옳지 않은 일이 없었을 뿐 아니라 남편에게 간하는 말씀이 온유하면서도 씩씩하여 절조에 어긋남이 없었다.

양성 또한 성품과 행실이 다른 무리들과 다르기에 군주의 백 가지 일과 천 가지 행동이 온유하고 단정하며 엄숙한 것을 보고는 자신의 일이 이치에 맞지 않는 것을 깨달아 속으로 부끄러워하며 마음을 닦아 점점 잘못을 뉘우치고 유순하게 변하였다. 군주가 양성공주가 깨달은 것을 보고 그윽이 기뻐하여 공주를 보면 장기와 바둑의 기구들을 감춰 부녀자의 도리를 권장하고 『예기(禮記)』를 강론하여 공주를 알아듣게 하였다. 그러나 가르치는 기색을 현저하게 나타내지 않았으니 공주가 이에 매우 탄복하여 부녀자의 도리를 행하는 아름다움이 본래부터 익힌 여자들보다 더하였다.

소후는 군주의 덕에 감복하여 더욱 공경하고 중대하였으며 양성공주가 잘못을 뉘우친 것을 아름답게 여겨 한 달에 20일은 군주에게 있고 열흘은 양성에게 머물렀다.

군주는 진부를 왕래하면서 즐기는 것이 비길 데가 없었고 해를 연달아 일곱 아들과 세 딸을 낳았으나 공주는 끝내 자식이 없었다. 군주가 그 외

---

178) 『열녀전(烈女傳)』: 부녀의 교양을 위하여 만들어진 부인들의 전기로 두 종류가 있음. 첫째는 유향(劉向)이 지은 『열녀전(烈女傳)』 8편 15권으로, 나중에 송(宋)나라 방회(方回)가 7권으로 간추림. 부인의 유형을 모의(母儀)·현명(賢明)·인지(仁智)·정신(貞愼)·절의(節義)·변통(辯通)·폐얼(嬖孽)의 7항목으로 나누어, 항목마다 15명 가량을 수록함. 유명한 현모·양처·열녀·투부(妬婦)의 이야기는 모두 다 나와 있음. 둘째는 명나라 해진(解縉) 등이 임금의 명으로 지은 것. 상권은 고대부터의 후비(后妃), 중권은 제후(諸侯)·대부(大夫)의 처, 하권은 사인(士人)·서인(庶人)의 처의 전기이며, 모두 『고열녀전(古烈女傳)』이나 역사책 등에서 가져온 것.

로움을 슬피 여기고 소후 또한 이를 불쌍하게 여겨 군주의 둘째 아들로 공주의 후사를 잇게 하니 공주가 비록 자녀는 없었으나 부귀영화를 고루고루 누렸다. 본국의 왕이 딸을 잊지 못하여 봄가을의 명절이면 조공과 사신 행렬에 나라를 기울여 공주에게 의지가 되도록 하고 진공 부자의 은혜에 감격하여 명나라에 사대하기를 지성으로 하였다. 천자 또한 양성을 예를 갖춰 후하게 대접하시어 때때로 상을 내리셨고 소후 역시 양성을 중히 대하였으므로 양성공주의 평생이 시원하였다. 그러나 늘 고국을 그리 34
워하며 슬퍼하다가 나이 30여 세에 죽으니 소후가 매우 슬퍼하였다. 군주 역시 매우 슬퍼하여 동기가 죽은 것같이 하였다.

군주는 소후와 더불어 흰 머리가 되도록 해로하여 네 아들과 두 딸의 현달함을 보았고 소후가 목종(穆宗)[179] 때에 재상이 되어 위엄과 권세가 조정과 재야를 기울이는 것을 보았다. 부부가 80여 세를 누려 한날에 돌아갔으니 이는 가히 세상에 드물다 할 것이었다. 그러나 양성공주 같은 영걸의 여자가 애써 소후의 둘째 부인이 되고도 자식도 없이 일찍 죽었으니 어찌 아깝지 않겠는가? 다만 소후는 제후의 기상으로 능히 복을 다하였고 군주나 끝없는 복록으로 소씨 가문을 창성케 하였으니 양성이 고상하고 호방한 기상을 감히 드러내지 못한 것이었다.

차설(且說). 성의백이 정승자리를 사양하여 진공에게 돌려보내고 원임대신으로 한가히 집에서 세월을 보내고 있는데 천자가 특별히 존중하고 총애하시어 태사(太師)[180]에 임명하시고 비단으로 된 일산(日傘)을 주셨 35
다. 천하 선비들이 그를 높여 존중하고 공경하여 별호를 '청계선생'이라

---

179) 목종(穆宗) : 명나라의 제13대 임금(1566~1572)으로, 연호에 의해 융경제(隆慶帝)라 불림.
180) 태사(太師) : 중국 주(周)나라 때부터 정해진 직책으로 삼공(三公)의 하나. 문관의 최고지위이며, 천자의 스승 역할을 함.

하였다. 태사가 벼슬이 높고 나이가 쇠하였으나 부모를 봉양하는 정성이 공경하고 삼감이 그지없어 허다한 며느리와 하인들이 가득하여도 지극한 효성으로 조부인의 배고픔과 배부름, 춥고 더움을 몸소 살펴 다른 사람이 대신하는 것을 허락하지 않았다. 소부인 역시 본래 온순하고 현명한 행실로 남편의 이 같은 모습을 보고 어찌 감히 늙은 며느리라 하여 시어머니의 의복과 음식을 자녀에게 맡겨 수고를 대신하게 하겠는가? 늘 주방에 나와 반찬을 살피며 바늘에 실을 꿰어 시어머니의 의복을 다스리는 데 하루도 게으른 일이 없었다. 이러하니 그 며느리들도 자연히 따라서 차차 시부모님 봉양하기를 게을리 하지 못하였다. 집안의 일들이 날로 숙연하여 모든 형제가 본받음이 되었으니 초공과 이부인이 매우 아름답게 여겼다. 조부인이 태사와 소부인을 애중하는 마음은 보자기에 싸인 젖먹이를 대하는 듯하여 태사와 소부인이 자리에 있지 않으면 울적해하면서 즐거
36 워하지 않았고, 그 친아들 세찬과 세광이며 그 아내 양씨, 위씨가 있어도 도리어 매우 평범하게 대하였다.

세찬은 마음이 선하고 그 처 양씨 또한 어질었으나 세광은 본래 그 조부의 남은 풍모가 있었다. 그러나 선생이 엄히 가르쳤고 조부인이 성의백 사랑하기를 자신들이 바랄 바가 아니었기에 세광은 그 본심을 드러내지 못하였다. 그러다가 선생이 죽은 후에는 성의백이 효우를 지극히 닦고 조부인이 성의백을 지극히 사랑함에 감히 성의백을 참소하지 못하고 있었다. 이에 세광은 늘 태사 성의백이 집안을 통솔하여 제사를 받들고 모친을 봉양하기를 몸소 하는 것을 한스러워하여 가만히 그 아내 위씨와 함께 태사를 꾸짖었다.

"저는 양아들이고 우리는 친자식인데, 어찌 도리어 우리가 이 집 임자

가 못 되고 저의 수하가 되었는가? 제 부형과 관계(官界)의 세력으로 우리를 제압하여 없는 것같이 여기니 어찌 원통하지 않겠는가?"

세광은 이렇듯 부질없는 말을 자주 하여 집안사람들에게 전파하였다. 태사 또한 이 말을 들었으나 세광의 인물됨을 더욱 가련하게 여기고 돌아
가신 부친께서 이들을 지극히 대해 주시고 모친께서 지극히 사랑하시는 37
것을 생각하여 갈수록 세광 등을 사랑하면서 세월을 보내었다. 그러다가 마침 세광의 아들 홍이 급제하게 되니 그 부모인 세광 등이 너무나 기뻐하면서 남에게는 없는 경사로 알아 5~6일을 연달아 잔치하며 즐겼다. 승상과 태사는 비록 공명에 관심이 없었으나 선생의 골육에 입신한 자가 있음을 한편으로 슬퍼하면서도 한편으로 기뻐하여 그들의 뜻을 좇아 큰잔치를 열어 조부인께 축하드렸다. 이에 세광이 문득 괴이한 생각을 내어 그 처 위씨와 더불어 계략을 꾸미며 말하였다.

"이 부중은 본대 부친의 집인데 저가 장자인 체하며 웅거하는구려. 숙부 또한 여러 아들과 더불어 공명과 부귀가 적지 아니한데 어찌 한 집채를 장만하지 못하여 아방궁(阿房宮)181)같이 넓은 진궁에 가 머물지 않고 늘 대서헌에 웅거하는지 모르겠소. 집안 안팎으로 숙부 가족들이 가득 차서 우리 형제는 도리어 한 행랑살이를 하고 있잖소. 생각하건대 돌아가신 부친께서 이 집 장자로 부질없이 양자를 얻어 겨우 한 대
를 사묘(四廟)182)에 참여하시고 우리 형제는 쓸모없는 사람이 되었으 38
니 어찌 애달프지 않겠소? 이제 홍이 청춘에 과거에 급제하여 종사를 빛낼 것이니 마땅히 형을 부추겨 예전의 법에 따라 홍으로 후사를 잇게

181) 아방궁(阿房宮) : 중국 진(秦)나라의 시황제(始皇帝)가 세운 궁전. 매우 화려한 궁전으로 유명함.
182) 사묘(四廟) : 고조부모, 증조부모, 조부모, 부모 등 4대 조상의 신위(神位)를 모신 사당.

하라 한다면 저 사람들이 무슨 핑계로 아니 하겠소? 일이 이렇게 된다면 명분이 바르고 말이 사리에 맞아 결국은 종가의 혈통이 우리에게 돌아올 것이오."

이렇게 생각한 세광은 태사를 보고 홍의 공손하고 겸손하며 어질고 두터운 덕을 자랑하였다.

"돌아가신 부친께서 형의 덕을 사랑하시어 장자를 삼으셨습니다. 이제 홍의 아름다움이 거의 형을 따를 만한데 형은 어찌 옛일을 이어 옛법을 따라 행하여 돌아가신 부친의 영전을 위로하지 않으십니까?"

태사가 말을 들은 뒤 탄식하여 말하였다.

"네 말이 옳지 않은 것은 아니다. 그러나 우리 집이 선대에 두 번 후사를 바꾼 일은 뒷사람들이 감히 의논하여 알 바가 아니고 시절 또한 예전과 지금이 다르다. 하물며 내가 어떤 사람이라고 할아버님과 아버님의 이 같은 성덕을 따르겠느냐? 말하여 유익하지 않고 사람들이 우리
39 형제를 시비할까 두려우니 아우는 이런 말을 그치거라."

말을 마치자 눈에 눈물이 가득하니 이는 선생을 생각하고 세광의 사람됨을 애달파 함이었다. 그러나 세광은 몹쓸 욕심이 마음에 가득 차 그 말이 슬프고 일이 부끄러움을 알지 못하고 날로 괴이한 꾀를 빚어내었다. 위씨는 그 남편하고 똑같은 사람이라 부부가 서로 대하면 태사 부부를 모해할 생각을 하곤 하였다. 그러나 태사의 형세가 태산과 같아 달리 모해할 길이 없자 위씨가 심복으로 하여금 산중의 요괴로운 풀을 얻어다가 먼저 태사가 먹는 음식에 독을 넣게 하였다.

태사가 저녁식사를 마치고 모란정에 들어와 부인과 자녀와 더불어 말씀하고 있을 때 갑자기 복통이 크게 일어나 삽시간에 혼미해졌다. 사도와

부인이 놀라고 당황하여 의원으로 진맥하게 하였으나 능히 증세를 알 수 없어 적당한 약을 쓰지 못하였으므로 온 집안이 허둥대며 어찌할 바를 몰랐다. 그러나 태사는 평범한 사람이 아니라 바르고 맑은 기운으로 정인군자가 된 사람이었다. 비록 요사스러운 무리가 난을 일으켜 일시 정신이 혼미해졌으나 맑은 정신은 혼미한 중에도 더욱 밝아 스스로 해독약을 내 40
와 연달아 썼다. 그러자 태사는 곧 독을 토해내고 병세가 쾌차하였다. 세광 부부가 매우 한스러워하여 그 후에도 여러 번 시험하였으나 태사가 이미 한 번 시험을 당한 후는 해독약을 연달아 먹으므로 간악한 모략이 행해질 수 없었다.

태사가 모든 일을 이미 짐작하고 마음속으로 망극하게 여길지언정 입 밖으로 말하지 아니하니 부인과 자녀들이 감히 아는 체를 못하였다. 그러나 각로공이 이 일을 듣고 태사에게 고하니 태사가 말이 가볍다고 매우 꾸짖었다. 각로공은 자신이 실언한 것을 태사에게 사죄하였다.

하루는 조부인이 태사와 소부인과 더불어 조용히 말하고 있는데 주방의 시녀가 점심을 올렸다. 이때에 영릉후와 각로공이 곁에 있었다. 세광과 위씨가 태사의 음식에 독을 넣어 효험이 없자 도리어 소부인을 잡고자 하여 시녀와 동모하여 가만히 조부인의 음식에 독을 넣으니 사람이 어찌 알겠는가? 조부인이 아들, 조카들과 마찬가지로 음식에 두어 번 젓가락 41
을 댄 후 문득 정신이 아득하고 사지가 떨려 자리에서 거꾸러졌다. 모두 놀라고 당황하여 조부인을 붙들어 구호하였으나 부인이 정신을 차리지 못하니 태사의 망극함을 어디에 비하겠는가? 눈물을 흘리고 해독약을 내와 간호하기에 10여 일이 되었다. 초공이 수운각 창 밖에 와서 친히 약을 달이고 모든 조카들이 수운각 아래 가득하였으며 이부인이 며느리를 거느리고 병소에서 친히 간호하여 집안 안팎이 진동하였다.

조부인의 증세가 잠깐 회복되자 초공이 아속(衙屬)에게 명령하여 주방의 시녀를 잡아내어 극형으로 심문하려 하니 위엄이 서릿발 같고 호령이 천둥소리 같아 모든 자질과 하인들이 몸이 떨리는 것을 이기지 못하였다. 소부인은 세광 부부가 변을 꾸민 것을 알고 일의 기미가 발각나면 태사의 지극한 우애가 상하게 될까, 또 집안의 화락한 기운이 상하게 될까 두려워 문득 비녀와 귀고리를 빼고 계단 아래 내려 죄를 청하여 말하였다.

“불초한 며느리인 제가 정성이 지극하지 못하여 시어머님 음식을 살펴
42 보는 것이 게을렀기에 변란이 정당에까지 이르렀습니다. 이는 다 저의 죄요, 시녀의 잘못이 아니니 마땅히 제가 먼저 죄에 나아가기를 원합니다. 천지신명이 그릇 여기시고 토지신이 저의 죄를 밝히신 것이니 이는 진실로 시비의 죄가 아닙니다.”

초공이 소부인의 말을 듣고 노기를 잠깐 풀고 생각할 때 진공은 모든 기미를 짐작하고 소부인이 스스로 죄를 감당하여 시녀의 입을 막음으로써 세광 부부의 죄를 덮어주려는 것을 깨달았다. 진공이 몸을 빼어 나아가 아뢰었다.

“우리 집안이 50년에 이르도록 이런 변은 듣지 못한 바입니다. 소씨 아주머니는 본래 덕행을 겸비하고 계시니 비록 잠시 살피지 못하셨으나 결국엔 요사한 무리들을 진정시키실 것입니다. 대인께서는 형벌을 내리시기를 천천히 하시고 조용히 나중을 보시는 것이 최선일까 합니다.”

말을 그친 사이에 태사가 부인을 구호하다가 이 일을 알고 급히 나와 부친 앞에서 고하였다.

"둘째 아우의 소견이 가장 온당합니다. 설사 사나운 시비가 제 아내를
모해하려 했다 해도 이를 따지는 것도 자잘하고 모친이 독을 드셨으나 43
이미 회복하셨으니 잠시 관대하게 용서하시기를 원합니다."

초공이 두 아들의 말을 듣고 비록 근본은 몰라도 그 뜻이 깊고 원대한 것을 깨달아 형벌 기구를 거두고 모든 시비들을 풀어주었다. 사실 처음엔 숱한 주방의 시비가 초공의 엄한 노를 만나 옥석을 분별치 못하고 형장(刑場) 아래에서 죽게 될 뻔하였으나, 소부인이 자신의 몸으로 죄를 감당하여 모든 인명을 구하고 태사와 진공이 관대히 용서해줄 것을 청하니 죄가 있는 자나 죄가 없는 자나 큰 은혜를 한가지로 우러러 축복하며 말하였다.

"태사와 부인의 성덕이 이와 같은데 우리들이 사나운 무리에 들어 간교한 악행으로 귀인을 해치려 했으니 하늘이 어찌 두렵지 않겠는가?"

이렇듯 저희들 스스로 감화하여 소부인에게 나아가 세광과 위씨가 저희들을 부추겨 이전에 음식에 독을 넣던 사연을 자세히 고하면서 사죄하였다. 듣는 사람들이 깜짝 놀라 말을 못하였으나 소부인은 얼굴을 찡그리며 말하였다.

"너희들이 큰 죄를 지었으나 시어머님의 성덕을 입었으니 마땅히 개과 44
하여 도에 나아갈 것인데 또 어찌 어지러운 말을 하여 상전을 범하느
냐?"

그런 후 어린 아들 명으로 하여금 이 사연을 태사에게 고하게 하였다.

"하인들이 집안을 어지럽히니 이것을 다스리십시오."

그러자 태사가 매우 놀라 말하였다.

"이 무리들이 집을 어지럽히고 상전을 해치는 죄가 이와 같으니 만일

집안에 머물게 한다면 이후의 일을 이루 말하지 못할 것이다."

그런 후 태사는 주방 시녀 난영, 설운 등 열 사람을 불러 엄하게 꾸짖으며 말하였다.

"너희들의 죄를 중대하게 다스려야 할 것이나 내가 인명을 살해하지 않으려 하므로 특별히 용서하여 각각 고향에 돌려보낸다. 이로부터 마음을 고쳐 바른 길로 나아가고 어지러운 말을 마라."

그러고는 끝내 그 무리의 말을 듣지 아니하고 몰아 내쳐 다시는 집안에 들지 못하게 하고 조심스럽고 믿음직한 시비에게 그 임무를 맡겨 다시 요란한 일이 없게 하였다. 그리고 세광을 대하여서는 눈물을 흘리며 자신이 어질고 효성스럽지 못하여 참소(讒訴)가 집안에 성행한 것을 탄식하고 예전과 한가지로 우애 있게 대하였다. 세광과 위씨가 매우 부끄러워하였음
45 에도 불구하고 다시 계교를 내어 조부인에게 가만히 아뢰었다.

"어머님의 음식에 독을 넣은 것은 사실 형님이 스스로 한 것입니다. 제가 들으니 소씨 형수님과 더불어 말하기를, '이번 계교로 조씨를 없애지 못하였으니 앞으로 크게 일을 꾸밀 것이다. 먼저 세찬 형제를 죽여 우익을 꺾으리라.' 하였습니다."

부인이 몹시 놀라고 괴이하게 여겨 꾸짖어 말하였다.

"네가 어찌 이런 불초한 뜻을 두어 형을 모해하느냐?"

세광이 눈물을 흘리며 말하였다.

"어머님께서는 늘 형만 칭찬하시고 저희들은 용납하지 않으시니 형이 숙부와 여러 아우들을 끼고 풍모와 재주를 믿어 저희들을 박대하는 것이 매우 심합니다. 감히 말을 못하다가 이제는 형이 저희들이 듣는 데서도 어머님을 시비합니다. 또 돌아가신 부친의 계후(繼後)가 된 것을

통탄하여 친 아우들과 말할 때마다 팔을 뽐내며 소리를 높이고 큰 목소리로 말하기를 '내가 본래 부친과 더불어 이 집의 장자인데 사연이 괴이하여 운수선생이 한 대를 바꿔 우리 부친이 도리어 물러나고 내가 양아들로서 의탁하게 되었으니 이 어찌 가련치 않느냐?'라고 말한 것이 46
여러 번이었습니다. 그러나 저희들이 감히 말을 못하고 공연히 서파(庶派)[183] 같아 통탄스러워하였습니다. 그런데도 모친은 한낱 형이 겉으로 아부하는 것을 곧이듣고 편벽되게 구시니 저희들이 어찌 애달프지 않겠습니까?"

부인이 노하여 말하였다.

"세기는 나의 효자이다. 슬하에 기른 지 40년이 지나도록 조금도 그른 일이 없었다. 일찍이 어질고 효성스런 군자이기에 돌아가신 아버님께서 애중하셨고 네 부친이 가문을 맡기신 것이다. 이제 나의 소견이 돌아가신 아버님께 미치지 못하고 밝음이 네 부친을 바라지 못할 것이니 어찌 사사로운 소견을 드러내어 돌아가신 아버님과 낭군께서 사랑하고 중히 여기시던 바를 저버리겠느냐? 너희들은 그 효우(孝友)를 본받지 아니하고 도리어 시기심에 어질고 재주 있는 사람을 투기하고 싫어하는구나. 형제가 불화한 기틀을 일으켜 돌아가신 분들께 부끄러움을 끼치니 내가 무슨 면목으로 세기를 보겠느냐?"

그런 후 벽을 향하여 통곡하니 그 소리가 은은하여 전각(殿閣)에 사무쳤다. 이때 태사가 사람들로 하여금 약을 짓도록 명령하고 마침 조부인의
병소로 향하였다가 문득 부인의 곡성을 듣고 매우 놀라 세찬과 더불어 수 47
운각에 이르니 세광이 눈을 혹독하게 뜨고 물러섰다. 모두 앞으로 나아갔

---

183) 서파(庶派) : 서자(庶子)의 자손들로 이루어진 계통

는데도 부인이 통곡하기를 그치지 않자 태사가 벌써 사연이 있음을 짐작하고 부인의 면전에 나아가 안색을 온화하게 하고 소리를 부드럽게 하여 말하였다.

"알지 못하겠습니다. 무슨 일이 있었기에 어머님께서는 이같이 번뇌하십니까?"

부인이 태사를 보자 더욱 슬퍼 눈물을 흘리며 말하였다.

"내가 사람의 어미가 되어 자식 사랑을 지극히 못하여 사나운 아이가 형을 참소하니 어느 면목으로 너를 보며 지하에 가 네 아버님을 보겠느냐?"

조부인이 말을 마치고 다시 통곡하였다. 태사가 감동함을 이기지 못하여 또한 눈물을 흘리고 부인을 위로하였으나 끝내 곡절을 묻지 않았다. 세찬은 두서없고 성급한 사람이라 이미 그 아우가 심술궂게 난리를 일으
48 키는 것을 짐작하던 중 모친께서 이와 같으신 모습을 보자 마음에 매우 의혹된 바가 있어 세광을 돌아보고 말하였다.

"방 안에 다른 사람이 없고 네가 홀로 모셨다가 어머님께서 이렇듯 하시니 알지 못하겠구나. 누구를 참소하였다는 말이냐?"

세광이 대답을 쉽게 못하더니 문득 불쾌한 빛을 얼굴에 드러내고 말하였다.

"제가 아까 이르니 모친이 저렇듯 하시고 계셨습니다. 저는 혹 형이 무슨 말씀을 아뢰었나 하였더니 저에게 물으시니 어찌 괴이치 않겠습니까?"

세찬이 듣기를 다하자 매우 노하여 급히 두 손을 뻗어 세광의 뺨을 매섭게 치며 꾸짖었다.

"네가 틀림없이 어머님께 무슨 간악한 말을 꾸미다가 도리어 네 몸의 허물을 가리고자 나를 모함하니 천하에 저런 버릇없는 것이 어디 있는

가?"

세광이 낯을 붉히고 어지럽게 지껄이며 말하거니 답하거니 하면서 한
바탕 싸움이 일어났다. 그러나 세찬의 입으로부터 세광의 사리분별 없는
허물이 낱낱이 드러나자 세광이 눈이 휘둥그레져 다시 말을 하지 못하였 49
다. 태사가 이 거동을 보고 매우 부끄러워 조부인께 죄를 청하여 말하였
다.

"제가 불초하여 돌아가신 아버님의 가르침을 받들지 못하여 두 아우의 무례함이 이 같으니 어느 면목으로 밝은 태양 아래 서겠습니까?"

그런 후 태사는 세찬을 돌아보고 말하였다.

"부모 자식 사이와 형제 사이는 천하에서 지극하게 가까운 것이다. 네가 한때 분노하였다고 해서 동기의 허물을 이르는 것이 어찌 차마 이 지경에 이르렀느냐? 이것이 다 내가 사리에 밝지 못해 비롯된 것이니 세상에 뜻이 없구나. 두 아우는 스스로 힘쓰거라."

태사는 말을 마치고 밖으로 나가더니 서당 문을 닫고 사람을 사절한 채
날로 근심하면서 잠자고 밥 먹기를 그만두었다. 세광 형제는 평소에 태사
의 결단 있고 엄숙함을 두려워하는데다 세광은 자신의 일이 사리분별 없
는 것을 모르지 않은지라 이제 조부인이 엄하게 꾸짖고 태사가 문을 닫고
홀로 있는 것을 보자 마음이 두려워 편안하지 않았다. 진공 등 네 사람이
서당에 이르자 태사가 사람을 시켜 말을 전하였다. 50

"나는 천하에 죄인이다. 무슨 면목으로 아우들을 보겠는가? 마땅히 두 아우의 개과하기를 기다렸다가 형제가 한 당에 모일 때 볼 것이다."

여러 공들은 그 형의 뜻이 굳은 것을 보고 들어가 승상 부부에게 사연을 자세히 아뢰었다. 조부인이 그제야 승상을 청하여 세광 부부의 행사를

자세히 일러 말하였다.

“이 아이가 천성이 어지지 못한데 사나운 여자가 안에서 돕기를 어질게 못하여 잘못된 길에 깊이 들어서기에 미쳤으니 만일 그 길을 제어하지 않는다면 큰 불행이 미칠 것입니다. 세기가 이제 세광의 불초함을 제 죄로 삼아 죄인으로 자처합니다. 집안이 이 한 아이로 인하여 화락한 기운이 매우 줄어들었으니 만일 세광을 멀리 내쳐 보내지 않는다면 그 마음을 고치지 못할 것입니다. 바라노니 아주버님께서는 인정을 두지 마시고 엄하게 훈계하시어 이 아이로 하여금 사람 축에 낄 수 있도
51 록 해주십시오. 돌아가신 남편 또한 저승에서 지극한 우애에 감격하실 것입니다.”

초공이 앉은 자리를 피해 절하고 사례하여 말하였다.

“형수님의 공변되신 마음과 높은 덕이 이 같으시니 족히 천지신명을 감동시킬 것입니다. 세광 부부의 행사가 비록 아름답지 못하나 어찌 차마 입 밖에 내어 뭇 선비들의 시비를 취하겠습니까? 마땅히 덮어두면 세월이 지나면서 감화할 것입니다. 형수님께서 위에 계시어 밝게 비추시고 큰아이가 아래에 있어 조용히 가르치면 본래 사나운 아이가 아니니 얼마 있지 않아 개과할 것입니다. 형수님께서는 너무 염려 마십시오.”

이에 조부인이 눈물을 드리워 사례하였다. 세광은 태사가 몇 달이 되도록 문을 열지 아니하는 것을 보고 불안하여 뉘우치기를 마지아니하고 그 문 밖에 대후하여 글로써 허물을 일컫고 한번 뵙기를 청하였다. 태사가 좌우 사람들을 물리치고 세광을 청하여 나아오라 하여 그 손을 잡고 눈물을 흘리기를 그치지 아니하니 세광이 부끄러움을 이기지 못하여 감히 낯을 들

지 못하였다. 태사가 한참 후에 비로소 말을 길게 하여 말하였다 52

"내가 덕이 없어 비록 적장자가 될 만하지 않으나 어렸을 때에 돌아가 신 아버님께서 의탁하신 명을 받들어 종사를 맡은 지 수십 년이니 세월이 오래 되었다 할 것이다. 너희 두 아우를 거느려 모친을 봉양하니 내가 비록 불초하다하나 너희들이 바로잡아 허물을 면케 하는 것이 형제의 정인데 어찌하여 집안에 살을 에는 듯한 참소(讒訴)가 있어 인륜에 아름답지 않은 일이 많은 것이냐? 너는 생각하지 못하느냐? 예전에 아버님께서 우리를 떠나실 때에 나에게 이르시기를 '두 아우를 어질게 가르쳐 그른 데에 빠지게 마라.'고 하셨으니 엄한 경계를 들어 그 말씀이 오히려 아직도 귀에 쟁쟁하거늘 내가 불초하여 너희를 인의(仁義)로 가르치지 못하여 도리어 이런 누덕을 끼치는구나.

생각건대 내가 비록 용렬하긴 하나 형이 되어 너희들을 한번 꾸짖고 엄
히 다스릴 줄을 모르겠느냐마는 차마 패륜의 말로 골육 사이에 낯 들 53
기가 부끄러워 그리 하지 않았다. 내가 목숨을 스스로 다하여 지하에 가 돌아가신 아버님을 모시고자 했더니 어머님께서 지나치게 염려하시고 네가 여러 번 뉘우치는 뜻을 고하니 이제부터는 다시 세상에 즐거움이 있을 것이다. 네가 만일 개과천선하여 형제간의 정의를 온전히 한다면 내가 살아서는 어머님을 받들어 형제간에 즐거움을 다하고 죽어서는 아버님의 꾸짖음을 면할 것이다. 이 어찌 너의 큰 은혜가 아니겠느냐? 이후 네가 또 밝게 깨닫지 못하여 편협한 부녀자가 잠시 틈을 타 참소하는 일이 있을지라도 너와 나는 형제간이니 진실로 덕을 닦는다면 잡말을 어찌 드러내겠느냐? 집안에 보는 눈이 많고 인심이 한결 같지 않으니 무식한 부녀자와 아랫것들의 무리가 행여 우리 형제 사이

를 의심하여 어지러운 시비가 세상에 퍼지게 된다면 진실로 천추의 한
54 이 될 것이다. 이는 너와 내가 가문을 끝장내는 것이다. 비록 왕법을
도망한다 하더라도 훗날 저승에서 선조께 목 베이는 형벌을 반드시 면
치 못할 것이니 감히 신령을 만만히 보고 방자하게 굴진 못할 것이다.
하물며 네가 일찍 보지 않았느냐? 돌아가신 아버님께서 할아버님과 더
불어 한 방에서 지내신 지 40여 년에 이르도록 한 번도 마음을 상해하
신 일이 없으셨다. 우리들은 이분들을 반세기를 모시고 봉양했으면서
도 어찌 그 만분의 일도 본받지 못하고 도리어 불초한 행실로 조상의
덕을 욕 먹이는 것이 이에 이르렀느냐? 네가 또 나이가 흰 머리털이 나
오기 시작한 때[184]를 지났으니 헤아림이 적지 않을 것이고 일찍이 성
현의 글을 읽었으니 인의예지(仁義禮智)를 알 것이다. 공자의 말씀을 듣
지 않았느냐? '사람이 누가 허물이 없겠느냐마는 고치는 것이 귀하다.'[185]
고 하셨으니 성인이 너를 속이진 않으실 것이다. 마음과 뜻을 스스로 경계
하여 조심하기를 점점 더하고 삼가고 삼간다면 큰 죄를 면할 수 있을
것이다."

세광이 듣기를 다하자 감동하고 부끄러워 두 번 절하고 눈물을 흘리며
55 말하였다.

"제가 사람됨이 어리석고 추루하여 자식으로서 차마 못할 일을 하여 위로 조상을 욕 먹이고 아래로 형의 덕을 저버렸으니 어느 면목으로 천하에 서겠습니까? 이후에는 마음을 고쳐 어진 가르침을 따라 행하기를

184) 흰 ~ 때 : 이는 흰 머리털이 나오기 시작하는 나이라는 뜻으로 32세를 가리키며, '이모지년(二毛之年)'이라고도 함.

185) 사람이 ~ 귀하다 : 공자(孔子)의 『춘추(春秋)』를 노(魯)나라 좌구명(左丘明)이 해석한 책인 『춘추좌씨전(春秋左氏傳)』에는 "허물이 있으되 고친다면 선이 이보다 큼이 없다[過而能改, 善莫大焉]."라는 구절이 전함.

원합니다. 부녀자의 방자한 일은 다 각각 가장이 처리하기에 달렸으니 형제의 우애가 지극하면 여자가 어찌 창궐하겠습니까?"

태사가 매우 기뻐하여 즉시 세찬을 불러 두 사람을 성현의 말씀과 어질고 의로운 큰 뜻으로 교화하였다. 그 간절한 정의와 통달한 말씀은 물이 동쪽으로 흐르는 듯 자연스럽고 단엄한 안색과 숙연한 기상은 진심으로 정성을 다하여 아우들을 경계하니 귀신이라도 감동시키고 목석이라도 마음을 움직일 정도였다. 세찬은 본래 어질고 약하므로 감동하여 울기를 이기지 못하여 어진 곳으로 돌아오는 마음이 못 미칠 듯 부지런히 하였고 세광 또한 뉘우치고 감복하였다. 이에 따라 세 사람이 한 방 안에서 서로 기쁘게 상대하니 태사는 평생의 한이 풀어지는 듯했다.

석양에 두 아우를 이끌어 수운각에 들어가 조부인에게 안부를 여쭙고 56
세광이 개과하였기에 자기 또한 사람 도리를 하게 된 것을 기뻐하였다. 조부인이 태사를 애중하고 태사에게 기대하는 것이 이로부터 더하였다. 태사는 물러나와 비로소 승상 부부를 뵙고 진공 등을 찾아보며 매우 반가워하였다. 그러나 세광의 일을 말머리에 꺼내지 않았으니 여러 제공들 또한 세광이 개과한 것을 기뻐하고 잘못을 깊이 감추어 정의를 두텁게 할 따름이었다.

위씨는 세광과 더불어 당초 간악한 계교를 내어 끝없는 악행을 행하였으나 초공 부자가 그 허물을 덮어 집안에 두고 대접하는 것이 한결같고 태사가 지성으로 감화하여 형제가 온전한 것을 보자 뜻을 끝내 이루지 못할 것 같았다. 착급한 마음에 눈 가운데 불이 일어나며 가슴에 잔나비가 뛰놀아 늘 어두운 방과 사람 없는 난간에 이르면 손바닥을 두드리고 분해하며 말하였다.

57 "하늘은 어찌하여 홍 같은 기린을 내시고 유씨 집안 10만 재산과 4천 칸 금벽(金碧)[186] 집을 건에게 속하게 하십니까? 건의 부자를 모두 없애지 못한다면 차라리 우리 모자가 죽어 다른 사람 아래 굴복하지 않을 것입니다."

그러고는 홍과 함께 이루지 못할 꾀를 종일토록 의논하여 무당과 점장이를 불러 기도하며 술법을 써서 태사 부자가 죽기를 기도하였다. 악행이 천백 가지로 일어나자 더러운 말이 위아래 사람들에게 가득하였다. 사도 형제가 매우 분하고 답답해 하였으나 태사와 소부인이 화락한 기운을 오로지하여 갈수록 효우를 힘쓰고 자식들과 조카들을 대할 때도 기색이 엄정하여 잡말이 귀에 오지 못하게 하니 모든 소년들이 감히 이런 말을 입 밖에 내지 못하였다. 이러므로 위씨 모자는 더욱 방자해졌다. 영릉후가 진공에게 말하였다.

"위씨 모자가 종손 자리를 빼앗을 뜻이 급하여 온갖 계략으로 악행이
58 무수할 뿐 아니라 모자가 종일토록 상대하여 큰형님 부자를 꾸짖고 있습니다. 대개 어질지 못한 심술에 홍의 공명을 믿고 상(象)이 순(舜)을 엿보는 일[187]이 있으니 늘 화평하게 대한다고 해서 이를 제어하지는 못할 것입니다. 큰형님의 효우하시는 마음으로는 이보다 더한 일이 있어도 낯빛을 바꾸지 않으실 것이니 큰형님은 덕이 비록 지극하시나 저희들은 젊은 혈기에 속수무책으로 앉아 있자니 참을 수가 없습니다. 그 죄악을 적발하는 것이 옳습니다."

---

186) 금벽(金璧) : 청록산수(靑綠山水)의 공백 처리에 산봉우리나 바위의 선(線)에 금니(金泥)를 녹즙(綠汁)과 배합하여, 산석(山石)에 양광(陽光)을 눈부시게 표현함으로써 색채를 화려하게 한 것을 말함.

187) 상(象)이 ~ 일 : 중국 고대의 성군이었던 순(舜)임금이 재위 전에 그 이복동생인 상(象)이 어머니와 짜고 아버지 고수(瞽叟)를 꾀어 순을 죽이고 적장자가 되려 했던 일을 말함.

그러자 진공이 대답하였다.

"옳지 않다. 저 무리가 일을 꾸미는 것이 해괴하나 하늘이 덕으로써 큰
형님에게 저 무리를 내셨으니 저 무리가 큰 형님을 해칠 수는 없다. 생
각하건대 우리집은 선대에 골육지친 간에 인륜의 큰 변을 만난 집이다.
큰아버님과 아버님께서 이를 개탄하시어 한 방에서 서로 따르시며 정
이 다른 집안의 동기간에 비해 특별하셨다. 이러한 가르침이 너희들에
게까지 흘러왔으니 마땅히 마음을 가다듬어 친척 간에 화목함으로써 59
선대의 누덕을 대대로 크게 씻어 버리는 것이 옳다. 그런데 어찌 이제
차마 골육 간의 변란을 밖으로 나타내어 사방의 이웃들이 침 뱉고 꾸짖
는 것을 듣겠느냐? 형님께서 이렇듯 헤아리시어 차라리 죽을지언정 밖
으로 나타내기를 원치 않으시며 형수님께서도 성덕을 갖춘 여인이시
기에 죄를 스스로 감당하여 시비들의 어지러운 말을 막으셨으니 이는
일처리가 지극히 온당한 것이다. 무당과 점쟁이가 흉한 일을 꾸미고
술수를 부리는 것은 군자와 대장부가 믿고 의심할 일이 아니다. 홍의
일이 비록 해괴하나 지친과 골육을 법으로 다스리지 못하리니 마침내
지극한 정성으로 감화하게 하는 것이 으뜸 계교가 될 것이다. 그렇지
못하다면 대의로 꾸짖어 가문에서 한가지로 버릴 따름이니 법으로 따
지는 것은 옳지 않다."

영릉후가 다시 앞으로 나와 말하였다.

"둘째 형님의 말씀이 비록 의리에 옳으십니다만 사나운 자는 개과하기
어렵고 한 점 불이 아방궁을 태우며 한 잔 물이 천하를 잠기게 하는 법
입니다. 대개 일은 이처럼 적은 것으로부터 큰 것을 범하고 차지 않은 60
것으로부터 현저히 일어나게 되어 있습니다. 아녀자가 일을 꾸미는 것

이 극히 세밀하니 아녀자가 집을 엎치고 나라를 기울게 한 일이 예로부터 있었습니다. 형님께서는 이를 가볍게 보지 마십시오. 큰형님께서 너무 어질기만 하신다면 뒤에 후회해도 다시 돌이킬 수 없을 것입니다. 그러니 저희들이 어찌 앉아 묵묵히 보고만 있겠습니까?"

공이 웃으며 말하였다.

"상(象)의 꾀로 순(舜)을 해치지 못하였고 여후(呂后)의 큰 계교로도 유씨(劉氏)를 없애지 못했으니[188] 저 위씨 모자가 어찌 큰형님을 해치겠느냐? 형님께서는 한낱 성품이 어질고 약하여 어질기만 주로 하시는 분이 아니시다. 지인지감이 신명 같으시어 목숨의 짧고 길음을 헤아리시는 신기함이 있고 기상이 호탕하시어 자연 요마(妖魔)를 복종시키실 것이다. 어찌 일부러 위씨가 해치려 하는 것을 달게 받으시겠느냐? 이는 단지 용이 도마뱀 보듯 하시는 것이니 아우들은 근심하지 마라.

61 하물며 우리 형제가 가득한 것이 이와 같고 저 종형제 두 사람은 기세가 약하여 모든 일을 우리 부형만을 우러러보며 부자와 부부가 다 형님 아래 의탁하였으니 이제 만일 그들을 용납하지 않고 일시에 공격한다면 죄는 비록 아깝지 않으나 큰형님의 성스런 뜻을 잊는 게 될 것이다. 또한 어찌 그들이 가련하지 않겠느냐? 덕으로 가르쳐 달래는 것이 옳으니 부친께서 어찌 자기가 낳은 자식을 위해 조카를 용납하지 않으시겠으며 우리들이 어찌 큰아버님 골육이 다만 두 형제뿐인 것을 슬피 여기지 않고 허물을 용서하지 않겠느냐? 그들의 허물을 적발한다면 설사 일은 통쾌하다 해도 형님께서 반드시 세상과 단절하여 저 두 형을 이끌

188) 여후(呂后)의 ~ 못했으니 : 한(漢)나라 통일한 유방(劉邦)이 죽은 뒤 그 부인인 여후(呂后)가 전권을 장악하여 여씨(呂氏) 일족이 한나라를 좌지우지하게 되었으나 결국 여후는 죽고 여씨 일족은 주살당하게 됨. 이에 다시 유씨 일족이 힘을 회복하여 한나라를 다스리게 됨.

고 사생과 거취를 함께 하실 것이니 일의 형편상 순탄치 못하고 마땅치 못하여 뉘우칠 일이 있을 것이다."

영릉후가 과연 그렇게 여기고 고마움을 표시하였다. 태사인 성의백이 이 말을 듣고 탄식하여 말하였다.

"나를 아는 자는 둘째 아우로구나."

그런 후 영릉후에게 경계하여 말하였다.

"네가 비록 나를 사랑한다 하나 실은 나를 구렁텅이에 빠뜨리는 것이
다. 만일 이런 일을 적발하여 홍의 부자를 벌준다면 내가 어느 면목으 62
로 세상에 있겠느냐? 내가 평일 세광 등을 알기를 너희와 한가지로 알
고 홍을 보기를 몽아 등과 똑같이 하여 세속에서 친아들과 양아들을 분
간하는 것에 개탄함을 이기지 못하겠구나. 사람이 혹 액운에 가리어
그릇함이 있으나 이미 깨달았고, 홍이 어질지 못하나 돌아가신 아버님
의 골육이고 나의 조카이니 인의로 경계하여 도에 돌아가기를 바라야
하지 않겠느냐? 그런데 이제 가까운 친척 간에 네가 이같이 마음을 쓰
는 것을 보니 내가 모골이 오싹함을 깨닫지 못하겠구나."

영릉후가 크게 깨달아 길이 절하면서 실언한 것을 사죄하였으니 성의백 형제들의 사람됨이 이와 같았다. 초공 부부는 이런 일을 알고 있었으나 초공은 이렇게 말하였다.

"내가 어찌 친자식을 위하여 돌아가신 형님의 골육을 완전치 못하게 하리오?"

그러고는 끝내 모르는 체하였으니 진공은 가히 부모와 형을 아는 사람
이었다. 이런 일로 조부인이 마음 쓸까 두려워 성의백이 집안사람들에게
당부하여 말을 말라 하였으므로 조부인은 전혀 알지 못하였다. 위씨가 63

홍과 더불어 마음껏 괴이한 일을 하였으나 특별한 효험이 없고 집안사람들이 한결같이 후대하므로 위씨로서는 어쩔 도리가 없었다.

홍이 이 때 동궁저작랑(東宮著作郞)[189]으로 있어 의기양양하였으므로 사람을 헐뜯고 민폐를 끼치는 일이 많았다. 태사 형제가 공손하고 신중하라고 타일렀으나 홍이 듣지 않았다. 하루는 홍이 조회하고 돌아오다가 길가에서 거지를 만났는데 거지가 피하지 않고 길을 건넜다. 홍이 매우 노하여 하인배로 하여금 거지를 마구 치게 하였다. 거지가 속이 허하고 밖이 추운데다가 여러 사람들로부터 큰 매를 맞자 두어 소리를 지르고 죽어버렸다. 마침 도어사 사강이 그 자리를 지나가게 되었는데 좌우 사람들이 그에게 아뢰었다.

"앞에 저작랑 유공의 하인들이 사람을 쳐 죽였습니다."

도어사는 이때 순천부윤(順天府尹)[190]에 있었기에 틀림없이 홍이 지은 죄인 줄 알았으나 감히 법을 굽히지 못하여 급히 좌우 사람들을 호령하여
64 매를 친 하인과 주검을 거두어 관아로 대령하라 하고 바로 순천부에 들어가 홍의 죄를 조사하여 임금에게 글을 올렸다. 임금이 진노하시어 그날 당장 홍을 잡아 금의옥(錦衣獄)[191]에 가두고 법률로 다스리라 하셨다. 이미 살인자라 홍의 죄는 죽기에 이르렀다. 유씨 집안에서는 그제야 이 일을 알고 매우 놀랐다. 세광과 위씨가 망극하여 통곡하면서 승상과 태사를 보고 홍을 구해주기를 청하였다. 이때는 법률이 엄하여 진공이 나라를 다스리는 법도가 극히 엄격한데다 하물며 살인과 관련된 일은 더욱 중대하

---

189) 동궁저작랑(東宮著作郞) : 태자를 모시고 문서의 초안(草案)을 담당하던 벼슬.

190) 순천부윤(順天府尹) : 순천(順天)은 예전 연(燕)나라의 수도였던 연경(燕京)에 속하는 곳으로 부명(府名)임. 부윤(府尹)은 지방관아인 부(府)의 우두머리를 말함.

191) 금의옥(錦衣獄) : 명나라 때 금위군(禁衛軍)의 하나인 금의위(錦衣衛)에 딸린 감옥으로, 특히 정치범을 가두는 곳으로 유명함.

여 용서하지 못하게 되어 있었다. 초공이 탄식하며 말하였다.

"세광 부자가 끝내 가문을 끝내게 하니 나로 하여금 지하에 가 형님을 뵐 낯이 없게 하는구나. 도어사가 비록 홍의 일을 참혹히 여기지만 국법을 굽힐 수는 없으니 장차 어찌 한단 말이냐?"

성의백이 눈물을 흘리며 말하였다.

"이는 제가 어린 아이를 어질게 가르치지 못한 죄입니다. 어찌 앉아만 있으면서 차마 구하지 않겠습니까?"

그러고는 사어사를 찾아보고 홍이 생각지 않게 저지른 것이지 법을 일
부러 범한 것이 아니라 말하며 형벌을 덜어줄 것을 간청하니 그 말이 간 65
절하고 뜻이 착급하여 사람을 감동케 하였다. 어사는 본래 유씨 여러 공
(公) 중에서 태사를 가장 공경하였고 또한 태사의 말이 사리에 그럴듯하
였으므로 증인과 주검을 조사하였다. 그 결과 죽은 자는 홍의 하인과 서
로 다투다가 죽은 것이지 홍의 일이 아님을 알게 되어 어사가 이러한 사
연을 황제께 자세히 풀어 아뢰니 황제께서는 홍을 절도에 유배하라고 하
셨다.

홍이 비록 살아나게 되었으나 만 리에 귀양 가게 되니 위씨는 당초 홍의 조그마한 공명을 믿고 종통의 자리를 뺏을 마음이 급하다가 홍이 앞길을 아주 망쳐 귀양 가는 죄수가 되자 다시 빙자하여 바랄 것이 없었다. 더욱이 태사가 홍의 옥사로 4~5일 동안 먹고 자기를 그만두고 밤낮으로 번민하여 홍의 목숨을 구하자 위씨는 잠깐 진정하였다. 그러나 오히려 태사가 홍이 타향에 멀리 유배 가게 된 것을 슬퍼하여 가는 길에 본처 군목(軍牧)에 글을 부쳐 매사에 지극하지 않음이 없고 저희들이 미처 생각하지 못하는 일까지 돌아보고 슬퍼하며 불쌍하게 여기는 것이 지성인 것을 보

66 고 위씨처럼 사나운 사람도 감격하고 죄를 뉘우쳤다. 세광이 태사에게 감사하는 마음은 이루 다 말할 수 없었다. 홍이 길을 떠나면서 울며 하직하자 태사가 홍의 손을 잡고 유배생활을 하는 동안 행동을 조심하라 타이르면서 말하였다.

"네가 만일 유배지에 가서 깊이 분수를 지켜 마음을 닦는다면 내가 마땅히 힘써 너를 다시 돌아오게 하여 부자와 숙질이 한 당에서 여년을 마칠 수 있게 할 것이다. 조심하고 공손하며 신중하여라."

홍은 태사에게 감사의 뜻을 표했다. 태사가 홍을 보내고 세광과 위씨를 지극히 위로하고 달래며 소부인이 그 사정을 더욱 슬퍼하니, 위씨는 홍이 죽을죄를 면하게 된 것이 태사가 주선한 덕분인데다 태사가 자신들을 불쌍히 여기어 돌보아 주는 덕스런 모습을 보고 매우 감격하여 마음을 고쳐 화목하게 되었다. 태사가 마음 가득 기뻐하여 더욱 착한 행실과 아름다운 말로 집안을 다스려 괴이한 무리를 바른 길로 들어서게 하였으니 여러 공들이 탄복하여 말하였다.

"사불범정(邪不犯正)[192]이니 위씨의 요악한 행사가 어찌 큰형님을 범하겠는가?"

67 이후 3년 만에 나라에 특별사면이 있어 홍이 돌아왔다. 홍은 멀리 떨어진 지방에서 고생을 겪어 예전의 날카롭던 기운이 꺾이었고 부모가 다 개과천선하였으므로 자연히 바른 도에 돌아가 끝내 다시 변란을 일으키지 못하고 무해한 사람이 되었으나 벼슬은 다시 못하였다.

이때는 온 세상이 다 태평하여 국가에 별다른 일이 없었다. 여러 공들

192) 사불범정(邪不犯正) : 사악한 것은 바른 것을 감히 범하지 못한다는 뜻으로, 정의(正義)는 반드시 이긴다는 말.

은 태평성대에 재상이 되어 관청의 일이 한가하고 마음이 갑갑하였으므로 한 번 오초(吳楚)[193]에 놀면서 절강(浙江)[194]의 산수를 구경하고자 하였다. 그러나 진공은 더욱 맡은 임무가 중대하고 멀리 나가 노니는 것은 자식의 도리가 아니라 생각하여 그 뜻을 펼 수 없었다. 초공이 비록 나이가 많으나 정력이 소년 같고 장부의 기운이 조금도 쇠하지 않았기에 하루는 모든 자식들을 대하여 말하였다.

"내가 어려서부터 조정에서 벼슬을 하여 늙기에 이르기까지 벼슬살이와 집안일에 얽매여 한 번도 산천을 두루 구경하지 못하였으니 남자로서 늘 가슴이 답답함을 한탄하였다. 근래에 나라에 일이 없고 너희들 또한 한가하니 말미를 얻어 청전산(青田山)[195] 산소에 소분(掃墳)하 68
고[196] 인하여 남방을 두루 구경하여 옛 유적을 보고자 한다."

제공이 일제히 대답하고 그날 즉시 문성공(文成公)[197] 산소에 소분할 것을 임금에게 아뢰어 석 달 말미를 청하였다. 상이 다 허락하시고 지방관으로 호위하고 역마를 타고 떠나라 하시니 여러 공들이 성상의 은혜에 감사하면서 초공을 모시고 떠나게 되었다. 자식과 조카들이 따라가기를 청하였으나 번거로워 다 떨치고 돌아올 기약을 정해 도중에 나와 맞으라 하였다. 여러 공들이 다 미복(微服) 차림으로 시종 수십 인을 거느리고 하

193) 오초(吳楚) : 춘추전국시대에 오(吳)나라와 초(楚)나라가 있던 지역. 경치가 아름다운 곳으로 유명함.

194) 절강(浙江) : 중국의 성(省)의 하나. 소주(蘇州)와 항주(杭州)와 같은 아름다운 곳이 이곳에 속함.

195) 청전산(青田山) : 중국 절강성(浙江省)에 있는 산의 하나.

196) 소분(掃墳)하고 : 조상(祖上)의 산소(酸素)에 가서 무덤을 깨끗이 하고 제사(祭祀) 지내는 일.

197) 문성공(文成公) : 명나라의 개국공신인 유기(劉基)의 시호. 자(字)는 백온(伯溫). 절강성(浙江省) 처주(處州) 청전(青田) 출신임. 주원장(朱元璋)의 모사가 되어 중국을 통일하는 데 중요한 역할을 하였으며, 명나라 건국 후 어사중승(御史中丞)과 태사령(太史令) 등의 관직을 맡아 역법(曆法) 제정과 군정체제 건립에 공헌함. 저서로는 『성의백문집(誠意伯文集)』과 우언체 산문집 『욱리자(郁離子)』가 있음.

루에 이틀 갈 길을 행하여 청전산에 이르러 문성공 산소에 소분하기를 마치고 바야흐로 묘소 아래 친척들과 고향사람들을 찾아 그 간의 정을 폈다.

이때에 남쪽 지방 한 고을에서 초공 부자가 이른 것을 듣고 백성들이 늙은이를 부축하고 어린아이를 이끌고 와 길이 가득 찼다. 평소에 앙모하던 초공의 큰 덕을 일컬으며 알현하기를 원하여 차일과 장막이 구름 같고 거마(車馬)가 안개 같았다. 이에 초공이 말하였다.

69 "이는 허황된 권신(權臣)이 민폐를 끼치는 것이고 장부의 소탈한 행색으로 경치를 구경하는 것이 아니니 나의 첫뜻과 크게 어그러지는구나. 나는 동남의 산수를 보지 않고 내일 돌아가기를 원한다."

여러 공들이 모든 관원을 보고 후한 예의를 사양하여 이 사연을 말하면서 다들 권하여 돌려보내니 모든 사람들이 저 부자의 공손하고 검소한 뜻을 알고 감히 거역하지 못하여 물러갔다. 이들은 두어 날 머물러 오초를 보며 동정호(洞庭湖)[198]에 배를 띄우고 구의산(九疑山)[199]에 올랐다. 또 소상강(瀟湘江)[200]과 황릉묘(黃陵廟)[201]를 보며 서호(西湖)[202]와 회사정(懷沙亭)[203]을 살펴 천고에 맑은 자취와 높은 충효를 조문하였다. 여러 공들은

198) 동정호(洞庭湖) : 중국 호남성(湖南省) 북부에 있는 중국에서 가장 큰 민물 호수. 양자강의 흐름을 조절하는 구실을 하며 예로부터 많은 시인들에 의해 읊어진 명승지(名勝地)임. 여름철에는 물이 불고 겨울철에는 붊.

199) 구의산(九疑山) : 지금의 중국 호남성(湖南省) 영원현(寧遠縣) 남쪽에 있는 산. 주명(朱明)・석성(石城)・석루(石樓)・아황(娥皇)・순원(舜源)・여영(女英)・소소(蕭韶)・계림(桂林)・자림(梓林) 등 아홉 봉우리의 산으로 모두가 모양이 같게 생겨서 보는 사람이 누구나 어느 봉이 어느 봉인지 어리둥절하여 의심을 내게 되므로 구의(九疑)라 이름 지었다 함.

200) 소상강(瀟湘江) : 중국 호남성(湖南省) 동정호(洞庭湖) 남쪽에 있는 소수(瀟水)와 상수(湘水)를 합쳐 부르는 말. 매우 빼어난 경치로 유명함

201) 황릉묘(黃陵廟) : 중국 호남성(湖南省) 소상강가에 있는, 중국 고대 요(堯)임금의 두 딸이며 순(舜)임금의 부인이었던 아황(娥皇)과 여영(女英)을 모신 사당.

202) 서호(西湖) : 중국 절강성(浙江省) 항주시(杭州市)의 성 밖 서쪽 고산(孤山) 곁에 있는 유명한 호수로 명성호(明聖湖)・상호(上湖)・전당호(錢塘湖)・외호(外湖) 등의 별칭이 있음.

건곤을 돌이키는 문장과 강개한 충절로 옛사람의 자취를 보아 그들이 시
절을 만나지 못한 것을 아쉬워하고 슬퍼하였다. 빼어난 경치를 완상하니
호활한 기상이 더욱 시원스럽게 탁 트였다. 또한 곳곳을 유람하며 시를
읊조리니 진실로 천 년에 한 번 있을 일이요, 만 년에 두 번 있지 않을 일
이었다. 옛날 소순(蘇洵)[204]이 그 아들 소식(蘇軾)[205]과 소철(蘇轍)[206]을 70
데리고 무관(武關)[207]을 지나며 기록한 것도 여기에 비하면 그리 기특하
지 않은 일이었다. 삼소(三蘇)[208]의 문장이 어찌 유씨 부자를 바랄 수 있
겠는가? 여러 공들이 승상을 모시고 소나무 아래와 대나무 숲에서 거닐고
들판에서 산보하는데 8척 장신과 7척 경륜(經綸)이 나란히 행하였으니 그
모습이 더욱 기특하였다. 궁벽한 지방의 어리석은 백성들이 다 놀라 천상
의 선관으로 알고 사람인 줄 깨닫지 못하였다.

더욱이 진공은 옛날 왕위를 사양하고 오초를 두루 돌아본 일이 있었는데,[209] 인간 세월이 어느덧 30년이 흘렀으나 산천은 의구하여 암석과 정

---

203) 회사정(懷沙亭) : 중국 호남성(湖南省) 상음현(湘陰縣)의 북쪽에 있는 강인 멱라수(汨羅水) 변에 있는 정자. 초(楚)나라 굴원(屈原)이 나라의 장래를 근심하고 회왕(懷王)을 사모하여 노심초사한 끝에 회사부(懷沙賦)를 짓고 멱라수에 빠져 죽은 것으로부터 유래한 정자임.

204) 소순(蘇洵) : 중국 북송(北宋)시대의 문학자임. 호(號)는 노천(老泉). 날카로운 논법(論法)과 정열적인 필치에 의한 평론이 구양수(歐陽修)의 인정을 받아 유명해졌음. 정치, 역사, 경서 등에 관한 평론도 많이 썼으며, 아들 소식(蘇軾) · 소철(蘇轍)과 함께 삼소(三蘇)라 불렸음. 주요 저서에는 『시법(謚法)』, 『가우집(嘉祐集)』 등이 있음.

205) 소식(蘇軾) : 중국 북송 때의 제일가는 시인. 호(號)는 동파(東坡). “독서가 만 권에 달하여도 율(律)은 읽지 않는다”고 해서 초유의 필화사건을 일으켰음. 당시(唐詩)가 서정적인 데 대하여 그의 시는 철학적 요소가 짙었고 새로운 시경(詩境)을 개척하였음. 대표작으로는 〈적벽부(赤壁賦)〉 등이 있음.

206) 소철(蘇轍) : 소식(蘇軾)의 아우로, 당송 팔대가의 한 사람. 호(號)는 영빈(潁濱). 벼슬은 문하시랑(門下侍郞)을 지냈음. 간결한 작풍에 고문으로도 빼어났음. 저서로는 『난성집(欒城集)』 등이 있음.

207) 무관(武關) : 중국 섬서성(陜西省) 상현(商縣) 동쪽에 있는 관(關)의 이름.

208) 삼소(三蘇) : 소순(蘇洵)과 그의 두 아들 소식(蘇軾) · 소철(蘇轍)을 삼소(三蘇)라 함.

209) 진공은 ~ 있었는데 : 진공 유세광이 왕위를 받는 것을 사양하고 오초 지역에 몸을 숨겼던 일을 말함.

자에는 공이 맑은 바람과 밝은 달을 대하여 읊었던 시들이 완연하였다. 진공이 감흥이 일어남을 깨닫지 못하여 문방사우를 내와 해주부(海州賦)와 상강시(湘江詩)와 군산문(群山文)을 지어 전후를 기록하니 사리가 호탕하고 필법이 웅장하였다. 여러 공들이 칭찬하고 이어 운을 맞추어 시를 지어 약양루(岳陽樓)[210]에 글을 새겨 걸었다.

71 길을 행하여 형주(荊州)[211]에 이르니 이 땅은 초공의 봉토(封土)였다. 백성이 공의 덕화에 힘입은 지 거의 40년이었다. 풍속이 순박하여 땅에 떨어진 것을 줍지 않고 삼강(三綱)[212]을 힘써 행하여 어질고 의로운 교화가 크게 행하여졌는데 오늘 자기 나라 왕께서 오신 것을 듣고 백성들이 다투어 알현하였다. 영릉(零陵)[213]의 군민 또한 영릉후에게 절하면서 알현하니 부자 두 사람이 백성들을 어루만지고 위로하기를 힘쓰면서 요역(徭役)을 덜며 창고를 열어 환과고독(鰥寡孤獨)[214]을 도와주며 세금을 감면하여 십분의 일만 바치게 하였다. 그러자 백성들이 북을 치고 춤을 추며 매우 기뻐하였다.

며칠 후에 이들은 남악(南岳) 형산(衡山)[215]을 찾아 72봉우리를 두루 구경하고 배를 타고 순탄하게 나아가 조주(潮州)[216]에 이르렀다. 푸른 파도

---

210) 악양루(岳陽樓) : 중국(中國) 호남성(湖南省) 악주성에 있는 누각.

211) 형주(荊州) : 중국 호북성(湖北省)에 있는 주(州).

212) 삼강(三綱) : 유교(儒教)의 도덕(道德)에 있어서 근본(根本)이 되는 세 가지 강목(綱目)으로 임금과 신하(臣下), 어버이와 자식(子息), 남편(男便)과 아내 사이에 마땅히 지켜야 할 도리(道理)로서, 곧 군위신강(君爲臣綱), 부위자강(父爲子綱), 부위부강(夫爲婦綱)을 말함.

213) 영릉(營陵) : 중국 산동성(山東省) 창락현(昌樂縣) 동쪽에 있는 땅.

214) 환과고독(鰥寡孤獨) : 늙은 홀아비와 홀어미, 부모 없는 고아 및 자식이 없어 늙어서 의지할 데 없는 노인을 이르는 말로, 외롭고 의지(依支)할 곳이 없는 사람을 비유(比喩)해 이르는 말임.

215) 남악(南嶽) 형산(衡山) : 형산은 중국 호남성(湖南省)에 있는 산. 중국의 오악(五嶽)의 하나로 남쪽에 위치하는 유명한 산임. 참고로 동악으로는 태산(泰山), 서악으로는 화산(華山) 북악으로는 항산(恒山) 중악으로는숭산(嵩山)이 유명함.

216) 조주(潮州) : 중국 광동성(廣東省)에 있는 주(州)

가 하늘까지 닿고 태풍이 간간이 있었다. 그러나 여러 공들에게는 위로 천문(天文)을 보고 아래로 지리를 살펴 용과 호랑이를 항복시키는 수단이 손바닥 안에 있으므로 깊고 궁벽한 산에 출입하고 높고 높은 푸른 파도에 돛을 높이 걸자 신병(神兵)이 호위하고 어룡(魚龍)이 뒤에서 보호하여 가는
길에 거칠 것이 없었다. 신기한 사적이 무궁하나 말이 너무 길고 허탄하 72
여 기록하지 아니한다.

배를 타고 바닷길을 지나 조주에 이르니 공이 모든 자식들을 대하여 말하였다.

"예전에 아버님께서 이곳에 임금의 은혜를 입어 거처하신 지 7년 안에 명성이 온 사방에 가득하였다. 마침내 효종황제(孝宗皇帝)217)께서 절월로 부르시는 것을 받들었으니 그 때 내가 이 땅에서 태어났었다. 부모님께서 온갖 고생을 하신 일과 내가 어머님의 배안에서부터 외롭게 포대기에 싸이도록 의탁할 곳이 없었던 일은 천 년이 지나도 눈물을 흘릴 만한 일이로구나. 오늘 이곳에 이르러 어찌 한 번 돌아가신 부모님의 자취를 보고 내가 놀던 곳을 너희들에게 보여주어 후세에 전하게 하지 않겠느냐?"

이에 여러 공들은 울며 감동하여 말을 못하였다.

그런 후 배에 내려 먼저 안상현 수월암에 이르니 산천이 빼어나고 지맥이 수려하여 남방 제일의 명승지였다. 수월암에 비구니 수백 인이 있다가
큰 재상의 행차를 보고 놀라 맞아 방장(方丈)218)에 맞아들였다. 그 중에서 73
80 먹은 비구니 서너 명은 득도하였기에 승상 부자를 보고 제자들에게 말

217) 효종황제(孝宗皇帝) : 명나라의 제9대 임금(1488~1505)으로 연호에 의해 홍치제(弘治帝)라 불림.
218) 방장(方丈) : 고승이 거처하는 처소.

하였다.

"60년 전 유승상 부인이 이곳에 와 수절하고 참선하시며 다섯 해를 머무실 때 처음부터 배 안에 임신하시고 계셨던 공자께서 산사(山寺)에서 태어나셨다. 그 공자의 행동거지가 매우 비상하기에 우리들이 크게 부귀하실 줄 짐작했더니 오래지 않아 부인 모자를 그 친정에서 와 찾아가고 그 후 소식이 끊어졌었다. 늘 잊지 못하였으나 청운과 백운이 길이 달라 서로 찾지 못했는데 이제 뜻밖에 오신 어르신이 바로 이 절에서 태어난 공자이시고 다섯 아들은 다 왕공후백(王公侯伯)으로 하늘의 별을 응하여 난 사람들이시구나. 옛 자취를 찾아 이곳에 이르셨으니 너희들은 마땅히 정부인께서 수행하시던 방장을 열어 저분들을 보시게 하여라."

모든 비구니들이 매우 기특하게 여겨 나와서 노스님의 말을 초공에게
74 고하고 방문을 열어 정부인이 거처하시던 곳을 보여드렸다. 초공이 노승의 말을 놀라워하고 기특하게 여겨 물어보았다.

"어찌하여 이 방을 잠갔느냐?"

모든 스님들이 대답하였다.

"정부인께서 가신 후 모든 스님들이 그 절개와 덕행을 잊지 못하고 큰 재상의 부인이 거처하시던 곳을 무례히 못하여 문을 잠가 놓고 잡인을 들이지 아니하였습니다."

승상이 모든 스님들의 살뜰함에 감탄하며 방안을 살피니 먼지가 가득하여 인적이 이르지 않은 지 오래 되었음을 알 수 있었다. 벽 위에 모친의 절구(絶句) 두어 수가 쓰여 있는데 마치 붉은 실을 드리운 듯하였다. 먹자국이 살아 움직이는 듯하고 말의 뜻이 맑고 새로워 푸른 바다의 용이 서

리고 단산(丹山)[219]의 봉황이 춤을 추었다. 완곡한 문체로 평생을 슬퍼하며 아들이 부자간의 인륜을 완전히 하기를 소망하는 내용으로 「대아(大雅)」[220]의 맑은 것을 오로지 하여 조금도 세념(世念)에 구애됨이 없었다. 그 아래에 승상이 어렸을 때 읊었던 고풍 두어 구절이 있는데 모친을 모시고 부친께 이르기를 원하는 내용으로 문체가 심원하고 필법이 웅장하여 오늘날의 기상이 이 시에 다 비치어 있었다. 여러 공들이 이를 보고 감 75
탄하기를 마지않았다. 승상은 어렸을 때 모친을 모시고 이곳에서 있었던 일이 어제인 듯하여 흰 수염에 눈물을 흘리고 손으로 벽 위에 시를 어루만지며 통곡하여 울기를 마지않았다. 모든 자식들이 나아가 재삼 공을 위로하였다. 공은 마음을 진정한 후 드디어 시가 쓰인 종이를 떼어 행낭에 넣고 거기에는 천금을 내어 모든 비구니들에게 후한 상을 내렸다.

다시 길을 떠나 조주 땅에 이르러 효문공[221]이 귀양살이 했던 마을을 찾아갔다. 이미 이 고을 여러 선비들이 그곳에 서원을 짓고 초상화를 만들어 걸고 전임태수 양중기와 예부상서 강형수와 함께 배향하여 봄가을로 제사를 지내고 있었다. 승상 부자가 모든 선비의 정성에 감동하고 놀라 의관을 바르게 하고 나아가 보니 푸른 기와와 붉은 용마루가 흰 태양 아래 밝게 빛나고 문 앞에 다섯 그루의 버드나무가 있었고 뜰아래 소나무와 대나무가 좌우로 서 있었다.

---

219) 단산(丹山) : 단사(丹沙)가 나는 산. 곧 신선들이 사는 산을 말함.

220) 대아(大雅) : 『시경(詩經)』의 편명의 하나로 '아'는 '정(正)'을 의미함. 큰 정치를 말한 정악(正樂)의 노래를 의미함. 『시대서(詩大序)』에는 "'아'(雅)란 바르다는 것으로 왕정의 폐한 바와 홍한 바를 말하고 있다[雅者 正也 言王政之所廢興也]. 정치에는 작은 것과 큰 것이 있는 까닭에 「소아(小雅)」와 「대아(大雅)」가 있는 것이다[政有小大 故有 「小雅」焉 有 「大雅」焉]."라고 되어 있음. 「대아(大雅)」에는 주 왕실의 귀족의 작품이 많이 있으며 중요한 노래들은 주왕실의 선조에서 무왕에 이르기까지의 선왕들의 공적을 송축하고 있으나 간혹 시편 중에는 여왕(厲王)이나 유왕(幽王)의 폭정과 혼란 때문에 그 통치가 위기에 처한 것을 말한 것도 있음.

221) 효문공 : 유연을 말함. 초공 유우성의 부친임.

76 정전(正殿)의 문을 열자 효문공의 초상화가 정면에 걸려 있고 좌우에
양중기와 강형수의 초상화가 동서로 걸려 있는데 효문공의 초상화는 생
기가 흘러넘치고 맑은 눈빛이 평소와 같았다. 초공은 초상화를 한 번 보
고는 반갑고 슬픈 마음을 이기지 못하여 바삐 앞으로 나가 두 번 절하고
머리를 조아려 실성한 듯 눈물을 흘리면서 울음을 그치지 못하였다. 여러
공들 또한 초상화를 보자 모골이 송연하여 공경하는 마음과 추모하는 정
성이 일어났다. 모두 함께 절하기를 마치고 부친을 재삼 위로하여 슬픔을
진정하시게 하였다. 그런 후 다시 초상화를 바라보니 그 위풍과 풍채, 기
상이 성의백과 더불어 조금도 다르지 않았다. 할아버지와 손자가 서로 바
라보니 하나는 초상화이고 하나는 산사람이나 흡사 한 판에 박아낸 듯하
여 진실로 분별하기 어려웠다. 초공은 원래 맏아들인 성의백을 보고 그
부친같이 여겼으나 오늘 이토록 조금도 다름이 없는 것을 보자 새삼 놀라
77 고 더욱 애중해 하였다. 묘를 지킨 선비들을 청하여 예를 갖춘 후 초공이
이들을 후대하며 물었다.

"돌아가신 아버님께서 일찍 여러 선비들에게 끼친 은혜가 없는데 이렇듯 묘당을 지어 제사를 받들어 주시니 제가 여러분의 성스런 덕을 마땅히 뼈에 새길 것입니다. 다만 저 초상화는 어떤 사람이 저렇듯 기특하게 그렸습니까?"

그러자 여러 생들이 대답하였다.

"돌아가신 승상께서 이곳에 적거(謫居)하신 지 7년 안에 교화가 크게 행해져 모든 인민이 다 삼강오륜을 말하며 예의를 닦으니 만민을 건져내신 덕이 옛날 관서부자(關西夫子)[222]와 비교할 수 없을 정도였습니다.

---

222) 관서부자(關西夫子) : 후한(後漢) 때 양진(楊震)이라는 사람이 있었는데, 비록 가세는 빈곤하였

이에 모든 선비들이 다 일컬어 '조주부자(潮州夫子)'라 하였으니 어찌 조
그마한 서원을 말할 것이 있겠습니까? 초상화는 돌아가신 상공께서 살
아계실 때 악주(岳州)[223] 사람인 처사 임정화가 그렸습니다. 임정화는
나이 70에 천하를 두루 유람하여 명망 높은 큰 선비들을 아니 본 사람
이 없어 눈이 높고 화법이 신묘하였습니다. 구름처럼 유람하다가 이곳
에 이르렀는데, 마침 선대인께서 이 고을의 태수(太守)인 양중기와 그 78
벗 강현수와 더불어 담론하는 것을 보고 사람들에게 말하였습니다. '내
가 일찍이 고금의 명공과 아름다운 군자를 보고 들은 바가 적지 않으나
이 사람은 분명 천 년에 한 번 나올 만한 사람이니 그대로 없어지게 하
지 못할 것이다.' 그러고는 즉시 세 폭 그림을 그려 본 고을의 선비들에
게 두고 갔습니다. 그 후 서원을 세우고 초상화에 족자를 만들어 봉안
한 것입니다."

승상 부자가 감탄하기를 마지아니하였다. 진공이 나아가 말하였다.

"전일 사당에 봉안한 할아버님의 초상화를 항상 바라보았는데 이와는 많이 달랐습니다. 그러나 저희들이 어려서 할아버님을 여의어 존안(尊顔)을 자세히 알지 못하기에 그 초상화가 실제와 다른 줄을 몰랐습니다. 만일 이 초상화가 조금도 다름이 없다면 경사에 봉안한 초상화는 미진함이 많습니다. 제가 비록 재주가 없으나 붓과 벼루를 받들어 존안을 본 떠 가는 것이 어떻겠습니까?"

승상이 말하였다.

으나 학문이 높아 사람들은 그를 '관서공자(關西孔子)' 혹은 '관서부자(關西夫子)'라고 불러 존경하였음. 양진이 형주(荊州)의 자사(刺史)로 있을 때, 왕밀(王密)이란 자가 밤에 남몰래 와서 황금 10근을 가지고 와 예물로 바쳤으나 이를 거절하였다는 고사가 전할 만큼, 청렴결백한 인물이었음.

223) 악주(鄂州) : 중국 호북성(湖北省)에 있는 주(州).

79 "사당에 봉안한 초상화도 아버님 생시에 일등 화가에게 그리게 하신 것이나 능히 그 기상과 골격을 그대로 옮기지 못하여 여러 번 고쳐서야 겨우 흡사한 것을 얻었었다. 대개 아버님의 골격과 용모가 보통 사람과 퍽 다르시므로 능히 본뜨지 못한 것이었다. 오늘 이 그림은 진실로 신인의 조화니 사람의 재주가 아니다. 네가 이렇듯 잘 그릴 수 있어 그림을 받들어 돌아가 항상 뵐 수 있다면 어찌 다행스럽지 않겠느냐? 생전에 모시는 것과 다르지 않을 것이다. 다만 네가 이 일을 잘 해낼까 걱정이구나."

진공이 즉시 촉나라 비단과 붓과 벼루를 옮겨 신주 앞에 나아가 손을 씻고 향을 사른 뒤 염료를 능숙하게 갈고 화필(畵筆)을 잡아 평생의 재주를 다하여 한 번 두루치니 머리를 돌이킬 사이에 효문공의 얼굴과 정신이 그림에 옮겨졌다. 먹으로 그린 그림인데도 찬란하고 생기가 가득하여 마치 효문공이 눈을 들어 사람을 보는 듯했다. 아름다운 얼굴과 기이한 풍
80 채에 잠깐 웃는 빛이 비치니 진실로 말 못하는 효문공이었다. 도리어 이전 그림보다도 배나 뛰어나므로 승상과 여러 공들은 진공의 재주를 모르는 것이 아니었음에도 이토록 기특한 것을 보고 깜짝 놀라 넋이 빠질 듯하였다.

드디어 태행산(太行山)[224]에 올라 경치를 구경하였을 때 정부인이 난향과 더불어 머무시던 곳을 이 고을 사람이 알려주어 초공이 나아가 보고 곳곳에서 슬퍼함을 마지않았다. 이에 성의백이 나아가 고하였다.

"아버님께서 옛 자취를 보고 슬퍼하시고 산수에 흥을 붙이시어 여행하는 동안 시간이 많이 흘렀습니다. 더욱이 둘째 아우는 나라를 다스리

224) 태행산(太行山) : 중국 조주(潮州)에 있는 산.

는 중요한 일과 오부(五部)의 공사를 맡아 하루도 그만두기 어렵습니다. 조정에서 정한 기한을 어기면 신하의 도리가 아니고 사람들의 말이 있을까 두렵습니다."

초공이 말하였다.

"네 말이 옳다. 날짜가 급하니 따르는 무리들을 떨치고 내일 한 필씩 말을 타고 행하자꾸나. 여러 아이들이 마중 나오기로 한 약속을 어기지 말고 조정에서 정한 기한에 맞춰 가는 것이 옳겠구나."

그런 후 천금으로 묘를 지킨 선비들에게 사례하고 부친의 초상화를 받 81
들어 길을 돌이켜 경사로 행하였다. 각각 천리마를 타고 산호로 만든 채찍을 잡아 달렸으니 아버지와 아들 여섯 사람의 행색이 호호탕탕하였다. 초공의 오화마(五花馬)[225]와 성의백의 도화총(桃花驄)[226]과 진공의 백설표(白雪驃)[227]와 영릉후의 자류마(紫騮馬)[228]와 북풍후의 천리총(千里驄)[229]과 각노의 오운마(五運馬)가 걸음이 한가지요, 장단이 일체로 다 다 명마이지만 그 중 오화마와 백설표가 조금 더 커서 천 리 밖을 갔다. 사람들은 인간 중에서 용이요, 말은 말 중에서 용으로, 비단옷과 옥로검(玉珞劍)[230]이 길 위에 휘황찬란하였다.

사람과 말이 풍우같이 날아 두어 날이 못 되어서 산동(山東)을 지나 연경(燕京)에 가까이 이르니 부자가 함께 말고삐를 잡고 산천을 둘러보며 천천히 행하였다. 멀리 바라보니 평평한 광야에 수만 군병이 대오를 정제하

---

225) 오화마(五花馬) : 『삼국연의』에서 손책(孫策)이 타고 다녔던 말로 유명함. 산속을 평지처럼 누비며 푸른색과 흰색의 조화로 오색빛을 띰.

226) 도화총(桃花驄) : 흰 털에 붉은 점이 있는 말. 월모마(月毛馬)라고도 함.

227) 백설표(白雪驃) : 눈 같이 하얀 흰 색깔의 말.

228) 자류마(紫騮馬) : 고대의 준마로 털빛이 밤색인 말.

229) 천리총(千里驄) : 하루에 천 리를 달릴 수 있을 정도로 좋은 말. 천리마(千里馬)라고 흔히 말함.

230) 옥로검(玉珞劍) : 옥구슬로 장식된 화려한 검.

여 진을 갖추고 백모황월(白毛黃鉞)[231]과 용봉정기(龍鳳旌旗)[232]가 바람에
82 나부끼고 있었다. 사도가 진후, 연후 두 제후와 평제왕, 학사 등 소년 서
생 수십여 인을 거느리고 공들을 맞이하는 행렬이었다. 양학사 등 세 공
도 이르러 초공을 뵙고 태사 등의 손을 잡고 반기며 몇 개월 동안 여행길
에 몸을 보중한 것을 축하하였다. 오부(五部)의 장졸과 중서성(中書省)[233]
의 부하관이 구름처럼 모여 진공을 영접하니 군대의 성대함이 큰길을 덮
을 정도였다. 진공이 바야흐로 관복을 입고 부형을 모시고 행하여 남쪽
문 밖에 이르니 천자가 어사태우 유세로 하여금 무사하게 돌아온 것을 치
하하시고 만조백관이 다 술을 가지고 양을 이끌어 공들을 맞이하니 거마
가 시끄럽고 사람소리가 떠들썩하였다.

여러 공들이 수레를 머물고 장막을 설치하여 친구들을 대접하는데 문
득 바라보니 티끌이 해를 가리고 사람 목소리가 진동하였다. 그 사이로
붉은 양산을 쓴 세 명의 귀인이 앞에 오고 허다한 풍물과 악공(樂工)이 그
83 뒤를 좇아 점점 가까이 왔다. 하인이 보고하여 말하였다.

"설황장 어르신과 여각로 어르신과 남창왕의 거마가 이르렀습니다."

초공이 세 공을 청하여 장막 안으로 들이자 오랫동안 떠나 있었던 일을 말하며 서로 매우 반가워하였다. 남창왕이 말하였다.

"절강 오초의 명승지는 제가 평생 사랑하던 곳이나 벼슬에 매어 능히 여행할 만한 긴 시간을 낼 수가 없었습니다. 여러 존공께서는 유람하시면서 동남의 산수를 두루 구경하셨으니 우러러 축하하며 복종함을

---

231) 백모황월(白毛黃鉞) : 백모는 모우의 꼬리나 날짐승의 깃을 장대 끝에 매달아놓은 기, 황월은 도금칠을 한 도끼를 말함.

232) 용봉정기(龍鳳旌旗) : 용과 봉황이 그려진 깃발.

233) 중서성(中書省) : 기무(機務)·조명(詔命)·비기(秘記) 등을 맡아보던 관서.

이기지 못하겠습니다. 그 예스런 풍채를 제가 따르기 어려움을 깨닫습니다."

공들이 웃으며 말하였다.

"그대는 소년호걸로 멀지 않아 남창(南昌)234)에 돌아가면 오초의 경치를 아침저녁으로 대할 것인데 어찌 우리들이 베옷을 입고 절뚝거리는 당나귀를 타고 행한 조촐한 여행길을 부러워할 것이 있겠는가? 다만 설형은 쇠로하신 나이에 규방을 지키는 것이 갈수록 주접 들어 머리를 집 밖으로 내놓지 못하니 어찌 우리 같은 벗을 따라 산수를 볼 수 있겠습니까?"

그러자 설황장이 크게 웃으며 말하였다.

"여러 형님께서 사람을 조롱하시는 것이 어찌 이같이 심하신가? 소년적 일을 가지고 이렇게 기롱하는 것은 옳지 않구려." 84

이에 좌중이 크게 웃었다. 이윽고 남창왕과 여각로가 먼저 일어나 하직하며 말하였다.

"오늘 모이신 선생들을 영접한 후 친구와 작별인사를 나누러 가는 길이기에 조용히 말씀을 나누지 못하니 훗날 상부(相府)235)에 가서 가르침 받기를 기다리겠습니다."

공들이 손을 들어 사례하며 작별하였다. 원래 설황장은 설황부의 부친으로 이름은 영이었다. 일찍이 효종황제 후궁 왕비귀의 딸 성혜공주의 부마가 되었으니 진양공주의 서파(庶派)였다. 그 조강지처인 여씨가 설후를 낳아 드디어 황장이 되었다. 여각로는 소주백(蘇州伯) 여희의 아들로 그

---

234) 남창(南昌) : 중국 강서성(江西省)의 성도(省都).
235) 상부(相府) : 재상의 관사(官舍)를 말함. 여기서는 유승상의 집안인 유씨 부중(府中)을 가리킴.

아들 창린이 숙경공주의 부마가 되어 문호가 혁혁하며 부귀하고 화려함이 끝이 없었다. 그러나 부귀를 믿고 풍악과 주색을 즐기는 탓에 규방에 굴복하는 일이 많았다. 이에 유씨 공들이 평소 풍류랑으로 지목하여 웃는 바인데 진공은 더욱이 여각로가 불교를 숭상하는 괴이한 일을 친히 하기에 이를 기롱하여 늘 말하곤 하였다.

85 "여씨 부자는 관옥 같은 풍채이나 술주머니이고, 남자의 몸이나 부인의 수하라 평생 그 행동거지가 여자의 손아귀에서 벗어나지 않고, 설군은 전국시대 적 풍습이 있어 종묘사직을 위한 큰 계책을 알지 못한다."

그러나 진공은 그들의 재주를 사랑하여 친절히 대했다. 그렇지만 진공이 이 무렵 관리를 감찰하고 황제에게 글을 올려 백관을 총괄하고 섭정하였으므로 제왕과 각로는 다 그를 우러러 섬기고 있었다. 이처럼 서로 명분이 매우 달랐기 때문에 다들 공경하고 탄복하면서 감히 친구의 의리로 말하지 못하였다.

수레를 몰아 석양 무렵 집으로 돌아오니 조부인과 이부인 두 사람이 며느리들을 거느리고 중당에서 이들을 맞았다. 부인들은 몇 개월 동안 집안에 아무 일이 없고 여행길에 아무 탈 없이 온 것을 축하하였다. 초공 또한 여행길의 산천을 구경하며 조주에 가 옛 자취를 다시 보고 부친의 초상화를 받들어 온 사실을 전하니 두 부인이 놀라고 슬퍼하기를 마지않았다.

다음날 공들이 궐하에 숙사(肅謝)하고236) 다시 직책을 맡으니 이로부터
86 집안에 일이 없고 가문이 화목하여 승상 자손이 수백에 미쳤다. 여자들은 무늬 있는 옷과 붉은 치마를 입었고 남자들은 비단 도포에 옥으로 된

236) 숙사(肅謝)하고 : 숙배(肅拜)와 사은(謝恩)을 아울러 이르는 말. 새 벼슬에 임명되어 처음으로 출근할 때 먼저 대궐에 들어가서 임금에게 숙배하고 사은함으로써 인사하는 일. 여기서는 오랫동안 말미를 얻어 다시 조정에 입궐하여 벼슬을 맡기에 숙사라는 표현을 쓴 것임.

허리띠를 두르고 좌우에 나열하였으니 백 명의 자식과 천 명의 손자가 날로 창성하였다. 승상 부부는 증손자에 이르기까지 어루만지며 사랑하기를 한결같이 공평하게 하여 특별히 누구를 더 사랑하거나 미워하는 일이 없었다. 자손들을 대하면 부모님께서 일찍 돌아가시어 이를 보지 못하시는 것과 형님이 함께 즐기지 못하는 것을 슬퍼하니 부모에게 효성스럽고 형제간에 우애 깊음이 이와 같았다.

태사와 진공이 부모의 연세가 높으신 것을 두려워하여 남매 여덟 사람이 서로 의논하여 세속에 번다한 일을 다 그만두었다. 그러고는 형제 다섯 사람이 서헌에 모여 밤이면 부친을 모시고 자고 낮이면 부모를 모시고 유쾌한 농담으로 즐겁게 하면서 그 뜻을 받들어 한 때도 곁을 떠나지 아니하니 황향(黃香)이 더운 여름 날 부친의 베개머리에서 부채질하던 것[237]과 노래자(老萊子)가 부모를 기쁘게 하기 위해 늙어서도 색동옷을 입고 춤 춘 것[238]은 여기에 비하면 말할 만한 것이 못 되었다. 진공이 이로부터 궁중을 떠나 본부에 돌아와 장부인과 더불어 부모 봉양하기를 더욱 살뜰하고 극진하게 하였으나 태사인 성의백은 조부인을 봉양하고 있
기에 자연히 부모 모시기를 오로지 하지는 못하였다. 아침저녁 밥상이 오 87
르는 때면 조부인과 승상 부부가 한 당에서 모이고 공의 형제가 친히 주방에 이르러 반찬을 살폈다. 그리고 소부인 · 장부인 두 사람이 친히 상을 받들어 시부모님께 내왔으며 허다한 자손들이 차례로 모시고 앉았다. 이미 상을 물리면 공들이 친히 그릇 뚜껑을 열어 다소를 살핀 뒤 부모를 모

237) 황향(黃香)이 ~ 것 : 황향은 후한(後漢) 때의 효자로, 효성이 지극하였음. 9세에 어머니를 잃자, 아버지를 잘 받들어 여름이면 아버지의 베개에 부채질하여 시원하게 하였다고 함.

238) 노래자(老萊子)가 ~ 것 : 노래자는 춘추 시대 초(楚)나라의 현인(賢人)임. 노래자가 일흔 살의 나이에도 색동옷을 입고 부모 앞에서 어린아이 짓을 하여 부모를 기쁘게 하였다는 함.

시고 말씀을 나눴다. 혹 몸이 피곤하고 불편해도 자기 방에 돌아가지 않고 중당에서 장막을 친 후 장막 사이로 가서 서로 쉰 후 다시 부모 안전에 나아가 말씀하는 것이 당나라 때 유공작(柳公綽)의 가법(家法)[239]과 같았다. 모든 부인들 또한 집안일을 각각 며느리들에게 맡기고 오로지 시부모를 모셔 동서들 열 사람이 태사 부부 봉양하기를 엄숙히 하며 그것을 즐거움으로 삼았다.

239) 유공작(柳公綽)의 가법(家法) : 당(唐)나라 문종(文宗) 때의 명신으로 자(字)는 관(寬). 그의 가법을 보면 매일 아침 일찍 일어나 중문 동쪽의 작은 집에서 의관을 정제하고 아들들과 중문 북쪽을 살폈으며 즉 부모님께 문안을 드렸으며, 몸소 살펴 빈객을 접대하고 아우 공권(公勸) 및 사촌 아우들과 더불어 다시 모여서 음식을 먹고 아침부터 저녁까지 이 작은 집을 떠나지 않으면서 경서나 사기를 몸소 한 번 읽는 것을 끝내고 관리로서 행해야 할 도리와 지켜야 할 법을 강론하였다고 함. 이 밖에도 "관에 있으면서 상서로움을 아뢰지 않으며 …(중략)… 장리(贓吏)를 용서하지 않는다."는 등 그의 가법에는 10여 조목이 있었는데, 아들 중영(仲郢) 등이 잘 지켰다고 함. 그의 가법은 당조(唐朝) 사대부의 가법 가운데 으뜸으로 꼽혔으며, 몸소 먼저 해야만 온 집안이 다 따라서 교화된다는 점을 강조하였음.

유 씨 삼 대 록

19권

1 차설(且說). 하태후[240]가 깊은 궁궐에서 울적함을 이기지 못하시어 황후와 더불어 후원에서 친히 누에를 치며 백성들의 농상(農桑)을 권장하시면서 잠시 울적한 마음을 풀 수 있기를 상에게 청하셨다. 상이 이 뜻을 좇아 내외 명부(命婦)[241]를 상림원(桑林苑)에 부르시니 유씨 부중의 부인들 또한 마지못해 대궐에 들어가게 되었다. 그러자 이부인이 길게 슬퍼하며 말하였다.

"오늘 누에 치는 연회를 맞이하여 예전 진양공주의 일을 생각하니 비창한 마음을 이기지 못하겠구나."

이에 모든 자식들이 다 이부인을 위로하였다. 이부인이 모든 며느리, 딸, 손자며느리, 손녀딸을 거느리고 대궐에 들어가니 가는 도중의 거룩한 행차가 마치 산과 바다와 같았다. 하태후가 특별한 예법을 적용하여 유씨 집안 부인들이 머물 곳을 잡아 주시고 궁녀를 시켜 안부를 물으셨다. 이부인이 옛일을 생각하며 슬픔을 이기지 못하고 문창군주와 설부인, 양부인 두 부인 또한 눈물을 뿌렸다. 궐 안에 숱한 궁녀들이 다투어 이르러서는 유씨 집안 부인들을 바라보았는데 그 중 나이가 제일 많은 궁녀가 문창군주를 보고 탄식하여 말하였다.

2 "여주공(女周公)[242]을 영원히 떠나보낸 지 거의 20년이 되었는데, 그 사이 궁중에 미인이 여러 명이 들어왔으나 모든 왕비와 황족 중 여주공을 닮은 사람은 보지 못하였소. 그런데 진후, 연후의 부인들이 가히 그 뒤를 따를 만하고, 문창군주의 찬란한 광채와 난새와 봉황 같은 자질이 여주공과 더불어 조금도 다름이 없구려. 군주가 어렸을 때 태후께서

240) 하태후 : 명나라 무종(武宗)의 비(妃). 진양공주의 올케언니임.
241) 명부(命婦) : 봉작(封爵)을 받은 부인을 통틀어 이르던 말.
242) 여주공(女周公) : 여주공에 봉해졌던 진양공주를 말함.

자주 대궐에 들어오게 하여 양육하시는 것을 보았으나 그 때는 아직 피지 않은 꽃과 차지 않은 초승달 같더니 그 사이 어찌 이같이 영특하고 빼어나게 될 줄 알았겠소?"

궁녀들 또한 다들 칭찬하기를 마지않았다. 이윽고 태후께서 황후와 모든 명부들을 거느리고 후원에서 뽕잎 따기를 끝내시고 대궐에 돌아와 큰 잔치를 여셨다. 진수성찬이 산 같고 향기로운 술이 바다 같았으며 이원(梨園)[243]의 풍류가 대궐을 흔들고 8백 명의 화장한 여인들이 자리에 나열하였으니 그 거룩함은 옛날 여주공에 봉해진 진양공주를 축하하는 잔치와 장태후를 모시고 뽕잎 땄던 위의(威儀)와 같았다. 그러나 세상이 크게 변하여 장태후[244]와 정덕황제(正德皇帝)[245]가 아니 계시고 진양공주가 별세하여 종적이 묘연하니 하태후가 갑자기 슬퍼하며 눈물을 흘려 보라 3
색 비단으로 수놓은 적의(翟衣)를 적시셨다. 이부인 또한 하태후의 존안을 우러러보고 감격하여 울음이 나오는 것을 깨닫지 못하였다. 군신이 다 슬픔을 머금었더니 얼마 후에 하태후가 안색을 고치고 특별히 이부인을 나오라 하여 격려하면서 말씀하셨다.

"부인을 이별한 지 여러 해이나 구중궁궐이 세상과 현격하여 세월이 많이 흘렀는데도 부인을 다시 만나지 못하였소. 오늘은 천자가 후한 은혜를 베풀어 깊은 궁궐에서의 나의 울적함을 위로하려고 잔치를 여시어 오늘 부인을 만나게 되었으니 평생의 다행스런 일이오. 이별한 지 20년인데 부인은 노쇠하지 않았으니 기쁨을 이기지 못하겠소. 여주

---

243) 이원(梨園) : 당나라 현종이 설치하여 속악(俗樂)을 가르치던 곳으로, 이로부터 궁궐의 음악원을 지칭하는 말.
244) 장태후 : 효종(孝宗)의 비(妃). 진양공주의 모친.
245) 정덕황제(正德皇帝) : 명나라 제11대 황제인 무종(武宗)을 말함. 진양공주의 오라버니임.

공이 세상을 떠나면서부터 짐 또한 심사를 의논할 사람이 없어 슬퍼하였는데, 다행히 하늘이 밝게 살피시어 공주의 자녀 세 사람이 다 빼어나고 그 부귀영화가 뜻과 같이 되었소. 짐이 이를 아름답게 여기고 기
4 빼하는 것이 어찌 숙경공주[246]와 다르겠소마는 하늘이 내린 운수를 사람의 힘으로 어쩌지 못하여 연후의 부인이 북각에서 고초를 겪고 외국에서 떠돌기를 면치 못하였으며, 문창군주가 국가의 액운으로 인하여 1년을 애간장을 태웠으니 어찌 가련치 않겠소?"

이부인이 네 번 절하고 태후의 은혜에 감사하여 아뢰었다.

"신첩(臣妾)[247]의 천한 자취로 무단히 대궐을 밟지 못하여 용안을 뵙지 못한 지 19년이 되었습니다. 항상 궁궐을 바라보며 어리석은 충심이 간절할 뿐이었는데 오늘 잔치자리에 부르시어 이렇듯 예우해 주시니 위로 장태후의 성은을 추모하고 아래로 여주공을 생각하여 마음이 부서지는 듯합니나. 하물며 죽은 신하를 잊지 않으시는 태후마마의 하늘과 같은 큰 은혜로 양씨가 재생하였고 문창이 진실된 은총을 입었으니 그 자녀에 이르도록 성은이 하해(河海)와 같습니다. 신첩의 모든 가족들이 천은에 망극하여 심장과 쓸개가 땅에 밟히게 된다 하더라도 능히 십분의 일도 그 은혜를 갚지 못할 것이니 어찌 말로 다 아뢸 수 있겠습니까?"

5 태후가 기뻐하시며 자리를 내어주셨다. 또 진후, 연후의 두 부인을 불러 보시고 매우 반기고 기뻐하며 말씀하셨다.

"경(卿)이 한 번 궁중을 떠나면서부터 화란이 비록 평정되었으나 진공

---

246) 숙경공주 : 정덕황제의 딸이자 여창린의 아내임.

247) 신첩(臣妾) : 여자가 임금이나 왕비 앞에서 자신을 낮추어 부르는 말.

이 대궐 출입을 엄하게 금하였기에 경을 청하여 대궐에 이르게 하지도 못하였소. 항상 옥 같은 용모를 사모하였으니 어느 때나 잊었겠소?"

양소저가 앉은 자리를 피해 8번 절하면서 진하하고 아뢰었다.

"신첩이 성은을 입어 스러진 뼈가 다시 살아나 시댁에 돌아가 인륜을 완전히 할 수 있었으니 이는 다 마마의 은덕 때문입니다. 어찌 한 번 알현코자 하지 않겠습니까마는 궁중이 지엄한 곳이라 천한 정성을 다하지 못하였습니다. 늘 아침저녁으로 궁궐을 바라보며 흐느낄 따름이었는데, 오늘 천안(天顔)을 뵙고 옥음(玉音)을 들으니 신첩은 죽어도 여한이 없사옵니다."

태후가 또 문창군주를 불러 그 손을 잡고 탄식하여 말씀하셨다.

"사람이 혹 부모를 닮기도 하지만 이 아이 같은 사람은 없을 것이오. 성스런 자질과 빛나는 모습이 여주공과 구별하지 못하겠구려. 초국부인[248]에게 묻나니 성품이 공주와 더불어 어떠합니까?"

이부인이 아뢰었다. 6

"공주는 태어날 때 천지자연의 두터운 보살핌으로 그 성품을 오로지 품수하셨으니 다시 그런 사람은 없을 것입니다. 이 아이 또한 유한하고 정숙하여, 비록 공주처럼 미리 앞일을 아는 신이한 능력은 없지만 행동거지는 거의 공주와 비슷합니다."

이에 태후께서는 군주를 칭찬하며 사랑하기를 마지 않으셨다. 모든 명부 중 유씨 집안의 나이 든 부인들과 젊은 부인들이 유독 뛰어났으나 그 중 진후, 연후의 두 부인과 문창군주는 빼어난 가운데에서도 더욱 빼어나고 수려한 가운데서도 더욱 수려하였다. 화장한 절색의 여인들은 말할 것

248) 초국부인 : 이부인을 말함.

도 없고, 화장하기를 싫어하는 경국지색의 선녀와 같은 미모로도 감히 이들과 같기를 바라지 못할 것이었다. 세 사람이 걸으면 한 떼의 오색찬란한 구름 같았고, 앉으면 빛나는 해와 달 같았다. 노소를 가리지 않고 궁중의 모든 여자들과 숱한 명부들이 이들을 뚫어지게 바라보고는 칭송하고 탄복하면서 할 말을 잊었다.

종일 즐거움을 다하고 잔치가 끝나서 돌아가게 되었다. 태후께서는 이부인과 그 밖의 유씨 여러 부인들 그리고 문창군주 등에게 기이하고 진기한 보배로 상을 내리시고 떠나는 것을 안타까워하며 용안에 눈물을 머금으셨다. 이부인 또한 울면서 절한 뒤 숱한 며느리들과 손녀들을 거느리고 물러나왔다. 진양공주가 여주공이 되던 날 잔치를 끝낸 후 나와서 자신들
7 과 작별인사를 하였던 곳을 지나자 새삼 다시 서글퍼져서 눈물을 뿌리고 집으로 돌아왔다. 대궐 안에서 있었던 일을 식구들에게 전하니 모든 자식들이 탄식하고 진공은 다시금 슬픈 마음을 억제하지 못하였다.

이부인이 이로부터 지난 일을 생각하여 자연 마음이 평안치 못하자 모든 자식들이 놀라 약을 받들기를 지극히 하였다. 그러나 점점 병이 위중하여 한 달이 지나자 아주 침상에 눕게 될 정도로 위독하게 되었으므로 유씨 집안 안팎이 떠들썩하였다. 천자가 듣고 어의(御醫)를 보내시고 태후와 황후가 내의(內醫)를 보내어 문안하시니, 부인이 천은에 감격하여 눈물을 흘리고 그 성스런 덕에 감사하였다. 이부인이 어의 등을 돌려보내고는 승상을 청하여 하직하며 말하였다.

"제가 10여 세에 명공에게 시집와 그간 50년 사이에 복록이 무궁하였습니다. 다만 도중에 진양공주를 여읜 서하(西河)의 슬픔[249]이 일생의 흠

249) 서하(西河)의 슬픔 : 부모가 자식을 잃은 슬픔으로, 흔히 서하지통(西河之痛)이라 함. 공자의 제

이었습니다. 이제 수명이 다하게 되었지만 위로 공이 계시고 아래로 5자 3녀의 부귀작록이 천하에 드물며 제 나이가 60이 지났으니 여한이 없습니다. 생각하건대 시어머님께서는 성스런 성품으로도 단명하시어 그 8
설움으로 지금까지 눈물이 마르지 않는데 저같이 지혜롭지 못한 사람이 어찌 감히 이런 복을 누릴 수 있었겠습니까마는, 이것이 모두 시부모님께서 덕을 쌓으신 은덕을 제가 입은 것입니다. 죽는 것은 돌아가는 것과 같으니 어찌 목숨이 아까울 것이 있겠습니까? 원컨대 상공께서는 자손을 거느리고 천 년을 편히 누리시고 마음을 번뇌치 마십시오."

승상이 고개를 끄덕이며 말하였다.

"삶과 죽음이 잠깐 고르지 않는 것이 있으나 한 번 죽고 나면 무엇이 관계있겠소?"

이미 부인이 사례하였다. 그런 후 부인은 자녀들을 나아오라 하여 곁에 앉히고 진공의 손을 잡고는 말하였다.

"내가 이제 돌아가면 시부모님과 부모님을 뵙고 또 진양공주를 만날 것이다. 돌아가고자 하는 마음이 화살과 같으니 너희는 모든 형제로 더불어 상공을 모셔 백수를 누리고 과도하게 슬퍼하여 부모가 끼친 몸을 상하게 하지 마라."

그리고 또 성의백에게 말하였다.

"너의 어짊과 효성스러움은 다시 이를 바가 없다. 그러나 조씨 형님께서 내 위에 계시어 의지하는 사람이 오직 너뿐이다. 편벽되게 나를 생각하지 말고 조씨 형님의 바라시는 바를 끊지 말며, 아주버님께서 돌 9

자 자하(子夏)가 서하(西河 ; 하남성(河南省) 안양(安陽)에 있을 때 자식을 잃고 너무 슬피 운 나머지 소경이 된 고사에서 온 말임. 『사기(史記)』 67권 「중니제자열전(仲尼弟子列傳)」에 전함.

아가실 적에 남기신 가르침을 잊지 마라. 내가 다른 자녀들은 다 근심되지 않으나 홀로 세형이 염려가 되는구나. 원컨대 세형은 과도한 고집을 고쳐 몸을 길이 보중하여라."

또 모든 며느리들을 불러 일일이 이별하고 세 딸에게 말하였다.

"너희들이 각각 한 집안의 며느리가 되어 시부모님의 사랑과 보살핌을 받고 있으니 내가 근심할 것이 없다. 또 자녀와 남편이 있으니 자연 슬픈 마음을 위로할 수 있을 것이다. 오직 마음을 편히 하고 부녀자의 도를 닦아 죽은 어미를 욕되게 마라."

모든 자녀와 며느리가 눈물을 흘리며 망극해 하는데 진공이 물러나와 팔을 찔러 피를 내더니 그것을 약에 타서 부인께 내왔다. 부인이 눈을 떠 이윽히 보고는 탄식한 후 진공의 손을 잡고 팔을 어루만지면서 말하였다.

"슬프구나! 내 아이의 효성이 아름다우나 네 어미가 천명이 다했으니 약으로 고칠 바가 아니니라. 어찌 이런 무익한 일을 하느냐?"

드디어 이부인이 자식들의 부축을 받으면서 침상에 누운 뒤 조부인을 청하여 숱한 이별의 말을 다하고는 조부인의 손을 잡고 명이 끊어졌다. 이때가 가정(嘉靖)[250] 19년 경자년(更子年)이요, 이부인의 나이 61세였다.
10 이부인의 사람됨은 총명하고 인효하며 정숙하고 자애로우며 지혜로웠다. 어려서 초공에게 시집 와 사덕(四德)과 부도(婦道)가 진실로 참되고 아름다웠다. 효성이 출중하여 돌아가신 시어머니인 정부인 섬기기를 그림자 좇듯이 하였으며 돌아가신 승상 유공이 마음 깊이 인정하는 며느리일 정도로 시아버지 또한 정성껏 섬겼다. 욕되고 부끄러운 일이 없지 않았으나 끝내 낯빛을 바꾸지 않아 그 덕을 이루었으며 시부모님 삼년상과 전후

250) 가정(嘉靖) : 중국 명(明)나라 제12대 황제 세종(世宗)의 연호로 재위기간은 1521~1566년.

세 번의 국상을 다 예를 갖추어 친부모 상례와 마찬가지로 육즙을 물리쳤다. 또한 남편 섬기기를 순순히 하면서도 정대하여 나태하거나 옳지 않은 행실이 없었다. 자녀들 모두 특이하고 복록이 융성하였으나 이부인은 더욱 공손하고 부지런하였다. 일찍이 조부인, 백부인 두 부인과 더불어 우애로운 것이 친 형제보다도 더하여 한 번도 불합함이 없었으며 숱한 자손들을 고루고루 사랑하여 편벽됨이 없었다. 백 가지 행실에 흠잡을 것이 없어 살아서는 덕이 빛나고 죽어서는 후세의 모범이 되니 어찌 기특하지 않겠는가?

이때에 부인이 별세하는 것을 보고 모든 자녀들이 망극해 하였으니 어
찌 이를 차마 다 말로 옮길 수 있겠는가? 진공이 문득 두어 말 피를 복받 11
쳐 토하고 기절하니 진공의 자식들이 할머니의 죽음으로 인해 망극한 중에도 부친을 보고는 황급히 붙들어 구호하였다. 승상이 모든 자식들의 과도함을 꾸짖고 마음을 진정하게 하였다. 이후 발상하여 곡벽(哭擗)하나[251] 승상이 예법으로써 상례를 치러 염습하고 관을 쓰는 데에 과도하게 화려한 것을 더하지 않아 부인의 뜻을 좇았으며 또한 구구하게 눈물을 흘리면서 슬퍼함이 없어 행동거지가 평소와 같았다. 이미 성복(成服)[252]을 지내자 천자께서 예관을 보내 조문하시고 부의(賻儀)를 두텁게 하시어 은총이 드넓으셨다. 태사 형제는 상례를 주관하면서 예법에 넘게 하여 물과 음식을 입에 가까이 않고 울면서 곡하기를 그치지 않았다. 공들의 나이가 노년인데다가 기질이 본래 매우 맑고 빼어나 머리와 눈썹이 다 백발

---

251) 곡벽(哭擗)하나 : 손으로 가슴을 치며 우는 것을 말함. '곡(哭)'은 소리 내어 우는 것을, '벽(擗)'은 손으로 가슴을 치면서 슬퍼하는 것을 말함.

252) 성복(成服) : 초상이 난 뒤 처음으로 상복을 입는 것을 말함. 보통 초상난 지 나흘 되는 날부터 입음.

이 되었고 기색이 엄숙하였으니 보는 사람이 슬퍼하지 않는 사람이 없었다. 승상이 재삼 경계하여 말하였다.

"내 나이가 서산에 임박하였다. 너희가 만일 늙은 아비에게 서하(西河)의 슬픔[253]을 끼친다면 이는 천고의 죄인일 것이니 결단코 부자의 의
12 를 끊을 것이다. 너희들 또한 어린 소년이 아닌데 어찌 돌아가신 모친의 유언을 잊고 살아있는 부친의 경계를 저버림이 이와 같단 말이냐? 예전에 내가 부모를 며칠 사이에 한꺼번에 여의었을 때 형님과 더불어 여측(廬側)[254]에 엎드려 한 번 죽고자 생각하다가도 죽는다면 불효됨이 더 할 것이기에 스스로 마음을 다잡기를 억지로 힘써 오늘에까지 이르렀다. 너희들은 늙도록 부모를 봉양하였고 또 너희 모친이 비록 돌아갔으나 오히려 내가 살아 있으니 어찌 예전에 천지가 함께 무너지는 듯한 나의 망극한 심정에 비기겠느냐? 어미를 위하여 아비를 버리는 것은 대체(大體)가 아니다."

말을 마치자 사기가 매우 엄숙하였다. 자식들이 모골이 오싹하여 부친에게 사죄하고 이후 적이 슬픔을 억제하여 견디었다. 그러나 내당을 향해 아침저녁으로 제를 올릴 때면 모친의 음성과 모습이 눈앞에 펼쳐진 듯하고 슬하에 두고 어루만지시며 사랑하시던 일이 생각나 오장이 찢어지는 듯하여 속절없이 피눈물로 상복을 적셨다.

이때 조부인은 이부인과 더불어 어려서 동서지간이 되어 서로 뜻이 맞
13 는 것이 같은 배에서 태어난 자매와 같았다가 이부인이 죽는 것을 보고 과도하게 슬퍼하여 노년에 병이 났다. 10여 일만에 갑자기 위독하게 되

253) 서하(西河)의 슬픔 : 공자의 제자인 자하(子夏)가 서하에 있을 때 자식을 잃고 매우 슬피 울었다는 고사에서 유래하여 자식 잃은 슬픔을 뜻하는 말로 쓰임.

254) 여측(廬側) : 상제가 거처하는 막집의 곁.

자, 승상이 창황해 하고 태사가 망극해 함은 차마 보기 어려웠다. 조부인이 성의백을 대하여 말하였다.

"내가 본래 박복한 여생으로 남편을 영원히 이별하고 다행히 너의 효성에 힘입어 인간세상의 고통을 잊는 일이 많았다. 또 네가 세찬 등을 교화하여 선비의 무리에 끼게 하니 이제 남은 한이 없다. 오늘 돌아가는 것이 영화로우니 무엇이 슬프겠느냐? 내가 죽은 뒤 후사를 잇는 중대한 일과 조상에 제 올리는 일은 내가 염려할 필요가 없겠구나. 다만 너는 몸을 보중하여 평소에 내가 바라던 바를 저버리지 마라."

또 소부인 손을 잡고 말하였다.

"네가 나의 며느리 된 지 40년이 거의 다 되었는데, 성효와 덕행이 일마다 내가 바라던 것보다 더하였다. 자손이 번성하고 복록이 흠 될 것이 없으니 남은 한이 없구나. 다만 너는 길이 삶을 누리어라."

말을 마치자 목숨이 끊어지니 나이 62세였다. 승상이 매우 슬퍼하여 선생의 상사와 다름이 없었다. 태사 부부의 망극함 또한 비할 곳이 없어 14
상례 치르기를 이전의 이부인 상례와 마찬가지로 하였다. 장사를 지내고 반혼(返魂)하여[255] 이부인, 조부인의 두 영전을 나란히 모시고 제사를 받들었다. 성의백이 비록 선생을 여의었으나 부인의 자애로움을 믿어 낳아 주신 부모보다 더한 정이 있었는데, 하루아침에 영원히 이별하여 모친 두 사람의 종적이 저승으로 멀어지니 밤낮으로 통곡하며 그 정을 차마 억제하지 못하였다. 승상이 온갖 말로 위로하여 세월을 보냈다.

세월이 물 흐르는 듯하여 이부인 초기(初忌)[256]가 지나자 승상이 갑자

255) 반혼(返魂)하여 : 죽은 사람의 혼을 다시 집안으로 불러들이는 일.
256) 초기(初忌) : 사람이 죽은 지 1년이 되는 날에 지내는 제사.

기 기운이 좋지 않아 두어 날 신음하더니 뜻밖에 병세가 중해졌다. 모든 자식들과 손자들이 황황하여 침전에서 구호하였다. 공이 갑자기 좌우 사람들로 하여금 관복을 가져오라 하여 입고는 사람들의 부축을 받아 대궐을 바라보고 네 번 절하고 사당을 향하여 두 번 절한 후 자리에 나아가 흔쾌히 웃으며 모든 자식들에게 말하였다.

"내 나이가 육순이 지났고 출장입상하여 공명부귀가 신하 가운데 극하고 자손이 수백에 이르니 진실로 고금에 희한한 복이다. 늘 가득 찬 것을 두려워하여 벼슬에서 물러나 고향에 돌아가기를 생각하였으나 선산을 떠나지 못하여 지체하고 있었다. 그러나 그윽이 황견(黃犬)의 탄(歎)[257]을 두려워했더니 오늘 천명이 다하여 이제야 거의 선조에 죄인이 되지 않을 것임을 알겠구나. 너희들은 공손하고 조심하여 우리 성상께서 지극히 대우해주신 은혜를 갚고 집을 지켜 몸과 명예를 모두 보선하여라."

말을 마친 뒤 장엄하게 목숨을 다하니 나이 65세요, 가정(嘉靖) 20년 임인년 춘정월(春正月)이었다. 여러 공들이 부친상을 만나 극도로 슬퍼하는 것을 어찌 이루 다 측량할 수 있으리오? 천자께서 들으시고 매우 놀라 미리 영결하지 못한 것을 슬퍼하시어 성복(成服) 날에 백관을 데리고 유씨 부중에 행행(行幸)하셨다.[258] 공들이 겨우 인사를 차려 어가(御駕)를 맞으

257) 황견(黃犬)의 탄(歎) : 황견지탄(黃犬之歎)이라 하며, 벼슬에서 제 때 물러나지 못하고 화를 당한 뒤에 탄식하는 것을 말함. 중국 전국시대 초(楚)나라 상채(上蔡) 사람인 이사(李斯)는 고국 초나라를 버리고 진(秦)나라로 가서 진시황(秦始皇)의 신하가 되어 천하를 통일하는 데 기여하고 20여 년 간 권좌를 누림. 그러나 진시황이 죽고 그 2세가 집권하자 이사는 반대세력에 의해 아들 이유(李由)와 함께 반역죄로 몰려 삼족이 멸하게 됨. 이 때 이사가 형장으로 걸어가면서 아들 이유에게 "내가 너와 함께 황견(黃犬)을 데리고 고향땅 뒷산에 올라가 사냥하면서 여생을 보내려고 했는데 이제는 다 틀렸구나."라고 말했다고 하는데, 이로부터 유래한 고사성어임.

258) 행행(行幸)하셨다 : 임금이 행하차는 것을 말함.

니 상께서 태사와 진공의 손을 잡고 통곡하셨다. 문무백관이 일시에 모두
슬퍼하니 숱한 관료들의 곡성은 우레 같고 모든 상인(喪人)의 피눈물은 비
같이 상복을 적셨다. 이때에 장안의 백성들과 시골의 어리석은 백성들도 16
다 통곡하여 슬픈 소리가 집을 기울게 할 정도였다. 승상은 세 조정에 걸
쳐 벼슬한 노신이라 하시어 상께서 친히 제문을 지어 제를 지내시고 '초
왕'으로 추증하시며 이부인은 '초국효성황후'라 추증하셨다. 날짜를 가려
장사지내자 상이 태자로 호상(護喪)[259]하게 하셨다. 공들이 상여를 따르
니 숱한 자손과 모든 친척들이 1백 리에 뻗쳐 초롱과 횃불이 천지에 통하
였으므로 이미 상여가 성문을 나설 때는 황성이 적막하게 비었다. 천하
사람들 중에 초공이 몸과 명예를 두루 보전한 것을 일컫지 않는 사람이
없었다.

장사를 지낸 후 목주(木主)[260]를 모시고 부중에 돌아와 영전을 대서헌
에 봉안하고 아침저녁으로 제사를 지냈다. 진공은 모든 아우들과 더불어
성의백을 모시고 유씨 부중에 있었으며, 장부인은 제사를 받들어 맏며느
리의 소임을 극진히 하면서 동서들, 시누이들과 한 방에 모여 슬퍼하고
화목한 것이 시부모님 계실 때보다 더하였다.

아아! 초공은 이른바 총명하고 호탕하며 인자하고 관대하여 부모에게
지극한 효성이 있고 형제에게 우애 깊은 것이 옛사람보다 더하였다. 의 17
형제를 맺은 형이지만 운수선생 섬기기를 부친같이 하여 세 번씩이나 종
통을 서로 맞바꾼 지극함이 사생에 변치 않았고 형수 받들기를 편모 봉양
하는 것같이 하였으며 임금에게 충성스러움이 사지도 피하지 아니하고

259) 호상(護喪) : 초상(初喪)을 치르는 데 온갖 일을 주장하여 보살핌.
260) 목주(木主) : 위패(位牌)를 말함.

재물을 더럽게 여기며 의기를 중히 여겼다. 부모가 돌아가신 후 모든 종족이 함께 거처하며 녹봉을 사사로이 하는 바가 없이 춥고 따뜻하고 배부르고 배고픔을 한가지로 하였으니 맑음이 물 같고 공평함이 저울 같아 하늘이 저 높은 곳에서 세상의 선악을 살피심에 조금도 사사로운 정을 주지 않는 것과 한가지였으므로 친척들이 다 초공을 우러러 보았다. 운수선생이 초공의 식록을 총 관리하면서 도리어 공의 부부와 숱한 자손을 거느려도 집안에 잡말이 없었던 것은 다 초공의 덕에서 비롯된 것이었다. 예부터 부자형제가 동거하는 자가 많으나 공의 형제간에는 참소가 끼어들지 못하였고 가풍이 숙연한 것도 모두 초공의 높은 행실 때문이었다.

소시 적에 일시 부귀함과 호화로움으로 규중에 허물을 지었지만[261] 또
18 한 번 깨우치고 나서는 노함을 옮기지 아니하였으니 같은 잘못을 두 번 하지 않는 행실[262]은 안회(顔回)[263]와 맹자 같았다. 평생에 두 번 보는 글이 없고 박학다식하여 구류삼교(九流三敎)[264]와 제자백가에 통치 못할 것이 없었다. 또한 손자병법과 육도삼략(六韜三略)[265]에 밝아 유후(留侯)[266]

---

261) 소시 ~ 지었지만 : 초공 유우성이 젊었을 때 부친 유연이 며느리 이부인과의 합방을 몇 년 간 금지하자 유우성이 젊은 혈기로 잠시 소동을 부렸던 일을 말함.

262) 노함을 ~ 행실 : 『논어(論語)』「옹야(雍也)」편 2장 안자(顔子)에 관한 고사에서 나온 말임. 노(魯)나라의 임금인 애공(哀公)이 공자에게 "제자 중에서 누가 학문을 제일 좋아하는가?[弟子孰爲好學]"라고 묻자, 공자가 대답하기를 "안회(顔回)가 학문을 좋아하고 노여움을 옮기지 않으며 두 번 잘못을 저지르지 않는다[有顔回者好學, 不遷怒, 不貳過]."라고 대답하였다 함.

263) 안회(顔回) : 자(字)는 연(淵)이며 통칭 안자(顔子)라고도 함. 공자가 가장 신임하였던 제자이며, 공자보다 30세 연소(年少)이나 공자보다 먼저 32세의 나이로 죽었음. 학문과 덕이 특히 높아서 공자도 그를 가리켜 학문을 좋아하는 사람이라고 칭송하였고, 또 가난한 생활을 이겨내고 도(道)를 즐긴 것을 칭찬하였음.

264) 구류삼교(九流三敎) : 구류는 한(漢)나라 때의 아홉 학파(學派)로, 유가(儒家)・도가(道家)・음양가(陰陽家)・법가(法家)・명가(名家)・묵가(墨家)・종횡가・잡가(雜歌)・농가(農歌)를 말하며, 삼교는 유교(儒敎)・불교(佛敎)・도교(道敎) 또는 유교(儒敎)・불교(佛敎)・선교(仙敎)의 세 교를 말함.

265) 육도삼략(六韜三略) : 중국의 병법서로, 『육도』와 『삼략』을 아울러 이르는 말임. 중국 고대 병학(兵學)의 최고봉인 '무경칠서(武經七書)' 중의 2서(書)임. 『육도』의 '도(韜)'는 화살을 넣는 주머니, 싸는 것, 수장(收藏)하는 것을 말하며, 변하여 깊이 감추고 나타내지 않는 뜻에서 병법의

와 무후(武侯)[267]의 무리였다. 천문지리와 음양진법에 묘함이 귀신같아 일찍이 남으로 왜구를 치고 서쪽으로 풍양을 정벌하여 깃발이 가리키는 곳마다 백전백승하니 이른바 문무를 겸비한 자라 할 수 있었다.

사실(私室)에 처하여서는 부인을 중대하였으나 굴복하는 자취가 없었고 세세한 일들은 알려고 함이 없어 숭고하고 시원스러웠으며 대장부의 풍채가 온전하였다. 일찍이 자식들을 가르칠 때에는 그 대강을 일러 잔소리를 하지 않아도 자식들이 자연스럽게 어질어 이름을 얻지 아니한 자가 없었고 늘 자녀를 대할 때는 엄한 모습으로 충효와 신의를 권장하며 장유(長幼)의 차례를 밝혔으니 도타운 법례가 조정과 같았다.

지위가 신하 가운데 지극히 높고 공덕이 천하를 덮을 만하였으나 너무 가득 찬 것을 두려워하여 공손하고 검소한 것을 위주로 했으므로 집의 문 19
앞에는 풍악이 없었다. 조정에 들어가면 풍력(風力)이 거룩하여 어떤 권신과 귀척(貴戚)이라도 너그럽게 용서하지 않았다. 오직 뜻을 바르게 하여 임금을 섬긴 지 입조 50년에 청현화직(淸顯華職)[268]을 거쳐 출장입상(出將入相)하여 국가의 병권을 잡았으나 임금이 중히 여기고 백성이 사랑하여 한 번 논핵당하는 곤욕을 보지 않았으니 그 거룩한 덕은 다른 사람이 흠

비결을 의미함. 문도(文韜)·무도(武韜)·용도(龍韜)·호도(虎韜)·표도(豹韜)·견도(犬韜) 등 6권 60편으로 이루어짐. 『삼략』의 '략(略)'은 기략(機略)을 뜻하며 상략(上略)·중략·하략의 3편으로 이루어짐.

266) 유후(留侯) : 한(漢)나라 고조(高祖) 유방(劉邦)의 공신인 장량(張良)을 말함. 자(字)는 자방(子房). 항우(項羽)와 유방이 만난 '홍문의 회(會)'에서는 유방의 위기를 구하였음. 선견지명이 있는 책사(策士)로서 한나라의 수도를 진(秦)나라의 고지(故地)인 관중(關中)으로 정하고자 한 유경(劉敬)의 주장을 지지하였음. 한나라 창업의 공으로 유후(留侯)에 책봉되었음. 외모가 아름다웠다 함.

267) 무후(武侯) : 제갈공명(諸葛孔明)을 말함. 유비가 죽고 난 뒤에 후주(後主) 유선(劉禪)이 제갈공명을 무향후(武鄕侯)로 봉하였고 제갈공명의 묘를 '무후묘(武侯廟)'로 이름 붙인 데서 유래함.

268) 청현화직(淸顯華職) : 청직(淸職)·현직(顯職)·화직(華職)을 아울러 일컫는 말. 청직은 지위가 높지 아니하나 뒷날에 높이 될 좋은 벼슬이며, 현직과 화직은 높은 벼슬을 말함.

잡을 것이 없었다. 살아서는 부귀영화가 극진했고 죽어서는 천자가 친히 임하셨으며 태자가 장례를 주관하시어 왕으로 추증하시고 문충(文忠)이라는 시호를 주셨다. 천하 사람들이 생전 공의 덕을 생각하고 슬퍼하지 않는 사람이 없었다.

진공 형제는 부모를 잃은 지극한 슬픔을 만나면서부터 남매 여덟 사람이 동거하여 아침저녁으로 제사를 받들었다. 그러나 유씨 부중은 대대로 종손으로 이어져 문성공의 제사를 받드는 집이라 초공과 운수선생이 살아 계실 때는 우애가 깊어 한 집에서 지냈어도 지금에 이르러서는 태사인 성의백은 대종(大宗)[269]을 제사지내야 했고 진공은 부모 영전을 모시고
20 진부로 돌아가야 했다. 그러나 성의백이 차마 떠나보내지 못하여 울며 만류하고 영릉후 등도 따로 살기를 원치 않았기에 예전과 같이 부중에 모여 슬픈 가운데 위로하며 3년을 겨우 마쳤다. 진공이 진부 후원에 높이 사당을 세워 부모 영전을 모시고 아침저녁으로 제사지내기를 그치지 형제는 새로운 슬픔에 몸이 마르고 뼛속까지 그 슬픔이 사무쳐 밤낮으로 울면서 차마 처소를 옮기지 못하였다. 이에 형제가 한가지로 서헌에서 세월을 보내고 잠시도 서로 떠나지 아니하면서 부인의 처소를 찾지 않으니 자식들과 조카들이 모시고 위로하며 지냈다. 그러나 여러 공들이 다 상례를 치르느라 몸이 상하여 오랫동안 가지고 있던 병이 재발하니 상께서 어의(御醫)를 자주 보내시어 증세를 물으시고 공직에 참여할 것을 재촉하셨다.

공들이 슬퍼하며 말하였다.

"우리가 벼슬을 하여 이름을 드날린 것은 다 부모를 위한 것이었다. 어찌 헌면(軒冕)[270]의 영화를 다시 구하겠는가?"

---

269) 대종(大宗) : 동성동본의 일가 가운데 가장 큰 종가의 계통.

이에 한결같이 벼슬을 사양하니 상이 더욱 간절히 청하시어 사신들이 길에 이어졌다. 그러나 공들은 끝내 벼슬길에 나가지 않았다. 진공은 본래 오래된 병이 있는데 성품이 지나칠 정도로 지극히 효성스러웠기에 상 21
례를 고집하고 슬퍼함이 형제 중 더하여 5년 안에 모습이 전혀 딴 사람이 되었다. 먹기를 하루 두어 홉이 넘지 않으니 날로 용모가 쇠하여 탈상 후에도 회복할 길이 없었다. 출입할 때도 자손들에게 붙들려 겨우 걸음을 옮겼으니 형제들과 자녀들이 매우 근심하였다. 상이 황자 한왕과 각로 여만을 보내어 절월(節鉞)로 세 번 청하시자 공이 은혜에 감격하여 사신을 좇아 대궐에 들어가 조회하였다. 상께서 공을 앞으로 불러보시니 3~4년 사이에 쇠로하여 머리와 수염이 백발이 되었고 옛날의 뛰어난 풍채가 아니었다. 상께서 놀라고 슬퍼하며 은근하게 위로하시고 다시 군무(軍務)와 국정(國政)의 중요한 일을 맡기시자 공이 병이 깊다 하면서 사양하였다. 상께서 말씀하셨다.

"선생은 조정의 원로공신이요, 국가의 존망을 한가지로 하였는데 어찌 작은 병 때문에 국사를 버리고자 하는가?"

그런 후 의약 등을 주시어 몸조리하라 이르시고 사직하는 것을 허락하지 않으셨다. 공은 스스로 아는 것이 있는 까닭에 국사를 죽은 후에야 마 22
치고자 하였다. 결국 인수(印綬)를 받들어 상부에 가서 정사를 다스려 공평하지 못하고 불법을 저지른 관원 스무 명과 위복(威服)[271]을 멋대로 하는 사례감 환관 열 명을 주달하여 혹 죽이며 혹 귀양 보내었다. 3년 동안 그만두었던 국사를 일일이 다 해결한 후 석양에 부중에 돌아와 일의 수말

270) 헌면(軒冕) : 고관(高官)이 타던 초헌(軺軒)과 머리에 쓰던 면류관(冕旒冠)을 말하는 것으로, 고관을 통칭함.

271) 위복(威服) : 권위로써 사람을 복종시키는 것을 말함.

을 전하였다. 그러자 성의백이 기뻐하지 않으면서 말하였다.

"아우가 평소 조심하여 국사를 마음대로 처리하지 않더니 오늘 어찌 형벌이 이같이 지나친가?"

공이 대답하였다.

"전에는 부모가 계시니 행여 근심을 끼칠까 두려워하였으나 이제 양친이 계시지 않고 또 정사(政事)를 오래 그만두었다가 보니 간사한 소인과 흉포한 내시가 국권을 농단하여 어지러움이 심하였습니다. 제가 임금의 은혜를 중하게 입었으나 반세기 동안 갚은 일이 없으니 어찌 한 몸을 사사로이 아껴 국사를 위하지 않겠습니까? 하물며 대운이 머지않아
23 장차 해가 저물려고 하니 하루 아침에 인사가 변한 후에는 뜻을 펴보고자 하여도 다시 그러지 못할 것입니다."

성의백이 그 뜻을 알고 눈물을 흘리며 말이 없었다.

공들이 4년 시묘살이를 하면서 일찍이 부인의 얼굴을 보지 않았으며 자녀에게 우환이 있어도 자제를 보내 서로 말을 전해 물으면서 발걸음이 내당에 이르는 일이 없었다. 모든 부인들도 상례를 치르면서 매한가지라 자녀와 복첩(僕妾)이 많아도 친히 제사에 쓰는 음식을 받드는 데 아침저녁으로 게으름이 없었으며 장부인이 중심이 되어 동서들과 시누이들로 화목함이 지극하였다. 소부인이 늘 조부인 제사를 지낸 후에는 한데 모여 탄식하여 말하였다.

"모든 자매가 비록 슬픈 중에도 이렇듯 한 당에 모여 아침저녁 증상에 정성을 다하는데 저는 소임이 달라 뜻을 펴지 못하니 장차 무엇으로 시부모님께서 사랑해주신 은혜를 갚겠습니까?"

말에 이어 눈물이 옷깃을 적시니 모든 부인들 역시 슬퍼하여 말하였다.

"자식의 지극한 설움으로 3년도 오히려 순식간인데 형님은 더욱 큰어머님 제사로 한 몸을 두 곳에 나누지 못하시니 어찌 심사가 이렇지 않 24
겠습니까마는 사정이 어쩔 수 없으니 어찌 하겠습니까?"

이렇듯 슬퍼하며 서로 위로하면서 지냈다.

이때 순씨는 나이가 쇠로한 후에는 우스운 거조가 조금 없어졌으나 본래 타고난 용렬함을 어찌 벗어나겠는가? 초공과 이부인이 엄중하고 자애로우므로 한편으로는 두려워서 잘못을 범하지 못하고 한편으로는 감격하여 그 뜻을 거스르지 못하여 유유히 세월을 보내었으나 이때를 당하여 시부모님이 안 계시고 모든 부인이 한결같이 화평하게 좋은 낯으로 대해주니 순씨가 보기에 매우 만만하였다. 또 여러 아주버님들이 내당에 발길을 끊었을 뿐만 아니라 전일 부모 앞에서 부드럽고 온화하게 굴던 모습도 어린아이 같았기에 또한 대수롭지 않게 보였다. 그러자 순씨에게는 문득 젊을 때의 기운이 다시 나타났다. 젊을 때는 오히려 신부라 하여 조금은 부끄러워함이 있었으나 지금에 이르러서는 여러 사람들의 안면이 익고 자
신의 나이가 많으며 두려워하던 시부모가 없어졌으므로 더욱 방자해졌 25
다. 순씨는 크게 지껄이며 높은 소리로 호령하여 맏며느리의 소임을 스스로 하고자 하면서 항상 장부인의 온유함을 억눌렀다. 장부인이 저 순씨를 어찌 눈가에나 두겠는가마는 오직 화목하게 지내기를 주로 하여 순씨가 공손하지 못한 행동을 하면 문득 웃고 기뻐하며 말하였다.

"'지혜로운 자도 천 번 생각하면 한 번 실수가 있고, 어리석은 자도 천 번 생각하면 한 번 얻을 것이 있다.'[272]라고 하였으니, 모든 형제와 좌

272) 지혜로운 ~ 있다 : 『사기(史記)』 「회음후열전편(淮陰侯列傳篇)」에 나오는 구절임. 한(漢)나라의 회음후 한신(韓信)이 조(趙)나라와의 참모인 이좌거(李左車)를 포로로 사로잡는 뒤 손수 이좌거의 포박을 풀어주고 위로하면서 자신의 참모가 될 것을 권하였음. 이좌거는 거급 사양했으

우 사람들은 순부인을 비웃지 마시게. 순부인의 꾸짖음이 나의 허물을 깨닫게 하는구려."

이러므로 모두 그 어질고 지혜로움에 감탄하였다. 이렇듯 3~4년을 지내었으니 규중이 맑았으며 화락한 기운이 봄을 이은 것 같았다.

세월이 흐르는 물과 같아 승상의 삼년상을 마치고 탈상하자 공들은 그제야 내당에 모여 형수, 제수와 아주버님, 아내와 남편이 서로 보고 한바탕 통곡하며 슬픔을 이기지 못하였다. 순씨는 본래 남편인 각로를 애중해하기를 호방한 남자가 진중한 부인을 못 잊어하는 것같이 하였기에 이 날 4년 만에 처음으로 각로를 만나자 두 낱 큰 눈을 정신없이 굴리며 각로를 바라보았다. 여러 공들과 여러 부인들은 오직 부모를 잃은 지극한 슬픔으
26 로 흉금이 막혀 피눈물이 비 오는 듯하니 어찌 저 거동을 살피겠는가마는 여러 소년배는 자연 슬픔에도 차등이 있어 순씨의 거동을 보고 서로 돌아보며 웃음을 머금었다. 순씨의 장자 짐은 비록 풍채는 각로를 닮아 빼어났으나 앞뒤 없는 것은 모친을 닮았는데 이 날 마침 한림학사 양의 곁에 섰다가 양이 자기 모친을 보고 웃는 것을 매우 부끄러워하여 사실에 돌아가 여러 가지로 간언하면서 양 등이 웃었던 일을 순씨에게 고하였다. 순씨가 이 말을 듣자 매우 노하여 말하였다.

"네 부친이 진공의 서제(庶弟)가 아니고 내가 장씨의 얼파(孼派)273)가 아닌데 제가 어찌 나의 행동을 살펴 비웃겠느냐? 이는 반드시 장씨가 부

나 계속되는 한신의 설득에 "옛말에 '지혜로운 사람도 천 번 생각에 한 번의 실수가 있을 수 있고, 어리석은 사람도 천 번 생각하여 한 번은 맞힐 수 있다[智者千慮必有一失, 愚者千慮必有一得].'고 하였습니다. 따라서 미치광이의 말도 성인은 가려서 듣는다고 하였습니다. 도움은 되지 않겠지만, 어리석은 자의 천려일득이라 생각하시고 들어주십시오."라고 말한 후 한신의 참모가 되어 많은 공훈을 세웠다 함.

273) 얼파(孼派) : 서자나 첩 등의 정통이 아닌 사람들을 일컫는 말.

추긴 것이다. 내가 한 번 크게 장씨를 욕보여 감히 나를 업신여기지 못
하게 하리라."

순씨가 분연히 뛰쳐나와 내당을 향하자 그 자식들 아홉 명이 망극하여
순씨를 붙들고 말렸다. 그러나 순씨가 크게 소리를 지르고 주먹으로 자녀
들을 어지럽게 쳐서 거꾸러뜨리고 부용각에 이르렀다. 장부인이 바야흐
로 자녀, 며느리들과 더불어 집안일을 의논하고 있었는데, 순씨가 뜻밖에 27
달려 들어와서는 장부인이 쓴 관을 벗기어 찢고 철퇴 같은 주먹으로 어지
럽게 장부인을 치면서 매우 꾸짖어 말하였다.

"간악한 투부(妬婦)가 공주를 몰래 살해하고 시부모님께서 돌아가시기
를 밤낮으로 빌다가 때를 타서 달려들어 자리를 차지하고 집안일을 총
관하면서 맨 윗자리에 서서 우리를 절제하고 여러 도적을 끼고 우리 시
부모님 재물을 모두 약탈하여 장씨 집안과 진궁으로 나르는구나. 진공
또한 한 편이 되었으니 조만간에 우리 집이 기둥만 남게 될 것이다. 너
같이 간악한 것이 어디 있겠느냐? 네 아들 양이 이제 흰머리가 된 나를
젊은 창첩(娼妾) 비웃듯이 면전에서 쓰러질 정도로 웃으니 이 어찌 사람
의 자식이라 하겠느냐? 이는 반드시 진공과 너 요사스런 것이 지휘한
일일 것이니 이제 먼저 너를 다스리고 양의 죄를 다스릴 것이다."

장부인은 하도 어이가 없어 말을 하지 않았고 모든 자녀들은 실색하였
다. 진후, 연후가 다 노한 기색이 있었으나 장부인이 눈을 들어 말하였다.

"너희는 알지 못하는구나. 무릇 위에 있는 자가 잘못하면 밑에 있는 자
에게 업신여김을 받으니 오늘 변란은 진실로 내가 어질지 못하기 때문 28
이다. 무슨 면목으로 여러 아주버님을 보며 지하에 가 시부모님을 뵙
겠느냐?"

말을 마치고는 몸을 일으켜 순씨를 향하여 사죄하였다.

"제가 불초하여 동서, 시누이들과 더불어 한 당에서 즐거움을 나누지 못하고 부인에게 엄한 꾸지람을 받으니 부끄러워 낯 둘 곳이 없습니다. 원컨대 저의 옹졸함을 용서하신다면 제가 허물을 고쳐 옛 즐거움을 회복할 것이니 그대는 저의 어린 자식의 방자한 죄를 엄히 다스려 은애를 더욱 두터이 하시기를 바랍니다."

장부인의 말씀이 더욱 공손하고 온화하며 안색이 태연자약하므로 순씨는 다시 할 말이 없어 입속으로 모질게 꾸짖은 후 문득 걸음을 돌이켜 서헌으로 들어갔다. 진공 형제는 그때 어깨를 나란히 하여 차례로 앉아 시사를 의논하고 있었고 여러 생들은 말석에 앉아 있었으며 하관(下官)[274] 두어 명이 중계(中階)[275]에서 모시고 있었다. 순씨가 바로 들어가더니 낯을 붉히고 어지럽게 장부인과 한림의 잘못을 높은 목소리로 크게
29 말하였다. 이때에 모시고 있던 동자와 하관들은 다 황급히 물러났고 생들은 다 놀라 정신이 나간 듯하였다. 진공은 순씨의 모습이 놀랍긴 했으나 순씨가 비록 상식이 없다 해도 선대에는 한 번도 이렇지 않았기에 다섯째 공자인 한림 양과 장부인이 사람을 희롱하고 농담하기를 즐겨 행여 순씨가 노할 일이 있는 것인가 생각하였다. 이에 마음속으로 매우 노하여 순씨에게 예의를 극진히 하여 사죄하며 말하였다.

"제가 집안을 다스리기를 엄하게 하지 못하여 동기간에 화락한 기운을 잃게 하였습니다. 제가 엄하게 다스려 아주머님의 분을 풀게 할 것이니 안심하고 내당으로 들어가십시오."

---

274) 하관(下官) : 직위가 낮은 벼슬아치

275) 중계(中階) : 집을 지을 때에, 기초가 되도록 한 층을 높게 쌓아 올린 단.

순씨가 매우 통쾌하여 괴이한 말을 구시렁대면서 장부인이 다섯째 공자 양과 더불어 진기한 보물을 날라 감춘다고 하니 공은 다만 웃고 대답하지 않았다. 진후, 연후가 나와 순씨가 이유 없이 장부인을 구타하고 질욕한 것을 자세히 고하며 장부인의 허물이 아닌 것을 변백하면서 분한 기색을 드러내었다. 공이 눈을 크게 떠 이들을 물리치자 영릉후가 발끈하여 얼굴빛을 바꾸며 말하였다.

"장씨 형수님께서는 모친의 자취를 이으시어 가내의 정통 어른이십니 30
다. 우리들의 아내들도 그분과 함께 행할 때 어깨를 나란히 못하거늘 하물며 인자하고 지혜로운 성덕이 어떠하신 철부(哲夫)신데 이런 괴이한 일이 있겠습니까? 오늘날 행동은 천한 상것들의 일이라도 드물거든 하물며 제후백작의 법도 있는 가문에서 이와 같은 해괴한 일이 있으니 실로 이웃나라에 전해지는 것이 부끄럽습니다. 만일 순씨 제수씨를 다스리지 않는다면 이후의 일은 더욱 말할 수 없을 것이니 마땅히 다섯째 아우에게 집안을 다스리지 못한 죄를 다스리시고 순씨 제수씨를 엄하게 꾸짖어 경계하는 것이 옳을 것입니다."

각로가 이때 순씨의 행동을 보고 분노함을 이기지 못하더니 영릉후의 말을 좇아 시녀를 호령하여 순씨를 순가로 보내라 하고 스스로 계단 아래에 내려 죄를 청하였다. 성의백이 천천히 웃으며 말하였다.

"셋째 아우의 말이 당당한 대의에 그르지 않으나 순씨 제수씨의 행동은 오늘 새삼 놀랄 바가 아니다. 또한 일찍이 다섯째 아우와 부모님의 상례를 한가지로 지냈으며 우리 집에 시집와서 돌아갈 곳이 없는 여자다. 일시에 출거(黜去)하여 돌아가신 부모님께서 어루만져 사랑하시던
뜻을 저버리는 것은 옳지 않다. 나의 생각으로는 순씨를 인의로 깨우 31

쳐 집에 머물게 하는 것만 같지 못하구나."

진공이 두 손을 공손히 맞잡고 사례하며 말하였다.

"형님 말씀이 사리에 지극히 온당하시니 제가 칭송하고 탄복하는 바입니다. 다섯째 아우는 이런 말을 하지 말거라. 장씨와 순씨 제수씨가 서로 힐난한 것은 불과 형제 사이의 일이니 허물할 것이 없다. 그 소소한 일은 제기치 말고 양이 조카의 몸으로 숙모를 비웃은 것은 도리를 잃은 것이니 잠깐 다스려 징계하여야겠다."

진공은 끝내 좌우 사람들로 하여금 한림을 불러 의관을 벗기고 계단 아래 무릎 꿇게 하여 매우 꾸짖고 30여 장을 매우 쳐서 내친 후에 순씨를 향하여 재삼 사죄하고 위로하여 돌려보냈다. 순씨가 들어가자 각로가 통탄스러움을 이기지 못하였으나 둘째 형의 정 깊은 경계를 어그러뜨리지 못하였다. 또 숱한 자녀들의 처지와 부친께서 두둔하여 보호하시던 일을 생각하여 여러 보로 분을 참고 드디어 순씨의 네 아들을 다 잡아내어 어미에게 간언하지 못한 죄로 한림 맞은 수대로 30장씩 맹렬히 때렸다. 진공이 웃으며 말하였다.

32 "네가 집안을 잘 다스리지 못하는데 조카 아이들이 어찌 어미를 가르치겠느냐? 네가 먼저 매를 맞고 조카들을 치는 것이 옳겠구나."

공들이 일시에 웃으니 탈상 후 이들이 농담하거나 웃기는 이날이 처음이라 모든 자질들이 매우 기뻐하며 도리어 순씨에게 감격해 하였다. 순씨는 한림으로 하여금 무거운 매를 맞게 한 후 저의 여러 아들이 죄를 입고 각로가 맹렬하게 노한 기색을 보니 본래 실없는 사람이라 기운이 줄어 당 안에 들어앉아 밖에 나오지 않았다. 장부인이 친히 나아가 좋은 말로 여러 번 사죄하고 깨우치니 순씨가 염치는 있기에 매우 부끄러워하며 사죄하여 다시 화락한 기운으로 즐기는 것이 예전과 같았다. 일가가 장부인을 칭찬하고 공들이 그윽이 아름답게 여겼다.

진공이 3년 후에도 형제를 떠나는 것을 슬퍼하여 진후에게 진궁을 맡기고 부인과 더불어 유씨 부중에서 함께 거처하였다. 아침이면 모든 소년이 비단 도포에 옥 허리띠를 매고 서헌에 가득하였고, 모든 소저들이 구슬과 비취, 붉은 장식으로 치장하여 꽃 수풀을 이루었다. 양학사 부인 세자매 또한 자녀를 거느리고 함께 모여 지냈다. 33

다음 해 가을인 음력 9월에 진공이 모든 자식과 조카들을 거느리고 조회하면서 상을 모시고 정사를 의논하고 있는데, 전두관(殿頭官)[276]이 발을 걷고 모든 신하들에게 아뢸 말이 있는지를 물었다. 태사령(太史令)[277] 안세홍이 반열에서 나와 아뢰었다.

"근래에 화성이 달을 범하고 성 남쪽의 하수(河水)가 말라 땅이 보이니 이는 분명 상서롭지 못한 징조입니다. 반드시 대신에게 재앙이 있을 것입니다."

상께서 놀라 모든 신하들을 돌아보고 말씀하셨다.

"천재지변이 이와 같다면 어찌 해야 재앙을 풀 수 있는가?"

각로 양일청이 아뢰었다.

"예로부터 재앙의 조짐이 보이면 제왕이 마땅히 정전을 닫고 감선철악(減膳撤樂)[278]하여 재앙을 물리치는 방법이 있었습니다."

상께서 이를 옳게 여기시어 그날 즉시 정전을 피하시고 양공의 말과 같

---

276) 전두관(殿頭官) : 임금의 명령을 큰 소리로 대신 전달해 주는 임무를 주로 맡은 시종(侍從)을 말함.
277) 태사령(太史令) : 천문, 역법, 도서 등에 관한 일을 주로 맡아보는 벼슬임.
278) 감선철악(減膳撤樂) : 나라에 변고가 있을 때에 임금이 몸소 근신하는 뜻으로 수라상의 음식 가짓수를 줄이고 노래와 춤을 가까이하지 아니하던 일.

이 수라를 간단히 하고 죽을 죄 이하의 사람들은 다 사면하여 천재지변을 없어지게 하셨다. 다음날 진공이 조정에서 일을 끝내고 부중에 돌아오자 생들이 태사령의 말을 고하였다. 공들이 놀라 진공에게 묻자 진공이 대답하였다.

34 "화성이 달을 범하는 것은 귀인에게 속하고 하수가 마르는 것은 어룡의 자취가 궁벽한 조짐을 보이는 것입니다. 내가 이제 지위가 신하 가운데 매우 높고 자취가 외람되이 반룡(蟠龍)[279]에 속하게 되었으니 천재지변이 다른 사람에게 있지 아니할 것입니다."

공들은 깜짝 놀라 말을 못하고 모든 자질들은 놀라고 두려워 눈물을 흘렸다.

이 밤에 달이 밝고 별은 드문데 서늘한 바람이 산들산들 불어 나뭇잎이 소슬하니 진공은 슬픈 마음이 일어나 난간머리를 배회하였다. 우러러 자기의 주성(主星)인 남두성(南斗星)을 보니 우두머리별이 위엄을 잃고 빛이 황황하여 장차 떨어지려고 하는 것이었다. 공이 탄식하여 말하였다.

"천명이 다하였으니 내 앞날이 오래되지 않을 것이다."

다섯 아들이 서서 진공을 모시고 있다가 이 말을 듣고는 더욱 놀라 안색이 흙빛이 되었다. 공이 웃으며 말하였다.

"삶과 죽음에는 명이 있는 것인데 너희들은 어찌 놀라기를 심하게 하느냐? 내가 부귀공명이 극진하였으니 죽는 것은 떳떳한 것이다. 연연할 바가 없다."

진후가 재앙을 물리치기를 청하니 공이 하늘을 쳐다보며 말하였다.

"성인이 말씀하시기를 '하늘에 죄를 지으면 빌 곳이 없다.'[280]라고 하

279) 반룡(蟠龍) : 아직 승천하지 아니하고 땅에 서려 있는 용.

였으니 예전에 네 모친은 여자라도 이 말을 지키어 재앙을 물리치기를 35
허락하지 않았는데, 내가 일세의 대신의 몸으로 장부가 되어 죽기를 두려워하며 천명을 거스르겠느냐? 너희들은 다시 이런 말을 하지 마라."

진후가 감히 다시 청하지 못하고 연후와 더불어 어쩔 줄 몰라 하며 애를 태우니 며칠 사이에 모습이 딴 사람처럼 되어 식음을 전폐하게 되었다. 공이 매우 꾸짖어 두 아들을 내치고 보지 않으면서 말하였다.

"너희들은 불초자식이다. 내 눈앞에 있지 마라."

두 사람이 천만으로 애걸하였고 여러 공들 또한 눈물을 흘리며 슬퍼하기를 마지않으면서 공에게 권하여 두 사람을 불러 곁에 두라 하였으나 공이 정색하고 말을 하지 않았다. 그러므로 모든 자식들이 감히 안색에 슬픈 빛을 나타내지 못하였다.

"부모의 행장(行狀)281)을 이루었으나 빠진 것이 있을 것입니다. 훗날 형님과 셋째 아우가 이를 이루지 못할 것이 아니지만 형제가 완전한 때에 상의하여 행장을 고쳐 자식 된 도리를 다하여야 생전에 미진한 것이 없을 것입니다."

그런 후 승상과 부인의 행장을 꺼내어 모든 형제들과 함께 반복해서 36
따져보았다. 그러기를 완전히 마친 후에는 스스로 붓을 들어 문체의 훌륭한 것을 종류에 따라 모으니 말이 많지 않으나 금옥 같고 뜻이 자세하여

---

280) 하늘에 ~ 없다 : 『논어』「팔일(八佾)」편에 나오는 구절임. 위(衛)나라 대부(大夫)인 왕손고(王孫賈)가 공자에게 아랫목신에게 잘 보이기보다는 차라리 부엌신에게 잘 보이라는 것이 무슨 뜻인지를 묻자, 공자가 "그렇지 않다. 하늘에 죄를 얻으면 빌 곳이 없다[獲罪於天, 無所禱也]."라고 대답하였다 함. 하늘은 곧 이치의 근원으로서 아랫목신과 부엌신에 비교될 수 없을 만큼 높음을 설파한 것임.

281) 행장(行狀) : 사람이 죽은 뒤의 행적을 적은 글. 보통 죽은 이의 제자나 친구·동료·아들 등이 죽은 이의 세계(世系)·성명·자호(字號)·관작·관향(貫鄕)·생몰연월·자손·언행 등을 기록하여 명문(銘文)·만장(輓章)·전기 등을 만들거나 역사 편찬의 자료로 씀.

태사공(太史公)이 운몽(雲夢)을 다 기울인다 해도[282] 이에 능히 미치지 못할 것이었다. 공들이 함께 부모의 행장을 다듬어 마치고 그것을 성의백에게 주었다. 또 진양공주의 행적을 하태후가 공주의 초상에 기록하여 내려주신 것이 있었으나 공은 그것이 너무 신기하여 사람들이 믿지 않으리라 생각하고 깊이 넣어둔 채 내어놓지 않았다. 그러나 이 날 공주가 하가한 후의 성스런 덕 스물 남짓한 항목을 기록하고 평일 신명한 것은 뺀 뒤 진후에게 주며 말하였다.

"네 모친의 평소 일을 다 말하면 후세 사람들의 의심을 사서 찬집한 사람은 허탄함을 면치 못하고 네 모친은 비웃음을 받을 것이다. 그래서 내가 그 중도에 어진 행실을 기록하고 신기한 것은 빼었으니 너는 마땅히 한 자라도 더하여 죽은 부모에게 시비가 일어나는 일이 없게 하라."

이에 진후가 울면서 명을 받들었다. 이때 여러 공들이 진공의 목숨이
37 다한 것을 알고 공이 보는 데서는 거짓으로 흔쾌히 담소하였으나 머리를 돌이키면 눈물이 먼저 옷깃을 적시고 밤이면 형제가 차례로 누워 몸을 대고 같이 잤다. 이후로는 부풍후와 각로공이 돌려가며 공의 곁에 누우니 공이 그 뜻을 알고 감동하여 어루만지며 탄식하였다. 진후, 연후와 세 공자가 진공을 좇아 모시면서 하룻밤도 곁을 떠나지 않았는데 5~6일에 이르러서는 진공의 기운이 날로 위중하여 점점 자리에서 일어날 수가 없었다.

---

282) 태사공(太史公)이 ~ 해도 : 태사공(太史公)은 『사기(史記)』의 저자인 사마천(司馬遷)을 말함. 자(字)는 자장(子長). 태사령(太史令)인 아버지 사마담(司馬談)의 유언을 좇아 『사기』를 저술함. 운몽(雲夢)은 초(楚)나라의 칠택(七澤)의 하나며 사방 9백리나 되는 큰 호수임. 사마천은 젊은 시절 많은 곳을 여행하였는데 특히 원수(沅水), 상수(湘水)를 따라 선상여행을 하면서 이 운몽 호수를 지나게 됨. 이 때 구의산(九疑山)에 있는 순(舜)임금의 묘(廟)와 이비묘(二妃廟) 등 많은 사적지(史蹟址)를 답사하였음. 사마천의 이런 여행이 있었기에 『사기(史記)』가 탄생할 수 있었다고 함. 여기에서 사마천이 운몽을 다 기울인다는 것은 비유적인 표현으로, 사마천이 운몽 호수 근처의 사적들을 답사한 경험을 한껏 살려 명문을 쓴다는 의미로 해석됨.

하루는 진공의 병이 점점 더 중하여 몸을 뒤척이면서 안정을 취하치 못하자 성의백이 진공의 손을 잡고 말하였다.

"아우야, 이승에서 사는 것은 잠시 더부살이 하는 것이고 죽는 것이야말로 진정 자기 집으로 돌아가는 것이요, 한 번 죽는 것은 사람이 면하지 못하는 것이다. 그러나 또 죽기에 이르러 마음이 동요치 않는 사람이 없는데 아우는 조카들의 참혹한 심정을 안도하게 하고 심지가 또한 태연하니 인정이 어찌 이와 같으냐?"

진공이 대답하였다.

"제가 생각하건대 우리들이 부모님을 모셔 가득 찬 것이 극하였습니
다. 그런데 하루아침에 부모를 잃은 슬픔을 만나 세상사가 크게 변하
였으니 바로 대운이 지나고 슬픈 일들이 오는 것입니다. 도망하고자 38
하나 어찌 면할 수 있겠습니까? 제 나이가 중년에 이르렀고 부귀가 신하 가운데 지극하니 이제 죽어도 만족합니다. 어찌 자잘한 태도를 취하겠습니까? 자식들이 슬퍼하는 것은 인정상 마지못할 일이나 만일 금하지 않는다면 제가 죽은 후 그 몸을 부지할 길이 없을 것이기에 생전에 제 뜻을 저희들에게 보인 것입니다. 바라노니 형님은 저를 생각하지 마시고 자식들과 조카들을 어루만지고 보살펴 그 아이들이 과도하게 슬퍼하지 않게 해 주십시오."

성의백이 자신의 낯을 진공의 낯에 대고 손을 잡은 채 눈물을 흘렸다. 그 흐르는 눈물이 비 같고 기운이 막힐 듯한 것을 보고 진공이 재삼 설득하였다. 진공이 다섯째 공자인 한림을 부르자 한림이 황급히 와서 땅에 엎드렸다. 진공이 말하였다.

"네 형이 반드시 어디에 가서 괴상한 행동을 하고 있을 것이니 빨리 부

르거라."

한림이 나와 두루 찾으니 진후, 연후가 엄태감과 더불어 인적이 이르지
않는 곳에 단을 쌓고 손톱을 깎고 머리카락을 자른 뒤 천지신령과 북극원
신에게 진공의 명이 더하기를 빌고 있었다. 한림이 나아가 부친의 명령을
39 전하자 진후는 죽기로 기약하고 단에서 빌고 연후는 돌아와 진공을 뵈었
다. 진공이 탄식하여 말하였다.

"너희들이 사정이 절박하다 하나 천수를 알지 못하는구나. 그리 하여도 유익함이 없고 관[283]이 7일 제를 지내면 5일이 되는 날 북두에 재앙이 있으리니 너희들도 볼 수 있을 것이다."

모두들 이 말을 믿지 않았더니 과연 다섯째 날 자정 경에 큰 별이 남방으로부터 흘러 공의 주등(主燈)에 떨어졌다. 그 소리가 우레 같고 소리를 좇아 광풍이 크게 일어나 칠등(七燈)[284]이 다 거꾸러졌다. 진후가 혼백이 몸에서 다 떠나는 듯하여 정신을 차리지 못하자 좌우 사람들이 진후를 부축하여 돌아왔다. 공이 웃으며 말하였다.

"내 아이가 아비의 말을 듣지 않아 유익한 것이 있느냐?"

모든 자식들이 눈물 흘리기를 비 오듯이 할 뿐이었다. 이 날 진공의 병이 더 위중해지자 스스로 목숨이 오래 남지 않았음을 알고 모든 형제들에게 말하였다.

"내 병이 장차 위급할 것이니 오늘부터 나는 서헌을 떠나 진부에 돌아가 임금님께서 주신 집에 가서 조용히 죽는 것이 옳겠소. 형제가 오늘로부터 이불을 한가지로 덮지 못하고 서헌을 다시 보지 못 하겠구려."

---

283) 관 : 유관. 진후를 말함.

284) 칠등(七燈) : 일곱 개의 등으로 불전(佛前) 혹은 제단에 장식을 하는 데 주로 쓰임.

공들이 눈물을 어지럽게 흘리며 진공을 붙들고 말을 못하자 진공이 이 40
들을 위로하고 나서 모든 자식들을 돌아보며 말하였다.

“내가 마음이 매우 어지러우니 작은 수레를 타고 부중을 돌아보아 전일 형제가 모여 글 읽던 곳과 수련하던 당을 보고 또 조상들의 가묘와 부모의 사당에 하직인사를 할 것이다.”

모두들 말리며 말하였다.

“병이 이렇듯 위중한데 옛 자취를 보아 유익할 게 없고 병이 덧나기 쉬우니 빨리 교자를 타고 진부에 가 몸조리하는 것만 같지 못합니다.”

공이 말하였다.

“생사가 다 명이 있는데 어찌 부질없이 조섭하여 돌아가는 마음을 꽉 막히게 하겠느냐?”

드디어 관복을 바르게 입고 가마 올라 서당과 부용각을 두루 보고 모든
자식들의 부축을 받고 사당에 올라 하직인사를 하고 내려왔다. 시절이 가
을인 음력 9월 보름이라 찬바람이 여윈 뼈에 사무쳤다. 단풍은 비단 장막
을 친 듯하여 경치가 매우 빼어나고 계단 앞의 국화는 만발하여 오색구름
이 드리운 듯 맑은 향내가 옷소매에 가득하였다. 공은 문득 가마를 세우
고 화계(花階) 위에 돗자리를 펴고 형제와 더불어 앉아 천지의 경치를 살 41
폈다. 좌우로 한 동이 향기로운 술을 가져오라 하여 친히 금잔에 술을 가
득 부어 형제에게 권하고 율시(律詩) 한 수를 지어 맑게 읊었으니 그 글의
내용이 다음과 같았다.

> 남아가 세상에 처하여 사업을 이루니
>
> 손에 국가의 병권(兵權)을 잡고 임금의 사위가 되었도다.

가을바람이 외로운 정원에 들며 만물이 시드니

옥 계단에서 금잔을 잡음에 척령(鶺鴒)[285]의 이별이도다.

훗날 오늘 기러기 항렬이 적음을 슬퍼 마라.

삶과 죽음이 순식간이로다.

몸을 실어 옛집에 돌아가니

넋은 구천에 놀고 자취는 대궐에 끊어지리로다.

진공이 읊기를 마친 후 성의백을 돌아보고는 그 손을 잡고 말하였다.

"오늘 천수가 다하고 대사가 거의 다 되었으니 옛날 즐김이 한바탕의 꿈이 되었습니다. 형제로 영원히 이별하는 글과 술이 없지 못하리니 형님과 세 아우는 한 수 이별시로써 내 마음을 위로해 주십시오."

이에 공들이 잔의 술을 마시고 글을 읊었다. 문체가 매우 슬프고 음운
42 이 맑고 깨끗해서 가을하늘에 학이 울고 산골짜기에 원숭이가 부르짖으
니 태양이 어두워지고 가을 하늘에 빛이 없었다. 좌우의 자손들과 모시는
자들이 목 놓아 울면서도 깨닫지 못하였고 공들도 눈물을 비스듬히 흘리
며 가슴을 적셨다. 그러나 진공은 끝내 낯빛을 바꾸지 않았다. 이윽히 경
치를 구경하다가 진부에 이르자 제상과 향탁(香卓)이 가지런하며 팔문(八
門)[286]이 다 열려 있어 깁으로 된 장막과 병풍이 구름 같고 어의와 관료들
이 당 앞에 가득하였다. 공이 이마를 찡그리며 말하였다.

"내 병은 약으로 효험이 있을 것이 아니다. 그대들은 마땅히 물러가 나

285) 척령(鶺鴒) : 할미새. 형제의 급난(急難)함을 비유함. 『시경(詩經)』「상체장(常棣章)」에, "척령이 언덕에 있으니, 형제가 급난하도다[鶺鴒在原 兄弟急難]."라는 구절에서 유래한 말임.

286) 팔문(八門) : 점술가가 구궁(九宮)에 맞추어서 길흉(吉凶)을 점치는 여덟 문(門). 곧, 휴문(休門)·생문(生門)·상문(傷門)·두문(杜門)·경문(景門)·사문(死門)·경문(驚門)·개문(開門)을 말함.

로 하여금 천명을 기다리게 하라."

이에 어의와 관료들은 모두 밧집[287]에서 기다리고 있고 형제와 자손들은 진공을 떠나지 않고 그 곁에 있었다. 조정에서 공의 병이 위태롭다는 사실을 알고 황급해 하는 것이 천자의 환후와 다름이 없어 공경백관(公卿百官)과 장상후백(將相侯伯)이며 모든 벗들이 일시에 다 진궁에 가득히 와서 문안하였다. 공이 억지로 병을 이기고 공복(公服)을 입고서 모든 관료들을 보았다. 말이 화평하고 뜻이 겸손하여 조금도 병 때문에 혼미한 기
색이 없고 정신과 기운이 맑고 엄숙한 것이 평일보다 더하여 백관이 감히 43
우러러 보지 못하였다. 각로 양일청과 황장 설영과 부마도위 남창왕 여창린 부자가 함께 이르러 문병하니 공이 청하여 좌상 아래 이르게 하여 자리를 이루었다. 각로가 먼저 말하였다.

"명공께서는 아직 연세가 많지 않으시고 골격이 송백(松柏) 같으시니 작은 병을 염려할 것이 없습니다. 약으로 삼가 다스리시면 머지않아 봄이 돌아올 것이니 원컨대 조정의 큰 복을 힘입으시어 자리에서 일어나 예전과 같으시기를 바랍니다."

공이 천천히 말하였다.

"제가 재주 없는 몸으로 두 조정에 걸쳐 국가의 은혜를 중대하게 입어 장군과 재상을 연달아 하였기에 늘 전전긍긍한 마음이 뼈 속 깊이 있었습니다. 여러분들과 더불어 성스런 임금의 태평성대를 한가지로 누릴까 하였더니 불행하여 국가의 은혜를 저버리고 중도에 죽게 되었습니다. 다시는 그대들과 더불어 조정에서 벼슬하지 못할 것입니다. 아, 슬프군요! 바라노니 여러분들은 임금을 어질게 돕고 국사에 마음을 다

287) 밧집 : 외관(外棺)의 옛말.

해 이름을 청사에 드리우십시오."

44 모든 사람들이 슬퍼함을 이기지 못하였다. 좌우에 평제왕과 모든 조카들이 다 짧은 기장에 좁은 소매가 달린 옷을 입고 약탕기를 받들고 침상을 바로 하면서 진후의 형제와 한가지로 진공을 돌보며 곁에서 모시는데 그 모습이 마치 어린 시동 같았다. 양각로와 남창왕이 그윽이 감복하고 자기 집안사람들이 웅건(雄建)하고 존귀한 가운데 부형에게 자질의 도리를 다하지 못한 것을 부끄러워하였다.

모든 사람들이 하직인사를 하고 돌아간 후 이 날부터 공의 병이 더 위태로워졌다. 모든 부인들이 다 나와 안부를 물으니 진공이 의관을 바르게 하고 제수씨를 보았다. 평생에 예법이 엄숙하여 세 누이를 사랑하여 정이 지극해도 자리에서는 가까이하는 일이 없더니 이 날은 누이들을 가까이 청한 뒤 손을 잡고 말하였다.

"오늘 누이들을 영원히 이별하니 다시 한 당에 모여 즐기지 못할 것이다. 세 누이는 나를 생각하지 말고 자녀를 거느려 길이 수명을 누리어라."

세 부인이 목 놓아 통곡하며 말을 하지 못하였다. 이 때 진공의 딸인 문
45 창군주와 명주소저는 공의 손을 붙들고 눈물을 비 오듯 흘리며 차마 떠나지 못하였으며, 진공의 부인인 장부인은 기운이 막혀 거의 기절할 듯하였다. 공이 눈을 들어 이윽히 보고 웃으며 말하였다.

"부인이 평소 통달하여 헤아림이 있는데 죽음이 면키 어려운 것임을 어찌 알지 못하시오? 우리 부부가 함께 산 지 30년이 지났고 내 나이가 50이 거의 다 되었소. 사람이 어찌 늘 세상에 있겠소? 하물며 장인, 장모님께서는 흰머리가 가득하시니 부인은 마땅히 자식의 도리를 돌아보아야 할 것이오. 부인이 나이 많고 자녀가 많아 복록이 두터우니 부

부의 사사로운 정 때문에 효를 잊는 것은 옳지 않소. 또 대장부가 죽는 데 여자가 곁에 있지 않는 법이니 내 딸들과 며느리들은 부인을 모시고 들어가라. 내가 죽은 뒤에도 가법을 변치 말고 행실을 삼가 죽은 사람 섬기기를 산 사람같이 하여라."

부인, 며느리, 딸들이 차마 일어나지 못하자 진공이 정색하며 들어가라고 하였다. 평소 진공은 문창군주를 사랑하여 능히 그 곁을 떠나지 못하더니 오늘은 군주의 슬픈 거동을 보면서도 조금도 마음이 동요됨 없이 들 46
어가라고 재촉하였다. 장부인은 마지못해 자녀들에게 붙들려 침전에 들어와서는 하늘을 부르고 땅을 두드리며 망극해 할 따름이었다. 날이 밝자 진공이 모든 자식들로 하여금 붓과 벼루를 가져오라 하여 친히 유표(遺表)[288] 한 수를 쓰고 자기가 겸한 영승상(領丞相) 관면(冠冕)과 대장군 인수를 봉하여 천자께 드리며 영원히 이별하였다. 천자께서 매우 놀라시어 난가(鸞駕)를 갖추어 진부에 이르시니 유씨 여러 공들이 천자를 공손히 맞이하였다. 천자가 진공의 침상에 나아가시니 공이 조복을 입고 좌우 사람들의 부축임을 받아 어가를 맞았다. 천자께서 진공을 부축하여 급히 침상에 함께 앉아 말씀하셨다.

"선생의 병이 본래 오래된 병이 발병한 것인가 여겼는데 무슨 특별한 병이 있기에 인수와 유표를 올려 짐의 혼이 날아가게 하는가? 여기에 이르러 보니 선생의 건장한 기운이 오히려 예전과 같으니 한편으로 놀랍고 한편으로 기쁘구려."

공이 아뢰었다.

"신이 폐하의 큰 은혜를 갚지 못하고 죽음이 아침저녁 사이에 놓여 있

288) 유표(遺表) : 신하가 죽을 즈음에 임금에게 올리는 글.

47 습니다. 잠깐 폐하께서 어가로 행차하시면 용안을 다시 뵐 수 있으리라 바랐기에 신이 잔명을 지탱하였사오나 어찌 목숨을 길이 보전할 수 있겠습니까? 신의 소회는 유표에 다 있습니다. 엎드려 바라건대 폐하는 상서(相書)[289]와 도참(圖讖)[290]을 숭상하지 마시고 환관의 무리들을 너무 번성케 하지 말아 조고(趙高),[291] 장양(張讓)[292] 등의 환란이 없게 하십시오. 신이 외람되게도 선대에서부터 간택됨을 입어 몸이 초방(椒房)에 부당하게 참여하게 되었으니[293] 부귀와 작록이 분수에 넘쳤습니다. 태후마마와 돌아가신 황제께서 사급하신 금은으로도 족히 자손의 일생에 근심이 없을 것이니 만일 천은이 끊어지지 않는다면 자손이 반드시 하증(何曾)[294]이 사치하는 것을 본받게 될 것입니다. 폐하께서는 원컨대 유관, 유현 두 아들에게 작록을 더하지 마시어 신의 자손으로 하여금 온전히 보전케 하여주시기 바라옵니다."

상이 보니 진공이 정신과 기운을 간신히 추스르고 있으나 증세는 경각이 위태로웠다. 상께서 눈물을 흘리며 말씀하셨다.

"선생의 병이 이와 같으니 종묘사직에 불행이로다. 이는 하늘이 짐을

---

289) 상서(相書) : 사람의 관상에 관한 책. 관상서(觀相書)

290) 도참(圖讖) : 사람의 길흉을 예언하는 술법 혹은 그러한 내용을 담은 책.

291) 조고(趙高) : 진(秦)나라의 환관. 시황제(始皇제)와 여행하던 중 시황제가 병사하자 승상 이사(李斯)와 짜고 조서(詔書)를 거짓 꾸며 시황제의 맏아들 부소(扶蘇)를 자결하게 만들고는 시황제의 막내아들 호해(胡奚)를 2세 황제로 삼아 마음대로 조종하며 국정을 농단함.

292) 장양(張讓) : 후한(後漢)의 마지막 왕인 영제(靈帝) 때의 환관. 장상시(張常侍)라고도 함. 영제가 장양을 자신의 아버지라 칭했을 정도로 영제의 극진한 총애를 받으면서 온갖 부정부패를 저지름. 조충(趙忠), 건석(蹇碩) 등과 더불어 십상시(十常侍)에 속함.

293) 초방(椒房)에 ~ 되었으니 : 초방은 왕비나 황후 등이 거처하는 방을 말하는 것으로, 여기에서 초방에 뽑힌다는 것은 공주의 남편 즉 부마가 되는 것을 말함.

294) 하증(何曾) : 중국 진(晋)나라 무제(武帝) 때의 재상. 조상(曹爽)이 정치를 좌우하고 있을 때는 병을 핑계로 물러났다가 조상이 복주(伏誅)되자 관직에 다시 나갔음. 사치를 좋아하여 마차와 의복 등을 몹시 호사스럽게 하였으며, 날마다 맛있고 좋은 음식을 차려 먹어 그 경비로 만전(萬錢)이 소비되는데도 오히려 젓가락으로 집어먹을 만한 게 없다고 투정하였다고 함.

죽이시는 것이 아니겠는가? 경의 말은 짐이 뼈 속 깊이 새겨 두었으니 마음에 잊을 일이 있겠는가? 다만 별전(別典)이 없을지언정 진(晉), 진(秦) 두 나라는 유관, 유현 두 사람에게 대대로 세습하게 할 것이니 어찌 다른 의논이 있겠는가? 오직 국사가 위태하니 선생이 돌아간다면 나라의 병권을 맡는 큰 일을 어떤 사람에게 맡기겠는가?" 48

진공이 아뢰었다.

"신하를 아는 자로는 임금만한 사람이 없으니 폐하께서 스스로 가리시면 됩니다."

"지금 천하의 인재 가운데 유씨 문중 사람보다 뛰어난 사람이 없고, 유씨 문중 모든 사람들 중 선생 형제보다 뛰어난 사람이 없소. 선생이 만약 불행하다면 선생을 이을 사람은 선생 형제 중에 있으리니 생각건대 성의백은 어떠한가?"

진공이 대답하여 아뢰었다.

"공자와 맹자의 도를 신의 형에게 물으시는 것은 옳지만 장군과 재상을 겸하여 군무(軍務)의 중대한 일을 맡기는 것은 옳지 않습니다."

상께서 말씀하였다.

"영릉후는 어떠한가?"

진공이 대답하였다.

"음풍농월하여 시를 짓는 재주가 있으나 이 소임에는 맞지 않습니다."

상께서 말씀하셨다.

"그렇다면 부풍후가 마땅한가?"

진공이 대답하였다.

"폐하의 말씀이 이에 미치시니 가히 사람을 얻었다 할 것입니다. 부풍 49

후 세경은 지혜와 모책이 드넓어 안으로 큰 뜻이 있어도 밖으로 사람이 이를 알지 못하는 것이 적인걸(狄仁傑)이 누사덕(婁師德)을 모르는 것[295]과 같습니다."

상이 한편으로 슬퍼하고 한편으로 기뻐하면서 말씀하셨다.

"짐이 유현의 재주를 사랑하여 선생의 뒤를 잇고자 했는데 만일 부풍후가 잇는다면 유현이 가히 부풍후를 이을 수 있겠는가?"

진공이 머리를 조아리고 말하였다.

"부자숙질이 연달아 나라의 병권(兵權)을 잡는다면 신의 집이 어찌 후세에 기롱을 면하며 당대에 화를 피할 수 있겠습니까? 유현의 위인이 너무 굳세고 편벽되어 만일 중요한 직책을 맡기신다면 반드시 다른 사람의 꺼림을 만나 신의 후사가 끊길 것입니다. 폐하께서 만일 죽은 신하를 어여삐 여기신다면 그 자손을 보전하게 하시는 것이 대은일까 합니다."

상이 더욱 더 깨달으셨다. 군신이 영원히 이별함에 용루(龍淚)[296]가 어의(御衣)[297]에 젖어 차마 진공의 손을 놓지 못하셨다. 진공 또한 눈물이
50 낯에 가득하였다. 어가를 이별한 후에 진공이 침상에 누워 형제와 자질을 모으고 돗자리를 바르게 한 후 성의백을 돌아보고 말하였다.

---

295) 적인걸(狄仁傑)이 ~ 것 : 적인걸과 누사덕은 당나라 측천무후 때의 유능한 재상. 누사덕은 성품이 온화하고 너그러워 모든 일을 잘 참음. '타면자건(唾面自乾)'이란 고사성어와 관련된 인물. 이 말은 『십팔사략(十八史略)』에 나오는 것으로, 남이 나의 낯에다 침을 뱉을 때 이를 바로 닦으면 그 사람의 뜻을 거스르는 것이 되므로 저절로 마를 때까지 기다린다는 뜻. 누사덕과 함께 재상에 봉직했던 적인걸이 틈만 나면 누사덕을 몰아내려고 안달이어서 두 사람 사이의 불화와 반목이 심각한 지경에 이르자, 측천무후가 적인걸을 불러 적인걸이 누사덕의 추천 때문에 등용되어 재상의 자리에까지 오르게 되었던 사실을 알려주어 적인걸의 누사덕에 대한 반감을 누그러뜨리고 두 사람 사이의 갈등을 풀어줌. 그 후 적인걸은 누사덕에 대한 선입견을 버리고 성심을 다하여 무후를 보좌함으로써 정사를 순조롭게 이끌어 감.

296) 용루(龍淚) : 임금의 눈물을 높여 부르는 말.

297) 어의(御衣) : 임금의 옷을 높여 부르는 말.

"오늘 기러기 항렬이 끊어지니 비록 슬프긴 하나 하늘이 내린 수명이니 어찌하겠습니까? 형님은 원컨대 불초한 아우를 생각하지 마시고 아우들과 더불어 오래 사시기를 바랍니다."

또한 다섯 아들을 불러 앞으로 나아오라 하고는 진후에게 말하였다.

"네가 평소에 어진 것이 죽은 너희 모친과 퍽이나 같아 내가 기뻐하였다. 이제 종사를 네게 의탁하니 소임이 적지 않을 것이다. 제사를 삼가 지내고 종족과 화목하며 정사를 부지런히 다스리면서 숙부 섬기기를 나와 같이 하여 조금도 어그러뜨리지 마라. 내가 벼슬이 신하 가운데 지극하여 관곽을 왕후의 예로 할 것이나 사치하는 것은 옳지 않으니 무릇 상례를 치르고 능을 만들 때 돌아가신 부친의 능보다는 한 등급 떨어지게 하여 외람되지 않게 하여라."

진후가 두 번 절하며 유언을 듣고는 실성통곡하여 눈물을 흘리니 소매가 다 젖었다. 진공이 또한 탄식하며 말하였다.

"내가 너와 더불어 부자 사이가 되는 것은 오늘뿐이다. 네가 만일 아비
를 잊지 않는다면 내가 하던 말을 폐하지 말고 내가 중히 여기던 바를 51
저버리지 마라. 진국 관료와 백성을 사랑하고 형제간에 화목하게 지내
어라."

또 수춘후를 불러 그 손을 잡고 말하였다.

"자네는 내가 사랑하고 중히 여기는 사람이네. 충효와 학문이 내가 소망하던 것보다도 더 뛰어났지. 하물며 자네 아버님께서 계시니 내 말이 부질없을 것이네. 다만 자네의 사람됨이 너무 강하고 고집스러워 화를 당하기 쉬울까 내가 늘 근심하였네. 이제 죽기에 임하여 이 말을 하니 자네는 모름지기 조심하여 국가의 녹을 끝까지 받게나.,"

수춘후가 눈물을 드리우고 절하면서 사례하여 말하였다.

"제가 불초한 자질과 덕으로 장인어르신께 지극히 대우해주시는 은혜를 입었습니다. 슬하에 사랑해주시기를 친자식같이 하셨으니 그 은혜가 뼈에 사무칩니다. 오늘 영원히 이별하면서 높은 가르침을 받사오니 심장이 떨어질 듯합니다. 감히 죽는다 해도 잊을 리가 있겠습니까?"

이때 장손씨와 엄태감 등이 주공인 진공의 병세가 위태함을 보고 초조
52 하고 창황하여 눈물을 흘리고 가슴을 두드리며 먼저 죽고자 하는 정성이
진공의 자녀들과 한가지였다. 이들이 궁전 문 밖에 대기하여 울고 있으니
공이 면전에 불러 위로하며 말하였다.

"경들이 태후의 칙명을 받들어 나에게 온 지 세월이 오래되었으니 그 충성과 절개는 옛사람보다도 뛰어났네. 내가 그윽이 진국의 사직지신으로 알았지. 그런데 불행히도 이제 내 병이 위태로우니 나는 다시 신하와 백성들 앞에 나서지 못 할 것이네. 경들은 내 아이를 어질게 도와 종묘사직을 삼가 받들고 정사에 게으름이 없게 하게."

두 사람이 머리를 조아리고 울면서 대답하였다.

"노신(老臣) 등이 진양공주를 여의고 주공을 모셔 백 년을 의탁할까 하였는데 장차 천지가 무너지는 슬픔을 만나게 되었으니 어찌 늙은 목숨을 아껴 지하에 계신 두 주인을 따라 모시지 않겠습니까? 오늘 남기신 말씀은 저희들의 소임의 아니니 감히 받들지 못하겠습니다."

진공은 이들이 반드시 자신을 따라 죽을 줄 알고 슬퍼하여 말을 하지
53 않았다. 이윽고 진공이 기운이 올라 정신이 혼미하기에 이르자 제공과
모든 자식들이 황급하게 약을 쓰고 슬프게 부르짖으면서 깨웠다. 그러나
진공은 눈을 들어 한 번 보고는 다시 말을 못하고 기세하였다. 나이가 48

세요, 가정 을사년 음력 9월 신축일이었다. 온 집안 내외에서 곡하는 소리가 하늘에까지 사무치고 문무백관과 공경대부와 서민군졸에 이르기까지 일시에 통곡하니 울음소리가 산천을 움직일 정도였다. 천자께서는 진공의 부음(訃音)을 들으시고 크게 두어 소리를 우시고는 용상에서 거꾸러지셨다. 곁에 있던 내시가 급히 붙들어 일어나시게 하니 상께서 목 놓아 통곡하며 말씀하셨다.

"짐이 어린 나이에 대위를 이었는데, 진공이 국가와 운명을 같이 할 신하로 짐을 보필하여 안으로 백성을 다스리고 밖으로 적국을 방비하여 밤낮으로 조금도 게을리 하지 않았다. 짐이 그 충성을 의지하면서 태평성대를 군신이 한가지로 누릴까 하였더니 이제 불행하여 진공이 단명하니 짐이 다시 누구를 믿겠는가?"

상께서는 말을 마치고 또 슬퍼하면서 능히 울음을 그치지 못하셨다.
이때에 내외 관료가 다 진궁에 이르러 모두 장례에 참석하였다. 태후와 54
황후 또한 크게 슬퍼 곡을 하시고 집집마다 곡성이 진동하니 만일 당년에 무종황제가 계셨다면 거의 목숨을 버려 천하에 사례하실 것이었다. 하태후의 슬퍼하심이 여주공인 진양공주의 상례에 떨어짐이 없었다. 상께서 예관에게 명하시어 상례를 주관하게 하시고 시체 곁에 친히 임하시어 시신을 붙들어 통곡하시며 입관하는 것을 보셨다. 성복(成服)[298] 날에 시호를 내리시며 친히 제사를 지내시니 진공의 영광스러움이 살아서나 죽어서나 다름이 없었다.

진공이 이미 기세하자 5자 2녀의 애통함은 천지가 찢어지는 듯하여 기절하기를 자주 하고 물과 음식을 가까이 하지 않았다. 3~4일이 지나자 자

---

298) 성복(成服) : 초상이 나서 처음으로 상복을 입음. 보통 초상난 지 나흘 되는 날부터 입음.

녀들의 기운이 다 소진하여 차마 눈뜨고 보지 못할 정도였다. 성의백이
부모를 여읜 후에 형제 다섯 사람이 서로 이끌어 한 때도 떠나지 않다가
하루아침에 수족이 베어져 이승과 저승 간에 영원히 이별하니 평범한 아
55 우로 일러도 슬픔을 참지 못하려든 하물며 진공 같은 동기로서 그 우애
깊었던 일을 생각하면 어찌 그 슬픔을 이루 다 말할 것인가? 모든 형제들
이 서로 시신을 붙들고는 조카들을 어루만지며 날이 마치도록 곡하다가
기운이 끊어지고 눈물이 피가 되었다. 모든 조문객들이 공들의 거동을 보
고 눈물을 흘리지 않는 사람이 없었다. 각각의 자녀들이 울며 간하자 비
로소 공들이 정신을 잠깐 진정하여 예법으로 염습하고 5일 만에 성복을
지낸 뒤 관을 영하전에 안치하여 빈소를 차리고 아침저녁으로 제사를 지
냈다.

진후, 연후 두 사람과 문창군주는 어려서 모친을 여의고 부친의 특별한
자애를 의지하였기에 부자간의 정이 평범한 사람과 비교할 수가 없었다.
그런데 오늘 영원히 이별하여 부친의 모습과 음성이 날로 멀어지니 아침
저녁 문안인사 드릴 때 자신들이 베개와 삿자리[299]를 안아 둘 곳을 묻던
일과 진공이 화평한 안색으로 웃으며 대답하던 말소리가 눈앞에 삼삼하
였다. 생각하면 혼백이 흩어지고 뼈가 부서지는 듯하여 스스로 마음을 진
정하지 못하였다. 황황하여 부친을 뵐 듯이 하고 망망하여 부친을 따를
56 듯이 하니 밤낮으로 관을 붙들어 부르짖어 곡하면서 오로지 한 번 죽어
부모를 따라 모시고자 하였다. 모든 숙부와 모든 종형제가 그러지 말도록
권유하는 말을 하면 더욱 목 놓아 울고 슬퍼하면서 울음을 그치지 못하였
다. 문창군주는 아예 정신을 차리지 못해 곡도 제대로 하지 못할 지경이

299) 삿자리 : 갈대를 엮어 만든 자리.

었고, 진후와 연후 또한 위태로워 죽음이 아침저녁 사이에 있었다. 이때 장부인이 스스로 죽어 진공의 뒤를 따르고자 하다가 자녀의 이 같은 모습을 보고 억지로 일어나 아침 제사를 마친 후에 공의 관 곁에서 모든 자녀들과 며느리들을 모으고 진후와 연후, 그리고 군주를 대하여 말하였다.

"내가 박명한 여생으로 시부모님과 남편을 여의고 진실로 세상에 살 뜻이 없으나 구차하게 투생하여 오늘날까지 지탱한 것은 행여 지아비가 남기신 말씀을 저버리지 않으려고 한것이었다. 내가 생각하건대 너희 부친께서는 평소에 자녀 사랑하기를 평범한 사람과 같지 않으셨고, 임종 때에 경계하신 말씀 또한 매우 정당하여 그 음성이 오히려 아직도 귀에 있는 듯하다. 그런데 너희들이 아비가 죽어 살이 채 차가워지지 57
도 않아서 그 뜻을 저버리고 이제 목숨을 끊으려 하는구나. 너희 부친께서는 정신이 비상하셨으니 만일 저승 가운데서 너희들이 이렇게 하는 일을 아신다면 어찌 눈을 감으실 수 있겠느냐? 내가 너희 부친의 마음을 헤아려 그 말씀을 대신 전달하겠다. 만일 죽은 부모를 잊지 않으려 하거든 유언을 지켜 몸을 보중하여라. 그렇지 않는다면 내가 살아서 너희들을 보호하지 못하고 지하에 가 남편을 대할 낯이 없을 것이니 내가 먼저 죽어 주공과 진양공주 영전에 죄를 청할 것이다."

장부인이 말을 마치고 머리를 관에 부닥뜨리며 통곡하자 붉은 피가 흘러 가득 넘쳤다. 진후, 연후가 황급하게 붙들어 울면서 죄를 청하여 말하였다.

"저희들이 무지하고 상식없어 부친의 유언을 받들어 행하지 못하고 어머님께서 이 같은 일을 하시도록 했으니 불효와 죄악이 천지에 가득합니다. 앞으로 마음을 잡아 전일의 잘못을 고칠 것이니 모친께서는 안

58 심하시고 몸을 보중하소서."

문창군주가 부인의 손을 붙들고 머리를 가슴에 대면서 통곡하며 말하였다.

"제가 망극한 마음에 오로지 지하에 가서 부친을 뵙고 그리운 마음을 풀고자 하였더니 모친께서 이토록 과도하게 슬퍼하시니 저의 죄가 더욱 중합니다. 오늘부터 마음을 고쳐 명철한 가르침을 따르겠습니다."

부인이 자식들을 어루만지고 울면서 깨우치니 모든 자녀가 본래 대효에 뜻이 있기에 장부인의 이와 같은 가르침을 보고 감동하여 약과 미음과 채소로 하루를 보냈다. 그러나 날로 마음이 부서지는 듯한 슬픔을 이기지는 못하였다.

세월이 흐르는 물 같아 바야흐로 새해의 아름다운 계절을 만나니 진후 형제에게는 세상 만물이 모두 눈에 지나치고 귀에 듣는 바가 다 지극한 아픔이었다. 여러 숙부와 모친께서 근심하고 염려하실 것이 두려워 억지로 힘써 아침저녁 곡하며 울기를 예사롭게 하였으나 형제끼리 서로 대하면 울기를 비 오듯이 하였다. 부친의 평소 행동과 자신들을 가르치며 기
59 뻐하시던 일, 그리고 문생들이 자신의 부친의 빈소를 왕래하는 것을 보면 생각지도 않게 한 소리 탄식으로부터 피눈물이 상복을 적시니 모든 공들과 진공의 문생들이 진후 형제를 온갖 말로 위로하였다. 세월이 흘러 장례일이 다다르자 백관이 물 끓을 듯하고 군민이 울며 곡하면서 문생과 고리(故吏)가 진부 아래에 가득하였다. 천자가 친히 제문을 지어 예부상서 양선으로 하여금 진공을 제사지내게 하시고, 조서를 내려 절효충인성진왕에 추증하시며 시호를 문정이라 하셨다.

유 씨 삼 대 록

20권

1 재설(再說).[300] 진궁에서 진공의 발인을 할 날이 하룻밤 남았을 때 여러 공들이 글을 지어 영전에 바치고 술을 부어 제사지냈다. 성의백이 먼저 잔을 전하고 장자 건으로 하여금 제문을 읽게 하였으니 그 글은 다음과 같았다.

가정(嘉靖) 25년 세차(歲次) 병오 춘정월 경인삭(庚寅朔) 기유일(己酉日)에 가형(家兄) 황태사 전임승상 성의백 세기는 잔에 술잔을 따르며 술과 햇곡식을 올려 죽은 아우 진국공 부마도위 대승상 오부도총대장군 겸 지내외사 문희의 영혼에게 고하노라. 아아, 슬프다! 그대는 산천의 빼어난 기운과 하늘과 땅의 조화를 타고 나 출중한 효의는 문왕(文王)을 본받고[301] 한결같은 충성은 제갈공명의 무리였다. 우리 형제 다섯 사람과 누이 세 사람은 해를 연달아 나서 나이가 서로 비슷하였고 부모님 슬하에서 색동저고리를 입고 춤추었네.[302] 나의 성정은 옹졸하고 어리석으나 그대는 총명하고 학문을 좋아하니 부모가 사랑하심이 특별하셨고 여러 형제들이 무릇
2 의심되고 해결하지 못하는 일이 있으면 반드시 공에게 물었네. 형제가 연달아 갑과를 마치고 청운에 오르자 문호가 창성하고 번화함이 당대에 이름났으나 유독 그대처럼 일찍 현달하여 일을 이룬 자는 없었네. 신미년 봄에 내가 그대와 더불어 상께서 뽑아주시는 천은을 입어 어화를 두 번 꺾었으니 나의 졸렬한 글이 그대의 위에 있었던 것은 형제의 차례를 바꾸지 않으려 하심이었네. 쌍으로 부모님께 알현하여

300) 재설(再說) : 다른 이야기를 하다가 다시 처음 이야기를 잇대어 할 때에 그 첫머리에 쓰는 말. 고소설에서 종종 쓰이는 투식어.

301) 효의는 ~ 본받고 : 문왕(文王)은 주(周)나라 무왕(武王)의 아버지. 성(姓)은 희(熙). 이름은 창(昌). 은(殷)나라 주왕(紂王) 때 서백(西伯)이 되어 인자한 정치로써 백성들을 다스렸는데, 주왕이 폭정을 하므로 제후들이 모두 서백을 좇아 군주(君主)로 받들었음. 뒤에 그의 아들 무왕이 은나라를 멸망시키고 즉위하자 문왕이라 시호(諡號)를 추증하였음. 효자(孝子)로 유명하였음.

302) 색동저고리를 ~ 춤추었네 : 중국 춘추 시대 초(楚)나라의 현인(賢人)인 노래자(老萊子)가 일흔 살에도 색동옷을 입고 부모 앞에서 어린아이 짓을 하여 부모를 기쁘게 하였다는 고사(故事)에서 전해진 것으로, 부모에게 지극한 효도를 행한다는 뜻임.

경사로움을 알리고 사실(私室)에 돌아와 각각 지은 글을 음영하였는데 나는 그대가 재주가 뛰어난 것을 아끼고 그대는 형의 차례를 거스르지 않은 것을 기뻐하였네. 조정에 나감에 한가지이고 물러옴에 서로 좇아 비록 여러 형제가 있으나 나와 그대의 우애 깊음은 다른 사람이 가히 미치지 못하였네.

아아! 그대는 성품이 호탕하고 의로운 기상이 드높아 평일 굳건하고 위엄 있는 것을 좋게 여겼으나, 또 능히 허물 듣기를 달게 여기고 깨닫기를 밝게 하여 비록 지
위가 높으나 낮게 살피면서 노비와 하인의 간하는 말도 용납하며 친척과 친구들의 3
잘못을 바로잡아주는 말도 기뻐하였네. 언제나 마음에 생각하고 또 생각하여[303] 검소함으로써 덕을 쌓았네. 그 외모가 비록 의연하여 범치 못할 듯하나 안으로는 유연함이 봄바람 같았네. 애석하도다! 사람이 세상에 이룬 바가 이같이 크고 행실이 이같이 어진 후 단명하는 사람은 그대 같은 이가 없을 것이네. 이 어찌 한갓 유씨 문호의 불행과 형제로서의 설움뿐이리오? 천하가 고삐를 잃은 것과 같고 임금께서는 임금으로서의 임무를 그만두고 계시니 아아, 아우의 충성된 마음으로 차마 어찌 이에 이르렀는가? 천도를 가히 믿을 수 있을 것인가? 우리 형제가 하늘에 죄를 얻어 부모를 잃은 지극한 고통을 연달아 만남에 시묘살이하는 오두막집 옆에서 기절하는 것을 누가 말릴 수 있겠는가마는 그대의 효성으로 몸이 파리하고 수척하여져 문득 고질병을 얻어 명이 단명하기에 미치니 슬프도다. 사람이 태어나서 한 번 죽지 않은
자가 없으니 단지 아우의 죽음을 슬퍼하는 것만은 아니다. 그러나 차례를 거슬러서 4
내가 술을 부어 아우를 보내고 글을 지어 아우를 위해 울게 되었으니 어찌 인정상 참을 수 있는 일이겠는가?

병이 위독하여도 마음에 동요됨 없이 천명에 통달하여 살기를 도모하지 않았으

303) 마음에 ~ 생각하여 : "생각하고 생각하여 늘 잊지 않는다[念玆在玆]."라는 말로, 『서경(書經)』 하서(夏書) 「고요모(皐陶謨)」 편에 나오는 말임.

니 높은 학문이 성인의 가르침의 경지에 있도다. 몸을 실어 사실에 돌아와도 다시 이불과 베개를 넓고 길게 하여 함께 하지 못할 것이고, 가묘에 절하여도 다시 잔을 받들어 향을 꽂지 못할 것이다. 계단 위에 돗자리를 펴고 술을 부어 형제간에 이별하면서 글을 지어 경치를 슬퍼하였으니 이 거동을 대하면 알지 못하는 행인이라도 오히려 마음이 동요될지니, 하늘을 부르짖어 통곡하노라! 내가 목석보다도 더 고지식하여 그대의 손을 잡고 자리에 비스듬히 앉아 그대가 엄숙한 기운과 초췌한 형용으로 저승으로 갈 영원히 이별하는 시를 읊는 것을 듣고도 오히려 술을 맛보고 글을 차운하였다가 오늘에 이르기까지 내 몸이 완전하니 어찌 통탄하지 않으리오?

5 불행히 그대가 일찍 벼슬길에 나가 국사가 많고 처소가 별도로 있었을 뿐만 아니라 일신의 책임이 중대한 까닭에 일찍이 그대와 떨어져 있는 날이 많고 모이는 날이 드물었다. 그렇기에 평소 그대가 비록 병이 나도 내가 친히 약을 달여 구레나룻을 그슬리지 못하고 한 방에 동거하지 못하니 그대가 늘 한탄하여 말하였다. "천승의 부귀로도 하루 동안 부모님을 봉양하고 형제들과 우애 있게 지내는 것과 바꾸지 못할 것인데 나라에 몸이 매이어 뜻을 펴지 못합니다. 잠깐 임금의 은혜를 갚고 난 뒤 나이가 노쇠한 후에는 벼슬에서 물러나 형제가 한 방에 모여 흐뭇한 정을 펴겠습니다." 이에 내가 탄식하여 말하기를 "인간사가 뜻과 같지 못하니 어찌 이런 즐거움을 능히 얻을 수 있겠느냐?"라고 하면서 서로 천년을 계획하였는데 그대가 어찌 도리어 나를 속이고 여기에 이르렀는가?

그대가 세상을 떠난 지도 이미 다섯 달이 지났네. 늘 잠자리에 들면 그대가 눕던
곳을 돌아보고 꿈 가운데 그대의 손을 잡다가 깨어보면 문득 헛되니 우러러 하늘을
6 부르짖으며 심장이 찢어지는 듯하였다. 사생이 길이 다르니 군자가 할 만한 말이 아
니지만 영혼이나마 어찌 꿈 가운데 한 번도 보이지 않는가? 부모가 돌아가신 후 쓸쓸
한 인생들이 오직 형제간에 서로 의지하였는데 하루아침에 하늘이 다하도록 영원히

이별하여 옥 같은 얼굴과 봉황 같은 눈은 흙과 함께 돌아가고 봄바람 같은 화락한 기운은 저녁연기와 같이 스러졌다. 어진 말과 큰 도는 이목에 삼삼하고 웅건한 문필은 눈앞에 예전과 같으니 아우야, 이를 가히 참을 수 있을 것이냐? 슬프다! 내가 나이가 이미 50이 되었고 부귀가 극하며 북당에 양친이 아니 계시니 얼마 안 있어 지하에 돌아갈 것이다. 하물며 우리 집안이 선대에 장수한 분이 없으시니 내가 무슨 마음으로 홀로 세상에 오래 있겠는가? 오래지 않아 저승에서 만날 것이다. 생각이 이에 미치니 마음을 잠깐 진정하겠구나. 여러 조카들의 참담함과 종족의 의지 없는 것은 이를 것도 없고 국은이 갈수록 더하여 아우가 죽고 나서도 영총이 생전보다 더하니 아우가
만일 앎이 있다면 어찌 저승 가운데에서도 임금의 덕에 감격하지 않겠는가? 7

이제 상여가 장차 출발하여 집을 떠날 것이다. 하늘이시여, 하늘이시여! 내가 능히 먼저 죽지 못하고 도리어 글을 지어 내 아우를 보내니 이를 가히 참을 수 있으리오? 있던 전(殿)이 비었고 다니던 길이 황량하니 앞으로 닥칠 일들을 어찌 견딜 수 있으리오? 그대가 평소에 기질이 뭇사람 가운데 뛰어나니 영혼이 본래 아는 것이 밝을 것이다. 아아, 슬프도다! 상향(尙饗).[304]

제를 끝내자 성의백이 통곡하면서 거꾸러졌다. 모든 자식들이 급히 구하자 성의백이 겨우 정신을 차렸다. 진공의 여러 형제들이 이어서 제문을 지어 제사 지내니 문체가 간결하나 뜻이 비통한 것은 성의백의 제문과 마찬가지였다. 사적이 길어 이루 다 기록하지는 못한다. 모든 자식들과 조카들, 친구들, 문생들이 다 글을 지어 우니 슬픈 곡성이 하늘에까지 이어졌다. 시각이 다다르자 영구(靈柩)가 출발하니 초롱과 횃불은 천지를 밝히
고 문무관료와 장군들의 곡소리는 백 리에 끊어지지 않았다. 더욱이 상 8

304) 상향(尙饗) : 흠향하라는 뜻임.

이 궐문 밖에 나오시어 곡을 하고 영구를 보내시니 이 날의 거룩함은 만고에 드물었다. 행하여 선산에 이르러 공주와 합장하고 목주를 실어 돌아오려 할 때 엄태감이 진후, 연후를 보고 말하였다.

"노신이 태후의 칙지를 받들어 돌아가신 공주의 가사를 총관하고 탁고(託孤)[305]를 받들어 공자의 형제를 보호하였습니다. 그리하여 주공의 지극히 대우해주심을 받았으나 이제 옛 주인이 다 없어졌으니 이로부터 영원히 이별하고자 합니다."

진후, 연후가 크게 울고 온갖 말로 깨우쳤으나 끝내 듣지 않고 유선을 천거하여 자기를 교대하라고 하고 맡은 바 임무를 태감 유선에게 맡기고는 자신은 능을 지킬 것을 굳게 청하였다. 진후, 연후가 그 고집을 꺾지 못할 줄 알고 통곡하며 이별하고 돌아왔다. 도중에 상복을 입은 사람과 가까운 친척들이 30여 리에 뻗쳐 있는데, 평소 공의 행차 때와 같이 줄을 서서 행하니 도로에 보는 사람 중 눈물을 흘리지 않는 사람이 없었다.

9 "오늘 대장군이 우리를 버리시니 억만 백성은 누구를 의지하겠는가?"

진부에 이르러 영하전에 영위를 봉안하였다. 진후가 드디어 궁중을 통솔하여 우두머리가 되었으며 설부인이 가사를 총책임지어 제사를 받들고 장부인을 섬기는 데에 예법을 온전히 하였으니 내외가 가지런한 것은 선대의 법을 따랐기 때문이었다.[306] 옛법을 변치 않고 옛 사람을 임용하니 비록 세상사가 변해도 정사(政事)가 한결같아 궁중이 안락하고 구족(九族)이 화목하였다. 이것이 다 진공의 교화가 이어진 까닭이었다.

---

305) 탁고(託孤) : 임금이나 왕비가 죽기 전에 대신들에게 남기는 유언. 즉 어린 황태자를 부탁하고 국정을 맡기는 일을 말함.

306) 내외의 ~ 때문이었다 : 『맹자』 「이루장(離婁章)」에 "잘못되지 않고 잊어버리지 않는 것은 선대의 법을 따르기 때문이다[不愆不忘, 率由舊章]."라는 구절에서 나온 말임.

용두각 태학사 예부시랑 이몽양이 천자의 명을 받들어 진공의 행장을 지어 유씨 모든 공들과 진후, 연후에게 잘못되거나 빠진 것이 있는가 물어보자 성의백이 눈물을 흘리며 이몽양에게 말하였다.

"죽은 아우가 평생 사람의 행장을 지음에 헛되이 기리는 것을 취하지 않고 문체가 번다한 것을 좋아하지 않았소. 이제 선생의 글이 금옥 같아 죽은 아우의 뜻을 잘 알고 계시니 어찌 감사하지 않겠습니까? 그러나 이 가운데 빠진 것이 있으니 제가 잠깐 윤색하여 선생의 문체를 돕 10
고 죽은 아우의 뜻을 후세에 전하려 합니다. 저는 차례를 거스른 아우의 죽음으로 가슴이 부서지는 듯 서럽습니다. 어찌 모진 목숨을 참을 수 있겠습니까?"

그러고는 붓을 잡아 이몽양의 글을 고쳐 윤색하고 시말을 기록하나 간략하기를 위주로 하였으니 그 행장에 다음과 같이 기록되었다.

대명 금자광록태우 영승상 대내외사 겸 오부도총대장군 부마도위 진국공 시호 문정 증절효정충인성왕의 성은 유요 명은 세형이요 자는 문희니 학자가 일컫기를 송현선생이라 하였다. 그 선조 문성공으로부터 우리 조정에 칠대 후백(侯伯)이요 백년 명문거족이라. 왕이 홍치(弘治)[307] 12년 기미년(己未年) 겨울에 나니 일찍 모친 이씨의 꿈에 우러러 남두성을 삼키고 붉은 빛이 방안에 찬란하여 몸에 비침을 보고 깨어 공을 낳았다. 왕이 나면서부터 신체가 뛰어나고 풍치가 사람을 움직이니 평범 11
한 사람이 아니었다. 그 조부 효문공이 한 번 보고 감탄하여 말하였다.

"우리 집에 기린(麒麟)[308]이 날 줄은 몰랐구나."

---

307) 홍치(弘治) : 중국 명나라 효종(孝宗) 때의 연호(1488~1505).
308) 기린(麒麟) : 상상 속의 동물로 성인이 태어날 때 나타난다는 전설이 있음.

서너 살에 미치자 제기(祭器)를 가지고 놀고 진법(陣法)을 벌이면서 장난하는 데 이르렀으니 사람들이 반드시 큰 그릇이 될 줄 알았다. 10세에 이르러서는 풍채가 점잖으며 체격이 웅대하여 신장이 8척이요, 두 팔이 무릎을 지나며 말소리가 노숙하여 보는 사람이 어린아이인 줄 몰라했다. 하루는 한 관상쟁이가 와서 모두 관상을 보는데 왕이 홀로 단정히 앉아 머리를 돌이키지 않았다. 그 종숙 간의공이 웃고 불러 관상쟁이에게 관상을 보라 말하자 왕이 편안하게 대답하였다.

"제 목숨이 길고 짧은 것은 하늘에 달려 있으니 관상쟁이가 어찌 알겠습니까?"

그러고는 끝내 보지 않자 관상쟁이가 물러나와 사람에게 말하였다.

"유씨 모든 소년이 다 부귀할 상이나 오직 둘째 공자님께서 세상을 건질 재주가 있으니 훗날 가히 인각(麟閣)[309]에 이름을 걸고 운대(雲臺)[310]에 으뜸이 될 것입니다."

12 여람 사람인 관징은 관상 보는 술법이 고명하여 조정의 고관들이 혹하지 않을 자가 없더니 그가 왕을 한 번 보고는 놀라 말하였다.

"걸음이 용과 호랑이의 걸음이고, 의표가 태양 같으나 이마가 옥같이 밝아 바라보면 신과 같으니 반드시 일생의 근심을 면치 못하고 목숨이 길지 않을 것입니다."

이 말이 과연 옳으니 그가 관상 보는 법이 그르지 않았다.

왕이 천성이 호탕하고 총명하여 눈에 보지 않은 글이 없고 입에 외지 않는 시가 없었다. 그 형 성의백이 일을 처리하는 데 명료하고 신속한 것을 늘 공에게 사양하였다. 어려서부터 기질이 출중하고 학행이 뛰어나 열세 살에 두 번 급제하여 무종황제의 지극한 총애를 입어 간선에 뽑히게 되어 황녀로 배우자를 삼으나 부귀 때문에

---

309) 인각(麟閣) : 충훈부(忠勳府)를 달리 이르는 말. 공신(功臣)의 훈공을 기록하는 일을 맡아보던 관아.

310) 운대(雲臺) : 관상감(觀象監)을 달리 이르는 말. 천문(天文), 지리(地理), 역수(曆數), 기후 관측, 각루(刻漏) 따위를 맡아보던 관아.

마음을 동요치 않고 공주의 덕과 미색에도 뜻을 끝내 옮기지 않아 장씨와의 첫 언약
을 이루었다. 장부인의 재주와 용모가 공주에게 약간 떨어지는 것을 알았으나 특별
히 장부인을 후대하여 그 뜻을 세우니 이 또한 사람이 행하기 어려운 바였다. 공주 13
의 덕이 창성하게 된 후에는 마음을 풀어 공주를 예의로 대하였으나 구구하게 행동
함이 없었으니 이는 수신제가에 밝은 것이었다.

효성을 타고나 색동저고리를 입고 부모를 즐겁도록 하면서 온유한 말씀과 화락한 기색으로 부모의 뜻을 살펴 한 번도 큰소리와 불평한 빛을 하인들에게조차 보이지 않았다. 지위가 극하고 몸이 존귀했으나 부모 앞에서는 어린아이같이 하고 형제간에 우애가 더욱 두터워 앉으나 누우나 서로 좇아 너른 이부자리에 긴 베개를 베고 서로 즐기는 것이 지극하였다. 상례에 고집스러움이 예에 지나쳐 5년 시묘살이에 웃음을 입 밖에 내지 않는 것을 가장 쉽게 여기면서 한 번도 낯빛을 펴서 평상시와 같이 함이 없었다. 또한 거친 음식과 한 그릇 미음으로 기갈을 면할 따름이었다. 고질병이 뼈 속 깊이 박혔으나 사시사철 곡하기를 한 때도 거르지 않았으니 이 때문에 왕이 단명하게 되었다.

자녀를 가르칠 때에는 사랑한다고 하여 예의에서 벗어나지 않았고 가르침이 엄 14
격하여 은혜와 법이 밝았다. 또한 사람을 알아보는 것이 귀신같아 목숨의 길고 짧음
과 어질고 어리석음을 거울을 비추듯 하였다. 조정에서 벼슬한 지 35년, 나라의 병
권(兵權)을 잡은 지 20년 동안, 백관을 통솔하여 나라의 근심을 집안일같이 하고 임
금을 사랑하기를 아비같이 하여 천자의 어진 정사를 보면 날이 다하도록 기뻐하고
만일 간언을 듣지 않으시면 식음을 전폐하고 밤이 다하도록 잠을 이루지 못하니 왕
의 충성스런 신하임을 알 것이었다.

선조 문성공이 천문서 여덟 편을 태조 고황제에게 드렸으나 이에 대해 다시 아는 사람이 없이 국가에 대대로 전하는 보배로서 헛되이 어고(御庫)에 감추어져 있었다.

그런데 진양공주가 어려서부터 신이하여 재주가 매우 비상하므로 정덕 무종황제가 사랑하시다가 시험 삼아 천문서를 공주에게 보이셨다. 공주가 한 번에 깨달아 천지
15 의 이치를 더욱 밝히시니 태후와 무종께서 매우 기특하게 여기시어 천문서를 공주에게 주셨다. 공주가 이를 깊이 감추고 내어보지 않았는데 왕이 우연히 서랍을 살펴 한 번 보고 이것이 선조께서 남기신 것임을 더욱 기특하게 여겨 하루아침에 그 신묘한 기틀을 깨달아 스스로 천문지리와 음양조화를 다 알고 용과 호랑이를 항복 받으며 풍우를 부르는 재주를 익혔으나 이 일을 한 집안 사람인 부친도 알지 못하셨다. 그러나 서역을 칠 때 잠깐 배운 바를 시험하니 사람들이 바야흐로 그 신기함을 알게 되었다. 왕의 천성이 정대하고 강건하여 불사(佛事)와 환술을 매우 배척하고 죽고 사는 일로도 마음이 동요되지 않아 서역을 칠 때 양산 노인의 단약을 물리쳐 받지 않고 몸이 감옥에 갇히나 안색을 바꾸는 일이 없었다.

젊었을 때 남해의 왜구를 물리치고 대공을 이뤄 돌아오자 무종이 왕의 작위를 내리셨다. 이는 사람의 마음으로 즐길 바나 왕은 홀로 소부(巢父)와 허유(許由)의 맑은
16 마음[311]과 백이(伯夷)의 깨끗한 절개[312]로 부귀를 싫어하여 산간에 몸을 감추고 왕위를 사양하였으니, 깨끗하고 시원스런 행동이 이와 같았다. 천자가 그 기질을 높이 기리시어 다시 고쳐 진공에 봉하셨다. 가정(嘉靖) 황제가 대장군에 임명하시어 군무(軍務)의 중요한 임무를 맡기시니 지위가 제후의 위에 처하였다. 무릇 조정에 큰 일이 있으면 백관이 먼저 공에게 아뢴 후에 임금에게 아뢰었다. 병사를 쓸 때에는 신

311) 소부(巢父)와 ~ 마음 : 소부는 요(堯)임금 때의 도(道)가 높았던 선비로서, 요 임금이 천하를 주려 했으나 거절하고 산 속에 숨어 세상의 이익을 돌아보지 않고 나무 위에 집을 지어 그곳에서 잤다고 함. 허유는 요(堯)임금 때의 선비로서, 그 역시 요임금이 천하를 주려 했으나 거절하고 기산(箕山)으로 들어가 삶.

312) 백이(伯夷)의 ~ 절개 : 백이는 숙제(叔齊)와 더불어 주(周)나라의 전설적인 형제성인(兄弟聖人). 은(殷)나라 고죽국(孤竹國)의 왕자로 아버지가 죽은 뒤 후계자가 되기를 사양하다 나라를 떠남. 그 무렵 주나라 무왕(武王)이 은나라 주왕(紂王)을 멸하자 주나라의 곡식을 먹기를 거부하고 수양산(首陽山)에서 굶어 죽음.

기한 술법은 말할 것도 없고 사졸들과 고생을 함께 하고 수하를 어루만져 사랑하며 살생을 삼가니 병사들이 두려워하고 사랑하여 군율이 더욱 엄숙하였다. 서역을 치고 공을 이루자 천자가 구석(九錫)[313]을 더해 주시고 칼을 차거나 신을 신고 임금 앞에 나아갈 수 있는 권리[314]를 주시니 지위와 권세가 극히 중대하나 더욱 조심하고 겸손하였다.

문장이 빼어나고 영특한 기운이 출중하여 무릇 정사와 송사(訟事)에 아뢰는 것이
만 건이었으나 왕이 혹 병이 있거나 사연이 있어 즉시 해결하지 못하면 모아 놓았다
가 수만 장 문서를 뽑아 한 번 상부에 나가 먼저 먹을 두어 말을 갈고 여남은 명의 17
글 쓰는 낭관(郎官)[315]에게 문방사우를 주어 좌우에 엎드리게 하였다. 그러고는 왕
이 모든 공사를 눈으로 보며 입으로 일러 신속함이 바람 같으니 붓을 잡은 숱한 낭
관이 미처 쓰지 못하여 순식간에 물 밀듯이 처리해도 한 자도 그릇함이 없었다. 그
재주의 신기하고 민첩함이 이와 같았다. 관리로서 일하는 여가에 손을 책에서 놓지
않고 혹 거문고를 타며 지기를 펴고 부인이 거처하는 사실(私室)에 있어도 희롱의
빛과 예의 없는 말씀이 없고 의관이 정제하여 웃으며 말하는 일이 드물었다. 부하
관리들을 인의로 사랑하며 백성을 어루만져 다스리고 형벌과 정사가 엄격하였으나
마음 씀이 공평하여 조금도 사사로움이 없으니 천하가 태평하고 사방의 오랑캐가
귀순하였다. 천자가 스승의 예로 존경하시고 간신과 환관의 무리가 감히 방자하지
못하였으니 이는 왕의 지위와 덕망이 중대하기 때문이었다. 평생 시력이 특이하여
오부(五部) 장졸의 무수한 얼굴을 낱낱이 기록하였으니 장순(張巡)이 3만 군사를 아 18
는 총명[316]도 이와 더불어는 말하지도 못할 것이었다.

---

313) 구석(九錫) : 임금이 공로가 큰 신하에게 내리는 아홉 가지 물건. 즉 거마(車馬)·의복(衣服)·악칙(樂則)·주호(朱戶)·납폐(納陛)·호분(虎奔)·궁시(弓矢)·부월(斧鉞)·거창(秬鬯).

314) 칼을 ~ 권리 : 옛날 중신이 제왕의 두터운 신임을 받으면, 검을 풀거나 신발을 벗지 않은 채 임금 앞에 나아갈 수 있었던 일을 말함. 검리상전(劍履上殿)이라 함.

315) 낭관(郎官) : 각 관청에서 문서의 일을 맡아보던 관직.

가정 12년 봄, 가뭄이 심하고 역병이 크게 일어나 모든 백성이 이를 면하지 못하였으나 홀로 진궁과 유씨 부중은 안전하였다. 왕이 깊이 나라를 근심하여 스스로 글을 지어 제단을 설치하고 제사 지내기를 칠일 밤낮을 하여 전염병을 없어지고 비와 바람이 순조롭기를 비니 제가 끝내자마자 큰 비가 사방에 흡족하게 내리고 10일 안에 전염병이 없어져 조정과 재야가 편안하게 되었다. 그 신기한 재주와 임금에 대한 충성과 백성에 대한 사랑이 이와 같았다. 늘 조복을 바르게 하여 대전에 오르면 천자가 공의 이름 대신 관직명을 부르고[317] 태양 같은 위풍과 신명한 결단이 만조백관을 제압하였으니 하(夏)나라, 상(商)나라, 주(周)나라 삼대를 돌아보았을 때 공과 같은 사람은 탕왕(湯王) 때의 이윤(伊尹)[318]과 문왕(文王) 때의 강태공(姜太公)[319] 뿐이었다. 공명을 이루고 재상으로서의 임무를 수행함이 두 사람에 비길 만한 것이었다.

19 왕의 정궁 주씨는 황녀 진양공주로 2자 1녀를 낳았다. 계비 장씨는 이부상서 장순의 딸로 3자 1녀를 낳았다. 장자 진양후 관은 승상 설흠의 딸을 취하여 7자 4녀를, 차자 연국후 현은 태학사 양강의 딸을 취하여 8자 2녀를, 태우 왕선의 딸을 재취하여 1자를, 삼자 예부시랑 혜는 관래후 주석의 딸을 취하여 4자를, 사자 정은 과거를 그만두고 운림선생이라 하니 한림 사돈의 딸을 취하여 6자 5녀를, 오자 태학사 양은 양왕의 딸 옥선군주를 취하여 3자 7녀를, 장녀 문창군주 영주는 수춘후 좌승상 소경

---

316) 장순(張巡)이 ~ 총명 : 장순은 당나라 현종(玄宗) 때의 명장(名將). 안녹산의 난이 일어나자 수양 태수(睢陽太守) 허원(許遠)과 성을 지키며 적장 윤자기(尹子琦)와 싸움. 적을 격파하고 성을 여러 달 동안 굳게 지켰으나, 원군이 오지 않아 결국 성은 함락되고 장순은 전사함. 병서에 박식했고 진법에 달통하였음. 삼만 군사를 일일이 알아보는 능력이 있었다고 함.

317) 천자가 ~ 부르고 : 임금이 공이 많은 신하에게 공경의 뜻으로 이름 대신 신하의 벼슬을 부르는 것으로, 이를 '찬배불명(贊排不名)'이라 함.

318) 이윤(伊尹) : 은(殷)나라 탕왕(湯王)의 재상으로 이름은 지(摯). 유신(有莘)의 들에서 밭을 갈다가 탕왕의 부름을 받고 벼슬에 나가 하(夏)나라의 무도한 걸(桀)을 치고 은나라 창업을 도와 선정을 베품.

319) 강태공(姜太公)이었다. : 강태공은 주(周)나라 문왕(文王)의 스승이었던 여상(呂尙)을 말함. 자(字)는 자아(子牙)임. 태공망(太公望)이라고도 부름.

문에게 시집가 7자 3녀를, 차녀 문현군주 명주는 도어사 소경원에게 시집가 2자 3녀를 낳았다. 이는 다 왕이 덕을 쌓아 얻은 경사가 가문을 높이고 종사를 창성하게 한 것이었다. 이미 세상을 떠나자 천자가 친히 임하시고 천하가 부모를 잃은 것 같았다.

차설(且說). 천자가 날이 오래도록 진공을 생각하시어 늘 조회에 참석 20
하시면 진공의 자리를 돌아보시고 슬퍼하시며 백관에게 말하였다.

"옛날 조간자(趙簡子)[320]가 주사(周舍)[321]가 죽자 말하기를 '양가죽 천 개가 여우의 겨드랑이 가죽 한 개만 못하고, 천 사람의 응낙이 한 사람의 직언만 같지 못하다.'[322] 하였으니, 하물며 짐이 진공 같은 신하를 잃은 것이랴?"

여러 신하들이 슬퍼하여 우러러 용안을 바라보지 못하였다. 진공의 유언에 따라 부풍후에게 군무의 중요한 일을 맡기시고 내시를 보내시어 진후, 연후를 자주 위로하셨다. 유씨 문중이 천은에 감격하였다.

이때에 엄태감이 진공의 산소를 지켜 밤낮으로 통곡하여 숙식을 전폐하자 병이 점점 위급하여 끝내 일어나지 못하였다. 장손 상궁 또한 진공의 장례를 치루고 침실에 들어가 음식을 끊고 눈을 감은 채 누워 10여 일에 이르자 목숨이 위급해졌다. 죽기에 임박하여 문창군주의 손을 잡고 진후, 연후를 대하여 말하였다.

---

320) 조간자(趙簡子) : 춘추시대 진(晉)나라의 왕.

321) 주사(周舍) : 조간자를 섬기며 날마다 조간자의 잘못을 기록하며 간언했던 신하.

322) 천 ~ 못하다 : 전한(前漢) 말기 유향(劉向)이 쓴 『신서(新序)』에 "양가죽 천 개가 여우의 겨드랑이 가죽 한 개만 못하고, 천 사람의 응낙이 한 사람의 직언만 같지 못하다(天羊之皮, 如一狐之腋, 天人之諾, 不如一士之諤)."라는 구절이 나옴. 조간자(趙簡子)가 죽은 주사(周舍)를 생각하며 한 말임.

21 "제가 돌아가신 진양공주를 길러 진부에 온 지 40년입니다. 늙은 목숨을 끊지 못하고 도리어 젊은 주인들이 다 저승에 가셔서 영원히 이별하였으니 제가 목석이 아닌 이상 어찌 견딜 수 있겠습니까? 이제 천명이 다하였으니 돌아가는 것이 아까울 것이 없습니다. 그러나 참지 못할 것은 문창군주 등이 이후로 상제 노릇 하기를 심하게 하여 귀체를 위태하게 하시리니 지하에 가서도 눈을 감지 못할 것입니다. 원컨대 연후와 진후, 문창군주는 부모가 끼치신 골육을 아끼어 길이 보중하소서. 저의 소임은 설상궁, 원상궁 두 사람이 대신할 것입니다. 이들이 매우 충성스럽고 근면하니 제가 주관하던 일을 맡겨 주공과 선비(先妣)의 법을 변치 않게 하십시오."

말을 마치고는 명이 다하니 문창군주와 진후, 연후가 매우 슬퍼하여 수놓은 비단으로 염습하였다. 궁중 내외 사람들 모두 슬퍼하지 않는 사람이 없었고, 세월이 오래 지나도록 그 덕과 충의를 잊지 못하였다. 진후가 엄태감을 '충근정의태감'으로 추증하고 관리로 묘소를 지키게 하며, 장손씨를 '절렬성혜군'에 추증하였다. 또 두 사람의 3년 제사 물물을 공급하고
22 친히 영전에 나아가 상구를 보내어 은혜를 두텁게 베풀었다. 설상궁, 원상궁 두 사람으로 궁중을 총관하게 하고 유태감이 바깥일을 다스리자, 진후, 연후가 예의로 대접하여 덕스런 정치를 닦았다. 슬픈 가운데 훌쩍 3년이 지나가니 천자가 진후로 하여금 진공의 뒤를 이어 진국공에 임명하시고 연후는 진양후에 임명하셨다. 또한 시랑 등에게 다 본직을 주고 부르시니 이들이 울며 상소하여 사양하였다. 상이 더욱 간절하게 부르시고 모든 숙부들이 재삼 권하여 출사하게 되니 다들 슬픈 마음을 이기지 못하였다.

이때 문창군주가 시부모님께 고하고 명주소저와 더불어 진부에서 삼년상을 지내니 후 제남백이 며느리 두 사람에게 다 돌아오라 명하였다 하자 진후가 크게 곡하고 친히 소부에 와서 간청하여 말하였다.

"누이 두 사람이 귀댁을 오래 떠나 부녀자의 도리를 어기는 것은 옳지 않으나 존공께서는 여러 아드님이 계시고 자포[323]는 더욱이 양성공주가 있어 적막하지 않을 것입니다. 원컨대 존공께서는 부모가 없는 외로운 마음을 불쌍하게 여기시어 두 누이동생으로 하여금 남매가 서로 모여 위로할 수 있게 해 주신다면 그 큰 은혜를 뼈 속 깊이 새겨 명심하고 돌아가신 부모님께서는 지하에서 풀을 맺어 은혜를 갚으실 것입니다." 23

말을 좇아 피눈물이 옷깃을 적셨다. 소공 부자 또한 감동하여 눈물을 흘리고 쾌히 허락하여 한 달에 보름은 군주 형제가 소씨 부중에 머물고 보름은 진부에 모여 형제가 서로 위로하며 지내게 하였다. 소후가 어려서 진공에게 의탁하여 극진한 대우를 입었기에 그 상사(喪事)에 슬퍼함이 아들, 조카와 다름이 없고 문창군주의 사정을 슬피 여겨 대접이 더욱 후하였으며, 진후, 연후와의 사귐이 더욱 두터워 종신토록 관계가 끊어지는 일이 없었다. 공사의 여가에 부모에게 문안 인사를 드린 후에는 진부에 모여 공이 있을 때보다 더 지극하니 그 신의 있음이 이와 같았다. 양성공주 또한 진공의 상사를 듣고 통곡하면서 삼년상을 치러 그 은혜를 갚았다. 소후가 옳지 않다고 하였으나 양성공주가 듣지 않았다.

이때에 여러 공들의 자녀가 다 혼인하고 오직 각로공의 어린 딸 예주만이 남았는데 예주는 순부인의 막내딸로 아름다운 용모와 태도가 매우 신

323) 자포 : 소경문의 자(字)임.

24 기하였다. 비록 군주의 선녀 같은 지극한 아름다움과는 다르나 시원스럽고 법도에 맞으며 유한정정하여 모친의 추한 용모와 둔한 기질을 조금도 닮지 않고 모두 그 부친의 풍모와 기질을 본받아 각로가 매우 사랑하였다. 다만 소저가 태어날 때 신비한 향기가 방 안에 가득하고 오색구름이 온 집을 둘렀으니 모든 사람들이 다 괴이하게 여기고 순부인이 요괴롭다 하여 사랑하지 않았다. 그러나 초공은 생시에 이미 그 비상한 인물임을 알고 특별히 어루만져 사랑하였다. 이때 나이가 열두 살에 이르자 조용하고 단아하며 안정되고 현철하여 외모와 기상이 해와 달과 같았다. 공들은 모두 명철한 군자라 예주가 이렇듯 비상한 것을 깊이 근심하였다.

이때 태자비 위씨가 서거하고 다시 태자비를 간택하니 예주 소저가 간선에 참여하게 되었다. 상께서 흡족해 하시고 드디어 세자비에 책봉하시어 동궁과 혼례를 이루고 각로와 박부인, 순부인 두 부인에게 은권을 두텁게 하셨다. 그러나 각로는 조금도 기뻐하지 않으며 말하였다.

"꿩과 봉황이 쌍이 못 되는데, 예주가 비록 자색이 있으나 그 어미가 불

25 초하여 태교를 어질게 못하였으니 어찌 만승의 국모에 뽑히겠습니까?"

성의백이 말하였다.

"이 아이가 비상한 일이 많으니 부모가 기이하게 여기시고 나와 둘째 아우는 오늘이 있음을 짐작하였으니 천수를 어찌 면하겠느냐? 또 질녀는 복덕이 가득한 아이라 초방(椒房)[324]에 임자가 되는 것이 옳지 않을 것이 없으니 아우는 염려 말게."

그럼에도 각로는 탄식하고 즐겨하지 않았다. 이로부터 내시와 궁인이

324) 초방(椒房) : 후춧가루를 바른 방이라는 뜻으로, 왕비나 왕후가 거처하는 방이나 궁전 따위를 이르는 말. 후추나무는 온기가 있고 열매가 많은 식물로서, 자손이 많이 퍼지라는 뜻에서 왕후의 방 벽에 발랐음.

연이어 태자와 태자비의 말씀으로 안부를 묻고 진기한 보물과 어선(御膳)을 연이어 하사하자 각로가 기뻐하지 않으며 말하였다.

"태자는 나라의 저군(儲君)[325]이시니, 신료를 대접하심에 후함과 박함이 없어야 할 것인데 사정으로 금백(金帛)을 대신에게 상사하시는 것이 노(魯)나라 목공(繆公)이 자사(子思)를 대접하는 것[326]보다 심하구나. 하물며 태자비는 내 자식으로 어찌 아비의 뜻을 모르고 이런 허황된 행동을 하는가?"

그런 후 받은 금백과 진수성찬을 돌려보내고 글을 올려 말하였다.

신이 국은을 입어 지위가 황각에 깃들이니 금은보화와 진수성찬이 제 한 몸에 이
미 족합니다. 이는 곧 나라의 은혜이니 감히 사사로이 명분 없는 상급을 받는 것을 26
부끄러워합니다. 태자는 사사로운 정을 끊으시고 사치를 멀리 하시어 스스로 힘쓰시고 신의 생계는 염려하지 마소서. 들으니 임금이 음식을 주시면 신하가 마땅히 절하고 먹으며 임금이 상을 내리시면 신하가 또 예의를 표하지 않을 수 없습니다. 자사가 삶은 고기 때문에 군자의 몸으로 엎드려 절하는 것[327]을 즐기지 않았으니 또한 자식이 주는 것 때문에 아비가 복종하여 무릎을 굽히는 것이 어찌 옳겠습니까? 임금과 신하의 의리가 엄숙하나 부모와 자식의 의리 또한 중하오니 태자비께서는

---

325) 저군(儲君) : 황태자 혹은 왕세자를 말함.

326) 노(魯)나라 ~ 것 : 자사(子思)는 공자(孔子)의 손(孫)으로 노(魯)나라 목공繆公) 때의 유학자. 공자(孔子)의 학문(學問)을 계승하여 『중용(中庸)』을 지었으며, 다시 맹자(孟子)에게 유학(儒學)을 전(傳)하는 등, 그 전파에 큰 위치를 차지함. 목공이 자사에게 별다른 직책도 주지 않고 자주 사신을 보내 삶은 고기를 주자, 자사는 목공이 명분 없이 자신에게 고기를 주어 자신이 머리를 조아리고 재배(再拜)하여 받게 하는 것은 자신을 견마(犬馬)로 취급하는 것이라 하면서 이후 사신에게 다시 오지 말라 하였다 함. 이에 목공이 부끄러워 이후 자사에게 고기를 보내지 않았음. 결국 목공이 자사를 대접하는 일이라는 것은 임금이 별다른 명분 없이 신하에게 하사품을 내려 신하를 욕되게 하는 것이라 할 수 있음. 이는 『맹자』 「만장(萬章)」 하(下)에 전하는 내용임.

327) 자사가 ~ 것 : 자사가 군자임에도 불구하고 목공이 별다른 명분 없이 주는 삶은 고기를 받고 엎드려 절하고 받아야 했던 일을 말함. 위의 주 참조.

다시 이런 일로 나에게 괴로움을 더하지 마십시오.

이에 태자비가 황공하여 하고 태자가 탄복하고 두려워하시어 이후에는 감히 물품을 하사하는 일이 없으시니 각로의 겸손하고 검박하며 엄정함이 이와 같았다.

여러 공들이 진공의 상사 이후로는 우애가 더욱 도타워져 형제끼리 잠
시도 떠나지 않으므로 내당과의 왕래가 저절로 끊어졌다. 이따금 중당에
모여 집안일을 결정할 때 공회(公會)에서 부인을 서로 볼 따름이고 사실에
27 는 가는 일이 없었다. 모든 부인네들 또한 한 당에 모여 화락하게 지내며
장부인의 슬픈 거동을 대하면 눈물을 흘리며 위로하였다. 장부인은 동서
와 시누이들을 대하면 슬픈 마음을 더욱 이기지 못하여 늘 영운전에 깊이
들어가 문을 닫고 가사를 전부 그만두어 오직 제사에만 참여하며 자녀와
더불어 소일할 따름이었다. 이에 공들이 매우 슬퍼하며 장부인 대접하기
를 편모 받들 듯이 하고 모든 부인이 장부인의 처소인 영운전에 아침저녁
으로 모여 위로하니 영운전이 도리어 예전에 이부인이 계시던 부용각과
같이 번화하였다. 장부인은 모든 아주버님과 동서 시누이들의 후한 정의
에 감격하여 다시 음식을 먹으면서 세월을 보냈다.

하루는 진후, 연후, 시랑 등이 세 아우와 더불어 상부 대서헌에 나아가
백부와 숙부들을 모시고 말씀하면서 밤이 깊어 가는데, 달빛이 옥난간에
밝게 빛나고 따스한 바람이 서서히 불어왔다. 풍경은 예전에 형제가 모여
즐기던 모양과 같으나 세상사가 달라졌음을 슬퍼하며 공들은 감회에 젖
었다. 진후, 연후 형제가 자리를 돌아보고 부친의 자리가 홀로 비었음을
28 보고 새삼 슬퍼져 목 놓아 탄식하며 눈물을 흘렸다. 자리에 앉아 있던 모

든 사람들도 다 울면서 눈물을 흘렸다. 성의백이 탄식하며 말하였다.

"하늘이 문희[328] 같은 인물을 내시고 나이를 길게 하지 않으시니 하늘의 뜻을 가히 알지 못하겠구나. 이별한 지 벌써 5년이다. 세월이 오래되어 음성과 모습이 점점 요원하여 가니 예전에 서로 즐긴 것이 꿈속의 일과 같구나. 여러 조카들은 이렇듯 슬퍼하지 말거라. 앞으로 남은 세월이 얼마이겠느냐?"

성의백이 말을 끝내자마자 눈물로 넓은 소매를 적시니 여러 공들은 슬퍼서 울음을 이기지 못하였다. 한참 후 성의백이 모든 아우들을 돌아보고 말하였다.

"우리 형제는 나이가 쇠로하고 지극한 고통이 골수에 박혀 앞으로 세상 살 날이 오래지 않을 것이다. 나는 부모 계실 적부터 여색을 끊어 외당에 있지만, 생각건대 세 아우는 형제끼리 넓은 이불을 덮고 긴 베개를 베면서 서로 즐거워하는 것도 옳지만 부인에게 너무 매몰한 것은 도리어 인정에 야박한 것 같구나. 여색에 신경 쓰라고 말하는 것이 아니라 자녀의 마음을 생각하고 집안일에 둘러볼 것이 있으리란 말이니 너무 고집하지 말고 한두 번씩 사실에 가서 울적한 마음을 푸는 것이 어떠한가?"

영릉후가 문득 눈물을 거두고 웃으며 말하였다.

"형님께서는 어찌 이런 말씀을 하십니까? 저희들이 나이가 쇠하고 자 29
녀를 고루 갖추었으니 다시 세상에 생각이 없습니다. 둘째 형님께서 기세한 후로부터 동기간에 잠시라도 떠나는 것이 더욱 슬픈 일인 줄 깨달았습니다. 그래서 소시 적에 부부간의 즐거움으로 처소를 달리하고

---

328) 문희 : 진공 유세형의 자(字)임.

형제가 서로 좇지 못하던 것도 뉘우치는데 이제 어찌 처자에 연연하여 형제끼리 한 때라도 떠날 수 있겠습니까?"

또 영릉후가 두 아우를 돌아보고 말하였다.

"내 뜻대로 두 아우도 같이 하라 한다면 너희들이 번민할지 모르니 너희들은 큰형님의 가르침을 좇는 것이 옳겠구나."

부풍후와 각로가 웃고 대답하였다.

"셋째 형님의 호방하신 성품이 이같이 노숙하십니다. 저희들은 본래 집안일에 관심이 없고 여색에도 뜻이 없으니 저희들에게 물어본다고 해도 달리 특별한 대답을 할 것이 없을 것입니다."

여러 공들이 서로 웃고 또한 진공의 호방한 담소, 온화한 풍채 및 상서로운 기품을 생각하며 슬퍼하였고 진후 형제는 보는 것마다 상심하여 슬픈 마음을 진정하지 못하였다. 공들이 진후 형제를 특별히 사랑하기를 친
30 자식보다 더하여 가르치기를 더욱 엄하게 하고 아주 작은 일에도 용서치 않으니 진후 5형제의 행실이 더욱 출중하여 모든 친척들 중에서 빼어났다. 진후 형제 또한 모든 숙부들을 섬기기를 부친과 같이 하고 장부인께 효성이 출천하여 황향(黃香)이 더운 여름 날 부친의 베개머리에서 부채질하던 것[329]과 육적(陸績)이 가슴에 귤을 품고 와서 어머니에게 드린 일[330]을 본받으니 칭찬할 만하였다.

이때 초공과 진공이 비록 기세하였으나 성의백이 가사를 주관하고 종족과 화목하며 영릉후 등 세 공이 덕을 이루어 화락한 기운이 가문에 가

---

329) 황향(黃香)이 ~ 것 : 황향은 후한(後漢) 때의 효자로 효성이 지극하였음. 9세 때에 어머니를 잃자, 아버지를 잘 받들어 여름이면 아버지의 베개에 부채질하여 시원하게 하였다고 함.

330) 육적(陸績)이 ~ 일 : 육적은 삼국시대 오(吳)나라 손권(孫權)의 참모를 지낸 인물로, 효성이 매우 지극하였음. 6세 때 원술(袁述)의 집에 가서 자신은 귤을 먹지 않고 어머니를 드리기 위해 귤을 가슴에 품고 온 유명한 고사 즉 회귤고사(懷橘故事)가 전함.

득하고 고가(古家)과 유풍이 변하지 않았다. 재물을 모으는 데는 사사로이
축적하는 일이 없고 의복을 짓는 데는 특별히 임자가 없고 밥을 먹는 데
는 모두 공평하고 화목한 것이 고금에 드물었다. 생들 또한 여러 대에 이
르도록 같은 배에서 난 동기 같아 모두들 덕행을 닦고 주색을 멀리하여
비첩(婢妾)과 창기의 무리를 모으지 않았다. 모든 젊은 며느리들도 사덕
(四德)을 닦아 당초 혹 아름답지 않은 일이 있다가도 윗사람이 덕을 드리
워 연소한 부인들을 높은 행실로 가르치면 자연 감화하여 다 올바른 도에
돌아가니 이는 성의백 등 여러 생들의 교화로 인한 것이었다. 또 부인 중 31
에서는 소부인, 장부인 두 부인이 관대하고 인자하며 어질고 지혜로워 어
린 며느리들을 한결같이 사랑하면서 잘 인도하여 예법에 어그러짐이 없
게 하였다. 남자의 행실과 규방의 법도가 이와 같았다.

재설(再說). 초공의 창첩 찬향 · 월심 두 사람은 이부인이 사랑해 주심을 입어 초공의 은총을 얻었으나 자녀가 없었다. 부인이 불쌍하게 여기고 공들이 서모로 지극히 후대하였으며 두 사람 또한 스스로 진공에게 의탁하였다. 그런데 진공이 기세하자 공들과 진후가 지극히 후대하였으나 두 사람의 신세가 마침내 의탁할 곳이 없고 박명함을 슬퍼하여 날로 초췌하니 늙은 나이에 병이 침중하게 되었다. 공들이 친히 약을 다스리고 증세를 물어 치료하기를 지극히 하였으나 조금도 차도가 없다가 10여 일째에 이르러는 마침내 다시 일어나지 못하였다. 공들이 매우 슬퍼하며 관곽을 갖추어 선생의 곁에 장사지냈다. 성의백이 탄식하여 말하였다.

"두 서모마저 돌아가시니 우리들이 다시 우러러 봉양할 사람이 없구나."

공들은 이렇듯 탄식하였다. 32

이러구러 10여 년이 지나자 시절이 가을이 되었다. 공들이 진공의 기사(忌祀)[331]를 지내고 협문으로 본부에 돌아왔더니 문득 가을바람이 높고 섬돌 앞에 국화와 정원 안에 단풍이 눈에 들어왔다. 공들이 갑자기 진공이 임종 시에 이곳에서 글을 짓던 일을 생각하고 성의백과 부풍후가 눈물을 비같이 쏟고 영릉후와 각로는 눈물을 흘리며 피를 토하기까지 하니 모든 자질이 부축하여 돌아왔다. 이로부터 영릉후와 각로는 병을 얻어 침상 위에 눕게 되었다. 두 사람이 본래 기질이 청고하여 옥나무 같은데다가 상사(喪事)에 상한 증세가 깊어 고질병이 뼈에 박혔고, 노년에 진공의 모습을 사모하고 눈길이 닿은 곳마다 슬퍼하여 병이 날로 위태하였다. 천자가 들으시고 어의로 문병하시고 태자가 친히 문병오시고 태자비가 망극하여 내시로 부친과 숙부의 증세를 물으시는 일이 극진하셨다. 몇 개월째가 되자 증세가 날로 위태하여 다시 회복하기를 바랄 수 없게 되니 자녀
33 가 망극하고 황급해 하였다. 영릉후가 스스로 일어나지 못할 줄 알고 약 쓰기를 그치게 하고 성의백과 부풍후를 대하여 말하였다.

"사생이 명에 있고 화복이 하늘에 있으니 인력으로 미칠 바가 아닙니다. 우리들이 일생 슬픈 것을 모르더니 부모를 여의고 둘째 형님을 이별하여 세월이 여러 해가 지났습니다. 부모를 잃은 지극한 고통은 이를 것도 없지만 동기의 정으로써 둘째 형님의 종적이 묘연한 것은 인정에 참지 못할 일입니다. 늘 거처할 때 서로 이끌어 함께 있던 것을 생각하면 세상에 뜻이 없더니 오늘 천명을 다하게 되었습니다. 지하에 돌아가 부모님과 둘째 형님을 볼 것이니 어찌 기쁘지 않겠습니까? 다만 형님께서 외로우실 것을 슬퍼하나니 형님은 불초한 아우를 생각하지

---

331) 기사(忌祀) : 기일(忌日)에 지내는 제사.

마시고 몸을 보중하십시오.”

영릉후가 또 모든 자식들을 돌아보고 화목하고 공손하며 검소할 것을 경계하고 진후 형제의 손을 잡고 눈물을 흘리며 말하였다.

“둘째 형님께서 세상을 떠나신 후 너희들이 우리를 믿어 위로를 삼았
는데, 이제 내가 조카들을 버리니 어찌 슬프지 않겠느냐? 지하에서 앎
이 있다면 내가 마땅히 형님을 뵙고 너희들의 어짊을 고할 것이다.” 34

말을 마치고 운명하였다. 온 집안이 모두 슬퍼하여 곡성이 진동하니 각로가 병중에 듣고 놀라 혼절하여 깨어나지 못하였다. 아아, 슬프도다! 영릉후의 사람됨이 명쾌하고 통달하여 글 잘 쓰고 말 잘하는 기술은 바람 불고 구름 모이듯 하여 육국(六國) 재상의 인수(印綬)를 차고 공명을 만세에 드리움직하고, 공평한 의논과 현명한 재주는 농담을 즐기던 사안석(謝安石)332)과 덕량 있는 왕도(王導)333)와 같으나 집안을 다스리는 엄숙함은 사안석과 왕도에 비길 바가 아니었다. 집안에 두 부인이 있으나 한 번 노한 기색과 큰 목소리를 공의 눈앞에서 보이지 못하였다. 나이가 15세에 이르렀을 때 신장이 8척이 넘고 풍채가 시원스러워 보는 사람마다 기특하게 여겼다. 이 해에 갑과에 급제하여 22세에 간의태우 정서장군에 임명되어 초공이 풍양을 칠 때에 후군을 총감독하여 관서의 전공을 이루고 돌
아와 예부상서 영릉후에 제수되었다. 공명부귀가 적지 않았으나 뜻을 벼 35
슬길에 두지 않고 꽃 앞과 달 아래 잔을 잡고 시를 읊었으니 마음 가운데

---

332) 사안석(謝安石) : 사안석은 사안(謝安)의 자(字)임. 동진(東晋) 중기의 재상(宰相). 제위를 찬탈하려는 환온(桓溫)의 야망을 저지했고 재상 재직시 전진왕(前秦王) 부견(苻堅)의 남하를 막았으며 사현(謝玄)과 부견의 군대를 비수에서 격파했다. 명재상으로 칭송이 높았고 당시의 손꼽는 문화인이기도 함. 평소 농담을 즐겼다 함.

333) 왕도(王導) : 진(晉)나라 원제(元帝) 때의 뛰어난 정치가로서 도량이 넓고 식견 있는 것으로 유명하였음.

한 점 욕심이 없었다. 성품이 올곧아 일생 억지로 하는 말이 없어 스스로 정직함을 즐겼다. 자녀를 가르침에 엄정하여 미세한 일이라도 허물을 용서하지 않으니 모든 자녀가 두려워하고 가법이 정숙하여 평제왕의 무리가 약탕기를 받들어 봉양하는 것이 아주 어린 소년과 다름이 없었다. 국사에 진력하여 공평함을 힘쓰고 부모에게 효성이 출중하니 모친이 늘 웃으며 말하였다.

"자녀 여덟 사람에 오직 이 아이가 종요롭다 하리니 그 효순함을 알 것이다."

상제 노릇하는 것과 진공의 상사에 지나치게 수척하여져서 병이 깊어 기세하니 어찌 아깝지 않겠는가? 각로공과 한날에 돌아가니 영릉후는 67세고, 각로는 62세였다. 온 집안이 망극하여 일시에 통곡하니 곡성이 하
36 늘에 닿았다. 상사의 거룩함이 초공, 진공에는 미치지 못하였으나 영릉후는 봉읍 열토가 있고 제왕이 상복을 입음에 일국을 기울일 정도였다.

각로공의 사람됨은 형산(荊山)의 옥[334]과 현택[335]의 얼음 같았으며, 총명하고 학문을 좋아하며 인자하고 효성스럽고 우애가 깊었을뿐아니라 또 손 가운데 세상을 바르게 하고 백성을 편하게 할 만한 재주가 있었다. 그러나 명예나 이익에 뜻이 없으며 성품이 맹렬하여 눈에 부정한 것과 허황된 일을 하지 않았다. 16세에 이르러서는 신장이 7척 5촌이고 문재(文才)가 뛰어나 사람들을 놀라게 했다. 이 해 봄에 과거에 급제하여 문반 벼슬을 거쳐 10여 년이 못 되어 대각(臺閣)[336]의 자리에 올랐으니 천자의 뜻을

334) 형산(荊山)의 옥(玉) : 매우 아름다운 옥을 이르는 말로, 초(楚)의 변화(卞和)가 형산에서 박옥(璞玉)을 얻은 데에서 유래함.

335) 현택 : 미상.

336) 대각(臺閣) : 임금의 정사(政事)에 대하여 간언(諫言)하는 임무를 맡은 사헌부(司憲府), 사간원(司諫院) 등을 통틀어 이르는 말.

빛낸 지 20여 년이었다.

태산과 북두와 같은 영릉후와 각로공의 명망이 나라에 유명하여 천하에 우러르는 바가 되었더니 이제 기세함에 상께서 깊이 슬퍼하시고 두 사람을 일등으로 예장하신 후 영릉후를 문숙공에, 각로를 효정공에 추증하셨다. 영릉후의 부인 설씨가 영릉후가 기세하는 것을 보고 아들인 평제왕을 대하여 말하였다.

"내가 본디 어려서 부모를 잃고 쓸쓸하여 의탁할 곳이 없었다. 다행히
신의 있는 네 부친을 만나 지기가 상합하여 따라왔다가 혼인의 구차함 37
을 거리끼지 않고 예의를 갖추어 유씨 문중에 들어왔다. 또 남부인이 네 부친에게 정을 잃을까 불안하여 내가 산간에 깃들인 지 30여 년이 되었다. 다행히 너희 남매를 두어 종사를 의탁하고 너희 부친이 예의로 대접함을 힘입어 사람들이 더럽게 여기는 것을 면하니 나와 네 부친은 그 은혜와 의리로 보건대 평범한 부부가 아니다. 내가 어찌 지기(知己)를 저버리고 구차하게 살아가겠느냐? 너는 부모를 지나치게 생각하지 말고 정사를 부지런히 닦아 신민을 사랑하고 부모 제사를 삼가 지내며 내가 바라던 바를 저버리지 마라."

말을 마치자 다시 자녀의 말을 듣지 않고 음식을 끊어 10여 일에 스스로 죽으니 향년 59세였다. 부인은 어려서부터 총명하고 호탕하여 일찍 제자백가와 구류삼교 가운데 보지 않은 글이 없고 검술이 더욱 신기하여 섭은랑(聶隱娘)337)의 무리라 할 만했다. 15세에 영릉후에게 시집와 부부의
정이 특별하였으나 겸손하고 강개하여 시가에서 물러나 산수 사이에서 38

337) 섭은랑(聶隱娘) : 당나라 때 협객소설의 하나인 『섭은랑』이라는 소설의 여주인공. 배우자 선택을 비롯하여 자신의 운명을 선택하는 데 있어 주도적이었으며, 뛰어난 학식과 수준 높은 무예가 빼어난 여협(女俠)이었음.

사슴과 산짐승을 벗하여 산 지 30여 년이었다. 고상하고 명쾌함이 여협(女俠) 가운데 드물고 영릉후와 상대하는데에도 전혀 부부의 도가 없어 잘못을 일깨우고 문리를 토론함이 사랑하는 벗과 같았다. 일찍 병서에 통달하고 천문지리와 병법의 묘한 것을 밝게 알아 제왕에게 무예와 병서를 가르쳐 큰 사람이 되게 하였으니 그 어머니로서의 가르침이 이와 같았다.

설부인이 기세하자 공들이 슬퍼하는 것이 친누이의 상례와 같았으며 남부인이 특히 과도히 슬퍼하면서 평제왕 남매를 각별히 어루만져 사랑하였다. 평제왕은 평일 모자 사이에 서로 뜻이 맞아 설부인의 자애로움과 평제왕의 효성스러움은 다른 모자에 비길 바가 아니었다. 그러다 하루아침에 부모를 동시에 여의게 되자 하늘과 땅이 무너지는 것 같은 슬픔에 어린 누이와 더불어 기절하기를 자주 하고 미음도 먹지 않았다. 이에 남부인이 울며 평제왕을 깨우쳐 그로 하여금 겨우 목숨을 부지하여 장사를 지내게 했다. 세월이 흘러갈수록 평제왕 남매는 슬퍼하는 것이 예법을 넘
39 어섰고 삼년상을 치른 후에도 설부인 영전을 왕부에 봉안한 뒤 부친의 유언을 생각하여 형제가 동거하며 떠나지 않았다. 각로의 초상에 박부인이 스스로 죽자 유씨 문중의 망극함은 이루 다 말할 수 없었고, 자녀의 애통함은 차마 보지 못할 정도였다. 성의백과 부풍후 또한 슬픔을 이기지 못하여 드디어 병이 나니 천자가 자주 중사(中使)[338]로 안부를 물으시고 약 등을 주시어 몸조리하라 이르셨다.

이때 장부인이 고질병으로 드러누운 지 여러 해였다. 약이 효험이 없고 지극한 슬픔이 세월이 갈수록 깊은 가운데 영릉후와 각로의 상사로 인해 병이 덧나고 성의백의 병세를 심히 걱정하여 여러 가지로 증세가 더하

338) 중사(中使) : 왕의 명령을 전하던 내시(內侍).

였다. 자녀들이 초조하고 황급하여 침석에서 모시기를 밤낮으로 게을리
하지 않았다. 진후, 연후는 특히 지극한 효심으로 온갖 정성을 다해 화평
한 말과 기쁜 낯빛으로 병회(病懷)를 위로하였다. 천도(天道)에 사물이 극
에 달하면 반드시 뒤집힌다 하였으므로 장상서 부부가 병이 위태하자 장
부인이 더욱 초조해 하였다. 10여 일 후 장상서 부부가 한날에 같이 죽으 40
니 모든 자식들이 감히 장부인에게 장상서 부부의 상사를 고하지 못하고
황급히 성의백에게 이 일을 의논하였다. 성의백이 탄식하여 말하였다.

"부모의 상사는 자식의 지극한 설움이다. 이제 제수씨의 부모가 죽었으니 어찌 차마 제수씨에게 알리지 않겠느냐마는 제수씨가 병이 중하시니 염려가 깊구나. 잠깐 제수씨가 회복하시기를 기다려 고하는 것이 무방할 것이다."

모든 자식들이 성의백의 명을 받들어 셋째 공자로부터 다섯째 공자에 이르기까지 다른 핑계를 대고 장씨 부중에 가 상례에 참석하고 진후, 연후는 부인을 모시고 있었다. 그런데 생각지 않게 다섯째 공자가 장씨 부중에서 성복(成服)을 지내고 진부에 와 바로 영운전에 들어가면서 위인이 매우 소탈한 까닭에 그 입은 옷을 생각하지 못하고 모친의 병소에 이르고 말았다. 부인이 어느 정도 병이 나아 연후에게 의지하여 앉아 있고 진후는 약을 받들어 권하고 있었다. 그런데 문 여는 소리를 듣고 부인이 눈을 들어보니, 다섯째 아들이 흰 도포를 입고 흰 허리띠를 띠었으며 낯에는 눈물자국이 가득한 채 들어오고 있었다. 부인이 문득 깜짝 놀라 말하였다.

"내 아이가 어찌 복장이 평소와 다르고 슬픈 기색이 있느냐?" 41

말을 끝내자마자 장부인이 기운이 올라 정신을 차리지 못하니 모든 자

식들이 황급히 약을 쓰고 깨웠으나 부인은 점점 혼미해졌다. 급히 성의백에게 고하자 성의백이 부풍후와 더불어 이르러 보고 의관으로 진맥하게 하니 의관이 말하였다.

"중심이 상하여 육맥(六脈)[339]이 떠났으니 편작(扁鵲)[340]이라도 고치지 못할 것입니다."

성의백이 또한 하릴없을 줄 알고 모든 자식들에게 말하였다.

"상례는 지극히 중대한 것이다. 부모의 부음을 끝내 속여 죽어서도 알지 못하시게 한다면 옳지 않으리니 마땅히 속이지 마라."

드디어 친히 나아가 크게 '장공 부부 별세 흉문(凶聞)'이라는 여덟 글자를 써 보이자, 부인이 길이 한 소리를 슬프게 부르짖고 한숨짓더니 이윽고 다시 정신을 차려 진후의 손을 잡은 채 눈물을 흘리며 성의백 형제에게 말하였다.

"제가 어려서 성스런 가문에 들어와 잘못이 많았으나 다행히 시부모님의 큰 은혜와 낭군의 지극히 대우해 주심을 입어 무궁한 영화를 누렸습니다. 이제 부모가 죽어 하늘을 부르짖을 만한 지극한 슬픔이 홀로 된
42 제 몸에 가득하니 목석이라도 견디기 어려울 것입니다. 천명이 다하여
돌아가면서 아주버님께서 성대한 대우해 주신 은혜를 갚지 못하고 자녀의 효성을 차마 잊지 못하리니 지하에 가서도 눈을 감지 못할 것입니다."

그리고 또 진후에게 말하였다.

---

339) 육맥(六脈) : 여섯 가지 맥박. 부(浮), 침(沈), 지(遲), 삭(數), 허(虛), 실(實)의 맥을 이름.

340) 편작(扁鵲) : 중국(中國) 전국(戰國) 시대(時代)의 의학자(醫學者). 명의(名醫)로서 전설적(傳說的) 명성(名聲)을 남겼으며, 그의 저서(著書)라고 하는 의서(醫書)가 많음. 시기(猜忌)를 받아 암살(暗殺)되었다 함. 인도(印度)의 명의 기파(耆婆)와 아울러 일컬어짐.

"너의 어질고 효성된 성품으로 박명한 어미를 생각하지 말고 모든 아우와 누의를 거느려 돌아가신 부친의 뜻을 이어라."

말을 마치고 목숨이 다하니 향년 69세였다. 궁궐 안이 진동하여 통곡하고 자녀의 망극함은 부친의 상사와 다름이 없었으며 유공 형제의 슬퍼함이 과도하였다. 예로 상사를 다스려 선산에 안장하니 천자가 예관으로 조상하시며 부의를 각별히 하시고 진후, 연후에게 자주 안부를 물으셨다. 부인은 젊을 적에 투기하는 허물이 있었으나 개과한 후에는 전혀 다른 사람이 되어 공손하고 인자하고 총명하고 영특하였다. 모든 양아들을 친자식같이 대하고 아랫사람 다스리기를 덕으로 하여 진양공주의 정사를 그대로 이어 변치 않았으니 이 또한 사람이 하기 어려운 일이었다. 죽게 되자 진후 등이 일제히 집상하고 슬퍼하면서 삼년상을 이전의 상례와 같이 43
하여 슬픔을 다하였다.

성의백은 집안사람이 죽는 슬픔이 연달아 이어지고 세상에 점점 즐거움이 적어지는 것을 보자 슬픈 회포가 한층 더하여 오랜 병이 도졌다. 온 집안이 망극하여 아들, 조카가 밤낮으로 약을 받들며 초조하고 황급하여 어찌 줄을 몰랐다. 하루는 성의백이 정사(亭舍)를 깨끗이 하고 문생과 친구들을 모으더니 영원히 이별하였다. 또한 유서를 지어 장자 건에게 맡기며 조상을 받들고 일가가 화목할 것을 경계한 뒤 부풍후를 돌아보고 말하였다.

"부모님께서 돌아가신 후 둘째 아우가 이어 세상을 버리니 만사에 흥이 없었다. 인간의 지극한 고통이 이밖에 없는가 하였더니 또 두 아우가 연달아 죽고 제수씨의 상사가 해를 이으니 이는 바로 즐거움이 극하면 슬픔이 오는 것을 면치 못하는 이치이다. 내 나이가 70이 넘고 부귀가 극하니 어찌 저승으로 돌아가는 것이 아깝겠는가? 아우는 본래 장수할 골격이고 세 누이가 있으니 상의하여 길이 복록을 끝까지 누리게."

44 양학사 부인 세 자매가 공을 붙들고 부르짖어 울면서 울음을 그치지 못하자 공이 탄식하여 말하였다.

"둘째 아우가 죽기에 임하여 한 번 슬퍼함이 없던 일을 괴이하게 여겼더니 내 몸이 죽기에 이르니 나 역시 태연하구나. 넷째 아우와 세 누이들도 얼마 지나지 않아 또 나와 같은 길을 걸을 것이네. 다 나이가 연로하여 앞날이 짧으니 과도하게 슬퍼말고 몸을 보중하게."

그런 후 양학사, 양상서, 사참정을 돌아보고 말하였다.

"세 사람이 머리카락이 다 자라지 못했을 때 우리 집에 들어와 의는 비록 가벼워도 정은 문득 동기 같더니 이제 옛날 즐거움이 변하고 슬픈 것이 이어 오늘 영원히 이별하게 되니 슬프구나."

세 사람이 눈물을 흘리며 위로하였다. 이윽고 성의백이 기절하자 부풍후가 칼을 잡아 손을 베어 피를 성의백의 입에 부었다. 자녀들이 피눈물을 흘리며 울고 모든 누이동생이 가슴을 두드리며 함께 죽고자 하는 것을 보고 공이 문득 꾸짖어 말하였다.

"부모가 자식 먼저 죽어도 자식이 따라 죽어 부모를 모시지 못하고 임금이 신하 먼저 서거하셔도 신하가 따라 죽지 못하는 것은 인명이 지극
45 히 중하고 사생이 때가 있기 때문이다. 아우의 행동이 이와 같다면 연소한 아이들의 과도함은 족히 말할 수 없을 것이다."

말하자마자 목숨이 다하니 향년 73세이고 때는 가정 10년 신유년(辛酉年)이었다. 공은 사람됨이 조용하고 거룩하고 성스러우며, 인자하고 효심이 깊고 인정이 두텁고 충성되어 태어나면서부터 아는 덕이 있었다. 또한

겸손하고 온화한 행실이 있어 칠십 제자를 둔 공자의 자취를 따랐고 뜻을
세우기를 오릉중자(於陵仲子)의 청고함[341]을 지녀 예가 아닌 말을 입으로
말하지 않고 예가 아닌 일을 눈에 보지 않아 종일토록 하는 일이라곤 부
모를 섬기고 어른을 공경하는 것이요, 부지런히 닦는 것은 성리학뿐이었
다. 도덕이 드넓고 학행이 청고하여 오로지 옥 같은 군자이자 더러운 말
세의 성현이었다. 백옥이 티가 없고 고죽이 정정하듯 높은 학문은 동중서
(董仲舒)[342]나 관서부자(關西夫子)[343]의 부류였다. 지인지감이 더욱 신기
하여 말하지 않을 따름이지 다른 사람에 대해 말을 하면 그 말이 어긋남
이 없고 일생에 한 가지 허물이 없었다. 맹자의 삼천지교(三遷之敎)를 받 46
지 않아도 학행이 공자의 문에 들고 누추한 거리의 곤핍한 경험이 없어도
안빈낙도하여 지극한 도덕이 선비의 우두머리가 되고 임금의 예우하심을
받으니 어찌 아름답지 않겠는가?

평생에 벼슬 욕심이 없었으나 부모가 권하시므로 장원급제하여 14세에 한림이 되고 15세에 다시 급제하여 또 장원으로 젊은 나이에 명망이 조야를 기울였다. 그러나 더욱 공손하고 삼가며 여색을 더럽게 여겨 평생 조강지처 한 사람뿐이고 희첩(姬妾)이 없었다. 공은 신장이 8척에 이마가

---

341) 오릉중자(於陵仲子)의 청고함 : 전국시대 제(齊)나라의 오릉읍(於陵邑)에 살았던 자종(子終)을 말함. 오릉읍에 살았기에 오릉중자라 한 것임. 초나라 왕이 그가 어질다는 말을 듣고 삼공(三公)의 직책으로 초빙하려 했으나, 이를 알고 그는 아내와 함께 도망하여 남을 위해 동산에 물을 주는 일을 하며 살아갈 정도로 청렴하였음.

342) 동중서(董仲舒) : 전한(前漢) 때의 유학자. 무제(武帝)가 즉위하여 크게 인재를 구하므로 현량대책(賢良對策)을 올려 인정을 받았으며 전한의 문교정책에 이바지하였음. 오경박사(五經博士)를 두게 되고 국가 문교의 중심이 유가로 통일된 것은 그의 영향이 큼.

343) 관서부자(關西夫子) : 후한(後漢) 때 양진(楊震)이라는 사람이 있었는데, 비록 가세는 빈곤하였으나, 학문이 높아 사람들은 그를 '관서공자(關西孔子)' 혹은 '관서부자(關西夫子)'라고 불러 존경하였음. 양진이 형주(荊州)의 자사(刺史)로 있을 때, 왕밀(王密)이란 자가 밤에 남몰래 와서 황금 10근을 가지고 와 예물로 바쳤으나 이를 거절하였다는 고사가 전할 만큼 청렴결백한 인물이었음.

수려하여 신선 같았고, 단정하고 엄숙하며 침착하고 말이 드물어 웃음이 없었으나 화락한 기운이 봄 같아 낯빛을 바꾸고 성을 내어 말하지 않아도 사람들이 자연 두려워하였다. 부모가 기대하며 형제와 친척이 공경하여 집안에 해결하지 못한 일이 있으면 모두 공에게 물어 처리하였다. 아들과 조카들을 사랑하였으나 엄하게 대하였고 그른 일이 있으면 인의로 감화
47 시키고 매를 더하지 않았으나 자녀가 모두 어질어 명망을 얻지 않은 사람
이 없었다. 그 덕이 이러하여 그가 낳은 자식 8자 2녀가 낱낱이 어질 뿐만 아니라 자손이 크게 번성하였다.

이때에 부풍후 형제 두 사람이 남아 서로 의지하기를 그치지 않으니 양부인 세 자매가 위로하고 슬퍼하기를 함께 하면서 장사를 치르고 제사를 지냈다. 그러다 소부인과 남부인이 이어 기세하니 모든 자녀들이 슬퍼하고 망극해하여 상례를 치르기를 예에 넘게 하여 3년을 마쳤다. 갈수록 더욱 망극함을 어찌 다 기록하겠는가? 옛날 부귀하고 영화로운 중 다섯 형제와 여덟 아홉 부인이 부모를 모시고 즐길 때마다 진양공주의 상사를 큰 설움으로 알았더니 이제 10년 안에 상사가 연이어 여러 공들과 여섯 부인이 죽고 오직 부풍후 부부와 양학사 부인, 양상서 부인, 사참정 부인 세 부인만이 남으니 남매 네 사람이 모두 옛날 일을 생각하고 눈물로 서로를 위로하였다.

48 세월이 여러 번 변하여 양학사 부인이 병이 위태하여 기세하였으니 나
이가 70세였다. 양공이 일생 동안 정이 진중하여 집안에 희첩이 없었고 부인의 호탕하고 명쾌한 덕은 여중군자였다. 7자 3녀에 손자와 증손자가 40여 인이니 거칠 것 없이 유복하여 초공의 세 딸 중 으뜸이었다. 양학사 부인이 죽자 양공이 초상을 지내고 노년에 과도히 슬퍼하여 뒤이어 세상

을 떠나니 부부를 함께 발인하여 반혼하였다. 이때에 이 소문을 듣는 사
람들이 부러워하지 않는 사람이 없어 그 복록에 감탄하였다.

양상서 부인과 사참정 부인이 해를 연달아 죽으니 양상서 부인은 75세
요, 사참정 부인은 72세였다. 자녀가 또한 번성하고 장수하며 유복함이
당대에 드물었으나 양학사 부인처럼 처음부터 조금의 흠도 없었던 팔자
에는 다소 떨어짐이 있었고 양상서와 사참정이 수년 전 먼저 돌아가 노년
에 하늘을 부르짖을 고통을 품고 기세하였으니 오복에 큰 흠이었다. 49

부풍후가 홀로 나이 80세에 강부인과 더불어 같은 달에 기세하니 그
장수함이 형제 중 으뜸이었다. 나라에서 예장하시고 시호를 충효공이라
하셨다. 공은 신장이 9척에 용모가 관옥 같았고 즐거움과 노함을 겉으로
나타내지 않았다. 문장이 형제 중에서 가장 뛰어나지는 않았어도 부지런
히 공부하고 배우고 때때로 익혀 공문(孔門)에 뜻을 두었다. 천성이 관대
하고 인자하여 곤충과 초목에 이르도록 살리고자 하는 뜻이 있어 덕이 두
터웠고, 평생에 다른 사람과 겨룸이 없어 형제가 농담하며 노는 데에도
다투어 분별하는 말이 없었으며, 도량이 드넓어 문무의 신기한 재주가 출
중하였으나 다른 사람들이 알지 못하였다. 성품이 효성스럽고 우애가 깊
었으며 여색에 관심이 없어 늘 부인을 어두운 방에서 대하여도 공경하기
를 손님같이 하였다. 또한 자녀를 가르칠 때는 늘 너그럽게 깨우쳐 도에
나아가게 하니 80년을 사는 동안 집안사람들이 그 노한 기색을 보지 못 50
하였다. 그 도량이 이와 같았다. 일찍이 진공의 자리를 대신하여 정사를
잡은 지 10년 만에 벼슬을 그만두고 수풀 아래를 거닐면서 마침내 적은
허물도 없이 일생을 마치니 천자가 슬퍼하시고 백성들이 그 덕을 생각하
여 후세에까지 그 이름이 없어지지 않았다.

여러 공들과 부인들이 세상을 떠나자 여러 생들은 3년 탈상한 후 처소
를 한가지로 하여 동거하였다. 성의백 장자 대사도(大司徒)344) 건은 학행
이 빼어나고 관대하고 인자하여 종족과 마을에서 은혜가 두터웠고 부인
여씨는 얌전하고 정숙하여 시어머님의 뒤를 잇는 것을 사양하지 않을 정
도였다. 사도와 진후가 밖을 총괄하고 여씨와 설씨가 안을 다스려 친척을
거느림에 상하가 화목하여 지극한 화기가 옛날에 떨어지지 않으니 이 또
한 사람이 행하기 어려운 덕이었다. 승상 초공의 자손이 대대로 끊이지
51 않아 5자 3녀가 낳은 손자와 그 증손자가 가득하니 이는 초공과 이부인
의 덕이 아니었다. 이는 곧 효문공의 효성과 우애, 학행으로도 억울하게
유배가고 일생 근심을 품어 수명이 줄고 단명하였으며 정부인의 백행과
사덕으로도 천신만고를 겪고 영화를 길게 누리지 못한 것을 하늘이 어여
삐 여기시어 초공 한 사람을 주어 수백 자손을 끼치게 하신 것이었다. 한
가문에 왕이 초공, 진공, 몽 세 사람이요, 후백(侯伯)이 성의백, 영릉후, 부
풍후, 진양후, 연국후 다섯 사람이요, 황후가 한 사람이며, 신종황제 같은
외손이 계시고 진양공주 같은 성인의 며느리를 얻어 종사가 창성하니 번
화하고 영화로움이 비길 데가 없었다. 여러 며느리와 딸이 다 요조숙녀이
고 여러 아들이 낱낱이 군자이며 대장부로서 어질게 자라 조상의 덕을 이
으니 유사도의 관대하고 인자함이 문성공 제사를 욕되게 하지 않을 것이
고, 진후의 현명함이 초공의 후사를 빛낼 것이었다. 비록 공들이 기세하
52 였으나 가문이 번화하고 영총이 혁혁함은 옛날과 매한가지였다.

사도 형제 여덟 사람 중 일곱 사람은 벼슬을 하지 않고 부친의 유언을

344) 대사도(大司徒) : '예조 판서'를 달리 이르던 말. 중국 주(周)나라 때에, 나라의 토지를 관장하고 백성의 교화를 맡아보던 벼슬 이름에서 유래함.

지켰고, 영릉후의 네 아들 중 세 아들이 입조하여, 제왕은 말할 것도 없고 남부인 두 아들이 다 재상의 벼슬에 오르고 부풍후 여섯 아들이 다 급제한 중에 장자가 더욱 현명하여 부친의 뒤를 이었으며, 각로공 아홉 아들 중 박부인의 장자 만과 차자 겸, 삼자 문, 순부인의 두 아들이 다 입신하였다. 양학사의 일곱 아들 중 네 아들이 다 입신하고 양상서의 여섯 아들이 다 등과하였으며 사참정 세 아들이 다 재상이 되었다. 모든 손자가 아내를 얻으면 명문가 숙녀였고 모든 손녀가 남편을 얻으면 다 조사대부(朝士大夫)였다. 이 때 인재와 공경명공(公卿名公)이 유씨 문중 사람들보다 뛰어난 자가 없었다.

한편 태자비 유씨는 어려서 궁중에 들어가 천자와 황후를 지효로 섬기며 태자를 공경하하면서 길이 부형의 경계를 받들어 더욱 더 조심하였으므로 천하 사람들이 우러르게 되었다. 그러다가 상서로운 신몽을 꾼 뒤 종사를 도울 경사로 태손을 낳으셨다. 상과 태자가 더욱 태자비를 총애 53
하시니 그 지위와 권세가 나라 안팎에 가득하였다. 가정황제(嘉靖皇帝)가 붕어하시고 태자가 즉위하시니 이 곧 융경황제(隆慶皇帝)[345]였다. 태자비 유씨를 책봉하여 황후를 삼으시고 태손으로 태자를 봉하시며 유각로를 추증하여 황장(皇丈)[346]을 삼으시고 순부인을 추증하여 태군부인에 봉하셨다. 이에 유씨 집안 모든 사람들이 천은의 융성함을 두려워하는 한편, 각로와 부인이 이런 영화를 보지 못한 것을 슬퍼하였다. 모든 사람들이 낱낱이 빼어났으나 진후, 연후의 풍채와 재주, 덕량을 갖춘 자가 어디 있겠는가? 진후는 사도 건과 함께 덕을 닦아 행하고 도를 같이 베풀어 즐기

345) 융경황제(隆慶皇帝) : 융경은 명나라 목종(穆宗 : 1567~1572)의 연호로, 융경황제란 곧 목종을 말하는 것임.
346) 황장(皇丈) : 천자의 장인을 말함.

는 가운데서도 부모를 추모하여 슬퍼하지 않을 적이 없었다.

그런데 국가가 요란하여 각처에서 도적이 벌 일어나듯하고 안으로 환관이 난리를 일으킴이 심하자 진후가 연후에게 말하였다.

"국사가 이렇듯 어지러운데도 나라의 녹을 먹으면서 국사를 보정하지
54 못하여 임금의 총애를 저버림이 심하고 또 부형의 덕을 욕 먹이고 있구나. 마땅히 벼슬을 드리고 물러나 사실에 엎드려 어지러운 세상에서 문호를 보전하고 형제가 서로 좇아 소동파 형제처럼 귀양 가 이별하는 일이 없게 하는 것이 상책일 것이다. 아우의 뜻은 어떠한가?"

연후가 두 손을 맞잡고 대답하였다.

"형님 말씀이 명철하여 몸을 보호할 계책으로 지극하십니다. 하물며 돌아가신 부모님께서 남기신 말씀으로도 벼슬을 이어받는 것을 기뻐하지 않으셨으나 형세에 이끌려 마지못해 뜻을 세우지 못하였더니 이때를 타 벼슬에서 물러나는 것이 좋겠습니다."

진후가 매우 기뻐하고 드디어 형제가 나란히 이름을 써서 사직하기를 청하였다. 융경황제가 그 뜻이 간절하고 진정인 것을 알고 막지 못하시어 두 사람의 벼슬을 갈아주시고 다만 본직인 진국, 진국 두 나라로 진공과 진양공주의 제사를 받들게 하셨다. 두 사람이 사은하고 돌아와 셋째 아우
55 와 더불어 낮에는 꽃을 보고 저녁에는 달을 대하며 아침 구름과 저녁 비에 서로 소매를 이끌어 수풀에서 한가롭게 거닐며 다시 국사를 말하지 않아 벼슬길을 길이 끊었다.

융경황제가 붕어하시고 만력황제(萬曆皇帝)[347]가 즉위하시자 모든 무

347) 만력황제(萬曆皇帝) : 만력은 명나라 신종(神宗 : 1573~1619)의 연호로, 만력황제란 곧 신종을 말하는 것임.

리가 다 초방(椒房)의 친척이고 태후가 유련하시는 바라 하여 편안한 마차로 극진한 예를 갖추어 진후, 연후를 좌승상, 우승상에 임명하시며 세 번을 청하셨다. 그러나 두 사람은 병을 핑계로 끝내 조정에 나가지 않았고 제왕과 사도 건 또한 뭇 친척들과 더불어 화목하게 지내며 세월을 보냈다.

진후는 70여 세를 살고 기세하고 설부인은 3년 전 먼저 기세하였다. 연후는 양부인과 함께 60년을 함께 살면서 70여 세에 부부가 함께 죽어 한 무덤에 묻혔으니, 내외 손자와 증손자가 1백여 인이었다. 문창군주는 흰 머리가 날 때까지 소후의 무궁한 대우를 받고 복록이 창성하여 80여 세에 기세하였다. 이는 진양공주의 성덕과 진공의 어짊을 하늘이 살피시어 그 56
세 자식으로 하여금 장수하고 유복하게 하신 것이니 실로 세상에 드문 일이었다. 진후의 자손이 7대를 연달아 진국을 다스려 일국의 임금이 되니 마침내 관서(關西) 지역에 땅을 주어 만세에 끊어지지 않았다. 모든 형제가 각각 그 선후를 이어 기세하였으나 남은 자손이 천하에 가득하여 고금에 비교할 만한 사람이 없었다. 그 중 특출한 자는 성의백과 진공의 자손이었으며, 제왕의 8자와 3녀가 다 빼어나 진후, 사도 등의 자손과 다름이 없었다. 유씨 집안 모든 사람들이 대대로 이어져 문성공과 문충공의 종사가 여러 대에 한결같이 번화하여 마침내 홍망을 나라와 같이 하였다.

아! 슬프다. 이전 사람들은 허물이 있어도 깨닫기를 밝게 하고 충효로 으뜸을 삼았으며 주색을 멀리하였다. 지위가 극성해도 여러 부인을 모으지 않았고 형세가 어쩔 수 없어 정실 이외의 부인을 취하여도 고혹됨이 57
없었으며 창기의 무리를 가까이 하지 않았다. 순한 자손들 또한 대대로 가법을 상하지 않아 재물을 더럽게 보고 신의를 두텁게 여겼으니 어찌 시

속의 조그마한 공명부귀로 미색을 구하며 부모와 형제를 가볍게 대하고 처자를 중하게 대하여 한 몸의 사사로움만을 오로지 추구하는 무리로 하여금 죄인이 되지 않게 하지 않겠는가?

아! 슬프다. 초공은 어떤 사람이기에 다섯 아들이 한결같이 영웅군자
의 기틀이 있어 자손은 건곤을 올곧고 밝게 하며 세상을 건질 재주가 있
는가? 내가 이를 아름답게 여겨 따르고픈 마음을 이기지 못하여 만 가지
일 중 하나를 기록하여 세상에 전한다. 덧붙여 말하건대 은청광록태우 도
어사 성운은 대대로 유씨 집안과 친하였기에 초공 부자 여섯 사람의 특이
58 한 행실과 출중한 재모(才貌)를 차마 없애지 못하여 삼가 기록하니 오래도
록 잘 새겨들을지어다.

뉴시삼ᄃᆡ록 권지십뉵

1면

어시의 진공이 풍한의 촉샹ᄒᆞ여 신질이 복발ᄒᆞ매 증셰 비경ᄒᆞ여 날노 위듕ᄒᆞ니 ᄌᆞ딜이 상하의 버러 극진히 치료ᄒᆞᄃᆡ 감셰 업서 월여의 미처ᄂᆞᆫ 공이 샹소ᄒᆞ여 ᄉᆞ딕ᄒᆞ믈 쳥ᄒᆞᄃᆡ 샹이 듯디 아니시고 근시로 위문ᄒᆞ믈 ᄌᆞ못 위곡히 ᄒᆞ시니 공이 텬은을 감샤ᄒᆞ고 졔ᄌᆡ 다 됴뎡의 말ᄆᆡᄒᆞ여 시약의 써나디터라 째의 원됴 나믄 부락이 븍방의 미만ᄒᆞ여 대명 긔쉬 쇠ᄒᆞ고 녁년이 오래므로ᄡᅥ 그윽이 쥬나라 솟출 믄디고뎌 뜻이 잇ᄂᆞᆫ디라 븍으로 묵투ᄅᆞᆯ 톄결ᄒᆞ여 대동 근처ᄅᆞᆯ ᄌᆞ루 침노ᄒᆞ니 샹이 근심ᄒᆞ시ᄃᆡ 진공이 ᄂᆡ외ᄅᆞᆯ 검찰ᄒᆞ여 님군의 근심을 ᄂᆞᆫ호므로ᄡᅥ 깁히 미드시ᄂᆞᆫ

2면

배 이셔 큰 념녜 업더니 이째 공이 병 들고 변뵈 ᄌᆞ즈니 근심ᄒᆞ시ᄃᆡ 좌우 졔신이 다 문혹을 소임ᄒᆞ고 죵일토록 ᄒᆞᄂᆞᆫ 배 토관 모영의 뉘라 엇디 용병 대략을 알니오 샹이 크게 우려ᄒᆞ샤 좌우로 의논ᄒᆞ신대 모든 ᄂᆡ시와 졔왕이 승시ᄒᆞ여 주 왈 이째 진공이 유병ᄒᆞ고 뉴관 뉴현이 ᄉᆞ직ᄒᆞ니 국ᄉᆞᄅᆞᆯ 진심ᄒᆞ 리 업ᄉᆞᆫ디라 그윽이 ᄉᆡᆼ각건ᄃᆡ 동평쟝ᄉᆞ 소경문이 문무 겸ᄌᆡ로 지족 다모ᄒᆞ고 셜변지ᄉᆡ니 맛당이 호듕의 보내여 인의지화로 교유ᄒᆞ야 맛당이 호듕으로 ᄒᆞ여곰 셩인ᄆᆡᆼ이 되게 ᄒᆞ시면 텬해 거의 요슌지치ᄅᆞᆯ 보리로소이다 샹이 원ᄂᆡ 효종의 신셩ᄒᆞ심과 무종의 남슌븍힝ᄒᆞ여 모든 오랑캐로 술위ᄅᆞᆯ 믈니치며 년을 메우시던 긔샹과 다ᄅᆞ신디라 간신의 니언ᄒᆞᆫ 말을 신텽ᄒᆞ샤 와룡의 칠금ᄒᆞ던 어려오

3면

으믈 ᄉᆡᆼ각디 못ᄒᆞ시고 황소의 격셔 보고 교위예 ᄂᆞ리던 일을 됴히 넉이샤 소ᄉᆡᆼ의 문치 풍뉘 이뎍의 항복ᄒᆞ미 되고 나죵이 소무의 속으미 아니 되리라 미드시니 즉 일 됴셔ᄅᆞᆯ ᄂᆞ리오샤 소경문을 절월을 주어 븍변 사타의 보내여 호왕을 교유ᄒᆞ고 변뵈 급

ᄒᆞ니 즉일 발힝ᄒᆞ라 ᄒᆞ시니 소가의셔 대경ᄒᆞ여 합문이 망극ᄒᆞ미 ᄀᆞ이 업고 부인은 붓들고 통곡ᄒᆞ여 ᄎᆞ마 노티 못ᄒᆞ니 평댱이 화셩유어로 부모를 관위ᄒᆞ고 도라 모든 아울 니별ᄒᆞ며 군명이 급ᄒᆞ시나 진공이 병 듕ᄒᆞ믈 념녀ᄒᆞ여 잠간 니ᄅᆞ러 하딕홀 ᄉᆡ 진후 형뎨 이 쇼식을 듯고 대경ᄒᆞᄃᆡ 부친 환휘 비경ᄒᆞ믈 두려 감히 고티 못ᄒᆞ더니 믄득 소싱이 와시믈 고ᄒᆞᄂᆞᆫ디라 공이 ᄇᆡ야흐로 알고 탄식 왈 남ᄌᆞ 셰샹의 나매 ᄉᆞ방의 ᄇᆞ리여 군명을 욕디 아니미 가흔디라

4면

셰한의 숑ᄇᆡᆨ의 졀을 알고 질풍의 경초를 알디니 네 다만 몸이 군부의 두민 줄 알고 흰 늘노뼈 구겁ᄒᆞ야 댱부의 몸을 욕디 아닌 즉 십구 년 수양을 침과 십오 년 ᄂᆡ산고 졀이 홀노 빗나디 아니리니 노력ᄌᆞ익ᄒᆞ여 경심계지ᄒᆞ라 셜파의 병을 붓들녀 니러 안자 좌우로 술을 가져오라 ᄒᆞ여 강잉ᄒᆞ여 ᄒᆞᆫ 잔을 잡고 ᄯᅩ 일 ᄇᆡ를 부어 평댱을 주어 니별ᄒᆞ니 좌우 ᄌᆞ딜이 공의 병이 듕흔ᄃᆡ 소싱이 만 니 힝역이 ᄉᆞ싱을 긔약디 못ᄒᆞᄂᆞᆫ 디라 쳑연 감오ᄒᆞ여 눈믈 흐ᄅᆞ믈 금치 못ᄒᆞ니 평댱이 역시 감오ᄒᆞ여 잔을 거후로 고 ᄇᆡ 샤왈 악당의 놉흔 경계를 명심감골ᄒᆞ여 닛디 아니ᄒᆞ오리니 원컨ᄃᆡ 귀톄를 됴호ᄒᆞ 샤 쇼ᄌᆞ의 도라오ᄂᆞᆫ ᄈᆡ예 삼츈의 빗출 도로혀 금일 이 술노뼈 다시 주시믈 ᄇᆞ라ᄂᆞ이 다 공이 흔연 뎜두ᄒᆞ고

5면

다시 손을 잡아 됴히 가라 ᄒᆞ고 다시 한셜을 아니터라 평댱이 길히 밧바 총〃이 하딕 ᄒᆞ고 진후ᄃᆞ려 왈 국식 급ᄒᆞ여 미처 ᄂᆡ당의 하딕디 못ᄒᆞ고 녕ᄆᆡ를 보디 못ᄒᆞ니 형이 이 ᄯᅳᆺ을 뎐ᄒᆞᆯ디어다 드ᄃᆡ여 작별ᄒᆞ고 니러 나가 졀월을 거ᄂᆞ려 븍싀를 향홀ᄉᆡ 친쳑 졔붕이 ᄇᆡᆨ 니의 젼별ᄒᆞ더라 힝ᄒᆞ여 븍싀의 니ᄅᆞ니 ᄯᅢ 졍히 츈삼월이라 녀안이 남으 로 도라오고 음산이 만니의 차아ᄒᆞ여 힝ᄉᆡᆨ이 쳐량ᄒᆞ니 옥관 녀뎡의 심ᄉᆡ 무료ᄒᆞᄃᆡ 국가 대ᄉᆡ 몸의 잇ᄂᆞᆫ디라 ᄉᆞ향지심과 ᄉᆞ친지회를 억졔ᄒᆞ여 호듕의 드러가 몽고왕을 보고 칙셔를 내여 교유ᄒᆞ매 번왕이 졍히 역뎐지심을 동ᄒᆞ여 태조의 텬하 아ᄉᆞᆫ ᄒᆞᆫ을 갑고뎌 ᄒᆞ니 엇디 즐겨 녜로 ᄃᆡ졉ᄒᆞ리오 텬ᄉᆞ를 보ᄂᆞᆫ ᄯᅢ 임의 뎐하의 기름 가마와 검 극을 버리고 ᄆᆡᆼᄉᆞ와 한졸이 위립ᄒᆞ얏

6면

는딕 번왕이 댱검을 집고 샹탑의 거러 안자 호랑 깃흔 소릭로 텬스를 브릭니 평당이 뎌의 긔셰 됴티 아니믈 보고 임의 스싱을 결단ᄒᆞ매 됴곰도 요동ᄒᆞ미 업서 틱셔를 밧드러 앙연이 거러 뎐샹의 올나 번왕을 딕ᄒᆞ여 골오딕 셩텬즈 틱셰 니릭러 너희 이덕을 교유ᄒᆞ시매 엇디 녜로 지영ᄒᆞ는 졀치 업서 이러틋 무례ᄒᆞ미 심ᄒᆞ뇨 번왕이 대로 왈 명국이 강하믈 유세ᄒᆞ여 우리 원을 멸ᄒᆞ니 이는 젹셰 원슈라 내 이제 경국병을 니릭혀 명국을 삭평ᄒᆞ여 구흔을 셜ᄒᆞ고 혜종의 녯 도읍을 회복고뎌 ᄒᆞ거늘 너는 하등 지인이완딕 감히 텬스를 칭ᄒᆞ여 당돌이 니릭러 이러틋 ᄒᆞ뇨 섈니 유확의 드러 부월의 괴로오믈 면ᄒᆞ라 평당이 대쇼 왈 내 텬명을 밧즈와 여등을 무휼ᄒᆞ는 밧 쟈는 아득흔 거슬 ᄇᆞ리고 붉은 딕 나아가고

7면

져 ᄒᆞ미라 엇디 흔번 분셕ᄒᆞ는 말을 말니오 당초의 호원이 송을 멸ᄒᆞ고 비린 뜻글이 텬하를 더러이니 우리 태조 고황데 신문셩무ᄒᆞ샤 삼쳑검을 집고 의병을 니릭혀 딘우량 댱스셩의 무리를 강남의 가 멸ᄒᆞ시고 원슌데를 사막으로 내치샤 막남을 쁘러 묽히시매 스이 닉공ᄒᆞ고 호월이 일개 되여 인녁의 미출 배 아니어늘 녈셩이 샹승ᄒᆞ여 금텬직 명을 니으샤 텬해 태평ᄒᆞ미 븍신이 거기소의 듕셩이 공지흠 깃거늘 네 블과 홍나산 남은 죵뉴로 막븍 흔 ᄀᆞ의 목숨을 머므름도 텬즈의 홍은이믈 아디 못ᄒᆞ고 감히 묵특의 챵궐ᄒᆞ믈 법바다 텬스를 핍박ᄒᆞ미 이 깃흐니 아춤의 날을 죽인 즉 평일의 대명 수만 비휴지듕이 즛블와오매 다시 텬됴의 뉴셩의와 조국공 깃흔

8면

사롬이 업술가 넉이ᄂᆞ냐 번왕이 그 풍치 동인ᄒᆞ고 언식 능녀ᄒᆞ믈 보고 심하의 크게 긔특이 넉여 ᄒᆞ여곰 틱셔를 밧고 연향ᄒᆞ여 졉딕홀식 소평당이 또흔 은근흔 담논과 싁〃흔 위의로 텬됴 위풍을 빗내여 무슌ᄒᆞ기를 극진이 ᄒᆞ니 모든 번쟝과 호왕이 서로 ᄀᆞ릭쳐 칭찬블이ᄒᆞ고 날이 져믈매 긱관의 나오니 번왕이 텬스의 위인과 풍신을 공경ᄒᆞ고 스랑ᄒᆞ여 군신으로 더브러 의논ᄒᆞ여 다래여 신하를 삼고뎌 홀식 일이 공교ᄒᆞ여 왕의 뚤 양셩공쥬는 졍궁 달목시 소싱이니 싱셩흔 배 텬디 슈긔를 타 나 팀어낙안지티와 폐월슈화지용이 이실 분 아니라 위인이 션능상활ᄒᆞ여 녀듕 영걸이니 왕이

과익ᄒ여 브ᄃᆡ 긔특ᄒᆞᆫ 부마를 엇고뎌 ᄒᆞ나 사막 ᄉᆡ외예 엇디 인믈

9면

이 이시리오 공쥐 ᄯᅩᄒᆞᆫ 텬셩이 상쾌ᄒᆞ여 아름다오나 셩현의 교훈을 아디 못ᄒᆞ고 녀ᄉᆞ와 녀도를 ᄇᆡ호디 못ᄒᆞ여 도로혀 ᄌᆞ가의 특이ᄒᆞᆫ 긔질노 용부쇽ᄌᆞ의 머리 ᄊᆞᆨ근 뉴의 허신ᄒᆞ믈 원티 아냐 부셔를 골ᄒᆡ매 듕국 옥면군ᄌᆞ를 원ᄒᆞ여 몸이 삭븍의 나믈 ᄒᆞᆫᄒᆞ더니 이 날 텬ᄌᆞ를 금난뎐의 마즈매 ᄂᆡ루의셔 댱을 치고 본 즉 텬ᄉᆞ의 관옥 ᄀᆞᆺᄒᆞᆫ 면모와 츄월 ᄀᆞᆺᄒᆞᆫ 풍신이 의〃히 학우신션으로 셰샹 사ᄅᆞᆷ ᄀᆞᆺ디 아니코 금관 홍포로 모든 츄쟝의 섯기매 사듕의 명월쥐 비최고 박셕의 보옥이 섯겻ᄂᆞᆫ 듯 빗난 안광과 풍영쥰매ᄒᆞᆫ 긔샹이 쳔고의 ᄲᅱ여날 분 아니라 언논이 당〃ᄒᆞ고 위의 슉연ᄒᆞ여 위무로 가히 굴치 못ᄒᆞ며 ᄉᆞ싱으로 얼굴을 변티 아니믈 보매 크게 탄복ᄒᆞ고 흠모ᄒᆞ여 사ᄅᆞᆷ으로 ᄒᆞ여곰 텬ᄉᆞ 죵쟈로 탐문ᄒᆞ매 방년 십팔

10면

의 쟉치 동평당ᄉᆞ의 올나 묘년 아망과 문댱지홰 듕국의도 유명ᄒᆞ믈 드ᄅᆞ매 만심 환희ᄒᆞ여 부왕긔 소회를 고ᄒᆞ고 뎌의게 간ᄒᆞ믈 쳥ᄒᆞ니 호왕이 ᄯᅩᄒᆞᆫ 대희ᄒᆞ여 공쥬로 결혼ᄒᆞ면 머므ᄅᆞ미 쉬올가 더옥 깃거 명일 졔신의게 이 ᄠᅳᆺ을 니ᄅᆞ고 승샹 답날쳥으로 ᄒᆞ여곰 텬ᄉᆞ의게 구혼ᄒᆞ니 평댱이 텽파의 십분 차악ᄒᆞ여 닐오ᄃᆡ 나ᄂᆞᆫ 텬됴 대신이라 군명을 밧ᄌᆞ와 번국을 무슌ᄒᆞ매 왕화를 ᄇᆞᆰ히며 녜의로 ᄀᆞᄅᆞ치미어ᄂᆞᆯ 엇디 외국의셔 결친ᄒᆞ여 국법을 어ᄌᆞ러이리오 국왕의 고견ᄒᆞᄂᆞᆫ ᄠᅳᆺ이 은근ᄒᆞ나 진실노 분외예 일을 감히 밧드디 못ᄒᆞᆯ 분 아니라 내 일즉 췌쳐ᄒᆞᆫ 사ᄅᆞᆷ이니 귀국 공쥬의게 욕되디 아니며 공쥐 날을 ᄯᆞ라 만니의 죵가ᄒᆞ매 ᄉᆞ싱영결이니 부녀의 샹니ᄒᆞᄂᆞᆫ 졍ᄉᆡ 참담ᄒᆞᆯ디라 출하리 본국의셔

11면

죵요로온 부마를 어더 히로홈만 ᄀᆞᆺ디 못ᄒᆞ니 여러 가지 블가ᄒᆞ미 만ᄒᆞᆫ디라 군은 이 ᄠᅳᆺ을 ᄌᆞ시 회보ᄒᆞ라 답날쳥이 여러 번 근쳥ᄒᆞᄃᆡ 텬ᄉᆡ ᄒᆞᆫᄀᆞᆯᄀᆞᆺ치 뇌거ᄒᆞ니 ᄒᆞᆯ일업서 이대로 회보ᄒᆞᆫᄃᆡ 왕 왈 녜로 쳥ᄒᆞ여 허티 아니〃 가히 위엄으로 잡아 가도고 핍박ᄒᆞ여 부마를 삼아 나라 졍ᄉᆞ를 맛디리라 답낭쳥이 간 왈 신이 텬ᄉᆞ를 보니 긔샹이 졍엄

ᄒᆞ고 위의 늠〃ᄒᆞ여 위무로 가히 굴티 아니ᄒᆞᆯ디라 명일 궁듕의 셜연ᄒᆞ고 텬ᄉᆞ를 블너 후례로 ᄃᆡ졉ᄒᆞ고 쥬빅간의 공쥬를 블너내여 뵈면 텬식 쇼년 남ᄋᆞ로 긔관의 무료ᄒᆞᆫ 가온대 공쥬의 텬향국식을 보매 쇠간댱과 돌ᄆᆞ음이라도 요동티 아니리잇고 왕이 대희ᄒᆞ야 크게 계교를 뎡ᄒᆞ고 명일 금난뎐의 대연을 진셜ᄒᆞ고 특별이 텬ᄉᆞ를 쳥ᄒᆞ니 이ᄣᅢ 평댱이 답날쳥을 거절ᄒᆞ여 보내고

12면

ᄆᆞᄎᆞᆷᄂᆡ ᄉᆞᆺ치 이실 줄 짐쟉ᄒᆞ여 심하의 근심ᄒᆞ믈 마디 아니ᄒᆞ더니 식 니ᄅᆞ러 번왕의 쳥ᄒᆞ믈 듯고 마디 못ᄒᆞ여 니ᄅᆞ매 왕이 뎐의 ᄂᆞ려 마자 좌의 안치고 스ᄉᆞ로 쥬셕의 거ᄒᆞ여 은근 후ᄃᆡᄒᆞᆯ식 뎐하의 검극과 ᄭᅩᆯ 셔고 ᄯᅩ 죵고와 호악이 딘동ᄒᆞ여 술이 반감의 니ᄅᆞ매 왕이 동신ᄒᆞ여 ᄀᆞᆯ오ᄃᆡ 텬식 쇼방의 니ᄅᆞ러 임의 녜악과 문믈노 이뎍의 무리를 교화ᄒᆞ시니 긔벽 이후로 드믄디라 감탄ᄒᆞ믈 이긔디 못ᄒᆞ여 쳔ᄒᆞᆫ 녀식으로 감히 텬ᄉᆞ의 후거를 ᄡᅳ라 뫼시고져 ᄒᆞ더니 ᄯᅳᆺ밧긔 거절ᄒᆞ시믈 닙으니 황괴ᄒᆞ고 참안ᄒᆞᆯ디라 엇디 감히 뎍거ᄒᆞ기를 ᄇᆞ라리오 비쳡의 튱수ᄒᆞ여도 군ᄌᆞ의 위풍을 흠앙ᄒᆞ여 됴곰도 염티 아니리니 만일 구〃ᄒᆞᆫ 소쳥을 견집ᄒᆞᆯ딘ᄃᆡ ᄯᅩᄒᆞᆫ 뉘우ᄎᆞ미 이시리라 텬식 번왕의 군용을 셩히 베픔과

13면

그 말의 유셰ᄒᆞ믈 심니의 대로ᄒᆞᄃᆡ 강잉 잠쇼 왈 ᄉᆡᆼ은 듕국 죠고만 션ᄇᆡ라 왕이 후례로 ᄃᆡ졉ᄒᆞ시고 귀ᄒᆞᆫ 공쥬를 허신코뎌 ᄒᆞ시니 감격ᄒᆞ믈 모ᄅᆞ디 아니ᄃᆡ 형셰 만〃 가티 아니므로 ᄯᅳᆺ을 다 베퍼시니 다시 고칠 배 아니라 대왕은 고이히 넉이디 말나 왕이 블연 작ᄉᆡᆨ 왈 텬식 나의 나라흘 더러이 넉이디 말나 남의 취쳐ᄒᆞ믈 ᄉᆞ싱으로 견집ᄒᆞᆯ 의 업ᄉᆞ니 닉이 혜아려 보라 ᄯᅩ ᄂᆡ 녀ᄋᆞ를 등한ᄒᆞᆫ 위인으로 아니 ᄒᆞᆫ번 쾌히 내여 뵈여 능히 염박ᄒᆞᆯ 의ᄉᆡ 잇ᄂᆞᆫ가 보리라 셜파의 좌우를 도라보니 ᄂᆡ궁으로셔 ᄇᆡᆨ 여인 호녜 일위 공쥬를 븟드러 뎐샹의 니ᄅᆞ러ᄂᆞᆫ 텬ᄉᆞ와 모든 죵재 눈을 드러 보니 그 녀ᄌᆡ 븕은 깁으로 머리를 ᄡᅡ미고 ᄉᆞ매 좁은 거믄 긴 오ᄉᆡ 셕듁화를 슈 노하시며 두 무릅히 오ᄅᆞᄂᆞᆫ 거믄 훠를 신어시니 얼굴이 옥 ᄀᆞᆺ흐며 냥목이 별 ᄀᆞᆺ흐여 영ᄎᆡ 동인ᄒᆞ고

14면

ᄌᆞ식이 졀셰ᄒᆞ나 졔되 고이ᄒᆞ고 왕의 협박ᄒᆞ믈 노ᄒᆞ여 분긔 튱관ᄒᆞ니 단졍이 교위를 의지ᄒᆞ여 눈을 드디 아니ᄒᆞ나 호왕이 졔녀를 ᄀᆞᄅᆞ쳐 왈 븍벽의 안즈 니ᄂᆞᆫ 대국 텬ᄉᆞ 동평쟝ᄉᆞ 소공이니 이 곳 공쥬의 가뷔라 네를 폐티 말나 셜파의 모든 호녜 공쥬를 븟드러 네 번 졀ᄒᆞ되 평댱이 쇄ᄌᆞ 금션으로 ᄂᆞᆺ출 ᄀᆞ리와 단연이 요동티 아니ᄒᆞ되 왕이 ᄯᅩ ᄒᆞᆫ 고이히 넉이ᄂᆞᆫ 빗치 업서 금빅의 술을 부어 공쥬로 ᄒᆞ여곰 친히 텬ᄌᆞ긔 나아가 드리라 ᄒᆞ니 공쥐 잔을 드러 평댱긔 나아가니 평댱이 졍ᄉᆡᆨ고 밧디 아닌ᄃᆡ 왕이 쇼왈 텬ᄉᆡᆨ 빅쟉을 염ᄒᆞ시니 잔을 믈니고 네 맛당이 겻히 뫼셔 안자 옥셩으로 ᄀᆡᆨ시 울젹ᄒᆞᆫ 심ᄉᆞ를 위로ᄒᆞ라 공쥐 마디 못ᄒᆞ여 다시 나아가 ᄀᆞᆯ오ᄃᆡ 쳡은 막븍의셔 ᄉᆡᆼ댱ᄒᆞ고 텬ᄉᆞᄂᆞᆫ 듕국의 ᄉᆡᆼ댱ᄒᆞ니 샹게 만여 리의 음문이 서

15면

로 통ᄒᆞ미 업거ᄂᆞᆯ 월하 연분이 듕ᄒᆞ여 이 곳의 니ᄅᆞ니 삼ᄉᆡᆼ 슉약이 오ᄂᆞᆯ날 뎡ᄒᆞᆯ디라 엇디 셜〃ᄒᆞᆫ 호의를 두리오 쳥컨ᄃᆡ 잔을 맛보고 옥음을 여러 소원을 조ᄎᆞ신 즉 쳡이 비쳡의 소임을 ᄒᆞᆫ치 아냐 당〃이 치마를 잡고 진슈를 건너리니 ᄋᆞ녀의 당돌ᄒᆞ믈 용샤ᄒᆞ쇼셔 텬ᄉᆡᆨ 대로ᄒᆞ여 분연이 칼을 ᄲᅢ혀 대매 왈 음악ᄒᆞᆫ 오랑캐 계집이 감히 텬됴 대신을 업슈이 넉이니 방ᄌᆞᄒᆞ미 여ᄎᆞᄒᆞ냐 네 감히 내 보검의 위엄을 아디 못ᄒᆞ니 너를 버히고 막븍을 평뎡ᄒᆞ미 대댱부의 일이라 셜파의 소ᄅᆡ 우레 ᄀᆞᆺ고 두 눈의 뎐광이 니러나니 공쥐 크게 두려 잔을 더디고 피ᄒᆞ여 댱안흐로 드러 가니 호왕이 대로ᄒᆞ여 크게 ᄒᆞᆫ 소ᄅᆡ를 호령ᄒᆞ매 뎐하의 무수 군쟝이 ᄃᆞ라드러 텬ᄉᆞ를 핍박ᄒᆞ여 뎐하의 ᄂᆞ리오고 왕이 위엄으로 부매 되믈 협박ᄒᆞ되 텬ᄉᆡᆨ 죵시 블변인ᄉᆡᆨᄒᆞ고

16면

녀셩 왈 너희 이뎍이 샹국 덕화를 아디 못ᄒᆞ고 비례로 핍박ᄒᆞ니 엇디 당구ᄒᆞ리오 내 블힝ᄒᆞ여 오랑캐게 욕을 보나 몸을 더러일 배 아니라 너의 개 ᄀᆞᆺᄒᆞᆫ 무리의 ᄯᆞᆯ노ᄡᅥ 샹국 대신을 욕ᄒᆞ리오 번왕 왈 족해 내게 귀슌ᄒᆞᆫ 즉 ᄒᆞᆫ갓 공쥬와 즐길 분 아냐 쳔승의 부귀를 누려 명됴 구〃ᄒᆞᆫ 쟉위로 비기디 못ᄒᆞ리니 쇽졀 업시 몸을 죽여 유익ᄒᆞ미 업ᄉᆞ믈 ᄉᆡᆼ각ᄒᆞ여 항복ᄒᆞ라 텬ᄉᆡᆨ 대매 왈 나ᄂᆞᆫ 텬됴 대신으로 됴셔를 밧드러 니ᄅᆞ러시니 엇디 견융의 더러온 ᄯᆞᆯ노 셩친ᄒᆞ리오 츨하리 부찰의 죽음과 소무의 양치믈 감심

홀디언뎡 이덕의게 뜻을 굴ᄒᆞ여 허리를 굽히디 아니리니 남ᄋᆡ 셰샹의 나 의예 죽으미 만힝이라 엇디 호갈의 위엄을 두려 구챠히 투싱ᄒᆞ리오 ᄉᆡ짓기를 마디 아니〃 호왕이 ᄋᆡ노ᄒᆞ여 죽이고뎌 ᄒᆞᄃᆡ 공쥐

17면

죽이미 가티 아니믈 간ᄒᆞ여 만니 븍히ᄀᆞ의 가도니 텬식 븍히예 가 일월을 디내ᄃᆡ 오랑캐 음식을 주디 아니〃 긔갈이 심ᄒᆞᆫ디라 죵쟈로 더브러 풀 블희를 ᄏᆡ며 즘싱을 잡아 주리믈 구ᄒᆞ나 ᄆᆡ양 유신의 ᄋᆡ강남을 외와 시졀을 슬허ᄒᆞ며 문텬샹의 튱졀을 ᄉᆞ모ᄒᆞ고 소ᄌᆞ경의 수양치ᄂᆞᆫ 슈고를 ᄇᆞ졀 업시 녁여 ᄒᆞᆫ번 죽기를 가연이 결ᄒᆞ여 다시 관념ᄒᆞ미 업ᄉᆞ니 모든 호인이 크게 어려이 녁여 서로 탄복 왈 쳔셰지후의 다시 젼속국을 보과라 ᄒᆞ더라 월여의 미처ᄂᆞᆫ 주려 죽은 재 십여 인이오 ᄌᆞ개 ᄯᅩᄒᆞᆫ 긔아를 면티 못ᄒᆞ나 ᄉᆞ면을 도라보니 ᄒᆡ텬이 망〃ᄒᆞ고 산녕이 쳡〃ᄒᆞ여 듕국을 ᄇᆞ라보매 몽혼이 관산을 넘디 못ᄒᆞ고 외로온 그림재 바다 밧긔 표령ᄒᆞ여 연미의 급ᄒᆞᆫ 거ᄉᆞᆯ 구ᄒᆞᆯ 리 업ᄉᆞᆫ디라 텬ᄉᆡ ᄎᆞ시를 당ᄒᆞ여 죽기를 도라감

18면

ᄀᆞᆺ치 녁이나 만니의 군친을 ᄡᅧ나 ᄌᆞ가의 문댱영풍으로 경뉸대ᄌᆡ를 품고 도로혀 긔아ᄒᆞᆫ 원혼이 되고 허다 죵재 ᄌᆞ긔로 말ᄆᆡ아마 다 죽게 되니 비록 대졀을 굿게 잡아 금셕을 약히 녁이나 분연 강개ᄒᆞᆫ 심ᄉᆞ를 뎡티 못ᄒᆞ고 모든 죵쟈ᄂᆞᆫ 긔운이 ᄉᆡ진ᄒᆞ여 사당의 것구러뎟더니 홀연 두어 오랑캐 큰 통의 미시를 담고 양 두어흘 잡아 가다가 뎌 거동을 보고 그 듕 ᄒᆞ나히 나아와 무ᄅᆞᄃᆡ 엇던 사ᄅᆞᆷ이 의관 졔되 다ᄅᆞ거ᄂᆞᆯ 이러ᄐᆞᆺ 모다 안잣ᄂᆞ뇨 죵재 왈 우리ᄂᆞᆫ 듕국 ᄉᆞ신으로 이 나라히 왓더니 번왕이 텬ᄉᆞ를 잡아 이 ᄯᅡ히 보내니 냥식이 ᄭᅳᆫ허져 댱ᄎᆞᆺ 죽게 되엿ᄂᆞᆫ디라 ᄒᆞᆫ 그ᄅᆞᆺ 미시를 젹션ᄒᆞ믈 ᄇᆞ라노라 달ᄌᆡ 츄연 왈 듕국 ᄌᆡ샹이 이ᄀᆞᆺ치 곤ᄒᆞ시미 엇디 감창티 아니ᄒᆞ리오 내 ᄆᆞᄎᆞᆷ 벗을 ᄃᆡ졉ᄒᆞ라 가더니 일노ᄡᅧ 너희 일

19면

힝을 구ᄒᆞ노라 ᄒᆞ고 미시와 고기를 다 갓다가 텬ᄉᆞ로브터 모든 죵쟈를 먹이니 졔인이 ᄇᆡ야흐로 눈이 붉고 말을 ᄒᆞᆯ너라 일시의 니러 샤례ᄒᆞ니 달ᄌᆡ 왈 사ᄅᆞᆷ을 살오미 역

시 음덕이니 엇디 족히 일ᄏᆞ를 배리오 번왕이 너히를 죽이고뎌 ᄒᆞ니 냥식을 줄 니 업고 텬ᄉᆞ를 항복 밧고 마자가려 ᄒᆞ니 텬식 종시 고집ᄒᆞᆫ 즉 살미 어려오리라 연이나 즈레 죽기 쉬오니 참혹ᄒᆞᆫ디라 내 어려셔브터 뇨동 미동의 가 흥판ᄒᆞ여오매 집의 곡식이 여러 만곡이 잇더니 그ᄃᆡ 등을 구ᄒᆞ리니 타일 닛디 말나 ᄒᆞ고 가더니 그 ᄒᆞ로 두 슌식 국과 밥을 ᄒᆞ여다가 격긔ᄒᆞᆫ 쌔도 궐치 아니코 혹 아름다온 술과 됴흔 안쥬로 은근이 권ᄒᆞᄃᆡ 힝뎍이 비밀ᄒᆞ여 사름이 알가 두리며 만일 번왕의 긔찰이 온 즉 오랑캐 ᄆᆞ춤 잇다가도 급히 피ᄒᆞ여 뵈디 아니〃 텬식 그윽이

20면

고이히 넉여 싱각ᄒᆞᄃᆡ 이뎍 듕의 비록 의식 이시나 엇디 빅여 인을 ᄒᆞᆫ갈ᄀᆞᆺ치 공양ᄒᆞ미 이대도록 ᄒᆞ리오 그 가온ᄃᆡ 연괴 잇도다 ᄒᆞᄃᆡ 구틔여 믈니치고 뭇져 졍ᄒᆞ야 ᄉᆞ양ᄒᆞᆯ 배 아니라 은근이 후의를 칭샤ᄒᆞ고 그 위인을 보니 비록 슌근영니ᄒᆞ나 이런 의긔를 낼 위인이 아니〃 심듕의 고이히 넉이더라 이러틋 ᄒᆞ미 삼ᄉᆞ 삭의 텬식 본ᄃᆡ 고량ᄌᆞ녜로 쳔금 귀골이라 병이 날노 듕ᄒᆞ여 졈〃 침면ᄒᆞᄃᆡ 텽원 광야의 집이 업시 ᄒᆞᆫ 조각 댱막을 의지ᄒᆞ여 풍우상셜을 격그니 엇디 됴병ᄒᆞ며 의약을 ᄒᆞᆯ 도리 이시리오 경히 속슈 ᄃᆡ변이러니 그 단지 보고 츄연 왈 귀인이 쳥츈의 원ᄉᆞᄒᆞ미 엇디 앗갑디 아니리오 드ᄃᆡ여 둣거온 댱막을 가져 텬ᄉᆞ를 누이고 왈 이 곳은 의원이 업ᄉᆞᄃᆡ 우리 집 겻히 외방으로셔 ᄒᆞᆫ 도식 수월 젼 와셔 슈토의 샹

21면

ᄒᆞ거나 고이ᄒᆞᆫ 병이 이시면 능히 손으로조차 고치ᄂᆞ니 맛당이 블너오마 ᄒᆞ고 가더니 이윽고 져믄 도식 용뫼 신션 ᄀᆞᆺ고 황관 학챵의로 쥰마를 ᄐᆞ고 와 달ᄌᆞ로 더브러 드러와 텬ᄉᆞ를 보고 진믹ᄒᆞ고 닐오ᄃᆡ 이ᄂᆞᆫ 풍상을 격고 슈토의 샹ᄒᆞᆫ 연괴라 맛당이 안심ᄒᆞ야 약을 먹고 됴리ᄒᆞ믈 잘ᄒᆞ라 드ᄃᆡ여 ᄉᆞ매 안흐로셔 슈쳡 약을 내여주고 또 슈토의 샹ᄒᆞᆫ 것 고치ᄂᆞᆫ 법을 세〃히 ᄀᆞᄅᆞ친 후 기리 읍ᄒᆞ고 가ᄃᆡ 언에 샹명ᄒᆞ고 거지 고상ᄒᆞ여 진실노 션풍도골이러라 텬식 혼미 듕이나 긔이히 넉여 거쥬와 셩명을 무른 즉 본ᄃᆡ 세샹을 피ᄒᆞ고 일홈이 업ᄂᆞᆫ디라 텬식 만일 익이 진ᄒᆞ여 듕국의 드러갈딘ᄃᆡ 빈도ᄂᆞᆫ 당〃이 황극 뎐하의 가 서로 보리라 ᄒᆞ고 표홀이 가더라 텬식 그 긔샹을 긔특이 넉여 칭샤ᄒᆞ고 드ᄃᆡ여 그 약을 달혀 먹으니 두어 복의 효험을 본디라 일

22면

힝이 대희ᄒᆞ더라 달지 날마다 와 병을 뭇고 병구의 맛굿게 음식을 공급ᄒᆞ니 증셰 날노 차복ᄒᆞ나 ᄆᆞᄎᆞᆷᄂᆡ 뜻을 변치 아니〃 일힝이 다 감동ᄒᆞ여 ᄉᆞᆼ을 ᄒᆞᆫ가지로 ᄒᆞ고 ᄆᆞ음을 밧고디 아니〃 그 튱의를 감동ᄒᆞ미러라 이때 번왕이 텬ᄉᆞ의 죽기로 굴치 아니믈 크게 ᄒᆞᆫᄒᆞ여 드ᄃᆡ여 뉴언을 ᄂᆞ려 ᄀᆞᆯ오ᄃᆡ 소텬ᄉᆡ 번국 부매 되여군ᄉᆞ를 거ᄂᆞ려 듕원을 치려 ᄒᆞᆫ다 ᄒᆞ여 대명이 텬ᄉᆞ의 삼족을 죽여 도라갈 길히 끈허진 즉 공쥬를 맛뎌 머므ᄅᆞ고뎌 ᄒᆞ여 이에 짐즛 격셔를 대동 등쳐의 보내니 변뵈 눈 ᄂᆞᆯ니 ᄃᆞᆺᄒᆞ여 포졍ᄉᆡ 셩야로 주문ᄒᆞ니 텬ᄌᆡ 대로ᄒᆞ샤 됴회를 여러 만됴를 모호시고 번국 격셔를 ᄂᆞ리오시니 이때 진공의 병이 오히려 듕ᄒᆞ여 참예티 못ᄒᆞ고 뉴시 졔공과 쇼년 졔ᄉᆡᆼ이 반녈의 잇더니 졔신이 격셔를 보니

23면

ᄀᆞᆯ와시ᄃᆡ 텬하ᄂᆞᆫ 일 인의 텬해 아니오 흥망은 ᄌᆞ고로 슌환ᄒᆞ니 한이 망홀 시졀의 왕망이 찬역ᄒᆞ여 신긔를 졀쇠ᄒᆞ니 뉘 도로혀 빅슈의 진인이 듕흥홀 줄 아라시리오 원이 망홀 시졀의 대명이 일통ᄒᆞ나 과인의게 니ᄅᆞ러 텬명이 도라오니 이제 졍병 빅만과 ᄆᆡᆼ쟝 쳔원으로 댱셩을 뭇디ᄅᆞ고 산히관을 쎄쳐 기리 모라 돗 ᄆᆞ듯 ᄒᆞ고 부마도위 양경후 소ᄌᆞᄂᆞᆫ 텬문디리와 음양병법을 관통ᄒᆞ니 젼일 비록 명됴 후록을 바다시나 금일 아국 부매 되매 응셔 명분이 뎡ᄒᆞ여시므로 이제 듕군 도통 모쥬를 삼아 틱일 발군ᄒᆞ랴 ᄒᆞ니 맛당이 원근이 다 알고 텬시를 아는 쟈여든 안병슈갑ᄒᆞ여 일즉 귀슌ᄒᆞ라 ᄒᆞ엿더라 만되 실ᄉᆡᆨᄒᆞ고 졔람빅의 부ᄌᆞ 친권이 다 골톄구상ᄒᆞ니 면관히ᄃᆡᄒᆞ고 돈슈뉴혈ᄒᆞ여 읍 주 왈 신

24면

의 부지 셩됴의 후록을 닙ᄉᆞ와 외람이 듕임을 밧ᄌᆞ와 만니의 봉ᄉᆞᄒᆞ오니 흉뇌 궤사ᄒᆞ여 기리 챵궐ᄒᆞ오매 튱신과 녈ᄉᆡ 몸을 보젼ᄒᆞ기 어려온 싸히라 일야의 ᄉᆡᆼ환고토ᄒᆞ미 어려오믈 근심ᄒᆞ옵더니 이제 격셔 ᄉᆞ의를 보온 즉 반역의 죄상이 남은 싸히 업ᄉᆞ와 구족을 안보키 어렵ᄉᆞ오나 ᄌᆞ고로 지ᄌᆞᄂᆞᆫ 막여뷔라 ᄒᆞ오니 경문이 평일 소힝이 튱효로 닙의 ᄒᆞ와 ᄉᆞᆼ으로 굴티 아니ᄒᆞ올 거시오 이 디경의 니ᄅᆞ러ᄂᆞᆫ 무식ᄒᆞᆫ 셔인

이라도 흉노의게 투항ᄒᆞ여 군부를 ᄇᆡ반ᄒᆞ고 삼족지화를 구치 아니ᄒᆞ오려든 경문이 ᄎᆞ마 엇디 대역 부도를 심샹이 ᄒᆞ리잇고마ᄂᆞᆫ 실상을 알 길이 업ᄉᆞ오니 신의 죄 만번 죽어도 능히 쇽디 못ᄒᆞ올디라 오ᄃᆡ 셩샹이 명찰ᄒᆞ시믈 ᄇᆞ라ᄂᆞ이다 샹이 소공의 고두 읍혈ᄒᆞ믈 보시고 팀음 냥구의 도라 졔신의 소

25면

견을 무ᄅᆞ시니 승샹 셩의ᄇᆡᆨ 뉴셰긔 주 왈 흉노의 궤사를 엇디 취신ᄒᆞ리잇고 경문이 쇼년 혈긔로ᄡᅥ 인의로 교화티 못ᄒᆞ고 뎌를 ᄎᆞᆨ노ᄒᆞ고 샹격ᄒᆞ매 흉뇌 그 굴티 아니믈 노ᄒᆞ여 짐ᄌᆞᆺ 이 격셔를 지어 보내여 폐하로 ᄒᆞ여곰 그 삼족을 죽여 그 도라가ᄂᆞᆫ 길흘 ᄭᅳᆺᄎᆞ미니 폐하ᄂᆞᆫ 맛당이 권도로 소가 일문을 샤ᄒᆞ샤 본가의 안치ᄒᆞ시고 졍병 ᄆᆡᆼ댱으로 흉노를 쳐 뎐ᄉᆞ를 핍박ᄒᆞ고 됴명을 거역ᄒᆞᄂᆞᆫ 죄를 무ᄅᆞ시면 왕식 뇽누의 헌개ᄒᆞᄂᆞᆫ 날 경문의 반역ᄒᆞᄂᆞᆫ 허실을 알니〃 이제 만 니 ᄉᆡᆨ외예 이뎍의 말을 드ᄅᆞ시고 증모의 투져ᄒᆞ믈 경히 ᄒᆞ셧다가 만일 원억ᄒᆞᆫ 일이 이실딘ᄃᆡ 엇디 군신의 큰 의를 져ᄇᆞ리미 아니리잇고 졔신이 일시의 주 왈 뉴셩의 말숨이 지극 맛당ᄒᆞ오니 복원 폐하ᄂᆞᆫ

26면

아ᄃᆡᆨ 뎐노를 ᄂᆞ추샤 소가 일문을 샤ᄒᆞ샤 안치ᄒᆞ시고 뉵ᄉᆞ를 옴겨 그 실상을 슬피쇼셔 샹이 잠간 뎐위를 프ᄅᆞ샤 뎐지ᄒᆞ야 졔람ᄇᆡᆨ 일가를 본부의 가도시고 츌졍ᄒᆞᆯ 대쟝을 무ᄅᆞ시니 모다 미급ᄃᆡ의 부풍후 뉴셰경이 츌반주 왈 신이 일즉 국가의 촌공도 업시 후록을 밧ᄌᆞ와 수십여 년의 셩은을 도보ᄒᆞ미 업ᄉᆞ오니 샹〃의 고인을 븟그려 개탄ᄒᆞ옵ᄂᆞᆫ 배라 이제 국가 우환을 당ᄒᆞ와 믈너 이시미 죄를 더으오미니 원컨ᄃᆡ 황명을 어더 공을 셰워지이다 샹이 대열 왈 경등이 풍양을 쳐 공이 나타나ᄃᆡ ᄉᆞ히 평안ᄒᆞ므로 다시 시험티 못ᄒᆞ고 진공이 셔역을 졍벌ᄒᆞ므로 경을 다시 ᄡᅳ디 아냣더니 경이 이제 튱분이 강개ᄒᆞ여 ᄌᆞ원ᄒᆞ니 딤이 감격ᄒᆞ믈

27면

이긔디 못ᄒᆞᄂᆞ니 특별이 대동 근쳐 총독을 ᄒᆞ여 호진을 평뎡케 ᄒᆞ라 부풍휘 샤은ᄒᆞ매 반녈 듕의 일위 대신이 주왈 셰경이 비록 디략이 과인ᄒᆞ오나 위인이 관인ᄒᆞ믈 쥬ᄒᆞ므로 그 덕을 알고 위엄을 알기 어려오니 연후 뉴현으로 합녁ᄒᆞ면 흉뇌 브릉싱이

니이다 ᄎᆞ인이 년쇼ᄒᆞ오나 디록다모ᄒᆞ고 님ᄉᆞ용결ᄒᆞ여 개셰영걸이니 반ᄃᆞ시 셩공ᄒᆞ리이다 모다 보니 태ᄒᆞᆨᄉᆞ 샤쳔이라 샹이 대오ᄒᆞ샤 즉시 연후를 패툐ᄒᆞ샤 ᄎᆞᄉᆞ를 니ᄅᆞ시니 연휘 비록 평싱 소원이나 친병이 듕ᄒᆞ므로 민울ᄒᆞ여 복지 돈슈 왈 신이 ᄌᆡ혹이 노둔ᄒᆞ와 명쟝지ᄌᆡ 아니ᄋᆞᆸ고 ᄒᆞ믈며 아뷔 병이 위듕ᄒᆞ와 졍혼이 산난ᄒᆞ오니 국가 대ᄉᆞ를 그릇ᄒᆞᆯ가 ᄒᆞᄂᆞ이다 샹 왈 경의 부ᄌᆞᄂᆞᆫ 딤의 괴공지신이

28면

이[1]라 국가 휴쳑을 ᄒᆞᆫ가디로 ᄒᆞ리니 경의 형뎨 족당이 번셩ᄒᆞ고 딤이 지셩으로 의약을 다ᄉᆞ리니 경은 ᄉᆞ졍을 그치고 딤의 밧글 도라보ᄂᆞᆫ 근심을 덜나 연휘 감히 ᄉᆞ양티 못ᄒᆞ여 드ᄃᆡ여 부풍후로 평븍대원슈를 ᄒᆞ이고 연후로 부원슈를 ᄒᆞ이샤 졀월을 주시니 슉딜이 샤은ᄒᆞ고 퇴됴ᄒᆞ여 부듕의 도라오니 이ᄯᅢ 문챵군쥐 평댱이 만 니 ᄉᆡ외예 힝ᄒᆞᄃᆡ 서로 보미 업시 표홀이 ᄯᅥ나믈 보고 비록 긔샹을 올히 넉이나 외로온 일신이 드러가 ᄉᆞ싱 냥디의 쇼식이 아득ᄒᆞ믈 슬허ᄒᆞ고 쇠경 〈구고〉의 과도ᄒᆞᆫ 념녀와 야〃의 병듕 환우ᄒᆞ믈 보매 블회 막대ᄒᆞᆫ디라 공의 안젼은 강잉ᄒᆞ나 침소의 도라온 즉 유ᄌᆞ의 아비 브ᄅᆞᄂᆞᆫ 소ᄅᆡ 심간이 ᄎᆞᆫ졀ᄒᆞ야 됴운 모우의 넉슬

29면

술오고 됴양셕월의 애를 슷처 쥬야 ᄀᆞ만이 챵텬의 비러 무ᄉᆞ히 도라오믈 원ᄒᆞ여 옥뫼 쵸쳬ᄒᆞ고 화ᄉᆡᆨ이 이우러 우화ᄒᆞᆯ 듯ᄒᆞ니 진공 형뎨 ᄎᆞ마 보디 못ᄒᆞ고 승샹과 니부인이 잔잉이 넉여 빅단 위로ᄒᆞ여 디내더니 의외 번국 격셔 니ᄅᆞ러 브풍후와 연휘 츌뎡ᄒᆞ고 소시 일문이 본가의 안치ᄒᆞ니 쇄 쟝ᄎᆞᆺ 측냥티 못ᄒᆞᆯ디라 쳥뉘 나의를 젹시고 오ᄂᆡ 붕졀ᄒᆞ여 총망이 녕하뎐의 나가 야〃를 볼 ᄉᆡ 진공이 강질ᄒᆞ여 니러 안자 ᄀᆞᆯ오ᄃᆡ 아ᄃᆡᆨ 놀나오나 현뎨와 현ᄋᆡ 졍별ᄒᆞ니 국ᄉᆞᄂᆞᆫ 념녀ᄒᆞᆯ 배 아니로ᄃᆡ 소ᄋᆞ의 몸이 호듕의 곤ᄒᆞ여 그 강ᄃᆡᆨᄒᆞ미 뎍의 핍박ᄒᆞ므로 셩친ᄒᆞᆯ 니 업ᄉᆞ니 이러ᄒᆞᆫ 즉 ᄉᆞ싱이 위틱ᄒᆞᆫ디라 몽고의 간휼ᄒᆞ미 격셔로ᄡᅥ 경문을 ᄉᆞ

---

1) 이 : '이' 반복.

30면

디의 너흐니 이 졍히 소시 일문을 죽여 니릉의 도라갈 길흘 긋춤과 흔가지라 당금의 그 몸이 븍히ᄀ의 수양을 침과 연옥 가온딕 칠 일을 블식흐미 반듯흐리니 날노 흐여곰 여싱의 십년감슈를 면흐리오 셜파의 안식이 참연흐니 셩의빅이 위로 왈 경문이 너모 조달흐여 지앙이 나미라 일시 마당이 쇼삭흐면 무스히 올 거시오 흐믈며 스 뎨의 노셩흔 지략과 딜으의 영걸노 미친 오랑캐를 념녀홀 배 아니〃 현데는 병듕 심녀를 과히 말나 연휘 니어 고 왈 일시 예긔로 이덕을 격노흐야 환이 잇고 또 풍신용모로뻐 호녀의 흠모흐미 되여부마 두 즈를 격셔의 올녀시나 졍히 대인의 니르신 바 됴뎡의셔 그 삼족을 죽여 도라올 길흘 끈흔 즉 귀슌홀가 흐

31면

미니 됴뎡이 비록 밋디 아니나 엇디 위틱티 아니리잇고마는 빅부의 의논이 듕의를 단졍흐여 이제 츌스를 직촉흐시니 히익 비록 무지흐오나 슉부의 위엄을 비러 호딘을 삭평흔 즉 즈포를 구흐여 도라올디라 대인은 관심흐시믈 브라느이다 부풍휘 니어 위로 왈 쇼뎨 등이 블과 수삼월 닉 도라올 거시오 소익 반드시 화를 면흐여 무스히 싱환흐오리니 형댱은 셜〃흔 근심을 마르쇼셔 공이 기리 탄식흐더니 믄득 문챵군쥐 옥안의 누흔이 ᄀ득흐고 운빈의 녹발이 어즈러워 무식흔 의샹의 쇠잔흔 단장이 비컨딕 지는 꼿 굿더라 압히 나아가 누즉이 고왈 듯즈오니 븍관의 변이 이셔 구고와 일개 다 안치흔다 흐오니 쇼녜 홀노 믈너 이시미 가치 아니흐온디라 슬하

32면

를 하딕흐옵고 구가의 도라가 죄를 흔가지로 바드믈 원흐느이다 좌우의 모든 슉부와 졔형데 그 익원흔 거동을 잔잉흐여 눗빗출 고티고 공이 나아오라 흐여 손을 잡고 눈믈을 흘녀 왈 일이 블힝흐여 이 디경의 니르나 소랑은 복녹이 ᄀ즌 아희라 므춤닉 호듕의셔 함몰치 아니흐리니 너는 과도히 념녀 말고 방신을 보듕흐여 구가의 가 셰월을 무스히 디내여 부뷔 쌍으로 날을 뵈라 군쥐 쌍뉘 비 굿고 졍혼이 아득흐나 야〃의 병을 념녀흐여 과도흔 슬프믈 아니코 안셔히 딕왈 일이 추경의 니르오미 망극흐오나 오히려 싱각건딕 소군 위인이 스싱으로뻐 요동흐여 튱효의 죄인이 아니 되오리니 왕식 도라오는 날 원억흐믈 폭빅흐오려니와 다만 굴티 아니키로 문회 보젼흔

33면

즉 그 몸이 위틱ᄒᆞ오리니 엇디 쇼녀의 운텬디통이 아니리잇고마는 빅시 관수ᄒᆞ니 미리셔 도라 무익ᄒᆞ온디라 이제 구가로 도라가옵ᄂᆞ니 야〃는 과려티 마ᄅᆞ샤 귀톄를 보듕ᄒᆞ시믈 ᄇᆞ라ᄂᆞ이다 〈쇼녜 ᄒᆞᆫ갓 무챵의 올은 ᄉᆡᆼ각ᄒᆞ미 조아의 효를 닛디 아니리이다〉 만쇄 아연 탄식ᄒᆞ고 공이 슬프믈 도로혀 깃거 왈 내 아히 셩회 과인ᄒᆞᆯ 의ᄉᆡ 소통ᄒᆞ니 ᄒᆞᆫ갓 조급ᄒᆞᆫ 거죄 업ᄉᆞ리니 슬프므로뻐 ᄉᆡᆼ휵ᄒᆞᆫ 아븨 은정을 닛디[2] 군쥐 빅샤ᄒᆞ고 졔숙 군죵을 니별ᄒᆞ매 존당의 드러가 조부모긔 하딕ᄒᆞ니 니부인이 실셩호읍ᄒᆞ고 당부인이 군쥬를 안고 ᄎᆞ마 ᄡᅥ나디 못ᄒᆞ여 눈믈이 비 오 둧ᄒᆞ여 ᄀᆞᆯ오ᄃᆡ 텬하시 ᄯᅳᆺ 밧긔 일이 만흐니 소랑이 블힝ᄒᆞᆯ딘ᄃᆡ 너의 평ᄉᆡᆼ을 엇디 ᄒᆞ리오 졔숙모와 졔형이 븟들고 통곡ᄒᆞ니 제공이 드러와 관위ᄒᆞ여 진졍ᄒᆞᆫ 후 군쥐 구가로 향ᄒᆞᄃᆡ 감히

34면

금교 옥눈을 ᄐᆞ디 못ᄒᆞ여 ᄒᆞᆫ낫 쇼교의 두어 시비로 더브러 소부의 니ᄅᆞ니 소공 부쳐와 족당이 모다 합가의 곡셩이 딘동ᄒᆞ더니 군쥬를 보고 구괴 년망이 마자 〈븟들고〉 통곡ᄒᆞ니 군쥐 겨요 졍혼을 출혀 구고를 위로ᄒᆞ고 읍혈 ᄐᆞᆫ셩ᄒᆞ야 참담ᄒᆞᆫ 경식을 ᄎᆞ마 보디 못ᄒᆞᆯ너라 구괴 더옥 잔잉ᄒᆞ여 도로혀 ᄆᆞ음을 관억ᄒᆞ며 ᄋᆞᄌᆞ의 무ᄉᆞ ᄉᆡᆼ환ᄒᆞ믈 툭텬ᄒᆞ더라 진부의셔 군쥬를 보내고 새로이 슬허ᄒᆞ나 진공의 병이 듕ᄒᆞ고 군졍이 급ᄒᆞ여 일개 분황ᄒᆞ더니 수일이 디나매 부풍휘 연후로 더브러 교댱의 가 군마를 졈고ᄒᆞ고 틱일 발힝ᄒᆞᆯᄉᆡ 샹이 명ᄒᆞ샤 경영병 삼십만을 ᄲᅡ주시고 각딘 포졍ᄉᆞ 이하를 션참후계ᄒᆞ고 샹방검과 보궁 금비젼을 주시고 동각문의 젼좌ᄒᆞ샤 일등 예악으로 젼별ᄒᆞ시

35면

니 숙딜 이 인이 고두샤은ᄒᆞ고 경긔를 두로혀니 방포 일셩의 대원슈 뉴공이 오화마를 ᄐᆞ고 황금 봉시투고의 년환 쇄ᄌᆞ갑의 상만보검을 쥐고 어ᄉᆞᄒᆞ신 황나산을 바치고 몬져 힝ᄒᆞ니 관인ᄒᆞᆫ 긔샹은 당됴 분양왕으로 일뉘오 신긔ᄒᆞᆫ 영무는 국초 듕산왕의

---

2) '닛디' 다음 부분 생략됨.

무리라 샹뫼 당〃ᄒᆞ고 위풍이 늠〃ᄒᆞ여 흉듕의 경텬위디ᄒᆞᆯ ᄌᆡ략을 품어시믈 알니러라 젼진이 힝ᄒᆞᆫ 후 또 연쥬뫼 울며 부원슈 연휘 빅셜 대완마ᄅᆞᆯ ᄐᆞ고 머리의 속발 금관을 쓰며 몸의 홍금포의 슈은갑을 쪄 닙고 허리의 양지 빅옥ᄃᆡ를 두ᄅᆞ고 검패 깅쟝ᄒᆞ여 홍냥산 아ᄅᆡ 안자시니 쇄락ᄒᆞᆫ 풍용이 젹벽강두의 조아만을 파ᄒᆞ던 쥬공ᄌᆞ의 얼굴이 아닌 즉 뉴션쥬의 경국병을 뭇디ᄅᆞ던 뉵빅

36면

인의 영풍이라 풍뉘 동인ᄒᆞ고 영치 빅만 군듕의 홀노 쒸여나 창히의 신뇽 ᄀᆞᆺᄐᆞ니 샹이 ᄇᆞ라보시고 대희ᄒᆞ시며 졔신이 다 하례 왈 셩샹홍복이 졔텬ᄒᆞ샤 국가의 이런 영걸이 년ᄒᆞ여 나온디라 금일 뉴셰경 부ᄌᆞ의 힝군ᄒᆞ믈 보온 즉 손외 다시 나고 양졔 죽디 아니미니 엇디 족히 미친 이뎍을 넘녀ᄒᆞ리잇고 샹이 더옥 깃그샤 특별이 듕ᄉᆞᄅᆞᆯ 보내샤 뉴승샹과 진공을 위문ᄒᆞ시고 친히 약을 지어 진공의 병을 됴셕으로 무ᄅᆞ시니 합개 텬은을 망극ᄒᆞ와 갑흘 바ᄅᆞᆯ 아디 못ᄒᆞ더라 부풍후 슉딜이 존당 부모긔 하딕ᄒᆞᆯ ᄉᆡ 승샹이 군듕 니해ᄅᆞᆯ 경계ᄒᆞ고 일댱 니별을 ᄆᆞᄎᆞ매 강부인이 ᄌᆞ녀ᄅᆞᆯ 거ᄂᆞ려 듕당의셔 안식이 ᄌᆞ약ᄒᆞ여 힝노의 보듕ᄒᆞ고 승젼 환국ᄒᆞ믈 원ᄒᆞᆯ 분이오 부뷔

37면

됴곰도 비쳑ᄒᆞᆫ 빗과 셜〃ᄒᆞᆫ 말이 업ᄉᆞᄃᆡ 진공의 병소의 니ᄅᆞ러는 부ᄌᆞ 형뎨 손을 잡고 뉴련ᄒᆞ여 ᄎᆞ마 써나디 못ᄒᆞ니 공이 ᄀᆞᆯ오ᄃᆡ 현뎨의 ᄌᆡ조로써 이뎍을 족히 근심ᄒᆞᆯ 배 아니〃 일즉이 개가ᄅᆞᆯ 주ᄒᆞ고 도라온 즉 우형이 병을 강잉ᄒᆞ여 빅 니 당뎡의 술을 잇그러 마즈리니 엇디 ᄋᆞ녀의 셜〃ᄒᆞᆫ ᄐᆡ도ᄅᆞᆯ ᄒᆞ리오 돈ᄋᆡ 쏘ᄒᆞᆫ 년쇼브ᄌᆡ로 듕임을 밧ᄌᆞ오니 삼가 조심ᄒᆞ여 군법을 범티 말고 슉부ᄅᆞᆯ 도아 공을 일우고 가셩을 츄락디 말나 만일 그ᄅᆞᆺᄒᆞ미 이시면 국법은 ᄉᆞ졍이 업ᄂᆞ니 셩샹이 비록 샤ᄒᆞ시나 나는 결단코 샤치 아니ᄒᆞ리라 연휘 ᄌᆡ빅슈명 왈 대인의 엄교ᄅᆞᆯ 감히 봉힝티 아니리잇가마는 ᄉᆞ졍의 근졀이 민울ᄒᆞᆯ 배 야〃 셩톄 이ᄀᆞᆺ치 미령ᄒᆞ신 ᄣᆡ 슬하ᄅᆞᆯ 원니ᄒᆞ여 도라올 지속을 아디 못

38면

ᄒᆞ오니 블쵸ᄌᆞ의 간담이 뫼여디는 ᄃᆞᆺ ᄒᆞᆫ디라 복원 대인은 삼가 츈광을 도로혀샤 히

오의 촌심을 관회케 ᄒᆞ쇼셔 셜파의 눈믈이 금포의 비긋치 써러지니 공이 정식 녀셩왈 남ᄋᆡ 셰의 나매 님군 셤길 날은 만코 아비 셤길 날은 젹은 줄 네 어이 모ᄅᆞᄂᆞ뇨 됴뎡이 양군 일쳔 날의 쓰기는 ᄒᆞᆫ ᄣᅢ라 우리 부ᄌᆞ 국은을 닙ᄉᆞ오미 쇄신분골ᄒᆞ여도 만일을 당티 못ᄒᆞ리니 내 비록 병이 듕ᄒᆞ나 ᄉᆞᄉᆡᆼ의 념네 업고 네 도라오미 쉬오리니 몸의 융복을 닙고 〈타루ᄒᆞ미〉 엇디 대쟝부의 일이며 네 아비 되여 ᄀᆞᄅᆞ치디 못ᄒᆞ미 븟그럽디 아니ᄒᆞ리오 연휘 황공ᄒᆞ여 눈믈을 거두고 샤죄ᄒᆞᆫᄃᆡ 부풍휘 공슈 샤왈 형댱의 명교를 쇼뎨 삼가 봉힝ᄒᆞ올디라 ᄒᆞ믈며 딜ᄋᆞ의 지죄 범인이 아니〃 엇디 념녀ᄒᆞ시리잇고 드

39면

ᄃᆡ여 하딕고 니러나매 연휘 ᄯᅩ 뎨ᄆᆡ로 니별ᄒᆞᆯᄉᆡ 공의 안젼을 겨요 춤으나 야〃의 신ᄉᆡᆨ이 환탈ᄒᆞ고 긔식이 블평ᄒᆞᆷ믈 보고 ᄯᅥ나는 심ᄉᆡ 망극ᄒᆞ니 친환 이후로 ᄉᆞ실을 ᄎᆞᆺ디 아냔 지 수월이라 이 날 당부인 슬하의 절ᄒᆞᄂᆞᆫ ᄣᅢ 양시 왕시 다 모다시ᄃᆡ 각별 말이 업서 가연이 밧그로 나가니 그 가풍과 위인이 쳐ᄌᆞ의게 이러틋 ᄒᆞᆫ디라 만니 시외예 젼쟝을 즈음ᄒᆞ여 ᄉᆞᄉᆡᆼ을 뎡티 못ᄒᆞᄂᆞᆫ 니별을 당ᄒᆞ여 진듕ᄒᆞ던 부인과 ᄉᆞ랑ᄒᆞ던 아들을 ᄯᅥ나며 ᄒᆞᆫ 말을 부치고 권년ᄒᆞᄂᆞᆫ ᄉᆞ식이 업ᄉᆞ니 젼일 화려풍늉ᄒᆞᆫ 긔되 젼혀 변ᄒᆞ니 엇디 녈〃ᄒᆞᆫ 당부와 개셰ᄒᆞᆫ 영걸이 아니리오 졍긔를 두로혀매 긔치 히를 ᄀᆞ리오고 추죵이 쳔 니의 긋디 아니며 소과의 츄호를 블범ᄒᆞ니 ᄇᆡᆨ셩이 단ᄉᆞ호댱으로 왕ᄉᆞ를 맛더라 힝ᄒᆞ

40면

여 산히관을 디나 막븍의 니ᄅᆞ니 황새 막〃ᄒᆞ고 호풍이 어ᄌᆞ러워 인연이 긋처지고 참텬ᄒᆞᆫ 고목과 듕〃ᄒᆞᆫ 누각이 왕〃이 잇거늘 원쉬 뎐녕ᄒᆞ여 군ᄉᆞ를 거용관의 둔ᄒᆞ고 ᄉᆞ쟈로 ᄒᆞ여곰 글을 가져 번국의 니ᄅᆞ니라 챠셜 번왕이 텬ᄉᆞ를 가도고 용ᄉᆞ를 툐무ᄒᆞ여 날노 군무를 의논ᄒᆞ더니 명군대병이 니ᄅᆞ믈 듯고 급히 승샹 답날쳥을 블너 의논ᄒᆞ니 당군 왕슈길이 ᄀᆞᆯ오ᄃᆡ 명됴는 유혹을 슝샹ᄒᆞ고 궁마는 소여ᄒᆞᆯ디라 격셔를 보아도 문필이 희한ᄒᆞ지 무예 우용ᄒᆞᆫ 무리 아니라 족히 두립디 아니ᄒᆞ니 명일 교젼ᄒᆞ므로 닐너 보내쇼셔 ᄒᆞ고 명됴의 ᄲᅡ홈을 도〃니 대원쉬 연후ᄃᆞ려 닐오ᄃᆡ 이제 우리 군ᄉᆡ 만니의 질치ᄒᆞ여 인매 교립ᄒᆞ고 젹군은 봉예를 비양ᄒᆞ

41면

여 빠홈을 기ᄃᆞ리미 올흘디라 아ᄃᆡ 견벽블츌ᄒᆞ고 현딜이 맛당이 졍병 십만을 거ᄂᆞ려 ᄉᆞ이 길노 ᄆᆡ복ᄒᆞ여 냥초를 ᄭᅳᆫᄒᆞ라 ᄒᆞ고 원슈 고창 졍븍의 산셰 험쥰ᄒᆞ믈 보고 졍남 쟝군 왕슈인으로 이만 병을 거ᄂᆞ려 곡구의 ᄆᆡ복ᄒᆞ고 평븍쟝군 원통과 진셔쟝군 윤ᄉᆞ 신을 블너 귀예 다혀 닐너 왈 너희 이 인이 사름은 함ᄆᆡᄒᆞ고 믈긔 방울을 ᄲᅧ히고 힝 ᄒᆞ여 고챵 이 십 니 ᄇᆡᆨ운산하의 가 여ᄎᆞ〃〃 ᄒᆞ라 졔쟝이 텽녕ᄒᆞ고 인병ᄒᆞ여 가다 원 슈 명일 긔를 두ᄅᆞ고 븍을 쳐 노영을 ᄇᆞ라고 나아가 듕노의 니ᄅᆞ러 냥 군이 딘셰를 일우고 빠홈을 도〃니 텬됴대댱 니셕냥이 ᄆᆞᆯ을 내여 번왕을 크게 ᄭᅮ지즌ᄃᆡ 번왕이 대로ᄒᆞ야 좌우를 호령ᄒᆞ여 텬장을 잡으라 ᄒᆞ니 젼블삼합의 셕냥이 양패ᄒᆞ여 ᄇᆡᆨ운산 을

42면

향ᄒᆞ여 ᄃᆞ라나며 원슈 ᄯᅩ 졍긔를 두로혀 분주ᄒᆞ매 군듕이 대란ᄒᆞ여 의갑긔계를 ᄇᆞ려 길히 ᄀᆞ득ᄒᆞ여시니 번병이 ᄃᆞ토아 줍노라 ᄃᆡ오를 일헛ᄂᆞᆫ디라 원슈 긔를 둘너 ᄒᆞᆫ번 브ᄅᆞ니 왕 니 이 인이 일시의 살츌ᄒᆞ여 냥해 협공ᄒᆞ니 번병이 슈미를 샹고티 못ᄒᆞ고 대패ᄒᆞ여 죽엄이 뫼 ᄀᆞᆺ고 피 흘너 내히 되엿더라 원슈 대군을 모라 엄살ᄒᆞ니 번왕이 ᄃᆞ라나고 챵셩을 디나 ᄇᆡᆨ운산하의 니ᄅᆞ러ᄂᆞᆫ 인매 어ᄌᆞ러이 분찬ᄒᆞ여 졍히 뫼흘 넘더 니 ᄒᆞᆫ 소ᄅᆡ 방포의 믄득 뫼히 믄허지고 인매 넌ᄒᆞ여 디함의 ᄲᅡ디니 좌변 원통 우변 ᄉᆞ신이 일시의 나 적을 죽이고 디함의 ᄲᅡ진 뉴를 ᄉᆡᆼ금ᄒᆞ니 승샹 답날쳥 텹목ᄋᆞ 등이 다 잡히고 번왕이 겨요 면ᄒᆞ여 ᄃᆞ라나니 원슈 징 쳐 군을 거두매

43면

이 날 크게 이긔여 번군 십여 만을 죽이고 번장을 잡아 당젼의 니ᄅᆞ니 원슈 ᄒᆞ여곰 압회 ᄭᅮᆯ녀 그 반상과 텬ᄉᆞ의 쇼식을 무ᄅᆞ니 답날쳥이 고두ᄒᆞ여 실ᄉᆞ를 ᄌᆞ시 고ᄒᆞᆫᄃᆡ 원슈 ᄇᆞ야흐로 텬ᄉᆞ의 곤욕이 호녀로 비로ᄉᆞᆷ을 알고 블승통히ᄒᆞ여 모든 츄쟝을 다 함거의 가도아 후일 쳐치를 기ᄃᆞ리라 ᄒᆞ고 병을 나와 운듕셩 오십 니의 둔ᄒᆞ고 텬ᄉᆞ 구ᄒᆞᆯ 일을 의논ᄒᆞ더니 왕슈인이 나아와 골오ᄃᆡ 원슈 블모지디의 드러와 ᄒᆞᆫ번 븍 쳐 삼십만듕을 즛디ᄅᆞ고 번장을 ᄉᆡᆼ금ᄒᆞ니 위엄이 막븍의 딘동ᄒᆞᆫ디라 군을 잠간 쉬워 예

긔를 치고 디리를 슬펴 나아가미 맛당ᄒᆞ니 뎍국을 경히 넉이믄 지쟈의 일이 아니라 쳥컨ᄃᆡ 명공은 슬피쇼셔 원쉬 답왈 쟝군의 뜻이 경합아심이라

44면

ᄒᆞ고 안병부동ᄒᆞ여 적의 변을 기ᄃᆞ리더라 어시의 부원쉬 댱녕을 드러 적의 엄습ᄒᆞ믈 기리 막더니 호쟝 탈〃블히ᄂᆞᆫ 본ᄃᆡ 승샹 탈〃의 ᄌᆞ손이라 조샹 여풍으로 번국의 대쟝이 되여 뒤흘 딕희더니 연후의 쇼년 셔싱이믈 업슈이 넉여 여러 번 공격ᄒᆞ고 욕매ᄒᆞᄃᆡ 원쉬 죠곰도 요동티 아니코 딕희연 디 수월의 일야ᄂᆞᆫ 명월이 됴요ᄒᆞ고 ᄉᆡ샹의 츤 ᄇᆞ람이 의슈를 음즉이니 원쉬 고국을 ᄇᆞ라보아 군친을 ᄉᆞ모ᄒᆞ고 야〃의 환후를 우려ᄒᆞ여 심ᄉᆡ 쳐창ᄒᆞ더니 홀연 일진 광풍이 삭방으로조차 니러나 듕군 슈ᄌᆞ긔를 브ᄅᆞ치니 듕군이 실ᄉᆡᆨᄒᆞ거ᄂᆞᆯ 원쉬 뎐녕ᄒᆞ여 소동쟈ᄂᆞᆫ 참ᄒᆞ리다 ᄒᆞ고 ᄉᆞ긔 ᄌᆞ약ᄒᆞ니 군듕이 시러곰 안연ᄒᆞ더라 원쉬 듕댱으로 의논

45면

ᄒᆞᄃᆡ 금야의 적이 반ᄃᆞ시 겁채ᄒᆞ리니 여등이 ᄉᆞ면의 복병ᄒᆞ여 엄살ᄒᆞ고 내 대ᄃᆡ인마를 거ᄂᆞ려 듕군을 녕ᄒᆞ리라 제댱이 텽녕ᄒᆞ고 인병ᄒᆞ여 가매 연휘 스ᄉᆞ로 경긔 오만을 거ᄂᆞ려 적영을 엄습ᄒᆞ다 이때 호쟝 탈〃블히 모든 번쟝으로 의논 왈 명진쥬쟝이 년긔 최쇼ᄒᆞ여 지략이 업고 ᄒᆞ믈며 고량ᄌᆞ네라 엇디 능히 손오의 병법을 알니오 맛당이 금야 삼경의 쳘긔로 그 영칙을 겁칙ᄒᆞ여 듀댱을 잡고 댱구ᄒᆞ여 젼후로 협공ᄒᆞᆫ즉 가히 ᄒᆞᆫ ᄇᆡᆨ의 파ᄒᆞ리라 ᄒᆞ고 ᄃᆞᄃᆡ여 ᄇᆡᆨ채 군ᄉᆞ를 다 니ᄅᆡ혀 명딘으로 올ᄉᆡ 째 졍히 구월 십뉵이라 냥풍이 쳐량ᄒᆞ고 ᄇᆡᆨ방은 일 치우므로 ᄇᆡᆨ셜이 비〃ᄒᆞ여 ᄉᆞ야의 흰깁을 친 ᄃᆞᆺᄒᆞ더라 힝ᄒᆞ여 명딘의 니ᄅᆞ니 먼니셔 보매 등홰 쇠잔ᄒᆞ여 금고의 소ᄅᆡ 업거ᄂᆞᆯ

46면

쥰비ᄒᆞ미 업ᄉᆞ믈 알고 일셩 방포의 살입ᄒᆞ니 영듕의 일 인도 업ᄂᆞᆫ디라 ᄭᅬ예 ᄲᅡ진 줄 알고 황망이 퇴군ᄒᆞ더니 함셩이 대진ᄒᆞ고 고각이 졔명ᄒᆞ여 관군이 적을 ᄉᆞ면으로 ᄲᅡ고 일시의 즛치니 탈〃블히 대경ᄒᆞ여 죽어 ᄲᅡ화 겨요 ᄇᆞᆫ ᄃᆡ를 헤치고 ᄃᆞ라나니 군ᄉᆡ 태반이나 죽고 겨요 패군을 거ᄂᆞ려 압쉬곡의 니ᄅᆞ러ᄂᆞᆫ 하ᄂᆞᆯ이 임의 ᄇᆞᆰ아 오더니 번

군이 겨요 쳔식을 뎡ᄒᆞ여 힝홀 ᄉᆞ이의 뉴셩매 보ᄒᆞᄃᆡ 압ᄒᆡ 일ᄃᆡ 늘난 병이 길흘 막아 시니 웃듬 대장은 대명 부원슈 연국후 뉴현이라 ᄒᆞᆫᄃᆡ 졔장이 대경ᄒᆞ여 탈〃이 황망이 믈을 돌녀 나와 보니 일원 대장이 금관 홍포의 대도를 빗기고 쳔니 츄풍마를 타 슈긔 ᄉᆞ이로 나아오니 원비션샤ᄒᆞ며 영풍이 동인ᄒᆞ고 긔위 비샹ᄒᆞ여 빅만군듕

47면

의 쌔혀나니 이 곳 연국후 뉴현이라 탈〃블ᄒᆡ 그 년쇼ᄒᆞ믈 업슈이 넉여 창을 잡고 믈을 돌녀 바로 ᄃᆞ라드니 원슈 칼흘 드러 마자 젼블삼합의 연휘 기리 원비를 느릐혀 탈〃블ᄒᆡ를 활착ᄒᆞ여 녑ᄒᆡ 끼고 치빙 왕ᄂᆡᄒᆞ믈 무인디경 ᄀᆞᆺ치 ᄒᆞ니 번군이 쥬쟝의 잡히믈 보고 일시의 창도를 ᄇᆞ리고 항복ᄒᆞ니 연휘 무위ᄒᆞ믈 두터히 ᄒᆞ여 이 날 항졸이 삼만여 인이오 ᄉᆞ재 블가승쉬라 텬병이 대텹ᄒᆞ고 연휘 군ᄉᆞ를 나와 번국 셩디를 웅거ᄒᆞ고 삼군을 약속ᄒᆞ여 근쳐 모든 오랑캐 고을 십여 셩을 항복 밧고 항장을 녜로 ᄃᆡ졉ᄒᆞ니 원근이 딘동ᄒᆞ여 도라오ᄂᆞᆫ 재 구름 ᄀᆞᆺ더니 연휘 탈〃을 잡아 함거의 두엇더니 탈〃ᄒᆡ 심복인이 항졸의 이셔 ᄀᆞ만이 도적ᄒᆞ여 ᄃᆞ라나고뎌 ᄒᆞ더니 졔군이 알고 잡아

48면

연후의게 고ᄒᆞ여 죽이고뎌 ᄒᆞ니 연휘 쇼왈 이ᄂᆞᆫ 인졍의 마디 못홀 배라 오히려 이덕 가온ᄃᆡ 의ᄉᆡ 이시믈 아롬다이 넉이ᄂᆞ니 나ᄂᆞᆫ 드ᄅᆞ니 망국 태우ᄂᆞᆫ 가히 도존ᄒᆞ다 니ᄅᆞ디 못ᄒᆞ고 패군지쟝은 가히 용밍타 니ᄅᆞ디 못ᄒᆞ니 대개 갈진심녁ᄒᆞᆫ 배라 이제 비록 그 슈하의 구ᄒᆞ믈 닙어 고국의 도라가나 이 ᄒᆞᆫ낫 이뎍의 망명 쇼졸이니 듕국의 해익이 업슬디라 맛당이 노하 보내여 듕국 덕화를 알게 ᄒᆞ리라 졔장이 다 ᄇᆡ복ᄒᆞ고 탈〃블ᄒᆡ를 함거의 내여 원슈의 댱녕을 뎐ᄒᆞ고 안마를 주어 도라가게 ᄒᆞ니 탈〃블ᄒᆡ 원슈의 말을 듯고 크게 붓그려 스ᄉᆞ로 멱질너 죽으니 연휘 듯고 ᄒᆞ여곰 관곽을 주어 후장ᄒᆞ라 ᄒᆞ고 드ᄃᆡ여 병을 나와 적을 칠ᄉᆡ 번왕이 이때 부풍후의 살패

49면

ᄒᆞ믈 닙어 셩의 드러가 군신으로 샹의ᄒᆞ니 좌승상 ᄒᆡ안평이 주 왈 대명 군ᄉᆡ 일젼의 십만 병을 죽이고 승〃댱구ᄒᆞ여 젼후로 협공ᄒᆞ니 나라히 위틔ᄒᆞᆫ디라 맛당이 ᄉᆞ를 보

내여 화친을 청ᄒᆞ고 텬ᄉᆞᄅᆞᆯ 도라보내면 거의 보젼ᄒᆞ리이다 왕이 유예미결이러니 믄득 툐매 보ᄒᆞᄃᆡ 대명 대원슈 뉴셰경이 십만 대병을 운듕 등쳐의 미만ᄒᆞ여 각쳐 냥식길과 구완병을 막고 항복ᄒᆞᄂᆞᆫ 니ᄅᆞᆯ 브ᄅᆞ고 역ᄒᆞᄂᆞᆫ 니ᄅᆞᆯ 쳐 본국 셰ᄅᆞᆯ 외롭게 ᄒᆞ고 부원슈 뉴현이 년쇼ᄒᆞ나 지략이 과인ᄒᆞ여 대쟝 탈〃블히ᄅᆞᆯ 잡아 죽이고 십만듕을 거ᄂᆞ려 도읍을 딕취ᄒᆞ여 그 셰 풍우 ᄀᆞᆺ흐니 봉네ᄅᆞᆯ 당ᄒᆞ 리 업서 년ᄒᆞ여 십여 셩을 쌔히고 이제 국도의 다ᄃᆞ라 젼뇌 오십 니라 ᄒᆞᆫᄃᆡ 왕이 대경ᄒᆞ여 졔신을 도라보

50면

아 ᄀᆞᆯ오ᄃᆡ 국ᄉᆡ 여ᄎᆞᄒᆞ니 가히 엇디 ᄒᆞ리오 젼〃쟝군 달득은이 주 왈 신 슈브ᄌᆡ나 일만 병을 어더 명군을 파ᄒᆞ고 적장을 ᄉᆡᆼ금ᄒᆞ여 휘하의 드리〃이다 왕이 깃거 즉시 군ᄉᆞᄅᆞᆯ 준ᄃᆡ 달득은이 녕병ᄒᆞ여 셩 밧긔 나아가니 이ᄯᆡ 연휘 승병을 당구대진ᄒᆞ고 호〃탕〃이 니ᄅᆞ러 번군을 맛나니 연휘 딘을 일우고 ᄆᆞᆯ을 낸 ᄃᆡ 부총병 딘넌이 간 왈 군ᄉᆡ 쳔니의 힝ᄒᆞ여 휴식ᄒᆞ미 업ᄉᆞ니 인매 피곤ᄒᆞᆫ디라 잠간 쉬여 영챠ᄅᆞᆯ 셰우고 빠호미 늣디 아니ᄒᆞ이다 연휘 쇼왈 하ᄂᆞᆯ이 긔특ᄒᆞᆫ 긔회ᄅᆞᆯ 빌니시거ᄂᆞᆯ 이제 취티 아니면 도로혀 화ᄅᆞᆯ 취ᄒᆞ미라 엇디 시무ᄅᆞᆯ 아디 못ᄒᆞ고 일월을 쳔연ᄒᆞ리오 셜파의 븍을 치고 나아가니 달득은이 마자 교봉 십여 합의 연휘

51면

보도ᄅᆞᆯ 드러 두 조각의 내고 여군을 ᄌᆞᆺ쳐 셩하의 니ᄅᆞ니 왕이 공구ᄒᆞ여 즉시 군ᄉᆞᄅᆞᆯ 졈고ᄒᆞ여 ᄉᆞ문을 딕히오고 아ᄋᆞ 텸목원달을 보내여 화친을 청ᄒᆞ니 연휘 블너 보매 텸목원달이 슬힝 포복ᄒᆞ여 나아와 고두 왈 우리 달ᄌᆡ 대명의 신ᄉᆞᄒᆞ연 지 이ᄇᆡᆨ 년이라 어리고 아득ᄒᆞ여 텬위ᄅᆞᆯ 범ᄒᆞ엿더니 텬병이 문죄ᄒᆞ시며 죄ᄅᆞᆯ 뉘웃고 됴공을 올녀 화친을 일우고뎌 ᄒᆞᄂᆞ니 젼일 ᄉᆞ신 소경문이 국왕의 됴흔 ᄯᅳᆺ을 믈니쳐 이 환난을 일위니 왕이 통히ᄒᆞ야 븍히ᄀᆞ의 가도앗더니 이제 사ᄅᆞᆷ을 보내여 ᄃᆞ려 오라 ᄒᆞ여시니 평안이 도라보내고 영〃 결호ᄒᆞ여 다시 침노티 아니키ᄅᆞᆯ ᄇᆞ라ᄂᆞ이다 연휘 즐 왈 이덕이 무상ᄒᆞ여 대국을 침범ᄒᆞ고 텬ᄉᆞᄅᆞᆯ 곤욕ᄒᆞ니 텬위 진노ᄒᆞ샤 왕ᄉᆡ 님ᄒᆞ니 너희 군신이

52면

ᄌᆞ박예츤ᄒᆞ여 츌항티 아니코 슌셜노 군심을 느추ᄂᆞ냐 쌜니 도라가 목을 삐서 버히믈 기ᄃᆞ리고 망녕된 계교를 말나 텸목원달이 원슈의 위풍과 군듕의 엄슉ᄒᆞ믈 보고 대구ᄒᆞ여 다시 말을 못ᄒᆞ고 도라와 고ᄒᆞ니 왕이 아모리 ᄒᆞᆯ 줄을 몰나 거지실조ᄒᆞ니 믄득 병후의 일 인이 나아와 고 왈 이 환이 아히로 비로서 나시니 원컨ᄃᆡ 스ᄉᆞ로 명진의 나아가 부왕의 위틱ᄒᆞ믈 프러 죄를 쇽ᄒᆞ리이다 왕이 보니 이 곳 양셩공쥬라 왕 왈 네 엇디 능히 위틱ᄒᆞᆫ 거ᄉᆞᆯ 플녀ᄒᆞᄂᆞᆫ다 공쥬 왈 부왕은 방심ᄒᆞ쇼셔 드ᄃᆡ여 남의를 ᄀᆡ착ᄒᆞ고 죵쟈를 거ᄂᆞ려 명딘의 니ᄅᆞ니 연휘 호ᄉᆞ를 ᄭᆞ지저 도라보내고 졔쟝으로 용병ᄒᆞ믈 의논ᄒᆞ더니 사ᄅᆞᆷ이 보ᄒᆞᄃᆡ 번국 ᄉᆞ재 니ᄅᆞ럿다 ᄒᆞ거ᄂᆞᆯ 연휘 팀음 냥구의 블너 드러오라 ᄒᆞ

53면

니 양셩공쥬 앙연이 거러 댱젼의 님ᄒᆞ야ᄂᆞᆫ 연휘 융복을 ᄀᆞ초고 큰 칼을 집허 교위예 안자시니 졍히 모진 범과 신긔ᄒᆞᆫ 뇽 ᄀᆞᆺ흐여 미우의 믁〃ᄒᆞᆫ 한풍은 상셜이 ᄂᆞᆯ님 ᄀᆞᆺ고 젼후 좌우의 용ᄉᆞ 믱쟝이 버러 ᄃᆡ외 졍졔ᄒᆞ고 긔치 됴요ᄒᆞ니 일견의 숑구ᄒᆞᆫ 배로ᄃᆡ 공쥬 젼연 부동ᄒᆞ고 기리 읍ᄒᆞ여 ᄀᆞᆯ오ᄃᆡ 무지 달지 비록 아ᄂᆞᆫ 거시 업ᄉᆞ나 연이나 명공이 셰ᄃᆡ 상문으로 믈망이 산두의 이셔 슈하의 십만듕을 녕ᄒᆞ여 일월지ᄂᆡ의 쳔여리를 당구 대진ᄒᆞ니 가히 조국공의 후를 니엇거니와 ᄯᅩᄒᆞᆫ 젹국을 업슈이 넉이믄 지쟈의 일이 아니오 아국이 명됴로 더브러 ᄌᆞ웅을 ᄃᆞ토매 피ᄎᆞ ᄉᆞ신이 샹경ᄒᆞᄂᆞᆫ 되 잇거ᄂᆞᆯ 아국이 텬ᄉᆞ를 가도고 쟝군이 아국 ᄉᆞ신을 교위 우히셔 만모ᄒᆞ여 ᄃᆡ졉ᄒᆞ니 듕

54면

국도 녜의를 모ᄅᆞ미오 번국도 실녜ᄒᆞ여시니 엇디 피ᄎᆞ의 무식ᄒᆞ미 아니리오 우리 비록 삭방의셔 싱댱ᄒᆞ여시나 ᄌᆞ유로 영웅호걸을 ᄉᆞ모ᄒᆞ여 텬하의 안공ᄒᆞ더니 힝혀 쟝군 슉딜의 셕권 호진ᄒᆞᄂᆞᆫ ᄌᆡ조를 항복ᄒᆞ여 ᄉᆞ신을 보내여 됴공ᄒᆞ믈 쳥ᄒᆞ거ᄂᆞᆯ 쟝군이 ᄭᆞ지저 믈니치니 일즉 드ᄅᆞ매 텬디 초판 후 이뎍과 듕국이 병닙ᄒᆞ여 음양쇼댱홈 ᄀᆞᆺ흐니 명됴 태조의 신무와 모든 원훈의 웅직로도 홍나산 아ᄅᆡ 각단을 업시티 아냣고 흑뇽강 쇠ᄃᆞ리를 건너디 못ᄒᆞ니 텬되 본ᄃᆡ 호싱ᄒᆞ시고 믈을 앗기시ᄂᆞ니 엇디 우리 원으로 ᄒᆞ여곰 ᄆᆞ춤ᄂᆡ ᄒᆞᆫ 나라흘 두어 셰조의 향화를 닛게 아니시리오 연즉 쟝군의

고집히 항복을 밧디 아니코 쇼멸코져 ᄒᆞ미 텬의를 거역

55면

ᄒᆞ미라 반ᄃᆞ시 앙홰 이시리니 쟝군은 닉이 ᄉᆡᆼ각ᄒᆞ라 연휘 그의 푀 동인ᄒᆞ고 언변이 여류ᄒᆞ믈 보고 크게 ᄀᆡ특이 넉이ᄃᆡ 짐ᄌᆞᆺ 다시 ᄉᆞ지저 왈 너희 달ᄌᆡ 대국 텬위를 아디 못ᄒᆞ고 이러틋 챵궐ᄒᆞ며 감히 삼 촌 셜을 놀녀 날을 다래고져 ᄒᆞᄂᆞ냐 텬ᄉᆞ 소경문은 뎡직 대신이어늘 여등이 감히 핍박ᄒᆞ여 가도고 왕ᄉᆞ를 슈고롭게 ᄒᆞ며 이제 항복홀 줄을 모ᄅᆞ고 감히 ᄉᆞ를 보내여 난언을 당돌이 ᄒᆞ니 죄악이 관영ᄒᆞᆫ디라 갑듕의 새로 ᄀᆞᆫ 보검을 네 머리의 시험ᄒᆞ리라 공쥐 쇼왈 쟝군의 말이 가쇼로다 쟝군의 위엄이 초한 적 무신군 ᄀᆞᆺ흐나 셩안희 댱감이 잇ᄂᆞ니 병법의 ᄀᆡ덕재 망이라 ᄒᆞ니 갑듕 보검이 내 머리의 시험티 아냐 쟝군을 깁히 근심ᄒᆞ노라 쟝군이 위엄을

56면

기리 쟈랑ᄒᆞ나 우리 셩듕의 오히려 이십만 졍병이 잇고 젼냥이 일 년을 당홀 거시오 ᄒᆞ믈며 군ᄉᆡᆨ 다 ᄒᆞᆫ번 죽어 빠홀 ᄯᅳᆺ이 잇ᄂᆞ니 쟝군이 엇디 ᄉᆞ졸의 노고ᄒᆞ믈 ᄉᆡᆼ각디 아냐 평안ᄒᆞᆫ 항복을 밧디 아니코 ᄉᆡᆼ녕을 잔해코져 ᄒᆞᄂᆞ뇨 비록 번국을 멸ᄒᆞ나 텬ᄉᆞᄂᆞᆫ 구티 못ᄒᆞ리니 이 ᄯᅩᄒᆞᆫ 인쟈의 일이냐 연휘 칼홀 더디고 교위예 ᄂᆞ려 읍ᄒᆞ여 ᄀᆞᆯ오ᄃᆡ 군은 당셰의 현ᄉᆡ로다 가히 앗갑다 뎌 ᄀᆞᆺᄒᆞᆫ 위인으로 이뎍의 ᄡᅡ히 나미여 원컨ᄃᆡ 놉ᄒᆞᆫ 셩명을 드러지라 공쥐 샤왈 쟝군의 과ᄒᆞᆫ 말솜을 엇디 당ᄒᆞ리오 복은 본ᄃᆡ 호왕의 쇼ᄌᆡ라 셩명은 텸목달이라 ᄒᆞᄂᆞ이다 연휘 좌를 주고 은근이 ᄃᆡ졉ᄒᆞ여 님거의 닐오ᄃᆡ 아등이 봉됴ᄒᆞ여 니ᄅᆞ매 번왕을 사로잡고 호디를 샥평코져 ᄒᆞ더니 군

57면

의 말이 유리ᄒᆞ므로 번국 군신의 숫 가온ᄃᆡ 목숨을 잠간 용셔ᄒᆞ여 항복을 허ᄒᆞᄂᆞ니 만일 지완ᄒᆞᆫ 즉 옥셕을 블분ᄒᆞ리라 공쥐 샤례ᄒᆞ고 도라가니 연휘 차탄 왈 이뎍 듕의 엇디 져런 위인이 낫ᄂᆞ뇨 앗기고 ᄉᆞ랑ᄒᆞ여 그 동지를 술피니 활발ᄒᆞᆫ 가온ᄃᆡ 붓그리미 잇고 표일ᄒᆞ나 유약ᄒᆞ여 결비남ᄌᆡ어늘 공쥐 나간 후 항졸ᄃᆞ려 무ᄅᆞ니 아ᄂᆞ 니 이셔 ᄃᆡ왈 이ᄂᆞᆫ 번왕의 쇼녀 양셩공쥐니 이 곳 텬ᄉᆞ와 의논ᄒᆞ던 공쥐니이다 연휘 대오왈 호디의 뎌런 녀ᄌᆡ 이시니 듕국 인믈은 족히 ᄀᆡ특디 아니토다 ᄒᆞ더라 공쥐 도라가

왕을 보고 문답을 ᄌᆞ시 고ᄒᆞ니 왕이 대회 왈 너 곳 아니면 만셩싱녕을 뉘 구ᄒᆞ리오 ᄒᆞ고 명일 ᄇᆡᆨ희의 가 텬ᄉᆞ를 청ᄒᆞ여 녜ᄃᆡᄒᆞ고 공경샤죄ᄒᆞ여 명진으로 보내니 이

58면

째 텬시 ᄇᆡᆨ희의 가치미 반년의 비록 달ᄌᆞ의 구완ᄒᆞ믈 닙으나 ᄇᆡᆨ만 간고를 격고 죽을 경계를 여러 슌 디내엿더니 이 날 왕의 샤례ᄒᆞ여 보내믈 닙어 ᄇᆡ야흐로 연후 슉딜이 졍벌ᄒᆞ믈 알고 만심환희ᄒᆞ여 텬쟝 영듕의 니ᄅᆞ니 원쉬 수원당을 거ᄂᆞ려 원문 밧긔 나가 평당을 마자 서로 손을 잡고 눈믈이 비 ᄀᆞᆺ흐여 〈디〉난 바를 니ᄅᆞ매 연휘 탄왈 군의 긔샹으로 호디의 곤ᄒᆞ믄 ᄯᅳᆺᄒᆞ디 아냣더니 작일 양셩공쥬를 보니 용모 ᄌᆞ질이 비샹ᄒᆞ니 엇디 인녁의 미ᄎᆞᆯ 배리오 반ᄃᆞ시 텬의 이시미라 일이 ᄆᆞ춤ᄂᆡ 그만ᄒᆞ디 아니리라 평당이 블열 왈 형이 엇디 이런 말을 ᄒᆞᄂᆞ뇨 ᄎᆞ녀를 인ᄒᆞ여 국가의 대란이 비로ᄉᆞ니 번국을 샤평ᄒᆞᄂᆞᆫ 날 나의 분을 ᄡᅵᄉᆞ리라 연휘 쇼왈 내 호녀를 보니 얼굴 언ᄉᆡ 다 듕국

59면

의도 희한ᄒᆞ니 형은 헛된 말을 말고 져의 작용이 ᄯᅳᆺ을 일우고 나는 양만 보라 ᄎᆞ녜 반ᄃᆞ시 형의게 도라가고 말니〃 뎨의 션견이 그ᄅᆞ디 아니리라 평당이 요두 왈 다시 니ᄅᆞ디 말나 드ᄃᆡ여 경ᄉᆞ 쇼식을 ᄌᆞ시 무러 텬ᄌᆡ ᄌᆞ가 일문을 본가의 안치ᄒᆞ시믈 듯고 남향 ᄌᆡᄇᆡᆨᄒᆞ여 눈믈을 흘니고 날이 뭋도록 왕ᄉᆞ를 닐너 달ᄌᆞ의 구완ᄒᆞ던 일을 베프니 연휘 크게 긔특이 넉여 사ᄅᆞᆷ을 보내여 ᄇᆡᆨ희의 가 달ᄌᆞ를 ᄃᆞ려오라 ᄒᆞ니 간 곳이 업ᄉᆞᆫ디라 ᄉᆞ재 회보ᄒᆞ매 평당이 의아ᄒᆞ여 죵쟈로 ᄒᆞ여곰 ᄇᆡᆨ희예 가 두루 무ᄅᆞ라 ᄒᆞ니 죵젹이 업ᄉᆞᆫ디라 고이히 넉여 그 잇던 곳의 가 향인의게 ᄌᆞ시 무ᄅᆞ니 이 ᄉᆞ람은 셩듕 귀인의 가졍으로 ᄆᆡ양 이 곳의 와 냥식을 가져다가 텬ᄉᆞ 일힝을 격더니 텬ᄉᆡ 간후 ᄯᅩᄒᆞᆫ 간

60면

곳을 아디 못ᄒᆞᆫ다 ᄒᆞ니 이 인이 듯고 크게 의심ᄒᆞ더라 명일 연휘 글을 지어 대원슈 영듕의 승텹ᄒᆞ믈 보ᄒᆞ니 부풍휘 연후의 셩공ᄒᆞ여 텬ᄉᆞ를 블셔 구ᄒᆞ여시믈 대열ᄒᆞ여 즉시 삼군을 나와 연후를 합군ᄒᆞ니 위셩이 대진ᄒᆞ고 졍긔 ᄇᆡᆨ 니의 ᄉᆞᆺ디 아니터라 번

국 군신이 막블상담ᄒᆞ여 셩문을 크게 열고 왕이 신민을 거ᄂᆞ려 십 니의 나와 항ᄒᆞ니 풍휘 븟드러 니ᄅᆞ혀 칙듕의 드러가 샹빈으로 ᄃᆡ졉ᄒᆞ니 번국 군신이 대희ᄒᆞ더라 명일 왕이 부풍후 슉딜을 쳥ᄒᆞ여 안민ᄒᆞ라 ᄒᆞᆫᄃᆡ 이 인이 뫼을 병비ᄒᆞ여 셩듕의 드러가니 ᄇᆡᆨ셩이 향화등쵹으로 맛더라 궁듕의 드러가 두 원슈와 평댱이 쥬벽ᄒᆞ고 왕이 말셕의 안자 살우ᄌᆡ마ᄒᆞ여 ᄉᆞ졸을 연향ᄒᆞ고 므릿 아ᄉᆞᆫ 토디

61면

와 츄장을 도라보낸 후 셰ᄌᆞ 텸목화를 볼모로 잡아갈ᄉᆡ 양셩공쥬 부풍후 면젼의 고왈 대인이 셰ᄌᆞ를 볼모ᄒᆞ시믄 아국을 의심ᄒᆞ시미니 감히 ᄃᆞ토디 못ᄒᆞ려니와 셰ᄌᆡ 만니 타국의 홀노 힝ᄒᆞ미 ᄉᆞ졍의 ᄎᆞᆷ디 못ᄒᆞᆯ 배니 쳡이 비록 ᄋᆞ녀ᄌᆡ나 ᄒᆞᆫ가지로 볼뫼 되여 긱니의 남ᄆᆡ 서로 위로코져 ᄒᆞᄂᆞ니 대인은 ᄎᆞᆨ은지심을 드리오쇼셔 부풍휘 그 졍ᄉᆞ를 년ᄎᆞᆨᄒᆞ여 셰ᄌᆞ의 쳐쇽을 다 좃게 ᄒᆞ고 공쥬로 동힝ᄒᆞ믈 허ᄒᆞ니 왕이 삼일뎡의 나 젼별ᄒᆞ고 ᄌᆞ녀의 손을 잡아 ᄎᆞ마 ᄯᅥ나디 못ᄒᆞᄃᆡ 공쥐 ᄌᆞ약히 위로ᄒᆞ고 길히 오ᄅᆞ니 견재 그 ᄯᅳᆺ을 고이히 넉여 셰ᄌᆞᄂᆞᆫ 볼모로 가거니와 공쥬의 ᄌᆞ원ᄒᆞ믄 비인졍이라 ᄒᆞ여 아니 의심ᄒᆞᆯ 리 업더라 평댱이 그 의ᄉᆡ ᄌᆞ가를 ᄯᆞ라오민가 통히ᄒᆞ여 반ᄃᆞ시 죽이고져 ᄒᆞ니 연휘 지긔

62면

ᄒᆞ고 길히 변이 이실가 ᄒᆞ여 ᄀᆞ마니 부풍후긔 고ᄒᆞ니 풍휘 듯고 급히 뎐녕ᄒᆞ여 듕군 제장이 만일 번국 셰ᄌᆞ 남ᄆᆡ를 해ᄒᆞᆯ 재 이시면 군법을 안ᄒᆞ리라 ᄒᆞ니 제장이 감히 셜만티 못ᄒᆞ고 평댱이 ᄯᅩᄒᆞᆫ ᄯᅳᆺ을 일우디 못ᄒᆞ고 분연ᄒᆞ믈 마디 아니터라 이ᄣᅢ 가졍 십뉵 년이라 부풍휘 개가를 주ᄒᆞ고 도라올ᄉᆡ 시졀이 동십월이오 츌ᄉᆞᄒᆞ연 디 팔 삭이니 옥관의 ᄭᅮᆷ이 고원의 놀고 학발의 기ᄃᆞ리미 의려의 깁흘디라 귀심이 시위를 ᄯᅥ난 살 ᄀᆞᆺᄒᆞ여 삼십만 군이 ᄒᆞᆫ갈ᄀᆞᆺ치 칙를 ᄇᆡ야고 날을 아오라 힝ᄒᆞ여 몬뎌 텹셔를 올니고 대군이 미조차 힝ᄒᆞ니라 챠셜 뉴부의셔 부풍후 슉딜이 츌뎡ᄒᆞ며 문창이 구가의 안치ᄒᆞ고 진공의 병이 더 위듕ᄒᆞ니 ᄂᆡ외 일문이 다 우황ᄒᆞᄃᆡ

63면

텬ᄌᆡ 친힝ᄒᆞ샤 진공을 문병ᄒᆞ시고 의약을 ᄌᆞ작ᄒᆞ샤 치료ᄒᆞ시니 뉴시 일문이 감격텬

은ᄒᆞ더라 이ᄣᆡ 황ᄌᆞ 졔왕 태ᄂᆞᆫ 금샹 통희 텰미인의 ᄌᆡ라 우인이 탐비호광ᄒᆞ여 평일 샹통을 밋고 민간의 작폐ᄒᆞ며 허다 인명을 살해ᄒᆞ고 부녀를 겁탈ᄒᆞ다가 소경문의 논획을 인ᄒᆞ여 듕칙을 닙고 심복 환관 태억을 죽이니 황공에 분ᄒᆞ여 다시 용ᄉᆞᄒᆞ여 평당을 ᄉᆡ외에 내치고 또 진공이 유병ᄒᆞ여 거의 일 년이나 국졍을 폐ᄒᆞ엿ᄂᆞᆫ디라 또 연후 슉딜이 븍졍ᄒᆞ여 용병 ᄆᆡᆼ장이 다 나가고 년곡이 뷔여시니 비록 문당혹ᄉᆞ와 졀의 녈ᄉᆡ 만됴ᄒᆞ여시나 지용이 겸비ᄒᆞ믄 진공 부ᄌᆡ어ᄂᆞᆯ 공이 임의 병들고 연휘 나가시니 긔탄ᄒᆞᆯ 거시 업고 또 태ᄌᆡ ᄌᆞ루 유병ᄒᆞ샤 샹이 근심ᄒᆞ시니 졔왕

64면

이 탈덕ᄒᆞᆯ 의ᄉᆡ 이셔 환슈로 ᄒᆞ여곰 탐지ᄒᆞ니 샹이 노왈 동궁이 임의 뎡ᄒᆞ엿거ᄂᆞᆯ 졔왕이 엇디 감히 비분의 일을 ᄇᆞ라리오 만일 다시 방ᄌᆞᄒᆞᆫ 즉 국법을 요ᄃᆡ티 아니리라 ᄒᆞ시고 환시 어유졍을 졀도의 찬튝ᄒᆞ시니 왕이 크게 두려 ᄀᆞ만이 왕비의 아비 각노 녀원평과 ᄉᆞ례태감 마영셩으로 블궤를 ᄭᅬᄒᆞ니 원ᄂᆡ 이 녀원평은 쇼년 등과ᄒᆞ여 믈망이 입각의 이시나 위인이 간험텬녕ᄒᆞ여 왕을 도아 무도패륜지ᄉᆡ 만터니 이ᄣᆡ 인ᄒᆞ여 왕을 다래여 왈 왕이 쳔승지귀로 낭〃의 통우ᄒᆞ시므로ᄡᅥ 궁익의 친근ᄒᆞ나 샹이 ᄉᆞ랑티 아니샤 뎍셔지분을 엄히 ᄒᆞ시고 또 어유뎡이 말을 잘못ᄒᆞ여 임의 탈덕ᄒᆞᆯ 뜻이 잇ᄂᆞᆫ가 의심ᄒᆞ시미 셩ᄒᆞ시니 이 졍히 압냥지홰 두렵거ᄂᆞᆯ ᄒᆞ믈며 동궁이 대왕 모ᄌᆞ를 통입골슈ᄒᆞ여

65면

ᄆᆡ양 동궁 뇨쇽ᄃᆞ려 ᄀᆞᆯ오ᄃᆡ 졔왕이 한왕 고구의 뜻이 잇ᄂᆞ니라 ᄒᆞᆫ다 ᄒᆞ니 궁게 일됴의 안가ᄒᆞ시면 대왕이 죽어 무칠 ᄯᅡ히 업ᄉᆞᆯ디라 녀염 필부로 닐너도 아비 의심ᄒᆞ고 형이 원슈로 알면 보젼키 어렵거든 국법의 엄ᄒᆞᆷ과 삼쳑의 ᄂᆞᆯ이 대왕 모ᄌᆞ를 평안이 두랴 ᄣᆡ 가고 시졀이 오디 아닌 즉 쇽졀업시 미양궁 죵실 아ᄅᆡ 회음후의 뉘우ᄎᆞ미 이시리니 대왕은 맛당이 이ᄣᆡ를 타 칭병 브됴ᄒᆞᆫ 즉 샹이 친님ᄒᆞ샤 보시리니 궁듕의 졍병을 ᄀᆞᆷ초앗다가 샹의 오시믈 기ᄃᆞ려 일시의 검극으로ᄡᅥ 핍박ᄒᆞ여 됴셔를 초ᄒᆞ여 동궁을 폐ᄒᆞ고 대왕긔 뎐위ᄒᆞᄂᆞᆫ 됴셔를 바다 샹을 븟드러 양노궁의 드리고 왕이 난가를 ᄀᆞ초아 궐듕의 드러가 뎨위에 극ᄒᆞ시고 ᄇᆡᆨ관이 좃디 아닛ᄂᆞᆫ 쟈를 삼족을 버히고 태샹황을 밧드러

66면

텬하ᄅᆞᆯ 호령ᄒᆞᆫ 즉 뉘 감히 좃디 아니리오 왕이 대희ᄒᆞ여 이에 마영셩으로 더브러 의논ᄒᆞ여 긔ᄉᆞᄒᆞᄂᆞᆫ 날 ᄉᆞ례감 군ᄉᆞᄅᆞᆯ 거ᄂᆞ려 금궁을 호위ᄒᆞ여 태ᄌᆞ와 밋 동궁 뇨쇽을 잡으라 ᄒᆞ고 녀원평으로 ᄒᆞ여곰 동뇨 쇼인들노 더브러 어가ᄅᆞᆯ 뫼셔 왕궁의 와 뎐위ᄒᆞᄂᆞᆫ 됴셔ᄅᆞᆯ 초잡아 반포ᄒᆞ라 ᄒᆞ고 본부 졍병 삼쳔여 인을 거ᄂᆞ려 날을 뎡ᄒᆞᆫ 후 날마다 셩외예 가 습진ᄒᆞ라 ᄒᆞ고 무ᄌᆡᄅᆞᆯ ᄉᆡᆨ매 일시 녁ᄉᆡ라 졔왕의 우익이 졈〃 셩ᄒᆞ더라 왕이 녀원평으로 ᄒᆞ여곰 됴뎡의 회뢰ᄅᆞᆯ 힝ᄒᆞ여 일시 댱샹을 년화ᄒᆞ니 문무관이 다 졔왕의 인군지샹과 관인후덕을 ᄉᆞ모ᄒᆞᄃᆡ 홀노 모든 뉴시 왕의 블인지심을 알고 태ᄌᆞᄅᆞᆯ 위ᄒᆞ여 근심ᄒᆞ나 환이 이ᄀᆞᆺ치 ᄉᆡ르믈 아디 못ᄒᆞ더니 일〃은 월식이 명

67면

미ᄒᆞ고 실솔이 댱니의 외로오니 시졀이 듕츄 망간이라 노승샹 초공이 졔손을 거ᄂᆞ려 진공의 병을 뭇고 대셔헌의 도라와 연후 슉딜의 군졍을 념녀ᄒᆞ야 야심토록 난두의 안자시니 허다 ᄌᆞ손이 감히 믈너나디 못ᄒᆞ여 뫼셧더니 각노공이 부젼의 고왈 요ᄉᆞ이 녀원평이 진신 쟝샹지간의 왕ᄂᆡᄒᆞ여 교도ᄅᆞᆯ ᄆᆡᆺ고 혹 명마 보쥬로 서로 후의ᄅᆞᆯ 베프고 졔왕이 년일 교외예 습딘ᄒᆞ여 무ᄉᆞᄅᆞᆯ ᄉᆡ니 그 ᄠᅳᆺ이 흉패ᄒᆞ니 그윽이 념네 업디 아니ᄒᆞ오나 졍병 ᄆᆡᆼ댱이 다 ᄇᆡᆨ졍ᄒᆞ고 ᄯᅩ ᄎᆞ형이 유병ᄒᆞ시니 국ᄉᆡ 위ᄐᆡᄒᆞᆫ디라 ᄒᆞ믈며 ᄂᆡ시의 무리 졔왕을 쳬결ᄒᆞ여 궁듕의 예셩이 ᄀᆞ득ᄒᆞ니 츈궁의 환이 젹디 아닐가 ᄒᆞᄂᆞ이다 승샹 왈 이 무리 비록 무샹ᄒᆞ나 태ᄌᆡ 크게 비샹ᄒᆞ시니 념네 업고 난을

68면

뎡ᄒᆞᆫ 쟈ᄂᆞᆫ 몽ᄋᆡ 이시니 근심ᄒᆞᆯ 배 아니라 셩의ᄇᆡᆨ이 ᄃᆡ왈 명괴 맛당ᄒᆞᆫ디라 반툐의 니ᄅᆞᆯ 바 황금도 명이라 ᄒᆞ니 ᄒᆞ믈며 ᄉᆞ히지부와 텬ᄌᆞ지귀ᄅᆞᆯ 인녁으로 ᄒᆞᆯ 배리잇고 다만 졔왕이 흉험ᄒᆞ고 원평이 간사ᄒᆞᆫᄃᆡ 안흐로 환슈와 후궁의 용슐이 잇고 무ᄉᆞᄅᆞᆯ 쇼취ᄒᆞ니 동병ᄒᆞᆯ 긔미 잇ᄂᆞᆫ디라 ᄎᆞ데 뎌러틋 혼미ᄒᆞ여 일을 다ᄉᆞ리디 못ᄒᆞ고 년곡이 뷘 ᄧᅢ 급히 방비키 어려오니 몽ᄋᆞᄅᆞᆯ 신탁ᄒᆞ여 ᄉᆞᆯ피라 ᄒᆞ사이다 승샹이 졈두ᄒᆞ더라 몽은 녕능후 뎨 삼ᄌᆡ요 셜부인 ᄉᆡᆼ야라 일즉 진공을 조차 셔역을 치고 도라오니 샹이 특별이 표긔장군 좌군도독을 ᄇᆡᄒᆞ시니 됴뎡이 공경칭복ᄒᆞ고 녕능후와 셜부인이 과

이ᄒᆞ니 몽의 위인이 효뎨관인ᄒᆞ여 쥬식을 먼니ᄒᆞ며 국ᄉᆞ를 진심ᄒᆞ여

69면

공검겸퇴ᄒᆞ니 몸이 비록 군듕의 이시나 집의 거ᄒᆞᆯ ᄣᅢᄂᆞᆫ 포의 혁ᄃᆡ로 부형을 뫼셔 한소ᄒᆞᆫ 유ᄉᆡᆼ ᄀᆞᆺ더라 년이 십칠의 기령후 상혁의 녀를 취ᄒᆞ니 기국공신 샹우츈의 휘라 샹쇼제 유한졍뎡ᄒᆞ며 식〃명털ᄒᆞ여 풍용의 졀셰ᄒᆞᆷ과 ᄐᆡ도의 쇄연ᄒᆞ미 진짓 공ᄌᆞ의 ᄇᆡᆨ년호귀라 ᄂᆡ조의 현냥ᄒᆞᆷ과 치가의 유법ᄒᆞ미 범〃 녀ᄌᆞ의 뉴 아니〃 부뷔 샹득ᄒᆞ여 공경ᄒᆞ고 셜부인이 다만 일ᄌᆞ일녀를 두어 몽의 닙신양명과 승안양지의 동촉ᄒᆞ미 지극ᄒᆞ고 녀ᄋᆞ 옥쥬쇼제 용식이 졀셰ᄒᆞ고 상활쾌달ᄒᆞᆷ과 현털슉뇨ᄒᆞ미 젼혀 모습ᄒᆞ여 년이 십삼의 태혹ᄉᆞ 양강의 쇼뷔 되니 연후 부인 뎨남이라 조샹 여풍과 ᄆᆡ져의 특이ᄒᆞᆫ 풍치를 달마 모든 녀셔 듕 특이ᄒᆞ

70면

니 셜부인의 겸손ᄒᆞ고 명털ᄒᆞᆫ 현덕으로 비로서 ᄌᆞ녜 이ᄀᆞᆺ치 특이ᄒᆞ고 녕능후의 심복ᄒᆞ믄 셰월노 더으며 몽이 모친 겸퇴ᄒᆞ므로ᄡᅥ 산님의 은거ᄒᆞ여 긔츌이 ᄌᆞ가 남ᄆᆡ 분이믈 슬허 샹시 시봉ᄒᆞ매 황향의 션침과 뉵젹의 회귤노 샹칭ᄒᆞ더니 이 날 존당 졔슉의 국가를 근심ᄒᆞ믈 보고 ᄯᅩᄒᆞᆫ 념녀ᄒᆞ여 믈너 ᄌᆞ부인긔 뵈오니 부인이 샹부의 근친ᄒᆞ여 월하뎡의 머므더니 몽이 나아가 시좌ᄒᆞ니 부인이 난간을 비겨 월식을 보다가 문왈 야심ᄒᆞᆫᄃᆡ 엇디 드러왓ᄂᆞ뇨 몽이 드ᄃᆡ여 대야와 슉딜의 말노ᄡᅥ 고ᄒᆞᆫᄃᆡ 부인이 팀음ᄒᆞ다가 건샹을 술펴보고 안식을 졍히 ᄒᆞ여 ᄀᆞᆯ오ᄃᆡ 진공 슉〃이 유병ᄒᆞ시고 쟝ᄉᆡ ᄇᆡᆨ졍ᄒᆞ여 셩듕이 공허ᄒᆞᆫ ᄣᅢ 졔왕이 만일 블궤지식 이시면 너의 거ᄂᆞ린 좌영병이 온젼ᄒᆞ

71면

니 가히 거ᄂᆞ려 삼군 약속을 엄히 ᄒᆞ고 진습ᄒᆞ고 삼가 졔방ᄒᆞ라 내 텬샹을 보니 형혹이 ᄌᆞ미를 범ᄒᆞ고 졔국 분야의 살긔 미만ᄒᆞ여 두우를 ᄶᅦ쳐시니 역적의 긔미 수일지간의 이실 거시오 ᄇᆞᆰ은 긔운이 실벽 ᄉᆞ이의 니러나니 황가를 구ᄒᆞ여 낼 쟈ᄂᆞᆫ 내 아히라 대인과 ᄇᆡᆨ슉의 너 미드시미 고이치 아니토다 몽이 경아 왈 일이 여ᄎᆞ 급ᄒᆞᆯ딘ᄃᆡ 졔병이 강용ᄒᆞ고 녀원평이 ᄂᆡ외 협공ᄒᆞ여 젹은 적뉴 아니라 쇼ᄌᆡ 비록 겸인지용이 이

시나 능히 슈미를 샹고티 못홀가 ᄒᆞᄂᆞ이다 부인 왈 이는 부유의 석은 말이라 졔왕이 비록 역텬지심을 내나 텬ᄌᆞ를 도모ᄒᆞᆫ 후는 텬하 인심이 반ᄒᆞ여 태ᄌᆞ의게 도라갈 줄을 알고 반ᄃᆞ시 모계ᄒᆞ여 어가를 강굴ᄒᆞ시게 ᄒᆞ고 무ᄉᆞ로 겁칙ᄒᆞ여 슈션됴를 바다 태ᄌᆞ와 ᄇᆡᆨ관을 어육ᄒᆞ고 샹

72면

을 존ᄒᆞ여 태샹황을 삼으리니 네 맛당이 동가ᄒᆞ시는 날 일군은 금달을 호위ᄒᆞ여 츈궁의 ᄂᆡ란을 술피고 일군은 어가를 뫼셔 졔궁의 가 군ᄉᆞ를 결딘ᄒᆞ고 심복 막하로 더브러 샹을 뫼셔 드러가 만일 드리디 아닛는 일이 잇거든 잠간 지류ᄒᆞ여 변이 나믈 기ᄃᆞ려 돌입ᄒᆞ여 진녁ᄒᆞ여 텬ᄌᆞ를 구ᄒᆞ되 쏘ᄒᆞᆫ ᄂᆡ응이 업ᄉᆞ면 일을 일우디 못ᄒᆞ리니 맛당이 〈태감 김홍을 ᄆᆡᆨ자〉 님긔응변ᄒᆞ면 ᄒᆞᆫ븍의 가히 역신을 잡으리라 몽이 대희ᄒᆞ여 ᄇᆡᆨ샤 슈명ᄒᆞ니 부인 왈 ᄉᆞ괴 여ᄎᆞᄒᆞ니 진공 슉〃 긔는 아니 알외디 못ᄒᆞ리라 몽이 드듸여 명일 진부의 나아가 슉부를 보니 공의 증셰 위악ᄒᆞ여 밤의 두 번 엄홀ᄒᆞ는 디경의 니ᄅᆞ니 뎨직 창황ᄒᆞ더니 신됴의 쏘 토혈을 만히 ᄒᆞ여 졍신이 혼미ᄒᆞᆫ디라 몽이 나아

73면

가 문후ᄒᆞ니 공이 눈을 드러 보고 왈 내 병이 이러ᄒᆞ여 국가 대ᄉᆞ를 폐ᄒᆞ미 오래고 관이 졔ᄋᆞ로 더브러 벼술을 골고 구병ᄒᆞ기의 여가치 못ᄒᆞ니 문관은 양 샤 이 공과 졔형뎨 이시니 착난티 아니려니와 쟝식 븍졍ᄒᆞ고 병뷔 븨여시니 아디 못게라 근ᄂᆡ예 군무지식 하여오 진습ᄒᆞ기를 ᄌᆞ루 ᄒᆞ여 틱만티 말나 몽이 ᄌᆞ시 고ᄒᆞ고져 ᄒᆞ나 병셰 더을가 ᄒᆞ여 어렴프시 ᄃᆡ왈 됴뎡이 다 무ᄉᆞᄒᆞ되 다만 졔왕이 년일 ᄒᆞ여 셩밧긔 습진ᄒᆞ니 인심이 소요ᄒᆞᆫ디라 좌영군을 ᄃᆞ로남아 움즉이디 아냣ᄂᆞ이다 공이 믄득 경오ᄒᆞ여 ᄀᆞᆯ오ᄃᆡ 내 이제 병이 이리 듕ᄒᆞ고 졔왕의 습딘ᄒᆞ미 반ᄃᆞ시 ᄯᅳᆺ이 잇는디라 이제 내 팀병ᄒᆞ고 셩듕이 공허ᄒᆞᆫ ᄣᅢ 블의지변이 이시면 네 비록 지용이 이시나 년쇼ᄒᆞ여 인심의 취듕

74면

ᄒᆞ미 깁디 못홀디라 쇼쟝의 환을 진졍키 어려오리니 내 맛당이 텬ᄌᆞ긔 주ᄒᆞ여 너를 병권을 주리니 블측ᄒᆞᆫ 변이 잇거든 가히 틱셔를 잡아 제어ᄒᆞ라 몽이 슉부의 신명ᄒᆞ

믈 탄복ᄒᆞ여 샤례슈명ᄒᆞ더라 공이 드ᄃᆡ여 강질 샹소 왈 이제 졔쟝이 먼니 나가고 신의 병이 일〃 침면ᄒᆞ여 국졍을 폐ᄒᆞ오니 군무의 대ᄉᆡ 만히 산난ᄒᆞᆫ디라 원컨ᄃᆡ 좌영도독 뉴몽을 삼가 권도로 ᄂᆡ외를 총독ᄒᆞ여 금달을 시위ᄒᆞ여지이다 샹이 조츠시니 이날 뉴몽이 오부도총대도독대ᄉᆞ마를 ᄒᆞ여 무릿 ᄉᆡᆼ살을 ᄌᆞ단ᄒᆞ니 진공의 권을 ᄃᆡᄒᆞ여 교쟝의 가 크게 습진ᄒᆞ고 호령이 엄명ᄒᆞ여 위령쟈ᄂᆞᆫ 군법을 쓰니 삼군이 진뉼ᄒᆞ더라 가졍 십뉵 년 츄구월 초삼일의 졔왕이 칭병브됴ᄒᆞ니

75면

샹이 경녀ᄒᆞ샤 ᄂᆡ시로 문병ᄒᆞ시니 졔왕이 회주 왈 신의 미질이 교침ᄒᆞ연 지 수월의 금쟈 졸극ᄒᆞ오니 농안의 다시 뵈ᄋᆞᆸ디 못ᄒᆞ올가 슬허ᄒᆞᄂᆞ이다 샹이 츄연ᄒᆞ샤 명일 난가를 동ᄒᆞ샤 졔궁의 ᄒᆡᆼᄒᆞ실ᄉᆡ 승샹 셩의빅이 주왈 졔왕이 쟝년의 쇼질이 이시나 블과 수일의 차되 이시리니 난개 엇디 친님ᄒᆞ시리잇고 샹 왈 졔왕의 병이 졸듕ᄒᆞ니 딤이 가 보미 부ᄌᆞ지졍이라 경이 엇디 막ᄂᆞ뇨 셩의빅이 다시 주왈 군신부ᄌᆞ간의 우환질고를 샹념ᄒᆞ시ᄂᆞᆫ 셩의를 신등이 써리미 아니라 졔왕의 쇼질을 위ᄒᆞ여 셩개 움ᄌᆞᆨ이시미 톄면의 블가ᄒᆞ온디라 폐해 구ᄐᆞ여 ᄒᆡᆼ코져 ᄒᆞ신 즉 남븍군으로 ᄒᆞ여곰 보가ᄒᆞ라 ᄒᆞ시고 대쟝을 참승ᄒᆞ여 블의지ᄉᆞ를 졔방ᄒᆞ쇼셔

76면

근ᄂᆡ 건샹의 ᄌᆞ미 혼혹ᄒᆞ고 셩변이 ᄌᆞ즈니 신등이 그윽이 두려ᄒᆞᄂᆞ이다 샹이 ᄆᆞᆨ연냥구의 태감 마영셩이 주왈 졔왕은 셩샹 친ᄌᆡ어ᄂᆞᆯ 그 병을 친님ᄒᆞ샤 뭇고져 ᄒᆞ시매 뉴승샹이 이런 의심 된 말ᄉᆞᆷ을 인군긔 나오니 기여 됴신은 니ᄅᆞ디 못ᄒᆞ리로소이다 뉴공이 졍ᄉᆡᆨ 왈 국가 대ᄉᆞᄂᆞᆫ 고쟈의 알 배 아니라 네 엇던 사ᄅᆞᆷ이완ᄃᆡ 샹방검을 두리디 아니코 감히 군젼의셔 ᄎᆞᆷ소를 나오ᄂᆞᆫ다 언미진의 도어ᄉᆞ 샤강이 츌반ᄒᆞ여 마영을 논죄ᄒᆞ니 샹이 ᄇᆞ득이 마영을 하옥ᄒᆞ시고 날이 느즌 후 동가ᄒᆞ샤 졔궁으로 ᄒᆡᆼᄒᆞ실ᄉᆡ 뉴공이 다시 주왈 난개 인신의 집의 ᄒᆡᆼᄒᆞ시미 지극ᄒᆞᆫ 듕ᄉᆡ라 친ᄒᆞ므로 법을 폐티 못ᄒᆞ오리니 몬져 군ᄉᆞ로 졔궁을 결딘ᄒᆞ고 동가ᄒᆞ시미 맛당ᄒᆞ이다 샹이 조ᄎᆞ샤 뉴몽으로 참승ᄒᆞ야

77면

졔궁의 가시니 몽이 이때 복인을 흐터 흉모를 탐지ᄒᆞ고 ᄀᆞ만이 ᄂᆡ응홀 환슈로 쇠를 뎡ᄒᆞᆫ 후 좌영군을 다 니ᄅᆞ혀 도셩문을 딕희오고 일쳔 군ᄉᆞ로 궐듕을 호위ᄒᆞ고 오쳔 군으로 각쳐의 ᄆᆡ복ᄒᆞ엿다가 포셩을 듯고 일시의 응ᄒᆞ라 ᄒᆞ고 슈하 용ᄉᆞ 팔빅 인을 블너 당예갑과 단도를 주어 호령을 기ᄃᆞ리라 ᄒᆞ고 호가ᄒᆞ여 왕부의 니ᄅᆞ니 졔왕이 범ᄉᆞ를 다 쥰비ᄒᆞ고 깁히 드러 샹을 맛디 못ᄒᆞᄂᆞᆫ 쳬ᄒᆞ니 어개 궁문의 님ᄒᆞ여ᄂᆞᆫ 빅관이 다 써러져 문 밧긔 잇고 오딕 참승 뉴몽과 어림군 쳔여 인이 샹을 뫼셔 셋재 문의 니ᄅᆞ니 졔궁 환재 나와 주왈 왕의 병이 듕ᄒᆞ여 사ᄅᆞᆷ의 소ᄅᆡ를 드른 즉 증셰 더ᄒᆞ다 ᄒᆞ니 샹이 모든 위쟝을 다 믈너시라 ᄒᆞ시고 두어 근시를 거ᄂᆞ려 드러가시니 졔왕이 평복으로

78면

샹을 마자 병셰 틈듕ᄒᆞᆫ 쳬ᄒᆞ니 샹이 더옥 우려ᄒᆞ샤 그 손을 잡고 문병ᄒᆞ시ᄃᆡ 왕이 〈미우를 찡긔고〉 겨요 두어 ᄆᆞᄃᆡ 듀ᄒᆞ믈 ᄃᆡᄒᆞ더니 홀연 일진 광풍이 니러나 젼후 댱막을 거두치니 무수 군병이 구름 ᄀᆞᆺ흐여 각〃 병긔를 가지고 셧ᄂᆞᆫ디라 샹이 대경ᄒᆞ샤 안ᄉᆡᆨ이 여토ᄒᆞ시니 졔왕이 니러 주왈 난개 친님ᄒᆞ시니 힝혀 블의지식 이실가 두려 신이 군ᄉᆞ를 베퍼 셩가를 호위ᄒᆞ미오 다른 ᄯᅳᆺ이 아니로소이다 언미파의 무수 갑ᄉᆡ 뎐젼의 나아가 대호 왈 태ᄌᆡ 혼암 실덕ᄒᆞ니 만일 졔왕을 셰워 종샤의 님자를 삼디 아니신 즉 신등이 오보 안히 피로뼈 폐하긔 ᄲᅮ리〃이다 샹이 변ᄉᆡᆨᄒᆞ신ᄃᆡ 졔궁대쟝 당손춰 녀셩 왈 태ᄌᆡ 블명ᄒᆞ고 우리 왕이 총명영무ᄒᆞ여 당태종의 풍치 잇ᄂᆞᆫ디라 일즉이 셔위티 아니신

79면

즉 대ᄉᆡ 그ᄅᆞ리니 신등이 금일 일을 일우디 못홀딘ᄃᆡ 구족의 홰 이실디라 출하리 우리 왕을 밧드러 대위예 올니고 샹을 태샹황을 존흠만 ᄀᆞᆺ디 못ᄒᆞ니 슈션ᄒᆞᄂᆞᆫ 됴셔를 밧ᄌᆞ와 반포ᄒᆞ여지이다 샹이 대경ᄒᆞ샤 아모리 ᄒᆞ실 줄 모ᄅᆞ시더니 믄득 댱 ᄉᆞ이로셔 녀원평이 총망이 나와 주ᄒᆞᄃᆡ 인망이 졔왕긔 도라가 텬시와 인심이 합ᄒᆞᆫ디라 이제 졔부 뇨쇽의 격발ᄒᆞ므로뼈 군신의 톄면이 손샹ᄒᆞ니 폐하ᄂᆞᆫ 원컨ᄃᆡ 뎐위ᄒᆞᄂᆞᆫ 됴셔를 졔왕의게 ᄂᆞ리와 듕심을 진뎡ᄒᆞ고 태ᄌᆞ를 폐ᄒᆞ샤 샤딕을 평안이 ᄒᆞ쇼셔 만일 더딘

즉 블측지홰 이실가 두리ᄂᆞ이다 상이 좌우를 도라보시니 근시 두어 사름 분이오 뎐하의 쳘갑 쳔여 인이 버러시니 뉴승샹의 말을 듯디 아니시믈 뉘

80면

우ᄎᆞ시나 밋디 못ᄒᆞ고 일이 급ᄒᆞᆫ디라 마디 못ᄒᆞ여 원평ᄃᆞ려 ᄀᆞᆯ오샤ᄃᆡ 졔군의 말노조차 태ᄌᆞ를 폐ᄒᆞ고 졔왕을 셰우고져 ᄒᆞ나 국가 대ᄉᆞ를 도ᄎᆞ의 힝티 못ᄒᆞ리니 맛당이 ᄇᆡᆨ관ᄃᆞ려 의논ᄒᆞ고 명졍언슌이 ᄒᆞ미 가ᄒᆞᆫ디라 너희 등이 졔왕을 도아 대ᄉᆞ를 일우고져 ᄒᆞᆯ딘ᄃᆡ 엇디 감히 딤의게 이러틋 무례ᄒᆞ리오 당손츄 등이 녀셩 왈 폐해 동궁을 ᄉᆞ랑ᄒᆞ시고 우리 왕을 ᄉᆞ랑티 아니시니 만일 이 ᄀᆞᆺ디 아닌 즉 일을 일우디 못ᄒᆞᆯ디라 폐해 죵시 신등의 말을 좃디 아니시면 신등도 ᄯᅩᄒᆞᆫ 녜의로 쳥티 못ᄒᆞ리로소이다 원평이 급히 말니고 샹긔 주왈 일이 급ᄒᆞᆫ디라 복원 폐하ᄂᆞᆫ 맛당이 졔왕긔 뎐위ᄒᆞ시고 ᄒᆞᆫ가지로 환궁ᄒᆞ샤 양노궁의 만셰를 누리신 즉 종샤의 복이니이다 샹이 브득이 원평

81면

으로 슈션됴를 초잡으라 ᄒᆞ실ᄉᆡ 태감 김홍이 뉴몽의 밀계를 바다 샹의 겻히 뫼셔 ᄂᆡ변이 잇거든 븍을 쳐 서로 응ᄒᆞ쟈 ᄒᆞ엿더니 ᄎᆞ경을 보고 급히 뎐의 ᄂᆞ려 븍을 ᄒᆞᆫ번 〈크게〉 치니 졔왕과 원평 등이 급히 좌우를 ᄉᆞ지저 김홍을 버히라 ᄒᆞ더니 뉴몽이 셋재 문 밧긔셔 모든 용ᄉᆞ로 더브러 어개 나오시믈 기ᄃᆞ리나 동졍이 업고 믄득 븍 소ᄅᆡ 딘동ᄒᆞ니 변이 잇ᄂᆞᆫ 줄 알고 급히 용ᄉᆞ를 거ᄂᆞ려 고함ᄒᆞ고 ᄢᅦ쳐 드러가니 졔군이 조당ᄒᆞ거ᄂᆞᆯ 뉴몽이 대호 왈 졔왕이 군부를 도모ᄒᆞ니 내 역적을 치ᄂᆞ니 감히 막을 재 이시면 삼족을 버히리라 드ᄃᆡ여 당션ᄒᆞ여 눈을 브릅ᄯᅳ고 손의 쳘퇴를 잡아 분용ᄒᆞ여 튱살ᄒᆞ고 팔ᄇᆡᆨ 용ᄉᆡ ᄒᆞᆫ갈ᄀᆞᆺ치 방패와 단도를 드러 튱격ᄒᆞ니 사ᄅᆞᆷ이 감히 당치 못ᄒᆞ여 다 헤여지

82면

더라 바로 쥭여 ᄂᆡ뎐의 이르러 ᄇᆞ라보니 졍히 녀원평 등이 무ᄉᆞ로셔 텬ᄌᆞ을 겁칙ᄒᆞ고 김홍을 쥭이라 ᄒᆞᄂᆞᆫ 광경이라 몽이 〃 거동을 보고 녀셩 ᄃᆡ호 왈 역젹이 감히 님군을 핍박ᄒᆞᄂᆞ냐 듕군을 지휘ᄒᆞ여 일시에 나아가니 쟝손취 칼을 드러 마즌ᄃᆡ 몽의 손이 〃ᄂᆞᆫ 곳의 쟝손취을 두 쬬각의 ᄂᆡ고 좌영 용ᄉᆡ 심을 다ᄒᆞ니 듕군이 셰 니치 아

니홈을 보고 다 〃라나고 져됴다가 일셩 대포에 ᄉᆞ하 복병이 니러나 ᄂᆞᆺ〃치 잡아 뫼니 졔왕과 원평이 창황이 샹의 뒤로 피ᄒᆞ여 왈 졔군 무ᄉᆞ 모반ᄒᆞ기로 옥셕을 분변치 못ᄒᆞ리니 폐하ᄂᆞᆫ 구ᄒᆞ쇼셔 몽이 ᄃᆡ로 왈 금일지ᄉᆡ 이 두 ᄉᆞ름의 일이니 슈악을 가히 용셔치 못ᄒᆞ리라 드ᄃᆞ여 이 인을 결박ᄒᆞ고 졔왕의 젼가냥쳔을 아오로 거두어 치빙왕ᄂᆡᄒᆞ믈 무인지경갓치 ᄒᆞ니 졔국 무ᄉᆞ을 젼하의셔

83면

죽이ᄃᆡ 놓이 언뎡을 죽이고 범이 호리를 졔어홈 ᄀᆞᆺ흐여 편긱의 졔국 갑ᄉᆞ 쳔여 인을 서릇고 삼군을 호령ᄒᆞ여 왕궁을 둬여 복병을 다 잡으니 샹이 몽의 용밍을 보시고 크게 깃거 허다 죄슈를 다 잡은 후 ᄇᆡᆨ관을 거ᄂᆞ려 환궁ᄒᆞ시니 블의예 셩듕의 이런 대란이 니러나니 ᄇᆡᆨ관의 경황홈과 인민의 황〃ᄒᆞ믈 어이 다 긔록ᄒᆞ리오마ᄂᆞᆫ 몽의 디용이 대란을 평뎡ᄒᆞ여 갑ᄉᆞ 삼쳔을 ᄒᆞᆫ ᄇᆡᆨ의 싱금ᄒᆞ고 어가를 뫼셔 환궁ᄒᆞ니 샹이 문무ᄇᆡᆨ관을 나아오라 ᄒᆞ샤 눈믈을 흘녀 ᄀᆞᆯ오샤ᄃᆡ 딤이 블명ᄒᆞ여 가인 부ᄌᆞ지간의 변괴 여ᄎᆞᄒᆞ니 하면목으로 군님어텬해리오 뉴몽의 튱용 곳 아니면 딤이 다시 경등을 보기 어려올낫다 ᄇᆡᆨ관이 참연ᄒᆞ여 ᄃᆡ티 못ᄒᆞ더라 샹이 다시 뭇디 아니시고 녀원평의 구

84면

족을 셤이 ᄒᆞ시고 졔왕을 ᄋᆡᆨ살ᄒᆞ시며 태감 마영과 텰미인을 버히시고 셩의ᄇᆡᆨ의 션견지명을 칭탄ᄒᆞ샤 태ᄉᆞ를 ᄇᆡᄒᆞ시고 금화개를 주시며 뉴몽으로ᄡᅥ 어가를 구ᄒᆞ고 역적을 잡은 공이 졔신과 동녈치 못ᄒᆞ리라 ᄒᆞ샤 특별이 평졔왕을 봉ᄒᆞ샤 삼졔를 총셥게 ᄒᆞ시고 태감 김홍은 도태감을 ᄇᆡᄒᆞ샤 녹 삼쳔 셕을 주시니 삼 인이 샤은필의 뉴몽이 고두ᄒᆞ여 봉왕ᄉᆞ를 ᄉᆞ양ᄒᆞ고 녕능휘 대경ᄒᆞ여 돈슈고ᄉᆞ 왈 몽이 모텸 좌영의 ᄃᆡ죄ᄒᆞ여 어가를 참승ᄒᆞ오니 님군이 위틱ᄒᆞ신 ᄣᆡ 신지 엇디 평안이 안자 구치 아니리잇고 이ᄂᆞᆫ 인신의 직분이어ᄂᆞᆯ 죠고만 공뇌로 대국의 봉ᄒᆞ샤 왕작을 ᄇᆡᄒᆞ시니 신의 부ᄌᆡ 황공 외람ᄒᆞ와 뎐하의셔 죽기를 원ᄒᆞᄋᆞᆸ고 왕쟉을 원치

85면

아니ᄒᆞᄂᆞ이다 샹이 츄연 왈 딤이 골육의 변을 만나 ᄉᆞ싱이 경극의 잇거ᄂᆞᆯ 몽이 ᄇᆡᆨ인을 ᄢᅦ쳐 드러와 딤을 구ᄒᆞ고 역적을 잡아 샤직을 안보ᄒᆞ니 그 공이 드믄디라 텬하를

눈호라 ᄒᆞ여도 앗기디 아니려든 삼제 죠고만 나라히 ᄡᅳ녀 경은 딤의 졍을 막디 말나 딤이 몽의 공을 갑고 후인을 경계콰져 ᄒᆞ노라 녕능휘 홀일업서 샤은ᄒᆞ고 믈너나니라

뉴시삼ᄃᆡ록 권지십칠

1면

직셜 뉴몽이 임의 왕작을 바다 도라오매 승샹 부뷔 놀나고 황공 외람ᄒᆞ나 샹의 견고ᄒᆞ시니 시러곰 마디 못하여 텬은을 샤례ᄒᆞᆫ 후 평난ᄒᆞ던 슈미를 ᄌᆞ시 무러 그 디용과 직략을 두긋기고 아름다이 녁여 ᄀᆞᆯ오ᄃᆡ 네 밧그로 군병을 약속ᄒᆞ고 용녁을 발ᄒᆞ여 적을 치믄 분ᄂᆡ싀어니와 김홍을 ᄂᆡ응홀 일은 어ᄂᆞ ᄣᆡ 마초미 잇더뇨 몽이 ᄃᆡ 왈 ᄎᆞᄂᆞᆫ 모친이 밀계를 ᄀᆞᄅᆞ치샤 김태감이 어딜고 뎡직ᄒᆞ니 근ᄂᆡ 환슈듕 가히 대ᄉᆞᄅᆞᆯ 의논할 디라 승야ᄒᆞ여 가보고 텬직 졔궁의 가시ᄂᆞᆫ 날 변이 잇거든 급히 븍을 쳐 알게 ᄒᆞ면 드러가 어가를 보호ᄒᆞ여 셩공ᄒᆞ믈 언약ᄒᆞ라 ᄒᆞ시매 그대로 의논ᄒᆞ니 뎨 ᄯᅩ 낙죵ᄒᆞ야 요힝 셩공ᄒᆞ엿ᄂᆞ이다 승

2면

샹이 탄 왈 현부의 자식이 여ᄎᆞ하니 몽의 달므미 잇도다 좌듕이 다 칭복ᄒᆞ더라 명일 듕싀 졀월을 가져 니ᄅᆞ러 몽을 봉ᄒᆞ여 왕을 삼고 쳐 샹시로 왕비을 봉ᄒᆞ고 모 셜시로 졔국 태비를 존ᄒᆞ니 몽이 졔후의 복싀으로 관면을 ᄀᆞ초고 농포 옥ᄃᆡ로 존당 부모긔 빅례ᄒᆞ니 관옥 ᄀᆞᆺᄒᆞᆫ 용모와 농호 ᄀᆞᆺᄒᆞᆫ 긔샹이 엄연이 군왕의 규뫼 니러 츌어범뉴ᄒᆞ니 승샹 부뷔 크게 두긋겨 집슈 무빅ᄒᆞ여 이듕ᄒᆞ고 녕능후와 셜부인의 귀듕ᄒᆞᆫ ᄆᆞ음은 태산 하히로 비티 못ᄒᆞ리러라 진공이 병듕 이런 말을 듯고 대경ᄒᆞ며 ᄯᅩ 난을 평뎡ᄒᆞ고 몽의 봉왕ᄉᆞ를 드ᄅᆞ매 깃브고 깃브고 근심ᄒᆞ여 여러 가지로 ᄆᆞ음을 뎡티 못ᄒᆞ더니 믄득 븍뎡 텹뵈 농뎡의 오ᄅᆞ고 슉딜 이인이 평당을 구ᄒᆞ여 반ᄉᆞᄒᆞᄂᆞᆫ 가셰 부

3면

듕의 니ᄅᆞ니 거개 환셩이 믈 쓸 틋ᄒᆞ고 진공의 만심환희ᄒᆞ여 젹년 고질이 일시의 쇼혈ᄒᆞ니 증셰 날노 향차홀디라 일가의 경ᄉᆞ와 셔민의 깃거ᄒᆞ미 문왕이 유리의 나시매

셔기 인민의 즐겨홈과 다르미 업더라 샹이 텹셔를 보시고 대희ᄒᆞ샤 졔람빅의 일가를 방셕ᄒᆞ샤 즉시 녯 벼슬을 주시고 됴셔를 나리와 위로ᄒᆞ시고 안흐로 궁인을 보내샤 문챵군쥬를 위면ᄒᆞ시니 죽은 남기 양츈을 만나 회싱홈 ᄀᆞᆺ흐여 군쥐 ᄇᆡ야흐로 진부의 도라와 야〃를 보매 공이 임의 차복ᄒᆞ여 미우의 희식을 ᄯᅴ여 안식이 츈풍 ᄀᆞᆺ흐니 존당을 뫼셔 부ᄌᆞ 형데 만좌ᄒᆞ여 군쥬를 보고 아니 반기 리 업ᄂᆞᆫ디라 니부인이 이윽 슈를 잡고 슬허 왈 너를 보내미 여러 ᄃᆞᆯ이라 텬되 술리샤 이제

4면

힝혀 소랑의 싱환글 소식을 드ᄅᆞ니 노뫼 죽어도 무ᄒᆞᆫ일다 군쥐 청누를 ᄉᆡᆨ려 오래 니측ᄒᆞ여 영모ᄒᆞ던 회포를 고ᄒᆞ니 공이 더옥 ᄋᆡ련ᄒᆞ여 집슈 무비ᄒᆞ여 흔연이 위로ᄒᆞ매 군쥐 ᄯᅩᄒᆞᆫ 비회를 진뎡ᄒᆞᆫ 후 좌우 슉당을 도라보니 이ᄣᅢ 졔공이 파죠ᄒᆞ고 ᄌᆞ딜을 거ᄂᆞ려 공복을 벗디 아니코 아ᄎᆞᆷ 문안을 파티 아냐시니 통텬관과 익션관과 작미관과 평의관이 졔〃히 별 ᄀᆞᆺ고 망뇽포와 홍금픠 오운ᄀᆞ치 버러시며 통텬셔와 양지옥과 셔역옥이 허리의 빗나고 남옥패와 형옥패와 좌우로 ᄀᆡᆨ당ᄒᆞ니 진실노 만ᄃᆡ의 ᄒᆞᆫ번 모드미오 쳔직예 일시라 그밧 오사ᄌᆞ포와 옥ᄃᆡ아홀노 버럿ᄂᆞᆫ 재 수를 모ᄅᆞ게 당이 몌여시니 군쥐 평졔왕 부〃를 보고 녕능후와 셜부인을 향ᄒᆞ여 념임 티하 왈 쇼딜이 니가 반년

5면

만의 도라오〃니 존당 졔슉부긔게 녕안ᄒᆞ신 희ᄉᆞᄂᆞᆫ 니ᄅᆞ도 말고 십일 형의 닙공봉왕 지ᄉᆞᄂᆞᆫ 문호의 유광과 슉부모의 복녹의 놉흐시믈 블승힝희ᄒᆞᄂᆞ이다 녕능후 쇼 왈 문ᄒᆞ의 셩만ᄒᆞ믈 임의 고금의 드믈거ᄂᆞᆯ 몽ᄋᆞ의 공명으로 더 빗나미 이시리오 위극ᄒᆞ고 통이 넘으니 ᄌᆡ앙이 두리운디라 이 과불 일이 아니로ᄃᆡ 오딕 너의 화란을 면ᄒᆞ고 텬일 보믈 우슉이 만힝ᄒᆞ노라 군쥐 샤례ᄒᆞ고 좌위 다 녕능후 말솜이 금옥지언이라 하더라 일개 종일 ᄒᆞᆫ 당의 모다 부풍후 슉딜의 도라올 긔약이 갓가옴과 진공의 위질이 쾌복ᄒᆞ믈 서로 하례ᄒᆞ고 공이 명일 처음으로 입궐 됴회ᄒᆞ니 샹이 대희ᄒᆞ샤 편뎐의 인견ᄒᆞ시고 슈돈을 갓가이 노하 반기시며 탄식 왈 션싱의 병이 오래 텸면ᄒᆞ니 국ᄉᆡ 요란ᄒᆞ여 달날이 북방

6면

의셔 반ᄒᆞ고 졔왕이 안희셔 반ᄒᆞ니 만일 경의 부ᄌᆞ 형뎨 튱용 곳 아니면 엇디 샤ᄃᆡᆨ이 평안ᄒᆞ리오 금일 션ᄉᆡᆼ의 병이 나아 인ᄃᆡᄒᆞ매 긔샹과 졍녁이 완연ᄒᆞ니 국가의 경ᄉᆡ로다 공이 계슈 샤은ᄒᆞ여 텬은의 늉셩ᄒᆞ심과 몽의 봉왕지ᄉᆡ ᄌᆞ못 외람ᄒᆞ믈 주ᄒᆞ니 샹이 옥음이 ᄌᆞ못 은근ᄒᆞ샤 위유ᄒᆞ시고 부풍후 등텹셔를 내여 어상의 펴 노코 공을 보라 ᄒᆞ시니 공이 남좌의 ᄇᆡ무ᄒᆞ여 셩샹 홍복을 하례ᄒᆞ고 이날 군신이 죵일토록 젹폐ᄒᆞᆫ 공ᄉᆞ를 의논ᄒᆞ여 결ᄒᆞ시니 공의 유병ᄒᆞ미 십삭이라 일 년이 거의 만긔예 다ᄉᆞᄒᆞᆫ 거술 폐ᄒᆞ시니 밀닌 문셰 문연각의 뫼ᄀᆞᆺ치 ᄡᅡ혀시ᄃᆡ 샹이 죵시 결티 아니샤 진공을 기ᄃᆞ리시더니 금일 샹이 ᄇᆡ야흐로 공과 문난ᄒᆞ샤 하비ᄒᆞ실 ᄉᆡ 공이 부술 드러 슌식ᄉᆞ이예 다

7면

결단ᄒᆞ여 됴셔를 청ᄒᆞ니 그 신속ᄒᆞ미 풍우 ᄀᆞᆺ고 명쾌ᄒᆞ미 귀신 ᄀᆞᆺᄒᆞᆫ디라 농안이 아득ᄒᆞ고 졍신이 황홀ᄒᆞ샤 흠션 탄복ᄒᆞ시믈 마디 아니시니 일ᄌᆞ를 고치디 아니시고 졔왕의 여당 녀원평 털귀비 등 삼족을 안뉼ᄒᆞᆯ 바를 무ᄅᆞ시니 공이 관인ᄒᆞᆫ 말ᄉᆞᆷ과 셩인의 졍ᄉᆞ를 ᄀᆞ초 프러 ᄉᆞ슈 삼ᄇᆡᆨ여 인과 죄인 ᄇᆡᆨ여 인을 다 샤ᄒᆞ시게 ᄒᆞ니 공의 어딘 덕이 여ᄎᆞᄒᆞ더라 샹이 블승 탄복ᄒᆞ샤 죵간여류ᄒᆞ시고 샹방진찬과 슈라를 나오샤 공으로 더브러 어션을 ᄂᆞᆫ호시고 즐겨 녜우ᄒᆞ시미 평ᄉᆡᆼ 처음 ᄀᆞᆺ더라 이윽고 옥퇴 동녕의 됴요ᄒᆞ니 한풍이 ᄡᆡ를 ᄉᆞᄆᆞᆺ고 홍안이 븍으로 ᄂᆞ는디라 ᄣᆡ 졍히 황홀의 미쳐 금문이 당촛 닷게 되니 공이 퇴됴ᄒᆞ믈 청ᄒᆞᆫᄃᆡ 샹이 ᄀᆞᆯ오샤ᄃᆡ 션ᄉᆡᆼ이 듕병지여의 죵일 졍신을 허비ᄒᆞ니

8면

실셥ᄒᆞ미 쉽거ᄂᆞᆯ 도라가매 한풍이 신샹의 유해ᄒᆞᆯ가 ᄒᆞ노라 ᄒᆞ시고 닙어계시던 ᄌᆞ슈 호구를 버서 닙히시고 쇼환으로 ᄒᆞ여곰 친히 향온을 데여 권ᄒᆞ시니 공이 텬은을 망극ᄒᆞ여 눈믈을 흘녀 ᄇᆡᆨᄇᆡ 샤은ᄒᆞ고 믈너 부듕의 도라오니 일노 녀민이 다 고무ᄒᆞ여 ᄀᆞᆯ오ᄃᆡ 금일 대쟝군이 차복ᄒᆞ여 국ᄉᆞ를 다ᄉᆞ리시니 우리 등이 이제 죽어도 죄예 죽어 원억ᄒᆞᆫ 우름이 업ᄉᆞ리로다 ᄒᆞ더라 샹이 뉴몽의 공을 닛디 못ᄒᆞ샤 은툥이 친황ᄌᆞ의 다ᄅᆞ미 업ᄉᆞ시고 졔왕궁을 ᄉᆞ급ᄒᆞ시ᄃᆡ 왕이 굿이 ᄉᆞ양ᄒᆞ여 엇디 못ᄒᆞ니 녕능휘

왕을 딕ᄒᆞ여 ᄀᆞᆯ오ᄃᆡ 텬은이 비록 여ᄎᆞᄒᆞ시나 네동티 약관으로 부모 존당이 ᄌᆡ상ᄒᆞ시니 왕공의 부귀로 망녕되이 존대ᄒᆞ리오 왕부 뇨쇽을 궁듕의 머므러 므릿 졍ᄉᆞ를 취품ᄒᆞ고 너희 부뷔 내 슬하의

9면

죵신토록 이셔 반포의 졍과 ᄎᆡ무의 즐거오믈 다ᄒᆞ고 위고금다ᄒᆞ므로뻐 ᄌᆡ믈을 ᄉᆞ〃로이 ᄒᆞ고 거쳐를 닷ᄒᆞ디 말라 효ᄌᆞ의 ᄉᆞ친지도를 힘쓰고 공검념퇴ᄒᆞ믈 닛디 말나 왕이 ᄇᆡ이슈명ᄒᆞ여 모든 뇨쇽을 왕부의 머믈고 부뷔 부모를 뫼셔 쳐신ᄒᆞ믈 유싱ᄀᆞᆺ치 ᄒᆞ니 사ᄅᆞᆷ이 긔롱ᄒᆞ여 농포 닙은 션비라 ᄒᆞ니 그 검소ᄒᆞ고 공근ᄒᆞ미 녕능후의 경계 각별 엄ᄒᆞ미러라 화셜 ᄇᆡᆨ뎡 냥원쉐 졀월을 두로혀 경ᄉᆞ를 향ᄒᆞ여 탁쥐부의 니ᄅᆞ러는 연휘 힝노의 각둔ᄒᆞ여 신샹이 블평ᄒᆞᆫ디라 군을 머믈고 수일 됴리ᄒᆞ여 힝코져 ᄒᆞ더니 이날 ᄃᆞᆯ이 ᄇᆞᆰ고 이슬이 금녕의 구으러 형박의 진쥬 ᄀᆞᆺᄒᆞᆫ디라 ᄇᆡᆨ풍후는 댱듕의셔 연후를 약을 권ᄒᆞ여 먹인 후의 금을 덥허 ᄯᆞᆷ내기를 구ᄒᆞ고 평댱은 나와 먼니 고국을

10면

챵망ᄒᆞ고 군친을 ᄉᆞ모ᄒᆞ여 심ᄉᆡ 어즈러온디라 좌우로 ᄒᆞ여곰 교ᄌᆞ를 나오라 ᄒᆞ여 ᄐᆞ고 강부를 잡아 영채를 슌힝ᄒᆞ더니 믄득 압히 몽고 댱막 두어히 잇ᄂᆞᆫᄃᆡ 허다 쟝ᄉᆡ 검극을 잡아 딕희엿고 두어 사ᄅᆞᆷ이 월하의 방황ᄒᆞ여 기리 탄식ᄒᆞ거ᄂᆞᆯ ᄌᆞ시 보니 이 졍히 ᄇᆡᆨ히ᄀᆞ의 반년을 냥식을 가져 구ᄒᆞ던 달ᄌᆡ라 평댱이 일견의 대경하여 좌우로 쳥ᄒᆞ여 댱듕의 도라와 좌의 안치고 무러 왈 아등이 족하의 대은을 닙어 오늘날 ᄌᆡ싱ᄒᆞ여 고국의 도라가니 졍히 분골쇄신ᄒᆞ여도 산고히활지덕을 갑디 못ᄒᆞᆯ디라 번국의 이실제 그ᄃᆡ를 ᄎᆞ즈나 ᄆᆞᄎᆞᆷᄂᆡ ᄎᆞᆺ디 못ᄒᆞ고 헛도이 도라가 ᄇᆡ은ᄒᆞ믈 챵ᄒᆞᆫᄒᆞ더니 금일 도ᄎᆞ 샹봉ᄒᆞ니 아디 못게라 족해 엇던 사ᄅᆞᆷ의 막하로셔 볼모ᄒᆞᆯ 무리예 ᄲᅡ뎟ᄂᆞ뇨 ᄌᆞ시 니ᄅᆞ면 내 힘을

11면

다ᄒᆞ여 본국의 도라가게 ᄒᆞ리라 달ᄌᆡ 희〃히 웃고 좌의 ᄂᆞ려 고ᄒᆞᄃᆡ 쇼뎍이 노야를 속이고 냥미를 진헌ᄒᆞ미 이시나 사ᄅᆞᆷ의 ᄉᆡᆨ인 배오 쇼뎍의 ᄉᆞ〃 ᄯᅳᆺ이 아니라 엇디 녜우ᄒᆞ시믈 감당ᄒᆞ리잇고 평댱이 경아 왈 군은 우리 은인이라 말이 엇디 쟝황ᄒᆞ여 두

미를 감초고 듕노를 닐너 의심케 ᄒᆞᄂᆞ뇨 달직 다시 샤례 왈 쇼뎍은 과연 양셩공쥬 가졍이라 공쥐 노야 위풍을 ᄉᆞ모ᄒᆞ샤 친ᄉᆞ를 구ᄒᆞ시나 노얘 듯디 아니시고 왕이 그릇 노야를 해하랴 ᄒᆞ시니 공쥐 스ᄉᆞ로 노야를 그릇 민든 죄를 뉘웃ᄎᆞ시고 일됴의 텬ᄉᆞ를 핍박ᄒᆞ여 가도아 죽이면 아국의 환이 비경ᄒᆞᆫ 줄 아ᄅᆞ샤 부왕긔 간칭ᄒᆞ시ᄃᆡ 노야의 고집을 노ᄒᆞ여 종시 듯디 아니시고 낭미를 ᄉᆞ처 아ᄉᆞᄒᆞ게 ᄒᆞ려시니 공쥐 노야의 긔샹과 튱졀을 탄복ᄒᆞ고 긔아ᄒᆞ믈 츄연ᄒᆞ샤

12면

ᄀᆞ만이 본궁 직믈을 맛뎌 텬ᄉᆞ 일힝을 구ᄒᆞᄃᆡ 만일 왕이 아ᄅᆞ신즉 허다 됴티 아니미 잇고 텬ᄉᆞ도 즐겨 밧디 아니리라 ᄒᆞ여 다른 사ᄅᆞᆷ인 톄ᄒᆞ더니 노야의 병이 듕ᄒᆞ시매 공쥐 닐오ᄃᆡ ᄎᆞ인이 만일 이 곳의셔 죽으면 텬뫼 문죄지식 니ᄅᆞ리니 이ᄂᆞᆫ 국가의 심복 대환이오 ᄒᆞ믈며 졔 듕국대신으로 졀을 굴티 아니〃 튱신 녈ᄉᆡ어ᄂᆞᆯ 히외예 긔아ᄒᆞ여 원ᄉᆞᄒᆞᆫ즉 엇디 쳔츄 만셰의 가셕ᄒᆞᆯ 일이 아니리오 ᄒᆞ고 드ᄃᆡ여 남복을 닙고 거즛 도ᄉᆡᆫ 톄ᄒᆞ여 약을 가져 노야를 구ᄒᆞ고 이제 볼모를 ᄌᆞ원ᄒᆞ여 셰ᄌᆞ로 더브러 듕국의 드러오믈 당초 노야를 보아 ᄆᆞ음을 허ᄒᆞ엿거ᄂᆞᆯ 만일 본국의 이셔ᄂᆞᆫ 국왕이 타쳐의 셩혼ᄒᆞ려ᄒᆞ여 공쥬의 ᄯᅳ즐 아ᄉᆞᆯ디라 임의 ᄆᆞ음을 허ᄒᆞᆫ 후ᄂᆞᆫ 고티디 못ᄒᆞᆯ 거시니 텬됴의 드러가

13면

비록 노야로 인연을 일우디 못ᄒᆞ나 죵신 독노ᄒᆞ여 ᄆᆞ음을 ᄀᆡ티 아니코 셰ᄌᆞ로 더브러 ᄀᆡ니의 샹의코져 ᄒᆞᄃᆡ 부모긔도 이 소유를 아니코 노야의 쇼뎍 ᄎᆞ조시믈 듯고 숨어 뵈디 말나 ᄒᆞ시니 소뎍이 만니 도로의 피ᄒᆞ여 뵈디 못ᄒᆞ더니 월ᄉᆡᆨ이 명낭ᄒᆞᆫᄃᆡ 우연이 고국을 챵망ᄒᆞ다가 노야의 안총을 도망티 못ᄒᆞ이다 평댱이 텽파의 대경ᄒᆞ여 묵연 냥구러니 ᄯᅩᄒᆞᆫ 공쥬의 위인을 칭찬ᄒᆞ여 일분 감오ᄒᆞ니 달ᄌᆞ를 ᄃᆡᄒᆞ여 칭샤 왈 원ᄂᆡ 기간 소유 여ᄎᆞ호ᄃᆡ 내 아디 못ᄒᆞ여 연무듕 사ᄅᆞᆷ ᄀᆞᆺ더니 ᄒᆞᆫ갓 너의 큰 덕을 ᄉᆡᆼ각ᄒᆞ고 공쥬의 디혜를 ᄭᆡ듯디 못ᄒᆞ과라 너ᄂᆞᆫ 공쥬긔 엇던 사ᄅᆞᆷ이완ᄃᆡ 공쥬의 ᄠᅳᆺ 알미 이ᄀᆞᆺ치 ᄌᆞ셔ᄒᆞ뇨 달직 ᄃᆡ 왈 쇼뎍은 공쥬 유뎨라 시방 어미 ᄯᆞ라와 당막의셔 일시를 ᄯᅥ나디 아냐 심ᄉᆞ를 의논ᄒᆞ니

14면

쇼덕이 ᄌᆞ연 아ᄅᆞ미 잇ᄂᆞ이다 평당이 졈두 왈 너의 공쥐 사ᄅᆞᆷ의 ᄉᆡᆼ각디 못ᄒᆞᆯ 디혜 남ᄌᆞ의 승ᄒᆞ고 네 능히 쥬모의 ᄠᅳᆺ을 바다 님긔응변이 신츌귀몰ᄒᆞ니 아디 못게라 막븍 텬애예 엇디 이런 인ᄌᆡ 잇ᄂᆞ뇨 도라가라 타일 경ᄉᆞ의 가 ᄎᆞ즈리라 달지 ᄌᆡᄇᆡ 왈 공쥐 ᄯᅩᄒᆞᆫ 텬ᄌᆞ긔 됴회ᄒᆞ고 듕국의 잇고져 ᄒᆞᄂᆞᆫ 고로 젼일 노야긔 하딕ᄒᆞᆯ 적 황극뎐 하의 가 서로 보쟈 ᄒᆞ엿더니 이제 그 말이 마즈니이다 평당이 ᄯᅩᄒᆞᆫ ᄉᆡᄃᆞ라 긔이히 녁이더라 달지 간 후 드러와 부풍후와 연후를 ᄃᆡᄒᆞ여 슈말을 ᄌᆞ시 뎐ᄒᆞᆫᄃᆡ 부풍휘 블승경아 왈 이 일이 ᄯᅩᄒᆞᆫ 긔괴ᄒᆞ고 긔특ᄒᆞ니 공쥐 결비범인이라 그ᄃᆡ ᄆᆞᄎᆞᆷᄂᆡ ᄇᆞ리미 가티 아니ᄒᆞ니 환됴 후 취ᄒᆞ여 금차의 머므른즉 딜ᄋᆡ ᄯᅩ ᄉᆞ덕이 ᄀᆞ즈니 서로 화목ᄒᆞ여 ᄌᆞ손이 번셩

15면

ᄒᆞ고 가되 챵ᄒᆞᆫ디라 고집히 ᄉᆞ양ᄒᆞ미 엇디 편ᄉᆡᆨ디 아니리오 평당이 블열 탄 왈 뎌 공쥬의 위인인즉 긔특ᄒᆞ고 ᄠᅳᆺ인즉 감격ᄒᆞ나 여러 가지 블가ᄒᆞ니 쇼ᄉᆡᆼ이 비록 용녈ᄒᆞ나 엇디 이덕으로 친을 ᄆᆡᄌᆞ며 ᄒᆞ믈며 혼인은 인뉸대ᄉᆡ어ᄂᆞᆯ 이 빌ᄆᆡ로 병혁이 니러나고 몽고의 격셰 드러가 됴뎡이 ᄇᆞ야흐로 의심ᄒᆞ시ᄂᆞᆫ 디경의 잇거ᄂᆞᆯ 그 일을 실ᄒᆡ와 호녀를 취ᄒᆞᆫ즉 사람의 춤 밧ᄂᆞᆫ ᄭᅮ지람을 일위고 쇼ᄉᆡᆼ의 술 ᄠᅳᆺ이 에분ᄒᆞ믈 ᄎᆞᆷ디 못ᄒᆞᆯ 배라 다만 져의 의협과 구ᄉᆡᆼᄒᆞᆫ 은혜 젹디 아니〃 각별이 후례로 갑흘디언뎡 결혼ᄒᆞᆯ ᄠᅳᆺ은 업서이다 브풍휘 쇼왈 이ᄂᆞᆫ 고집ᄒᆞᆫ 말이라 믈이 쉬 잇고 명이 ᄣᅢ 이시니 젼일 훼언이 비록 셩ᄒᆞ나 이 블과 부운이 일광을 잠간 ᄀᆞ리오미오 당시ᄒᆞ여 신ᄇᆡᆨᄒᆞ미 쇼〃ᄒᆞᆯ ᄇᆞᆫ 아니라 왕ᄉᆡ

16면

만듕으로 사막을 평뎡ᄒᆞ고 군을 븍희예 가 구ᄒᆞ니 듕소공지의 뉘 군을 양셩공쥬 부마 되엿던가 의심ᄒᆞ리오 젼일이 임의 헛되고 공쥬의 ᄌᆡ략과 의협이 실노 긔이ᄒᆞ니 엇디 일개로 니ᄅᆞ리오 맛당이 텬ᄌᆞ긔 알외고 취ᄒᆞ미 올흐니 죵시 ᄇᆞ리면 이ᄂᆞᆫ 무신박힝ᄒᆞ미라 내 그윽이 군을 위ᄒᆞ여 블취ᄒᆞ노라 평당이 다시 여러 가지 블가ᄒᆞ믈 베퍼 셜홰 오래ᄃᆡ 연휘 니블노 머리를 ᄡᆞ고 자ᄂᆞᆫᄃᆞ시 누어 말을 아니터라 수일 후 연휘 쾌차ᄒᆞ매 일힝을 졍졔ᄒᆞ여 경ᄉᆞ의 니ᄅᆞ니 뉴시 모든 종족과 부ᄌᆞ 형뎨 ᄇᆡᆨ니 당뎡의

나와 마즐식 진공과 졔람빅 등이 승샹을 뫼셔 먼니 ᄇ라보니 대군이 대외 졍졔ᄒ고 긔치 엄졍ᄒᆫᄃᆡ 냥원슈 융복을 ᄀ초고 나아오다가 초공과 진공을 만나니 각〃 반기믈 이긔디 못ᄒ여 연후ᄂᆞᆫ 더옥 야〃

17면

의 위질이 향차ᄒ여시믈 보매 ᄒᆡᆼ희ᄒ미 평ᄉᆡᆼ 처음이라 ᄇ지 서로 손을 잡고 어린 ᄃᆺ ᄒ더라 후군의 소평당이 니ᄅ러 졔람빅을 보고 급히 말긔 ᄂ려 부지 서로 안고 통곡하믈 마디 아니〃 군듕이 참연ᄒ고 진공이 위로 왈 이제 텬ᄒᆡᆼ으로 무ᄉ히 도라오니 디난 슬프믈 닐너 무익홀디라 난개 나오실 거시니 ᄉ졍을 돈졀ᄒ고 밧비 지영ᄒ라 소공 부지 눈믈을 거두고 ᄒᆫ 가지로 ᄒᆡᆼᄒ여 슌션문 밧긔 니ᄅ러ᄂᆞᆫ 텬지 난가를 ᄀᆺ초아 문누의 니ᄅ러ᄂᆞᆫ 텬지 난가를 ᄀ초아 문누의 좌ᄒ시고 냥원슈를 마즈시니 삼군이 긔를 둘너 딘을 닐우고 일시의 만셰를 브ᄅ니 샹이 대희ᄒ샤 냥원슈를 각별이 위유 왈 경등이 ᄉᆡ외 풍상을 무릅써 흉노를 툐멸ᄒ고 소경문을 구ᄒ여 도라오니 오랑캐 ᄇ야흐로 명됴의 사름이 이시믈 알

18면

디라 엇디 쾌티 아니리오 드ᄃᆡ여 소경문을 인견ᄒ샤 위로 왈 경이 졀역의 드러가 이뎍의 겁박ᄒᄂᆞᆫ 욕을 당ᄒᆫᄃᆡ 늠연이 듕졀을 잡아 굴치 아냐 ᄇᆨ히ᄀ의 ᄉᄉᆡᆼ이 위틱ᄒ거늘 흉ᄒᆫ 격셰 니ᄅ러 딤심을 어즈러이니 거의 우리 군신이 완젼티 못홀 번ᄒᆫ디라 ᄉᆡᆼ각ᄒ매 엇디 한심티 아니리오 경이 니가 일 년의 학발은 니문의 비겨 기ᄃ리고 홍안 쇼쳐ᄂᆞᆫ 심규의셔 우러 ᄉᄉᆡᆼ 존망을 아디 못ᄒ믈 딤이 ᄯᅩᄒᆫ 츄연ᄒ더니 금일 ᄉᆡᆼ환ᄒ매 국가의 만ᄒᆡᆼ이라 맛당이 듕졀을 크게 포댱ᄒ여 젼쇽국의 ᄒᆫ을 업시 ᄒ리라 평당이 복지 톄읍ᄒ여 쳥죄 왈 신이 됴셔를 밧ᄌ와 쳐신ᄒ기를 잘 못ᄒ여 흉역의 일홈이 ᄆᆡ이고 일신이 함몰ᄒ니 만일 폐하의 여텬셩은과 뉴셰경 등의 지용 곳 아니면 신의 ᄲᅧᄂᆞᆫ 호듕의

19면

셔 석고 삼족은 속졀업시 동시의 죽으리니 텬지지하의 원억ᄒ믈 신셜홀 날이 업ᄉ리라소이다 샹이 위ᄒ여 기용ᄒ시고 지삼 위로ᄒ시니 부풍휘 드ᄃᆡ여 평댱의 신고ᄒ던

ᄉᆞ젹과 번국을 항복바드나 오랑캐 인심을 오히려 측냥티 못ᄒᆞ여 볼모 잡아 오믈 고ᄒᆞ니 농안이 희열ᄒᆞ샤 왈 이덕이 반복블신ᄒᆞ니 볼모 잡아오미 원네 이시미라 ᄒᆞ시고 이날 대연을 베퍼 삼군을 샹ᄒᆞ시며 공뇌를 의논하실ᄉᆡ 부풍후로ᄡᅧ 단셔 텰권을 쥬샤 태ᄌᆞ태부를 ᄇᆡᄒᆞ시고 식녹 삼쳔셕 ᄒᆞ시며 연후로 본직 병부샹셔의 샹쥬국을 ᄇᆡᄒᆞ여 츌입의 황나산을 주어 공을 표ᄒᆞ게 ᄒᆞ시고 평댱은 비록 한마의 공이 업ᄉᆞ나 신졀을 다ᄒᆞ여 ᄉᆞ싱으로 굴치 아니코 ᄉᆡ외예 신고ᄒᆞ미 위국 졍튱이 나타나고 ᄒᆞ믈며 젼일 졔왕의 방ᄌᆞ블법을 논힉ᄒᆞ여

20면

국가의 해될 줄을 고ᄒᆞ니 션견지명이 거의 댱구령의 녹산 아름 ᄀᆞᆺ다 하샤 슈츈후를 ᄇᆡᄒᆞ시니 졀월을 쥬샤 그 집 문의 졍표ᄒᆞ여 졀의문이라 ᄒᆞ시니 삼 인이 삼 인이 ᄇᆡᆨᄇᆡ 샤은ᄒᆞ고 평댱이 돈슈고ᄉᆞᄒᆞ여 군명을 욕 먹인 죄 졍히 왕법을 도망티 못ᄒᆞ올디라 엇디 도로혀 봉작을 밧즐리잇고 샹이 쇼 왈 딤이 평싱 젼쇽국을 슬피 넉이고 한뎨의 무졍ᄒᆞ믈 개탄ᄒᆞᄂᆞ니 엇디 스ᄉᆞ로 그 허믈을 효측ᄒᆞ리오 경의 튱졀과 녈의 고인의 아릭 아니오 역신을 아라보ᄂᆞᆫ 눈이 귀신 ᄀᆞᆺᄒᆞ니 년이 약관의 이런 지식과 션견이 이시믈 아름다이 넉이므로 이 벼ᄉᆞᆯ을 주어 특별이 샤딕지신을 삼고져 ᄒᆞ니 경은 괴로이 ᄉᆞ양ᄒᆞ여 딤의 됴흔 ᄠᅳᆺ을 져ᄇᆞ리디 말나 평댱이 감격텬은ᄒᆞ여 샤은ᄒᆞ니 연휘 문득 나아와 주 왈 신이 힝노의 ᄒᆞᆫ 고이ᄒᆞᆫ 일을 드

21면

ᄅᆞᆫ 고로 감히 군부지젼의 알외여 명졍히 쳐치ᄒᆞ시믈 원ᄒᆞᄂᆞ이다 샹이 연고를 무ᄅᆞ시니 연휘 웃고 부복 주 왈 쇼경문이 번왕의 구혼을 물니치오므로 븍히예 가티여 냥식을 슨ᄒᆞ니 일힝 ᄇᆡᆨ여 인이 아ᄉᆞᄒᆞ기의 니ᄅᆞ러 플블휘 진ᄒᆞ고 뫼버러지 진ᄒᆞ니 위틱ᄒᆞ미 슈유의 잇더니 홀연 ᄒᆞᆫ 달지 냥미를 가져와 여ᄎᆞ〃ᄒᆞ고 인ᄒᆞ여 쥬식을 주어 일힝을 구ᄒᆞ니 그 의긔 쳔츄의 ᄒᆞ나히라 경문이 비록 일믹을 니어시나 분에ᄒᆞ기로 병이 니러 ᄉᆞ싱이 경긱의 잇더니 달지 ᄯᅩ ᄒᆞᆫ 도ᄉᆞ를 쳥ᄒᆞ여 병을 뵈고 진믹ᄒᆞ여 의약을 극진이 ᄒᆞ매 듕질이 수일ᄂᆡ 회두ᄒᆞᆫ 후 그 도ᄉᆡ 님별의 경문ᄃᆞ려 타일 황극뎐 하의 서로 보쟈 하니 경문이 그 ᄯᅳᆺ을 아디 못ᄒᆞ여 ᄒᆞᄃᆡ ᄭᆡ닷디 못ᄒᆞ엿더니 신등이 번국을 파ᄒᆞ고 경문을 구ᄒᆞᆫ 후 달ᄌᆞ를 ᄎᆞᆺ고 도ᄉᆞ를 심방ᄒᆞᄃᆡ 죵

22면

젹이 업ᄉᆞ니 그 보은치 못ᄒᆞ믈 차탄ᄒᆞ며 서로 의심ᄒᆞ여 폐하 홍복으로 신인이 허다 인명을 구ᄒᆞ민가 ᄒᆞ더니 반ᄉᆞ하여 탁쥐부의 니ᄅᆞ러ᄂᆞᆫ ᄇᆞ야흐로 몽고 당막 가온ᄃᆡ 젼일 ᄉᆞ신 구ᄒᆞ던 달ᄌᆞ를 만나 경문이 은혜를 칭샤ᄒᆞ고 죵젹을 힐문ᄒᆞ니 이 본ᄃᆡ 양셩공쥐 경문의 튱절을 앗기고 텬됴의 문죄ᄒᆞᄂᆞᆫ 환을 두려 남장ᄒᆞ고 약을 가져 텬ᄉᆞ를 구ᄒᆞ고 식믈을 공급ᄒᆞᄃᆡ 자최를 ᄀᆞᆷ초고 공을 자랑티 아냐 놉흔 소견과 졀인ᄒᆞᆫ 의긔 진짓 녈협이라 경문이 뎌의 은혜를 져ᄇᆞ리디 못ᄒᆞᆯ 일이 여러 가지오ᄃᆡ 호네 볼모를 ᄌᆞ원ᄒᆞ여 대국의 니ᄅᆞ러 부녀지졍을 �ᄂᆞ고 첫 ᄯᅳᆺ을 딕히여 경문을 슈졀ᄒᆞ여 늙으려 ᄒᆞ오니 기졍이 쳐의오매 신등이 ᄌᆡ삼 ᄀᆡ유ᄒᆞ여 취ᄒᆞ라 권ᄒᆞ오ᄃᆡ 경문이 죵시 비례라 ᄒᆞ여 듯디 아니오니 만일 ᄇᆞ려 거두디 아닌즉

23면

엇디 셩ᄃᆡ의 흠ᄉᆡ 아니리잇고 복원 폐하ᄂᆞᆫ 엄지를 ᄂᆞ리오샤 경문의게 도라보내시면 호녀의 하상지원이 업고 이덕이 ᄯᅩᄒᆞᆫ 몽혜 몽은ᄒᆞ와 텬은을 감튝ᄒᆞ리이다 드ᄃᆡ여 번국의 이실적 공쥐 남복ᄒᆞ고 영듕의 니ᄅᆞ러 제 나라 죄를 ᄒᆡ셕ᄒᆞ고 만셩 ᄉᆡᆼ녕의 도탄을 구ᄒᆞᄃᆡ 어언이 여류ᄒᆞ고 ᄉᆞ긔 격녈ᄒᆞ여 됴곰도 구속디 아니턴 바를 주ᄒᆞ고 ᄀᆞᆯ오ᄃᆡ ᄎᆞ녀의 위인이 듕국의도 엇기 어렵거ᄂᆞᆯ 융뎍 젼고지듕의 이ᄀᆞᆺ흔 인ᄌᆡ 이시니 엇디 긔특디 아니리잇고 샹이 크게 칭찬ᄒᆞ샤 왈 경언을 드ᄅᆞ니 호녀의 작용과 쳐변이 영웅의 협의 ᄯᅳᆺ이 이시니 엇디 규듕 ᄋᆞ녀ᄌᆞ로 니ᄅᆞ리오 가히 연듕의 블너보고 경문의게 허가ᄒᆞ여 지원을 조ᄎᆞ리라 드ᄃᆡ여 몽고 셰ᄌᆞ와 공쥐를 뎐ᄃᆡ의 브르라 ᄒᆞ시니 셰ᄌᆞ 텸목화와 양

24면

셩공쥐 녜관의 인도ᄒᆞ믈 인하여 단디의 나아가 만세를 부ᄅᆞ고 ᄃᆡ하의 부복ᄒᆞ니 이ᄣᆡ 이ᄇᆡᆨ 년 태평의 민안 구일이라 몽고의 의복졔도와 어음이 다 듕화와 다ᄅᆞ니 문무ᄇᆡᆨ관이 다 눈을 기우려 아니 고이히 넉이리 업더니 샹이 하여곰 좌를 주시고 옥음으로 무유ᄒᆞ샤 션온을 ᄂᆞ리오시니 어시의 문무 텬관이 동셔 반녈을 졍제ᄒᆞ여 의관이 별 ᄀᆞᆺ고 패옥이 ᄃᆞᆯ ᄀᆞᆺ거ᄂᆞᆯ ᄒᆞ믈며 ᄃᆡ하 군용의 셩흠과 녜악 문믈의 빈〃ᄒᆞ미 쳔고의 드

므니 몽고 졔인이 엇디 이런 셩관을 ᄒᆞ여시리오 황〃숑구ᄒᆞ여 독항지도를 가진 배 업고 가슴의 품은 비숴 업ᄉᆞ나 도로혀 무양의 썰기를 마디 아니ᄒᆞᄃᆡ 홀노 양셩공쥐 안싁이 ᄌᆞ약ᄒᆞ고 녜뫼 됴용ᄒᆞ여 일호 구겁ᄒᆞ미 업ᄉᆞ며 눈을 드러 좌우를 술피미 업더니 샹이 션온 ᄒᆞ샤믈 인하여 믄득 좌

25면

를 써나 주 왈 신은 번방 이뎍의 녀ᄌᆡ라 나라히 파하고 몸이 볼모 되어 남ᄆᆡ 혈〃ᄒᆞᆫ 자최 맛당이 대국 죵이 되염즉 ᄒᆞ거늘 뜻밧긔 셩상이 연듕의 브ᄅᆞ샤 좌ᄎᆞ를 반항의 주시고 신션의 음식으로 긔갈을 위로ᄒᆞ시니 텬은이 호탕ᄒᆞ여 이운 플의 우뢰 져〃시니 젹ᄌᆞ의 ᄇᆞ라미 부모와 ᄒᆞᆫ 가지라 엇디 통박ᄒᆞᆫ ᄉᆞ졍을 우러〃하디 아니리잇고 신의 션셰 임의 텬하를 일코 셩군이 임의 나라흘 여ᄅᆞ시니 믈너 막북을 딕희연 지 이빅여 년의 병혁을 움즉이미 업더니 사오나온 신하의 말을 고디 드러 대국을 항거ᄒᆞ고 텬ᄉᆞ를 곤욕ᄒᆞ여 됴민벌죄ᄒᆞ시는 군ᄉᆡ ᄒᆞᆫ 번 니ᄅᆞ매 셩쳡이 와히ᄒᆞ고 군쟝이 낙담ᄒᆞ여 일국 군신이 무릅 술기를 결을치 못ᄒᆞ니 호구와 셩디를 드려 귀슌ᄒᆞᄃᆡ 왕ᄉᆡ 이뎍이 반복 블신이라 ᄒᆞ여 신의 오라비 텸목화를 잡아 오〃니 냥국이 화친ᄒᆞ나 볼모는 녜도 잇

26면

ᄂᆞᆫ 배라 고이티 아니ᄒᆞᄃᆡ 신이 ᄉᆞ졍의 ᄀᆞᆫ졀이 슬픈 곡졀이 잇ᄂᆞᆫ디라 신의 아비 년급 뉵슌의 아들이 텸목화 일인이라 이제 만니의 잡혀오매 슬하의 봉양ᄒᆞᆯ 리 업고 죽어 후를 니을 사름이 업ᄉᆞ니 엇디 망극ᄒᆞᆫ 졍ᄉᆡ 아니리잇고 신이 몸이 비록 녀ᄌᆡ나 또ᄒᆞᆫ 번국 친녜라 부모지졍의 닛디 못ᄒᆞᆷ은 남녜 업ᄉᆞ리니 복원 셩샹 은혜를 드리오샤 텸목화를 도라보내샤 종ᄉᆞ를 닛게 ᄒᆞ시고 신으로써 볼모로 두샤 견마의 소임을 맛지셔도 감심ᄒᆞ리이다 언쥬파의 셩음이 쇄락ᄒᆞ여 옥을 모으ᄂᆞᆫ 듯ᄒᆞ고 언에 ᄀᆞᆫ졀ᄒᆞ고 유리ᄒᆞ니 만됴 졔신이 칭찬 아니 리 업고 샹이 또ᄒᆞᆫ 긔특이 넉이샤 도라 진공ᄃᆞ려 무ᄅᆞ샤ᄃᆡ 호녀의 졍ᄉᆡ 가긍ᄒᆞ고 말ᄉᆞᆷ이 유리ᄒᆞ니 션싱은 엇디코져 ᄒᆞᄂᆞ뇨 공이 양셩의 현하지변과 졀셰

27면

풍용을 차탄ᄒᆞ고 몽고 셰ᄌᆞ를 보니 ᄀᆞ장 용우ᄒᆞ니 도라보내여 무방ᄒᆞ고 양셩의 위인이 진압기 어려워 평쟝이 아닌즉 님재 업술 줄 혜아리고 ᄃᆡ주 왈 ᄌᆞ고 졔왕이 이덕을 치고 혹 화친ᄒᆞ매 서로 볼뫼 잇거니와 호녀의 말숨이 가련ᄒᆞ고 볼뫈즉 ᄒᆞ나히 가ᄒᆞ오니 제 원대로 텸목화를 도라보내시고 호녀를 경문의게 ᄉᆞ혼ᄒᆞ샤 후례로 머므ᄅᆞ시면 화이 일개 되어 요슌지치를 다시 보리로소이다 샹이 올히 넉이샤 즉시 뎐지ᄒᆞ여 양셩공쥬를 머므ᄅᆞ시고 텸목화 츄댱 번니를 도라보내라 ᄒᆞ시니 모든 몽고와 셰지 산호빅무ᄒᆞ여 감튝텬은ᄒᆞᄃᆡ 소평댱이 안식을 변ᄒᆞ고 돈슈 고ᄉᆞ 왈 신이 블힝이 호녀의 구혼ᄒᆞ는 사름이 되어 됴뎡을 소요ᄒᆞ고 겨유 만ᄉᆞ 쳔싱ᄒᆞ와 도라오〃ᄆᆡ 호녀를 신의게 가

28면

ᄒᆞ라 ᄒᆞ시니 신이 당〃ᄒᆞᆫ 듕국 대신으로 엇디 이덕의 사회 되여 일셰 치쇼를 바드리잇고 진공과 뉴현이 신을 모욕ᄒᆞ여 치ᄋᆞᆺ치 보오니 신이 그윽이 동됴ᄒᆞ믈 붓그리ᄂᆞ이다 샹이 쇼 왈 경은 당셰예 대댱뷔라 스ᄉᆞ로 얼골 풍치를 ᄒᆞᆫᄒᆞ고 호녀를 ᄒᆞᆫ티 말나딤이 드ᄅᆞ니 경이 임의 진공의 동상 옥윤이 되연 디 오라다 ᄒᆞ니 션싱이 만일 ᄉᆞ졍이 이신즉 뎌런 미식을 경의게 맛지고뎌 ᄒᆞ리오마는 ᄉᆞ톄와 의리의 ᄇᆞ리디 못ᄒᆞᆯ 거시므로 ᄉᆞ졍을 폐ᄒᆞ고 공의를 잡으미니 이 엇디 경을 멸시ᄒᆞ리오 경은 고집디 마라 호녀의 대은과 의긔를 져ᄇᆞ리디 말나 제 비록 공쥐나 경의 부인은 금지옥엽이오 ᄒᆞ믈며 국ᄉᆞ의 덕녀로 경의 조강졍실이니 위ᄎᆞ를 가히 셜만티 못ᄒᆞᆯ디라 호녀를 부빈을 삼아 명

29면

호를 쇼셩으로 ᄒᆞ라 ᄒᆞ시고 드ᄃᆡ여 녜관으로 틱일 거힝ᄒᆞ라 ᄒᆞ시니 평댱이 크게 블열ᄒᆞ여 오히려 고ᄉᆞ브지ᄒᆞ거ᄂᆞᆯ 진공이 졍식 왈 군이 ᄒᆞᆫ갓 듕국 대신이 이덕의 녀셰되미 욕됨만 알고 국가의 듕ᄒᆞᆫ 거술 맛다 외환을 방어ᄒᆞ믈 아디 못ᄒᆞᄂᆞᆫ도다 이제 텸목화를 도라보내여 화이의 인심을 사고 양셩을 머므러 쪽ᄒᆞ를 맛진즉 ᄒᆞ나흔 그 원을 일우고 ᄒᆞ나흔 군이 국가 휴쳑을 ᄒᆞᆫ 가지로 ᄒᆞ여 국개 다시 븍을 도라보ᄂᆞᆫ 근심이 업ᄉᆞ리니 엇디 쇼〃지혐으로 국가 듕ᄉᆞ를 싱각디 아닛ᄂᆞ뇨 남ᄋᆡ 쳐셰의 ᄒᆞᆫ 호녀를

니ᄅᆞ디 말나 몸이 만믝디방의 이셔도 그 도를 힝ᄒᆞ리니 군이 이제 양셩을 취ᄒᆞ므로 신명의 해롭고 튱효의 막힐 배 이시리오 이는 부유의 석은 말이로다 평댱이 심니의 대로ᄒᆞ나

30면

진공의 ᄉᆡᆨ위 엄졍ᄒᆞ니 다시 말을 못ᄒᆞ여 샤은이퇴ᄒᆞ니 샹이 대연ᄒᆞ여 븍졍 쟝ᄉᆞ를 위로ᄒᆞ시고 셕양의 파연ᄒᆞ시니 양셩공쥐 ᄒᆞᆫ 가지로 참예ᄒᆞ여 텬됴 의관 문믈을 귀경ᄒᆞ고 평댱을 다시 만나 황명으로 셩친ᄒᆞ게 되니 깃브믈 니ᄅᆞ도 말고 어좌 아ᄅᆡ 일원 대신이 ᄌᆞ긔를 힘뻐 소싱의 가ᄒᆞ고 셰ᄌᆞ를 노화 본국의 도라보내믈 쳥ᄒᆞ여 언논이 당〃ᄒᆞ고 위권이 인쥬의 ᄂᆞ리디 아니ᄒᆞ며 샹의 경듕ᄒᆞ시미 일죵 기언ᄒᆞ시거늘 그 긔샹이 텽텬 빅일 ᄀᆞᆺ고 엄듕ᄒᆞ미 태산교악 ᄀᆞᆺᄒᆞ며 쇄락ᄒᆞ미 광풍졔월 ᄀᆞᆺᄒᆞ여 빗난 풍치 냥원슈와 방블ᄒᆞ나 엄듕ᄒᆞ며 웅호ᄒᆞ미 더을디라 믈너 사ᄅᆞᆷᄃᆞ려 무러 ᄇᆡ야흐로 진공인 줄 알고 텬은이 망극ᄒᆞᆫ 듈 진공의 위풍을 블승탄복ᄒᆞ더라 어시의 평댱이 부듕의

31면

니ᄅᆞ니 형뎨수ᄆᆡ 모다 서로 볼ᄉᆡ 진부인이 문 밧긔 나와 손을 잡고 통곡ᄒᆞ니 평댱이 ᄯᅩᄒᆞᆫ 모친을 븟드러 블효를 늣기ᄂᆞᆫ 눈물이 챵히 쇼〃ᄒᆞ니 모다 위로ᄒᆞ여 진뎡ᄒᆞᆫ 후 젼후 궂기던 슈말을 ᄌᆞ시 드ᄅᆞ매 새로이 경심 차악ᄒᆞ고 양셩공쥐 셜화와 진공이 샹주ᄒᆞ여 ᄉᆞ혼ᄒᆞ시믈 듯고 졔람빅과 부인이 경희 왈 ᄎᆞ녜 호디의셔 싱댱ᄒᆞ나 위인이 이ᄀᆞᆺ치 비샹ᄒᆞ니 엇디 긔이치 아니리오 형셰 마디 못ᄒᆞ여 취ᄒᆞ게 되니 이 역 텬의로다 평댱이 ᄆᆞᄎᆞᆷᄂᆡ 블열ᄒᆞ여 말이 업더니 비회를 뎡ᄒᆞ고 눈을 드러 좌우를 슬피니 군쥐 좌의 이시매 화모 옥질이 더옥 찬연 쇄락ᄒᆞ여 너른 옷과 긴 단장이 쳔연 슈려ᄒᆞ미 분벽의 ᄇᆡᄋᆡ니 일 년 샹ᄉᆞ지심으로 심신이 황홀ᄒᆞ나 진공 부ᄌᆞ의 호녀를 힘뻐

32면

ᄌᆞ긔게 도라보내믈 미온ᄒᆞ여 군쥬의게 노를 옴겨 크게 속이고져 ᄒᆞ므로 됴곰도 반기ᄂᆞᆫ ᄉᆞᄉᆡᆨ이 업서 믁〃히 셩안을 ᄂᆞᆽ초앗더니 명쥬쇼졔 념임 피셕ᄒᆞ여 ᄂᆞ족이 ᄀᆞᆯ오ᄃᆡ 슉〃이 만니 타국의 봉ᄉᆞᄒᆞ샤 운건지시를 만나시니 환이 구족의 밋고 근심이 샤덕의

깁더니 이제 평안이 도라오샤 훤당의 취의를 밧드시고 놉흔 봉쟉이 녈후의 거ᄒᆞ시니 쳡등의 힝희ᄒᆞ믈 이긔디 못ᄒᆞ리로소이다 평댱이 공슈 손샤 왈 쇼싱이 운쉬 긔구ᄒᆞ여 가국의 블튱블효를 일워니 사라 도라오미 죽어 븟그러오믈 니즘만 ᄀᆞᆺ디 못ᄒᆞ거ᄂᆞᆯ 됴뎡 이 대신이 더옥 용납디 아냐 호녀로 쇼싱을 욕ᄒᆞ니 텬일지하의 셜 ᄂᆞᆺ치 업서이다 명쥬쇼졔 졔미 져두ᄒᆞ고 이ᄣᆡ 군쥐 깃브미 넘지고 즐거오미 져젓더니 평댱의 어언을 드ᄅᆞ매 그 심지

33면

를 ᄡᅵᄃᆞᄅᆞ딕 블변안식이더니 평댱이 ᄋᆞᄌᆞ를 ᄎᆞ자보매 쇼ᄋᆡ 녕형 슈미ᄒᆞ여 흡연이 부풍모ᄌᆞᄒᆞ니 슈듕 긔린이오 쟉듕 봉황이라 십분 긔이ᄒᆞ니 년ᄋᆡᄒᆞ믈 춤디 못ᄒᆞ여 나오혀 안고 도라 모친긔 고 왈 쇼ᄌᆡ 만일 도라오디 못ᄒᆞ던들 ᄎᆞᄋᆡ 아비 얼굴을 아디 못ᄒᆞ리니 인눈의 슬프미 극ᄒᆞᆯ디라 싱국ᄒᆞᆫ즉 호녀의 연괴어ᄂᆞᆯ 진공 부ᄌᆡ 동심 합녁ᄒᆞ여 도라보내니 평일 쇼ᄌᆞ를 더러이 넉이믈 가히 알니로소이다 부인이 ᄋᆞᄌᆞ의 깁흔 ᄯᅳᆺ을 아디 못ᄒᆞ고 일시 희언으로 아라 웃고 왈 진공이 ᄎᆞᄉᆞ를 쥬댱ᄒᆞ여 권ᄒᆞ미 ᄉᆞ셰 편당코져 ᄒᆞ미니 엇디 너를 더러이 넉이시미리오 현뷔 너 간 후 이리 와 우리 부쳐를 위로ᄒᆞ고 쥬야로 ᄉᆞ당을 술우니 잔잉ᄒᆞ미 셕목도 녹을너니 이제 영화로이 모드니 엇디 희롱간인들 블

34면

호ᄒᆞᆫ 말을 ᄒᆞ리오 싱이 정ᄉᆡᆨ 브딕러라 이날 슈츈휘 야〃를 뫼셔 모든 형데로 밤을 디내고 명일 군쥬 형데 구고긔 귀령을 청ᄒᆞ고 뉴부로 도라가 경ᄉᆞ를 치하ᄒᆞᆯᄉᆡ 졔람빅이 졔ᄌᆞ를 거ᄂᆞ려 ᄒᆞᆫ 가지로 와 브풍후 슉딜의 셩공ᄒᆞ믈 하례ᄒᆞ고 평댱 구ᄒᆞᆫ 은혜를 샤례ᄒᆞ려 ᄒᆞ니 소휘 ᄯᅩᄒᆞᆫ 젹은 노ᄒᆞ오미 이시나 발뵈디 못ᄒᆞ여 야〃를 뫼셔 뉴부로 향ᄒᆞ니라 어시의 뉴부의셔 부풍후와 연휘 퇴됴ᄒᆞ여 부듕의 니ᄅᆞ니 긔치 검극은 ᄒᆡ를 ᄀᆞ리오고 빅모황월이 좌우의 나렬ᄒᆞ여 임의 승당ᄒᆞ매 일년지ᄂᆡ의 존당이 강건ᄒᆞ시고 일가의 영홰 졔미ᄒᆞ여 졔왕의 혁〃ᄒᆞᆫ 공훈과 놉흔 영홰 금슈 우ᄒᆡ 익화ᄒᆞ여시며 진공의 위질이 가복ᄒᆞ여 신긔 여샹ᄒᆞ니 피ᄎᆞ의 영힝ᄒᆞ믈 이긔디 못ᄒᆞ여 서로 하례ᄒᆞᄂᆞᆫ 말숨

35면

이 봄이 므ᄅᆞ녹고 즐기ᄂᆞᆫ 잔이 돗 우ᄒᆡ 어ᄌᆞ러워 이날 즐기미 진ᄒᆞ고 밤이 되매 연후와 부풍후의 영ᄌᆡ 대략을 존당 부뫼 두굿기고 ᄉᆞ랑ᄒᆞ며 녕능휘 쇼 왈 현은 본ᄃᆡ 영걸의 긔상이 이시니 젹은 오랑캐를 족히 념녀티 아니려니와 늙은 아ᄒᆡ 조심ᄒᆞᄂᆞᆫ ᄆᆞ음의 이런 담긔 이시믈 ᄉᆡᆼ각디 못ᄒᆞᆫ 배라 반ᄃᆞ시 국가 홍복으로 신명이 도으시미로다 만좨 대쇼ᄒᆞ고 부풍휘 역쇼 무언이러라 명일 졔람ᄇᆡᆨ 부ᄌᆡ 군쥬 형뎨로 더브러 니ᄅᆞ니 진공이 소후를 나아오라 ᄒᆞ여 손을 잡고 닐오ᄃᆡ 네 만ᄉᆞ지여의 ᄉᆡᆼ환ᄒᆞ니 냥가의 경ᄉᆡᆨ 극ᄒᆞᄃᆡ 뜻을 세우디 못ᄒᆞ여 우리 부ᄌᆞ를 ᄒᆞᆫᄒᆞ미 작일 어뎐의셔 나타나니 내 엇디 아디 못ᄒᆞ리오마ᄂᆞᆫ 셰 마디 못ᄒᆞ미라 모ᄅᆞ미 고이히 넉이디 말나 연휘 웃고 ᄀᆞᆯ오ᄃᆡ ᄌᆞ뫼 역시 인졍이니 뎌

36면

양셩의 경국지ᄉᆡᆨ과 절인ᄒᆞᆫ ᄌᆡ긔를 무심ᄒᆞᆯ 니 이시리오마ᄂᆞᆫ 헛ᄉᆞ양을 짐즛ᄒᆞ고 심듕은 봄ᄇᆞ람이 화창ᄒᆞ여 즐거온 ᄆᆞ음으로 쇼ᄆᆡ를 곤케 ᄒᆞᆯ가 ᄒᆞ노라 평장이 어히 업서 도로혀 웃고 왈 연후ᄂᆞᆫ 진실노 즈레 짐작ᄒᆞ여 억냥ᄒᆞᄂᆞᆫ 위인이로다 대쟝뷔 미ᄉᆡᆨ을 ᄉᆞ양ᄒᆞᆯ 배 아니로ᄃᆡ ᄉᆞ괴 난쳐ᄒᆞ여 츄ᄉᆞᄒᆞ미러니 악당과 군이 힘뻐 작ᄆᆡᄒᆞ시니 감격ᄒᆞᆯ 분이로다 좌듕이 대쇼ᄒᆞ고 공이 또ᄒᆞᆫ 우ᄉᆞ나 임의 그 심지를 알오미 ᄇᆞᆰ으ᄃᆡ 모로ᄂᆞᆫ 테ᄒᆞ더라 이에 대연을 베퍼 크게 경하ᄒᆞᆯᄉᆡ 만됴 경샹과 왕공 녈휘 좌의 며엿고 텬ᄌᆡ 특별이 노승샹긔 ᄉᆞ연ᄒᆞ샤 공덕을 칭하ᄒᆞ시니 연휘 브풍후로 더브러 군융을 드려 파진악을 주ᄒᆞ고 평제왕이 무ᄉᆞ를 드려 개가ᄒᆞ여 고악이 훤텬ᄒᆞ고 살긔 등〃 ᄒᆞ니 장녀ᄒᆞ

37면

미 텬디를 움즉이더라 만좨 음쥬 낙심ᄒᆞ여 고현이 가지ᄒᆞ니 셩의ᄇᆡᆨ이 진공을 도라보아 ᄀᆞᆯ오ᄃᆡ 금일 우리 부ᄌᆞ 형뎨 다 국가의 대공을 셰워 녈후를 봉ᄒᆞ고 잠간 못ᄀᆞ지예당 압히 갑ᄉᆡ 모드며 절월이 버러 고악이 훤텬ᄒᆞ고 검극이 상셜 ᄀᆞᆺ흐니 셩만ᄒᆞ미 고금의 드믈고 또ᄒᆞᆫ 션조의 셥심 슈힝ᄒᆞ시던 뜻이 아니라 만일 존절ᄒᆞ미 업ᄉᆞ면 엇디 조믈의 ᄉᆡ긔를 면ᄒᆞ리오 노름이 비록 장녀ᄒᆞ나 듁상의 칠현금과 오류의 남산ᄉᆞ만 ᄀᆞᆺ디 못ᄒᆞ니 현뎨 뜻은 엇더ᄒᆞ뇨 진공이 공슈 샤 왈 형댱 말ᄉᆞᆷ이 금옥 ᄀᆞᆺ흐여이다 드ᄃᆡ

여 풍뉴와 갑ᄉᆞ를 믈니고 죠용이 말ᄉᆞᆷᄒᆞ여 ᄇᆡ쥬와 현가로 쇼일ᄒᆞᆫ 후 셕양의 소후 부직 하딕고 도라가니 군쥐 진부의 와 ᄌᆞᄆᆡ 뎨형으로 모부인 압희셔 말ᄉᆞᆷᄒᆞᆯ시

38면

모다 군쥬를 향ᄒᆞ여 치하ᄒᆞ고 진연 이휘 ᄯᅩᄒᆞᆫ 평댱의 ᄉᆡᆼ환ᄒᆞᄂᆞᆫ 경ᄉᆞ를 깃거ᄒᆞ매 연후의 늉〃ᄒᆞᆫ 화긔와 도〃ᄒᆞᆫ 말ᄉᆞᆷ이 새로이 화려ᄒᆞ여 당년 근심이 변ᄒᆞ여 좌샹의 츈풍이 니러나니 댱부인이 군쥬의 손을 잡고 연후를 ᄃᆡᄒᆞ여 ᄀᆞᆯ오ᄃᆡ 츈간의 쥬공 환휘 비경ᄒᆞ시고 소랑의 ᄉᆞᄉᆡᆼ을 모ᄅᆞ며 너의 쇼년 셔ᄉᆡᆼ으로 군듕의 ᄒᆡᆼᄒᆞ믈 보니 간담이 ᄇᆞ아져 셰샹의 이시믈 ᄒᆞᆫᄒᆞ더니 이제 모든 근심이 다 변ᄒᆞ여 영홰 되니 일노조차 죽어도 ᄒᆞᆫ이 업ᄉᆞ리로다 연휘 계상 샤례ᄒᆞ고 군쥐 타루 왈 블쵸ᄋᆞ 등이 긔구ᄒᆞᆫ 명도로 팔ᄌᆡ ᄉᆞ〃의 슌치 못ᄒᆞ여 부모의 근심을 ᄭᅵ치오니 블회 쳔고의 업도소이다 부인이 더옥 ᄋᆡ련ᄒᆞ고 연휘 드ᄃᆡ여 평쟝 구ᄒᆞ던 일과 양셩공쥐의 ᄉᆞ단을 베프고 평쟝의 노ᄒᆞᄂᆞᆫ ᄉᆞ싀을 고ᄒᆞ니 부인이 놀나 왈

39면

뎌 호네 비록 ᄌᆞ싀과 디뫼 츌인ᄒᆞ나 결연이 녀ᄋᆞ를 밋디 못ᄒᆞ려니와 소랑의 원티 아닛는 거슬 우겨 권ᄒᆞ여 만일 녀ᄋᆞ의게 미안ᄒᆞᆫ 뇌 미ᄎᆞ면 엇디 해롭디 아니리오 쥬공과 네 비록 공의를 잡으나 ᄌᆞ못 ᄉᆞ졍의 먼디라 댱부의 일이 이ᄀᆞᆺ치 죵요롭디 아니토다 연휘 쇼 왈 ᄌᆞ포의 고집이 몽고의게 쟈랑하나 능히 쇼ᄆᆡ의게ᄂᆞᆫ 당티 못ᄒᆞ리니 일시 분노ᄒᆞ나 언마ᄒᆞ여 츈셜이 녹으리잇고 모친은 번뇌티 마ᄅᆞ쇼셔 부인이 군쥬를 도라보아 왈 네 소견은 엇더ᄒᆞ뇨 군쥐 날오혀 ᄃᆡ 왈 쇼네 사ᄅᆞᆷ을 셤기매 셩질이 노둔ᄒᆞ고 품쉬 허약ᄒᆞ여 능히 셰슌ᄃᆡᄀᆡᆨ의 소임을 당티 못ᄒᆞ더니 의외 양셩공쥐 드러오게 되니 이ᄂᆞᆫ 젹은 연분이 아니오 만니의셔 서로 ᄎᆞ자 은혜와 의 가히 져ᄇᆞ리디 못ᄒᆞᆯ디라 ᄒᆞ믈며 ᄌᆡ모와 의협이

40면

녀듕 영걸이니 이ᄂᆞᆫ 소군의 텬ᄉᆡᆼ일ᄃᆡ라 ᄒᆞᆫ 가지로 군ᄌᆞ를 셤겨 화목ᄒᆞ미 ᄉᆞ리의 맛당ᄒᆞᆫ디라 소군이 텬의를 아디 못ᄒᆞ고 도로혀 뎌를 박히 ᄒᆞᆫ즉 당뷔 아니오 쇼녀를 노홈도 묘믹이 업ᄉᆞ니 도로혀 족가ᄒᆞ여 브졀업도소이다 명쥬쇼제 웃고 평댱의 문답을

던ᄒᆞ니 연휘 대쇼 왈 ᄌᆞ푀 비록 이리 ᄒᆞ나 쇼ᄆᆡ의 셩덕이 능히 진뎡ᄒᆞ리니 근심홀 배 아니로다 진휘 쇼 왈 너는 ᄆᆡ양 사름을 억냥ᄒᆞ여 시비를 미리 ᄒᆞ니 ᄌᆞ푀 드른즉 엇디 믜이 넉이디 아니리오 ᄌᆞ포의 사름 되오미 셩식과 부귀예 굴홀 배 아니라 너모 수이 아디 말나 연휘 쇼 왈 형댱은 념녀티 마ᄅᆞ쇼셔 그 노긔 오래면 일 년이오 쉬오면 오뉵 삭이리니 쇼ᄆᆡ는 다만 ᄌᆞ포의 몸이 븍히예셔 아니 온 줄노 아라 부〃 화락을 아딕 ᄉᆡᆼ각디 말나 군쥐 옥치 잠현ᄒᆞ여 글오

41면

ᄃᆡ ᄎᆞ형의 말ᄉᆞᆷ을 드ᄅᆞ니 엇디 우웁디 아니리잇고 쇼ᄆᆡ 득죄ᄒᆞᆫ 배 업시 뎌의 뇌 미ᄎᆞᆫ즉 엇디 무단티 아니리오마는 ᄯᅩᄒᆞᆫ 홀일업거니와 엇디 화락 두 ᄌᆞ를 쇼ᄆᆡ의게 긔롱ᄒᆞ여 니ᄅᆞ시ᄂᆞ뇨 좌위 다 웃더니 연휘 ᄇᆡ야흐로 좌우를 ᄉᆞᆯ펴 왕양 이 부인을 보고 여러 ᄒᆡᄋᆞ를 ᄃᆞ려와 가챠홀ᄉᆡ 오뉵 ᄌᆞ녜 슬하의 버러 야〃를 반기며 왕시 ᄯᅩ 일개 남ᄋᆞ를 ᄉᆡᆼᄒᆞ여시니 연휘 놀나 밧비 ᄃᆞ려다가 보고 부ᄌᆞ지졍이 동ᄒᆞ여 ᄉᆞ랑ᄒᆞ며 명을 운경이라 ᄒᆞ니 기ᄋᆡ 미목이 슈려ᄒᆞ고 면뫼 옥 ᄀᆞᆺ흐며 긔되 쥰아ᄒᆞ여 만히 연후를 달마시니 당부인이 웃고 왈 범아비 개ᄌᆞ식이 업ᄂᆞ니 너의 ᄉᆡᆼᄒᆞᆫ 배 엇디 용샹ᄒᆞ리오 돈ᄋᆞ의 긔질이 운망 등과 다ᄅᆞ미 업도다 연휘 쇼 왈 다〃 익션으로 군ᄉᆡ 만하도 됴흐니 아들이 만흐면 엇디 깃브디 아니리잇고 두 안해

42면

여라믄식 나하도 ᄉᆞ양티 아니ᄒᆞ리로소이다 진후와 한님 등이 서로 웃고 명일 존당 문안의 진휘 니부인과 졔숙모긔 연후의 말을 고ᄒᆞ니 녕능휘 대쇼 왈 현의 ᄌᆞ식 ᄉᆞ랑홈과 안해 아들 만히 나코져 ᄒᆞ믄 인졍이어니와 당년ᄉᆞ를 ᄉᆡᆼ각건ᄃᆡ ᄆᆞ음이 ᄂᆡ도히 변ᄒᆞ여시니 이 반ᄃᆞ시 슈락ᄉᆞ의 칠 일 무챠대회 이제야 보응이 명빅ᄒᆞ여 ᄉᆡᆼ남ᄒᆞ고 현의 경ᄉᆞ로이 넉이미 일홈의 나타나니 블가의 공이 젹디 아니토다 양혹ᄉᆞ 부인이 쇼 왈 삼형의 말ᄉᆞᆷ도 올커니와 왕시 슈락ᄉᆞ의 ᄃᆞᆫ녀와 진부의 드디 못ᄒᆞ고 방황홀 적은 부쳐의 공도 업더이다 각노공이 쇼 왈 ᄎᆞ는 현의 조당ᄒᆞ므로 일시 속아시나 블가의 공덕이 ᄆᆞᄎᆞᆷᄂᆡ 단약의 나타나니 엇디 금일 운경나흐믈 새로이 일ᄏᆞ를 배리오 셜파의 만좌 대쇼ᄒᆞ고 연

43면

휘 함쇼ᄒᆞ니 왕시 대참ᄒᆞ여 ᄂᆞᆺ출 드디 못ᄒᆞ니 셩의빅이 잠쇼 왈 이데와 현미ᄂᆞᆫ 박절ᄒᆞᆫ 사ᄅᆞᆷ이로다 사ᄅᆞᆷ이 허믈을 고친 후 녯말을 일ᄏᆞ르미 가티 아니〃 뻐곰 블염기악ᄒᆞ고 년쇼를 권쟝ᄒᆞᄂᆞᆫ 덕이 아니로다 진공이 년셩 ᄃᆡ 왈 형당 말솜이 금옥 ᄀᆞᆺᄒᆞ시니 이데 와 현미ᄂᆞᆫ 가히 일시 듯ᄌᆞ올 말 아냐 죵신 셥힝ᄒᆞ여 닛디 말나 냥공과 양부인이 샤례ᄒᆞ고 ᄯᅩ 웃더라 왕시 ᄋᆞᄌᆞ를 어드매 평ᄉᆡᆼ ᄒᆞᆫ이 프러져 쥬야 ᄋᆞᄌᆞ를 완농ᄒᆞ여 만ᄉᆞ를 니ᄌᆞ니 일개 일변 웃고 일변 가련ᄒᆞ여 년쇼 졔ᄉᆡᆼ이 왕시의게 됴흔 일 ᄒᆞ나 별명ᄒᆞ여 젹션나한이라 ᄒᆞ며 현인셰존이라 ᄒᆞ여 보채니 연휘 극히 괴로아 ᄒᆞ고 양부인이 왕시 ᄋᆞᄌᆞ를 친ᄉᆡᆼᄀᆞᆺ치 무휼ᄒᆞ니 연휘 더옥 착히 넉이더라 이ᄯᅢ 양셩공쥬 셰ᄌᆞ를

44면

본국의 도라보내고 별관의 홀노 머므러 녜관의 튁일을 기ᄃᆞ려 혼구를 출히매 소부의셔 ᄯᅩᄒᆞᆫ 마디 못ᄒᆞ여 범ᄉᆞ를 쥰비ᄒᆞ여 마자 올ᄉᆡ 소휘 그 의긔와 위인을 긔특이 넉이나 ᄆᆞᄎᆞᆷ닋 이뎍이믈 더러이 넉이ᄃᆡ 이ᄯᅢᄂᆞᆫ 능히 면티 못ᄒᆞ여 강잉ᄒᆞ여 마자 도라와 녜를 일우니 공쥐 ᄉᆞ비ᄒᆞᄃᆡ 소휘 기리 읍ᄒᆞ여 절 아니 하더라 조초 폐빅을 밧드러 구고긔 뵈니 ᄎᆞ시 군쥐 셩의빅 부인을 뫼셔 좌의 이시매 월용화안이 만좌의 됴요ᄒᆞ여 좌듕 절염이 다 탈ᄉᆡᆨᄒᆞ더니 밋 신부의 빅례를 당ᄒᆞ여 일시의 솔펴보니 그 뷔 빅셜 ᄀᆞᆺ고 미목이 슈려ᄒᆞ며 긔질이 헌아ᄒᆞ여 표연이 진쇽의 ᄲᅱ여나니 구름 빵환과 단장이 절노 니러 신이ᄒᆞ고 슈려ᄒᆞ미 흡연이 녕능후 부인 셜시와 방블ᄒᆞ니 엇디 셰쇽 홍분미ᄉᆡᆨ의 비

45면

기리오 좌위 다 경동ᄒᆞ여 칭하ᄒᆞ믈 마디 아니ᄒᆞ니 셩의빅 녀ᄋᆞ 화쥬쇼제 군쥬를 도라보아 ᄀᆞᆯ오ᄃᆡ 금일 신부를 보니 형이 긔를 누이고 ᄌᆡᆼ을 거두어 빅두의 탄이 이실가 두리노라 명쥬쇼제 블열 왈 져〃ᄂᆞᆫ 엇디 블길ᄒᆞᆫ 말을 ᄒᆞ시ᄂᆞ뇨 뎌 호갈의 돈견으로 뼈 엇디 우리 져〃의 농ᄌᆞ봉손으로 금지옥엽을 엇디 앙망ᄒᆞ리오 언미의 군쥐 츄파를 흘녀 명쥬를 보고 졍ᄉᆡᆨ 왈 양셩공쥬ᄂᆞᆫ 원뎨의 조ᄌᆞ이니 ᄯᅩᄒᆞᆫ 귀인이오 위인이 셰쇽의 ᄲᅡ혀나니 셩명이 녜우ᄒᆞ샤 녜로 소군의게 도라오니 날노 뎍거동녈이어ᄂᆞᆯ 현ᄆᆡ 엇디 말솜이 패만ᄒᆞ여 뎨ᄉᆞ의 화긔를 상히오고 부녀의 온슌ᄒᆞᆫ 덕을 일흐미 이ᄀᆞᆺᄒᆞ뇨

쇼제 샤례ᄒᆞ고 셩의빅 부인이 군쥬의 등을 두ᄃᆞ려 새로이 두굿기고 ᄉᆞ랑ᄒᆞ미 비홀 ᄃᆡ 업더라 공쥬 녜를 파ᄒᆞᆫ 후 샹원부

46면

인ᄀᆡ 뵈ᄂᆞᆫ 졀ᄎᆞ를 좌위 미처 니ᄅᆞᄃᆡ 아냐셔 몬져 공쥬 퇴셕ᄒᆞ여 구고긔 품명 왈 쳡은 이덕의 쳔ᄒᆞᆫ 녀ᄌᆡ라 황은으로 귀부의 니ᄅᆞ러 군ᄌᆞ를 조ᄎᆞ매 녀군긔 몬뎌 현알ᄒᆞ미 올흔디라 구고ᄂᆞᆫ 붉이 ᄀᆞᄅᆞ치시믈 쳥ᄒᆞᄂᆞ이다 졔ᄀᆡᆨ이 다 놀나고 구괴 우ᄃᆡᄒᆞ여 왈 공쥬ᄂᆞᆫ 귀인이라 녜를 강구로 ᄒᆞ미 가티 아니ᄒᆞ나 샹명이 위ᄎᆞ를 뎡ᄒᆞ시고 ᄋᆞᄌᆞ의 조강지쳬 ᄯᅩ 범인이 아니라 임의 법네 붉으니 셜만티 못홀디라 맛당이 녜로 보라 드ᄃᆡ여 동벽 좌샹의 일위 부인을 ᄀᆞᄅᆞ쳐 왈 ᄎᆞᄂᆞᆫ 돈ᄋᆞ의 경실 문챵군쥬 뉴시니 황야 싱딜이오 쵸방지친이라 공쥐 눈을 드러 보니 그 녀ᄌᆡ 머리의 벽옥 칙봉관을 쓰고 엇게예 진쥬 슈뎍의를 닙어시며 허리의 칠보ᄃᆡ를 둘너시니 명월패옥은 의슈의 당〃ᄒᆞ고 황금 팔쇠ᄂᆞᆫ 칙슈의 빗나거ᄂᆞᆯ

47면

셔역 보쥬ᄂᆞᆫ 셩모의 어른기니 쇄락ᄒᆞᆫ 용안은 츄텬의 ᄆᆞᆰ은 ᄃᆞᆯ이오 ᄭᅩᆺ다온 긔질은 공곡의 붉은 난최라 프른 눈섭은 츈산의 모운이 새로 거더시며 일빵 셩안은 츄슈징파의 샤양이 ᄇᆡ이ᄂᆞᆫ ᄃᆞᆺ 구름 ᄀᆞᆺᄒᆞᆫ 귀밋히 옥 ᄀᆞᆺᄒᆞᆫ 보됴개ᄂᆞᆫ 초ᄃᆡ 오운의 년홰 반기ᄒᆞᆫ ᄃᆞᆺ 단슌호치 조화의 졍긔를 아사 슈려ᄒᆞᆫ 광칙와 경쳥ᄒᆞᆫ 골격이 엇디 일셰예 ᄲᅡ혀날 분이리오 유한ᄒᆞᆫ 덕셩과 완젼ᄒᆞᆫ 풍용이 고왕 금ᄂᆡ의 ᄒᆞᆫ 사ᄅᆞᆷ인 줄 알디라 양셩이 평싱 안공ᄌᆞ부ᄒᆞ여 텬하의 저 ᄀᆞᆺᄒᆞ 니 다시 업ᄉᆞᆯ가 ᄒᆞ더니 이제 군쥬를 보매 그 팀뎡ᄒᆞᆫ 위의와 단엄ᄒᆞᆫ 동지 사ᄅᆞᆷ으로 ᄒᆞ여곰 돈연이 ᄂᆞᆺ빗ᄎᆞ로 졍히 ᄒᆞ고 셕연이 옷기ᄉᆞᆯ 념의여 공경ᄒᆞ믈 닐위고 할연이 흠앙ᄒᆞᄂᆞᆫ 배 되ᄂᆞᆫ디라 ᄇᆡ야흐로 무산

48면

을 ᄇᆞ리고 ᄒᆞᆫ 조각 구름을 자랑홈 ᄀᆞᆺᄒᆞ니 툭연이 긔운이 져상ᄒᆞ고 ᄆᆡᆨ연이 졍신이 황홀ᄒᆞ여 심하의 싱ᄀᆞᄒᆞᄃᆡ 소공이 뎌 ᄀᆞᆺᄒᆞᆫ 부인으로 죵고금슬의 낙이 잇거니 막부텬ᄋᆡ예 됴고만 이덕을 개렴ᄒᆞ리오 비록 황명으로 소원을 일우나 실노 은졍은 엇기 어렵도다 ᄒᆞ여 구연이 혜아리다가 셔연이 몸을 ᄲᅥᆯ쳐 샹원을 향ᄒᆞ여 공슈 ᄉᆞᄇᆡᆨᄒᆞ니 군쥐

쳔연이 니러나 숣연이 답녜ᄒᆞ고 거슈 손샤 왈 부인은 귀인이라 엇디 쇽녜를 조차 과도ᄒᆞᆫ 녜를 ᄒᆞ시ᄂᆞ뇨 공쥐 임의 그 빵셩 징광과 봉미 문치를 놀나더니 밋 그 옥을 구을니고 믈이 흐ᄅᆞᄂᆞᆫ 셩음을 드ᄅᆞ매 심니 쾌활ᄒᆞ고 흉금이 상연ᄒᆞ여 ᄋᆡ모 경앙홈과 흠션 탄복ᄒᆞ믈 이긔디 못ᄒᆞ니 좌듕이 보건ᄃᆡ 군쥬ᄂᆞᆫ 츄텬의 일뉸 은

49면

셤 ᄀᆞᆺ고 공쥬ᄂᆞᆫ 소샹 창오의 졍〃 녹듁 ᄀᆞᆺᄒᆞ니 격뫼 ᄂᆡ도ᄒᆞ나 ᄯᅩᄒᆞᆫ 군쥬의 뒤흘 니으미 븟그럽디 아닐너라 구괴 깃거 칭ᄋᆡᄒᆞ고 군쥐 화긔 아연ᄒᆞ여 혜풍이 화림을 둘너심 ᄀᆞᆺᄒᆞ니 만좌 다 그 덕힝을 탄복ᄒᆞ더라 죵일 진환ᄒᆞ여 샤양이 셔텸ᄒᆞ고 옥뉸이 동싱ᄒᆞ니 비로소 파연ᄒᆞ고 시녜 양셩을 인도ᄒᆞ여 신방의 드리니 소휘 처음으로 눈을 드러 공쥬를 ᄌᆞ시 보니 ᄒᆞᆫ갓 미뫼 졀셰ᄒᆞᆯ 분 아니라 미우의 졍명지긔 나타나고 안모의 덕긔 비최여 상냥ᄒᆞᆫ 긔질과 표일ᄒᆞᆫ 신치 결군ᄒᆞᆫ ᄉᆞ군지오 계차ᄒᆞᆫ 녈댱뷔라 도로혀 깃거 ᄉᆡᆼ각ᄒᆞᄃᆡ 내 평ᄉᆡᆼ 문챵 ᄀᆞᆺᄒᆞᆫ 슉녀명완을 어더시니 눈의 타인을 먼니ᄒᆞ여 빅슈동낙고져 ᄒᆞ더니 의외 ᄎᆞ인이 니ᄅᆞ니 ᄯᅩ 엇디 연분이 아니리오 내 당초 뎌를 알오

50면

미 호디의셔 ᄉᆡᆼ댱ᄒᆞ여 힝실이 쳔누ᄒᆞ므로 친히 잔을 들고 내 압히 와 혼인을 구ᄒᆞ니 념치 도상ᄒᆞ여 가히 볼 것 업슬 위인이라 ᄒᆞ엿더니 ᄎᆞ〃 힝식 졈〃 긔이ᄒᆞ여 고금의 듯디 못ᄒᆞ던 의협과 디식라 맛당이 후ᄃᆡᄒᆞᆯ 거시오 군쥬의 부형이 그 녀ᄋᆞ로ᄡᅥ 당ᄃᆡ의 업ᄉᆞᆫ 셩녀 현완으로 아라 공쥬를 날을 맛디니 심히 통완ᄒᆞᆯ디라 잠간 속이리라 ᄒᆞ여 ᄎᆞ야의 공쥬로 원앙지락을 일우고 ᄯᅩ 그 위인이 넘나믈 의심ᄒᆞ여 경계 왈 현경이 이제 내게 도라오니 후졍을 감동ᄒᆞ고 은혜를 닛디 못ᄒᆞ여 평ᄉᆡᆼ 졍심을 헐고 화락ᄒᆞ믈 ᄉᆡᆼ각ᄒᆞ거니와 나의 조강 부인 문챵군쥬ᄂᆞᆫ 범연ᄒᆞᆫ 녀ᄌᆞ 아니라 상문 왕부의 쳔금 소교로 ᄉᆞ덕이 현미ᄒᆞ고 규범이 졍슉ᄒᆞ니 나의 공경ᄒᆞᄂᆞᆫ 배오 부모의 ᄋᆡ듕ᄒᆞ시ᄂᆞᆫ

51면

배라 ᄒᆞ믈며 슬하의 ᄋᆞᄌᆞ를 두어 덧〃ᄒᆞᆫ 톄위 더옥 존듕ᄒᆞ니 그ᄃᆡ 조심 화우ᄒᆞ라 공쥐 쇼 왈 명공이 날을 아디 못ᄒᆞᄂᆞᆫ도다 내 비록 화이의 ᄉᆡᆼ댱ᄒᆞ나 잠간 대톄를 아ᄂᆞ니 엇지 샹원을 ᄉᆡ긔ᄒᆞ리오 공은 안심믈녀ᄒᆞ라 휘 미쇼 브답이러라 ᄎᆞ후 소휘 공쥬를

후딕ᄒᆞ여 관ᄉᆞ시봉 여가의는 양셩의 침실을 써나디 아니코 ᄒᆞᆫ 번 군쥬를 ᄎᆞ자 별회를 베프미 업ᄉᆞ니 부뫼 의심ᄒᆞ여 무른즉 휘 흔연 ᄃᆡ 왈 쇼지 식외 풍상을 격거 몸의 병이 이시니 쳐ᄌᆞ를 관념ᄒᆞᆫ즉 반ᄃᆞ시 실셥ᄒᆞᆯ디라 ᄆᆞ음을 졀차ᄒᆞ여 몸을 됴보ᄒᆞ미오 지어양셩은 만니 타국의 조차와 소친재 쇼ᄌᆞ 일인이믈 가의ᄒᆞ고 쏘 그 ᄌᆡ조를 흠ᄋᆡ ᄒᆞ여 잠간 그 ᄆᆞ음을 위로ᄒᆞ미니 엇디 타의 이시리잇고 부뫼 그러히 넉이ᄃᆡ 군쥐 ᄒᆞᆯ노 지긔

52면

ᄒᆞ고 더옥 ᄆᆞ음을 안졍히 ᄒᆞ여 공쥬 ᄃᆡ졉을 녜로 ᄒᆞ고 소후의 의복과 졉빈ᄃᆡ긱을 다 친집ᄒᆞ여 됴곰도 존대ᄒᆞ며 귀듕ᄒᆞ믈 나타내디 아니코 슉ᄆᆡ 금댱을 화우ᄒᆞ여 구괴를 시봉ᄒᆞ매 승안양지ᄒᆞ미 봉영집옥ᄒᆞᄂᆞᆫ 졍셩을 다ᄒᆞ여 빅식 츌어범인ᄒᆞ니 구고의 ᄌᆞᄋᆡ 친녀의 디나고 합가의 예셩과 위권이 온젼이 도라오ᄃᆡ 군쥐 더옥 조심ᄒᆞ여 므릿 궁쳡 복부를 번다히 아니코 좌우의 두어 시녜 조차 위의 간냑ᄒᆞ며 의복이 검소ᄒᆞ여 빅힝의 하ᄌᆡ 업ᄉᆞ나 소휘 심듕의 탄복 경듕ᄒᆞ미 더으ᄃᆡ 큰 고집을 발ᄒᆞ여 진공과 연후를 셜치코져 날노 ᄆᆡ몰ᄒᆞ미 층가ᄒᆞ여 면목을 보디 아니코 범ᄉᆞ의 괴로오미 무궁ᄒᆞᄃᆡ 군쥐 일양 온슌ᄒᆞ여 결우미 업더니 휘 일〃은 양셩으로 더브러 침소의셔 쥬역 도수를

53면

희득ᄒᆞ며 쥬찬을 징식ᄒᆞᆫᄃᆡ 군쥐 시녀로 ᄒᆞ여곰 ᄀᆞ초아 보내매 휘 짐즛 가찰을 브려 차환을 호령ᄒᆞ여 잡아내여 군쥬의 가모 소임 잘못ᄒᆞ믈 듕칙ᄒᆞ고 쥬찬을 다시 ᄌᆡ촉ᄒᆞ여 수삼 슌의 니ᄅᆞ러는 소휘 양취ᄒᆞ여 시녀로 군쥬를 쳥ᄒᆞ니 군쥬의 좌위 다 블열ᄒᆞ여 최샹궁이 ᄀᆞᆯ오ᄃᆡ 노야의 취듕 경식을 족가ᄒᆞᆯ 배 아니나 군쥬는 지존ᄒᆞ시니 너모 셜만ᄒᆞ미 톄면이 샹ᄒᆞ시니 가히 ᄉᆞᆫ톄를 굴티 못ᄒᆞ시리이다 군쥐 쇼 왈 보뫼 아디 못ᄒᆞᄂᆞᆫ도다 소군의 이 거죄 모ᄅᆞ고 힝ᄒᆞᆫ즉 ᄉᆞ리로 간ᄒᆞ여 ᄭᆡ돗게 ᄒᆞ려니와 알고 짐즛 욕ᄒᆞ고져믈 엇디 도〃리오 ᄒᆞ믈며 부〃존비 군신 ᄀᆞᆺᄒᆞ니 엇디 곡직간 결우며 내 일분 거오ᄒᆞᆫ 빗촐 부가의 뵌즉 이는 대인과 션후를 욕먹이미라 소군의 고집이 사ᄅᆞᆷ을 이긔고 그치리니

54면

내 이제 가디 아닌즉 욕이 더으고 거죄 요란ᄒᆞ여 아ᄅᆞᆷ다온 일이 업ᄉᆞ리니 보모ᄂᆞᆫ 한셜을 말나 최상궁이 묵연 탄식ᄒᆞ더라 졍언간의 소후의 청ᄒᆞᄂᆞᆫ 뎐에 세 번 니ᄅᆞ러 직촉이 셩화 ᄀᆞᆺᄒᆞ니 군쥐 두어 시녀로 더브러 날호여 양셩의 침소 운화졍의 니ᄅᆞ니 소휘 그 더ᄃᆡ오믈 노ᄒᆞ여 블연 작ᄉᆡᆨᄒᆞ고 봉안을 브릅ᄯᅥ 군쥬 보믈 반향이나 ᄒᆞᄃᆡ 군쥐 안ᄉᆡᆨ이 더옥 졍〃ᄒᆞ여 됴곰도 블평ᄒᆞ미 업서 공쥬의 읍양ᄒᆞ믈 인ᄒᆞ여 좌의 나아가니 안ᄉᆡᆨ이 온화ᄒᆞ나 ᄉᆞ긔 단엄ᄒᆞ여 사ᄅᆞᆷ으로 ᄒᆞ여곰 ᄌᆞ연 치경ᄒᆞ이니 소휘 ᄒᆡ옴업시 벼개를 밀고 좌를 고쳐 피치 이윽이 말이 업더니 반향 후 믄득 압희 노흰 술잔을 드러 군쥬의게 더지니 옥잔이 산〃이 ᄇᆞ아디고 술이 업쳐 의상이 다 저즈니 좌위 실ᄉᆡᆨᄒᆞᄃᆡ 군쥐 옥뫼 ᄌᆞ약ᄒᆞ

55면

여 안여츈풍이라 휘 당목시지ᄒᆞ고 녀셩노칙 왈 부인이 날노 결발 오뉵 ᄌᆡ의 ᄋᆞᄌᆞ를 ᄉᆡᆼᄒᆞ여 은졍이 박디 아니커ᄂᆞᆯ 무ᄉᆞᆷ 연고로 ᄉᆡᆼ을 ᄒᆞᆫᄒᆞ미 구슈 ᄀᆞᆺᄒᆞ여 만ᄉᆞ여ᄉᆡᆼ이 ᄉᆡᆼ환ᄒᆞᄃᆡ ᄂᆞᆺ빗ᄎᆞᆯ 여러 치하ᄒᆞ미 업고 도로혀 투긔를 방ᄌᆞᆼ히 ᄒᆞ여 가모 소임을 폐ᄒᆞ니 양셩은 내 ᄌᆞ구ᄒᆞ여 어든 배 아니라 그ᄃᆡ 부형이 탑뎐의 졍탈ᄒᆞ여 외국 볼모를 맛진 배니 ᄃᆡᆨ히디 아니티 못ᄒᆞ여 이 곳의 잇거ᄂᆞᆯ 그ᄃᆡ 감히 블평ᄒᆞᆫ ᄉᆞᄉᆡᆨ을 ᄒᆞ랴 날을 ᄒᆞᆫ티 말고 그ᄃᆡ 부형을 원망ᄒᆞ미 가ᄒᆞᆫ뎌 군쥐 몸을 ᄂᆞ족이 ᄒᆞ여 뎌의 ᄎᆡᆨ을 듯고 쇼용이 피셕 손샤 왈 쳡의 용둔ᄒᆞᆫ ᄌᆡ조로 소임 온당치 못ᄒᆞ고 ᄯᅩ 감히 군ᄌᆞ긔 몬뎌 말ᄉᆞᆷ을 나오디 못ᄒᆞᆫ 죄 잇ᄂᆞᆫ디라 ᄎᆡᆨᄒᆞ시믈 조차 허믈을 고치믈 원하ᄂᆞ니 감히 원ᄃᆡᄒᆞ며 투긔ᄒᆞ여

56면

셩문규법을 어ᄌᆞ러이리잇고 셜파의 안뫼 ᄌᆞ약ᄒᆞ고 말ᄉᆞᆷ이 공슌ᄒᆞ나 동지 졍엄ᄒᆞ여 ᄉᆡᆨ〃ᄒᆞᆫ 거동이 구츄 상풍 ᄀᆞᆺᄒᆞ니 소후의 가작ᄒᆞᄂᆞᆫ 노긔 츈셜 ᄀᆞᆺ고 양셩이 겻ᄒᆞ로 조차 보고 탄복 블승ᄒᆞ더니 이윽고 소휘 좌우로 쥬찬을 나오고 군쥬와 공쥐 바독 두어 승부를 결ᄒᆞ라 ᄒᆞ니 군쥐 뎌의 ᄆᆡᆨ바드미 여ᄎᆞᄒᆞ믈 보매 ᄀᆞᆺᄒᆞ여 노ᄒᆞᄂᆞᆫ 빗도 업고 됴히 넉임도 업서 무심무려히 단좌하여 손을 움즉이디 아니터니 공쥐 니러 ᄌᆡᄇᆡᄒᆞ고 청ᄒᆞ여 왈 군ᄌᆞ의 ᄒᆡᆼᄒᆞ시ᄂᆞᆫ 바ᄂᆞᆫ 일시 취듕 경ᄉᆡᆨ이어니와 부인의 산고ᄒᆡ활지냥으로

쇼쳡의 이덕을 더러이 넉이디 아니시거든 원컨디 듕국 녜의와 이런 잡기를 ᄀᆞᄅᆞ치샤 거의 사ᄅᆞᆷ의 치쇼를 면케 ᄒᆞ쇼셔 군쥐 옷기ᄉᆞᆯ 념의고 말ᄉᆞᆷ이 더옥 안셔ᄒᆞ여 ᄀᆞᆯ오ᄃᆡ 부인은 ᄌᆡ덕이 겸

57면

젼ᄒᆞ신 녀ᄌᆡ라 엇디 겸양ᄒᆞ여 긔롱ᄒᆞ미 심ᄒᆞ뇨 쳡은 본ᄃᆡ 잔미ᄒᆞᆫ 위인으로 ᄉᆞ덕이 망ᄆᆡᄒᆞ고 오ᄃᆡ 삼죵을 ᄃᆡ히여 소임이 다만 구고 봉양과 부ᄌᆞ 셤기〃의 이시니 도박 잡기의 신묘ᄒᆞᆫ 일은 본ᄃᆡ ᄇᆡ호디 못ᄒᆞ엿고 구괴 ᄌᆡ샹ᄒᆞ시니 엇디 감히 부ᄌᆞ의 승쳬 ᄒᆞ믈 ᄯᆞ와 희학을 방ᄌᆞ히 ᄒᆞ여 힝실을 샹히오리잇고 시고로 군ᄌᆞ의 명을 밧드디 못 ᄒᆞ고 버거 부인의 후의를 져ᄇᆞ리니 황괴ᄒᆞ미 ᄂᆞᆺ 둘 ᄶᅡ히 업도소이다 셜파의 몸을 니러 소후를 향하여 ᄀᆞᆯ오ᄃᆡ 날이 ᄂᆞ저 존당의 만반을 올닐 ᄣᆡ 다ᄃᆞ라시니 믈너 가믈 고 ᄒᆞᄂᆞ이다 소휘 그 녜모 동지를 보매 능히 말을 못ᄒᆞ고 어린ᄃᆞ시 안잣더라 군쥐 믈너 졍당의 드러가니 명쥬쇼제 이 광경을 보고 분ᄒᆞ고 애ᄃᆞᆯ오믈 이긔디 못ᄒᆞ여 눈믈을 흘니고 쵸조ᄒᆞ더니 군쥬의

58면

ᄌᆞ약히 나오믈 보고 밧비 닐오ᄃᆡ 져〃야 괴로온 경식을 안도ᄒᆞ고 욕된 말을 ᄎᆞᆷᄂᆞ니 명일 귀령ᄒᆞ여 궁듕의 도라가 부모 안젼의 즐기미 엇더ᄒᆞ뇨 군쥐 단슌의 옥치 현영 ᄒᆞ여 왈 현뎨야 구가와 냥인을 친당을 쟈셰ᄒᆞ여 딘퇴를 임의로 ᄒᆞᄂᆞ냐 이목이 번다 ᄒᆞ니 현뎨의 젼도ᄒᆞ믈 사ᄅᆞᆷ이 우을가 두리노라 드ᄃᆡ여 손을 잇그러 당의 오ᄅᆞ니 군 쥬의 완혜졍뎡홈과 쇼져의 소아쟈약ᄒᆞ미 ᄒᆞᆫ 빵 명월이오 두 송이 긔홰라 구고 슉미 볼 적마다 놀나고 ᄉᆞ랑ᄒᆞ미 비홀 ᄃᆡ 업더라 신세 가졀을 만나ᄃᆡ 소휘 귀령을 허치 아 니코 짐즛 호번ᄒᆞᆫ 가ᄉᆞ를 맛져 날마다 고경이 만단이로ᄃᆡ 군쥐 굿ᄒᆞ여 못 견ᄃᆡ여 온 노ᄒᆞᄂᆞᆫ 빗치 업ᄉᆞᆯ 분 아니라 소후와 귀령ᄒᆞ믈 ᄃᆞ토아 가려 홈도 업더니 진공이 녀ᄋᆞ 의 셰알 아니믈 보고 소후의 일인 줄 짐쟉고

59면

사ᄅᆞᆷ으로 군쥬를 칙ᄒᆞᆫᄃᆡ 소휘 즉시 진부의 와 공긔 뵈오니 공이 ᄇᆡ야흐로 녕하던 경 침의셔 ᄌᆞ딜을 거ᄂᆞ려 빈긱을 ᄃᆡ접ᄒᆞ니 분요ᄒᆞ미 심ᄒᆞᆫ디라 소휘 이윽이 뫼셔 ᄀᆡᆨ이

잠간 흐터딘 후 공긔 고ᄒᆞ딕 실인이 믹양 부모를 써나 이곳의 이시니 비록 악당의 ᄌᆞ 익ᄒᆞ시ᄂᆞᆫ 연괴나 실은 부도의 어긔고 ᄒᆞ믈며 양셩공쥐 쇼셔의게 도라온 후ᄂᆞᆫ 가식 ᄎᆞ례 잇고 쇼셰 쏘 동티 셔싱이 아니〃 실인을 ᄯᆞᆯ와 이곳의 머므러 니측디 못홀디라 형셰 각니ᄒᆞ기 어려오니 악부ᄂᆞᆫ ᄉᆞ정을 돈절ᄒᆞ샤 원부모형뎨를 딕히게 ᄒᆞ쇼셔 공이 이윽이 즘〃ᄒᆞ고 셔안 머리의 졍ᄉᆞ 결ᄒᆞᆫ 거술 보더니 날호여 ᄀᆞᆯ오딕 이 말이 대의예 당연ᄒᆞ니 내 엇디 모ᄅᆞ리오마ᄂᆞᆫ 내 나히 만티 아니딕 신샹의 병이 이셔 셰샹이 오래 디 아닐디라 ᄌᆞ녀를 겻히 두어

60면

여년을 위로코져 ᄒᆞᄂᆞ니 엇디 권되 업ᄉᆞ며 ᄒᆞ믈며 너희 부뷔 동치 쇼ᄋᆞ로 힝혀 쟉직이 놉흐나 구샹유취 업디 아니ᄒᆞ니 피ᄎᆞ 부모 슬하의 머므러 의건과 식믈이 ᄉᆞ〃로 오미 업ᄉᆞ리니 녀ᄋᆡ 구고 슬하의셔 명ᄒᆞ시믈 조차 임ᄉᆞ의 각별 요긴티 아닐디라 병든 아비를 신셰 되여도 와보디 아니〃 블쵸녜라 녀ᄋᆡ 아비 업ᄉᆞ면 엇디 가부를 알니오 맛당이 도라보내라 삼죵지의를 희셕ᄒᆞ여 ᄀᆞᄅᆞ치리니 이곳의 이시나 네 보채고뎌 ᄒᆞᆫ죽 무어시 어려오리오 소휘 텽졸의 도로혀 무류ᄒᆞ여 복슈 딕 왈 쇼셰 졍ᄉᆡ 난쳐ᄒᆞ여 알외미러니 존괴 황공ᄒᆞ고 말단ᄉᆞᄂᆞᆫ 더옥 의아ᄒᆞ옵ᄂᆞ니 이 반ᄃᆞ시 실인이 투긔로ᄡᅥ 쇼셔를 ᄎᆞᆷ소ᄒᆞ미로소이다 공이 쇼 왈 이ᄂᆞᆫ 대댱부의 말이 아니라 내 비록 모황ᄒᆞ나 거의 너의 심폐를 아ᄂᆞ니 아녀의 ᄎᆞᆷ간이

61면

어이 이시리오 진후 등 오인이 서로 도라보아 미〃히 함쇼ᄒᆞ니 소휘 묵연이 도라가매 공이 뎨ᄌᆞ를 딕ᄒᆞ여 왈 경문이 녀ᄋᆞ를 잡아 두고 그 공슌ᄒᆞ믈 타 보채고져 ᄒᆞ니 심히 뮈온디라 여등이 거마를 ᄀᆞ초아 가 졔람빅을 보고 쳥ᄒᆞ여 ᄃᆞ려오라 진휘 쇼이딕 왈 ᄌᆞ픠 쇼믹로 졍이 헐ᄒᆞ미 아니라 쇼년 호승으로 견집블통ᄒᆞ니 대인이 ᄃᆞ려 오신죽 반ᄃᆞ시 더옥 노ᄒᆞ여 ᄒᆞ리이다 공이 쇼 왈 내 집이 그ᄅᆞ미 업고 녀ᄋᆡ 죄 업거ᄂᆞᆯ 국가 졍ᄉᆞ로ᄡᅥ ᄉᆞ원을 보ᄒᆞ리오 내 작일 ᄎᆞ녀의 글을 보니 소싱이 녀ᄋᆞ를 공쥬 침실의 쳥ᄒᆞ여 곤욕ᄒᆞᆫ다 ᄒᆞ니 녀ᄋᆡ 죄 이시면 아른 체 아니코 더옥 계틱ᄒᆞ여 조심ᄒᆞ라 ᄒᆞ려니와 젼혀 날을 온노ᄒᆞ여 녀ᄋᆞ의게 그 벌을 쓰니 엇디 뎌를 맛뎌 욕을 바드리오 이인이 역연ᄒᆞ여 즉시 거마를 출히고 댱부인과 공이

62면

졔람빅 부〃의게 글월ᄒᆞ여 녀ᄋᆞ의 귀령을 근쳥ᄒᆞ니 소공 부뷔 쾌허ᄒᆞᆫᄃᆡ 군쥐 사례ᄒᆞ고 시인으로 소후의게 이 뜻을 통ᄒᆞ니 소휘 눈을 금고 자는 톄ᄒᆞ여 답디 아니매 시녜 도라와 군휘 쥬침ᄒᆞ믈 고ᄒᆞ니 군쥐 잠간 쥬져ᄒᆞᆫᄃᆡ 부인이 두긋겨 웃고 왈 현뷔 ᄋᆞᄌᆞ의 허락을 엇디 못 쥬져ᄒᆞ나 우리 허락ᄒᆞ여 보내니 ᄋᆞ직 ᄡᅵ여 드ᄅᆞ나 무방홀디라 진공의 기ᄃᆞ리시미 밧브리니 섈리 도라가라 군쥐 소후의 뜻을 알ᄋᆞ나 존명이 난 후지〃ᄒᆞ미 가치 아냐 옥눈의 오ᄅᆞ니 좌위 호송ᄒᆞ여 문을 나매 소휘 외당의셔 군쥬의 가믈 알고 대로ᄒᆞ여 아역을 호령ᄒᆞ여 부인을 듕노의 ᄇᆞ리고 뫼셔 가는 창두 아역을 다 잡아 오라 하니 본ᄃᆡ 소후의 셩이 엄ᄒᆞᆫ디라 모든 ᄉᆞ졸이 진늎ᄒᆞ여 일시의 ᄶᅩᆺ오니 군쥬의 일힝이 먼니

63면

아니 갓는디라 급히 웨여 왈 잠간 거마를 머초라 졔인이 놀나 도라보니 슈츈후 가뎡이 니ᄅᆞ러 일힝을 다 잡으니 피칙 크게 지져괴여 졍히 위급ᄒᆞ니 좌우 궁인과 어가ᄒᆞ는 환쉬 다 창황ᄒᆞ여 아모리 홀 줄 모ᄅᆞ더니 진공이 임의 혜아리고 몬뎌 엄태감으로 ᄒᆞ여곰 션비 녀쥬공 년 메던 군ᄉᆞ 쳔여 인을 거ᄂᆞ려 협노의 숨엇다가 만일 무례ᄒᆞ미 잇거든 일시의 내ᄃᆞ라 보호ᄒᆞ라 ᄒᆞ엿더니 엄태감이 임의 허다 가졍을 거ᄂᆞ려 돌녀와 크게 ᄭᅮ지즈ᄃᆡ 너희 등이 엇던 사름이완ᄃᆡ 감히 빅일지하의 군쥬낭〃 술위를 핍박ᄒᆞᄂᆞ뇨 좌우를 호령ᄒᆞ여 다 잡아 ᄆᆡ고 보호ᄒᆞ여 도라오니 진공이 대쇼 왈 내 아히 아비 오활ᄒᆞ여 ᄉᆞ졍 업기로ᄡᅥ 당부의게 이러틋 득죄ᄒᆞ니 거의 노샹의 ᄇᆞ릴 번ᄒᆞ과라 드ᄃᆡ여 슈츈

64면

후 가졍을 도라보내고 졔ᄌᆞ로 더브러 소후의 힝ᄉᆞ를 우ᄉᆞ나 군쥐 심하 블열ᄒᆞ여 말을 아니터라 화셜 소휘 군쥬의 일힝을 잡으라 보내고 양비 용약ᄒᆞ여 ᄒᆞᆫ 번 통치코져 기ᄃᆞ리더니 믄득 허다 가뎡이 분〃이 도라와 엄태감의 호송ᄒᆞ므로ᄡᅥ 저히 도로혀 잡혀 진궁의 갓던 줄 알외니 소휘 그 악당의 일인 줄 알고 어히업서 우음을 먹음고 말이 없더라 이윽고 슉모 셩의빅 부인이 글월을 보내여 소후를 졀칙ᄒᆞ고 졔람빅 부〃

의게 훈ᄌᆞ의 블엄ᄒᆞᆷ과 소후의 무례ᄒᆞ믈 애ᄃᆞᆯ와 ᄒᆞ여시니 제람ᄇᆡᆨ이 ᄇᆞ야흐로 알고 소후ᄅᆞᆯ 블너 대ᄎᆡᆨᄒᆞ니 휘 황공 샤죄ᄒᆞ고 믈너 외당의 도라오니 그 아ᄋᆞ 소한님이 우어 왈 형당이 양셩공쥐ᄅᆞᆯ 취ᄒᆞ시매 수〃ᄀᆡ 녯 졍을 니ᄌᆞ샤 이ᄀᆞᆺ치 가치 아닌 거죄 계시니 쇼

65면

데 뜻의ᄂᆞᆫ 온당티 아닌가 ᄒᆞᄂᆞ니 ᄒᆞ믈며 진공의 고집과 졍심이 용이티 아니ᄒᆞᆯ디라 ᄒᆞᆫ 번 노ᄒᆞᆫ즉 냥문의 화긔ᄅᆞᆯ 일코 뎌의 셩졍으로ᄡᅥ 그 녀ᄋᆞ의 일ᄉᆡᆼ을 앗기디 아닌즉 ᄀᆞᆺᄒᆞ여 형당ᄀᆡ 가챠ᄒᆞᆯ 뜻이 업ᄉᆞ리니 모ᄅᆞ미 샹심ᄒᆞ쇼셔 휘 쇼 왈 너ᄂᆞᆫ 진공 두 ᄌᆞ의 혼ᄇᆡᆨ을 일호니 이ᄂᆞᆫ 수〃의 현미ᄒᆞ시믈 진듕ᄒᆞ여 힝혀 샹니ᄒᆞᆯ가 겹ᄒᆞ미어니와 우형은 뎌 노ᄒᆞ여 그 ᄯᆞᆯ을 아사갈ᄉᆞ록 쾌ᄒᆞ리로다 한님이 대쇼 왈 수〃의 특이ᄒᆞ시미 형인의 ᄇᆞ랄 배 아니오 형당의 딘듕ᄒᆞ시믄 쇼뎨의 ᄋᆡᆨᄂᆡᆨᄒᆞᄂᆞᆫ 셩질이라도 반블급이리니 엇디 쇼뎨ᄅᆞᆯ 우으시리잇고 소휘 미쇼 ᄇᆞ답이러라 소공이 명일 슈츈후ᄅᆞᆯ ᄃᆞ리고 뉴부의 니ᄅᆞ러 셩의ᄇᆡᆨ 부〃ᄅᆞᆯ 보고 부인이 마자 좌ᄅᆞᆯ 뎡ᄒᆞ매 졍ᄉᆡᆨ고 소후ᄅᆞᆯ ᄃᆡᄒᆞ여 글

66면

오ᄃᆡ 내 ᄇᆞᆰ디 못ᄒᆞ여 너의 광패ᄒᆞ믈 아디 못ᄒᆞ고 ᄒᆞᆫ갓 ᄉᆞ졍으로ᄡᅥ 문챵의 아름다오미 족히 부모 제ᄉᆞᄅᆞᆯ 밧들고 소문을 챵셩ᄒᆞᆯ디라 힘ᄡᅥ 작ᄆᆡᆨᄒᆞ여 너의 ᄂᆡᆨ조ᄅᆞᆯ 삼앗더니 네 무ᄉᆞᆫ 연고로 븍ᄉᆡ로브터 도라온 후 ᄒᆞᆫ 번 무ᄅᆞ미 업고 양셩공쥬ᄅᆞᆯ 취하여 거ᄌᆞᆺ 팀혹ᄒᆞᆫ 톄ᄒᆞ며 작일 귀령ᄒᆞ미 진공 슉〃이 글노ᄡᅥ 형당ᄀᆡ 청ᄒᆞ여 명졍언슌이 도라오미 무ᄉᆞᆫ 가티 아닌 일이 잇관ᄃᆡ ᄉᆞ졸을 발ᄒᆞ여 뒤흘 ᄯᆞ우고 술위ᄅᆞᆯ 노샹의 ᄇᆞ려 도로인〃의 고이히 넉이믈 취ᄒᆞᄂᆞ뇨 네 븍히가의 가 ᄉᆞᄉᆡᆼ이 위틱ᄒᆞᆯ 적 진공 슉〃이 널노 환우ᄒᆞ여 병이 듕ᄒᆞ시고 부풍후 슉〃이 국ᄉᆞᄅᆞᆯ 위ᄒᆞᆷ만 아냐 실노 ᄉᆞ졍을 도라보샤 현으로 ᄌᆞ원 출졍ᄒᆞ여 풍상을 무릅ᄡᅳ고 호디의 드러가 몸의 시셕을 피티 아냐 너ᄅᆞᆯ

67면

구ᄒᆞ여내니 은혜와 태산 ᄀᆞᆺ거ᄂᆞᆯ 네 무ᄉᆞ 일이 블쾌ᄒᆞ여 군쥬 ᄃᆡ졉을 쇼〃ᄒᆞᆫ 쳐ᄌᆞ ᄃᆡ졉ᄒᆞᆷ ᄀᆞᆺ고 광패ᄒᆞᆫ 노ᄀᆡ로 패만 무례ᄒᆞ미 이 ᄀᆞᆺᄒᆞ여 ᄇᆡ혜망은ᄒᆞ미 심ᄒᆞ뇨 소휘 부복 샤죄 왈 쇼딜이 블쵸ᄒᆞ여 슉모로 ᄒᆞ여곰 냥가의 무안ᄒᆞ시게 ᄒᆞ니 죄 깁흔디라 츄회

ᄒᆞ나 밋디 못ᄒᆞ리로소이다 슈연이나 실인이 츌입의 쇼딜을 업슬 것 ᄀᆞᆺ치 아라 스ᄉᆞ로 셰샹의 그 부형이 이심만 알고 가뷔 이시믈 모ᄅᆞ니 미친 셩이 젼후를 ᄉᆡᆼ각디 못ᄒᆞ미러니 명교를 듯ᄌᆞ오니 황공ᄒᆞ믈 이긔디 못ᄒᆞ리로소이다 졔람ᄇᆡᆨ이 ᄯᅩᄒᆞᆫ 셩의ᄇᆡᆨ을 ᄃᆡᄒᆞ여 ᄋᆞᄌᆞ의 무례ᄒᆞ믈 칭샤ᄒᆞ며 참괴ᄒᆞ여 진공긔 뵐 ᄂᆞᆺ치 업ᄉᆞ믈 일ᄏᆞᄅᆞ니 셩의ᄇᆡᆨ이 웃고 왈 ᄎᆞᄂᆞᆫ 년쇼 ᄋᆞᄇᆡ예 일시 호흥으로 안해를 아니 졔어티 못ᄒᆞ며

68면

가댱의 소임과 위엄을 폐티 못ᄒᆞ리라 ᄒᆞ여 이 거조ㅣ 이시나 샤뎨 본ᄃᆡ ᄆᆞ음이 호활ᄒᆞ여 이런 일을 개회티 아닛ᄂᆞ니 작일 형뎨로 더브러 희쇼ᄒᆞ여 됴곰도 ᄶᅥ리ᄭᅵ미 업ᄉᆞ니 형은 의려티 말나 오딕 녕ᄆᆡ 당초의 작ᄆᆡᄒᆞ여 쥬진의 친을 일운 고로 이제 편협ᄒᆞᆫ 소견의 과도히 무안ᄒᆞ여 ᄒᆞ니 나ᄂᆞᆫ 그 딜ᄌᆞ로 다ᄅᆞ미 업시 넉이ᄂᆞ니 경문이 댱부의 몸으로 공쥬를 어드매 형셰 가히 ᄇᆞ리디 못ᄒᆞᆯ 배오 뎌의 의긔와 은혜 ᄯᅩ 듕ᄒᆞ거늘 ᄒᆞᆫ갓 호녜라 ᄒᆞ여 샹쥬ᄒᆞ고 맛진 악댱과 쳐남을 뮈이 넉여 그 벌을 딜녀의게 ᄡᅳᄃᆡ 거죄 패만ᄒᆞ니 부인이 스ᄉᆞ로 식인ᄃᆞ시 발분망식ᄒᆞ여 쵸조ᄒᆞᄂᆞᆫ 편협ᄒᆞ미 샹당ᄒᆞᆫ 슉딜이 아니리오 소휘 슉부의 패만히 넉이믈 드ᄅᆞ매 크게 참괴ᄒᆞ고 졔람ᄇᆡᆨ이 우어 왈 문텸

69면

의 말이 샹뎍ᄒᆞᆫ 슉딜이라 ᄒᆞ니 ᄆᆡᄌᆞ와 ᄎᆞᄋᆞ의 셩질이 강ᄒᆞ며 유ᄒᆞ미 ᄂᆡ도ᄒᆞ니 엇디 샹당ᄒᆞ리오 셩의ᄇᆡᆨ이 역시 화답ᄒᆞ여 피ᄎᆞ 흔연ᄒᆞᄃᆡ 소부인이 홀노 졍식하고 미온ᄒᆞ믈 프디 아냐 왈 진공 슉〃이 딜ᄋᆞ의게 엇던 사ᄅᆞᆷ이완ᄃᆡ 호방ᄒᆞᆫ 사회 쳔누ᄒᆞᆫ 악댱 압두ᄒᆞᄂᆞᆫ 규구를 ᄲᅧ 그 벌을 쳐ᄌᆞ의게 더으리오 작일 딜녀를 욕ᄒᆞ미 아니라 진공이 보내신 장확을 겁박ᄒᆞ니 엇디 한심티 아니며 형이 ᄋᆞᄌᆞ를 듕칙디 아니시고 뎌러틋 희학으로 ᄉᆞ식을 눅이샤 방ᄌᆞᄒᆞ믈 도〃시ᄂᆞ니잇고 셩의ᄇᆡᆨ과 소공이 웃고 소휘 황공ᄒᆞ여 지삼 샤죄ᄒᆞ더니 진휘 믄득 평졔왕 등 군죵 십여 인이 홈긔 니ᄅᆞ러 소후 부ᄌᆞ를 보고 피ᄎᆞ 녜를 ᄆᆞᆺ고 한온을 파ᄒᆞ매 졔왕이 믄득 우어 왈 소후ᄂᆞᆫ 비록 나히 져므나

70면

관직이 태듕ᄒᆞ여 톄면이 존ᄒᆞ거놀 엇디 광부의 쥬졍을 힝ᄒᆞ여 졍실을 노샹의 ᄇᆞ리니 아디 못게라 이 무슨 녜법고 소휘 미처 답디 못ᄒᆞ여셔 셩의ᄇᆡᆨ 댱ᄌᆞ 건이 쇼이찬 왈

영웅의 ᄒᆞᆫ 일을 쇽지 아디 못ᄒᆞ리니 연쟉이 안감홍곡지〃리오 소휘 쇼 왈 고인이 권문의 취부ᄒᆞ믈 경계ᄒᆞ미 졍히 쇼뎨를 니ᄅᆞ미라 녕ᄆᆡ 내게 쇽현ᄒᆞ매 ᄉᆞᆺᄉᆡᆼ 영욕이 다른ᄃᆡ 잇디 아니커ᄂᆞᆯ ᄒᆞᆫ 번 칙ᄒᆞ매 무지ᄒᆞᆫ 환관이 도로의셔 나의 봉명ᄒᆞᆫ 가졍을 결박ᄒᆞ고 제형의 비쇼ᄒᆞ미 이ᄀᆞᆺᄐᆞ니 엇디 두리온 빙개 아니리오 진휘 안ᄉᆡᆨ이 화ᄒᆞ고 말ᄉᆞᆷ이 ᄌᆞ약ᄒᆞ여 ᄀᆞᆯ오ᄃᆡ ᄌᆞ포ᄂᆞᆫ 가히 편협ᄒᆞᆫ 남ᄌᆞ로다 엇디 쇼〃 곡졀의 이ᄀᆞᆺ치 ᄆᆡ치여 플지 아니코 봉ᄇᆡ에 ᄉᆞ랑ᄒᆞᄂᆞᆫ 희쇼의 엇디 권문을 일ᄏᆞᆺᄂᆞ뇨 내 드ᄅᆞ니 녕대인이

71면

졔람빅을 총졔ᄒᆞ샤 녹이 삼쳔 셕이오 식읍이 일만 회라 권이 가히 젹다 ᄒᆞ디 못ᄒᆞᆯ 거시오 ᄌᆞ퍼 ᄯᅩ 위거졔후ᄒᆞ야 동평쟝ᄉᆞ 슈츈후로 식녹 삼쳔 셕ᄒᆞ여 회람을 총졔ᄒᆞ니 ᄌᆞ여 옥빅과 우양 창늠이 쳔승의 부귀 이시니 부ᄌᆞ 냥ᄃᆡ의 권셰 혁〃ᄒᆞᆯ디라 엇디 오가를 비쇼ᄒᆞ여 공치ᄒᆞ며 말이 비록 쾌ᄒᆞ나 공근ᄒᆞᆫ 도리 아니오 ᄯᅩ 우리 집 부귀 엇디 ᄌᆞ포의 긔롱을 드ᄅᆞᆯ 배리오 쇼ᄆᆡ를 칙ᄒᆞ믈 니ᄅᆞ미 아니라 측범ᄒᆞ미 이시니 인졍이 즐겨ᄒᆞᆯ 배 아니로ᄃᆡ 아등은 부형을 조차 힝실과 ᄆᆞ음을 삼가 쳔ᄌᆞ치 못ᄒᆞᄂᆞᆫ 고로 오ᄃᆡᆨ 승안양지 외에 다른 ᄯᅳᆺ이 업ᄉᆞ니 ᄌᆞ포ᄂᆞᆫ 용녈ᄒᆞ믈 웃디 말나 소휘 진후의 졍대ᄒᆞ고 화평ᄒᆞᆫ 말ᄉᆞᆷ 가온ᄃᆡ 부형이 우히 이시믈 모ᄅᆞ고 쳔ᄌᆞᄒᆞ믈 공치 ᄀᆞ장 ᄆᆡᆼ녈ᄒᆞᆫ디라 ᄌᆞ

72면

참ᄒᆞ여 ᄯᅩᄒᆞᆫ 흔연이 웃고 ᄀᆞᆯ오ᄃᆡ 우연이 언급ᄒᆞ미라 진후ᄂᆞᆫ 견집히 ᄉᆡᆼ각ᄒᆞ여 노ᄒᆞ디 말나 희언을 이러ᄐᆞᆺ 측노ᄒᆞ니 날노ᄡᅧ 보건ᄃᆡ 진후의 편ᄉᆡᆨᄒᆞ미 날도곤 더은가 ᄒᆞ노라 진휘 쇼이답 왈 내 다른 일은 ᄌᆞ포만 못ᄒᆞ거니와 ᄉᆡᆼ어이십여 년의 한 번 노긔를 견마의도 옴기디 아냐시니 ᄉᆡᆼ각건ᄃᆡ 편ᄉᆡᆨᄒᆞᆫ 일은 업ᄂᆞᆫ가 ᄒᆞᄂᆞ니 형의 말이 우읍도다 셜파의 연휘 니ᄅᆞ러 소후 부ᄌᆞ를 보고 소후의 ᄉᆞ매를 니어 왈 ᄌᆞ퍼 이곳의 와 우리를 ᄎᆞᆺ디 아니믄 무슨 ᄯᅳᆺ고 소휘 미급답의 각노의 당ᄌᆞ 좌풍익 뉴만이 쇼 왈 소ᄌᆞ퍼 시방 권문을 빅쳑ᄒᆞ고 오가를 비쇼ᄒᆞ니 엇디 진부의 나아갈 니 이시리오 연휘 웃고 왈 권문을 빅쳑ᄒᆞ나 피치 ᄒᆞᆫ 가지니 도로혀 망발이라 측가ᄒᆞ여 ᄡᅳᆯ ᄃᆡ 업ᄉᆞ니 한셜을 말고 시방

73면

대인이 침뎐의셔 기ᄃᆞ리시니 ᄲᆞᆯ니 가 뵈오미 가ᄒᆞ도다 인ᄒᆞ여 제람빅을 향ᄒᆞ여 ᄀᆞᆯ오ᄃᆡ 존공이 ᄎᆞ쳐의 긔거ᄅᆞᆯ 굴ᄒᆞ신 디 오래ᄃᆡ 소ᄉᆡᆼ이 즉시 현알티 못ᄒᆞ오미 만홀ᄒᆞ믈 황괴ᄒᆞ고 가친이 드ᄅᆞ시고 돗글 여러 도라보시믈 ᄇᆞ라샤 쇼ᄉᆡᆼ으로 이 뜻을 알외라 ᄒᆞ시더이다 제람빅이 즉시 니러 진부로 향ᄒᆞᆯᄉᆡ 진연 이휘 뫼셔 ᄒᆡᆼᄒᆞ니 소휘 ᄯᅩᄒᆞᆫ ᄡᅥ러지〃 못ᄒᆞ여 ᄒᆞᆫ 가지로 진부의 니ᄅᆞ매 진공이 마자 녜ᄅᆞᆯ ᄆᆞᆺ고 오래 보디 못ᄒᆞ믈 일ᄏᆞ라 은근ᄒᆞᆫ ᄉᆞ식 분이오 됴곰도 블안ᄒᆞᆫ ᄉᆞ식이 업ᄉᆞ니 제람빅이 샤례 왈 하관이 훈ᄌᆞᄒᆞ믈 어지리 못ᄒᆞ여 돈ᄋᆞ의 ᄒᆡᆼ시 블쵸ᄒᆞ미 심ᄒᆞ니 평일 근심ᄒᆞᄂᆞᆫ 배러니 현부의 아ᄅᆞᆷ다온 용안과 빙옥 ᄀᆞᆺᄒᆞᆫ ᄒᆡᆼ실이 저희 븐의 넘으믈 아디 못ᄒᆞ고 무단이 박ᄃᆡᄒᆞ여 곤욕ᄒᆞ니 하관이

74면

혜건ᄃᆡ 은의 과ᄒᆞᄆᆡ 무단이 죵풍쟈포ᄒᆞ미라 ᄒᆞ여 아른 쳬 아냣더니 작일 현부의 ᄒᆡᆼ도의 광망ᄒᆞᆫ 거조ᄂᆞᆫ 젼고의 듯디 못ᄒᆞ던 거죄라 ᄒᆞᆫ갓 식부ᄅᆞᆯ 곤욕ᄒᆞᆷ만 아니라 실노 샹공긔 촉훼ᄒᆞ니 방ᄌᆞ무거ᄒᆞ미 블가ᄉᆞ문어타인이라 하면목으로 좌하의 뵈오리오마ᄂᆞᆫ 블시무은ᄒᆞ여 나아오니 참괴ᄒᆞ미 욕ᄉᆞ무지ᄒᆞ여이다 진공이 쇼 왈 션ᄉᆡᆼ이 엇디 이런 말ᄉᆞᆷ을 ᄒᆞ시ᄂᆞ뇨 녀ᄋᆡ 심규의 향암저이 ᄉᆡᆼ당ᄒᆞ여 대군ᄌᆞ의 ᄇᆡ위 되니 허믈이 만흘디라 녕낭 고안의 블합ᄒᆞ미 당연ᄒᆞ니 저희 부뷔 서로 힐난ᄒᆞ믈 어룬이 엇디 쇼쇄히 아른 쳬ᄒᆞ리오 션ᄉᆡᆼ의 말ᄉᆞᆷ이 과도ᄒᆞ시니 ᄒᆞᆨᄉᆡᆼ으로 ᄒᆞ여곰 도로혀 블안ᄒᆞ미 심ᄒᆞ도소이다 인ᄒᆞ여 소후ᄅᆞᆯ 나아오라 ᄒᆞ여 그 손을 잡고 우어 왈 내 널노 일홈이

75면

옹셰나 믄득 친ᄌᆞ의 감ᄒᆞ미 업거ᄂᆞᆯ 네 엇디 날노ᄡᅥ 빙악의 규례ᄅᆞᆯ ᄒᆞ여 무신무례ᄒᆞ미 심ᄒᆞ뇨 너희 근ᄂᆡ 일을 보고 ᄯᅩ 나의 녜일을 ᄉᆡᆼ각ᄒᆞ매 ᄒᆞᆫ 번 평ᄉᆡᆼ 소회ᄅᆞᆯ 닐너 친옹과 ᄌᆞ셔로 더브러 우음을 도으리라 내 십삼의 션데 지우ᄅᆞᆯ 닙ᄉᆞ와 쵸방의 간셥ᄒᆞ니 황가의 어려오미 군신지의 명빅ᄒᆞ여 진실노 뜻 잇ᄂᆞᆫ 쟈의 굴긔ᄒᆞ여 견ᄃᆡ기 어려온 배라 나히 졈고 혬이 졀너 우은 일이 만터니 이제 ᄉᆡᆼ각ᄒᆞ니 일댱 츈몽이라 뉘웃븐 연괴 만흐니 쇼년 적은 남ᄋᆞ의 ᄆᆞ음이 ᄌᆞ연 강ᄒᆞᆫ 예긔 잇ᄂᆞᆫ디라 너의 녀ᄋᆞᄅᆞᆯ 구박ᄒᆞ

미 또흔 부형의 셰를 쪄 가당을 업누르는가 통흔흐미 또흔 고이티 아닌 일이나 녀의 널노 더브러 문지 샹당흐여 피치 외람티 아니〃 지긔를 옹톄흐미 업고 내 집이 됴고 만

76면

공명 부귀로 너를 압두흐미 업스니 네 임의 몸이 영쥐예 올나 믈망이 스양홀 배 업거늘 엇디 의언두의 권문을 일큇누뇨 만〃코 어룬을 공경흐고 겸손흐는 덕이 아니라 그 가온딕 유감흔 뜻이 이셔 이러틋 흐믈 알거니와 또흔 블통이 싱각흐미라 양셩공쥬의 친스는 네 만일 결년흔 일이 업서 공쥐 너를 뿔와 오디 아냐시면 어느 사룸의 가흐디 아니며 국가 식녹재 뉘 감히 스양흐여 볼모를 맛디 아니리오마는 평일 쟉녹을 밧즈올 재 이덕이라 피연흐여 밧디 아니면 이는 국스를 관망흐미라 죄 또흔 듕치 아니랴 힝혀 네게 결연흐여시매 니슌흐기로뻐 도라보내니 내 스스로 호녀를 구흐여 너를 욕흐미 아니오 또 널노뻐 호녀를 셤기라 흔즉 욕되려니와 댱뷔 되여 흔 미인을

77면

가닉예 두미 무어시 문호를 그릇 민들고 네 신셰를 어그러이미 잇누뇨 뎨곡의 공쥐 개를 조츠며 한 공쥐 션우의게 가흐믄 욕이어니와 댱부의 몸으로 번국 공쥬를 금차의 머므루미 크게 욕이믈 내 아디 못흐미오 셜사 괴로오미 잇다 흐나 엇디 텬시와 인스를 아디 못흐고 국스의 스졍을 두어 너의 슬히 넉이믈 도라보리오 이제 네 슬흔 거술 우겨 맛진가 함노흐여 공스를 스실의 옴겨 갑고져 흐니 이 또 나의 평일 너 브라던 뜻이 아니라 즈못 대댱부의 도량이 아니〃 팀스 샹냥흐여 우녀의 셜〃흐믈 브리라 내 몸이 국은을 닙스와 졍스를 잡으니 진튱갈녁흐여 죽은 후 말고져 흐니 흔 녀으를 니르디 말나 일신이 함몰흐고 오직 죽으나 내 홀 일은 다하리니 엇디 부인의 셜〃흔 일노 날을 시험코져 흐누뇨 금일 내 이 말이

78면

녕존이 직샹흐시니 가치 아니딕 붕우는 칙션인즉 내 무춤 모쳠흐여 부집의 튱수흐고 또 옹셔지의 이시니 쇼〃 겸손흐는 속틱를 흐디 못흐여 심곡을 베프누니 현셔는 고이히 넉이디 말나 말슴이 엄졍흐나 또 관인유화흐여 닉외 붉으미 거울 굿흐여 됴곰

도 가식ᄒᆞ며 위쟈ᄒᆞ미 업ᄂᆞᆫ디라 소휘 크게 감복ᄒᆞ여 ᄇᆡ샤 왈 쇼셰 엇디 감히 악당을 만모ᄒᆞ여 공ᄉᆞ를 ᄉᆞ혐으로 갑흐리잇고 ᄆᆞ음의 원티 아닛ᄂᆞᆫ 거술 형셰 기연ᄒᆞ나 악당과 셩양형이 녁권ᄒᆞ여 맛지시니 심듕이 분울ᄒᆞ여 친ᄒᆞ미 형편 고로 일시 샹힐ᄒᆞ미 잇삽더니 작일은 과연 귀령ᄒᆞ믈 쇼셔의게 니ᄅᆞ디 아니ᄒᆞ온 고로 미친 노긔를 니ᄅᆞ혀 악당 대은을 져ᄇᆞ리니 황괴ᄒᆞ오미 ᄃᆡ홀 바를 아디 못거이다 공이 대쇼ᄒᆞ고 졔람ᄇᆡᆨ을 도라보아

79면

골오ᄃᆡ ᄎᆞ랑이 문질과 긔상이 과인ᄒᆞᄃᆡ 그 단쳬 호승이라 나히 ᄎᆞ면 거의 군ᄌᆡ 되리니 션ᄉᆡᆼ은 일시 호긔를 과히 칙디 말나 소공이 블승탄복ᄒᆞ여 칭샤ᄒᆞ믈 마다 ᄒᆞ며 쥬찬을 나와 빈쥐 달난ᄒᆞ여 술이 반감의 소공이 군쥬를 블너 그 손을 잡고 새로이 두긋기며 소후를 명ᄒᆞ여 녜긋치 왕ᄂᆡᄒᆞ여 진부의 머믈나 ᄒᆞ니 소휘 슈명ᄒᆞ고 셕양의 파연ᄒᆞ여 도라가매 소휘 야〃를 ᄇᆡ별ᄒᆞ고 진연 이후로 더브러 녕하뎐의 니ᄅᆞ니 진공이 셕반을 나와 ᄌᆞ셔로 ᄒᆞᆫ 당의셔 먹기를 과ᄒᆞ고 댱부인이 ᄋᆞ부 이녀로 더브러 소후를 쳥ᄒᆞ여 보고 친ᄋᆡᄒᆞ미 긔츌 ᄀᆞᆺ더니 촉을 니으매 소휘 월영각의 니ᄅᆞ니 군쥐 모든 궁희 로 더브러 침션을 다ᄉᆞ리더니 후의 드러오믈 보고 안셔히 니러 마ᄌᆞ니 휘 져의 염틱 용광이 촉

80면

ᄒᆞ의 더옥 쇄연ᄒᆞ고 유한졍뎡ᄒᆞᆫ 긔질이 새로이 츌군ᄒᆞ믈 보매 경복ᄒᆞ고 흠ᄋᆡᄒᆞ여 구름 ᄀᆞᆺᄒᆞᆫ 은ᄋᆡ 심 솟 듯ᄒᆞ니 엇디 지은 ᄆᆞ음이 오래 춤으리오마ᄂᆞᆫ 사름이 닐온지 심지 가ᄇᆡ얍디 아닌디라 짐즛 졍ᄉᆡᆨ고 졀칙 왈 그ᄃᆡ 비록 부귀 교ᄋᆞ로 동셔의 ᄌᆞ득ᄒᆞ나 엇디 지아비 듕ᄒᆞ믈 아디 못ᄒᆞ고 츌입을 ᄌᆞ젼ᄒᆞ며 부형을 촉ᄒᆞ여 나의 가뎡을 겁박ᄒᆞ며 날노뼈 엄뎡의 슈칙게 ᄒᆞ니 내 진실노 ᄆᆞ음을 ᄒᆞᆫ 번 두로현즉 진공을 니ᄅᆞ디 말나 텬ᄌᆞ의 녜라도 용셔티 아니 ᄒᆞ리니 너모 교오ᄒᆞ며 방ᄌᆞ티 말디어다 군쥐 안ᄉᆡᆨ을 화히 ᄒᆞ고 죠용이 ᄃᆡ 왈 쳡이 혼암ᄒᆞᆫ 셩질노 부모의 ᄋᆡ휵ᄒᆞ시믈 밧ᄌᆞ와 너비 ᄇᆡ혼 일이 업ᄂᆞᆫ디라 군ᄌᆞ긔 득죄ᄒᆞ미 깁흐니 참괴ᄒᆞ여 ᄀᆡ과코져 ᄒᆞ나 밋디 못홀가 ᄒᆞᄂᆞ이다

81면

말ᄉᆞᆷ이 간냑ᄒᆞ고 거지 안졍ᄒᆞ여 변ᄇᆡᆨᄒᆞ미 업ᄉᆞ니 ᄂᆡ지 임의 쳔연ᄒᆞ매 외뫼 더옥 온화ᄒᆞ니 슈려ᄒᆞᆫ 풍용과 어리로온 ᄐᆡ되 새로오니 소휘 눈의 긔특ᄒᆞ고 ᄆᆞ음의 항복ᄒᆞ믈 마디 아니ᄃᆡ 짐즛 말을 아니코 ᄆᆡᆨ〃히 ᄎᆞ야를 새와 명일 파됴 후 본부의 도라가니 부뫼 다 경계ᄒᆞ여 군쥬의 덕힝과 진공 부ᄌᆞ의 은혜 가히 셜만티 못ᄒᆞᆯ 줄 니ᄅᆞ니 소휘 ᄇᆡ샤 슈명ᄒᆞ고 운화뎡의 드러가 양셩을 보니 공쥐 ᄇᆞ야흐로 소셰를 일우고 셔안의 병셔를 독숑ᄒᆞ여 의ᄉᆡ 쾌활ᄒᆞ거ᄂᆞᆯ 소휘 쇼 왈 부인 녀ᄌᆞᄂᆞᆫ 구ᄂᆡ의 침션과 건즐을 소임ᄒᆞᆯ 분이어ᄂᆞᆯ 엇디 삼냑 뉵도를 셥녑ᄒᆞ미 가ᄒᆞ리오 작일 진부의 가 샹원부인 거쳐를 보니 셔안의 녈녀뎐이 노혓고 좌우의 슈틀과 문방이 버러시니 녀ᄌᆞ의 도리

82면

맛당이 이러ᄒᆞᆯ디라 그ᄃᆡ 비록 ᄉᆡ외예 ᄌᆞ라 왕화를 아디 못ᄒᆞ나 임의 당〃ᄒᆞᆫ 대신의 부인이 되여 녜의를 슌쇽ᄒᆞᆯ 거시니 호풍을 ᄇᆞ리미 가ᄒᆞᆫ뎌 양셩이 보던 거ᄉᆞᆯ ᄇᆞ리고 니러 마자 ᄀᆞᆯ오ᄃᆡ 명공의 말ᄉᆞᆷ이 ᄌᆞ못 맛당ᄒᆞ니 쳡이 엇디 봉힝티 아니리오 사ᄅᆞᆷ이 ᄉᆡᆼ이지〃ᄒᆞ미 어려오니 쳡이 ᄯᅩᄒᆞᆫ 교훈ᄒᆞᆫ 배 업시 ᄉᆡᆼ당ᄒᆞ여 범ᄉᆡ 비루ᄒᆞ미 만흐니 일즉 셩문의 드러온 후 공의 원비를 보니 덕힝과 위인이 셰샹의 독보ᄒᆞᆫ디라 우러〃 효측고져 ᄒᆞ더니 명공이 ᄉᆡᆼ각디 아닌 고집을 발ᄒᆞ여 쳡의 연고로 군쥬긔 블평ᄒᆞ미 만하 군쥐 부형이 쳥귀ᄒᆞ여 도라가시니 ᄉᆞᄉᆡ 엇디 안심ᄒᆞ리오 이제 샹원부인이 ᄌᆡ당ᄒᆞ디 아닌 젼쳡이 군후로 열낙ᄒᆞ미 톄면의 블가ᄒᆞ믈 모ᄅᆞᄂᆞᆫ 배 아니라 그윽이 ᄉᆞᆯ피건ᄃᆡ 군휘 복ᄃᆡ ᄇᆡ우의 졍이 흡연ᄒᆞ거ᄂᆞᆯ

83면

그 부형이 ᄉᆞ졍을 도라보디 아냐 공의 원티 아닛 쳡을 인연 일우믈 ᄒᆞᆫᄒᆞ여 잠간 격노ᄒᆞ고 공치ᄒᆞ여 부형의 년좌를 ᄡᅳ나 실은 군쥬를 염고ᄒᆞ미 아니라 쳡을 증염ᄒᆞᄂᆞᆫ 근본이니 쳡이 일시 군후의 웃ᄂᆞᆫ 얼굴을 미더 당돌이 간예ᄒᆞ디 못ᄒᆞ미러니 금일 말이 발ᄒᆞ매 능히 그치디 못ᄒᆞᄂᆞ니 당초 부왕이 명공의 위인 ᄌᆡ조를 ᄉᆞ랑ᄒᆞ여 머므러 ᄡᅳ고져 ᄒᆞ시니 일이 일면 공이 번국 신해요 일이 니디 못ᄒᆞ면 공이 절을 직흰 튱혼이 될디라 쳡이 녜의를 아디 못ᄒᆞ여 스ᄉᆞ로 부셔 ᄀᆞᆯ히믈 넘나거니와 ᄯᅩᄒᆞᆫ 부왕긔 힘ᄡᅥ 허신ᄒᆞ믈 원ᄒᆞᆫ 고로 부왕이 비록 공의 블복ᄒᆞ믈 노ᄒᆞ여 죽이고져 ᄒᆞ나 ᄇᆞᆨ희의 가도

믄 실노 쳡의 간ᄒᆞ믈쎄라 이는 공을 한 번 구ᄒᆞ미오 및 븍히예 가 공이 휘하로 더브러 긔아ᄒᆞ미 급ᄒᆞ믈 탐지ᄒᆞ고 ᄒᆞ나흔 우리

84면

종샤를 위ᄒᆞ여 공이 죽은즉 텬됴의 문죄ᄒᆞᄂᆞᆫ 화를 두리미오 ᄒᆞ나흔 공의 틍졀을 앗겨 지산을 허러 냥미를 니우니 이 슈양산이 잇고 주리미 업스믄 뻐 곰 공을 두 번 살오미오 및 공이 병이 듕ᄒᆞ여 명지 슈유의 ᄒᆞᆫ 텹 약을 엇디 못ᄒᆞᆯ 적 내 친히 약을 가져 공을 구ᄒᆞ니 이는 공을 세 번 살오미라 왕싀 공을 구ᄒᆞ고 아국을 파ᄒᆞ여 우리 남믜 볼모 되여 이에 니ᄅᆞ매 공이 믄득 젼후 근노ᄒᆞ여 명을 구ᄒᆞᆫ 은의를 져ᄇᆞ리고 ᄒᆞᆫ갓 내 몸이 이뎍이믈 더러이 넉여 진공과 연휘 의리를 잡아 농뎡의 주달ᄒᆞ여 친ᄉᆞ를 권ᄒᆞ믈 뮈이 넉여 군쥬를 거즛 박ᄃᆡᄒᆞ고 쳡을 짐즛 후ᄃᆡᄒᆞ니 이 엇디 군ᄌᆞ 당부의 힝싀리오 우리 셰조 무덕황뎨 텬하를 일광ᄒᆞ시매 화이 통합ᄒᆞ고 건곤이 ᄒᆞᆫ 빗치라 일부도 그 신해 아니 〃 업고 쳑토도 원나라

85면

싸 아닌 ᄃᆡ 업더니 텬쉬 명됴의 도라오니 믈너 번신이 되여시나 당초로뻐 ᄉᆡᆼ각건ᄃᆡ 텬하 ᄉᆡᆼ녕과 셰환갑족으로 명됴의 식녹ᄒᆞᄂᆞᆫ 재 뉘 그 션셰 우리 원국 신해 아니리오 공이 일편도이 이뎍으로 더러이 넉이미 참분ᄒᆞ니 셰샹의 구챠히 셰샹의 이시미 쾌히 죽음만 ᄀᆞᆺ디 못ᄒᆞᆯ디라 공은 모ᄅᆞ미 흉이브졍ᄒᆞᆫ 궤도를 그치고 출하리 ᄃᆡᆨᄒᆞᆫ 대로 날을 박ᄃᆡᄒᆞ고 군쥬를 존듕ᄒᆞ여 됴히 화락ᄒᆞ고 가식ᄒᆞᄂᆞᆫ 힝ᄉᆞ를 말을지어다 ᄒᆞ더라

뉴시삼ᄃᆡ록 권지십팔

1면

어시의 소휘 어히 업서 반향이나 믁연ᄒᆞ엿다가 닐오ᄃᆡ 금일 그ᄃᆡ 허다 셜화를 드ᄅᆞ니 곡졀이 십분 명빅ᄒᆞ여 흉금이 훤츨ᄒᆞ도다 다만 내 그ᄃᆡ 의긔와 은혜를 모로미 아니오 이뎍이라 더러이 너기는 ᄯᅳᆺ이 아니라 당초 그ᄃᆡ 부왕이 혼인을 겁박ᄒᆞ여 구ᄒᆞ고 그ᄃᆡ 비록 효녜나 녀ᄌᆞ 친히 부셔를 글히미 ᄀᆞ장 넘나거ᄂᆞᆯ 그ᄃᆡ 부왕이 격셔를 놀

녀 날노써 대역부도의 말노 함ᄒᆞ니 만일 셩샹의 명찰ᄒᆞ시미 아닌즉 부ᄌᆞ형데 극형을 바드리니 그ᄃᆡ 스ᄉᆞ로 닐오ᄃᆡ 날을 세 번 살근 은혜 잇다 ᄒᆞ니 진실노 올커니와 또 그ᄃᆡ로 인ᄒᆞ여 세 번 죽을 디경을 당ᄒᆞ니 은혜와 원쉬 피ᄎᆞ ᄀᆞᆺ흔디라 각별 보훈ᄒᆞᆯ 거시 업고 나의 슬흔 ᄇᆡ를 사ᄅᆞᆷ의게 핍박ᄒᆞ여 뜻을 셰

2면

우디 못ᄒᆞ믈 통한ᄒᆞ나 진공 부ᄌᆞᄂᆞᆫ 지긔 샹합ᄒᆞᆫ 대신이오 녜의군ᄌᆡ라 깁히 한ᄒᆞ미 블가ᄒᆞ므로 잠간 군쥬를 곤케 ᄒᆞ여 노를 풀고져 ᄒᆞ미러니 부형의 칙ᄒᆞ심과 슉모의 미온ᄒᆞ시미 깁흔디라 일노조ᄎᆞ 피치 다 화평ᄒᆞ리니 그ᄃᆡᄂᆞᆫ 안심믈녀ᄒᆞ라 그ᄃᆡ 임의 나의 실개 되여 친뎡이 만니오 일신이 녕뎡ᄒᆞ니 엇디 쇼〃 혐의로써 박ᄃᆡᄒᆞ미 이시리오 공쥐 ᄯᅩᄒᆞᆫ 감격ᄒᆞ여 샤례ᄒᆞ더라 ᄎᆞ일 소휘 진부의 도라와 군쥬를 ᄃᆡᄒᆞ여 말솜ᄒᆞᆯ매 긔식이 졍슌ᄒᆞ고 ᄉᆞ긔 단엄ᄒᆞ여 흔갓 양셩의 발호ᄒᆞᆫ 영긔 ᄀᆞᆺ디 아닌디라 흠ᄋᆡᄒᆞᄂᆞᆫ 뜻이 ᄆᆡᆼ동ᄒᆞ여 구졍을 니으매 새로온 듕졍이 여산약히ᄒᆞ나 군쥐 됴곰도 ᄉᆞ긔을 희로ᄋᆡ락의 동ᄒᆞ며 부〃금슬의 뉴의ᄒᆞ미 업ᄉᆞ니 소휘 더옥 공경ᄒᆞ며 놉히 넉여 은졍이 일〃 진듕ᄒᆞ더니

3면

ᄒᆞᆯᄂᆞᆫ 연후로 더브러 외뎐의셔 공의 문싱 고리로 더브러 시ᄉᆞ를 의논ᄒᆞ고 쥬찬을 나와 즐기더니 셕양의 소휘 술을 취ᄒᆞ고 월영각의 니ᄅᆞ러 군쥬로 서로 말솜ᄒᆞᆯᄉᆡ 봉안이 몽농ᄒᆞ고 옥면의 오새 기울며 면뉘 ᄇᆞ졔ᄒᆞ니 쇄락ᄒᆞᆫ 풍신과 영위ᄒᆞᆫ 용치 군쥬의 월안션풍으로 빵 지어 암실이 ᄇᆞᆰ은디라 좌우 궁희 아름다오믈 이긔디 못ᄒᆞ여 서로 뎐파ᄒᆞ여 칭희ᄒᆞ니 당부인이 이 말을 듯고 스ᄉᆞ로 춤디 못ᄒᆞ여 졔부와 당손시 등을 거ᄂᆞ려 월영각의 나아가 댱 ᄉᆞ이예셔 규시ᄒᆞ매 평당이 미란이 취ᄒᆞ여 ᄋᆞᄌᆞ를 안고 닐오ᄃᆡ 혹싱이 만니 타국의 가치여 ᄉᆞ싱존문을 듕국의 뎐티 못ᄒᆞ니 부인이 치ᄋᆞ를 픔고 홍안의 ᄌᆞ흔을 ᄆᆡ자 청츈 아미로 일싱을 허로키를 긔약ᄒᆞᆯ적 간댱을 얼마나 ᄉᆞ라지며 뎡ᄒᆞᆫ ᄆᆞ음이 엇더ᄒᆞ더뇨 금일 고

4면

요ᄒᆞᆯ ᄍᆡ 피치 샹ᄃᆡᄒᆞ여 심ᄉᆞ를 베프고뎌 ᄒᆞ노니 부인은 고마ᄒᆞ믈 ᄂᆞ초아 싱의 말을

헛되이 듯디 말나 군쥐 츄연탄식 왈 왕스의 놀나오믄 심담이 임이 써러졋는디라 다시 베프미 브졀업도소이다 ᄒᆞ믈며 ᄒᆞ믈며[3] 삼족지화를 당ᄒᆞ여 학발구고긔 불효와 야〃의 병듕 과려ᄒᆞ시는 거동을 보오매 이 다 불효녀의 연괴라 그 때 ᄒᆞᆫ갓 군ᄌᆞ의 몸을 념녀홀 분 아니라 냥가 훤당을 도라보아 텬디망극ᄒᆞ니 금일 영화를 엇디 긔약ᄒᆞ여시리잇고 소휘 뎌의 슬픈 빗과 만흔 말숨이 평싱 처음이라 이원ᄒᆞᆫ 틔되 방향을 먹음어 당부의 ᄆᆞ음을 놀내니 비창ᄒᆞᆫ 졍의 은연이 ᄆᆡᆼ동ᄒᆞ여 ᄒᆡ음업시 몸이 움즉여 겻히 나아가 옥슈를 잡고 탄식 왈 부인은 ᄉᆡᆼ을 위ᄒᆞ여 일촌 간댱을 술오거늘 ᄉᆡᆼ은 브졀업순 견집으로 오뉵 삭 미몰ᄒᆞ미 인

5면

졍의 갓갑디 아닌 일이 만코 양셩으로 쳐소를 옴기매 ᄌᆞ연 젼일ᄒᆞᆫ 화락이 감ᄒᆞ리니 이 엇디 악당과 연후의 타시 아니리오 군쥐 졍식 왈 군휘 년쇼ᄒᆞ나 몸이 대신의 거ᄒᆞ여 이런 셜만ᄒᆞᆫ 말숨이 슈신ᄒᆞ는 톄면이 아니오 ᄒᆞ믈며 양셩공쥬는 범샹ᄒᆞᆫ 인연이 아니라 미양 번오의 사ᄅᆞᆷ으로 아르시리오 쳡이 당돌ᄒᆞ나 군ᄌᆞ의 이 ᄀᆞᆺ흐시믈 항복디 아니ᄒᆞᄂᆞ이다 소휘 더옥 ᄋᆡ경ᄒᆞ여 은근 희에 니음ᄎᆞᄃᆡ 군쥐 다시 말을 아니ᄒᆞ고 싁〃ᄒᆞ미 츄상 ᄀᆞᆺᄐᆞᆫ디라 소휘 나죵은 무류ᄒᆞ여 단졍이 믈너안자 ᄋᆞᄌᆞ를 희롱ᄒᆞ더니 이윽고 불을 ᄇᆞᆰ히고 침금을 포셜ᄒᆞ니 소휘 더옥 은ᄋᆡ 뉴동ᄒᆞ여 돗 압히셔 ᄀᆞ만ᄒᆞᆫ 셰에 쳔셔만단이로ᄃᆡ 군쥐 뎌의 취ᄒᆞ여 거지 방일ᄒᆞ믈 흠ᄒᆞ여 쵹을 도〃고 슈용졍금ᄒᆞ여 죵야토록 자리의 나아가디 아니코 차를 나오고 의관을

6면

거두어 취긔를 보호ᄒᆞ고 틔만ᄒᆞᆫ 빗치 업ᄉᆞ니 소휘 비록 은졍이 챡급ᄒᆞ나 뎌의 엄ᄒᆞ미 츄텬 ᄀᆞᆺ고 졍대ᄒᆞ미 ᄇᆡᆨ일 도흐믈 보매 감히 누〃ᄒᆞᆫ ᄉᆞ졍으로 닐압디 못ᄒᆞ여 다만 박졍타 소ᄅᆡ 몽니의 쉿디 아니코 옥슈를 잡아 겻히 써나디 못ᄒᆞ게 ᄒᆞ더라 당부인이 밤드도록 규시ᄒᆞ여 이인의 거동을 보고 크게 두굿기고 어엿비 넉여 녕운뎐의 도라오니 마초아 진공이 부친긔 혼뎡을 파ᄒᆞ고 녕운뎐의 도라오니 졔직 ᄒᆞᆫ가지로 뫼셔 니ᄅᆞ매 부인이 업는디라 고이히 넉여 좌우ᄃᆞ려 무ᄅᆞ니 채샹궁이 ᄃᆡ 왈 부인이 셕식 후

---

3) 중복 필사됨.

다ᄉᆞᆺ 쇼부인을 ᄃᆞ리시고 월영각으로 가시더니 아딕 도라오디 아냐겨시이다 공이 졔ᄌᆞᄃᆞ려 왈 소랑이 왓거ᄂᆞᆯ 부인이 져곳의 가미 엇디오 졍언간의 부인과 졔뷔 등쵹을 인ᄒᆞ여 도라오ᄂᆞᆫ디라 공이 마자 왈 부인이 듕야의 어ᄃᆡ를

7면

힝ᄒᆞ엿다가 도라오미 반ᄃᆞ시 연괴 잇도다 부인이 웃고 드ᄃᆡ여 슈말을 ᄌᆞ시 뎐ᄒᆞ여 왈 문챵의 부뷔 회뇌 ᄌᆞ즈며 소낭이 쳐소를 옴기매 힝여 신인의 ᄉᆡᆺ굿흐믈 ᄉᆞ랑ᄒᆞ여 고인의 옥 굿흐믈 니즌가 의심이 업디 아냐 번거ᄒᆞ믈 피치 아니코 졔부로 더브러 그 ᄉᆞ어를 탐지ᄒᆞ매 념녀ᄒᆞ던 소랑은 은졍이 각별ᄒᆞ고 ᄉᆡᆼ각디 아닌 녀ᄋᆡ 박졍ᄒᆞ미 심ᄒᆞᆫ디라 쳡의 ᄃᆞ심ᄒᆞ미 엇디 우읍디 아니리오 공이 ᄯᅩᄒᆞᆫ 웃고 두굿기며 연휘 쇼이주왈 히ᄋᆡ 져 적 ᄌᆞ포의 노긔 오라디 아닐 줄을 자뎐의 고ᄒᆞ니 밋디 아니시더니 금일 ᄶᅢᄃᆞ르신가 ᄒᆞᄂᆞ이다 쇼미ᄂᆞᆫ 녀듕군ᄌᆡ오 규듕셩현이라 무단이 유졍ᄒᆞᆫ 조강을 박ᄃᆡ홀 니 이시리잇고 진공이 쇼왈 부〃 듕졍은 인녁으로 미출 배 아니오 미모ᄌᆡ덕을 일편도이 미들 배 아니라 연즉 반쳡여 위장강의 뉘 이시리

8면

오 녀ᄋᆡ 복덕이 굿고 소랑의 위인이 조강을 ᄇᆞ리디 아닐디라 내 일즉 뎐젼의셔 양셩공쥬를 보니 풍치 구름을 헤치ᄂᆞᆫ ᄀᆞ을ᄃᆞᆯ 굿고 얼굴은 ᄇᆡᆨ옥을 교탁ᄒᆞᆫ 듯ᄒᆞ니 풍뫼 임의 신션 굿고 냥목이 별 굿ᄒᆞ여 조화의 졍긔를 아사시니 쇽셰미ᄉᆡᆨ의 뉘 아니라 진실노 쳔지의 엇기 어려온 녈협이니 경문이 아닌즉 진압디 못ᄒᆞ고 녀ᄋᆞ의 희음업시 만물을 화ᄒᆞᄂᆞᆫ 현덕 곳 아니면 그 우히 거ᄒᆞ여 항복 밧디 못홀디라 뎐시와 인ᄉᆞ를 혜아려 소ᄌᆞ의게 도라보내엿거ᄂᆞᆯ 부졀업시 견집ᄒᆞ여 일댱을 요란ᄒᆞ니 이 ᄯᅩᄒᆞᆫ 녀ᄋᆞ의 운익이로다 졔ᄌᆡ 공슈ᄒᆞ여 맛당ᄒᆞ믈 일콧더라 명일 소휘 진공긔 뵈매 공과 졔ᄉᆡᆼ이 흔연 관졉ᄒᆞᄃᆡ 본ᄃᆡ 희언이 젹은 사ᄅᆞᆷ들이라 오공ᄌᆞ의 니ᄅᆞ히 작야말을 죠곰

9면

도 ᄉᆞᄉᆡᆨᄒᆞ여 긔롱ᄒᆞ미 업더라 소휘 ᄎᆞ후 아ᄎᆞᆷ의 가고 나조히 와 ᄒᆞ로도 폐티 아니〃 진공이 볼 적마다 ᄉᆞ랑ᄒᆞ고 듕히 넉여 더브러 시ᄉᆞ와 문댱을 강논ᄒᆞ여 날이 뭇도록 게어르디 아니〃 진후 등이 소후의 위인을 흠ᄋᆡᄒᆞ여 지긔 십분 상득ᄒᆞᆫ디라 소휘 ᄒᆞᆫ

갓 군쥬로 졍의 듕흠만 아니라 실노 그 부형의 지긔를 경히 못ᄒᆞ여 ᄌᆞ연 진부의 머므러 군쥬로 화락ᄒᆞ더니 시졀이 계츈의 니ᄅᆞ니 후원의 일만 ᄭᅩᆺ치 다토아 픠고 일쳔 버들이 프ᄅᆞ러 금실을 드리온 ᄃᆞᆺᄒᆞ니 경물이 졀승ᄒᆞ여 연됴의 춤은 뎡원 들보희 들고 금의공ᄌᆞᄂᆞᆫ 화류 ᄉᆞ이의 묽게 우ᄂᆞᆫ디라 존당 니부인이 모든 ᄌᆞ손을 거ᄂᆞ리고 후원 만화원의 나와 시졀경을 완샹ᄒᆞᆯ식 졔ᄌᆞ졔뷔 ᄀᆞ의 뫼셔 한담ᄒᆞ매 군쥐 됴용이 진공긔고

10면

ᄒᆞᄃᆡ 히ᄋᆡ 부모 슬하의 시측ᄒᆞ미 비록 즐거오나 부도의 어긔믈 두려ᄒᆞ더니 소군의 거죄 요란ᄒᆞ므로 신졍의 도라와 삼츈이 다ᄒᆞᄃᆡ 도라가디 못ᄒᆞ엿더니 이제 존구탄일이 냥삼일이 격ᄒᆞ엿ᄂᆞᆫ디라 인ᄌᆡ 맛당이 휜당의 슈샹을 밧드러 강능의 슈를 비럼즉ᄒᆞ고 ᄒᆞ믈며 소군이 ᄉᆡᆼ환ᄒᆞ미 문호의 큰 경ᄉᆡ라 구고의 즐기시믈 인ᄒᆞ여 돗글 여러 빈긱을 모흐고 헌하ᄒᆞ여 ᄯᅳᆺ을 밧ᄌᆞ오미 올흐ᄃᆡ ᄉᆡᆼ각건ᄃᆡ 슈츈 ᄌᆞ녀 옥빅은 구고의 두신 배오 소군과 쇼녀의 쳔ᄌᆞ흔 배 아니라 임의 구고의 고듕의 드러 ᄌᆞ손을 무휼ᄒᆞ시ᄂᆞᆫ ᄃᆡ 일위여 판츌ᄒᆞ미 잠간 구애ᄒᆞ니 쇼네 야〃긔 품ᄒᆞ여 궁듕ᄌᆡ보를 어더 ᄌᆞ판코져 ᄒᆞ니 ᄉᆞ톄 엇더ᄒᆞ니잇고 공이 군쥬의 셩효의 말ᄉᆞᆷ과 완젼흔 옥셩이 완연이 공쥬 도흐믈 보매

11면

크게 ᄉᆞ랑ᄒᆞ여 그 손을 잡고 등을 어ᄅᆞ만져 두굿기ᄂᆞᆫ 희기ᄂᆞᆫ 미우의 녕농ᄒᆞ고 감동ᄒᆞᄂᆞᆫ ᄉᆞᄉᆡᆨ은 냥안의 ᄀᆞ득ᄒᆞ여 이윽도록 말을 아니ᄒᆞ더니 셩의빅이 탄식ᄒᆞ여 ᄀᆞᆯ오ᄃᆡ 금일 뎔녀의 아름다온 말을 드ᄅᆞ니 ᄉᆞ톄 온당ᄒᆞ고 효의 ᄀᆞ즉ᄒᆞ미 인ᄌᆡ 되여 ᄯᅳᆺ이 이셔도 반티 못ᄒᆞᄂᆞᆫ 바를 몬져 베프미 그 모비로 다ᄅᆞ미 업순디라 아름다온 가온대 엇디 츄감ᄒᆞ미 업ᄉᆞ리오 녕능후 등 삼공이 우어 왈 뎔ᄋᆞ의 덕힝이 공쥬를 모습ᄒᆞ미 아름다오나 대로샹의 술위를 ᄇᆞ리고 좌우를 구박ᄒᆞᄂᆞᆫ 욕을 한치 아냐 소랑을 화식으로 관졉ᄒᆞ고 ᄒᆞᆫ 번 빅안으로 ᄃᆡᄒᆞ미 업ᄉᆞ니 도로혀 엇디 인졍이리오 니부인 왈 너희ᄂᆞᆫ 이리 니ᄅᆞ디 말나 문챵의 이런 일이 더옥 모비를 달맛ᄂᆞ니 당년의 ᄎᆞᄋᆡ 광패흔 노기를 니ᄅᆞ혀 텰여의를 드러 공쥬를 범ᄒᆞ니 옥줌과 칠뵈 ᄇᆞ아지

12면

고 공쥬의 지란ᄀᆞᆺ흔 약질은 빙옥의 더으니 엇디 샹치 아니리로마는 안식이 ᄌᆞ약ᄒᆞ여 온화ᄒᆞᆫ 말솜으로 승샹과 노모를 ᄀᆡ유ᄒᆞ여 가부의 죄를 벗기던디라 엇디 금일 문챵의 소랑의 원티 아니믈 고이히 넉이리오 양흑ᄉᆞ 부인 삼형뎨 낭〃이 웃고 왈 태〃 붉은 말솜이 진비의 츈풍도흔 거지를 보는 ᄃᆞᆺᄒᆞ고 ᄎᆞ형의 과격ᄒᆞ신 거죄 안뎌의 버릇ᄂᆞ이 다 좌듕이 일시의 우어 왈 셕ᄉᆞ를 ᄉᆡᆼ각ᄒᆞ여 뉘웃브믈 니ᄅᆞ도 말고 당시ᄒᆞ여 진비의 죵적이 업ᄉᆞ니 비창ᄒᆞᆫ 회푀 더옥 깁흐리로다 진공이 날호여 쇼왈 모친이 비록 녯말솜을 니ᄅᆞ시나 모든 형뎨 존명을 밧ᄃᆞ라 보채기를 곤히 ᄒᆞᄂᆞ뇨 내 일이 쇼년혈긔예 과도ᄒᆞ나 진실노 뜻을 셰우믄 시쇽 츄셰호식ᄒᆞ고 빅약ᄒᆞᆫ 무리 아니라 ᄒᆞᆫ 번 공쥬를 욕되게 ᄒᆞ나 엇디 일시 힐난ᄒᆞ므로 유명의

13면

ᄒᆞᆫ이 될 배리오 내 ᄆᆞ음이 그런 일의 관겨치 아니므로 소지 녀아를 술잔으로 치고 길히 ᄇᆞ린다 ᄒᆞ나 그 일노 ᄎᆞᆨ노치 아냣노라 셩의빅이 쇼왈 내 젼혀 니젓더니 모친 말솜으로조ᄎᆞ 셰〃히 ᄉᆡᆼᄃᆞᄅᆞ니 이 과연 경문이 현뎨를 달맛닷다 진짓 샹득ᄒᆞᆫ 옹셔지간이라 졍의 엇디 각별치 아니리오 진공이 쇼왈 소랑의 일과 쇼뎨일이 ᄂᆡ도ᄒᆞᆫ디라 경문이 만일 쇼뎨를 효측ᄒᆞ여시면 도로혀 화호불셩이 아니리오 셩의빅이 챠쇼 왈 우형으로 볼딘ᄃᆡ 슈지오지ᄌᆞ웅이라 졔딘쟈망딘쟈 일뉘로다 공이 대쇼ᄒᆞ더라 군쥐 ᄎᆞ일 존당부모를 빅ᄉᆞ하고 구가로 나아갈ᄉᆡ 진공이 댱손시로 ᄌᆡ물을 내여 연셕을 판츌ᄒᆞ라 ᄒᆞ고 엄태감으로 외구를 옴겨 군쥬의 헌슈ᄒᆞᄂᆞᆫ 위의를 도으라 ᄒᆞ니 아역과 궁관이 도로의 나열(역)

14면

ᄒᆞ여 진딘 이국과 연국 부귀를 기우려 소부의 금슈챠당이 빅운의 다핫고 운무병풍이 십니의 둘너 교방풍물과 산진히찬으로 빈긱을 졉ᄃᆡᄒᆞ니 이 다 군쥬의 셩효와 진궁 부귀로ᄡᅧ ᄌᆞ식 되엿는 쟈의 효를 다하고 부모 되엿는 쟈의 ᄀᆞᄅᆞ치믈 다ᄒᆞ여 졔람빅이 칠ᄌᆞ를 두어시나 군쥬ᄀᆞᆺ흔 통부를 어더 이러ᄐᆞᆺ 거록ᄒᆞᆫ 영양을 바드니 슈츈휘 이ᄣᆡ를 당ᄒᆞ여 악당의 후덕과 부인의 셩효를 크게 감격히 넉이고 ᄌᆞ가 부ᄌᆞ 냥ᄃᆡ후록과 부귀로 ᄒᆞᆫ 번 슈셕을 못홀 거슨 아니로ᄃᆡ 소문이 ᄃᆡ〃로 쳥한ᄒᆞᆫ 듕 여러 형뎨 이

셔 소솔이 번다ᄒᆞ므로 모부인이 근노ᄒᆞ시니 ᄌᆞ가 녹봉과 샹샤를 다 부모긔 쇽ᄒᆞ여 능히 이 일을 판츌ᄒᆞ미 어렵더니 ᄉᆡᆼ각디 아닌 군쥐 이러틋 셩비ᄒᆞ고 ᄌᆞ가의게 됴용이 품ᄒᆞ여 존

15면

당부모의 고ᄒᆞ고 빈긱 모흐믈 니ᄅᆞ니 탄복ᄒᆞ믈 이긔디 못ᄒᆞ여 드ᄃᆡ여 아ᄋᆞ 한님혹ᄉᆞ 경원으로 더브러 빈긱을 대회ᄒᆞ야 헌슈할ᄉᆡ 졔람빅 부인이 군쥬의 이곳흔 경셩을 보며 경함과 쳑셔를 닷가 뉴부 졔부인을 쳥ᄒᆞ니 존당 니부인은 풍한을 두려 오디 못ᄒᆞ고 셩의빅 부인이 뎨ᄉᆞ쇼고와 딜부딜녀를 거ᄂᆞ려 일시의 소부의 니ᄅᆞ니 졔람빅 부인이 칠부삼녀를 거ᄂᆞ려 빈긱을 마줄ᄉᆡ 셩의빅 부인이 팔부일녀를 거ᄂᆞ려 오고 녕능후 두부인이 ᄉᆞ부삼녀를 거ᄂᆞ려 니ᄅᆞ럿고 부풍후 부인이 뉵부일녀를 ᄃᆞ려와시며 각노 냥부인이 오부ᄉᆞ녀를 거ᄂᆞ려시며 양혹ᄉᆞ 부인 삼형뎨 ᄌᆞ부녀아를 거ᄂᆞ려 모드니 졔부인의 쇄락ᄒᆞᆫ 용광과 쌔혀는 풍치 쇼년 곳빗치 감치 아냣고 모든 녀부의 화안옥질이 좌듕분ᄃᆡ ᄉᆡᆨ

16면

을 다 일흐니 모든 눈이 ᄇᆞ라보아 넉술 일호며 그 가온ᄃᆡ 듕년 부인 팔인이 텬하의 드물고 만고의 흔티 아닌 ᄉᆡᆨ이라 옥이 감히 흰 거슬 겯우디 못ᄒᆞ고 눈이 감히 조흔 거슬 비기디 못홀디라 곳치 공교로오믈 진누히 넉이고 ᄃᆞᆯ의 ᄌᆞ틔 업ᄉᆞ믈 흠ᄒᆞ여 셰샹의 무비ᄒᆞ니 이졔 나히 쇠ᄒᆞ고 빈하의 ᄇᆡᆨ발이 니러난 나히로ᄃᆡ 품복을 졍히 ᄒᆞ고 규벽을 잡아 좌의 나아가매 긔상이 졍슉ᄒᆞ고 위의 단엄ᄒᆞ여 풍영ᄒᆞ고 어룬ᄃᆞ올디언졍 풍모염틔ᄂᆞᆫ 쇼년홍샹의 홍옥초츈을 웃거ᄂᆞᆯ 이 가온ᄃᆡ 군쥬ᄂᆞᆫ 오히려 졔모를 이긔ᄂᆞᆫ ᄉᆡᆨ이니 니ᄅᆞ도 말고 셩의빅 통부 녀시와 쇼녀 두한님 쳐 화쥬소져와 녕능후 삼부 평졔왕비 샹시와 부풍후 ᄎᆞ부 원의쳐 위시와 각노의 통부 좌풍익 만의 쳐 영시와 녕능후 소녀 양태우 부인 옥쥬와

17면

양혹사 소녀 슈옥소져와 냥샹셔 통부 두시 ᄎᆞ부 민시와 샤참졍 삼네 기 듕 더욱 쌔혀나 진짓 폐월슈화지틔오 팀어낙안지용이니 단장이 ᄒᆞᆫ갈굿고 ᄉᆞ민 거시 어ᄌᆞ럽디 아

니듸 만좌의 표〃ᄒᆞ니 이 시의 졔왕 각노 부인 공쥬 군쥬 황친귀쳑이 다 모닷고 향당 닌니의 쇼년부녜 거의 수쳔이로듸 뉴부 쇼년의 방불ᄒᆞ 니도 업ᄉᆞ니 다 눈을 놉히 ᄯᅳ고 혀를 ᄲᅡ지워 녜모와 결ᄎᆞ를 니젓더니 문득 밧기 드레며 좌위 보왈 진국 부인이 오시ᄂᆞ이다 양혹사 부인이 곤계를 도라보아 ᄀᆞᆯ오듸 댱형은 엇디 최말의 오ᄂᆞ뇨 샤참졍 부인이 쇼왈 쇼뎨 앗가 올 제 ᄒᆞᆫ가지로 오믈 지촉ᄒᆞ니 댱형이 댱손샹궁으로 더브러 연샹의 창녀악공 샹 줄 거술 분부ᄒᆞ여 쇼믹 지촉을 듯고 닐오듸 쳐치홀 일을 다ᄒᆞ디 못ᄒᆞ여시니 몬져 가 ᄒᆞᆫ 방셕을 어더두라 ᄒᆞ더니

18면

이제야 오도소이다 졍언간의 긔이ᄒᆞᆫ 향ᄂᆡ 코를 거ᄉᆞ리며 궁녀 두어 ᄡᅡᆼ이 명향보촉을 잡아 길을 인하여 먼니 부인의 오는 위의 뵈는디라 군쥬와 명쥬 쇼졔 년망이 쥬리를 옴겨 서로 마즐ᄉᆡ 뒤히 진연 이후 부인과 쥬시 샤시 옥션군쥐 조차 뫼셔시니 의관과 위의 황〃ᄒᆞ여 크게 범인과 다ᄅᆞ더라 당의 올나 녜를 뭇고 좌의 나아갈ᄉᆡ 딘부인이 듀벽으로 폴을 미니 부인이 ᄉᆞ양 왈 녈위 존빈이 만당ᄒᆞ시고 더옥 소형이 우ᄒᆡ 계시니 맛당이 형뎨 ᄎᆞ례로 엇게를 니으미 녜모의 가ᄒᆞ거늘 ᄒᆞ믈며 금일은 셔랑과 여ᄋᆡ 구고를 위ᄒᆞᆫ 연셕으로 인〃(?) 밧드러 즐길디라 엇디 됴교만 쟉딕을 위ᄒᆞ여 듀벽을 쳡의게 ᄉᆞ양ᄒᆞ시리잇가 드듸여 직삼 츄ᄉᆞ하고 동셔로 좌를 뎡ᄒᆞ매 모다 ᄇᆡ야흐로 졍신을 뎡ᄒᆞ여 보니 부인이 ᄌᆞ쇼로

19면

단장의 번화ᄒᆞᆫ 거술 염히 넉이고 칠보쥬취를 갓가이 아니ᄒᆞ던디라 가ᄇᆡ야온 깁오시 몸의 맛ᄌᆞᆺ고 ᄒᆞᆫ 벌 당복의 월패 셩관이 그 직품을 조차 간냑ᄒᆞ고 경결ᄒᆞ미 완연이 진부 녕운뎐의 이실 젹 복ᄉᆡᆨ이라 ᄇᆞᆰ은 아미와 별 ᄀᆞᆺᄒᆞᆫ 눈ᄶᅵ와 빙셜 ᄀᆞᆺᄒᆞᆫ 골격이 일셰를 안공ᄒᆞ고 빗난 귀밋과 혜힐ᄒᆞᆫ 풍치 만좌의 ᄲᅡ혀나니 여러 쇼고금쟝의 홀노 읏듬 되믈 ᄉᆞ양티 아닐디라 그 밧 미ᄉᆡᆨ을 어이 비우ᄒᆞ여 일ᄏᆞ르리오 뎌 ᄀᆞᆺᄒᆞᆫ 지모ᄉᆡᆨ틱로 도로혀 진양공쥐 그 우ᄒᆡ 거ᄒᆞ니 이 졍히 유를 내고 냥을 닌 탄이 댱시긔 닐넘즉ᄒᆞ더라 조초 이녀와 오부를 도라보니 ᄉᆡᆨ틱 찬연ᄒᆞ여 쳔츄를 기우리고 긔질이 뇨라ᄒᆞ여 만고를 업슈이 넉이는 듕 특츌ᄒᆞᆫ 거슨 진연 이후 부인이니 군쥬의 용광염틱로 샹ᄒᆞ치 못

20면

ᄒᆞ여 사ᄅᆞᆷ의 정신이 황홀ᄒᆞ니 좌듕이 흠션탄복ᄒᆞ미 츔미 ᄆᆞᄅᆞ고 혜 달흘디라 쥬ᄎᆞ를 닛고 한훤을 폐ᄒᆞ여 어린 ᄃᆞ시 안광을 우러〃 반향이 디나니 당부인이 몬져 말숨을 여러 딘부인긔 치하ᄒᆞ여 ᄀᆞᆯ오ᄃᆡ 쳡이 부인으로 더브러 쥬진의 친을 ᄆᆡ자 심규미약ᄒᆞᆫ 냥녀로 의탁ᄒᆞ니 허물을 관샤ᄒᆞ고 에엿비 넉이시믈 닙ᄉᆞ와 저히 일싱이 안과ᄒᆞ니 쳡이 감은ᄒᆞ미 구술을 머금고져 샹〃의 원ᄒᆞᄂᆞᆫ 배러니 평디의 풍패 니러나 현셰 깁히 ᄉᆞ디의 드러가니 쇼녀의 홍안박명과 냥문의 망극ᄒᆞᆫ 졍ᄉᆡ 거의 상명ᄒᆞ매 미첫더니 텬되 현셔의 튱졀을 ᄇᆞᆰ이 슬피샤 무ᄉᆞ히 ᄉᆡᆼ환ᄒᆞ고 특은을 닙ᄉᆞ와 봉후의 부귀와 문녀의 졀의 졍문이 놉하시니 평싱의 쾌ᄒᆞ미 이 밧긔 업술디라 쳡이 깁히

21면

부인 복덕을 하례ᄒᆞ고 산히예 경ᄉᆞ를 구셜의 긔록디 못홀소이다 진부인이 옷기슬 념의고 손샤ᄒᆞ여 ᄀᆞᆯ오ᄃᆡ ᄋᆞᄌᆡ 시운이 브졔ᄒᆞ여 소무의 ᄋᆡᆨ을 만나니 만일 국가홍복과 냥원슈의 대은 곳 아니면 엇디 다시 고국의 도라와 노부모를 보리오 이 다 현부의 복덕이 둣거워 부뷔 완젼ᄒᆞ고 연셕을 여러 녈위 존빈이 강굴ᄒᆞ시고 부인 존게 ᄂᆡ림ᄒᆞ샤 셩ᄒᆞᆫ 말숨을 듯ᄌᆞ오니 감샤ᄒᆞ믈 엇디 모착ᄒᆞ리잇고 현부 이 인이 어려셔 슬하의 졍을 ᄆᆡ쟈온즉 년이 디ᄂᆡᄃᆡ ᄉᆞ덕이 옥 ᄀᆞᆺ고 힝실이 어름 ᄀᆞᆺ흐니 쳔츄 단련을 술펴도 다시 방불ᄒᆞ 니 업술디라 소문의 큰 경ᄉᆡ오 돈ᄋᆞ 이 인의 평싱이 쾌ᄒᆞ니 쳡이 대은을 명심ᄒᆞ여 결초ᄒᆞ믈 ᄉᆡᆼ각거ᄂᆞᆯ 부인이 엇디 도로혀 은혜를 일ᄏᆞᄅᆞ시리잇고 당부인이 ᄌᆡ삼 치

22면

샤ᄒᆞ더라 이윽고 풍물을 나오고 쥬찬을 베프니 이 날 거록ᄒᆞ미 셰샹의 드믄디라 진부 긔구를 옴겨 군쥐 쥬인이 되며 명쥬 쇼졔 뒤흘 도아 술이 반감의 슈츈휘 모든 아을 거ᄂᆞ리고 졔람빅을 뫼셔 드러와 슈샹을 올닐ᄉᆡ 소휘 운눙금포의 옥ᄃᆡ를 도〃고 금인을 빗겨 취안이 반타ᄒᆞ니 홍빅부용이 섯거 퓐 ᄃᆞᆺᄒᆞ거ᄂᆞᆯ 옥슈의 금잔을 드러 이 친긔 나아가니 쥰매ᄒᆞᆫ 풍신과 졍슉ᄒᆞᆫ 녜뫼 엇디 반하의 고옴과 송옥의 ᄇᆞᆰ으므로 비기리오 금회 광단ᄒᆞ여(?) 셰상을 건지고 텬하를 평안이 홀 디략이 잇ᄂᆞᆫ디라 소공 부

뷔 이 곳흔 ᄋᆞᄌᆞ롤 ᄉᆞ디의 너헛다가 금일 공후의 위의로 헌슈ᄒᆞ믈 드ᄅᆞ매 두굿기는 ᄆᆞ음이 미칠 돗ᄒᆞ여 그 손을 잡고 등을 어ᄅᆞ문져 눈물을 흘녀 왈 우리 비록 ᄌᆞ네 여러히나 평ᄉᆡᆼ ᄋᆡ듕ᄒᆞ는 배 너

23면

분이어놀 ᄒᆞ믈며 현부 곳흔 셩녀롤 비ᄒᆞ여 문호의 듕탁을 겸ᄒᆞ엿거놀 평디의 풍파롤 디내고 네 도로혀 술을 부어 부모롤 위로ᄒᆞ니 우리 ᄉᆞᄉᆡᆼ의 ᄒᆞᆫ이 업ᄉᆞ리로다 소휘 온화ᄒᆞᆫ 말솜으로 슌〃 위로ᄒᆞ고 비샤이퇴ᄒᆞ니 한님과 모든 아이 니어 잔을 부으매 비록 소후의 츌인ᄒᆞᆫ 영긔만 못ᄒᆞ나 다 금마옥당의 긔상이러라 군쥐 옥비롤 놉히 드러 구고긔 진뎡ᄒᆞ니 녜복의 졍졔홈과 화패의 쟝〃ᄒᆞ미 규구의 착난ᄒᆞ미 업고 빙셜 곳흔 골격과 명월 곳흔 광치예 녜뫼 슉〃ᄒᆞ여 흔젹이 업ᄉᆞ니 구괴 새로이 황홀 긔ᄋᆡᄒᆞ고 빈ᄀᆡᆨ이 넉술 일코 눈을 뽀아 만니 당텬의 치운 가온ᄃᆡ 션아롤 ᄇᆞ람 갓더니 녜롤 뭇고 물너나매 양셩 공쥐 니어 잔을 드리니 의퓌 신이ᄒᆞ고 영치 쇄락ᄒᆞ여 표연이 신션 곳ᄒᆞᄃᆡ 녜뫼 심히 소여ᄒᆞ니 좌위 그 풍용을

24면

ᄉᆞ랑ᄒᆞ나 군쥬와 ᄂᆡ도ᄒᆞ믈 차탄ᄒᆞ더라 명쥬 쇼졔 잔을 드리니 빅년 곳흔 귀밋과 도화 곳흔 아협의 명모쉬미 진짓 군쥬의 아이라 구괴 흔연 ᄋᆡ듕ᄒᆞ미 비길 ᄃᆡ 업더라 모든 쇼뷔 니어 헌쟉ᄒᆞ기롤 뭇고 소공이 졔ᄌᆞ로 더브러 츌외ᄒᆞ니 졔부인이 다시 나와 좌롤 일워 즐길ᄉᆡ 뉴부 모든 부인이 양셩을 처음으로 보는디라 그 미모와 위인을 칭찬ᄒᆞ나 군쥬긔 블급ᄒᆞ믈 보매 바야흐로 관심ᄒᆞ더라 셕양의 ᄂᆡ외 빈ᄀᆡᆨ이 흐터지고 오ᄃᆡ 진공 부ᄌᆞ형뎨 머므러 새로이 술을 부어 소후의 도라오믈 치하ᄒᆞ고 소공긔 하례ᄒᆞ여 일비 〃 부일비ᄒᆞ여 진취ᄒᆞ매 졔람빅이 진공을 향ᄒᆞ여 칭샤 왈 하관이 녈위 존공으로 마역의 교도와 둑마의 친ᄒᆞ미 이셔 돈ᄋᆞ 냥인으로 동상의 의탁ᄒᆞ여 빅년 인호롤 ᄆᆡ잣더니 운익이 디나고 금일 쳔강일

25면

노뼈 ᄂᆞ지 도라보샤 연셕의 광치롤 도으시는 듕 더욱 진공 합하는 현부롤 위ᄒᆞ여 풍악과 쥬찬을 셩비ᄒᆞ여 돗글 여ᄅᆞ시니 이 비록 ᄋᆞ부의 효셩이나 샹공의 지극ᄒᆞ신 후

졍이라 복이 블승감격흔 듕 하믈며 우리의 친〃지의 범인의 밋디 못흐리니 엇디 일가를 닉외흐리오 금일 형인과 녀부를 다 블너 통가지의를 붉히리니 합하는 미흔 졍셩을 막디 마르쇼셔 진공 답쇼 왈 다른 말은 션싱의 과도히 겸양흐시미니 분변흐미 브졀업거니와 남네 유별흐니 우리 등이 다 녜의를 딕희는 대신이라 엇디 감히 녕부인긔 뵈오미 이시리오 녜는 듕흐고 졍은 둣거올 거시니 쳐즈를 뵈디 아니나 죵신토록 교되 쇠티 아닌즉 족히 댱이진여지교의셔 낫디 아니랴 졔람빅의 공의 녜의와 고집을 아는 고로 다시 쳥티 못흐더니 믄득 호녀 두어 빵이

26면

먼니 ㄱ르치고 기리 짓궤여 골오딕 우리 쥬뫼 나오시느이다 모다 놀나 뭇고져 흐더니 블셔 양셩 공쥬 표연이 당젼의 니르러 진공을 향흐여 머리 조아 샤례흐여 골오딕 쇼쳡 달녀 양셩이 산은히덕을 닙스와 흔낫 오라비를 구하여 노부를 위로흐고 녜로 소문의 도라와 직녀의 고단을 면흐미 다 샹공의 쥬시미라 쇼쳡과 본국 군신이 쇄신 분골흐여도 대은을 다 갑습디 못흐리니 엇디 규듕 쇼〃 녜의로 부녀의 틱를 품어 이 은혜를 흔 번 면젼의 알외디 아니리잇고마는 은샹이 공도를 왕경의 베프시매 은혜를 스문의 밧기를 반드시 깃거 아니실 거시오 이덕의 더러운 자최 샹부의 묽은 돗글 붋디 못흐미러니 금일 이곳의 강굴흐시니 당돌이 나아와 셩덕을 만의 흐나흘 샤례흐느이다 진공이 의외 뎌를 만나 심하의 희연흐딕 임

27면

의 젼일 서로 보미 잇고 면젼의 당흐여 박졀이 아니 보디 못흘디라 몸을 니러 당의 오르믈 쳥흐니 공쥐 지삼 츄스흐다가 좌의 나아가매 공이 손을 줏고 무릅흘 쁘러 치경흐여 골오딕 셩텬지 화이를 통합흐시매 스히지닉 일개 되여시니 번국 세즈는 셩샹이 특은으로 도라보내신 배라 만일 셰〃로 신졀을 딕희여 스대흐기를 졍셩으로 흔즉 엇디 흔곳 샹국의 병혁을 닛는 깃븜만이리오 실노 귀국 종샤의 만힝이 되리니 텬즈의 덕화를 혹싱의게 치샤흐시믄 감히 당티 못흐리로소이다 셩의빅 등 제인은 다 관을 숙이고 공슈념슬흐여 눈을 들미 업스니 긔샹이 늠연흐여 츄텬과 하일 굿흐니 공쥐 그윽이 둘너보아 블승탄복흐고 믄득 동벽 졔 이좌의 부원슈 연휘 이시믈 보고 피셕지비 왈 군후는 젼일 본국의셔 등

28면

빅흔 빅라 쳡의 녹〃흔 말을 신텽ᄒᆞ샤 만셩 싱년의 어육을 면케 ᄒᆞ시고 군녕을 엄히 ᄒᆞ샤 소후의 해룰 면ᄒᆞ고 남믹 잔명을 니어 금일의 니ᄅᆞ미 다 군후의 은덕이라 감격ᄒᆞ믈 이긔디 못ᄒᆞ여 당돌이 샤례ᄒᆞᄂᆞ이다 연휘 니러 답빅 두어 말노 블감ᄒᆞ믈 ᄉᆞ양ᄒᆞ더라 이윽고 진공이 곤계를 도라보아 왈 일모셔산ᄒᆞ니 혼뎡 ᄣᆡ라 술위를 도로혀미 올토다 제공이 응셩ᄒᆞ여 일시의 니러나니 소공 부ᄌᆡ 문밧긔 와 빅별ᄒᆞ더라 이 날 뉴부 졔인이 도라와 구고긔 뵈옵고 연셕의 셩만홈과 군쥬 형데 득의ᄒᆞ믈 ᄀᆞ초 알외니 니부인이 크게 깃거 노뫼 신상이 블평ᄒᆞ여 여등으로 흠긔 가 손ᄋᆞ의 듕인공회예 특이ᄒᆞ믈 귀경티 못ᄒᆞ니 평싱의 흠ᄉᆡ로다 샤참졍 부인이 웃고 왈 태〃는 엇디 믹양 영주만 긔특이 넉이시ᄂᆞ뇨 쇼녜 오늘 연샹의셔 보

29면

건딕 순형은 본딕 추비흔 사람이라 시비홀 거시 업거니와 그 밧 팔형은 모든 쇼년의 쳥츈홍안을 우서 좌듕의 ᄲᅢ혀나니 엇디 홀노 문창만 긔특ᄒᆞ리잇고 당부인이 쇼왈 존괴 문챵의 어린 나히 셩개 일셰를 진복ᄒᆞ믈 두굿기샤 일ᄏᆞ르시니 부인이 쇼년 협긔 오히려 ᄶᅡ디 아냐 거즛 우리룰 기리난 톄ᄒᆞ고 ᄌᆞ가룰 찬양ᄒᆞ미로소이다 샤부인이 낭〃이 우어 왈 당형의 아담ᄒᆞ고 졀셰ᄒᆞ미 모ᄃᆞ 녯날 ᄎᆞ형을 만나시던 날도곤 더으시니 쇼믹 등이 탈식ᄒᆞ는디라 심듕의 분ᄒᆞ여 도라왓ᄂᆞ니 단장이나 녜ᄉᆞ로이 ᄒᆞ고 가계시면 인물이 더 표〃티 아니련마는 흔 벌 문 업슨 녹나상과 ᄌᆞ의금으로ᄡᅥ 스ᄉᆞ로 검박ᄒᆞ믈 쟈랑ᄒᆞ고 ᄎᆞ형의 샤치 금ᄒᆞ시는 ᄯᅳᆺ을 들추어 십분 긍과ᄒᆞ니 좌듕의 칠보영낙흔 재 제 몸을 구버 보고 댱형을 도라보아 단장의 화미ᄒᆞ믈

30면

붓그리니 당금의 셩텬ᄌᆡ 우히 계샤 ᄉᆞ히 태평ᄒᆞ니 맛당이 여물기챵홀디라 무ᄉᆞ 일 독힝기도ᄒᆞ리오 당형이 오라디 아냐 긔이샹션ᄒᆞ여 승피빅운ᄒᆞ리니 우리 등 진환탁속을 웃디 말나 좌듕이 졀도ᄒᆞ고 승샹 부뷔 ᄯᅩ흔 대쇼 왈 녀ᄋᆡ 본딕 샤치홀 ᄆᆞ음이 잇는 고로 당현부의 검박흔 덕을 공치ᄒᆞ미로다 당부인이 함쇼 왈 쳡의 입의 말이 업ᄉᆞ미 아니라 존젼이라 휘ᄒᆞᄂᆞ니 사룸을 당면ᄒᆞ여 이러틋 됴롱ᄒᆞ시ᄂᆞ뇨 졍언간의 셩

의빅 형데 ᄌᆞ딜을 거ᄂᆞ려 드러와 부모 존후를 뭇ᄌᆞ온 후 니어 졔람빅 부ᄌᆞ의 셜화와 좌듕 문견을 뎐ᄒᆞ더니 말단의 양셩공쥬의 말을 고ᄒᆞ니 초공이 쇼왈 일인즉 ᄒᆞ염즉ᄒᆞ나 ᄆᆞᄎᆞᆷ닉 호풍을 면티 못ᄒᆞ미라 경문의 괴로이 넉이미 그ᄅᆞ디 아니토다 브풍휘 ᄃᆡ왈 뎨 비록

31면

호녀나 위인지품이 듕국의도 업ᄉᆞ리니 엇디 일편되이 니ᄅᆞ리잇고 승샹이 연타 ᄒᆞ더라 ᄎᆞ후 군쥐 일삭이 망일식 구가의 나아가매 소후 봉읍의 ᄌᆞ녀 옥빅과 우양 창늠으로뻐 다 구고긔 쇽하여 일ᄉᆞ를 ᄌᆞ유ᄒᆞ미 업고 양셩 공듀로 더브러 화목ᄒᆞ미 동긔 ᄀᆞᆺᄐᆞᆫᄃᆡ 공쥐 위인이 셰ᄎᆞ고 강ᄒᆞ므로 혹 시비 복쳡이 죄를 어든즉 일호 용셔ᄒᆞᄂᆞᆫ 일이 업서 형벌이 엄ᄒᆞ고 시비를 채로 치며 발노 ᄎᆞ니 사ᄅᆞᆷ이 뎌의 호풍을 면티 못ᄒᆞᆷ을 개탄ᄒᆞ고 슈츈휘 크게 블열ᄒᆞ여 녜의로 경계ᄒᆞ기를 여러 번 ᄒᆞᄃᆡ 듯디 아닐 분 아냐 ᄌᆞ가를 협졔ᄒᆞᄂᆞᆫ가 분연ᄒᆞ더니 군쥐 뎌의 작인을 칭션ᄒᆞ나 강위ᄒᆞᆷ을 써려 스ᄉᆞ로 몸을 닥가 감화ᄒᆞ고져 ᄒᆞ여 일즉 즐타지셩의 견마의밋디 아니코 남복 창두를 닉문의 드리디 아냐 닉외 격절ᄒᆞ고 녜

32면

뫼 엄슉ᄒᆞ며 방듕의 녜긔와 녈녀뎐을 버려 ᄒᆞᆫ 일 부창된 거조를 뵈미 업고 힝식 빙쳐옥결 ᄀᆞᆺᄐᆞ며 화긔 츈풍태양 ᄀᆞᆺᄐᆞ니 좌우 시녀와 차환이 무수ᄒᆞᄃᆡ ᄒᆞᆫ 번 몸을 임타하여 ᄃᆡ힝ᄒᆞ미 업고 봉양ᄒᆞᄂᆞᆫ 졍셩이 슌〃 밋디 못ᄒᆞᆯ ᄃᆞᆺᄒᆞ며 가당을 공경ᄒᆞ여 범ᄉᆞ의 승슌ᄒᆞᄃᆡ 쏘 녜예 가티 아닌 일이 업고 규간ᄒᆞᄂᆞᆫ 말숨이 온유ᄒᆞᄃᆡ 싁〃ᄒᆞ여 졀조의 어긋나미 업ᄉᆞ니 양셩이 ᄯᅩᄒᆞᆫ 셩힝이 타뉴와 다른 고로 뎌의 빅ᄉᆞ쳔힝이 온유단엄ᄒᆞᆷ을 보아ᄂᆞᆫ ᄌᆞ긔 일이 슌니티 아니믈 씌ᄃᆞ라 그윽이 ᄌᆞ참ᄒᆞ여 ᄆᆞ음을 닥가 졈〃 회과ᄒᆞ여 유슌ᄒᆞᆫ ᄃᆡ 나아가니 군쥐 뎌의 씌ᄃᆞᄅᆞᆷ을 보고 그윽이 깃거 공쥬를 본죽 므릇 박혁긔국지뉴를 금초아 부도를 권당ᄒᆞ고 녜긔를 강논ᄒᆞ여 뎌를 아라 듯게 ᄒᆞᄃᆡ 현뎌히 ᄀᆞᄅᆞ치ᄂᆞᆫ

33면

빗출 나타내디 아니〃 공쥐 크게 탄복ᄒᆞ여 부도의 아름다오미 본ᄃᆡ 닉인 현녀도곤

더으니 소휘 군쥬의 덕을 심복ᄒᆞ여 더욱 경듕ᄒᆞ고 공쥬의 회과ᄒᆞᆷ을 ᄯᅩᄒᆞᆫ 아름다이 넉여 일삭이면 군쥬긔 이십일을 잇고 양셩의게 열흘을 머믈며 군쥐 진부의 왕ᄂᆡᄒᆞ여 즐기미 비길 ᄃᆡ 업더라 군쥐 ᄒᆡ를 년ᄒᆞ여 칠ᄌᆞ삼녀를 나흐ᄃᆡ 공쥐 죵시 무ᄌᆞᄒᆞ니 군쥐 그 고혈ᄒᆞᆷ을 슬피 넉이고 소휘 궁측ᄒᆞ여 군쥬의 ᄎᆞᄌᆞ를 무양ᄒᆞ여 후ᄉᆞ를 닛게 하니 공쥐 비록 ᄌᆞ녀 업ᄉᆞ나 부귀영화를 ᄀᆞ초 누리며 본국왕이 녀ᄋᆞ를 닛디 못ᄒᆞ여 츈츄 셩졀 됴공 ᄉᆞ신의 나라ᄒᆞᆯ 기우려 공쥬를 ᄌᆞ뢰ᄒᆞ고 진공 부ᄌᆞ의 은혜를 감격ᄒᆞ여 ᄉᆞ대ᄒᆞᆷ을 지셩으로 ᄒᆞ니 텬ᄌᆡ ᄯᅩᄒᆞᆫ 양셩을 후예로 ᄃᆡ졉ᄒᆞ샤 시〃로 샹ᄉᆞᄒᆞ시고 소휘 듕ᄃᆡᄒᆞ니 평ᄉᆡᆼ이

34면

쾌ᄒᆞᆫᄃᆡ ᄆᆡ양 고국을 ᄉᆞ렴ᄒᆞ여 슬허ᄒᆞ더니 나히 삼십여 셰의 죽으니 소휘 크게 슬허ᄒᆞ고 군쥐 익샹ᄒᆞ미 동긔 상ᄉᆞ ᄀᆞᆺ더라 군쥬ᄂᆞᆫ 소후로 ᄇᆡᆨ슈 ᄒᆡ로ᄒᆞ여 ᄉᆞᄌᆞ이녀의 현달ᄒᆞᆷ을 보고 소휘 목종 됴의 입샹ᄒᆞ여 위권이 됴야를 기우리며 부뷔 팔십여 셰를 누려 ᄒᆞᆫ날 도라가니 가히 셰샹의 드므다 ᄒᆞᆯ너라 슈연이나 양셩 공쥬 ᄀᆞᆺᄒᆞᆫ 영걸의 녀ᄌᆞ힘〃이 소후의 부실이 되여 자식이 업고 일 죽으니 엇디 앗갑디 아니리오마ᄂᆞᆫ 소후의 긔샹이 쳔승이라 능히 진복ᄒᆞ며 군쥬의 무량ᄒᆞᆫ 복녹이 소가를 챵ᄒᆞ니 양셩의 고상ᄒᆞ고 발호ᄒᆞᆫ 긔샹이 능히 발뵈디 못ᄒᆞ미러라 차셜 셩이ᄇᆡᆨ이 경승을 ᄉᆞ양ᄒᆞ여 진공긔 도라보내고 원임대신으로 한가히 집의셔 셰월을 보내더니 텬ᄌᆡ 특별이 존툥ᄒᆞ샤 태ᄉᆞ를 ᄇᆡ하여 금화개를

35면

주시고 텬하 ᄉᆞ림이 츄존ᄒᆞ고 공경하여 별호를 쳥계 션ᄉᆡᆼ이라 ᄒᆞ더라 ᄐᆡ시 벼슬이 놉고 나히 쇠ᄒᆞᄃᆡ 봉양ᄒᆞᄂᆞᆫ 졍셩이 동〃촉〃ᄒᆞ여 허다ᄒᆞᆫ ᄌᆞ부와 차환 복뷔 ᄀᆞ득ᄒᆞ나 지극ᄒᆞᆫ 효셩이 됴부인 긔포한난을 몸소 ᄉᆞᆯ펴 다ᄅᆞᆫ 사ᄅᆞᆷ이 ᄃᆡ신ᄒᆞᆷ을 허티 아니ᄒᆞ니 소부인이 본ᄃᆡ 완슌ᄒᆞ고 현텰ᄒᆞᆫ ᄒᆡᆼ실노ᄡᅧ 그 가댱의 이 ᄀᆞᆺᄒᆞᆷ을 보매 엇디 감히 늙은 며나리로 존고 의복과 식상을 ᄌᆞ녀이게 맛뎌 슈고를 ᄃᆡ힝ᄒᆞ리오 ᄆᆡ양 쥬방을 님ᄒᆞ여 찬션을 살피며 바늘의 실을 ᄢᅦ여 존고 의복을 다ᄉᆞ려 ᄒᆞ로도 ᄐᆡ만한 빗치 업ᄉᆞ니 그 ᄌᆞ뷔 ᄌᆞ연 ᄯᆞ르여 ᄎᆞ〃 구고 봉양을 ᄐᆡ만티 못ᄒᆞ난디라 가힝이 날로 슉연ᄒᆞ여 모든 형데 본바드미 되니 초공과 니부인이 크게 아름다이 넉이고 됴부인의 ᄋᆡ듕ᄒᆞᄂᆞᆫ ᄆᆞ음

은 강보 영ᄋ ᄀᆺ흐혀 태ᄉ와 소부인이 좌의 잇디 아니면 울〃히 즐기

36면

디 아니〃 그 친싱 셰찬과 셰광이며 기쳐 양시 위시 이시나 도로혀 극히 범연ᄒᆞ디라 셰찬은 ᄆᆞ음이 냥션ᄒᆞ고 기쳐 양시 ᄯᅩᄒᆞᆫ 어디ᄃᆡ 셰광이 본ᄃᆡ 그 조부의 여풍이 이시나 션싱이 엄명ᄒᆞ고 셩의빅 ᄉᆞ랑이 ᄌᆞ가 등의 ᄇᆞ랄 배 아니라 본심을 녀디 못ᄒᆞ더니 션싱이 망ᄒᆞᆫ 후ᄂᆞᆫ 셩이빅이 효우를 지극히 닥고 됴부인 ᄌᆞ익 능히 츰소를 드리디 못ᄒᆞ여 미양 태ᄉᆞ의 가권을 총집ᄒᆞ여 졔ᄉᆞ를 밧들고 모친 봉양을 몸소 ᄒᆞ믈 ᄒᆞᆫᄒᆞ여 ᄀᆞ만이 기쳐 위시와 ᄉᆞ지ᄌᆞᄃᆡ 뎌ᄂᆞᆫ 명녕의 ᄌᆡ오 우리ᄂᆞᆫ 긔츌이어ᄂᆞᆯ 엇디 도로혀 이 집 님재 〈못〉 되여 뎌의 수해 되엿ᄂᆞᆫ고 뎨 부형과 관계의 셰로 우리를 협졔ᄒᆞ여 업ᄉᆞᆫ 것 ᄀᆞᆺ치 녁이니 엇디 통ᄒᆞᆫ치 아니리오 이러ᄐᆞᆺ ᄇᆞ졀 업ᄉᆞᆫ 말을 ᄌᆞ루 ᄒᆞ여 가듕 이목의 뎐파ᄒᆞ니 셩의빅이 ᄯᅩᄒᆞᆫ 드러시ᄃᆡ 더옥 그 인물을 가련이 녁이고 망부의 지우와 ᄌᆞ모의 지

37면

ᄋᆡ를 감오ᄒᆞ여 가디록 ᄉᆞ랑ᄒᆞ고 무휼ᄒᆞ여 셰월을 보내더니 셰광의 아들 홍이 ᄆᆞᄎᆞᆷ 급뎨ᄒᆞ니 그 부뫼 대락ᄒᆞ미 남의 업ᄉᆞᆫ 경ᄉᆞ로 아라 오뉵일을 년ᄒᆞ여 잔ᄎᆡᄒᆞ고 즐기니 승샹과 태ᄉᆡ 비록 공명을 블관이 녁이나 션싱 골육의 닙신ᄒᆞ 니 이시믈 슬프고 깃거 ᄯᅳᆺ을 조차 대연을 베퍼 됴부인긔 경하ᄒᆞ니 셰광이 믄득 고이ᄒᆞᆫ 의ᄉᆞ를 내여 기쳐 위시로 더브러 모계ᄒᆞ여 왈 이 부듕은 본ᄃᆡ 부친 집이어ᄂᆞᆯ 뎨 당진 쳬ᄒᆞ여 웅거ᄒᆞ고 슉뷔 ᄯᅩ 여러 아들노 더브러 공명부귀 젹디 아니〃 엇디 ᄒᆞᆫ 가샤를 댱만티 못ᄒᆞ여 진궁 너르기 아방궁 ᄀᆞᆺ거ᄂᆞᆯ 게 가 엇디 머므디 아니코 ᄆᆡ양 대셔헌을 웅거ᄒᆞ니 가듕 ᄂᆡ외예 슉부 소쇽이 편만ᄒᆞ여 우리 형뎨ᄂᆞᆫ 도로혀 ᄒᆞᆫ 협호사리를 ᄒᆞ니 ᄉᆡᆼ각건ᄃᆡ 션친이 이 집 당ᄌᆞ로 브졀업ᄉᆞᆫ 명녕을 어더 겨요 ᄒᆞᆫ ᄃᆡ를 ᄉᆞ묘의

38면

참예ᄒᆞ시고 우리 형뎨ᄂᆞᆫ 무용지인이 되니 엇디 애듧디 아니리오 이제 홍이 쳥츈등과 ᄒᆞ여 종ᄉᆞ를 빗내리니 맛당이 형을 부촉ᄒᆞ여 구법으로 홍을 계후ᄒᆞ라 ᄒᆞᆫ즉 뎨 무슨 핑계로 아니ᄒᆞ리오 일이 닌즉 종통이 명졍언슌이 우리게 도라오리라 ᄒᆞ고 태ᄉᆞ를 보

아 흥의 공검인후ᄒᆞᆫ 덕을 쟈랑ᄒᆞ고 션군이 형의 덕을 ᄉᆞ랑ᄒᆞ샤 댱ᄌᆞ를 삼으시니 이제 흥의 아ᄅᆞᆷ다오미 거의 형을 ᄯᆞᆯ을디라 형이 엇디 고ᄉᆞ를 니어 녯법을 준ᄒᆡᆼᄒᆞ고 션친 신위를 위로티 아니시ᄂᆞ뇨 태ᄉᆡ 텽파의 탄식ᄒᆞ여 ᄀᆞᆯ오ᄃᆡ 네 말이 올티 아닌 거시 아니라 우리집 션셰 두 번 계후ᄒᆞ신 일은 후ᄉᆡᆼ의 감히 의논ᄒᆞ여 알 배 아니오 시졀이 녜와 이제 다ᄅᆞ고 ᄒᆞ믈며 내 엇던 사람이라 부조의 이 ᄀᆞᆺᄒᆞᆫ 셩덕을 ᄯᆞᆯ오리오 닐어 유익디 아니코 사ᄅᆞᆷ이 우리 형뎨를 시비ᄒᆞᆯ

39면

가 두리ᄂᆞ니 현뎨ᄂᆞᆫ 이런 말을 그치라 셜파의 봉안의 항뉘 ᄉᆞᆷ〃ᄒᆞ니 이ᄂᆞᆫ 션ᄉᆡᆼ을 ᄉᆡᆼ각고 셰광의 위인을 애ᄃᆞᆯ와 ᄒᆞ미라 셰광은 못슬 욕심이 ᄐᆡᆼ듕ᄒᆞ여 그 말이 슬프고 일이 참괴ᄒᆞ믈 아디 못ᄒᆞ고 날노 고이ᄒᆞᆫ 쐬를 비저내니 위시ᄂᆞᆫ 그 가당을 응시ᄒᆞ여 낫ᄂᆞᆫ디라 부체 샹ᄃᆡᄒᆞ여 태ᄉᆞ 부〃 모해ᄒᆞ믈 ᄉᆡᆼ각ᄒᆞ나 뎌의 형셰 태산 ᄀᆞᆺᄒᆞ여 달니 모해ᄒᆞᆯ 길이 업ᄉᆞ니 위시 심복으로 산듕의 요괴로운 풀을 어더다가 몬져 태ᄉᆞ를 치독ᄒᆞ니 태ᄉᆡ 셕식을 파ᄒᆞ고 모란뎡의 드러와 부인과 ᄌᆞ녀로 말ᄉᆞᆷᄒᆞ더니 홀연 복통이 듕ᄒᆞ여 정신이 편ᄀᆞᆨ의 혼미ᄒᆞ니 ᄉᆞ도와 부인이 경황ᄒᆞ여 의관으로 진ᄆᆡᆨᄒᆞᄃᆡ 능히 집증티 못ᄒᆞ여 약이 대제를 엇디 못ᄒᆞ니 일개 황〃 망조ᄒᆞ더니 태ᄉᆞᄂᆞᆫ 범인이 아니라 졍명지긔로 졍인군ᄌᆡ 되니 요얼이 비록 작난ᄒᆞ여 일시 혼미ᄒᆞ

40면

나 ᄆᆞᆰ은 정신은 혼〃 듕 더욱 ᄇᆞᆰ아 스ᄉᆞ로 ᄒᆡ독약을 나와 년ᄒᆞ여 ᄡᅳ니 독ᄒᆞᆫ 거ᄉᆞᆯ 토하고 병셰 쾌차ᄒᆞᆫ디라 셰광 부뷔 크게 ᄒᆞᆫᄒᆞ여 그 후 여러 번 시험ᄒᆞ나 태ᄉᆡ 임의 ᄒᆞᆫ 번 시험ᄒᆞᆫ 후ᄂᆞᆫ ᄒᆡ독약을 년ᄒᆞ여 먹으니 간뫼 시러곰 ᄒᆡᆼ티 못ᄒᆞ며 셩의ᄇᆡᆨ이 임의 짐쟉ᄒᆞ고 심하의 망극히 넉일디언뎡 구외에 내디 아니ᄒᆞ니 부인과 ᄌᆞ녜 감히 아ᄅᆞᆫ 쳬를 못ᄒᆞᄃᆡ 각노공이 ᄎᆞᄉᆞ를 듯고 태ᄉᆞ긔 고ᄒᆞᆫᄃᆡ 태ᄉᆡ 언경ᄒᆞ믈 크게 경계ᄒᆞ니 각뇌 실언ᄒᆞ믈 샤례ᄒᆞ더라 일〃은 됴부인이 셩이ᄇᆡᆨ과 소부인으로 됴용이 말ᄉᆞᆷᄒᆞ더니 쥬방 시녜 오션을 올니〃 시의 녕능후와 각뇌 ᄌᆡ측이러니 셰광과 위시 태ᄉᆞ를 치독ᄒᆞ여 효험이 업ᄉᆞ매 도로혀 소부인을 잡고뎌 ᄒᆞ여 시녀와 동모ᄒᆞ여 ᄀᆞ만이 됴부인 식상의 독을 두니 사ᄅᆞᆷ이 엇디 알니오 부인이 ᄌᆞ딜과 ᄒᆞᆫ가지로 두

41면

어 번 햐뎌흔 후 믄득 졍신이 아득흐고 스지 썰녀 좌의 것구러디니 모다 경황흐여 븟드러 구호흐나 인스를 아디 못흐니 태스의 망극흐믈 어딕 비흐리오 눈물을 흘니고 히독약을 나와 구호흐미 십여 일의 초공이 슈운각 창 밧긔 와 친히 약을 달히고 모든 딜직 각하의 몌여시며 니부인이 즈부를 거느려 병소의셔 친히 구완흐여 부듕 닉의 딘동흐더니 증셰 잠간 회두흐매 초공이 아역을 명흐여 주방 시비를 잡아내여 극형으로 져조려 홀식 위엄이 상셜 궃고 호령이 뇌뎡 궃흐니 모든 즈딜과 비복이 블승젼뉼흐더니 소부인이 셰광 부〃의 작변을 알고 스긔 발각흐면 태스의 셩우를 상히올가 가듕 화긔를 상히올가 두려 믄득 즘이를 싸히고 계하의 느려 청죄 왈 이는 불쵸뷔 졍셩이 지극디 못흐와 존고 식상의 간검흐미 틱만흐므로

42면

변이 졍당의 미츠니 이 다 쳡의 죄오 시녀의 연괴 아니라 맛당이 쳡이 몬뎌 죄예 나아가믈 원흐옵느니 신명이 외오 넉이시고 후퇴 쳡의 죄를 붉히미라 진실노 시비 죄 아니로소이다 초공이 소부인 말숨을 듯고 노긔를 잠간 풀고 싱각흐미 엇더니 진공의 모든 스긔를 슷쳐 알고 소부인이 즈당흐여 시녀의 입을 막아 셰광 부〃를 듯덥흐믈 씌다라 몸을 싸혀 나아가 주왈 부듕이 오십 년 닉 이런 일은 듯디 못흔 변이오 소가 아즈미 본딕 덕힝이 겸비흐니 비록 일시의 블찰흐나 므츰닉 요샤를 진뎡홀디라 대인은 형당을 날회시고 됴용이 나좋을 보시미 만젼홀가 흐느이다 졍언간의 태식 부인을 구호흐다가 이 일을 알고 급히 나와 부젼이 고왈 츠데 소견이 ᄀ장 온당흐온디라 셜사 사오나온 복쳡이 히ᄋ를 모해홀나 족가흐미 셜〃흐고 모친

43면

이 독을 만나시나 임의 회츈흐여 계시니 잠간 관셔흐시믈 원흐느이다. 초공이 냥즈의 말을 드ᄅ매 비록 근본을 모ᄅ나 그 뜻이 심원흐믈 씌ᄃ라 형댱 긔구를 거두고 졔시비를 샤흐니 쥬방 허다 시비 초공의 엄노를 만나 극형을 당흐니 옥셕을 분변티 못흐고 스싱을 댱하의 뭇출러니 소부인이 몸으로 즈당흐여 모든 인명을 구흐고 태스와 진공이 관샤흐믈 쳥흐니 유죄자 무죄재 대은을 일톄로 앙툭흐여 서로 니ᄅ딕 태스와 부인 셩덕이 여츠흐시거늘 아등이 도로혀 사오나온 당뉴의 드러 간교흔 악스로 귀인

을 해ᄒᆞ니 뎐일이 엇디 두립디 아니리오 저희 스ᄉᆞ로 감화ᄒᆞ여 소부인긔 나아가 셰광과 위시 저희를 쇠와 젼후 치독ᄒᆞ던 곡절을 ᄌᆞ시 고ᄒᆞ고 샤죄ᄒᆞ니 듯ᄂᆞ니 차악ᄒᆞ여 말을 못ᄒᆞ더니 소부인이 빈튝이언 왈 여등이 대죄를 지어시나 존구 셩덕을

44면

닙ᄉᆞ오니 맛당이 기과하여 도의 나아갈 거시어늘 ᄯᅩ 엇디 난언을 ᄒᆞ여 우흘 범ᄒᆞᄂᆞ뇨 드ᄃᆡ여 쇼ᄌᆞ 명으로 ᄒᆞ여곰 소유를 태ᄉᆞ긔 고하여 비복의 난가ᄒᆞ믈 다ᄉᆞ리쇼셔 ᄒᆞ니 태ᄉᆞ 대경 왈 ᄎᆞ비 집을 어ᄌᆞ러이고 우흘 해ᄒᆞᄂᆞᆫ 죄 여ᄎᆞ하니 만일 부듕의 머물ᄂᆞᆫ즉 이후를 니ᄅᆞ디 못ᄒᆞ리로다 ᄒᆞ고 드ᄃᆡ여 쥬방 시녀 난영 셜운 등 십인을 블너 엄칙ᄒᆞ여 ᄀᆞᆯ오ᄃᆡ 여등의 죄악을 듕치홀 거시로ᄃᆡ 내 살싱ᄒᆞ기를 아니려 ᄒᆞ므로 특별이 샤ᄒᆞ여 각〃 본향의 도라보내니 일노조차 ᄆᆞ음을 고쳐 션도의 나아가고 난언을 말나 드ᄃᆡ여 그 말을 듯디 아니코 모라 내쳐 다시 부듕의 드디 못ᄒᆞ게 ᄒᆞ고 근신ᄒᆞᆫ 복부로 그 소임을 맛뎌 다시 요란ᄒᆞ미 업게 ᄒᆞ고 셰광을 ᄃᆡᄒᆞ여 눈물을 흘녀 ᄌᆞ가의 인효치 못ᄒᆞ므로 참쇠 가ᄂᆡ예 셩힝ᄒᆞ믈 ᄌᆞ탄ᄒᆞ고 우익ᄒᆞ미 젼일과 ᄒᆞᆫ가지라 셰광과 위시 크게 븟그려

45면

다시 계교를 내여 됴부인긔 ᄀᆞ마니 고왈 이번 모친긔 치독ᄒᆞ미 형당이 실노 스ᄉᆞ로 ᄒᆞ미라 쇼직 드ᄅᆞ니 소수로 더브러 닐오ᄃᆡ 이번 계교로 됴시를 업시티 못ᄒᆞ여시니 크게 도모홀디라 몬뎌 셰찬 형뎨를 죽여 우익을 ᄶᅥᆨ그리라 ᄒᆞ더이다 부인이 경히ᄒᆞ여 ᄭᅮ지저 왈 네 엇디 이런 블쵸ᄒᆞᆫ ᄯᅳᆺ을 두어 형을 모해하ᄂᆞ뇨 셰광이 톄읍 왈 모친이 미양 뎌를 찬양ᄒᆞ시고 쇼ᄌᆞ 등을 용납디 아니신 형이 슉부와 졔뎨를 ᄭᅵ고 ᄯᅩ 풍신지화를 미더 쇼ᄌᆞ 등을 박ᄃᆡ 태심ᄒᆞᄃᆡ 감히 말을 못ᄒᆞ기로 이제ᄂᆞᆫ 형이 쇼ᄌᆞ 등 듯ᄂᆞᆫ 대라도 모친 시비를 ᄒᆞ고 ᄯᅩ 션야〃 계후 되믈 통한ᄒᆞ여 친뎨들노 말숨홀 적 폴을 ᄲᅡ내며 고셩대언ᄒᆞᄃᆡ 내 본ᄃᆡ 부친으로 더브러 이 집 댱ᄌᆡ어늘 연괴 고이ᄒᆞ여 운슈 션싱이 ᄒᆞᆫ ᄃᆡ를 밧고아 우리 부친이 도로혀 물너나고 내 사ᄅᆞᆷ의 명녕을 의탁ᄒᆞ미 엇

46면

디 가연치 아니리오 ᄒᆞ미 여러 슌이로ᄃᆡ 히ᄋᆞ 등이 감히 말을 못ᄒᆞ고 공연ᄒᆞᆫ 셔패 ᄀᆞᆺ

ᄒᆞ여 통완ᄒᆞᄃᆡ 모친은 ᄒᆞᆫ갓 뎌의 것ᄎᆞ로 아당ᄒᆞᄆᆞᆯ 고디 드ᄅᆞ샤 일편도이 구ᄅᆞ시니 도로혀 엇디 애ᄃᆞᆲ디 아니리잇고 부인이 노왈 셰긔ᄂᆞᆫ 나의 효ᄌᆡ라 슬하의 무양ᄒᆞ연 디 ᄉᆞ십 년의 호발 그ᄅᆞ미 업ᄉᆞ니 일즉 인효군ᄌᆡᄆᆞᆯ 션대인이 ᄋᆡ듕ᄒᆞ시던 배요 네 부친이 문호ᄅᆞᆯ 맛뎌시니 내 이제 소견이 션군긔 밋디 못ᄒᆞ고 붉으미 부ᄌᆞ긔 ᄇᆞ라디 못ᄒᆞ니 ᄉᆞ〃 소견을 엇디 발ᄒᆞ여 ᄉᆞ랑ᄒᆞ고 듕히 넉이시던 바ᄅᆞᆯ 져ᄇᆞ리〃오 여등이 그 효우ᄅᆞᆯ 효특디 아니코 도로혀 싀긔ᄒᆞ여 투현질능ᄒᆞ니 형뎨 블화ᄒᆞᆫ 긔틀을 니ᄅᆞ혀 션인의 븟그러오ᄆᆞᆯ 끼치니 내 하 면목으로 셰긔ᄅᆞᆯ 보리오 드ᄃᆡ여 벽을 향ᄒᆞ여 통곡ᄒᆞ니 소ᄅᆡ 은〃ᄒᆞ여 뎐각의 ᄉᆞᄆᆞᆺᄎᆞ니 이 ᄣᆡ 셩의빅이 약을 긔걸ᄒᆞ고 졍히 병소로

47면

향ᄒᆞ더니 홀연 부인의 곡셩을 듯고 대경ᄒᆞ여 셰찬으로 더브러 슈운각의 니ᄅᆞ니 셰광이 눈을 혹슈히 ᄯᅳ고 물너셧거ᄂᆞᆯ 졔인이 나아가니 부인이 통곡ᄒᆞᄆᆞᆯ 그치디 아니커ᄂᆞᆯ 태ᄉᆡ 블셔 연괴 이시ᄆᆞᆯ 짐쟉ᄒᆞ고 부인 면젼의 나아가 안ᄉᆡᆨ을 온화히 ᄒᆞ고 소ᄅᆡᄅᆞᆯ ᄇᆞ드러이 ᄒᆞ여 ᄀᆞᆯ오ᄃᆡ 아디 못거이다 무ᄉᆞᆫ 일이 잇관ᄃᆡ 모친이 이ᄀᆞᆺ치 번뇌ᄒᆞ시ᄂᆞ니잇가 부인이 태ᄉᆞᄅᆞᆯ 보매 더옥 슬허 타루 왈 내 사ᄅᆞᆷ의 어미 되여 ᄌᆞ식 ᄉᆞ랑을 지극히 못ᄒᆞ여 사오나온 아ᄒᆡ 형을 춤소ᄒᆞ니 어ᄂᆞ 면목으로 너ᄅᆞᆯ 보며 디하의 가 션군을 보오리오 셜파의 다시 통곡ᄒᆞ니 태ᄉᆡ 블승감오ᄒᆞ여 ᄯᅩᄒᆞᆫ 눈물을 흘니고 부인을 ᄒᆡ위ᄒᆞᄃᆡ ᄆᆞ참ᄂᆡ 곡졀을 뭇디 아니터니 셰찬은 고뎌 업고 ᄒᆞᆫ낫 셩급ᄒᆞᆫ 사ᄅᆞᆷ이라 임의 그 아의 심슐과 작난을 짐쟉ᄒᆞᄂᆞᆫ 듕 모친의 이 ᄀᆞᆺᄒᆞᄆᆞᆯ 보고 심

48면

하의 크게 의혹ᄒᆞ여 셰광을 도라보아 ᄀᆞᆯ오ᄃᆡ 방듕의 다른 사ᄅᆞᆷ이 업고 네 홀노 뫼셧다가 모친이 이러틋 ᄒᆞ시니 아디 못게라 눌을 춤소ᄒᆞ다 말고 광이 ᄃᆡ답을 수이 못ᄒᆞ더니 믄득 작ᄉᆡᆨᄒᆞ고 닐오ᄃᆡ 쇼뎨 앗가 니ᄅᆞ니 모친이 뎌러틋 하시ᄂᆞᆫ디라 쇼뎨ᄂᆞᆫ 혹 형이 무ᄉᆞᆫ 말ᄉᆞᆷ을 알왼가 ᄒᆞ더니 쇼뎨ᄃᆞ려 무ᄅᆞ시니 엇디 고이티 아니리잇고 셰찬이 텽파의 대로ᄒᆞ여 년망이 두 손을 버려 ᄲᅣᆷ을 ᄆᆡ이 치며 ᄭᅮ지저 왈 네 벅〃이 모친긔 무ᄉᆞᆫ 간악ᄒᆞᆫ 말을 ᄭᅮ며 ᄒᆞ다가 도로혀 몸의 허물을 ᄀᆞ리오고져 ᄒᆞ여 날을 함ᄒᆞ니 텬하의 뎌런 무상ᄒᆞᆫ 거시 어ᄃᆡ 이시리오 셰광이 ᄂᆞᆺ출 븕히고 어ᄌᆞ러이 짓궤여 니ᄅᆞ거니 ᄃᆡ답거니 일댱 빠홈이 니러나니 셰찬의 입으로조차 셰광의 무상ᄒᆞᆫ 취졸이 낫나치

창셜ᄒᆞ매 셰광이 눈이 두렷ᄒᆞ

49면

여 능히 말을 못ᄒᆞ거늘 태ᄉᆡ 이 거동을 보고 크게 븟그려 이에 됴부인긔 청죄 왈 쇼직 블쵸ᄒᆞ와 션친 유교를 봉힝티 못ᄒᆞ여 두 아의 무례ᄒᆞ미 이 ᄀᆞᆺᄐᆞ니 어ᄂᆞ 면목으로 텬일지하의 셔리잇고 드ᄃᆡ여 셰찬을 도라보아 ᄀᆞᆯ오ᄃᆡ 부ᄌᆞ형뎨ᄂᆞᆫ 텬하의 지극ᄒᆞᆫ 친이라 네 엇디 일시 분노ᄒᆞ므로ᡃ 동긔의 허물을 니ᄅᆞ미 ᄎᆞ마 이 디경의 잇ᄂᆞ뇨 이 다 나의 무상ᄒᆞ므로 비로ᄉᆞ미니 셰샹의 ᄠᅳᆮ이 업ᄉᆞᆫ디라 이 뎨ᄂᆞᆫ ᄉᆞᄉᆞ로 힘ᄡᅳ라 셜파의 밧그로 나가 셔당의셔 문을 닷고 사ᄅᆞᆷ을 샤ᄒᆞ고 날노 우탄ᄒᆞ여 침식을 폐ᄒᆞ니 셰광 형뎨 평일 그 단엄ᄒᆞ믈 두리고 셰광은 제일이 무상ᄒᆞ믈 모ᄅᆞ디 아닛ᄂᆞᆫ디라 당ᄎᆞᄒᆞ여 됴부인이 졀칙ᄒᆞ고 태ᄉᆡ 폐문 고와ᄒᆞ믈 보매 두리고 평안티 아냐ᄒᆞ고 진공 등 ᄉᆞ인이 셔당의 니ᄅᆞ니 셩의빅이

50면

사ᄅᆞᆷ으로 뎐어 왈 우형은 텬하의 죄인이라 어ᄂᆞ 면목으로 졔뎨를 보리오 맛당이 두 아의 ᄀᆡ과하믈 기ᄃᆞ려 형뎨 ᄒᆞᆫ 당의 모다 보리라 졔공이 그 형의 ᄠᅳᆮ이 구드믈 보고 드러가 승샹 부〃긔 소유를 ᄌᆞ시 알외고 됴부인이 ᄇᆡ야흐로 승샹을 쳥ᄒᆞ여 셰광 부〃의 힝ᄉᆞ를 ᄌᆞ시 니ᄅᆞ고 ᄀᆞᆯ오ᄃᆡ ᄎᆞᄋᆡ 텬셩이 블인ᄒᆞᄃᆡ 사오나온 녀ᄌᆡ 안흐로 돕기를 어디리 못ᄒᆞ여 깁히 외입ᄒᆞ매 미처시니 만일 그 길을 제어티 아니면 큰 블힝 ᄃᆡ 미ᄎᆞ리니 셰긔 이제 셰광의 블쵸ᄒᆞ믈 졔 죄를 삼아 죄인으로 ᄌᆞ쳐ᄒᆞᄂᆞᆫ디라 가듕의 이 ᄒᆞᆫ 아ᄒᆡ로 인하여 크게 화긔를 감ᄒᆞ니 만일 먼니 내쳐 보내디 아닌즉 그 ᄆᆞ음을 고치디 못ᄒᆞᆯ디라 원컨ᄃᆡ 슉〃은 인졍을 두디 마ᄅᆞ시고 엄히 경계ᄒᆞ샤 ᄎᆞᄋᆞ로 ᄒᆞ여곰 인뉴의 나아가게 ᄒᆞ신즉 션인이 ᄯᅩᄒᆞᆫ 구원의

51면

셩우를 감격하미 이시리이다 초공이 피셕 ᄇᆡ샤 왈 수〃의 공번되신 ᄆᆞ음과 놉흔 덕이 이 ᄀᆞᆺᄐᆞ시니 죡히 신명을 격동ᄒᆞᆯ디라 세광 부〃의 힝ᄉᆡ 비록 블미ᄒᆞ나 엇디 ᄎᆞ마 구외예 내여 ᄉᆞ림의 시비를 취ᄒᆞ리오 맛당이 미봉ᄒᆞ여 셰월노 감화ᄒᆞ게 ᄒᆞ리니 수쉬 우히 계샤 ᄇᆰ이 비최시고 ᄇᆡᆨ의 아ᄅᆡ 이셔 됴용이 교회ᄒᆞ면 본ᄃᆡ 사오나온 아ᄒᆡ 아

니〃 언마ᄒᆞ여 회과ᄒᆞ리잇고 수〃는 과려티 마ᄅᆞ쇼셔 됴부인이 눈믈을 드리워 샤례ᄒᆞ더라 셰광이 태ᄉᆞ의 수월이 되도록 문을 여디 아니믈 블안ᄒᆞ여 뉘우ᄎᆞ믈 마디 아니코 그 문 밧긔 ᄃᆡ후ᄒᆞ여 글노ᄡᅥ 허물을 일ᄏᆞᆺ고 ᄒᆞᆫ 번 뵈기를 쳥ᄒᆞ니 태ᄉᆡ 좌우를 믈니고 셰광을 쳥ᄒᆞ여 나아오라 ᄒᆞ여 그 손을 잡고 뉴톄ᄒᆞ믈 그치디 아니〃 셰광이 블승참괴ᄒᆞ여 감히 ᄂᆞᆾ출 드디 못ᄒᆞ더니 태ᄉᆡ 반향

52면

후 태ᄉᆡ 비로소 말을 길게 ᄒᆞ여 ᄀᆞᆯ오ᄃᆡ 우형이 박덕ᄒᆞ여 비록 뎍당이 되염즉디 아니나 ᄋᆞ시의 션군의 탁명을 밧ᄌᆞ와 종ᄉᆞ를 녕ᄒᆞ연 지 여러 십년이라 셰월이 가히 오래라 ᄒᆞᆯ 거시오 이 뎨를 거ᄂᆞ려 모친을 봉양ᄒᆞ매 내 비록 블쵸ᄒᆞ나 너희 등이 규졍하여 허믈을 면케 ᄒᆞ미 형뎨의 졍이어ᄂᆞᆯ 엇딘 고로 가ᄂᆡ의 부슈지츰이 나 인뉸의 아름답디 아닌 일이 만흐뇨 네 ᄉᆡᆼ각디 못ᄒᆞᄂᆞᆫ다 셕일 션군이 아등을 ᄇᆞ리실 ᄧᅢ를 당ᄒᆞ여 우형의게 니ᄅᆞ샤ᄃᆡ 두 아을 어디리 ᄀᆞᄅᆞ쳐 그ᄅᆞᆫ ᄃᆡ ᄲᅡ디게 말나 ᄒᆞ시니 엄ᄒᆞᆫ 경계를 듯ᄌᆞ와 말ᄉᆞᆷ이 오히려 귀예 잇거ᄂᆞᆯ 블쵸ᄒᆞ여 너희를 인의로 ᄀᆞᄅᆞ치디 못ᄒᆞ고 도로혀 이런 누덕을 ᄭᅵ치니 우형이 ᄉᆡᆼ각건ᄃᆡ 비록 용녈ᄒᆞ나 형이 되여 엇디 ᄒᆞᆫ 번 칙ᄒᆞ고 엄치ᄒᆞᆯ 줄을 모ᄅᆞ리로마ᄂᆞᆫ ᄎᆞ마 패륜지셜노

53면

골육지간의 ᄂᆞᆾ들기를 븟그려 ᄒᆞ미라 내 몸을 ᄌᆞ진ᄒᆞ여 디하의 가 션인을 뫼ᄋᆞᆸ고져 ᄒᆞ더니 모친이 과려ᄒᆞ시고 네 여러 번 뉘우ᄂᆞᆫ ᄯᅳᆺ을 고ᄒᆞ니 ᄌᆞ금 이후로 다시 셰샹의 즐거오미 이실디라 현뎨 만일 ᄀᆡ과쳔션ᄒᆞ여 졍의를 온젼ᄒᆞᆫ즉 우형이 ᄌᆞ당을 밧드러 사라셔 안항의 즐거오믈 다ᄒᆞ고 죽어 션군긔 칙을 면ᄒᆞ리니 엇디 현뎨의 큰 은혜 아니리오 이후 네 ᄯᅩ ᄇᆞᆰ이 ᄉᆡᆨ돗디 못ᄒᆞᄂᆞᆫ 일이 이신즉 편협ᄒᆞᆫ 부녜 승간ᄒᆞ여 츰소ᄒᆞᄂᆞᆫ 일이 이실디라도 너와 나ᄂᆞᆫ 형뎨간이라 진실노 덕을 닥근즉 잡말이 엇디 발뵈리오 가ᄂᆡ의 이목이 만코 인심이 ᄒᆞᆫᄀᆞᆺ디 아니〃 무식ᄒᆞᆫ 부녀와 하쳔의 무리 힝혀 우리 형뎨 ᄉᆞ이를 의심ᄒᆞ여 분운ᄒᆞᆫ 시비로 셰상의 뎐파ᄒᆞᆫ즉 진실로 쳔츄의 누덕이 되리니 이ᄂᆞᆫ 너와 내 가문을 ᄆᆞᆺᄎᆞ미라 비록

54면

왕법을 도망ᄒᆞ나 구천 타일의 션조의 음쥬를 반ᄃᆞ시 면티 못ᄒᆞ리니 신녕을 감히 만모ᄒᆞ여 방ᄌᆞ치 못ᄒᆞ리라 ᄒᆞ믈며 네 일즉 보디 아냣ᄂᆞ냐 션군이 대인으로 더브러 일실지닉의 쳐ᄒᆞ신 지 ᄉᆞ십여 년이로ᄃᆡ ᄒᆞᆫ 번 샹실ᄒᆞ미 아니 계시니 우리 등이 반셰를 시봉ᄒᆞ여 능히 일만의 ᄒᆞ나흘 효특디 못ᄒᆞ나 엇디 도로혀 블쵸ᄒᆞᆫ 힝실노 셩덕을 욕먹이미 이에 미ᄎᆞ리오 네 또 나히 이모지년이 디나 혜아리미 젹디 아닐 배오 일즉 셩현의 글을 닑어 인의녜지를 알니〃듕니의 말솜을 듯디 아냣ᄂᆞᆫ다 사ᄅᆞᆷ이 뉘 허물이 업ᄉᆞ리오마ᄂᆞᆫ 곳치미 귀타 ᄒᆞ니 셩인이 너를 속이디 아니실디라 경심계지ᄒᆞ여 쇼심익〃ᄒᆞ고 삼가며 삼간즉 거의 큰 죄를 면하리라 셰광이 텽필의 감동ᄒᆞ고 붓그려 두 번 절ᄒᆞ고 타루ᄒᆞ여 글

55면

오ᄃᆡ 쇼뎨 셩졍이 혼암ᄒᆞ고 추비ᄒᆞ여 인ᄌᆞ의 ᄎᆞ마 못ᄒᆞᆯ 힝ᄉᆞ를 ᄒᆞ여 우흐로 조션을 욕먹이고 아ᄅᆡ로 형의 덕을 져ᄇᆞ리니 어ᄂᆞ 면목으로 텬하의 셔리잇가 ᄎᆞ후 ᄆᆞ음을 고쳐 어딘 교화를 준힝ᄒᆞ믈 원ᄒᆞᄂᆞ이다 지어 부녀의 방ᄌᆞᄒᆞ믄 다 각〃 가당의 둘녀시니 형뎨 우ᄋᆡ 지극ᄒᆞ면 녀직 엇디 챵궐ᄒᆞ리잇고 태시 대열ᄒᆞ여 즉시 셰찬을 블너 이 인을 셩언현어와 인의대도로 교화ᄒᆞ여 근졀ᄒᆞᆫ 졍의와 통니ᄒᆞᆫ 말솜이 믈이 동으로 흐ᄅᆞᄂᆞᆫ 듯 단엄ᄒᆞᆫ 안ᄉᆡᆨ과 슉연ᄒᆞᆫ ᄀᆡ샹의 혈심진졍으로 경계ᄒᆞ미 귀신을 감동ᄒᆞ고 셕목을 요동ᄒᆞᆯ디라 셰찬은 본ᄃᆡ 어딜고 약ᄒᆞ므로 블승감읍ᄒᆞ여 귀슌ᄒᆞᆫ 마음이 미칠 듯ᄒᆞ고 셰광이 ᄯᅩᄒᆞᆫ 뉘웃고 감복ᄒᆞ여 둉ᄎᆞ(?) 일실지닉의 삼인이 환샹ᄒᆞ매 셩의빅이 평싱 한이 프러져 셕양

56면

의 냥뎨를 잇그러 슈운각의 드러가 됴부인긔 문안ᄒᆞ고 셰광의 회과ᄒᆞ믈 인ᄒᆞ여 ᄌᆞ긔 ᄯᅩᄒᆞᆫ 인뉸의 참예ᄒᆞ믈 희힝ᄒᆞ니 됴부인이 ᄋᆡ듕ᄒᆞ며 긔ᄃᆡᄒᆞ미 일노조차 더으고 태시 믈너와 비로소 승샹 부〃긔 뵈옵고 진공 등을 ᄎᆞ자 크게 반기ᄃᆡ 셰광의 일을 언두의 일ᄏᆞᄅᆞ미 업ᄉᆞ니 졔공이 ᄯᅩᄒᆞᆫ 뎌의 회과ᄒᆞ믈 깃거ᄒᆞ고 흔단을 깁히 금초아 졍의를 두터이 ᄒᆞᆯ ᄯᆞᄅᆞᆷ이러라 위시 셰광으로 더브러 당초 간악ᄒᆞᆫ 계교를 내여 ᄀᆞ 업슨 악ᄉᆞ를 힝ᄒᆞᄃᆡ 초공 부ᄌᆡ 그 허물을 덥허 가ᄂᆡ예 두고 ᄃᆡ졉이 ᄒᆞᆫ갈 ᄀᆞᆺᄒᆞ며 셩의빅이 지셩

으로 감화ᄒᆞ여 형뎨 온젼ᄒᆞ믈 보니 ᄯᅳᆺ을 ᄌᆞᆼ시 일우디 못ᄒᆞᆯ디라 탹급ᄒᆞᆫ ᄆᆞ이 눈 가온대 불이 니러나며 가슴의 ᄌᆞᆺ납이 ᄲᅱ노라 ᄆᆡ양 흑ᄒᆞᆫ 방듕과 사름 업ᄉᆞᆫ 난간을 님ᄒᆞᆫ죽 고당 분〃ᄒᆞ여 골오ᄃᆡ 뎐

57면

되 엇디 홍 ᄀᆞᄐᆞᆫ 긔린을 내시고 뉴시 십만 ᄌᆡ산과 ᄉᆞ쳔 간 금벽ᄐᆡ샤를 건의게 쇽ᄒᆞ시ᄂᆞᆫ고 건의 부ᄌᆞ를 졔졔티 못ᄒᆞᆫ죽 출하리 죽어 우리 모ᄌᆡ 사름의 아ᄅᆡ 굴티 아닐리라 ᄒᆞ고 홍으로 더브러 되디 못ᄒᆞᆯ 쐬를 ᄌᆞᆼ일토록 의논ᄒᆞ여 무녀복쟈를 블너 긔도ᄒᆞ며 작법ᄒᆞ여 셩의ᄇᆡᆨ 부ᄌᆞ를 죽으라 튝원ᄒᆞ니 악식 천ᄇᆡᆨ 가지로 나매 더러온 말이 상하의 ᄀᆞ득하ᄃᆡ ᄉᆞ되 형뎨 크게 분울ᄒᆞ여 근심ᄒᆞ나 태ᄉᆞ와 소부인이 화긔 젼연ᄒᆞ여 가디록 효우를 힘ᄡᅳ고 ᄌᆞ딜을 ᄃᆡᄒᆞ나 긔ᄉᆡᆨ이 엄졍ᄒᆞ여 잡말이 귀예 오디 못ᄒᆞ게 ᄒᆞ니 졔쇼년이 감히 이런 말을 구외예 내디 못ᄒᆞ매 위시 모ᄌᆡ 더옥 방ᄌᆞ하더니 녕능휘 진공ᄃᆞ려 닐오ᄃᆡ 위시 모ᄌᆡ 탈뎍ᄒᆞᆯ ᄯᅳᆺ이 급ᄒᆞ여 방계곡경으로 악식 무수ᄒᆞ고 모ᄌᆡ 샹ᄃᆡᄒᆞ여 ᄌᆞᆼ일토록 ᄇᆡᆨ시

58면

부ᄌᆞ를 ᄊᆞ지ᄌᆞ니 대강 어디〃 못ᄒᆞᆫ 심슐의 홍의 공명을 쟈셰ᄒᆞ고 샹의 슌을 여어보ᄂᆞᆫ 일이 이시니 일양 화평키로 졔어티 못ᄒᆞᆯ디라 ᄒᆞ믈며 홍은 앙ᄉᆞᄇᆡᆨ부ᄒᆞ고 신위ᄌᆞ딜ᄒᆞ여 감히 무륜패도를 ᄒᆡᆼᄒᆞ고 뉼법을 샹고ᄒᆞ나 그 죄 가히 ᄒᆞᆫ 번 죽기를 면티 못ᄒᆞᆯ디라 ᄇᆡᆨ시의 효우ᄒᆞ시므로ᄡᅥ 이도곤 더은 일이 이셔도 셩식을 동치 아니시리니 덕이 비록 지극ᄒᆞ시나 아등은 속슈ᄒᆞ고 안자 보미 혈긔예 춤디 못ᄒᆞᆯ 배라 그 죄악을 젹발ᄒᆞ미 가ᄒᆞ니이다 진공이 답왈 가티 아니타 뎌 뉴의 작식 ᄒᆡ이ᄒᆞ나 하늘이 덕으로ᄡᅥ ᄇᆡᆨ시긔 내시니 능히 ᄒᆡ올 배 업고 ᄉᆡᆼ각건ᄃᆡ 우리 집 션세 골육지친간 인뉸 대변을 만난 집이라 ᄇᆡᆨ부와 대인이 가연ᄒᆞ샤 일실지ᄂᆡ의 샹슈ᄒᆞ시고 졍의 타인동긔에 ᄌᆞ별ᄒᆞ시니 교홰 아등의게 흘너오매 맛

59면

당이 ᄀᆞ다듬아 돈목ᄒᆞ여 션세 누덕을 ᄃᆡ〃로 크게 ᄡᅵ셔 ᄇᆞ리미 맛당커늘 이졔 엇디 ᄎᆞ마 골육의 변을 나타내여 ᄉᆞ린의 춤 밧고 ᄊᆞ지ᄌᆞ믈 드ᄅᆞ리오 형댱이 이러틋 혜아

리샤 녕식언뎡 나타내믈 원티 아니시며 수쉬 쏘훈 셩덕의 녀주시라 죄를 주당후여 시비의 난언을 막으시니 수톄 지극 온당훈디라 지어 무고흉여와 긔도작법은 군주와 댱부의 밋고 의심홀 일이 아니오 흉의 일이 비록 히연후니 지친골육을 가히 법놀노 더으디 못후리니 무춤닉 지극훈 졍셩으로 감화후미 웃듬 계괴요 그러티 못훈즉 대의로 칙후여 가문의 훈가지로 브릴 뜻룸이라 법을 붉히믄 가티 아니토다 녕능휘 부진왈 추형의 말숨이 비록 의리예 올흐시나 사오나은 쟤 기과후기 어렵고 훈 뎜 불이 아방궁을 술오고 훈 잔 물이 텬후룰 좁으니 대강 일

60면

이 젹은 딕로셔 큰 곳의 범후고 미만훈 딕로셔 현뎌히 니러나니 우녀의 작난이 극히 셰밀후니 능히 집을 업치고 나라흘 기우리치미 주고로 이시니 젹게 보지 마루쇼져 빅시 너모 어디신죽 뉘우처도 밋디 못홀디라 우리 등이 엇디 안자셔 보고 믁연후리 잇고 공이 쇼왈 샹의 쇠 슌을 해티 못후고 녀후의 큰 계괴 뉴시를 업시티 못후니 뎌 위시 모진 빅시를 엇디 해후리오 형댱이 훈갓 인악히 어디름만 쥬후시는 사룸이 아니라 지인지감이 신명 굿흐샤 슈요댱단을 췌탁후시는 신긔후미 잇고 긔샹이 호연후샤 주연이 요마룰 진복후실디라 엇디 힘〃히 위시의 해를 감심후시리오 이 블과 놓이 언뎡 보둧 후시미니 현뎨 등은 근심 말나 후믈며 아등 형뎨 셩만후미 이

61면

굿고 뎌 죵형 이 인의 긔셰 약후고 범수를 우리 부형의게 우러〃 부주 부뷔 다 형댱 각하의 의탁후여시니 이제 만일 용납디 아니코 일시의 공격훈즉 죄는 비록 앗갑디 아니나 빅부의 셩의를 니주미오 쏘훈 엇디 가련티 아니리오 덕으로 무휼후미 올흐니 대인이 엇디 긔츌을 위하여 딜주를 용납디 아니시며 아둥이 빅부 골육이 다만 두 형이 잇는 줄 슬피 넉이디 아냐 허물을 관샤후미 업수리오 이리훈즉 셜사 일은 쾌후나 형댱이 반드시 셰상을 쓴코 뎌 두 형을 잇그러 수싱거취를 훈가지로 후리니 수톄 편당티 못후여 뉘웃브미 이시리라 녕능휘 과연후여 칭샤후고 셩의빅이 추언을 듯고 탄왈 날을 아는 쟈는 추데로다 드딕여 녕능후를 경계 왈 네 비록 날을 수랑후나 실은 날을 함후미라 만일 이런 일을 젹발후여 흉의 부주

62면

를 죄 준 후 우형이 어ᄂᆞ 면목으로 셰샹의 이시리오 내 평일 셰광 등 알오미 너희와 ᄒᆞᆫ가지오 홍을 보미 몽ᄋᆞ 등과 일테라 셰쇽이 싱양을 분간ᄒᆞ믈 블승가연ᄒᆞᄂᆞ니 사ᄅᆞᆷ이 혹 운익의 ᄀᆞ리여 그릇ᄒᆞ미 이시나 임의 ᄭᆡᄃᆞ랏고 홍이 블인ᄒᆞ나 션군골육이오 나의 딜ᄋᆡ라 인의로 경계ᄒᆞ여 도의 도라가믈 ᄇᆞ라거ᄂᆞᆯ 네 이제 지친 간의 이 ᄀᆞᆺᄒᆞᆫ ᄆᆞ음을 보니 모골이 숑연ᄒᆞ믈 ᄭᆡᄃᆞᆺ디 못ᄒᆞ리로다 녕능휘 크게 ᄭᆡ다라 기리 절ᄒᆞ여 실언ᄒᆞ믈 샤례ᄒᆞ니 제공의 위인이 이러틋 ᄒᆞ더라 초공 부〃ᄂᆞᆫ 이런 일을 알오ᄃᆡ 초공이 언 왈 노뷔 엇디 친ᄌᆞ를 위ᄒᆞ여 션형의 골육을 완뎐티 못ᄒᆞ게 ᄒᆞ리오 ᄒᆞ고 죵시 모ᄅᆞᄂᆞᆫ 톄ᄒᆞ니 진공은 가히 부형을 아ᄂᆞᆫ 사ᄅᆞᆷ이러라 이런 일을 됴부인이 용녀ᄒᆞ실가 두려 셩의빅이 가듕을 당부ᄒᆞ여 말을 말나 ᄒᆞ니

63면

바히 아디 못ᄒᆞᄂᆞᆫ디라 위시 홍으로 더브러 ᄆᆞ음ᄀᆞᆺ 괴ᄉᆞ를 ᄒᆞᄃᆡ 각별 효험이 업고 가듕이 ᄒᆞᆫ결ᄀᆞᆺ치 후ᄃᆡᄒᆞ니 훌일업서 ᄒᆞ더니 홍이 이 ᄣᆡ 동궁져작낭을 ᄒᆞ여 의기 양〃ᄒᆞ니 사ᄅᆞᆷ을 헐 ᄲᅮ리고 민간의 작폐ᄒᆞ미 만흔디라 태ᄉᆞ 형톄 공근ᄒᆞ믈 경계ᄒᆞᄃᆡ 듯디 아니터니 일〃은 됴회ᄒᆞ고 도라오다가 노샹의셔 걸인을 만나 길흘 건넌디라 대로ᄒᆞ여 하리로 ᄒᆞ여곰 어ᄌᆞ러이 치니 힝걸재 속이 허ᄒᆞ고 밧기 치운 ᄃᆡ 듕인의 큰 매를 마ᄌᆞ매 두어 소ᄅᆡ를 ᄒᆞ고 죽으니 ᄆᆞ참 도아ᄉᆞ 샤강의 오ᄂᆞᆫ 위의를 만나 좌위 보왈 압희 져작낭 뉴노야의 하인이 사ᄅᆞᆷ을 쳐 죽이ᄂᆞ이다 어ᄉᆡ 이 ᄣᆡ 슌천부윤을 ᄒᆞ엿ᄂᆞᆫ디라 벅〃이 홍의 작얼인 줄 아나 법을 감히 굽히디 못ᄒᆞ여 급히 좌우를 호령ᄒᆞ여 치ᄂᆞᆫ 하인과 죽엄을 거두어 마을노 ᄃᆡ령ᄒᆞ라 ᄒᆞ고 바로

64면

슌천부의 드러가 홍의 죄를 사획ᄒᆞ여 계ᄉᆞ하니 샹이 진노ᄒᆞ샤 즉일의 홍을 잡아 금의옥의 ᄂᆞ리와 됴뉼ᄒᆞ라 ᄒᆞ시니 임의 살인재라 홍의 죄 죽기의 나가갈디라 뉴부의셔 ᄇᆡ야흐로 알고 대경ᄒᆞ며 셰광 위시 망극ᄒᆞ여 통곡ᄒᆞ며 승샹과 셩의빅을 보고 구ᄒᆞ믈 청ᄒᆞᄃᆡ 이 ᄣᆡ 법뉼이 엄ᄒᆞ여 진공의 치국하ᄂᆞᆫ 되 극히 쥰졀ᄒᆞ니 ᄒᆞ믈며 살인 일관은 더욱 듕ᄒᆞ여 관샤티 못ᄒᆞ게 되여시니 초공이 탄왈 셰광 부ᄌᆡ 죵시 가문을 ᄆᆞᆺᄎᆞ니 날노 ᄒᆞ여곰 디하의 가 션형을 보올 ᄂᆞᆺ치 업ᄉᆞ리로다 ᄉᆞ싱이 비록 참혹ᄒᆞ나 국법은 가

히 굽히디 못ᄒᆞ리니 현마 엇디 ᄒᆞ리오 셩의빅이 톄읍 왈 이는 ᄒᆡᄋᆡ 어디리 ᄀᆞᄅᆞ치디 못ᄒᆞᆫ 죄라 엇디 안자셔 ᄎᆞ마 구티 아니리잇고 드ᄃᆡ여 샤어ᄉᆞ롤 ᄎᆞ자 보고 홍의 무망간 저즐미오 법을 짐짓 범ᄒᆞ미 아닐 줄 근쳥ᄒᆞ

65면

여 말숨이 근졀ᄒᆞ고 ᄯᅳᆺ이 착급ᄒᆞ여 사ᄅᆞᆷ을 감동ᄒᆞ니 어ᄉᆡ 본ᄃᆡ 졔공 듕 셩의빅을 공경ᄒᆞᄂᆞᆫ디라 ᄯᅩᄒᆞᆫ ᄉᆞ리 그런 ᄃᆞᆺᄒᆞ므로 증인과 죽엄을 샹고ᄒᆞ여 ᄉᆞ재 홍의 죵쟈로 더브러 샹튜ᄒᆞ여 죽이미오 홍의 일이 아니라 ᄒᆞ여 프러 주달ᄒᆞ니 졀도의 감ᄉᆞ안치ᄒᆞ라 ᄒᆞ시니 홍이 비록 사라나믈 어드나 만니의 표락ᄒᆞ매 위시 당초 됴고만 공명을 쟈셰ᄒᆞ여 탈덕홀 의ᄉᆡ 급ᄒᆞ다가 젼뎡을 아조 ᄆᆞᆺ차 안치 죄슈 도니 다시 빙쟈ᄒᆞ여 ᄇᆞ랄 거시 업고 셩의빅이 홍의 옥ᄉᆞ로 ᄉᆞ오 일 슉식을 폐ᄒᆞ고 쥬야 젼민ᄒᆞ여 목숨을 구ᄒᆞ매 잠간 진뎡ᄒᆞᄃᆡ 오히려 타향의 원덕ᄒᆞ믈 슬허 일노와 본쳐 군목의 글을 부쳐 ᄆᆡᄉᆞ의 지극디 아니미 업고 미쳐 저히 ᄉᆡᇰ각디 못ᄒᆞᄂᆞᆫ 일을 고렴ᄒᆞ여 참연ᄒᆞ며 에엿비 넉이미 지셩으로 나 위시의 사오나오므로도 감격ᄒᆞ

66면

고 뉘웃ᄎᆞ며 셰광의 감샤ᄒᆞᄂᆞᆫ ᄆᆞ음은 가히 니ᄅᆞ디 못홀너라 홍이 ᄯᅩᄒᆞᆫ 님힝ᄒᆞ여 울고 하딕ᄒᆞ니 태ᄉᆡ 손을 잡고 거뎍ᄒᆞ여 힝신ᄒᆞ믈 경계ᄒᆞ고 ᄯᅩ 닐오ᄃᆡ 네 만일 뎍소의가 깁히 슈졸ᄒᆞ여 ᄆᆞ음을 닥근즉 내 맛당이 힘ᄡᅥ 프러 닐로ᄡᅥ 다시 도라와 부ᄌᆞ슉딜이 ᄒᆞᆫ당의셔 여년을 ᄆᆞᆺ게 ᄒᆞ리니 조심공근ᄒᆞ라 홍이 ᄉᆞ샤ᄒᆞ더라 셩의빅이 홍을 보ᄂᆡ고 셰광 위시를 지극 무휼ᄒᆞ며 소부인이 그 졍ᄉᆞ롤 더옥 슬허ᄒᆞ니 위시 홍의 ᄉᆞ죄롤 면ᄒᆞ미 셩의빅의 쥬션ᄒᆞᆫ 힘이오 고휼하는 덕의롤 보매 크게 감격ᄒᆞ여 ᄆᆞ음을 고쳐 화목ᄒᆞ니 태ᄉᆡ 만심 환열ᄒᆞ여 더옥 션힝가언으로 집을 다ᄉᆞ려 괴뉴롤 졍됴로 진뎡ᄒᆞ니 졔공이 탄왈 샤불범졍이니 위시의 요ᄉᆡ 엇디 빅시롤 범ᄒᆞ리오 ᄒᆞ더라 이후 삼년만의 나라히 은샤

67면

이셔 홍이 도라오니 졀역의 간고롤 격거 젼일 예긔 최찰ᄒᆞ엿고 부뫼 다 ᄀᆡ과ᄒᆞ여시니 ᄌᆞ연 도의 도라가 죵ᄂᆡ 다시 작난을 못ᄒᆞ고 무해ᄒᆞᆫ 사람이 되나 벼술은 다시 못ᄒᆞ

니라 이 때 ᄉᆞ힉 승평ᄒᆞ고 국가의 일이 업슨디라 졔공이 태평셩ᄃᆡ의 직상이 되여 관식 한가ᄒᆞ고 지긔 울젹ᄒᆞ여 ᄒᆞᆫ 번 오초의 노라 졀강산슈를 보고져 ᄒᆞᄃᆡ 진공은 더옥 소임이 듕ᄒᆞ고 먼니 놀미 인ᄌᆞ의 되 아니라 하고 능히 뜻을 펴디 못ᄒᆞ더니 초공이 비록 나히 만흐나 경녁이 쇼년ᄀᆞᆺ고 장긔 죠곰도 쇠치 아냣ᄂᆞᆫ디라 일〃은 졔ᄌᆞ를 ᄃᆡ하여 ᄀᆞᆯ오ᄃᆡ 내 어려서 닙됴ᄒᆞ여 늙기의 니ᄅᆞ히 환노와 가ᄉᆞ의 얽ᄆᆡ이여 ᄒᆞᆫ 번 산쳔을 편답디 못ᄒᆞ니 ᄆᆡ양 남ᄋᆞ의 흉금이 무식ᄒᆞ믈 ᄒᆞᆫᄒᆞ더니 근ᄂᆡ 나라히 일이 업고 여등이 ᄯᅩᄒᆞᆫ 한가ᄒᆞᆫ디라 말ᄆᆡ를 어더 쳥뎐산

68면

소의 소분ᄒᆞ고 인ᄒᆞ여 남방을 편관하여 고젹을 보고져 ᄒᆞ노라 졔공이 졔셩응ᄃᆡᄒᆞ고 즉일의문셩공 산소의 소분ᄒᆞ믈 알외여 석 ᄃᆞᆯ 말ᄆᆡ를 쳥ᄒᆞ니 상이 다 허락ᄒᆞ시고 방관이 호송ᄒᆞ고 역마로 ᄇᆡ힝ᄒᆞ라 ᄒᆞ시니 졔공이 샤은ᄒᆞ고 초공을 뫼셔 ᄯᅥ나매 ᄌᆞ딜이 조츠믈 쳥ᄒᆞᄃᆡ 번거ᄒᆞ므로 다 ᄯᅥᄅᆞ치고 도라올 긔약을 뎡ᄒᆞ여 듕노의 마즈라 ᄒᆞ고 졔공이 다 미복으로 죵쟈 수십여 인을 거ᄂᆞ려 ᄇᆡ도ᄒᆞ여 쳥뎐의 니ᄅᆞ러 문셩공 산소의 소분ᄒᆞ기를 ᄆᆞᆺ고 ᄇᆡ야흐로 묘하 친권과 향당을 ᄎᆞ자 경의를 베플ᄉᆡ 어시의 남듕일방이 초공 부ᄌᆡ 니ᄅᆞ믈 듯고 ᄇᆡᆨ셩이 부로휴유ᄒᆞ여 길이 메여시며 평일 앙모ᄒᆞ던 대덕을 일ᄏᆞᆺ고 얼굴을 보믈 원ᄒᆞ여 챠당이 구름 ᄀᆞᆺ고 거매 안개 ᄀᆞᆺ흐니 초공이 ᄀᆞᆯ오ᄃᆡ 이는 부챵된 권신이 민폐

69면

를 도으미오 당뉴의 낙〃ᄒᆞᆫ 힝식으로 경물을 보미 아니〃 쳣ᄯᅳᆺ과 크게 어긔엿ᄂᆞᆫ디라 내 원컨ᄃᆡ 동남산슈를 보디 말고 명일노 도라가리라 졔공이 모든 관원을 보고 후례를 손샤ᄒᆞ여 이 소유를 니ᄅᆞ고 권ᄒᆞ여 도라보내니 졔인이 뎌 부ᄌᆞ의 공검ᄒᆞᆫ 뜻을 알고 감히 위월티 못ᄒᆞ여 믈너가매 두어 날 머므러 오초를 볼ᄉᆡ 동졍호의 ᄇᆡ를 ᄶᅴ우고 구의산의 올나 인ᄒᆞ여 쇼샹과 황능묘를 보며 셔호와 회사뎡을 ᄉᆞᆯ펴 쳔고의 ᄂᆞᆰ은 자최와 놉흔 튱효을 됴문ᄒᆞ여 졔공의 건곤을 두로혀ᄂᆞᆫ 문댱과 강개ᄒᆞᆫ 튱졀노 고인의 자최를 보아 시졀을 만나디 못ᄒᆞ믈 앗기고 슬허ᄒᆞ며 졀승ᄒᆞᆫ 경치를 완샹ᄒᆞ여 호활ᄒᆞᆫ 풍치 더옥 뇌락ᄒᆞ니 쳐〃의 유람ᄒᆞ며 음영ᄒᆞ여 진실노 쳔지의 ᄒᆞᆫ 시졀이오 만ᄃᆡ의 두 번 잇디 아니ᄒᆞ니 녜 소노쳔이 동파

70면

영빈을 ᄃᆞ리고 무관을 디나며 긔록ᄒᆞ믄 쪽히 긔특디 아닌디라 삼소의 문댱의 엇디 뉴가 부ᄌᆞ를 앙망ᄒᆞ리오 졔공이 승샹을 뫼셔 숑하와 듁님의 빅회ᄒᆞ고 뎐야의 산보ᄒᆞ매 팔 쳑 댱신과 칠 쳑 경늈이 졔〃히 굴와 힝ᄒᆞ여 풍늬 더옥 긔특ᄒᆞ니 하방 우밍이 다 놀나 텬샹 진인으로 알고 사ᄅᆞᆷ인 줄 아디 못ᄒᆞ더라 진공은 더욱 녯날 왕위를 ᄉᆞ양하고 오초를 편관ᄒᆞ엿는디라 인간 셰월이 어ᄂᆞ덧 삼십 년이로ᄃᆡ 산쳔이 의구ᄒᆞ여 암셕과 뎡ᄌᆞ의 공의 음풍영월ᄒᆞᆫ 시ᄉᆡ 완연ᄒᆞ여시니 공이 감흥ᄒᆞ믈 싀돗디 못ᄒᆞ여 문방을 나와 히쥐부와 샹강시와 군산문을 지어 젼휴를 긔록ᄒᆞ니 ᄉᆞ리 호탕ᄒᆞ고 필법이 웅건ᄒᆞ니 졔공이 칭찬ᄒᆞ고 니어 ᄎᆞ운ᄒᆞ여 악양누의 현판ᄒᆞ다 힝ᄒᆞ여 형쥐 니ᄅᆞ니 이 ᄯᅡ흔 초공의 봉읍이라

71면

빅셩이 공의 덕화를 닙언 디 ᄉᆞ십 년이 거의라 풍쇽이 슌수ᄒᆞ여 도블습유ᄒᆞ고 근신삼강ᄒᆞ여 인의지홰 크게 힝ᄒᆞ더니 금일 저히 국군이 와시믈 듯고 ᄃᆞ토아 현알ᄒᆞ고 녕능군민이 ᄯᅩᄒᆞᆫ 녕능후를 빅현ᄒᆞ니 부ᄌᆞ 이 인이 무위ᄒᆞ믈 두터이 ᄒᆞ고 요역을 덜며 창늠을 여러 환과고독을 진졔ᄒᆞ며 부셰를 감ᄒᆞ여 십분의 일을 공헌ᄒᆞ게 ᄒᆞ니 군민이 고무대열ᄒᆞ더라 수일 수 남악 형산을 보아 칠십이 봉을 편관ᄒᆞ고 빅를 ᄐᆞ고 슌뉴ᄒᆞ여 됴쥐 ᄂᆞ리니 창낭이 하늘의 다핫고 태풍이 간〃 이시ᄃᆡ 졔공이 샹관텬문ᄒᆞ고 하찰디리ᄒᆞ여 항농복호ᄒᆞ믈 댱듕의 두어 심산궁협의 츌입ᄒᆞ고 만경창파의 풍범을 놉히 걸매 신병이 호위ᄒᆞ고 어룡이 ᄉᆞ후ᄒᆞ여 일노의 거칠 것이 업ᄉᆞ니 신긔ᄒᆞᆫ ᄉᆞ젹이

72면

무궁ᄒᆞᄃᆡ 말이 만히 길고 허탄ᄒᆞ여 긔록디 아니ᄒᆞ니라 승션도히ᄒᆞ여 됴쥐 니ᄅᆞ니 공이 졔ᄌᆞ를 ᄃᆡᄒᆞ여 왈 셕일 대인이 이곳의 은견을 닙ᄉᆞ와 거ᄒᆞ시매 칠년지ᄂᆡ의 명셩이 ᄉᆞ히의 ᄀᆞ득ᄒᆞ야 ᄆᆞᄎᆞᆷᄂᆡ 효종황뎨 졀월노 딩쇼ᄒᆞ시믈 밧ᄌᆞ오니 그 ᄣᅢ 내 몸이 ᄯᅡ히셔 난디라 부모의 만상간고ᄒᆞ심과 나의 복듕으로브터 고〃히 강보의 니ᄅᆞ도록 녕뎡무탁ᄒᆞ던 일이 가히 천지예 눈믈을 흘닐디라 금일 이곳의 니ᄅᆞ러 엇디 ᄒᆞᆫ 번 션친

의 자최를 보고 나의 노던 곳으로뼈 너희를 뵈여 후셰의 뎐티 아니리오 졔공이 감읍ᄒᆞ여 말을 못ᄒᆞ더라 드듸여 ᄇᆡᆨ예 ᄂᆞ려 몬뎌 안샹현 수월암의 니ᄅᆞ니 산쳔이 졀승ᄒᆞ고 디ᄆᆡᆨ이 녕슈ᄒᆞ여 남방 뎨일 명승디라 암듕의 녀승 수ᄇᆡᆨ여 인이 잇다가 대샹의(?) 위의를 보고 놀나 마자 방댱의

73면

드리고 그 듕 팔십 니고 서너히 득도ᄒᆞ엿ᄂᆞᆫ디라 이에 승샹 부ᄌᆞ를 보고 ᄉᆞ뎨 등ᄃᆞ려 닐오ᄃᆡ 이ᄂᆞᆫ 눅십 년 젼 뉴승샹 부인이 이곳의 와 슈졀참션ᄒᆞ샤 다ᄉᆞᆺ ᄒᆡ를 머므ᄅᆞ시매 처음 복듕의 ᄢᅵ쳐 오신 바 공지 산ᄉᆞ의셔 탄ᄉᆡᆼᄒᆞ샤 ᄒᆡᆼ지거동이 크게 비샹ᄒᆞ시니 우리 도듕이 크게 부귀ᄒᆞᆯ 줄 아더니 오라디 아냐 부인 모ᄌᆞ를 그 친당이 와 ᄎᆞ자 가고 그 후 음신이 ᄭᅳᆫ처시니 ᄆᆡ양 닛디 못ᄒᆞᄃᆡ 쳥운과 ᄇᆡᆨ운이 길히 달나 서로 ᄎᆞᆺ디 못ᄒᆞ엿더니 이제 의외예 왓ᄂᆞᆫ 노얘 이 뎔의셔 난 공ᄌᆡ요 다ᄉᆞᆺ 아들이 다 왕공후ᄇᆡᆨ으로 하ᄂᆞᆯ 셩신을 응ᄒᆞᆫ 사ᄅᆞᆷ이라 고젹을 ᄎᆞ자 이곳의 니ᄅᆞ러시니 너히 등이 맛당이 뎡부인 슈ᄒᆡᆼᄒᆞ시던 방댱을 여러 뎌를 보게 ᄒᆞ라 졔승이 크게 긔특이 넉여 나와 노ᄉᆞ의 말을 초공긔 고ᄒᆞ고 방문을 여러 뎡부인 거쳐ᄒᆞ던 ᄃᆡ를

74면

뵈니 초공이 노승의 말을 놀나고 긔특이 여겨 무러 왈 엇디 이 방을 즘갓ᄂᆞ뇨 졔승이 ᄃᆡ왈 뎡부인이 가신 후 모든 승니 그 졀개와 덕ᄒᆡᆼ을 닛디 못ᄒᆞ고 대샹의 부인이시라 거쳐를 셜만이 못ᄒᆞ여 즘가 잡인을 드리디 아니ᄒᆞ더니이다 승샹이 졔승이 곡진ᄒᆞ믈 차탄ᄒᆞ고 방듕을 ᄉᆞᆯ피매 진애 편만ᄒᆞ여 인뎍이 니ᄅᆞ디 아니미 오래믈 보고 벽샹의 모부인 졀귀 두어 슈 ᄡᅳ여 홍사를 ᄂᆞ리와시니 묵젹이 비등ᄒᆞ고 ᄉᆞ의 쳥신ᄒᆞ여 창히의 뇽이 서려시며 단산의 봉이 춤추ᄂᆞᆫ디라 완곡ᄒᆞᆫ 문톄 평ᄉᆡᆼ을 슬허ᄒᆞ며 ᄋᆞᄌᆞ로 부ᄌᆞ의 눈을 완젼ᄒᆞ믈 원ᄒᆞ여 대아의 ᄇᆞᆰ은 거ᄉᆞᆯ 젼쥬ᄒᆞ여 일호 셰렴의 구애ᄒᆞ미 업고 그 아ᄅᆡ 승샹이 ᄋᆞ시의 고풍 두어 귀를 을퍼 ᄌᆞ모를 뫼셔 엄뎡의 니ᄅᆞ믈 원ᄒᆞ여 문톄 심원ᄒᆞ고 필법이 웅건ᄒᆞ여

75면

금일 긔상이 시ᄉᆞ의 다 비최여시니 졔공이 이를 보고 감탄ᄒᆞ믈 이긔디 못ᄒᆞ고 승샹

이 ᄋᆞ시의 모친을 뫼셔 이곳의 잇던 줄이 어제론 ᄃᆞᆺᄒᆞ여 ᄇᆡᆨ슈의 눈믈을 빗기 흘니고 손으로 벽상 시ᄉᆞ를 어ᄅᆞ ᄆᆞ뎌 통읍ᄒᆞ믈 마디 아니ᄒᆞᄂᆞᆫ디라 졔직 나아가 직삼 관위ᄒᆞ여 진뎡ᄒᆞ매 드ᄃᆡ여 시뎐을 ᄲᅦ혀 냥듕의 너코 ᄒᆡᆼ듕의 쳔금을 내여 졔승을 후상ᄒᆞ고 길 나 됴쥐부의 니ᄅᆞ러 효문공의 거쳐ᄒᆞ던 ᄆᆞ을〃 ᄎᆞ자가니 임의 본향 다싀 그곳의 원을 지어 화상을 ᄒᆞ여 걸고 젼임태슈 냥듕긔와 녜부샹셔 강형슈를 ᄇᆡ향ᄒᆞ여 츈츄로 졔ᄒᆞᄂᆞᆫ디라 승샹 부직 모든 션ᄇᆡ 졍셩을 감동ᄒᆞ고 놀나 의관을 졍히 ᄒᆞ고 나아가 보니 벽와쥬ᄆᆡᆼ은 ᄇᆡᆨ일의 됴요ᄒᆞ고 문젼 오류와 뎡하 숑듁은 좌우로 버럿ᄂᆞᆫᄃᆡ 졍뎐문을 열매 효문공의 화상을

76면

걸고 좌우의 강냥의 샹을 동셔로 거럿더라 ᄉᆡᆼ긔 뉴동ᄒᆞ고 ᄇᆞᆰ은 안치 평일 ᄀᆞᆺ흐니 초공이 ᄒᆞᆫ 번 보매 반갑고 슬프믈 이긔디 못ᄒᆞ여 밧비 추진ᄒᆞ여 ᄌᆡᄇᆡ고두ᄒᆞ고 실셩톄읍ᄒᆞ여 능히 그치디 못ᄒᆞ니 졔공이 ᄯᅩᄒᆞᆫ 이를 보매 숑연이 공경ᄒᆞᄂᆞᆫ ᄆᆞ음과 츄모ᄒᆞᄂᆞᆫ 졍셩이 니러나니 ᄒᆞᆫ가지로 ᄇᆡ례ᄒᆞ기를 ᄆᆞᆺ고 야〃를 직삼 관위ᄒᆞ여 슬프믈 진뎡ᄒᆞ고 다시 화샹을 텸망ᄒᆞ매 위풍과 용치 긔상이 셩의ᄇᆡᆨ으로 더브러 호흘이 차착디 아니〃 조손이 샹ᄃᆡᄒᆞ여 ᄒᆞ나흔 화샹이오 ᄒᆞ나흔 산사ᄅᆞᆷ이로ᄃᆡ 흡연이 ᄒᆞᆫ판의 박아낸 ᄃᆞᆺ하니 진실노 분변ᄒᆞ기 어려온디라 초공이 원ᄂᆡ 셩의ᄇᆡᆨ으로ᄡᅥ 그 야〃 ᄀᆞᆺ치 넉이나 금일 이대도록 춥치ᄒᆞ미 업ᄉᆞ믈 보매 새로이 놀나고 더옥 ᄋᆡ듕ᄒᆞ여 ᄒᆞ더라 묘 딕흰 션ᄇᆡ를

77면

쳥ᄒᆞ여 녜로 보고 초공이 후ᄃᆡᄒᆞ며 무ᄅᆞᄃᆡ 션친이 일죽 졔ᄉᆞ의게 ᄭᅵ친 은혜 업거놀 이러틋 묘당을 지어 향화를 밧드니 혹ᄉᆡᆼ이 셩ᄒᆞᆫ 덕을 맛당이 ᄇᆡᆨ골의 삭일디라 다만 뭇ᄂᆞ니 뎌 화샹을 엇던 사ᄅᆞᆷ이 뎌러틋 긔특이 도화 글엿ᄂᆞ뇨 제ᄉᆡᆼ이 ᄃᆡ왈 션승샹이 이곳의 거뎍ᄒᆞ션 지 칠년지ᄂᆡ의 교홰 대힝ᄒᆞ여 일쥐 인민이 다 삼강오샹을 니ᄅᆞ혀 녜의를 닷그니 만민을 건뎌내신 덕틱이 녜 관셔부ᄌᆞ를 니ᄅᆞ디 못홀디라 모든 션ᄇᆡ 다 일ᄏᆞ라 됴쥐부ᄌᆞ라 ᄒᆞᄂᆞ니 엇디 됴고마ᄒᆞᆫ 셔원을 니ᄅᆞ리잇고 화샹은 션샹공 게실 ᄯᅢ 쳐ᄉᆞ 님뎡화는 악쥐 사ᄅᆞᆷ으로 나히 칠십의 텬하를 편관ᄒᆞ여 명공거경을 아니 보니 업서 안녁이 고원ᄒᆞ고 화법이 신묘ᄒᆞᆫ디라 운유ᄒᆞ여 이곳의 니ᄅᆞ러 마초아 션샹공

이 본쥐태

78면

슈 냥듕긔와 그 벗 강현슈로 더브러 담논ᄒᆞ믈 보고 사ᄅᆞᆷᄃᆞ려 닐오ᄃᆡ 내 일즉 고금명공과 옥모군ᄌᆞ를 보고 드른 배 적디 아니ᄃᆡ 이 사ᄅᆞᆷ은 결연이 쳔지일인이라 가히 민멸티 못ᄒᆞ리라 ᄒᆞ고 즉시 세 복 그림을 그려 본향 다ᄉᆞ룰 두고 갓더니 그 후 셔원을 ᄒᆞ고 화샹으로써 족ᄌᆞ를 ᄆᆡᆫᄃᆞ라 봉안ᄒᆞᆫ 배로소이다 승샹 부ᄌᆡ 감탄ᄒᆞ믈 마디 아니ᄒᆞ고 진공이 나아가 ᄀᆞᆯ오ᄃᆡ 젼일 가묘의 봉안ᄒᆞᆫ 바 조부 화상을 샹〃 텸망ᄒᆞ오매 만히 이와 다ᄅᆞᆫ디라 ᄒᆡ아 등이 강보의 조부를 여ᄒᆡ와 안모를 ᄌᆞ시 아디 못ᄒᆞ므로 그 다ᄅᆞ믈 몰나ᅀᆞᆸ더니 만일 이 화샹이 일호 다ᄅᆞ미 업ᄉᆞ올딘ᄃᆡ 경ᄉᆞ의 봉안ᄒᆞ온 화샹이 미진ᄒᆞ온디라 ᄒᆡᄋᆡ 비록 ᄌᆡ죄 업ᄉᆞ오나 원컨ᄃᆡ 필연을 밧드러 존안을 모ᅀᆞᆸᄒᆞ여 가미 엇더ᄒᆞ니잇고 승샹 왈 묘당의 봉안ᄒᆞᆫ

79면

바 화샹은 대인 ᄉᆡᆼ시의 일등 화공으로 도화ᄒᆞ시ᄃᆡ 능히 그 긔샹과 골격을 옴겨내디 못ᄒᆞ여 여러 순 고쳐 방불ᄒᆞᆫ 거ᄉᆞᆯ 어드니 대강 대인의 골격과 용치 범인과 ᄇᆡᆨ분 현격ᄒᆞ시므로 능히 모ᅀᆞᆸ디 못ᄒᆞ미라 금일 이 그림은 진실노 신인의 조홰니 사ᄅᆞᆷ의 ᄌᆡ죄 아니라 네 이러ᄐᆞᆺ 그릴딘ᄃᆡ 밧드러 도라가 샹〃의 뵈올딘ᄃᆡ 엇디 희ᄒᆡᆼ티 아니며 당년의 뫼셔심과 다ᄅᆞ리오마ᄂᆞᆫ 능티 못ᄒᆞᆯ가 ᄒᆞ노라 진공이 즉시 쵹깁과 필연을 옴겨 신위 압히 나아가 손 씻고 분향ᄒᆞᆫ 후 ᄎᆡ화를 능난히 ᄀᆞᆯ고 화필을 잡아 평ᄉᆡᆼ 조화를 다ᄒᆞ여 ᄒᆞᆫ 번 두ᄅᆞ치매 회두 ᄉᆞ이의 효문공의 얼굴과 졍신을 옴겨내니 묵홰 찰난ᄒᆞ고 ᄉᆡᆼ긔 발월ᄒᆞ여 완연이 ᄆᆞᆰ은 눈을 드러 사ᄅᆞᆷ을 보ᄂᆞᆫ ᄃᆞᆺ 아ᄅᆞᆷ다온 얼골과 긔이ᄒᆞᆫ 풍신의 잠간 웃ᄂᆞᆫ 빗

80면

치 진실노 말 못ᄒᆞ난 효문공이라 도로혀 젼그림의 ᄇᆡ승ᄒᆞ니 승샹과 졔공이 평일 진공의 ᄌᆡ조를 모ᄅᆞ미 아니로ᄃᆡ 이대도록 긔특ᄒᆞ믈 보고 다 놀나 어린 ᄃᆞᆺᄒᆞ더라 드ᄃᆡ여 태ᄒᆡᆼ산의 올나 경치를 보고 뎡부인이 난향으로 더브러 머므던 곳을 향인이 ᄀᆞᄅᆞ치매 초공이 나아가 보아 쳐〃의 감샹ᄒᆞ믈 마디 아니터니 셩의ᄇᆡᆨ이 나아가 고ᄒᆞᄃᆡ

대인이 볫차죄를 늣기시고 산슈의 흥을 부치샤 도로의 광음이 변ᄒᆞ여시니 ᄎᆞ뎨는 더옥 군국 듕ᄉᆞ와 오부 공식 ᄒᆞ로 폐ᄒᆞ미 어려온디라 됴뎡의 긔혼이 어긔면 신ᄌᆞ의 도리 아니오 인언이 이실가 두리ᄂᆞ이다 초공 왈 이 말이 올흐니 일직 급흔디라 추홍을 썰치고 명일 필마로 힝ᄒᆞ여 졔ᄋᆞ의 맛는 거술 실신티 말고 됴뎡 긔한의 미차미 가ᄒᆞ다 드듸여 길을 도로혀 경ᄉᆞ로

81면

향홀ᄉᆡ 쳔금으로 묘 딕흰 다ᄉᆞ를 샤례ᄒᆞ고 부친 화상을 밧드러 힝ᄒᆞ매 각〃 쳔니마를 ᄐᆞ고 산호채를 잡아 부ᄌᆞ 뉵인의 힝식이 호〃탕〃ᄒᆞ니 초공의 오화마와 셩의빅의 도화총과 진공의 빅셜표와 녕능후의 ᄌᆞ류마와 북풍후의 쳔니총과 각노의 오운매 거름이 ᄒᆞᆫ가지오 댱단이 일톄로 다 완매로ᄃᆡ 그 듕 오화마와 빅셜피 잠간 더 크고 쳔니 밧글 가더라 사름은 인듕뇽이오 ᄆᆞᆯ은 마듕뇽으로 비단옷과 옥노검이 노샹의 휘황ᄒᆞ고 사름과 ᄆᆞᆯ이 풍우ᄀᆞᆺ치 ᄂᆞ는디라 두어 날이 못ᄒᆞ여 산동을 디나 연경의 갓가오매 부ᄌᆡ ᄒᆞᆷᄭᅴ 마혁을 잡고 산쳔을 둘너보아 날호여 힝ᄒᆞ더니 먼니 ᄇᆞ라보니 평원 광야의 수만 군병이 ᄃᆡ오를 졍졔ᄒᆞ여 결진ᄒᆞ고 빅모황월과 뇽봉졍긔 ᄇᆞ람의 나븟기는 곳의 ᄉᆞ되 진

82면

연 이 후와 평졔왕 흑ᄉᆞ 등 소년졔싱 수십여 인을 거ᄂᆞ려 졔공을 마즈니 양흑ᄉᆞ 등 삼공이 ᄯᅩᄒᆞᆫ 니ᄅᆞ러 초공긔 뵈고 태ᄉᆞ 등으로 손을 잡고 반기며 수삼월 힝노의 보듕ᄒᆞ믈 치하ᄒᆞ더라 오부 장졸과 듕셔셩 부하관이 운홍무집ᄒᆞ여 진공을 영졉ᄒᆞ니 군융의 셩ᄒᆞ미 대로를 덥허시니 공이 ᄇᆞ야흐로 공복을 닙고 부형을 뫼셔 힝ᄒᆞ여 남편 문 밧긔 니ᄅᆞ니 텬ᄌᆞ 어ᄉᆞ태우 뉴세로 무ᄉᆞ히 도라오믈 문안ᄒᆞ시고 만됴빅관이 다 술을 가지고 양을 잇그러 졔공을 마즈니 거매 잡담ᄒᆞ고 인셩이 훤텬ᄒᆞᆫ디라 졔공이 술위를 머므ᄅᆞ고 댱막을 빅셜ᄒᆞ여 친붕을 ᄃᆡ졉홀ᄉᆡ 믄득 ᄇᆞ라보니 돗글이 히를 ᄀᆞ리오고 인셩이 딘동ᄒᆞ여 홍냥산을 바친 삼위 귀인을 인ᄒᆞ여 압흐로 오고 그 뒤히 허다ᄒᆞᆫ 풍물과 악공이 조차 졈〃 갓가

83면

오매 하리 보ᄒᆞᄃᆡ 황당셜 노야와 각노 녀노야와 남챵왕 힝게 니ᄅᆞ러 계시이다 초공이 쳥ᄒᆞ여 드러오매 오래 써나믈 일ᄏᆞ라 크게 반기며 남왕이 골오ᄃᆡ 졀강오초 승디ᄂᆞᆫ 복의 평ᄉᆡᆼ ᄉᆞ랑ᄒᆞᄂᆞᆫ 배로ᄃᆡ 벼ᄉᆞᆯ의 ᄆᆡ이여 능히 댱간을 말ᄆᆡ암디 못ᄒᆞ니 녈위 존공이 츌유ᄒᆞ여 동남산슈를 편관ᄒᆞ시니 우러〃 칭복ᄒᆞ믈 이긔디 못ᄒᆞ고 고풍을 ᄯᆞᆯ오기 어려오믈 ᄭᆡ돗ᄂᆞ이다 졔공이 쇼왈 군은 쇼년호걸노 불구의 남챵의 도라가면 오초경치를 됴셕의 ᄃᆡᄒᆞ리니 엇디 아등의 포의건녀로 초초ᄒᆞᆫ 길을 ᄌᆞᆨ히 니ᄅᆞ리오 다만 셜형은 쇠로ᄒᆞᆫ 나히 규방 ᄃᆡᆨ희미 가디록 주접 드러 머리를 내왓디 못ᄒᆞ니 엇디 우리 ᄀᆞᆺᄒᆞᆫ 붕우를 ᄯᆞᆯ와 산슈를 보리오 황당이 대쇼왈 녈위 졔형이 사ᄅᆞᆷ을 됴롱ᄒᆞ미 이ᄀᆞᆺ치 심ᄒᆞ뇨 소년 적 일을 이리 긔롱

84면

ᄒᆞ미 가티 아니토다 좌듕이 대쇼ᄒᆞ더라 이윽고 남챵왕과 녀각뇌 몬뎌 니러 하딕 왈 금일 모드신 션싱을 영졉ᄒᆞᆫ 후 인ᄒᆞ여 친우를 젼별ᄒᆞ라 가ᄂᆞᆫ 고로 됴용이 말솜ᄒᆞ디 못ᄒᆞ니 타일 샹부의 가 교회를 기ᄃᆞ리〃이다 졔공이 거슈칭샤ᄒᆞ여 작별ᄒᆞ니라 원ᄂᆡ 셩황당은 셜황부 부친이오 명은 영이라 일즉 효종황뎨 후궁 왕귀비 ᄯᆞᆯ 셩혜공쥬 부매니 진양공쥬 셔패라 그 죠강 녀시 셜후를 ᄉᆡᆼᄒᆞ니 드ᄃᆡ여 황당이 되엿고 녀각노ᄂᆞᆫ 소쥐빅 녀희의 아들이니 기ᄌᆞ 챵닌이 슉경공쥬 부매 되여 문회 혁〃ᄒᆞ고 번화부귀 ᄀᆞ업ᄉᆞ나 부귀를 밋고 풍악과 쥬ᄉᆡᆨ을 즐기고 규방의 굴ᄒᆞᄂᆞᆫ 일이 만흐니 뉴시 졔공이 평일 풍뉴랑으로 지목ᄒᆞ여 웃ᄂᆞᆫ 배요 진공이 더옥 뎌의 슉불괴ᄉᆞ를 친히 ᄒᆞ믈 긔롱ᄒᆞ여 샹시 닐오ᄃᆡ 녀가 부지

85면

관옥풍치오 술주머니며 남ᄋᆞ의 몸이오 부인의 슈해라 평ᄉᆡᆼ 힝지 녀ᄌᆞ 당듕의 나디 아니코 셜군은 젼국 적 풍쇽이 이셔 샤ᄃᆡᆨ의 큰 계교를 아디 못ᄒᆞᆫ다 ᄒᆞ나 그 인지를 ᄉᆞ랑ᄒᆞ여 친졀ᄒᆞᄃᆡ 공이 당시ᄒᆞ여 검니ᄒᆞ고 샹뎐ᄒᆞ여 총빅관 셥뎡ᄒᆞ니 졔왕각뇌 다우러〃 셤기ᄂᆞᆫ디라 명분이 ᄂᆡ도ᄒᆞ여 공경ᄒᆞ고 탄복ᄒᆞ미 감히 붕우지의를 니ᄅᆞ디 못ᄒᆞ러라 술위를 모라 셕양의 집의 도라오니 됴니 냥 부인이 녀부를 거ᄂᆞ려 듕당의셔 마자 수삼월 ᄂᆡ 가듕이 무ᄉᆞ하고 도로의 무양이 득달ᄒᆞ믈 치하ᄒᆞ니 초공이 ᄯᅩᄒᆞᆫ 일

노 산쳔과 됴쥐 가 고젹을 다시 보고 부친 화샹을 밧드러 와시믈 뎐ᄒᆞ니 냥 부인이 경동ᄒᆞ고 감상ᄒᆞ믈 마디 아니터라 명일 졔공이 궐하의 슉샤ᄒᆞ고 다시 힝공ᄒᆞ매 일노 조차 가닉의 일이 업고 족당이 돈목ᄒᆞ여 승샹 ᄌᆞ손이 수빅의 밋츠

86면

니 치의홍상과 금포옥디 좌우의 나렬ᄒᆞ여 빅ᄌᆞ쳔손이 날로 창셩ᄒᆞ디 승샹 부뷔 증손의 니ᄅᆞ히 어ᄅᆞ믄뎌 ᄉᆞ랑ᄒᆞ미 ᄒᆞᆫ골ᄀᆞᆺ치 평균ᄒᆞ여 ᄋᆡ증이 업고 ᄌᆞ손을 ᄃᆡᄒᆞ면 부모의 조세ᄒᆞ샤 보디 못ᄒᆞ심과 냥형의 ᄒᆞᆫ가지로 즐기디 못ᄒᆞ믈 슬허ᄒᆞ니 그 효우ᄒᆞ미 이러틋 ᄒᆞ더라 태ᄉᆞ와 진공이 부모의 츈취 놉흐시믈 두리고 슬하 남ᄆᆡ 팔인이 서로 의논ᄒᆞ여 셰속 번다ᄒᆞᆫ 일을 다 폐ᄒᆞ고 형뎨 오인이 셔헌의 모다 밤이면 야〃를 뫼셔 자고 낫이면 부모를 뫼셔 학낭쇼어로 승안양디ᄒᆞ여 일시를 써나디 아니〃 황향의 션침과 노릭ᄌᆞ의 치의를 족히 니ᄅᆞ디 못홀디라 진공이 일노초자 궁듕을 ᄇᆞ리고 본부의 도라와 당부인으로 더브러 봉양ᄒᆞᄂᆞᆫ 소임이 더옥 종요롭고 근졀ᄒᆞ니 셩의빅은 됴부인을 봉양ᄒᆞ므로 ᄌᆞ연 젼일치 못ᄒᆞᆫ디라 됴셕 식상이

87면

오ᄅᆞᄂᆞᆫ 째면 됴부인과 승샹 부뷔 ᄒᆞᆫ당의 못고 공의 형뎨 친히 쥬방을 님ᄒᆞ여 찬션을 슬피고 소당 냥 부인이 친히 상을 밧드러 구고의 나오며 허다 ᄌᆞ손이 ᄎᆞ례로 시좌ᄒᆞ여 임의 상을 물니매 졔공이 친히 긔개를 여러 다쇼를 슬피고 인ᄒᆞ여 뫼셔 말솜ᄒᆞ여 혹 곤뇌ᄒᆞ고 블평ᄒᆞ나 ᄉᆞ실의 도라가디 아니ᄒᆞ여 듕당의 당을 치고 당 ᄉᆞ이의 가 서로 쉬여 다시 부모 안젼의 나아가 말솜ᄒᆞ여 당적 뉴공쟉의 가법과 ᄀᆞᆺ흐니 모든 부인이 쏘ᄒᆞᆫ 가ᄉᆞ를 각〃 ᄌᆞ부를 맛지고 젼일이 구고를 뫼셔 금당 십 인이 봉양ᄒᆞ기를 슉연이 ᄒᆞ여 즐기믈 삼더라

뉴시삼ᄃᆡ록 권지십구

1면

ᄎᆞ셜 ᄒᆞ태휘 심궁의 울젹ᄒᆞ믈 이긔디 못ᄒᆞ샤 황후로 더브러 후원의 친즘ᄒᆞ야 만민의

농상을 권ᄒᆞ시고 일시 우회를 쇼견ᄒᆞ시믈 쳥ᄒᆞ신ᄃᆡ 샹이 조ᄎᆞ샤 ᄂᆡ외 명부를 크게 상님의 브ᄅᆞ시니 뉴부의셔 ᄯᅩᄒᆞᆫ 마디 못ᄒᆞ여 드러갈디라 니부인이 기리 슬허 왈 금일 친줌 연회를 당ᄒᆞ매 셕일 공쥬를 ᄉᆡᆼ각ᄒᆞ니 비챵ᄒᆞ믈 이긔디 못ᄒᆞ리로다 졔직 다 위로ᄒᆞ여 부인이 졔부졔녀와 손부손녀를 거ᄂᆞ려 드러가니 도로의 거록ᄒᆞᆫ 위의 산히 ᄀᆞᆺ더라 하태휘 뉴가 부인ᄂᆡ를 별녜로 ᄒᆞ쳐 잡아 주시고 궁녀로 존후를 무ᄅᆞ시니 니부인이 녜일을 ᄉᆡᆼ각ᄒᆞ여 비창ᄒᆞ믈 이긔디 못ᄒᆞ고 문창군쥬와 셜양 이 부인이 ᄯᅩᄒᆞᆫ 눈믈을 ᄲᅳ리고 궐ᄂᆡ 허다 궁빈이 ᄃᆞ토아 니ᄅᆞ러 보고 그 듕 년셰 최다ᄒᆞᆫ 궁인이 군쥬를 보고 셔로 차탄ᄒᆞ여 왈

2면

녀쥬공을 영결ᄒᆞ완 지 거의 이십 년이라 그 ᄉᆞ이 궁듕 미ᄉᆡᆨ이 여러히 드러오ᄃᆡ 졔왕비와 모든 황족 가온ᄃᆡ 방불ᄒᆞ 니를 보디 못ᄒᆞ리더니 진연 이 후 부인이 가히 그 뒤흘 ᄯᆞᆯ을 배오 문챵군쥬의 찬연ᄒᆞᆫ 광휘와 난봉 ᄀᆞᆺᄒᆞᆫ ᄌᆞ질이 흡연이 녀쥬공으로 더브러 차착디 아니시니 군쥐 어려실 ᄶᅢ 태휘 ᄌᆞ주 드려오샤 양휵ᄒᆞ시매 보아시나 오히려 미기화와 초ᄉᆡᆼ들 ᄀᆞᆺ더니 그 ᄉᆞ이 엇디 이 ᄀᆞᆺ치 영발츌셰ᄒᆞ믈 아라시리오 칭찬ᄒᆞ믈 마지 아니터라 이윽고 태휘 황후와 모든 명부를 거ᄂᆞ려 후원의 치상ᄒᆞ기를 파ᄒᆞ매 금뎐의 도라오샤 대연을 여ᄅᆞ시니 진찬이 뫼 ᄀᆞᆺ고 향온이 바다 ᄀᆞᆺᄒᆞ여 니원풍뉴ᄂᆞᆫ 농누를 흔들고 팔ᄇᆡᆨ연지ᄂᆞᆫ 좌의 나련ᄒᆞ니 거록ᄒᆞ미 녯날 쥬공을 봉ᄒᆞ시고 경하ᄒᆞᄂᆞᆫ 잔치와 당태후를 뫼셔 치상ᄒᆞᄂᆞᆫ 위의로ᄃᆡ 인ᄉᆡ 크게 변ᄒᆞ여 태후와 졍덕황뎨 아니 계시고 진양공쥐 별셰ᄒᆞ여 죵젹이 묘

3면

연ᄒᆞ니 태휘 홀연 감창ᄒᆞ샤 츄연이 농뉘 흘너 ᄌᆞ금뎍의를 적시〃고 니부인이 ᄯᅩᄒᆞᆫ 텬안을 우러〃 감읍ᄒᆞ믈 ᄭᅵ둧디 못ᄒᆞ여 군신이 다 슬프믈 먹음더니 반향 후 태휘 안ᄉᆡᆨ을 고치시고 특별이 니부인을 나아오라 ᄒᆞ샤 돈유ᄒᆞ여 ᄀᆞᆯ오샤ᄃᆡ 부인을 니별ᄒᆞ연디 여러 츈취라 구듕이 현격ᄒᆞ여 셩상이 누변ᄒᆞᄃᆡ 다시 만다니 못ᄒᆞ엿더니 텬ᄌᆞ의 후ᄒᆞᆫ 은혜 심궁의 울젹ᄒᆞ믈 위로ᄒᆞ여 잔치로ᄡᅥ 주시니 금일 부인을 만나미 평ᄉᆡᆼ 요ᄒᆡᆼ이라 별ᄂᆡ 이십 년의 쇠로ᄒᆞ미 업ᄉᆞ니 ᄒᆡᆼ희ᄒᆞ믈 이긔디 못ᄒᆞ며 녀쥬공이 기셰ᄒᆞ므로브터 딤이 ᄯᅩᄒᆞᆫ 심ᄉᆞ를 논화 의로ᄒᆞᆯ 배 업ᄉᆞ믈 슬허ᄒᆞ더니 ᄒᆡᆼ혀 창명이 ᄇᆞᆰ이 ᄉᆞᆯ피

샤 공쥬의 즈녀 삼인이 다 인즁의 싸혀나고 영화부귀 쓧과 곳치 되니 딤이 아름답고 두굿기미 엇디 숙경으로 다르미 이시리오마는 텬수를

4면

인녁으로 못ᄒᆞ여 연후 부인이 븍각 고초를 격고 외국의 뉴락ᄒᆞ믈 면티 못ᄒᆞ며 문챵이 국가익을 인ᄒᆞ여 일년을 단당ᄒᆞ니 엇디 가련티 아니리오 니부인이 ᄉᆞ빅 샤은 주왈 신쳡의 쳔ᄒᆞᆫ 자최 무단이 금궐을 볿디 못ᄒᆞ와 농안의 됴회티 못ᄒᆞ완 디 십구년이라 샹〃의 북궐을 ᄇᆞ라와 우툥이 ᄀᆞᆫ절ᄒᆞ올 분이러니 금일 연ᄎᆞ의 브ᄅᆞ샤 녜우ᄒᆞ시믈 닙ᄉᆞ오니 우흐로 당태후 셩은을 츄모ᄒᆞ고 아ᄅᆡ로 진비를 싱각ᄒᆞ와 ᄎᆞᆫ심이 ᄇᆞ아디옵ᄂᆞᆫ디라 ᄒᆞ믈며 낭〃이 죽은 신ᄒᆞ를 닛디 아니시ᄂᆞᆫ 호텬대은으로 양녜 직싱ᄒᆞ옵고 문챵이 슌〃ᄒᆞᆫ 은권을닙ᄉᆞ오니 그 즈녀의 니ᄅᆞ히 셩은이 산히 ᄀᆞᆺᄉᆞ온디라 신의 합개 텬은을 망극ᄒᆞ와 심담을 ᄡᅡ히 볿혀도 능히 십분의 일을 갑습디 못ᄒᆞ오리니 엇디 감히 슌셜노 알외리잇고 태휘 흔연 ᄉᆞ좌ᄒᆞ시고 진연 이 후 부인을

5면

블너 보시고 크게 반기고 깃거 ᄀᆞᆯ오샤ᄃᆡ 경이 ᄒᆞᆫ 번 궁듕을 써나므로브터 화란이 비록 평뎡ᄒᆞ니 진공이 궐듕 츌입을 엄금ᄒᆞ므로 쳥ᄒᆞ여 닐위디 못ᄒᆞ고 샹〃 옥모를 ᄉᆞ렴ᄒᆞ여 어ᄂᆞ ᄣᅢ 니ᄌᆞ리오 양쇼제 피셕ᄒᆞ여 팔빅 진하ᄒᆞ고 주왈 신이 셩은을 닙ᄉᆞ와 이운 ᄢᅦ 직싱ᄒᆞ믈 만나와 구가의 도라가 인뉸을 완젼ᄒᆞ미 낭〃의 주시미라 엇디 ᄒᆞᆫ 번 뎐하의 현알코뎌 아니리잇고마ᄂᆞᆫ 궁듕이 심엄ᄒᆞ와 쳔ᄒᆞᆫ 졍셩을 ᄉᆞ못디 못ᄒᆞ옵고 ᄆᆡ양 신혼의 봉누를 ᄇᆞ라보아 읍〃ᄒᆞ올 ᄯᆞᄅᆞᆷ이올너니 금일 텬안의 됴회ᄒᆞ옵고 옥음을 듯ᄌᆞ오니 신쳡이 ᄉᆞ무여ᄒᆞᆫ이로소이다 태휘 ᄯᅩ 군쥬를 블너 그 손을 잡으시고 탄왈 사ᄅᆞᆷ이 혹 부모를 달므미 이시나 이 아ᄒᆡ ᄀᆞᆺᄒᆞ 니ᄂᆞᆫ 업ᄉᆞ리니 셩ᄌᆞ광휘 녀쥬공과 분변티 못홀디라 초국부인긔 뭇ᄂᆞ니 셩질이 공쥬와 엇더ᄒᆞ뇨 니부인이

6면

주왈 옥쥬ᄂᆞᆫ 싱민지후로 그 셩을 오로지 품슈ᄒᆞ여시니 다시 업ᄉᆞ려니와 ᄎᆞ익 ᄯᅩᄒᆞᆫ 유한ᄒᆞ고 슉뇨ᄒᆞ여 비록 미리 아는 신이ᄒᆞ미 업ᄉᆞ나 힝ᄉᆞᄂᆞᆫ 거의 방불ᄒᆞ니이다 태휘 칭익하시믈 마디 아니시고 모든 명부 듕 뉴시 졔부인 졔쇼뷔 훌노 ᄲᅡ혀난 듕 진연 이

후 부인과 군쥐 싸여난 듕 더옥 싸혀나고 슈려ᄒᆞᆫ 듕 더옥 슈려ᄒᆞ여 분ᄃᆡ절염을 니ᄅᆞ디 말고 지분을 염히 넉이ᄂᆞᆫ 경셩경국의 미모션풍이라도 감히 ᄇᆞ라디 못ᄒᆞ니 삼인이 힝ᄒᆞ매 ᄒᆞᆫ 째 오운이오 안ᄌᆞ매 일월광휘라 궁듕노쇼와 허다 명뷔 눈을 ᄲᅩ아 칭복ᄒᆞ고 쥬ᄎᆞ를 닛더라 죵일 진환ᄒᆞ고 파ᄒᆞ여 도라갈ᄉᆡ 태휘 니부인과 뉴부 졔인이며 군쥬 등을 ᄀᆡ진이보로 샹샤ᄒᆞ시고 써나믈 앗기샤 뇽안의 함누ᄒᆞ시니 니부인이 〈톄읍빅ᄉᆞᄒᆞ고〉 허다 ᄌᆞ부손녀를 거ᄂᆞ려 믈너오매 진양공쥬의 잔치 후 나와 니별ᄒᆞ

7면

던 곳을 디나니 새로이 감상ᄒᆞ여 눈믈을 ᄲᅳ리고 집의 도라와 궐듕ᄉᆞ를 뎐ᄒᆞ니 제직 탄식ᄒᆞ고 진공이 새로이 비샹ᄒᆞᆫ 심ᄉᆞ를 억졔티 못ᄒᆞ더라 니부인이 일노브터 감회ᄒᆞ여 ᄌᆞ연 심ᄉᆡ 평안티 못ᄒᆞ니 졔직 놀나 시약ᄒᆞ미 지극ᄒᆞᄃᆡ 졈〃 듕ᄒᆞ여 일망이 디나매 아조 상셕의 위돈ᄒᆞ니 부듕 ᄂᆡ외 딘동ᄒᆞ고 뎐직 드ᄅᆞ시고 어의를 보내시며 태후와 황휘 ᄂᆡ의로 문안ᄒᆞ시니 부인이 텬은을 감격ᄒᆞ여 눈믈을 흘니고 셩덕을 샤례ᄒᆞ여 ᄂᆡ의를 도라보내고 승샹을 쳥ᄒᆞ여 하딕 왈 쳡이 십여 셰의 명공긔 도라와 이제 오십년 ᄂᆡ의 복녹이 무량ᄒᆞᄃᆡ 다만 듕도의 진양공쥬를 여희여 셔하의 슬프미 일싱 흠ᄉᆡ러니 이제 양쉬 진ᄒᆞ니 우흐로 공이 계시고 아ᄅᆡ로 오ᄌᆞ삼녀의 부귀쟉녹이 텬하의 드물고 쳡이 나히 뉵십이 디나시디 남은 ᄒᆞᆫ이 업ᄉᆞᆫ디라 ᄉᆡᆼ각건ᄃᆡ 우리 션부인

8면

셩덕으로 단명ᄒᆞ신 셜움이 지금ᄀᆞ지 눈믈이 진티 아니커ᄂᆞᆯ 쳡 ᄀᆞᆺᄒᆞᆫ 블혜ᄒᆞᆫ 인품이 엇디 감히 이런 복을 누리〃오마ᄂᆞᆫ 도시 구고의 젹덕여경을 닙ᄉᆞ오미라 죽으미 도라감 ᄀᆞᆺᄒᆞ니 엇디 앗가오미 이시리오 원컨ᄃᆡ 샹공은 ᄌᆞ손을 거ᄂᆞ려 쳔년을 안향ᄒᆞ시고 심ᄉᆞ를 요동티 마ᄅᆞ쇼셔 승샹이 뎜두 왈 ᄉᆞᄉᆡᆼ이 잠간 츼지ᄒᆞ나 ᄒᆞᆫ 번 죽으매 무어시 관겨ᄒᆞ리오 부인이 칭샤ᄒᆞ고 드ᄃᆡ여 ᄌᆞ녀를 나아오라 ᄒᆞ여 겻히 안치고 진공의 손을 잡아 ᄀᆞᆯ오ᄃᆡ 내 이제 도라가매 구고와 부모를 뵈ᄋᆞᆸ고 ᄯᅩ 진비를 만날디라 귀심이 살ᄀᆞᆺᄒᆞ니 너히ᄂᆞᆫ 모든 형뎨로 더브러 샹공을 뫼셔 빅슈 안향ᄒᆞ고 과도히 훼샹ᄒᆞ여 부모유톄를 샹히오디 말나 셩의빅ᄃᆞ려 왈 너의 인효ᄂᆞᆫ 다시 니를 배 업ᄉᆞᄃᆡ 됴형이 우히 계사 ᄇᆞ라미 너분이라 일편 날을 ᄉᆡᆼ각디 말고 됴형의 ᄇᆞ라시ᄂᆞᆫ 바를 슷디 마라숙〃의

9면

유교를 닛디 말나 내 자녀를 다 근심티 아니ᄃᆡ 홀노 셰형을 념녀ᄒᆞᄂᆞ니 원컨ᄃᆡ 과도ᄒᆞᆫ 고집을 고텨 기리 보듕ᄒᆞ라 졔부를 블너 일〃히 니별ᄒᆞ고 삼녀ᄃᆞ려 왈 너희 각〃 사ᄅᆞᆷ의 며ᄂᆞ리 되여 구고의 ᄉᆞ랑과 우익이 니러시니 내 근심이 업고 ᄌᆞ녀와 가뷔 이시니 ᄌᆞ연 위회홀디라 오ᄃᆡᆨ 안심ᄒᆞ여 부도를 ᄃᆞᆨ고 죽은 어미를 욕디 말나 ᄌᆞ녜 졔부로 톄읍망극ᄒᆞ더니 진공이 믈너와 ᄑᆞᆯ홀 질너 피로ᄡᅥ 약의 화ᄒᆞ여 나오매 부인이 눈을 써 이윽이 보아 탄식ᄒᆞ고 공의 손을 잡아 ᄑᆞᆯ을 어ᄅᆞᄆᆞᆫ더 왈 슬프다 내 아ᄒᆡ 셩회 아름다오나 네 어미 텬명이 진ᄒᆞ니 약셕으로 고틸 배 아니라 엇디 이런 무익ᄒᆞᆫ 일을 ᄒᆞᄂᆞ뇨 드ᄃᆡ여 븟들려 상의 누으며 됴부인을 쳥ᄒᆞ여 허다 니별ᄒᆞᄂᆞᆫ 말을 ᄆᆞᆺ고 됴부인 손을 잡고 인ᄒᆞ여 명이 진ᄒᆞ니 시 가졍 십구 년 경ᄌᆞ세오 츈취 뉵십일 세러라 부인이 사

10면

ᄅᆞᆷ이 니론디 총명인효ᄒᆞ고 정뎡ᄌᆞ혜ᄒᆞ여 어려셔 초공의게 가ᄒᆞ매 ᄉᆞ덕과 부되 진션진미ᄒᆞ며 효셩이 과인ᄒᆞ여 션고 뎡부인 셤기믈 그림자 좃 듯ᄒᆞ며 션승샹 뉴공의 심허ᄒᆞᄂᆞᆫ 며ᄂᆞ리 되여 욕 되고 붓그러온 ᄉᆞ괴 이시나 죵시 셩식을 동티 아냐 그 덕을 일우고 구고 삼상과 젼후 세 번 국상을 다 녜로 ᄒᆞ여 친상과 ᄀᆞᆺ치 육즙을 믈니티고 가부 셤기믈 슌슌 뎡〃ᄒᆞ여 프러지고 가티 아니미 업ᄉᆞ니 ᄌᆞ녜 졔뉴의 특이ᄒᆞ고 복녹이 챵셩ᄒᆞ나 더옥 공근ᄒᆞ고 일즉 됴빅 냥 부인으로 더브러 우의ᄒᆞ미 동긔에 디나ᄒᆞᆫ 번 블협ᄒᆞ미 업고 허다 ᄌᆞ손을 고루〃 ᄉᆞ랑ᄒᆞ여 일편되미 업ᄉᆞ니 빅힝쳔ᄉᆞ의 하ᄌᆞ홀 거시 업서 사라셔 덕이 빗나고 죽어 후세예 법측이 되니 엇디 긔특디 아니리오 어시의 뉴부 샹해 부인의 별세ᄒᆞ믈 보매 모든 ᄌᆞ녀의 망극ᄒᆞ믈 어이 이긔여 형언ᄒᆞ리오

11면

진공이 믄득 두어 말 피를 복바텨 토ᄒᆞ고 혼졀ᄒᆞ니 제ᄌᆡ 망극ᄒᆞᆫ 듕 야〃를 보며 창황이 븟드러 구ᄒᆞ고 승샹이 제ᄌᆞ의 과도ᄒᆞ믈 칙ᄒᆞ여 진뎡ᄒᆞᆫ 후 발상ᄒᆞ여 곡벽ᄒᆞᄃᆡ 젼혀 녜로ᄡᅥ 치상ᄒᆞ여 습념과 관곽을 과도히 화미ᄒᆞᆫ 거ᄉᆞᆯ 더으디 아냐 부인 뜻을 좃고

또훈 구〃히 톄읍ᄒᆞ여 슬허ᄒᆞ미 업ᄉᆞ니 힝지 평샹훈 둧ᄒᆞ더니 임의 셩복을 디낼ᄉᆡ 상이 녜관으로 됴샹ᄒᆞ시고 부의를 두터히 ᄒᆞ샤 은권이 호탕ᄒᆞ더라 태ᄉᆞ 형뎨 집상ᄒᆞ믈 녜에 넘게 ᄒᆞ여 슈식을 입의 갓가이 아니ᄒᆞ고 곡읍을 그치디 아니〃 졔공의 나히 쇠년이라 긔질이 본ᄃᆡ 과히 쳥슈ᄒᆞ므로ᄡᅥ 슈미 다 ᄇᆡᆨ발이 되고 긔식이 엄〃ᄒᆞ니 보ᄂᆞ니 아니 감창ᄒᆞ 리 업고 승샹이 ᄌᆡ삼 경계ᄒᆞ여 ᄀᆞᆯ와ᄃᆡ 내 나히 님박셔산ᄒᆞ니 너히 만일 늙은 아비로ᄡᅥ 셔하의 참쳑을 ᄭᅵ친즉 쳔고 죄인이라 결단코 ᄉᆞᄉᆡᆼ 간 부ᄌᆞ의 의를 긋

12면

ᄎᆞ리니 너희 또훈 쇼년치ᄋᆡ 아니라 엇디 망모의 유교를 닛고 ᄉᆡᆼ부의 경계를 져ᄇᆞ리미 이 굿흐리오 셕년의 노뷔 부모를 수일 ᄉᆞ이의 여희와 형당으로 더브러 녀측의 업듸여 훈 번 죽고뎌 ᄒᆞ더니 ᄉᆡᆼ각ᄒᆞ매 죽은즉 ᄇᆞ회 더 듕홀디라 스ᄉᆞ로 심ᄉᆞ를 강잉ᄒᆞ여 금일ᄀᆞ디 니ᄅᆞ럿ᄂᆞ니 여등은 늙도록 부모를 봉양ᄒᆞ여 부인이 비록 도라가나 내 오히려 이시니 엇디 당년의 나의 텬디 흠긔 문허디는 둧훈 망극ᄒᆞ매 비기리오 어미를 위ᄒᆞ여 아비를 ᄇᆞ리미 대톄 아니라 셜파의 ᄉᆞ긔 십분 엄슉ᄒᆞ니 졔공이 숑연ᄒᆞ여 샤죄ᄒᆞ고 ᄎᆞ후 져기 관억ᄒᆞ야 부지ᄒᆞ나 ᄂᆡ당을 향ᄒᆞ여 됴셕졔텬을 님훈즉 모친 음용이 안뎌의 버러 슬하의 무이를 ᄉᆡᆼ각훈즉 오ᄂᆡ 붕졀ᄒᆞ니 쇽졀업시 피눈물이 상복을 적시더라 이 ᄣᅢ 됴부인이 니부인으로 더브러 어려서 형뎨 되여 샹득ᄒᆞ미 동포져ᄆᆡ 굿더니 니부

13면

인이 망ᄒᆞ믈 보고 과도히 ᄋᆡ샹ᄒᆞ여 쇠년의 병이 니러나니 십여 일의 엄홀ᄒᆞ기의 니ᄅᆞ니 승샹의 창황홈과 태ᄉᆞ의 망극훈 경식 ᄎᆞ마 보디 못ᄒᆞ리러라 부인이 셩의ᄇᆡᆨ을 ᄃᆡᄒᆞ여 ᄀᆞᆯ오ᄃᆡ 내 본ᄃᆡ 박명여ᄉᆡᆼ으로 부ᄌᆞ를 영결ᄒᆞ고 힝혀 너의 셩효를 힘닙어 인간디통을 니ᄌᆞ미 만코 셰찬 등을 교됴ᄒᆞ여 ᄉᆞ림의 튱수케 ᄒᆞ니 이제 유훈이 업ᄉᆞᆫ디라 금일 도라가미 영홰니 무어시 슬프리오 신후듕ᄉᆞ와 조션봉ᄉᆞ는 나의 념녀를 배 아니라 다만 몸을 보듕ᄒᆞ야 평일 ᄇᆞ라던 바를 져ᄇᆞ리디 말나 또 소부인 손을 잡고 ᄀᆞᆯ오ᄃᆡ 현뷔 나의 며ᄂᆞ리 되연 지 ᄉᆞ십 년이 거의로ᄃᆡ 셩효와 덕힝이 일마다 노모의 소망의 디나며 ᄌᆞ손이 번셩ᄒᆞ고 복녹이 무흠ᄒᆞ니 남은 훈이 업ᄉᆞᆫ디라 다만 기리 안향

ᄒᆞ라 셜파의 명이 진ᄒᆞ니 년이 뉵십이 셰러라 승샹이 크게 슬허ᄒᆞ미 션싱 상ᄉᆞ와 다ᄅᆞ미 업고 태ᄉᆞ 부뷔

14면

망극ᄒᆞ믈 비ᄒᆞᆯ 곳이 업서 집상ᄒᆞ미 션상과 ᄒᆞᆫ가지라 장ᄉᆞ를 디내고 반혼ᄒᆞ여 두 녕연을 ᄀᆞ로 뫼셔 졔ᄉᆞ를 밧드니 셩의빅이 비록 션싱을 여히여시나 부인의 ᄌᆞ익ᄒᆞ믈 미더 싱부모긔 디난 졍이 잇더니 일됴의 죵텬 영결ᄒᆞ여 ᄌᆞ모 두 사ᄅᆞᆷ이 죵젹이 쳔디의 머러지니 일야 호통ᄒᆞ여 그 졍을 ᄎᆞ마 억졔티 못ᄒᆞᄂᆞᆫ디라 승샹이 ᄇᆡᆨ단 위로ᄒᆞ여 셰월을 보내더니 염냥이 흐르ᄂᆞᆫ ᄃᆞᆺᄒᆞ여 니부인 초긔 디나매 승샹이 홀연 촉감ᄒᆞ여 두어 날 신음ᄒᆞ더니 블의에 병셰 듕ᄒᆞᆫ디라 제ᄌᆞ졔손이 황〃ᄒᆞ여 침뎐의셔 구호ᄒᆞ더니 공이 홀연 좌우로 관복을 가져오라 ᄒᆞ여 닙고 븟들녀 망궐ᄉᆞᄇᆡᄒᆞ고 ᄉᆞ당을 향ᄒᆞ여 직ᄇᆡᄒᆞᆫ 후 자리의 나아가 흔연이 웃고 졔ᄌᆞ다려 왈 노뷔 나히 뉵슌이 디나고 츌쟝입샹ᄒᆞ여 공명부귀 인신의 극ᄒᆞ고 ᄌᆞ손이 수ᄇᆡᆨ의 니ᄅᆞ니 진실노 고금

15면

의 희한ᄒᆞᆫ 복이라 ᄆᆡ양 만영의 두리오미 이셔 믈너 고향의 도라가기를 ᄉᆡᆼ각ᄒᆞᄃᆡ 션산을 ᄯᅥ나디 못ᄒᆞ여 지류ᄒᆞ나 그윽이 황견의 탄을 두리더니 금일 텬명이 진ᄒᆞ니 일노 후의야 거의 션조의 죄인이 되디 아니믈 알과라 여등은 쇼심공근ᄒᆞ여 우리 셩샹의 지우를 갑고 믈너 집을 딕히여 신여명이 구젼ᄒᆞ믈 ᄉᆡᆼ각ᄒᆞ라 말을 ᄆᆞᆺ고 엄연이 명이 진ᄒᆞ니 〈싊 뉵십오 셰오〉 가졍 이십 년 임인셰 츈졍월이라 졔공이 대고를 만나 과훼ᄒᆞ믈 측냥ᄒᆞ리오 쥬야 호곡ᄒᆞ여 혼졀ᄒᆞ기를 ᄌᆞ루 ᄒᆞ며 텬지 드ᄅᆞ시고 크게 놀나미리 영결티 못ᄒᆞ믈 슬허ᄒᆞ샤 셩복 날 ᄇᆡᆨ관을 ᄃᆞ리시고 뉴부의 힝〃ᄒᆞ시니 졔공이 겨유 인ᄉᆞ를 출혀 어가를 마ᄌᆞ매 샹이 태ᄉᆞ와 진공의 손을 잡고 통곡ᄒᆞ시니 문뮈 일시의 거익ᄒᆞ매 쳔관의 곡셩은 우레 ᄀᆞᆺ고 모든 상인의 혈누ᄂᆞᆫ 비 ᄀᆞᆺ흐여 상복을 적시니 어시의 당안 ᄉᆞ셔와 뎐

16면

야 우ᄆᆡᆼ이 다 호통ᄒᆞ니 슬픈 소ᄅᆡ 집을 기우리치더라 샹이 샴됴 노신이라 ᄒᆞ샤 친히 졔문 지어 치졔ᄒᆞ시고 초왕을 츄증ᄒᆞ시며 니부인을 초국효셩황휘라 증ᄒᆞ시다 틱일

안장ᄒᆞ매 상이 태ᄌᆞ로 호상ᄒᆞ시며 졔공이 상구를 ᄯᆞᆯ오매 허다 ᄌᆞ손과 모든 인친이 빅니의 ᄲᅢ텨 쵸롱과 홰불이 텬지의 통ᄒᆞ엿고 임의 셩문을 나매 황셩이 젹연이 븨엿더라 텬해 초공의 신여명이 구젼ᄒᆞ믈 아니 일ᄏᆞᄅᆞ 리 업ᄉᆞ며 장사를 디내매 목쥬를 뫼셔 부듕의 도라와 녕위를 대셔헌의 봉안ᄒᆞ고 됴셕 졔ᄉᆞ를 일우니 진공이 졔뎨로 더브러 셩의빅을 뫼셔 뉴부의 잇고 댱부인이 증샹을 밧드러 통부의 소임을 극진히 ᄒᆞ며 뎨ᄉᆞ금쟝으로 일실의 모다 ᄋᆡ훼ᄒᆞ며 화목ᄒᆞ미 구괴 계실 적도곤 더으러다 오희라 초공이 사ᄅᆞᆷ이 닐온 총명호상ᄒᆞ고 인ᄌᆞ관후ᄒᆞ여 부모의게 지극ᄒᆞᆫ 효셩이 잇고 우ᄋᆡᄒᆞ

17면

미 고인이 디나 결의ᄒᆞᆫ 형이로ᄃᆡ 운슈션ᄉᆡᆼ 셤기믈 엄부ᄀᆞᆺ치 ᄒᆞ여 삼결의 지극ᄒᆞ미 ᄉᆞᄉᆡᆼ의 변티 아님 ᄀᆞᆺ고 형수 밧들믈 편모 봉양홈 ᄀᆞᆺ치 ᄒᆞ며 군샹긔 튱셩 되미 ᄉᆞ지를 피티 아니ᄒᆞ고 ᄌᆡ물을 더러이 넉이며 의긔를 듕히 넉이며 부뫼 망ᄒᆞᆫ 후 모든 종족이 동거ᄒᆞ매 작녹으로 ᄉᆞ〃로이 ᄒᆞᄂᆞᆫ 배 업서 온ᄂᆡᆼ감지와 긔포한난을 일테로 ᄒᆞ니 ᄆᆞᆰ으미 물 ᄀᆞᆺ고 공평ᄒᆞ미 저울 ᄀᆞᆺᄒᆞ여 텬감이 놉히 걸니매 일호 ᄉᆞ졍이 업슴과 ᄒᆞᆫ가지라 족당이 다 공을 우럴고 운슈선ᄉᆡᆼ이 공의 식녹으로ᄡᅥ 총졔ᄒᆞ여 도로혀 공의 부〃와 허다 ᄌᆞ손을 거ᄂᆞ려 가ᄂᆡ의 잡말이 업ᄉᆞᄆᆞᆫ 다 공의 덕을 비로ᄉᆞ미라 ᄌᆞ고로 부ᄌᆞ형뎨 동거ᄒᆞᄂᆞ니 만ᄒᆞ나 공의 형뎨 간의 ᄎᆞᆷ쇠 드디 못ᄒᆞ고 가풍이 슉연ᄒᆞᄆᆞᆫ 도시 공의 ᄒᆡᆼ실이 놉ᄒᆞ므로ᄡᅵ라 쇼시의 일시 부귀호화로 규듕의 허물을 일위엿더니 ᄯᅩ ᄒᆞᆫ 번 ᄭᆡ치매 노를 쳔

18면

티 아니코 과를 이위 아니ᄒᆞᄂᆞᆫ ᄒᆡᆼ실이 안ᄆᆡᆼ을 혹ᄒᆞ니 평ᄉᆡᆼ의 두 번 보ᄂᆞᆫ 글이 업고 박혹광남ᄒᆞ여 구류삼교와 졔ᄌᆞ빅가의 통티 못ᄒᆞᆯ 거시 업ᄉᆞ며 겸ᄒᆞ여 손오병법과 뉵도삼냑의 ᄇᆞᆰ으미 뉴후 무후의 무리라 텬문디리와 음양진법의 묘ᄒᆞ미 귀신 ᄀᆞᆺᄒᆞ여 일즉 남으로 왜구를 치고 셔로 풍양을 경별ᄒᆞ여 긔치 ᄀᆞᄅᆞ치ᄂᆞᆫ 곳의 빅젼빅승ᄒᆞ니 이 닐온 문무젼ᄌᆡ라 ᄉᆞ실의 쳐ᄒᆞ매 부인을 듕ᄃᆡᄒᆞ나 굴ᄒᆞᆫ 자최 업고 셰쇄ᄒᆞᆫ 일노ᄡᅥ 귀에 알냐 ᄒᆞ미 업서 슉심ᄒᆞ고 뇌락ᄒᆞ미 대쟝부의 풍치 ᄀᆞ족ᄒᆞ고 일즉 졔ᄌᆞ를 교훈ᄒᆞ매 그 대강을 닐너 ᄌᆞᆫ말을 아니ᄒᆞᄃᆡ 졔ᄌᆡ ᄌᆞ연 어디러 일홈을 엇디 아니ᄒᆞᆫ 재 업고

샹히 ᄌᆞ녀를 ᄃᆡᄒᆞ여도 용뫼 엄정ᄒᆞ여 듕효신의를 권당ᄒᆞ며 당유ᄎᆞ례를 ᄇᆞᆰ혀 도타온 법녜 됴뎡 ᄀᆞᆺ고 위극인신ᄒᆞ여 공개텬ᄒᆞᄃᆡ 셩만ᄒᆞ믈 두려 공

19면

근념틱ᄒᆞ고 슝검ᄒᆞ믈 쥬ᄒᆞ여 문젼의 풍악이 업고 됴뎡의 나매 풍녁이 거록ᄒᆞ여 아모 권신귀쳑이라도 요ᄃᆡ티 아니ᄒᆞ니 오딕 ᄠᅳᆺ을 졍히 ᄒᆞ여 님군을 셤기매 닙됴 오십 년의 쳥현화딕을 ᄌᆞᆺ블와 츌쟝입샹ᄒᆞ여 국병을 잡으ᄃᆡ 님군이 듕히 녁이시고 빅셩이 ᄉᆞ랑ᄒᆞ여 ᄒᆞᆫ 번 논획ᄒᆞᄂᆞᆫ 욕을 보디 아니ᄒᆞ니 가히 거록ᄒᆞᆫ 덕을 사ᄅᆞᆷ이 하ᄌᆞ치 못ᄒᆞ미라 사라 부귀 극진ᄒᆞ고 졸ᄒᆞ매 텬ᄌᆞ 친님ᄒᆞ시고 태ᄌᆞ 회장ᄒᆞ시며 증ᄒᆞ매 왕이오 시ᄒᆞ매 문튱이라 텬해 싱ᄉᆞ의 덕을 싱각고 슬허 아니 리 업더라 진공 형뎨 뉵아디통을 만나므로브터 남믹 팔인이 동거ᄒᆞ여 됴셕 졔ᄉᆞ를 밧드나 뉴부ᄂᆞᆫ ᄃᆡ〃 종손으로 ᄂᆞ려 문셩공 졔ᄉᆞ를 밧드ᄂᆞᆫ 집이라 초공과 션싱 ᄌᆞ시의 우익ᄒᆞ므로 ᄒᆞᆫ 집의 디내나 도금ᄒᆞ야ᄂᆞᆫ 셩의빅이 대종을 녕ᄒᆞ고 진공은 부모 녕위를 뫼셔 진부로 도

20면

라갈 거시로ᄃᆡ 셩의빅이 ᄎᆞ마 ᄯᅥ나디 못ᄒᆞ여 울고 말뉴ᄒᆞ며 녕능후 등이 닷살기를 원티 아니ᄒᆞ여 의구히 부듕의 모다 슬픈 듕 위로ᄒᆞ여 삼년을 겨요 ᄆᆞᆺᄎᆞ매 진공이 진부 후원의 놉히 묘당을 세워 부모 녕위를 뫼시고 됴셕증샹을 그치매 형뎨 새로이 슬허ᄒᆞ미 ᄉᆡ훼골입ᄒᆞ야 일야의 톄읍ᄒᆞ며 ᄎᆞ마 쳐소를 옴기지 못ᄒᆞ여 형뎨 ᄒᆞᆫ가지로 셔헌의셔 셰월을 보내고 슈유블니ᄒᆞ여 ᄂᆡ실을 ᄎᆞᆺ디 아니ᄒᆞ니 ᄌᆞ딜이 뫼셔 위로ᄒᆞ여 디내나 졔공이 다 초토의 샹ᄒᆞ여 슉딜이 팀면ᄒᆞ니 샹이 어의를 ᄌᆞ루 보내샤 무ᄅᆞ시고 힝공ᄒᆞ믈 직촉ᄒᆞ시니 졔공이 슬허 왈 우리 닙신양명ᄒᆞ미 다 부모를 위ᄒᆞ미라 엇디 헌면의 영화를 다시 구ᄒᆞ리오 ᄒᆞ고 ᄒᆞᆫᄀᆞᆯᄀᆞᆺ치 ᄉᆞ양ᄒᆞ니 샹이 더옥 근졀이 쳥ᄒᆞ시ᄂᆞᆫ ᄉᆞ재 길히 니어시ᄃᆡ 졔공이 죵시 나디 아니터라 진공이 본ᄃᆡ 슉

21면

질이 잇고 셩이 지효ᄒᆞᆫᄃᆡ ᄯᅩ 과도ᄒᆞᆫ디라 므ᄅᆞᆺ 상녜의 고집ᄒᆞ고 ᄋᆡ샹ᄒᆞ미 형뎨 듕 더ᄒᆞ여 ᄉᆞ오 년 ᄂᆡ 의형이 환탈ᄒᆞ고 식음이 ᄒᆞ로 두어 홉이 넘디 못ᄒᆞ니 날로 쇠모ᄒᆞ여 탈상 후도 소복ᄒᆞᆯ 길히 업서 츌입의 ᄌᆞ손의게 븟들녀 겨유 힝보를 ᄒᆞ니 형뎨 크게 근

심ᄒᆞ고 ᄌᆞ네 졀민ᄒᆞ믈 이긔디 못ᄒᆞ더라 샹이 황ᄌᆞ 한왕과 각노 녀만을 보내샤 졀월노 세 번 청ᄒᆞ시니 공이 감은ᄒᆞ여 ᄉᆞ를 조차 드러가 됴회ᄒᆞ니 상이 인견ᄒᆞ시매 삼ᄉᆞ년ᄂᆡ 쇠로ᄒᆞ미 슈미 ᄇᆡᆨ발이 되고 녯날 영풍이 아니라 샹이 놀나고 슬허ᄒᆞ샤 은근이 위로ᄒᆞ시고 다시 군국듕ᄉᆞ를 맛디시니 공이 병이 깁흐므로ᄡᅥ ᄉᆞ양ᄒᆞ시니 샹 왈 션ᄉᆡᆼ은 대됴 원신이오 국가 휴쳑을 ᄒᆞᆫ가지로 ᄒᆞ리니 엇디 젹은 병을 인ᄒᆞ여 국사를 ᄇᆞ리고뎌 ᄒᆞᄂᆞ뇨 드듸여 약뉴를 주샤 됴리ᄒᆞ믈 니ᄅᆞ시고 ᄉᆞ딕ᄒᆞ믈 듯디 아니시니 공이 스ᄉᆞ

22면

로 알오미 잇ᄂᆞᆫ 고로 국사를 죽은 후 맛고뎌 ᄒᆞᄂᆞᆫ디라 드듸여 인슈를 밧ᄌᆞ와 샹부의가 정ᄉᆞ를 다ᄉᆞ리고 블공블법의 관원 이십과 위복을 쳔ᄌᆞ하ᄂᆞᆫ ᄉᆞ례감 환슈 십여 인을 주달ᄒᆞ여 혹 죽이며 귀향 보내여 삼년 폐ᄒᆞᆫ 국사를 일〃히 다 결ᄒᆞᆫ 후 셕양의 부듕의 도라와 슈말을 뎐ᄒᆞ니 셩의ᄇᆡᆨ이 깃거 아냐 왈 현뎨 평일 공근ᄒᆞ여 국사를 쳔ᄌᆞ치 아니터니 엇디 금일 샹벌이 이ᄀᆞᆺ치 태과ᄒᆞ뇨 공이 ᄃᆡ왈 젼일은 부뫼 계시니 힝혀 근심을 ᄭᅵ칠가 두려ᄒᆞ더니 이제 냥친이 아니 계시고 ᄯᅩ 정ᄉᆞ를 오래 폐ᄒᆞ엿다가 보니 간사ᄒᆞᆫ 쇼인과 흉포ᄒᆞᆫ ᄂᆡ시 국권을 농ᄒᆞ여 황난ᄒᆞ미 심ᄒᆞᆫ디라 쇼뎨 당ᄎᆞᆺ 군은을 듕히 닙ᄉᆞ오ᄃᆡ 반셰를 갑흔 일이 업ᄉᆞ니 엇디 ᄒᆞᆫ 몸을 ᄉᆞ〃로이 앗겨 국사를 위티 아니ᄒᆞ리오 ᄒᆞ믈며 대운이 머디 아냐 ᄒᆡ 쟝ᄎᆞᆺ 져믈고뎌 ᄒᆞ니 ᄒᆞ

23면

로 아ᄎᆞᆷ의 인ᄉᆡ 변ᄒᆞᆫ 후ᄂᆞᆫ ᄯᅳᆺ을 펴보고져 ᄒᆞ나 밋디 못ᄒᆞᆯ가 ᄒᆞᄂᆞ이다 셩의ᄇᆡᆨ이 그 ᄯᅳᆺ을 알고 눈믈을 흘녀 말이 업더라 졔공이 ᄉᆞ년 거려의 일죽 부인의 면목을 보디 아니코 ᄌᆞ녀의 우환이 이셔도 ᄌᆞ뎨로 서로 뎐어ᄒᆞ여 무러 족젹이 ᄂᆡ당의 님ᄒᆞ미 업ᄉᆞ며 졔부인의 집상ᄒᆞ미 ᄯᅩ ᄒᆞᆫ가지라 ᄌᆞ녀와 복쳡이 만흐나 친히 졔믈을 잡드러 됴셕의 틔만ᄒᆞ미 업고 당부인이 머리지어 뎨ᄉᆞ쇼고로 화우ᄒᆞ미 지극ᄒᆞ니 소부인이 ᄆᆡ양 됴부인 졔ᄉᆞ를 디낸 후 ᄒᆞᆫᄃᆡ 모다 탄식ᄒᆞ여 ᄀᆞᆯ오ᄃᆡ 모든 ᄌᆞᄆᆡ 비록 슬픈 듕이나 이러ᄐᆞᆺᄒᆞᆫ 당의 모다 됴셕증샹의 정셩을 다ᄒᆞ거ᄂᆞᆯ 쳡은 소임이 달나 ᄯᅳᆺ을 펴디 못ᄒᆞ니 쟝ᄎᆞᆺ 무어ᄉᆞ로 구고의 ᄉᆞ랑ᄒᆞ시던 은혜를 갑ᄉᆞ오리오 말노조차 눈물이 옷기ᄉᆞᆯ ᄌᆞ므니 졔부인이 역시 슬허 왈 인ᄌᆞ의 지극ᄒᆞᆫ 셜움이 삼년이 오히려 슌식이어ᄂᆞᆯ 져〃ᄂᆞᆫ 더옥

빅모

24면

졔亽로 흔 몸을 두 곳의 눈호디 못흐시니 엇디 심식 이러티 아니리잇고마는 亽셰 훌 일업亽니 현마 엇디 흐리잇고 이러틋 늣겨 서로 위로흐여 디낼식 이 째 슌시 나히 쇠흔 후는 우은 거죄 잠간 업서시나 본딕 삼긴 용우흐미 엇디 버서나리오 초공과 니부인이 엄듕흐고 즈익흐므로뻐 흐나흔 그 두려오믈 범티 못흐고 흐나흔 감격흔 거술 거亽리디 못흐여 유〃히 셰월을 보내더니 이 째 당흐여 구괴 아니 계시고 졔부인이 일양 화우흐여 쳥안으로 딕흐니 보기의 심히 믄〃흐고 쏘 여러 슉〃의 즈최 닉당의 졀연홀 분 아니라 젼일 부모 압식셔 유화흐미 유으 깃흐여 쏘흔 업슈롭게 뵈이는디라 츳시를 당흐여 믄득 쇼년 적 긔운이 복발흐니 당년은 오히로 신뷔라 흐여 일 분 슈습흐미 엇더니 도금흐여 듕인의 안면이 닉고 나히 만흐며 두리던 구괴 업亽매 의긔 더옥 방

25면

약흐여 크게 짓웨여 놉히 호령흐여 통부의 소임을 亽亽로 흐고져 흐여 상〃의 당부인 온유흐믈 업누르니 부인이 뎌를 엇디 눈ᄀ의나 두리오마는 오딕 화협기를 쥬흐여 슌시의 블공흔 거죄 이신즉 믄득 웃고 깃거 왈 디재 쳔여일실이오 우재 쳔유일득이라 흐니 모든 형뎨와 좌우는 웃디 말나 슌부인 칙언이 나의 허물을 씻듯게 흐는도다 흐니 모다 그 인혜흐믈 칭복흐더라 이러틋 삼亽 년을 디내딕 규문이 묽고 화긔 봄이 니럿더니 셰월이 여류흐여 승상 삼년을 뭇고 탈상흐매 졔공이 ᄇ야흐로 닉당의 모다 수슉과 부뷔 서로 보고 일댱을 통곡흐여 피칙 슬프믈 이긔디 못흐딕 슌시 본딕 각노를 익듕흐미 호방흔 남직 딘듕흔 부인 못 니저홈 깃흔디라 이 날 亽 년만의 처음으로 만나 두 낫 큰 눈을 졍신업시 써 각노를 ᄇ라보니 졔공과 졔부인은 오딕 늑아디통이

26면

흉금이 던식흐여 혈뉘 방〃흐니 엇디 뎌 거동을 술피리오마는 모든 쇼년은 즈연 슬픔도 강등이 이셔 슌시의 거동을 보고 서로 도라 우음을 먹음더니 슌시의 댱즈 팀이 풍신지홰 각노를 달마 비록 싸혀나〃 고져 업순 모습이 잇는디라 이 날 ᄆ춤 한님혹

사 양의 겻히 셧다가 ᄌᆞ가 모친을 보고 우ᄉᆞ므로 크게 븟그려 ᄉᆞ실의 도라가 여러 가지로 간ᄒᆞ여 양 등의 우ᄉᆞ믈 고ᄒᆞᆫᄃᆡ 슌시 텽하의 대로ᄒᆞ여 ᄀᆞᆯ오ᄃᆡ 네 부친이 진공의 셔뎨 아니오 내 댱시의 얼패 아니〃 제 엇디 나의 동용을 긔찰ᄒᆞ여 우ᄉᆞ리오 이 반ᄃᆞ시 댱시의 부촉이라 ᄒᆞᆫ 번 크게 욕ᄒᆞ여 감히 업슈이 넉이디 못ᄒᆞ게 ᄒᆞ리라 ᄒᆞ고 분연이 돌츌ᄒᆞ여 ᄂᆡ당을 향ᄒᆞ니 그 친싱자녀 구인이 망극ᄒᆞ여 븟들고 말닌즉 슌시 크게 소ᄅᆡ 디ᄅᆞ고 주머귀로 ᄌᆞ녀를 어ᄌᆞ러이 쳐 〈것〉구로치고 부용각의 니ᄅᆞ니 댱부인이 ᄇᆡ야흐로 ᄌᆞ녀와 졔부로 더브러 가

27면

ᄉᆞ를 의논ᄒᆞ더니 슌시 블의예 ᄃᆞ라드러 부인의 쁜 관을 벗기쳐 ᄲᅡᆽ고 쳘퇴 ᄀᆞᆺᄒᆞᆫ 주머귀로 어ᄌᆞ러이 치며 대매 왈 간악ᄒᆞᆫ 투뷔 공쥬를 모살ᄒᆞ고 구고의 망ᄒᆞ시믈 쥬야의 비다가 ᄣᅢ를 타 ᄃᆞ라드러 웅거ᄒᆞ여 가권을 총집ᄒᆞ여 샹두의 셔 우리를 졀졔ᄒᆞ고 여러 도적을 ᄢᅵ고 우리 구고의 ᄌᆡ물을 진탈ᄒᆞ여 댱부와 진궁으로 ᄂᆞ르니 진공이 역시 ᄒᆞᆫ 당이 되여 이 집이 조만의 기동만 남을디라 너ᄀᆞᆺ치 간악ᄒᆞᆫ 거시 어ᄃᆡ 이시리오 네 아들 양이 이제 빅슈지년의 날을 쇼년창쳡 비쇼ᄒᆞ돗 면〃 샹고ᄒᆞ여 비쇼졀도ᄒᆞ니 이 엇디 인ᄌᆡ리오 반ᄃᆞ시 진공과 너 요인이 지휘ᄒᆞ미니 이제 몬뎌 너를 다ᄉᆞ리고 양의 죄를 다ᄉᆞ리리다 댱부인이 어히 업시 넉여 말을 아니코 모든 ᄌᆞ녜 실식ᄒᆞ여 진연 이휘 다 노식이 잇거ᄂᆞᆯ 부인이 눈을 드러 왈 너희 아디 못ᄒᆞᄂᆞᆫ도다 므ᄅᆡᆺ 위샹재 실톄ᄒᆞ여 위하쟈의게 업슈

28면

이 넉이믈 밧ᄂᆞ니 금일 변이 진실노 나의 어디〃 못ᄒᆞ미라 하 면목으로 졔슉을 보오며 디하의 구고긔 뵈오리오 셜파의 몸을 니러 슌시를 향ᄒᆞ여 샤례 왈 쳡이 블쵸ᄒᆞ여 뎨ᄉᆞ금댱으로 더브러 ᄒᆞᆫ당의 즐거오믈 능히 힝티 못ᄒᆞ여 부인의 엄ᄒᆞᆫ 칙을 바드니 븟그러오미 ᄂᆞᆾ 둘 곳이 업ᄂᆞᆫ디라 원컨ᄃᆡ 쳡의 용졸ᄒᆞ믈 샤ᄒᆞ신즉 거의 허물을 곳쳐 녯 즐거오믈 회복ᄒᆞ고 쇼ᄌᆞ의 방ᄌᆞᄒᆞᆫ 죄를 듕칙ᄒᆞ샤 은의를 더옥 돗터이 ᄒᆞ시믈 ᄇᆞ라ᄂᆞ이다 말솜이 더옥 공근온화ᄒᆞ고 안식이 ᄌᆞ약ᄒᆞ니 슌시 다시 ᄒᆞᆯ 말이 업서 입속의 모지리 ᄭᅮ짓고 믄득 거름을 두로혀 셔헌으로 ᄃᆞ르니 진공의 형뎨 ᄇᆡ야흐로 엇게를 ᄀᆞᆯ와 ᄎᆞ례로 안자 시사를 의논ᄒᆞ고 졔싱은 말셕의 버러시며 하관 두어히 듕계의

뫼셧더라 슌시 바로 드러가 ᄂᆞᆺ출 븕히고 어즈러이 당부인과 한님의 흔단을 고셩대

29면

챵ᄒᆞ니 어시의 복시 동ᄌᆞ와 하관이 다 챵황이 퇴ᄒᆞ고 졔ᄉᆡᆼ이 다 놀라 어린 ᄃᆞᆺᄒᆞ더라 진공이 슌시의 경ᄉᆡᆨ이 차악할 분 아니라 뎨 비록 무상ᄒᆞ나 션ᄃᆡ ᄒᆞᆫ ᄌᆞᆨ 이러티 아닐 배어ᄂᆞᆯ 오공ᄌᆞ와 부인이 사ᄅᆞᆷ을 희롱ᄒᆞ고 희ᄒᆡᄒᆞ믈 즐기므로 힝혀 ᄎᆞᆨ노ᄒᆞ미 잇ᄂᆞᆫ가 심듕의 대로ᄒᆞ여 슌시를 읍양칭샤 왈 ᄒᆞᆨᄉᆡᆼ의 졔가ᄒᆞ미 블엄ᄒᆞ여 동긔지간 화긔를 일케ᄒᆞ니 엄치ᄒᆞ여 수〃의 분을 프ᄅᆞ시게 ᄒᆞ리니 안심ᄒᆞ여 ᄂᆡ당으로 드러가소셔 슌시 ᄀᆞ장 쾌ᄒᆞ여 고이ᄒᆞᆫ 말을 ᄲᅡ어려 당부인이 오공ᄌᆞ로 더브러 진보를 ᄂᆞᆯ나 ᄀᆞᆷ초더라 ᄒᆞ니 공이 다만 웃고 답디 아니터니 진연 이 휘 나와 슌시 무단이 당부인을 구타ᄒᆞ고 즐욕ᄒᆞ믈 ᄌᆞ시 고ᄒᆞ여 부인의 허물이 아닌 줄 변ᄇᆡᆨᄒᆞ고 분울ᄒᆞᆫ ᄉᆡᆨ이 잇거ᄂᆞᆯ 공이 눈을 크게 ᄯᅥ 믈니치니 녕능휘 블연 작ᄉᆡᆨ 왈 당슈ᄂᆞᆫ 모부인 자최를 니으샤 가ᄂᆡ의 덕당

30면

이라 우리 등의 실개 힝ᄒᆞ매 엇게를 골오디 못ᄒᆞ거ᄂᆞᆯ ᄒᆞ믈며 ᄌᆞ혜ᄒᆞ신 셩덕이 엇더ᄒᆞ신 텰뷔완ᄃᆡ 이런 고이ᄒᆞᆫ 일이 이시리오 오ᄂᆞᆯ날 거조ᄂᆞᆫ 상한쳔뉴의 일이라도 드믈녀든 ᄒᆞ믈며 후ᄇᆡᆨ법문의 여ᄎᆞ ᄒᆡ연지ᄉᆡᆨ 실노 ᄂᆡ국의 들니미 븟그러온디라 만일 다ᄉᆞ리디 아닌즉 후일을 더옥 니ᄅᆞ디 못ᄒᆞ리니 맛당이 오뎨의 졔가 못ᄒᆞᆫ 죄를 다ᄉᆞ리시고 슌수를 졀ᄎᆞᆨᄒᆞ여 경계ᄒᆞ미 올흐니이다 각뇌 이 ᄣᆡ 슌시 힝ᄉᆞ를 보고 분노ᄒᆞ믈 이긔디 못ᄒᆞ더니 녕능후의 말을 조차 시녀를 호령ᄒᆞ여 슌시를 슌가로 보내라 ᄒᆞ고 스ᄉᆞ로 하계쳥죄ᄒᆞ니 셩의ᄇᆡᆨ이 날호여 웃고 왈 삼뎨의 말이 당〃ᄒᆞᆫ 대의예 그르디 아니나 슌수의 힝ᄉᆡᆨ 금일 새로이 놀난 배 아니오 일즉 오뎨로 초토를 ᄒᆞᆫ가지로 디내고 취ᄒᆞᆯ 배 잇고 도라갈 배 업ᄉᆞᆫ 녀ᄌᆡ라 일시의 츌거ᄒᆞ여 션부모 무휼ᄒᆞ시던 ᄯᅳᆺ을 져ᄇᆞ리

31면

미 가치 아니ᄒᆞ니 우형의 ᄯᅳᆺ은 인의로 ᄀᆡ유ᄒᆞ여 머므름만 ᄀᆞᆺ디 못ᄒᆞ도다 진공이 공슈 칭샤 왈 형당 말ᄉᆞᆷ이 ᄉᆞ리의 지극 온당ᄒᆞ시니 쇼뎨 칭복ᄒᆞᄂᆞ이다 오뎨ᄂᆞᆫ 이러ᄐᆞᆺ 말디니 당시와 슌수의 샹힐ᄒᆞ믄 블과 형뎨 ᄉᆞ이니 허물이 업ᄂᆞᆫ디라 그 쇼〃ᄒᆞᆫ 일은 졔긔티 말고 양이 ᄌᆞ딜의 몸으로 ᄉᆞᆨ모를 긔쇼ᄒᆞ미 도리를 일헛ᄂᆞᆫ디라 잠간 다ᄉᆞ려

징계케 ᄒᆞ리라 드ᄃᆡ여 좌우로 ᄒᆞ여곰 한님을 블너 의관을 벗기고 계하의 ᄭᅮᆯ녀 대칙ᄒᆞ고 삼십여 댱을 듕히 쳐 내친 후 슌시를 향ᄒᆞ여 지삼 ᄉᆞ샤ᄒᆞ고 위로ᄒᆞ여 도라보내니 슌시 드러가매 각뇌 블승통ᄒᆞᆫᄒᆞᄃᆡ 이 형의 졍다온 경계를 어그릇디 못ᄒᆞ고 ᄯᅩ 뎌의 허다 ᄌᆞ녀와 부친 두호ᄒᆞ시던 일을 ᄉᆡᆼ각ᄒᆞ여 여러 가지로 분을 ᄎᆞᆷ고 드ᄃᆡ여 슌시의 ᄉᆞ자를 다 잡아내여 어미를 간치 못ᄒᆞᆫ 죄로 한님 마ᄌᆞᆫ 수대로 삼십 댱식 밍타ᄒᆞ니 진공이 쇼왈

32면

너는 졔가를 못ᄒᆞ며 딜ᄋᆡ 엇디 어미를 ᄀᆞᄅᆞ치리오 네 몬뎌 맛고 딜ᄋᆞ를 치미 가ᄒᆞ도다 졔공이 일시의 우ᄉᆞ니 탈상 후 졔공의 희학과 우솜이 처음이라 모든 ᄌᆞ딜이 크게 깃거 도로혀 슌시를 감격히 넉이더라 슌시 한님을 듕칙을 엇게 ᄒᆞᆫ 졔 여려 ᄋᆞ지 죄를 닙으며 각노의 밍녈 노긔를 보니 본ᄃᆡ 실업ᄉᆞᆫ 위인이라 긔운이 주러 뎌 당듕의 드러나디 아니〃 댱부인이 친히 나아가 됴흔 말ᄉᆞᆷ으로 쳔만 샤죄ᄒᆞ고 기유ᄒᆞ니 슌시 오히려 사ᄅᆞᆷ의 념치 잇ᄂᆞᆫ디라 크게 븟그려 샤죄ᄒᆞ고 다시 화긔를 니릐혀 즐기미 네 ᄀᆞᆺᄒᆞ니 일개 댱부인을 칭찬ᄒᆞ고 졔공이 그윽히 션히 넉이더라 진공이 삼년 후도 형뎨 ᄯᅥ믈 슬허 진후로 진궁을 맛지고 부인으로 더브러 뉴부의셔 동거ᄒᆞ니 아ᄎᆞᆷ이면 모든 쇼년의 금포옥ᄃᆡ 셔헌의 몌엿고 졔 쇼져의 쥬취홍장이 ᄭᅩᆺ수풀 ᄀᆞᆺᄒᆞ여 양ᄒᆞᆨ사 부인 삼형

33면

뎨 ᄌᆞ녀를 거ᄂᆞ려 ᄒᆞᆫ가지로 모다 디내더니 명년 츄구월의 진공이 졔ᄌᆞ졔딜을 거ᄂᆞ려 됴회ᄒᆞ고 샹을 뫼셔 졍ᄉᆞ를 의논홀ᄉᆡ 뎐두관이 발을 것고 졔신의 주ᄉᆞ를 무ᄅᆞ니 태ᄉᆞ령 안셰홍이 츌반 주왈 근ᄂᆡ 형혹이 ᄃᆞᆯ을 범ᄒᆞ고 셩남 하쉬 믈나 ᄶᅡ히 뵈니 이 반ᄃᆞ시 크게 블샹ᄒᆞᆫ ᄃᆡᆼ되라 반ᄃᆞ시 대신의게 ᄌᆡ앙이 이시로소이다 샹이 놀나 졔신을 도라보아 ᄀᆞᆯ오샤ᄃᆡ 텬변이 여ᄎᆞᄒᆞᆫ즉 엇디 ᄡᅥ ᄌᆡ앙을 플니오 각노 양일쳥이 주왈 ᄌᆞ고로 ᄌᆡ이 혼혹ᄒᆞᆫ즉 뎨왕이 맛당이 졍뎐을 폐ᄒᆞ고 감션털악ᄒᆞ여 쇼ᄌᆡᄒᆞ미 잇ᄂᆞ니이다 샹이 올히 넉이야 즉일의 피졍뎐ᄒᆞ시고 양공의 말ᄀᆞᆺ치 어션을 더ᄅᆞ시고 ᄉᆞ죄 이하를 다 〈샤〉ᄒᆞ샤 텬변을 쇼삭게 ᄒᆞ시더라 ᄎᆞ일 진공이 파됴ᄒᆞ고 부듕의 도라오매 졔ᄉᆡᆼ이 태ᄉᆞ의 말노ᄡᅥ 고ᄒᆞ니 졔공이 놀나 진공ᄃᆞ려 무ᄅᆞᆫᄃᆡ 공이 ᄃᆡ왈 형혹이 달을

범ᄒᆞ믄 귀인의게

34면

속ᄒᆞ고 ᄒᆞ쉬 ᄆᆞᄅᆞ믄 어룡이 자취 궁진ᄒᆞ믈 뵈미라 쇼뎨 이제 위극인신ᄒᆞ고 ᄌᆞ최 반놩의 모텸ᄒᆞ니 텬변이 다른 사ᄅᆞᆷ의게 잇디 아니리이다 졔공이 악연ᄒᆞ여 말을 못ᄒᆞ고 모든 ᄌᆞ딜의 경황ᄒᆞ여 눈물을 흘니더라 ᄎᆞ야의 ᄃᆞᆯ이 ᄇᆞᆰ고 별이 드믄ᄃᆡ 냥풍이 습〃ᄒᆞ여 목엽이 쇼슬ᄒᆞ니 진공이 강긔ᄒᆞ여 난두의셔 ᄇᆡ회ᄒᆞ더니 우러〃 ᄌᆞ가 쥬셩 남두셩을 보니 쟝셩이 위를 일허 빗치 황〃ᄒᆞ여 쟝ᄎᆞᆺ ᄣᅥ러지고뎌 ᄒᆞᄂᆞᆫ디라 공이 위연 탄왈 텬명이 진ᄒᆞ여시니 내 가히 오라디 아니ᄒᆞ리로다 오직 시럽이러니 이 말을 듯고 더옥 놀나 안식이 ᄒᆞᆰ ᄀᆞᆺᄒᆞ니 공이 쇼왈 ᄉᆞ싱이 명이 잇ᄂᆞᆫ디라 여등이 엇디 놀나기를 과히 ᄒᆞᄂᆞ뇨 내 공명부귀 극진ᄒᆞ니 죽으미 덧〃ᄒᆞᆫ디라 뉴련ᄒᆞᆯ 배 업도다 진휘 양지ᄒᆞ기를 쳥ᄒᆞ니 공이 앙텬 왈 셩인이 유운ᄒᆞᄃᆡ 득죄어텬이면 무소도의라 ᄒᆞ니 셕년의

35면

네 모비ᄂᆞᆫ 녀ᄌᆞ라도 이 말을 오히려 ᄃᆡ희여 양지ᄒᆞ기를 허티 아냣거ᄂᆞᆯ 내 일ᄃᆡ 대신으로 몸이 댱뷔 되여 죽기를 두려 텬명을 거ᄉᆞ릴것가 여등은 다시 일ᄏᆞᆺ디 말나 진휘 감히 다시 쳥티 못ᄒᆞ고 연후로 더브러 젼〃 쵸ᄉᆞ하니 수일지ᄂᆡ의 의형이 환탈ᄒᆞ고 식음을 젼폐ᄒᆞ니 공이 크게 칙ᄒᆞ여 이ᄌᆞ를 내치고 보디 아냐 왈 블쵸ᄌᆞ라 안젼의 잇디 말나 ᄒᆞ니 냥인이 쳔만 ᄋᆡ걸ᄒᆞ고 졔공이 ᄯᅩᄒᆞᆫ 톄읍비샹ᄒᆞ믈 마디 아냐 공을 권ᄒᆞ여 블너 겻ᄒᆡ 두나 공이 졍식고 말을 아니〃 졔ᄌᆞ 감히 안식의 슬프믈 나타내디 못ᄒᆞ더라 부모가장을 일워시나 유루ᄒᆞᆯ 거시 이실 거시니 타일 형뎨과 삼뎨의 문댱이 이를 못ᄒᆞᆯ 거시 아니라 형뎨 완젼ᄒᆞᆫ ᄣᅢ의 샹의ᄒᆞ여 인ᄌᆞ의 ᄠᅳᆺ을 다ᄒᆞ미 ᄉᆡᆼᄉᆞ의 미진ᄒᆞ미 업ᄉᆞ리라 ᄒᆞ고 드ᄃᆡ여 승샹과 부인의 ᄒᆡᆼ장을 내여 모든

36면

형뎨로 더브러 반복힐난ᄒᆞ여 완필ᄒᆞᄃᆡ 스ᄉᆞ로 부ᄉᆞᆯ 드러 문톄의 놉흔 거ᄉᆞᆯ 뉴취ᄒᆞ니 말이 만티 아니ᄃᆡ 금옥 ᄀᆞᆺ고 ᄠᅳᆺ이 ᄒᆡ비ᄒᆞ여 태ᄉᆞ공의 운몽을 거후로미라도 능히 밋디 못ᄒᆞ리러라 졔공이 ᄒᆞᆫ가지로 윤식ᄒᆞ여 ᄆᆞᆺ초매 셩의빅을 주고 다시 진양공쥬 ᄒᆡᆼ젹을 하태휘 공쥬 초상의 긔록ᄒᆞ여 ᄂᆞ리와 계시ᄃᆡ 공이 그 너모 신긔ᄒᆞ여 사ᄅᆞᆷ이 밋디

아닐가 깁허 너허 내디 아냣더니 이 날 공쥬 하가훈 후 셩덕 스므나믄 됴건을 긔록ᄒ고 평일 신명훈 거술 ᄲᅢ혀 ᄡᅧ 진후를 주어 왈 네 모비의 평일 힝ᄉ를 다훈즉 후셰 의심을 니ᄅ혀 찬집훈 사름이 허탄ᄒ믈 면티 못ᄒ고 공쥬 긔쇼를 바드리니 내 그 듕도로 현힝을 긔록ᄒ고 신긔훈 거술 ᄲᅢ히ᄂ니 네 맛당이 훈ᄌ를 더어 죽은 부모로ᄡᅧ 시비를 닐위디 말디어다 진휘 톄읍슈명ᄒ더라 이 ᄣᅢ 졔공이 진공의 양쉬 진ᄒ믈 알고 공의 보

37면

ᄂ ᄃᆡᄂ 거즛 흔연 담쇼ᄒ나 머리를 두로현즉 눈물이 몬뎌 옷기술 적시고 밤이면 형뎨 ᄎ례로 누어 졉톄동몽ᄒ더니 ᄎ후는 부풍후와 각노공이 돌녀가며 공의 겻히 눕ᄂ디라 공이 그 ᄠᅳᆺ을 알고 감동ᄒ여 어ᄅ문뎌 탄식ᄒ더라 진연 이후와 삼공지 조ᄎ 뫼셔 일야 니측디 아냐 오늑 일의 미처ᄂ 공의 긔운이 날로 팀면ᄒ여 졈〃 자리의 ᄯᅥ나디 못ᄒ더니 일〃은 공의 병이 졈〃 더 듕ᄒ여 젼측ᄒ고 능히 안졍티 못ᄒ거늘 셩의빅이 공의 손을 잡고 골오ᄃᆡ 현뎨야 ᄉᆡᆼ은 긔야요 ᄉᄂ 귀야라 훈 번 죽으미 사름의 면티 못훌 배로ᄃᆡ ᄯᅩ 능히 죽기의 동티 아니 리 업ᄂ니 현뎨 엇디 졔딜의 참혹훈 경싀을 안도ᄒ여 심지 ᄯᅩ 타연ᄒ니 인졍이 엇디 이 굿흐뇨 공이 ᄃᆡ왈 쇼뎨 ᄉᆡᆼ각ᄒ니 우리 등이 부모를 뫼셔 셩만ᄒ미 극ᄒ더니 일됴의 늑아의 통을 만나 인ᄉᆡ 크게 변ᄒ여시니 졍히 태운이 디나

38면

고 슬픈 거시 오는디라 도망코뎌 ᄒ나 면ᄒ리잇가 쇼뎨 나히 듕년의 니ᄅ고 부귀 인신의 극ᄒ니 이제 죽으미 족훈디라 엇디 셜〃훈 틱도를 ᄒ며 졔ᄌ의 샹회ᄒ믄 인졍의 마디 못훈 배로ᄃᆡ 만일 금즙디 아니면 쇼뎨 죽은 후 부지훌 길히 업순 고로 ᄉᆡᆼ젼의 쇼뎨의 ᄯᅳᆺ은 저희를 뵈미라 ᄇ라ᄂ니 형댱은 쇼뎨를 ᄉᆡᆼ각디 마ᄅ시고 ᄌ딜을 무휼ᄒ샤 과도히 샹회티 마ᄅ쇼셔 셩의빅이 공의 ᄂᆺ출 다히고 손을 잡아 누쉬 비 굿고 긔운이 엄싀훈 듯ᄒ니 공이 지삼 희유ᄒ고 오공ᄌ 양을 브른ᄃᆡ 한님이 황망이 복디훈ᄃᆡ 공 왈 네 형이 반ᄃ시 어ᄃᆡ 가 괴거를 ᄒᄂ니 ᄲᆞᆯ리 브ᄅ라 한님이 나와 두루 ᄎ즈니 진연 이휘 엄태감으로 더브러 인젹이 니ᄅ디 아닛는 곳의 단을 뭇고 젼조단발ᄒ고 텬디신기와 븍극원신긔 공의 명을 비는디라 한님이 나아가 부명을 뎐ᄒ니 진후

는 죽기를 그음ᄒᆞ고 단의셔 빌고 연후는

39면

도라와 공의게 뵈니 공이 탄왈 너희 등이 ᄉᆞ졍이 졀박ᄒᆞ나 텬수를 아디 못ᄒᆞᄂᆞᆫ도다 유익ᄒᆞ미 업고 관이 칠일 졔 븍두의 오일이면 ᄌᆡ앙이 이시리니 여등이 볼디어라 모다 밋디 아니터니 과연 오일 삼경의 큰 별이 남방으로브터 흘너 공의 쥬등의 ᄯᅥ러지니 그 소ᄅᆡ 우레 ᄀᆞᆺ고 소ᄅᆡ로조차 광풍이 대작ᄒᆞ여 칠등이 다 것구러지니 진휘 혼빅이 다 니톄ᄒᆞ여 인ᄉᆞ를 모ᄅᆞ니 좌위 븟드러 도라오며 공이 쇼왈 내 아히 아븨 말을 듯디 아냐 유익ᄒᆞ미 잇ᄂᆞ냐 졔ᄉᆡᆼ이 읍톄여우홀 분이러라 ᄎᆞ일 공의 병이 더 텀면ᄒᆞ니 스ᄉᆞ로 오라디 아닐 줄 알고 모든 형뎨를 ᄃᆡᄒᆞ여 닐오ᄃᆡ 내 병이 댱ᄎᆞᆺ 위틱ᄒᆞ니 금일노브터 셔헌을 ᄯᅥ나 진부의 도라가 님군 주신 집의 가 됴용이 죽으미 가ᄒᆞᆫ디라 형뎨 금일브터 니불을 ᄒᆞᆫ가지로 못ᄒᆞ고 셔헌을 다시 보디 못ᄒᆞ리로다 졔공이 눈물이 환난ᄒᆞ여 븟들고 말을

40면

못ᄒᆞ니 공이 위로ᄒᆞ고 졔ᄌᆞ를 도라보아 ᄀᆞᆯ오ᄃᆡ 내 ᄆᆞ음이 심히 번난ᄒᆞ니 쇼여를 타고 부듕을 도라보아 젼일 형뎨 모다 글 닑던 곳과 셩졍ᄒᆞ던 당을 보고 인ᄒᆞ여 선셰가묘와 부모ᄉᆞ당의 ᄒᆞᄃᆡᆨᄒᆞ리라 모다 말녀 왈 병이 이러틋 듕ᄒᆞᆫᄃᆡ 고젹을 보아 유익ᄒᆞ미 업고 톄샹ᄒᆞ미 쉬온디라 ᄊᆞᆯ니 교ᄌᆞ로ᄡᅥ 진부로 가 됴리홈만 ᄀᆞᆺ디 못ᄒᆞ다 ᄒᆞᆫᄃᆡ 공왈 ᄉᆞᄉᆡᆼ이 유명ᄒᆞ니 엇디 브졀업ᄉᆞᆫ 됴셥ᄒᆞ기로 도라가ᄂᆞᆫ ᄆᆞ음을 옹폐ᄒᆞ리요 드ᄃᆡ여 관복을 졍졔ᄒᆞ고 남여의 올나 셔당과 부용각을 두로보아 보고 졔ᄌᆞ의게 븟들려 ᄉᆞ당의 올나 하딕ᄒᆞ고 ᄂᆞ려올ᄉᆡ 시졀이 츄구월 망간이라 츈ᄇᆞ람이 여윈 ᄲᅧ의 ᄉᆞ못고 단풍이 비단댱을 친 ᄃᆞᆺᄒᆞ여 경물이 졀승ᄒᆞᄃᆡ 계젼의 국화ᄂᆞᆫ 만발ᄒᆞ여 오운이 ᄌᆞ잣ᄂᆞᆫ ᄃᆞᆺ 묽은 향ᄂᆡ 의슈의 ᄀᆞ득ᄒᆞ니 공이 믄득 남여를 머믈우고 화계 우히 돗글 펴고 형뎨로 더브

41면

러 안자 텬디경물을 술피며 좌우로 ᄒᆞᆫ 준 향온을 가져오라 ᄒᆞ여 친히 금잔의 ᄀᆞ득 부어 형뎨를 권ᄒᆞ고 ᄉᆞ운 일슈를 지어 묽게 읇프니 그 글의 ᄒᆞ여시ᄃᆡ 남이 셰의 쳐ᄒᆞ매

ᄉᆞ업을 일우니 손의 국병을 잡고 님군의 ᄉᆞ위 되엿도다 츄풍이 고원의 들며 만물이 뇨락ᄒᆞ고 옥계금잔을 잡으매 쳑녕의 니별이로다 타일 오늘날 기럭의 ᄎᆞ례젹으믈 슬허말나 ᄉᆞ싱이 슌식 ᄉᆞ이로다 몸을 시러 녯집의 도라가니 넉ᄉᆞᆫ 구텬의 놀고 자최ᄂᆞᆫ 봉궐의 ᄉᆞᆺ처지리로다 읇기를 ᄆᆞᆺ고 도라 셩의ᄇᆡᆨ의 손을 잡고 ᄀᆞᆯ오ᄃᆡ 금일 텬쉬 다ᄒᆞ고 대ᄉᆡ 거의라 녯날 즐기미 한단의 쑴이 되엿ᄂᆞᆫ디라 곤계로 영결하ᄂᆞᆫ 글과 술이 업디 못ᄒᆞ리니 형당과 삼데ᄂᆞᆫ 일슈 별시로ᄡᅧ 내 ᄆᆞ음을 위로ᄒᆞ라 졔공이 잔을 마시고 공의 글을 니어 을프니 문톄 비졀ᄒᆞ고 음운이 깅당ᄒᆞ여 구츄의

42면

학이 울고 산협의 ᄌᆞᆺ납이 브르지〃니 ᄇᆡᆨ일이 회명ᄒᆞ고 츄텬이 무ᄉᆡᆨᄒᆞᆫ디라 좌우 ᄌᆞ딜과 시재 실셩톄읍ᄒᆞ믈 ᄭᆡᄃᆞᆺ디 못ᄒᆞ고 졔공의 누쉬 빗기 흘너 가슴의 저즈ᄃᆡ 공은 ᄆᆞᄎᆞᆷᄂᆡ ᄂᆞᆺ빗ᄎᆞᆯ 변티 아니터라 이윽이 완경ᄒᆞ다가 진부의 니ᄅᆞ니 상탁이 졍졔ᄒᆞ고 팔문을 통긔ᄒᆞ여 깁당과 금병이 구ᄅᆞᆷ ᄀᆞᆺ고 어의와 관뇌 당젼의 몌여시니 공이 미우를 찡긔여 왈 내 병이 약셕의 효험이 이실 배 아니라 맛당이 믈너가 텬명을 기ᄃᆞ리게 ᄒᆞ라 모다 밧집의 ᄃᆡ후ᄒᆞ고 형뎨 ᄌᆞ딜이 ᄯᅥ나디 아니터니 됴뎡이 공의 병이 위ᄐᆡᆨᄒᆞ믈 듯고 분황ᄒᆞ미 텬ᄌᆞ환후의 다ᄅᆞ미 업서 공경ᄇᆡᆨ관과 쟝샹후ᄇᆡᆨ이며 일시 졔붕이 다 진궁의 몌여 문안ᄒᆞ니 공이 병을 강잉ᄒᆞ여 공복을 닙고 졔관을 볼ᄉᆡ 말ᄉᆞᆷ이 화평ᄒᆞ고 ᄠᅳᆺ이 겸손ᄒᆞ여 됴곰도 병으로ᄡᅥ 혼미ᄒᆞ미 업고 졍신과 긔운이 더옥 ᄆᆞᆰ고 엄ᄒᆞ여 평일의

43면

더은디라 ᄇᆡᆨ관이 감히 우러〃러 보디 못ᄒᆞ더라 각노 양일쳥과 황당 셜영과 부마도위 남챵왕 녀챵닌의 부ᄌᆡ 흠긔 니ᄅᆞ러 문병ᄒᆞ니 공이 쳥ᄒᆞ여 상하의 니ᄅᆞ며 좌를 일우고 각뇌 몬뎌 ᄀᆞᆯ오ᄃᆡ 명공이 이제 츈취 놉디 아니시고 골격이 숑ᄇᆡᆨ ᄀᆞᆺ흐시니 젹은 병을 념여ᄒᆞᆯ 배 아니라 약셕을 삼가 다ᄉᆞ리면 블구의 봄이 도라오시리니 원컨ᄃᆡ 됴뎡 홍복을 힘닙으샤 퇴셕의 의구ᄒᆞ시믈 ᄇᆞ라ᄂᆞ이다 공이 날호여 ᄀᆞᆯ오ᄃᆡ 복이 ᄌᆡ조 업ᄉᆞᆫ 몸으로 냥됴 국은을 듕히 닙ᄉᆞ와 쟝샹지간의 오유ᄒᆞ니 ᄆᆡ양 뎐긍ᄒᆞᆫ ᄆᆞ음이 ᄲᅧ의 삭여 졔공으로 더브러 셩쥬의 태평지시를 ᄒᆞᆫ가지로 누릴가 ᄒᆞ더니 블힝ᄒᆞ여 국은을 져ᄇᆞ리고 듕도의 죽으니 다시 군등으로 더브러 동됴ᄒᆞ믈 엇디 못ᄒᆞᆯ디라 ᄯᅩᄒᆞᆫ 슬프도다

청ᄒᆞᄂᆞ니 널위ᄂᆞᆫ 님군을 어디리 돕습고 국사를 진심ᄒᆞ여 일홈을 듁빅의 드리오라 졔인이 감

44면

샹ᄒᆞ믈 이긔디 못ᄒᆞ더라 좌우의 평졔왕과 졔딜이 다 쟈른 옷과 좁은 ᄉᆞ매로 약탕을 밧들고 침금을 바로ᄒᆞ여 진후 형뎨와 ᄀᆞᆺ치 공을 보호ᄒᆞ며 신임ᄒᆞ미 쇼동과 치ᄋᆞ ᄀᆞᆺ흔디라 양각노와 남챵왕이 그ᄋᆞᆨ이 항복ᄒᆞ고 ᄌᆞ가의 거여오며 존듕ᄒᆞ여 부형의게 ᄌᆞ딜의 도리를 다 못ᄒᆞᆫ 줄 븟그리더라 졔인이 하딕고 도라간 후 ᄎᆞ일노브터 공의 병이 더 위틱ᄒᆞ니 모든 부인이 다 나와 문후ᄒᆞᆯ시 공이 오히려 의딕를 졍히 ᄒᆞ여 졔수를 보고 평싱의 녜법이 엄ᄒᆞ여 삼미를 ᄉᆞ랑ᄒᆞ여 졍이 지극ᄒᆞ나 좌ᄎᆞ의 친근ᄒᆞ미 업더니 이날 갓가이 쳥ᄒᆞ여 손을 잡고 ᄀᆞᆯ오ᄃᆡ 금일 형믹 영결ᄒᆞ니 다시 ᄒᆞᆫ당의 모다 즐기디 못ᄒᆞᆯ디라 삼미ᄂᆞᆫ 우형을 ᄉᆡᆼ각디 말고 ᄌᆞ녀를 거ᄂᆞ려 기리 안과ᄒᆞ라 삼부인이 실셩통읍ᄒᆞ여 능히 말을 일우디 못ᄒᆞ고 군쥬와 명쥬 쇼졔 공의 손을 븟들고 옥뉘

45면

방〃 ᄒᆞ여 ᄎᆞ마 써나디 못ᄒᆞ고 당부인이 긔운이 엄식ᄒᆞ여 거의 막힐 ᄃᆞᆺᄒᆞ니 공이 눈을 드러 이ᄋᆞᆨ이 보아 웃고 ᄀᆞᆯ오ᄃᆡ 부인이 평일 통달ᄒᆞ고 혜아림이 잇ᄂᆞ니 엇디 ᄉᆞᄉᆡᆼ의 면키 어려우믈 아디 못ᄒᆞᄂᆞ뇨 우리 부뷔 동쥬ᄒᆞ연 디 삼십 년이 디낫고 내 나히 오십[이 거]의라 엇디 사ᄅᆞᆷ이 셰샹의 ᄆᆡ양 이시리오 ᄒᆞ믈며 녕존과 녕당이 학발이 ᄇᆡ야히라 인ᄌᆞ의 도리 맛당이 고렴ᄒᆞᆯ 배오 부인이 나히 쇠ᄒᆞ고 ᄌᆞ녜 ᄀᆞ자 복녹이 두터오니 부〃의 ᄉᆞ졍으로 효의를 니ᄌᆞ미 가티 아니토다 ᄯᅩᄒᆞᆫ 당뷔 죽으매 녀ᄌᆞ| 겻히 잇디 아닛ᄂᆞ니 녀ᄋᆞ와 졔부ᄂᆞᆫ 부인을 뫼셔 드러가고 내 ᄉᆞ후 가법을 변티 말고 힝실을 삼가 죽으 니 셤기믈 사 니 ᄀᆞᆺ치 ᄒᆞ라 부인과 졔부졔녀 ᄎᆞ마 니러나디 못ᄒᆞ니 공이 졍식ᄒᆞ여 드러가라 ᄒᆞ고 평일 군쥬 ᄉᆞ랑이 능히 겻흘 써나디 못ᄒᆞ더니 금일 이창ᄒᆞᆫ 거동을 보ᄃᆡ 됴곰도 ᄆᆞ음을 동ᄒᆞ미 업서

46면

드러가믈 직촉ᄒᆞ니 당부인이 마디 못ᄒᆞ여 ᄌᆞ녀의게 븟들녀 침뎐의 드러와 하늘을 브ᄅᆞ고 ᄊᆞ흘 두ᄃᆞ려 망극ᄒᆞᆯ ᄯᆞᄅᆞᆷ이러라 날이 ᄇᆞᆰ으매 공이 졔ᄌᆞ로 ᄒᆞ여곰 필연을 가져

오라 ᄒᆞ여 친히 유표 일슈를 쓰고 ᄌᆞ긔 겸ᄒᆞᆫ 녕승샹 관면과 대쟝군 인을 봉ᄒᆞ여 텬ᄌᆞ긔 영결ᄒᆞ니 샹이 대경ᄒᆞ샤 난가를 ᄀᆞ초아 진부의 힝ᄒᆞ시니 뉴시 졔공이 지영ᄒᆞ여 공의 와탑의 나아가시매 공이 됴복을 닙고 좌우로 븟들녀 어가를 마즈니 샹이 븟드러 급히 탑의 ᄒᆞᆫ가지로 안자 ᄀᆞᆯ오샤ᄃᆡ 션싱의 병이 본ᄃᆡ 슉질노 팀면ᄒᆞ민가 넉엿더니 무슨 별증이 잇관대 인슈와 유표를 올녀 딤의 졍혼을 비월케 ᄒᆞᄂᆞ뇨 이에 니ᄅᆞ러 보니 졍신과 장긔 오히려 의연ᄒᆞᆫ디라 일즉 놀납고 ᄯᅩᄒᆞᆫ 깃브도다 공이 주왈 신이 지우ᄒᆞ신 대은을 갑숩디 못ᄒᆞᄋᆞᆸ고 죽으미 됴셕의 잇ᄂᆞᆫ디라 잠간 셩가를 움

47면

즉이샤 뇽안을 다시 뵈오믈 ᄇᆞ라 잔명을 디팅ᄒᆞ미 잇ᄉᆞ오나 엇디 기리 보젼ᄒᆞ미 이시리잇고 신의 소회ᄂᆞᆫ 유표의 다ᄒᆞ엿ᄂᆞᆫ디라 복망 폐하는 샹셔도츔을 슝샹티 마ᄅᆞ시고 환관의 당뉴를 너모 셩케 마ᄅᆞ샤 됴고 댱양 등의 환이 업게 ᄒᆞ쇼셔 신이 모텸ᄒᆞ여 션됴의 간션ᄒᆞ시믈 닙ᄉᆞ와 몸이 쵸방의 간셥ᄒᆞ오니 부귀와 쟉녹이 분의 넘ᄉᆞ온디라 태후 낭〃과 션데 샹ᄉᆞᄒᆞ신 금은이 족히 ᄌᆞ손의 일싱 근심이 업ᄉᆞ오리니 만일 텬은이 슷디 아니신즉 ᄌᆞ손이 반ᄃᆞ시 하즁의 샤치ᄒᆞ믈 니을디라 폐하ᄂᆞᆫ 원컨ᄃᆡ 관현 이ᄌᆞ의 쟉녹을 더으디 마ᄅᆞ샤 신의 ᄌᆞ손으로 ᄒᆞ여곰 보젼케 ᄒᆞ시믈 ᄇᆞ라ᄂᆞ이다 샹이 보시건ᄃᆡ 공이 졍신과 긔운은 십분 강작ᄒᆞ나 즁셰 경국이 위틱ᄒᆞᆫ디라 눈물을 흘니샤 왈 션싱의 병이 이 ᄀᆞᆺᄒᆞ니 이ᄂᆞᆫ 종샤의 블힝이라 엇디 하늘이 딤을 죽이시미 아니

48면

리오 경의 말은 딤이 심골의 삭이ᄂᆞ니 듕심의 니ᄌᆞ미 이시랴 다만 별뎐이 업술디언뎡 진딘 이국은 관현 이인의게 ᄃᆡ〃 승습홀 거시니 엇디 다ᄅᆞᆫ 의논이 이시리오 오딕 국시 위틱ᄒᆞ니 션싱이 망홀딘ᄃᆡ 군국 대ᄉᆞ를 엇던 사ᄅᆞᆷ을 맛디리오 공이 주왈 신하 알오미 님군만 ᄀᆞᆺ디 못ᄒᆞ니 폐해 스ᄉᆞ로 갈희실디니이다 금 텬하인직 뉴문의 디나리 업고 뉴문 졔인 듕 션싱 곤계의 디나 리 업ᄂᆞᆫ디라 션싱이 임의 블힝ᄒᆞᆫ즉 그ᄃᆡ를 니을 재 션싱 형뎨 듕 이시리니 싱각건ᄃᆡ 셩의빅이 엇더ᄒᆞ뇨 공이 ᄃᆡ주왈 공밍의 도를 신의 형의게 므ᄅᆞ신즉 가ᄒᆞ거니와 쟝샹을 겸ᄒᆞ여 군무 듕ᄉᆞ를 맛디믄 가티 아니ᄒᆞ이다 샹 왈 녕능휘 엇더ᄒᆞ뇨 공이 ᄃᆡ왈 음풍영월ᄒᆞ여 시쥬의 직죄 이시나 이 소임의 맛디 아니ᄒᆞ이다 샹 왈 연즉 부풍휘 가ᄒᆞ냐 공 왈 군언이 이에 미ᄎᆞ시니 가히

49면

득인ᄒᆞ시다 ᄒᆞᆯ디라 셰경이 디뫼 핑원ᄒᆞ여 안흐로 큰 뜻이 잇고 박그로 사ᄅᆞᆷ이 아디 못ᄒᆞ미 젹인걸의 누ᄉᆞ덕 모ᄅᆞᆷ ᄀᆞᆺᄒᆞ니이다 샹이 슬프고 깃거 ᄀᆞᆯ오샤ᄃᆡ 딤이 뉴현의 ᄌᆡ조ᄅᆞᆯ ᄉᆞ랑ᄒᆞ여 션싱의 후ᄅᆞᆯ 닛고뎌 ᄒᆞ더니 부풍휘 만일 니은즉 현이 가히 부풍후ᄅᆞᆯ 니으랴 공이 돈슈 왈 부ᄌᆞ슉딜이 년ᄒᆞ여 국병을 잡은즉 신의 집이 엇디 후셰의 긔롱을 면ᄒᆞ며 당시의 화ᄅᆞᆯ 엇디 피ᄒᆞ리잇고 현의 위인이 강편ᄒᆞ여 만일 듕권을 맛디신즉 반ᄃᆞ시 사ᄅᆞᆷ의 ᄭᅥ리믈 만나 신의 ᄉᆞᄅᆞᆯ 졀ᄒᆞ리니 폐해 만일 죽은 신하ᄅᆞᆯ 에엿비 넉이신즉 그 ᄌᆞ손을 보젼케 하시미 대은일가 ᄒᆞᄂᆞ이다 샹이 더옥 감오ᄒᆞ샤 군신이 영결ᄒᆞ시매 뇽뉘 어의예 저〃 ᄎᆞ마 손을 놋치 못ᄒᆞ시니 공이 ᄯᅩᄒᆞᆫ 눈물이 ᄂᆞᆺ취 ᄀᆞ득ᄒᆞ여 어가ᄅᆞᆯ 빅별ᄒᆞᆫ 후의 침

50면

상의 누워 형뎨와 ᄌᆞ딜을 모흐고 둣글 졍히 ᄒᆞᆫ 후 셩의빅을 도라보아 ᄀᆞᆯ오ᄃᆡ 금일 안항이 ᄉᆞᆺ쳐디니 비록 슬프나 텬쉬라 엇디ᄒᆞ리오 형당은 원컨ᄃᆡ 블쵸뎨ᄅᆞᆯ 싱각디 마ᄅᆞ시고 졔뎨로 더브러 안향ᄒᆞ시믈 ᄇᆞ라ᄂᆞ이다 오ᄌᆞᄅᆞᆯ 블너 압히 나아오라 ᄒᆞ여 진후ᄃᆞ려 왈 내 아희 평일 어딜미 만히 션비 ᄀᆞᆺᄒᆞᆷ믈 깃거ᄒᆞ더니 이제 종ᄉᆞ로ᄡᅥ 네게 의탁ᄒᆞ니 소임이 젹디 아닌디라 졔ᄉᆞᄅᆞᆯ 삼가고 종족을 돈목ᄒᆞ여 졍ᄉᆞᄅᆞᆯ 브즈런이 ᄃᆞ사리며 슉부 셤기믈 날과 ᄀᆞᆺ치 ᄒᆞ여 어그릇디 말나 내 벼ᄉᆞᆯ이 인신의 극ᄒᆞ여 관곽이 왕후네로 ᄒᆞᆯ디라 샤치ᄒᆞ미 가티 아니〃 므릇 치샹과 산능을 션능의 강등ᄒᆞ여 외람ᄒᆞ미 업게 ᄒᆞ라 진휘 ᄌᆡ빅ᄒᆞ여 유교ᄅᆞᆯ 드ᄅᆞ매 실셩 엄읍ᄒᆞ여 눈물이 ᄯᅳᆺ드어 의쉬 저ᄌᆞ니 공이 ᄯᅩᄒᆞᆫ 탄식 왈 내 널로 더브러 부ᄌᆡ 되미 금일 분이라 네 만일 아비

51면

ᄅᆞᆯ 닛디 아닌즉 내 ᄒᆞ던 바ᄅᆞᆯ 가히 폐티 말나 나의 듕히 넉이던 바ᄅᆞᆯ ᄇᆞ리디 마라 진국 관뇨와 빅셩을 ᄉᆞ랑ᄒᆞ고 형뎨 돈목ᄒᆞ여 동거ᄒᆞ라 ᄯᅩ 슈츈후ᄅᆞᆯ 블너 그 손을 잡고 왈 현셔ᄂᆞᆫ 나의 ᄉᆞ랑ᄒᆞ고 듕히 넉이ᄂᆞᆫ 배라 튱효와 문혹이 소망의 디나고 ᄒᆞ믈며 녕대인이 계시니 나의 말이 브졀 업거니와 너의 위인이 너모 강ᄒᆞ고 고집ᄒᆞ니 이곳 취화ᄒᆞᆯ ᄃᆡ뫼라 내 깁히 근심ᄒᆞ더니 이제 죽기ᄅᆞᆯ 님ᄒᆞ여 ᄯᅳᆺ을 부치ᄂᆞ니 모로미 조심ᄒᆞ

여 국녹을 녕좡ᄒᆞ라 소휘 눈물을 드리워 빅샤 왈 쇼데 불쵸ᄒᆞᆫ 지덕으로 악댱의 지우ᄒᆞ시믈 닙ᄉᆞ와 슬하의 년이ᄒᆞ시믈 친ᄌᆞ곳치 ᄒᆞ시니 은혜 골슈의 ᄉᆞ뭇ᄉᆸ더니 금일 영결을 당ᄒᆞ와 놉히 경계ᄉᆞ신 유교ᄅᆞᆯ 밧ᄌᆞ오니 심담이 ᄯᅥ러지ᄂᆞᆫ디라 감히 ᄉᆞ싱의 니ᄌᆞ미 이시리잇가 공이 탄식ᄒᆞ더라 이 ᄣᅢ 댱손시 엄태감 등이 쥬공의 병셰 위태ᄒᆞ믈 보고 쵸조창황

52면

ᄒᆞ여 눈물을 흘니고 가슴을 두ᄃᆞ려 반ᄃᆞ시 몬뎌 죽고뎌 ᄒᆞᄂᆞᆫ 졍셩이 ᄌᆞ녀와 ᄒᆞᆫ가디라 뎐문 붓긔 ᄃᆡ후ᄒᆞ여 호읍ᄒᆞ더니 공이 면젼의 블너 위유ᄒᆞ여 ᄀᆞᆯ오ᄃᆡ 경 등이 태후 틱명을 밧ᄌᆞ와 고의게 도라완 디 셰월이 오리ᄃᆡ 튱셩과 ᄃᆡ졀이 고인의 디난디라 그으이 진국 샤직의 신하로 아더니 블힝ᄒᆞ여 고의 병이 듕ᄒᆞ니 신민을 다시 님티 못ᄒᆞᆯ디라 경 등은 가히 내 아ᄒᆡᄅᆞᆯ 어디리 도아 종묘ᄅᆞᆯ 삼가 밧들고 경ᄉᆞ의 게어ᄅᆞ미 업게ᄒᆞ라 이인이 고두읍ᄃᆡ 왈 노신 등이 션비ᄅᆞᆯ 여희ᄋᆞᆸ고 쥬공을 뫼셔 ᄇᆡᆨ년을 의탁ᄒᆞᆯ가ᄒᆞᄋᆞᆸ더니 댱ᄎᆞᆺ 텬디 문허디믈 만나게 되오니 엇디 늘근 목숨을 앗겨 엇디 구원의 냥쥬인을 ᄯᆞ라 뫼시디 아리니잇고 금일 유교ᄂᆞᆫ 신 등의 소임이 아니라 감히 밧ᄌᆞᆸ디 못ᄒᆞ리로소이다 공이 반ᄃᆞ시 죽을 줄 알고 츄연ᄒᆞ여 말을 아니터

53면

라 이윽고 공이 긔운이 올나 졍신이 혼미ᄒᆞ기의 니ᄅᆞ니 졔공과 졔지 창황이 약을 쓰고 슬피 부ᄅᆞ지져 ᄭᅴ오니 공이 눈을 드러 ᄒᆞᆫ 번 보고 다시 말을 못ᄒᆞ고 망ᄒᆞ니 쉬 ᄉᆞ십팔셰오 가경을ᄉᆞ 츄구월 신튝일이라 합가 ᄂᆡ외예 곡셩이 하늘의 ᄉᆞ뭇ᄎᆞ니 문무ᄇᆡᆨ관과 공경태우 셔민군졸의 니ᄅᆞ히 일시의 통곡ᄒᆞ니 우름 소ᄅᆡ 산쳔을 동ᄒᆞᄂᆞᆫ디라 샹이 진공의 부음을 드ᄅᆞ시고 크게 두어 소ᄅᆡᄅᆞᆯ 우ᄅᆞ시고 뇽상의 것구러지시니 좌우근시 급히 븟드러 니러 나시매 방셩대곡 왈 딤이 튱년의 대위ᄅᆞᆯ 니으며 진공이 국가휴쳑지신으로 딤을 보졍ᄒᆞ여 안흐로 ᄇᆡᆨ셩을 다ᄉᆞ리고 밧그로 뎍국을 방어ᄒᆞ여 슉야의 게어르디 아니ᄒᆞ니 딤이 그 튱셩을 의지ᄒᆞ여 태평을 군신이 ᄒᆞᆫ가지로 ᄒᆞᆯ가 ᄒᆞ더니 이제 블힝 단명ᄒᆞ니 딤이 다시 눌을 미드리오 언필의 ᄯᅩ 우ᄅᆞ샤 능히 그치디 못ᄒᆞ시니 어시의

54면

닋외 관뇌 다 진궁의 니ᄅᆞ러 거의ᄒᆞ고 태후와 황휘 ᄯᅩᄒᆞᆫ 크게 슬허 곡벽ᄒᆞ시고 가〃호〃이 곡셩이 딘동ᄒᆞ니 만일 당년의 무종황뎨로 ᄒᆞ여곰 계실딘ᄃᆡ 거의 셩명을 ᄇᆞ려 텬하를 샤례ᄒᆞ실디라 하태후의 슬허ᄒᆞ시미 녀쥬공 상ᄉᆞ의 감ᄒᆞ미 업더라 샹이 녜관을 명ᄒᆞ샤 치상ᄒᆞ시고 상측의 친님ᄒᆞ샤 시신을 븟드러 통곡ᄒᆞ시며 친히 입관을 보시며 셩복 날 시호ᄒᆞ시고 친졔ᄒᆞ시니 영광이 ᄉᆞᆼ싱의 다ᄅᆞ미 업더라 공이 임의 졸ᄒᆞ매 오ᄌᆞ이녀의 익통ᄒᆞ미 텬디 붕녈ᄒᆞ여 혼졀ᄒᆞ기를 ᄌᆞ루 ᄒᆞ니 슈식을 갓가이 아니ᄒᆞ야 삼ᄉᆞ 일이 디나매 ᄌᆞ녀의 긔운이 다 ᄉᆡ진ᄒᆞ니 ᄎᆞ마 보디 못홀디라 셩의ᄇᆡᆨ이 부모를 여흰 후 형뎨 오인이 휴슈ᄒᆞ여 일시를 ᄯᅥ나디 아니타가 일됴의 슈족을 버혀 유명 쳔ᄃᆡ의 영결이 되니 범연ᄒᆞᆫ 아ᄋᆞ로 닐너도 익샹ᄒᆞᆷ을 ᄎᆞᆷ디 못ᄒᆞ려든 ᄒᆞ믈며

55면

진공 ᄀᆞᆺᄒᆞᆫ 동긔로ᄡᅥ 졔공의 효우ᄒᆞ미ᄯᆞ려 형뎨 서로 시신을 븟드러 졔딜을 어ᄅᆞ믄뎌 날이 ᄆᆞᆺ도록 호곡ᄒᆞ여 긔운이 졀ᄒᆞ고 눈물이 피 되니 모든 됴ᄀᆡᆨ이 졔공의 거동을 보ᄂᆞᆫ 쟈ᄂᆞᆫ 눈물을 아니 흘니 리 업고 각〃 ᄌᆞ네 울며 간ᄒᆞ여 비로소 졍신을 잠간 뎡ᄒᆞ여 녜대로 습념ᄒᆞ고 오일 만의 셩복을 디내매 관을 븟드러 녕하뎐의 셩빙ᄒᆞ고 됴셕졔ᄉᆞ를 일울시 진연 이후와 문챵군쥐 어려셔 모비를 여히고 야〃의 특별ᄒᆞᆫ ᄌᆞ익를 의지ᄒᆞ여 부ᄌᆞ의 졍이 가히 범인의 범인의[4] 비기디 못ᄒᆞ더니 금일 죵텬 영결ᄒᆞ여 음용이 날노 머러지니 신셩혼뎡의 벼개와 삿글 안아 방소를 뭇줍던 일과 공의 화ᄒᆞᆫ 안ᄉᆡᆨ과 우슨 말소ᄅᆡ 이목의 ᄉᆞᆷ샹ᄒᆞ여 ᄉᆡᆼ각ᄒᆞᆫ즉 혼ᄇᆡᆨ이 흐터디고 ᄢᅴ ᄇᆞ아뎌 스ᄉᆞ로 진뎡티 못ᄒᆞᄂᆞᆫ디라 황〃ᄒᆞ여 보올 듯ᄒᆞ고 망〃ᄒᆞ여 ᄯᆞ올 듯ᄒᆞ니 쥬야 관을 븟더러

56면

호곡ᄒᆞ여 날을 ᄆᆞᆺ차 오ᄃᆡ ᄒᆞᆫ 번 죽어 부모를 ᄯᆞ라 뫼시과뎌 ᄒᆞ니 졔슉과 졔죵의 권유ᄒᆞᄂᆞᆫ 말이 난즉 더옥 호곡익통ᄒᆞ여 그치디 못ᄒᆞ니 군쥬ᄂᆞᆫ 아조 인ᄉᆞ를 ᄇᆞ려 곡읍으로 일우디 못ᄒᆞ고 진연 이휘 ᄯᅩᄒᆞᆫ 위ᄐᆡᆨᄒᆞ여 죽으미 됴셕의 잇ᄂᆞᆫ디라 이 ᄣᅢ 댱부인이 스ᄉᆞ로 죽어 공의 뒤흘 ᄯᆞ오로져 ᄒᆞ더니 자녀의 이 ᄀᆞᆺᄒᆞᆫ 경샹을 보고 문득 강긔ᄒᆞ여

---

4) '범인의' 중복.

니러나 아춤 제를 파흔 후 인ᄒᆞ여 공의 관 것희셔 ᄌᆞ녀제부를 모호고 진연 이후와 군쥬를 ᄃᆡᄒᆞ여 닐오ᄃᆡ 나의 박명여ᄉᆡᆼ이 구고와 부ᄌᆞ를 여희와 진실노 세샹의 살 뜻이 업ᄉᆞᄃᆡ 구챠히 투ᄉᆡᆼᄒᆞ여 오늘날의 니ᄅᆞ히 디팅ᄒᆞ믄 힝혀 부ᄌᆞ의 ᄭᅵ친 말솜을 져ᄇᆞ리디 아니미라 내 ᄉᆡᆼ각건ᄃᆡ 쥬공이 평일 ᄌᆞ녀 ᄉᆞ랑이 범인과 ᄀᆞᆺ디 아니시고 님죵의 경계ᄒᆞ신 말솜이 십분 졍뎡ᄒᆞ여 어음이 오히려 귀예 잇거ᄂᆞᆯ 너희

57면

등이 아비 죽어 ᄉᆞᆯ이 ᄎᆞ디 아냐 그 뜻을 져ᄇᆞ려 이제 셩명을 ᄆᆞᆺ고뎌 ᄒᆞ니 네 부친이 평일 졍신이 타인과 ᄀᆞᆺ디 아니시던디라 만일 명〃 듕 아롬이 계실딘대 엇디 능히 구원의 눈을 ᄀᆞᆷ으시리오 내 쥬공의 ᄆᆞ음을 옴겨 니ᄅᆞ시디 못ᄒᆞᄂᆞᆫ 말솜을 뎐ᄒᆞ여 니ᄅᆞᄂᆞ니 만일 죽은 부모를 닛디 아니랴 ᄒᆞ거든 유언을 ᄃᆡ희여 몸을 보듕ᄒᆞ라 불연즉 내 사라셔 너희 등을 보호티 못ᄒᆞ고 디하의 부ᄌᆞ를 ᄃᆡᄒᆞᆯ ᄂᆞᆺ치 업ᄉᆞ리니 몬뎌 죽어 쥬공과 션비 녕의 죄를 쳥ᄒᆞ리라 셜파의 머리를 관의 브드이저 통곡ᄒᆞ매 젹혈이 님니ᄒᆞ니 진연 이휘 황망이 븟드러 톄읍쳥죄 왈 쇼ᄌᆞ 등이 무지무상ᄒᆞ와 대인 유교를 봉힝티 못ᄒᆞ고 ᄌᆞ위예 이ᄀᆞᆺ흐시믈 닐위오니 불효죄악이 텬지의 관영ᄒᆞ온디라 ᄎᆞ후 ᄆᆞ음을 잡아 젼일을 고치오리니 원컨ᄃᆡ 태〃ᄂᆞᆫ 안심ᄒᆞ샤

58면

셩톄를 보즁ᄒᆞ쇼셔 군쥐 부인 손을 븟들고 머리를 ᄀᆞ숨의 다혀 통곡 왈 쇼녀의 망극ᄒᆞ온 ᄆᆞ음이 오ᄃᆡ 디하의 야〃를 뫼와 그리온 거ᄉᆞᆯ 플고뎌 ᄒᆞ옵더니 모친이 이대로록 과도히 ᄒᆞ시니 쇼져의 죄 더옥 듕ᄒᆞ온디라 ᄎᆞ일노브터 ᄆᆞ음을 곳쳐 명교를 봉힝ᄒᆞ리이다 부인이 어ᄅᆞᄆᆞᆫ뎌 울며 ᄀᆡ유ᄒᆞ니 모든 ᄌᆞ네 본ᄃᆡ 대효의 뜻이 잇ᄂᆞᆫ디라 부인의 이 ᄀᆞᆺ흐믈 감동ᄒᆞ여 약과 미음과 소ᄉᆞ로 일죵ᄒᆞ나 날로 심간이 ᄇᆞ아디ᄂᆞᆫ ᄃᆞᆺᄒᆞ믈 이긔디 못ᄒᆞ더라 셰월이 뉴슈 ᄀᆞᆺᄒᆞ여 ᄣᅢ 경이 신셰 가졀을 만나니 진후 형뎨 세간 만물의 눈이 디나고 귀예 듯ᄂᆞᆫ 배 다 디통이라 졔슉과 모부인의 근심ᄒᆞ고 과려ᄒᆞ시믈 두려 강잉ᄒᆞ여 됴셕 곡읍을 녜ᄉᆞ로이 ᄒᆞ나 형뎨 ᄃᆡᄒᆞ여 읍톄여우ᄒᆞ여 부친의 샹시 ᄒᆞ시던 힝ᄉᆞ와 ᄀᆞᄅᆞ치고 두긋겨 ᄒᆞ던 일을 ᄉᆡᆼ각ᄒᆞ고 여러 군죵들의 야〃

59면

를 뫼셔 왕닉ᄒᆞ믈 본즉 ᄒᆡ옴업시 일셩 탄식으로조차 피눈물이 상복을 적시니 졔공과 군죵이 ᄇᆡᆨ단으로 관위ᄒᆞ더니 일월이 뉴매ᄒᆞ여 장일이 다ᄃᆞ로매 ᄇᆡᆨ관이 믈 쓸 틋ᄒᆞ고 군민이 호읍ᄒᆞ며 문싱과 고리 부하의 몌엿더라 텬ᄌᆡ 친히 졔문 지어 녜부샹셔 냥션으로 ᄒᆞ여곰 치졔ᄒᆞ실ᄉᆡ 죠셔ᄒᆞ샤 졀효튱인셩진왕을 츄증ᄒᆞ시고 시호를 문뎡이라 ᄒᆞ시다

뉴시삼ᄃᆡ록 권지이십

1면

ᄌᆡ셜 진궁의셔 공의 발인이 밤이 격ᄒᆞ매 졔공이 글을 지어 녕연의 술을 부으매 셩의ᄇᆡᆨ이 몬져 잔을 뎐ᄒᆞ고 댱ᄌᆞ 건으로 ᄒᆞ여곰 졔문을 닑히니 기문 왈 유 가졍 이십오 년 세ᄎᆞ 병오 츈졍월 경인삭 긔유일의 가형 황태ᄉᆞ 젼임승샹 셩의ᄇᆡᆨ 셰긔ᄂᆞᆫ 쳥작 셔슈지뎐으로 망뎨 진국공 부마도위 대승샹 오부도춍대쟝군 겸 ᄃᆡ닉외ᄉᆞ문의지녕의 고ᄒᆞ노라 오호 ᄋᆡᄌᆡ라 유령은 산하의 슈긔와 건곤의 조화를 타 나 츌인ᄒᆞᆫ 효의ᄂᆞᆫ 문왕을 효측ᄒᆞ고 관일ᄒᆞᆫ 튱셩은 졔갈무후의 무리라 우리 형뎨 다ᄉᆺ 사ᄅᆞᆷ과 누의 세 사ᄅᆞᆷ이 ᄒᆡ를 년ᄒᆞ여 나매 년갑이 샹칭ᄒᆞ고 슬하의 반의를 춤추며 나의 셩졍은 용졸ᄒᆞ고 혼암커ᄂᆞᆯ 군은 총명호흑하니 부뫼 ᄉᆞ랑ᄒᆞ시미 특별ᄒᆞ시고 여러 형뎨 므릿 의심되고 결티 못ᄒᆞ

2면

ᄂᆞᆫ 일을 반ᄃᆞ시 공의게 믓더니라 형뎨 년ᄒᆞ여 갑과를 마쳐 쳥운의 오ᄅᆞ매 문회 챵셩ᄒᆞ고 번화ᄒᆞ미 당ᄃᆡ의 일홈 나ᄃᆡ 홀노 현뎨의 조달홈과 현뎨의 ᄉᆞ업 ᄀᆞᆺ흐니 업ᄉᆞᆫ디라 신미 츈의 내 그ᄃᆡ로 더브러 텬은의 졀취ᄒᆞ시믈 밧ᄌᆞ와 어화를 두 번 씻그니 나의 졸ᄒᆞᆫ 글이 현뎨의 우히 이시믄 ᄎᆞ례를 밧고디 아니시미라 빵으로 훤당의 ᄇᆡ알ᄒᆞ여 경ᄉᆞ를 표ᄒᆞ고 ᄉᆞ실의 도라와 각〃 지은 글을 음영ᄒᆞ여 우형은 그ᄃᆡ ᄌᆡ조 승ᄒᆞ므로 앗기고 군은 우형의 ᄎᆞ례 역디 아니믈 깃거ᄒᆞ여 닙됴ᄒᆞ매 ᄒᆞᆫ가지오 믈너오매 휴슈ᄒᆞ여 비록 여러 형뎨 이시나 나와 군의 우ᄋᆡᄒᆞ믄 타인의 가히 밋디 못ᄒᆞ던디라 오회라

군의 셩질이 호쥰ᄒᆞ고 의긔 태둥ᄒᆞ여 평일 강위ᄒᆞ기를 됴히 넉이ᄃᆡ 또 능히 허물 듯기를 됴히 넉이고 씨둣기를 붉게 ᄒᆞ여 위 비록 놉

3면

ᄒᆞ나 ᄂᆞ지 술피미 노예하쳔의 간ᄒᆞᄂᆞᆫ 말을 용납ᄒᆞ며 친쳑졔우의 규졍ᄒᆞ믈 깃거ᄒᆞ며 념ᄌᆞ직ᄌᆞᄒᆞ여 이검양덕ᄒᆞ니 그 외모 비록 의연ᄒᆞ여 범티 못ᄒᆞᆯ 둣하나 ᄂᆡ치 유연ᄒᆞ미 츈풍 ᄀᆞᆺ도다 셕진라 사ᄅᆞᆷ이 셰예 그 일운 배 이ᄀᆞᆺ치 크고 힝실이 이ᄀᆞᆺ티 어딘 후 단명ᄒᆞ미 그ᄃᆡ ᄀᆞᆺᄒᆞ니 업술디라 이 엇디 ᄒᆞᆫ갓 뉴시 문호의 블힝과 쳑녕의 셜움분이리오 텬하ᄂᆞᆫ 고비를 일홈 ᄀᆞᆺ고 님군은 괴공을 폐ᄒᆞ여 계시니 오희라 현뎨의 튱관으로뻐 ᄎᆞ마 엇디 이에 니ᄅᆞ뇨 텬도를 가히 미들 것가 우리 형뎨 하늘긔 죄를 어더 눅아의 통을 년ᄒᆞ여 만나매 녀측의 운졀ᄒᆞ믈 뉘 능히 말니오마ᄂᆞᆫ 군의 효셩으로뻐 쇠훼ᄒᆞ므로뻐 믄득 고황의 병을 어더 명이 단ᄒᆞ기의 밋ᄎᆞ니 슬프다 사ᄅᆞᆷ이 나매 ᄒᆞᆫ 번 죽디 아니 리 업ᄉᆞ니 현뎨의 망ᄒᆞ믈

4면

ᄒᆞᆫ갓 슬허ᄒᆞ미 아니라 ᄎᆞ례 역ᄒᆞ여 우형이 술을 부어 군을 보내고 글을 지어 군을 울미 엇디 텬니 인졍의 춤을 배리오 병이 듕ᄒᆞᄃᆡ ᄆᆞ음을 동ᄒᆞ미 업고 텬명을 ᄉᆞ뭇ᄎᆞ 살기를 도모티 아니〃 놉흔 혹문이 셩교의 잇도다 몸을 시러 ᄉᆞ실의 도라오매 다시 니블과 벼개를 너르고 길게 못ᄒᆞᆯ디라 가묘의 빈ᄉᆞᄒᆞ매 다시 잔을 밧드러 향을 솟디 못ᄒᆞᆯ디니 계 우히 돗글 펴고 술을 부어 형뎨로 니별ᄒᆞ고 글을 지어 경물을 슬허ᄒᆞ니 이 거동을 ᄃᆡᄒᆞ여 무지ᄒᆞᆫ 힝뇌라도 오히려 ᄆᆞ음이 동ᄒᆞ려든 텬호통직라 우형이 셕목도 곤 명완ᄒᆞ여 군의 손을 잡고 좌를 비겨 엄〃ᄒᆞᆫ 긔운과 쇼쳬ᄒᆞᆫ 형용으로 쳔ᄃᆡ의 영결ᄒᆞᄂᆞᆫ 시사를 듯고 오히려 술을 맛보고 글을 ᄎᆞ운ᄒᆞ여 금일의 니ᄅᆞ히 완젼ᄒᆞ미 엇디 통ᄒᆞᆫ티 아니리오 블힝ᄒᆞ여 일즉 등당ᄒᆞ매 국시

5면

ᄒᆞ고 쳐쇠 닷집일 분 아니라 일신의 소임과 칙망이 듕ᄒᆞᆫ 고로 일즉 군으로 더브러 써 나ᄂᆞᆫ 날이 만코 모드미 드므러 평일의 군이 비록 병드나 친히 약을 달혀 나로술 그을 니디 못ᄒᆞ고 일실의 일실의 동거티 못ᄒᆞ니 군이 ᄆᆡ양 ᄒᆞᆫᄒᆞ여 ᄀᆞᆯ오ᄃᆡ 쳔승의 부귀로

뻐 ᄒᆞ로 봉친과 우익를 밧고디 못홀 거시어ᄂᆞᆯ 나라히 ᄆᆡ이여 쯧을 펴디 못ᄒᆞ니 잠간 군은을 갑고 나히 쇠ᄒᆞᆫ 후 티ᄉᆞ하고 형뎨 일실의 모다 흐뭇거온 거ᄉᆞᆯ 펴리라 ᄒᆞ니 우형이 탄ᄒᆞ여 ᄀᆞᆯ오ᄃᆡ 인간ᄉᆡ 쯧과 ᄀᆞᆺ디 못ᄒᆞᆫ디라 엇디 이 즐거오믈 능히 어드리오 ᄒᆞ여 서로 쳔년을 계교ᄒᆞ매 군이 엇디 도로혀 날을 속이고 이에 니ᄅᆞᄂᆞ뇨 군이 망ᄒᆞ므로브터 이제 임의 다ᄉᆞᆺ ᄃᆞᆯ이라 ᄆᆡ양 자기를 님ᄒᆞ면 군의 눕던 곳을 도라보고 쑴 가온ᄃᆡ 군의 손을 잡으며 믄득 헛되니 우러〃 하늘을 블너 심댱이 뮈여디ᄂᆞᆫ디라 ᄉᆞᆼ이 유명ᄒᆞ

6면

고 군ᄌᆞ의 아냠즉ᄒᆞᆫ 말이나 녕혼이 엇디 쑴 가온대 ᄒᆞᆫ 번 뵈디 아닛ᄂᆞ뇨 부뫼 기셰ᄒᆞ신 후 녕뎡ᄒᆞᆫ 인ᄉᆡᆼ들이 오딕 형뎨 셔로 의지ᄒᆞ거ᄂᆞᆯ 일됴의 하ᄂᆞᆯ이 ᄆᆞᆺ도록 영결ᄒᆞ여 옥면봉안은 딘토와 동귀ᄒᆞ고 츈풍화긔ᄂᆞᆫ 모연과 ᄀᆞᆺ치 스러지며 현언대도ᄂᆞᆫ 이목의 ᄉᆞᆷ샹ᄒᆞ고 웅문건필은 안뎌의 의구ᄒᆞ니 이호현뎨야 이롤 가히 ᄎᆞᆷ을 것가 슬프다 내 나히 임의 오십이 되엿고 부귀 극ᄒᆞ며 븍당의 냥친이 아니 계시니 언마ᄒᆞ여 디하의 도라가리오 ᄒᆞ믈며 우리집 션셰의 슈ᄒᆞᆫ을 누리시니 업ᄉᆞ니 우형이 무슨 ᄆᆞ음으로 홀노 셰샹이 오라리오 블구의 쳔ᄃᆡ의 만날디라 ᄉᆡᆼ각이 이에 미ᄎᆞ매 ᄆᆞ음을 잠간 뎡ᄒᆞ리로다 졔딜의 참담홈과 종족의 도라 의지 업ᄉᆞ믈 니ᄅᆞ디 말고 국은이 가디로 호탕ᄒᆞ샤 죽으매 영통이 ᄉᆡᆼ젼의 더으니 군이 만일 아름

7면

이 이실딘ᄃᆡ 엇디 명〃지듕의 님군의 덕을 감격디 아니리오 이제 도게 쟝ᄎᆞᆺ 발ᄒᆞ여 집을 써날디라 텬호〃로다 내 능히 몬뎌 죽디 못ᄒᆞ고 도로혀 글을 지어 내 아을 보내니 이를 가히 ᄎᆞᆷ으랴 잇던 뎐이 뷔고 ᄃᆞᆫ니던 길히 황냥ᄒᆞ니 ᄎᆞᆨᄉᆞ의 엇디 능히 견ᄃᆡ리오 군이 평일의 긔질이 츌어범뉴ᄒᆞ니 녕혼이 본ᄃᆡ 알음이 ᄇᆞᆰ을디라 오호 익ᄌᆡ 샹향 졔를 파ᄒᆞ매 셩의빅이 통곡ᄒᆞ여 것구러지니 졔ᄌᆡ 급히 구ᄒᆞ여 겨유 인ᄉᆞ롤 출히매 졔공이 니어 졔문 지어 졔ᄒᆞ니 문톄 근측ᄒᆞ고 ᄉᆞ의 비졀ᄒᆞ여 셩의빅의 졔문과 일톄라 ᄉᆞ젹이 기러 다 긔록디 못ᄒᆞ니라 모든 딜ᄌᆞ와 졔붕 문ᄉᆡᆼ이 다 글을 지어 우니 슬픈 곡셩이 하ᄂᆞᆯ의 니엇더라 임의 시긱이 다ᄃᆞᄅᆞ매 녕귀 발홀ᄉᆡ 쵸롱과 홰불은 텬디를 ᄇᆞᆰ히고 문무관뇨와 군댱의

8면

곡읍은 ᄇᆡᆨ니의 슷디 아닛ᄂᆞᆫᄃᆡ 샹이 궐문 밧긔 나오샤 망곡ᄒᆞ여 보내시니 이 날 거록ᄒᆞ미 만고의 드므더라 ᄒᆡᆼᄒᆞ여 션산의 니ᄅᆞ러 공쥬와 합장ᄒᆞ고 목쥬를 시러 도라올ᄉᆡ 엄ᄐᆡ감이 진연 이후를 보아 ᄀᆞᆯ오ᄃᆡ 노신이 태후 ᄐᆡᆨ지를 밧ᄌᆞ와 션비의 가ᄉᆞ를 총졔ᄒᆞ고 밋 탁고를 밧ᄌᆞ오매 공ᄌᆞ 형데를 보호ᄒᆞ고 쥬공의 지우를 닙ᄉᆞ왓더니 이제 녯 주인이 다 업ᄉᆞ시니 일노조차 영결ᄒᆞᄂᆞ이다 이휘 크게 울고 온가지로 ᄀᆡ유ᄒᆞᄃᆡ 죵시 듯디 아니ᄒᆞ고 맛든 바를 태감 유션을 맛뎌 이후 쳔거ᄒᆞ여 ᄌᆞ긔 교ᄃᆡᄒᆞ믈 니ᄅᆞ고 슈능ᄒᆞ기를 굿게 쳥ᄒᆞ니 이휘 그 고집을 프디 못ᄒᆞᆯ 줄 알고 통곡ᄒᆞ여 니별ᄒᆞ고 도라올ᄉᆡ 일노의 복인지친이 삼십여 리의 쌔텃ᄂᆞᆫᄃᆡ 평일 공의 위의와 ᄀᆞᆺ치 베퍼 ᄒᆡᆼᄒᆞ니 도로의 보ᄂᆞ 니 눈믈 아니 흘니 리 업서 ᄀᆞᆯ오ᄃᆡ 금일 대쟝군이 우리를 ᄇᆞ리시니 억만창ᄉᆡᆼ

9면

ᄂᆞᆯ을 의지ᄒᆞ리오 ᄒᆞ더라 진부의 니ᄅᆞ러 녕하뎐의 녕위를 봉안ᄒᆞ고 진휘 드ᄃᆡ여 궁듕을 통녕ᄒᆞ여 뎍당이 되며 셜부인이 가사를 총졔ᄒᆞ여 졔ᄉᆞ를 밧들고 당부인 밧들미 녜도의 ᄀᆞ즉ᄒᆞ니 ᄂᆡ외 졍졔ᄒᆞ미 솔유구쟝이라 녯법을 변티 아니코 도임구인이라 녯 사ᄅᆞᆷ을 쓰매 인ᄉᆡ 비록 변ᄒᆞ나 졍ᄉᆡ ᄒᆞᆫᄀᆞᆯ ᄀᆞᆺ흐니 궁듕이 안낙ᄒᆞ고 구족이 돈목ᄒᆞ니 이 다 공의 공의[5] 교홰 흘너오미라 농두각 태ᄒᆞᆨᄉᆞ 녜부시랑 니몽양이 샹명을 밧ᄌᆞ와 공의 ᄒᆡᆼ장을 지어 뉴시 졔공과 진연 이후의게 질뎡ᄒᆞ니 셩의ᄇᆡᆨ이 눈믈을 흘니며 몽양을 ᄃᆡᄒᆞ여 ᄀᆞᆯ오ᄃᆡ 망데 평ᄉᆡᆼ의 사ᄅᆞᆷ의 비가를 지으매 헛되이 기리믈 취티 아니ᄒᆞ고 문톄의 만흔 거술 됴화 아니ᄒᆞ더니 이제 션ᄉᆡᆼ의 글이 금옥 ᄀᆞᆺ흐여 망데의 ᄯᅳᆺ을 아랏ᄂᆞᆫ디라 엇디 감샤티 아니리오 연이나 이 가온ᄃᆡ 유루ᄒᆞᄂᆞᆫ 건이 이시니 ᄒᆞᆨᄉᆡᆼ

10면

이 잠간 윤ᄉᆡᆨᄒᆞ여 션ᄉᆡᆼ의 문톄를 돕고 망데의 ᄯᅳᆺ을 후셰의 뎐ᄒᆞ려 ᄒᆞᄂᆞ니 역니ᄒᆞᆫ 셜음이 심담이 ᄇᆞ아디ᄂᆞᆫ디라 엇디 능히 명완ᄒᆞ믈 ᄎᆞᆷ으리오 드ᄃᆡ여 부술 잡아 몽양의

---

5) '공의' 중복.

글을 곳쳐 윤식ᄒᆞ고 시말을 긔록ᄒᆞᄃᆡ 간냑기를 위쥬ᄒᆞ니 그 가장의 골와시ᄃᆡ 대명 금ᄌᆞ광녹태우녕승샹 디ᄂᆡ외ᄉᆞ 겸 오부도총대쟝군 부마도위 진국공 시문졍 증졀흔 졍튱인셩왕의 셩은 뉴요 명은 셰형이오 ᄌᆞ는 믄희니 혹재 일ᄏᆞ르ᄃᆡ 숑현션싱이라 ᄒᆞ더라 그 션조 문셩공으로브터 아됴의 칠ᄃᆡ 후빅이오 빅년 셰환갑족이라 왕이 홍치 십이 년 긔미 동의 나니 일즉 모부인 니시 숨의 우러〃 남두셩을 숨키고 홍광이 실듕의 찬난ᄒᆞ여 몸의 비최믈 보고 ᄭᆡ여 공을 싱ᄒᆞ니 왕이 나며브터 신치 영위ᄒᆞ고 풍뉘

11면

동인ᄒᆞ니 범의 아닌디라 그 조부 효문공이 ᄒᆞᆫ 번 보고 탄왈 오가의 기린의 나믈 뜻ᄒᆞᄃᆡ 아닐와 ᄒᆞ더라 수셰의 미ᄎᆞ매 노름이 조두의 잇고 희롱이 딘법 버리기예 미ᄎᆞ니 사ᄅᆞᆷ이 반ᄃᆞ시 큰 그르시 될 줄 아더니 십셰의 미처는 풍치 언건ᄒᆞ고 규뫼 웅위ᄒᆞ여 신댱이 팔쳑이오 두 ᄑᆞᆯ이 무릅흘 디나며 언ᄉᆈ 노셩ᄒᆞ여 견시쟤 그 ᄋᆞ동이믈 모ᄅᆞ더라 일〃은 ᄒᆞᆫ 샹재 와 모다 샹을 뵈ᄃᆡ 왕이 홀노 단졍이 안자 머리를 도로혀디 아니〃 그 종슉 간의공이 웃고 블너 뵈기를 니ᄅᆞ니 공이 안셔히 ᄃᆡ왈 쇼딜의 슈요당뎐이 지텬ᄒᆞ니 샹재 엇디 알니잇고 ᄒᆞ고 ᄆᆞ참ᄂᆡ 보디 아니〃 샹재 믈너와 사ᄅᆞᆷᄃᆞ려 닐오ᄃᆡ 뉴시 졔쇼년이 다 부귀ᄒᆞᆯ 샹이로ᄃᆡ 오딕 뎨 이랑이 셰샹을 건딜 지죄 이시니 타일 가히 닌각의 일홈을 걸고 운ᄃᆡ의 웃듬이 되리라 ᄒᆞ더라

12면

여람인 관딩이 술업이 고명ᄒᆞ여 됴ᄉᆞ태우 등이 혹디 아니 리 업더니 왕을 ᄒᆞᆫ 번 보고 놀나 왈 거름이 농힝호뵈오 의픠 텬일 ᄀᆞᆺᄒᆞᄃᆡ 미워 녕형ᄒᆞ여 망지여신ᄒᆞ니 반ᄃᆞ시 일싱 환우를 면티 못ᄒᆞ고 슈흔이 젹으리라 ᄒᆞ더니 과연 올ᄒᆞ니 샹법이 그ᄅᆞ디 아니터라 왕이 텬셩이 호쥰ᄒᆞ고 총명ᄒᆞ여 눈의 보디 아닌 글이 업고 외오디 아닌 시ᄉᆡ 업ᄉᆞ니 그 형 셩의빅이 일을 님ᄒᆞ여 명쾌ᄒᆞ고 신속ᄒᆞ믈 미양 공의게 ᄉᆞ양ᄒᆞ더라 ᄋᆞ시브터 긔질이 츌범ᄒᆞ고 ᄒᆞᆨ힝이 과인ᄒᆞ여 십삼의 두 번 급뎨ᄒᆞ여 무종황뎨 지우를 닙ᄉᆞ와 간션의 ᄲᆡ이매 셩인의 황녀로 빅ᄒᆞᄃᆡ 부귀로 ᄡᅧ ᄆᆞ음을 동티 아니ᄒᆞ고 덕식으로 뜻을 좃시 옴기디 아냐 첫 언약을 일우고 당부인 지뫼 공쥬긔 강등이 이시믈 아ᄅᆞᄃᆡ 특별이 후ᄃᆡᄒᆞ여 그 뜻을 셰우니

13면

이 또 사름의 ᄒᆞ기 어려온 배오 및 공쥬의 덕이 챵셩ᄒᆞᆫ 후 ᄆᆞ음을 프러 공쥬를 네ᄃᆡᄒᆞ나 구〃ᄒᆞᆫ 거죄 업ᄉᆞ니 이 슈신졔가의 ᄇᆞᆰ으미오 효셩이 츌텬ᄒᆞ여 부모긔 츼의로 봉양ᄒᆞ여 온유ᄒᆞᆫ 말ᄉᆞᆷ과 간〃ᄒᆞᆫ 화긔로 승안ᄒᆞ여 ᄒᆞᆫ 번 큰 소ᄅᆡ와 블평ᄒᆞᆫ 빗출 차환 복쳡의게도 더으미 업고 위 극ᄒᆞ고 몸이 존ᄒᆞᄃᆡ 부모 안젼의ᄂᆞᆫ 유ᄋᆞ ᄀᆞᆺ티 ᄒᆞ고 곤계로 우익ᄒᆞ미 더옥 둣거워 좌와의 서로 조차 광금댱침의 즐기미 극ᄒᆞ고 상녜의 고집ᄒᆞ미 녜예 디나 오년 거려의 우ᄉᆞᆷ이 니를 내디 아니믈 ᄀᆞ쟝 용이ᄒᆞᆫ디라 ᄒᆞᆫ 번 ᄂᆞᆺ비출 여러 평샹ᄒᆞ미 업고 소ᄉᆞ와 일죵 미음이 긔갈을 구ᄒᆞᆯ ᄯᆞᄅᆞᆷ이오 고질이 고황의 박혀 시ᄃᆡ ᄉᆞ시 곡읍의 ᄒᆞᆫ ᄣᅢ를 폐티 아니ᄒᆞ니 이 ᄡᅧ 왕의 명이 단ᄒᆞᆫ 배라 ᄌᆞ녀를 교훈ᄒᆞᄃᆡ ᄉᆞ랑으로ᄡᅧ 녜를 폐티 아니코

14면

ᄀᆞᄅᆞ침이 엄ᄒᆞ여 은혜와 법이 ᄇᆞᆰ으며 지인ᄒᆞ미 여신ᄒᆞ여 사ᄅᆞᆷ의 슈요댱단과 현우샤졍을 거울ᄀᆞᆺ치 비최고 닙됴 삼십오 년의 국병을 잡안 디 이십 년이라 ᄇᆡᆨ관을 총셥ᄒᆞ여 나라 근심을 집일ᄀᆞᆺ치 ᄒᆞ고 님군 ᄉᆞ랑ᄒᆞ믈 아비ᄀᆞᆺ치 ᄒᆞ여 텬ᄌᆞ의 어딘 졍ᄉᆞ를 보오면 날이 ᄆᆞᆺ도록 깃거ᄒᆞ고 만일 간언을 쳥납디 아니신즉 식음을 폐ᄒᆞ고 밤이 다ᄒᆞᄃᆡ 좀을 일우디 못ᄒᆞ니 왕의 듕관을 알니러라 션조 문셩공의 텬문셔 팔편을 태조 고황뎨긔 드렷더니 인ᄒᆞ여 다시 알 니 업서 국가의 셰뎐ᄒᆞᄂᆞᆫ 보비로 헛되이 어고의 곱초엿더니 진양공쥐 ᄌᆞ유로 신셩ᄒᆞ여 지긔 크게 비샹ᄒᆞ니 졍덕무종황뎨 공경 신셩ᄒᆞ여 지긔 크게 비샹ᄒᆞ니 졍덕 무종황뎨 공경ᄒᆞ고 ᄉᆞ랑ᄒᆞ샤 시험ᄒᆞ여 텬문셔를 뵈시니 공쥐 일견의 희셕ᄒᆞ여 텬디의 니를 더옥 ᄇᆞᆰ히니 태후와 무종

15면

이 크게 긔특이 넉이샤 텬문셔를 공쥬를 주시니 공쥐 심장ᄒᆞ여 내디 아냣더니 왕이 우연이 셔갑을 샹고ᄒᆞ여 ᄒᆞᆫ 번 보고 이 션조의 ᄭᅵ치신 거시믈 더옥 긔특이 넉여 일됴의 그 신묘ᄒᆞᆫ 긔틀을 ᄭᆡᄃᆞ라 스ᄉᆞ로 텬문디리와 음양조화를 ᄉᆞᄆᆞᆺ고 농호를 항복 바드며 풍우를 브ᄅᆞᄂᆞᆫ 직죄 이시나 가인 부ᄌᆞ도 아디 못ᄒᆞ더니 셔역을 칠 제 잠간 ᄇᆡᆨ혼 바를 시험ᄒᆞ니 사ᄅᆞᆷ이 ᄇᆡ야흐로 그 신긔ᄒᆞ믈 아더라 왕의 텬셩이 졍대ᄒᆞ고 강위ᄒᆞ여 블ᄉᆞ와 환슐 ᄇᆡᆨ쳑ᄒᆞ기를 심히 ᄒᆞ고 ᄉᆞ싱으로 ᄆᆞ음을 동티 아냐 셔역을 칠 제 냥산 노

인의 단약을 물니쳐 밧디 아니ᄒᆞ고 몸이 역옥의 ᄆᆡ이ᄃᆡ 안ᄉᆡᆨ을 밧고미 업더라 쇼시에 남히를 쳐파ᄒᆞ고 대공을 일워 도라오매 무종이 왕쟉을 봉ᄒᆞ시니 인졍의 즐길 배로ᄃᆡ 왕이 홀노 소허 쳥심과 ᄇᆡᆨ이의 념졀노

16면

부귀를 염히 넉여 산간의 몸을 곰초아 왕위를 ᄉᆞ양ᄒᆞ니 뇌락ᄒᆞᆫ 힝ᄉᆡ 여ᄎᆞᄒᆞᆫ지라 텬ᄌᆡ 그 긔질을 놉히 기리샤 고쳐 진공을 봉ᄒᆞ여 계시니 가졍 황뎨 대쟝군을 ᄒᆞ이샤 군무 듕ᄉᆞ를 맛디시니 위 졔후 우히 거ᄒᆞ여 므ᄅᆞᆺ 됴뎡대ᄉᆡ 이시면 ᄇᆡᆨ관이 몬뎌 공의게 품ᄒᆞᆫ 후 입주ᄒᆞ더라 용병ᄒᆞ매 신긔묘산은 니ᄅᆞ도 말고 ᄉᆞ졸노 간고를 ᄒᆞᆫ가지로 ᄒᆞ고 휘하를 무휼ᄒᆞ며 살ᄉᆡᆼ을 삼가니 ᄉᆞ졸이 두리고 ᄉᆞ랑ᄒᆞ여 군눌이 더 엄슉ᄒᆞ더라 셔역을 치고 공을 일우매 텬ᄌᆡ 구셕을 더으시고 검니를 주시니 위권이 더 듕ᄒᆞᄃᆡ 조심ᄒᆞ고 겸퇴ᄒᆞ며 문당이 ᄡᅢ혀나며 영긔 툐츌ᄒᆞ여 므ᄅᆞᆺ 졍ᄉᆞ와 옥숑의 취품ᄒᆞᄂᆞᆫ 거시 만긔로ᄃᆡ 왕이 혹 병이 잇거나 연괴 이셔 즉시 결티 못ᄒᆞ면 모화 수만 댱 문셔를 ᄲᅡ핫다가 ᄒᆞᆫ 번 상부의

17면

나아가 몬뎌 먹두어 말을 ᄀᆞᆯ고 글 ᄡᅳᄂᆞᆫ 낭관 열아믄을 문방을 주어 좌우의 업듸여 왕이 모든 공ᄉᆞ를 눈으로 보며 입으로 닐너 신속ᄒᆞ미 ᄇᆞ람 ᄀᆞᆺᄐᆞ니 부술 잡은 허다 낭관이 미처 ᄡᅳ디 못ᄒᆞ여 경국의 물 밀 ᄃᆞᆺᄒᆞᄃᆡ ᄒᆞᆫ ᄌᆞ를 그룻ᄒᆞ미 업ᄉᆞ니 그 ᄌᆡ조의 신긔민쳡ᄒᆞ미 여ᄎᆞᄒᆞ더라 관ᄉᆞ여가의ᄂᆞᆫ 손의 ᄎᆡᆨ을 놋티 아니ᄒᆞ고 혹 탄금고슬ᄒᆞ야 지긔를 닐니며 ᄉᆞ실의 이셔도 희롱의 빗과 셜만ᄒᆞᆫ 말숨이 업고 의관이 졍졔ᄒᆞ며 언쇠 드믈며 하관을 인의로 ᄉᆞ랑ᄒᆞ며 ᄇᆡᆨ셩을 무휼ᄒᆞ고 형벌과 졍ᄉᆡ 쥰졀ᄒᆞ나 ᄆᆞ음 ᄡᅳ미 공평ᄒᆞ여 일호 ᄉᆞ졍이 업ᄉᆞ니 텬해 태평ᄒᆞ고 ᄉᆞ이 귀슌ᄒᆞ니 텬ᄌᆡ 스ᄉᆡᆼ 녜로 존경ᄒᆞ시고 간신과 환슈의 무리 감히 방ᄌᆞ티 못ᄒᆞᄂᆞ니이다 왕의 위덕이 듕ᄒᆞ미라 평ᄉᆡᆼ 안춍이 긔특ᄒᆞ여 오부 쟝졸의 무수ᄒᆞᆫ 얼골

18면

을 낫나치 긔록ᄒᆞ여 당슌의 삼만 군ᄉᆞ 아ᄂᆞᆫ 춍명은 족히 니ᄅᆞ디 못홀 거시오 가졍 십이 년 츈의 ᄒᆞᆫᄌᆡ 심ᄒᆞ고 녀역이 대치ᄒᆞ여 만셩 군민이 면티 못ᄒᆞᄃᆡ 홀로 진궁과 뉴부

는 안졍흔디라 왕이 깁히 나라흘 근심ᄒᆞ여 스ᄉᆞ로 글을 지어 텬단의 셜졔ᄒᆞ기를 칠쥬야를 ᄒᆞ여 녀역을 업시ᄒᆞ고 우슌풍됴ᄒᆞ믈 비니 졔를 ᄑᆞᄒᆞ매 대위 ᄉᆞ교의 흡연ᄒᆞ고 십일지ᄂᆡ의 녀역이 쳥졍ᄒᆞ여 됴애 안연ᄒᆞ니 그 신긔흔 지조와 튱군ᄋᆡ민ᄒᆞ미 이 ᄀᆞᆺ더라 ᄆᆡ양 됴복을 경졔ᄒᆞ여 뎐의 오른즉 찬ᄇᆡ예 일홈이 업고 텬일 ᄀᆞᆺ흔 위풍과 신명흔 결단이 만됴를 억누르니 하샹쥬 삼ᄃᆡ를 샹고ᄒᆞ여 탕의 이윤과 문왕의 ᄌᆞ애라 공명과 샹업이 두 사름의 비길러라 왕의 졍궁 쥬시는 황녀 진양공쥬라 이ᄌᆞ일녀를 탄ᄒᆞ고 계비 댱

19면

시는 ᄂᆡ부샹셔 댱슌의 녜라 삼남일녀를 탄ᄒᆞ니 댱ᄌᆞ 진양후 관이 승샹 셜흠의 녀를 취ᄒᆞ여 칠ᄌᆞᄉᆞ녀를 나코 ᄎᆞ자 연국후 현이 태혹ᄉᆞ 양강의 녀를 취ᄒᆞ여 팔ᄌᆞ이녀를 나코 태우 왕션의 녀를 ᄌᆡ취ᄒᆞ여 일ᄌᆞ를 나코 삼ᄌᆞ 녜부시랑 혜는 관ᄂᆡ후 쥬셕의 녀를 취ᄒᆞ여 ᄉᆞᄌᆞ를 나코 ᄉᆞᄌᆞ 졍은 폐과ᄒᆞ고 도호를 운님션싱이라 ᄒᆞ니 한님 샤돈의 녀를 취ᄒᆞ여 뉵ᄌᆞ오녀를 나코 오ᄌᆞ 태혹ᄉᆞ 양은 냥왕지녀 옥션군쥬를 취ᄒᆞ여 삼ᄌᆞ칠녀를 나코 댱녀 문챵군쥬 영쥬는 슈츈후 좌승샹 소경문의게 가ᄒᆞ여 칠ᄌᆞ삼녀를 나코 ᄎᆞ녀 문현군쥬 명쥬는 도어ᄉᆞ 소경원의게 가ᄒᆞ여 이ᄌᆞ삼녀를 나흐니 이 다 왕의 젹덕역경이 문을 놉히고 종시 창셩ᄒᆞ미라 임의 졸ᄒᆞ매 텬ᄌᆞ 친님ᄒᆞ시고 텬해 고비를 상흠 ᄀᆞᆺ더라

20면

차셜 텬ᄌᆞ 날이 오래도록 ᄉᆡᆼ각ᄒᆞ샤 ᄆᆡ양 됴회를 님ᄒᆞ신즉 왕의 좌ᄎᆞ를 도라보샤 쳑연이 슬허 ᄇᆡᆨ관ᄃᆞ려 왈 네 됴간ᄌᆡ 쥬ᄉᆞ를 죽이고 닐오ᄃᆡ 텬양지피 블여일호지익이오 텬인지락이 블여일ᄉᆞ지악이라 ᄒᆞ니 ᄒᆞ믈며 딤의 진공 ᄀᆞᆺ흔 신ᄒᆞ를 일흐미ᄯᆞ녀 군신이 참연ᄒᆞ여 감히 우러〃 보디 못ᄒᆞ더라 진공의 유언을 조차 부풍후를 군무 듕ᄉᆞ를 맛디시고 ᄂᆡ시를 보내샤 진연 이후를 ᄌᆞ루 위문ᄒᆞ시니 뉴문이 텬은을 감격ᄒᆞ더라 어시의 엄태감이 공의 산소를 ᄃᆡ히여 쥬야 통곡ᄒᆞ고 슈식을 젼폐ᄒᆞ니 병이 졈〃 듕ᄒᆞ여 드ᄃᆡ여 니디 못ᄒᆞ고 댱손샹궁이 공의 장ᄉᆞ를 디내고 침실의 드러가 음식을 끈코 폐목좀와ᄒᆞ여 십여 일의 니ᄅᆞ러는 명ᄌᆡ위급ᄒᆞ더니 님망의 문챵군쥬의 손을 잡고 진연 이후를 ᄃᆡᄒᆞ여 ᄀᆞᆯ오ᄃᆡ 노쳡이 션비를 혹양ᄒᆞ여 진부의 도

21면

라완 디 ᄉᆞ십 년이라 늘근 목숨을 긋디 못ᄒᆞ고 도로혀 져믄 쥬인을 다 영결ᄒᆞ니 사ᄅᆞᆷ이 셕목이 아니라 엇디 능히 견ᄃᆡ리오 이제 텬명이 진ᄒᆞ여시니 도라가미 앗가오미 업ᄉᆞᄃᆡ 츰디 못ᄒᆞᄂᆞᆫ 바ᄂᆞᆫ 군쥐 이후로 집상ᄒᆞ믈 과히 ᄒᆞ여 귀톄 위틱ᄒᆞ니 디하의 눈을 곰디 못ᄒᆞ리로소이다 원컨ᄃᆡ 이후와 군쥬ᄂᆞᆫ 부모의 골육을 앗기샤 기리 보듕ᄒᆞ쇼셔 쳡의 소임은 셜원 이인이 이셔 ᄌᆞ못 튱근ᄒᆞ니 쳡의 다ᄉᆞ리던 바를 맛뎌 쥬공과 션비의 법을 변티 마ᄅᆞ쇼셔 언필의 명이 진ᄒᆞ니 군쥬와 이휘 크게 슬허 금슈로 념습ᄒᆞ여 궁듕 ᄂᆡ외 아니 슬허ᄒᆞ 리 업서 일월이 오라도록 그 덕음과 튱의를 닛디 못ᄒᆞ고 진휘 엄태감을 튱근졍의 태감을 증ᄒᆞ고 관원으로 묘소를 딕히오며 당손시로 절녈셩혜군을 증ᄒᆞ여 이인의 삼년 졔물을 공급ᄒᆞ고 친히 녕연을 님ᄒᆞ여 상구를 보내여 은

22면

권을 두터이 ᄒᆞ더라 셜원 이인으로 궁듕을 총졔ᄒᆞ게 ᄒᆞ고 유태감이 외ᄉᆞ를 ᄃᆞ사리매 진연 이휘 녜로 ᄃᆡ졉ᄒᆞ여 덕경을 닥가 슬픈 듕 블셔 삼년이 다나니 텬ᄌᆡ 진후로 공을 승습ᄒᆞ야 진국공을 비ᄒᆞ시고 연후로 진양후를 더으시매 시랑 등을 다 본직을 주샤 브ᄅᆞ시니 ᄉᆞ인이 울며 샹소ᄒᆞ여 슬피 ᄉᆞ양ᄒᆞ나 샹이 더옥 근졀이 브ᄅᆞ시고 졔슉이 직삼 권ᄒᆞ여 츌ᄉᆞᄒᆞ매 비회를 이긔디 못ᄒᆞ더라 이 ᄣᅢ 문창군쥐 구고긔 고ᄒᆞ고 명쥬 쇼져로 더브러 진부의셔 삼년을 디낸 후 졔람빅이 ᄌᆞ부 이인을 다 도라오라 ᄒᆞ니 진휘 태곡ᄒᆞ고 친히 소부의 와 근쳥 왈 쇼미 이인이 존부를 오래 ᄯᅥ나 부도의 어긔미 가티 아니ᄃᆡ 존공긔ᄂᆞᆫ 여러 녕낭이 계시고 ᄌᆞ포ᄂᆞᆫ 더옥 양셩공쥐 이셔 젹막디 아닐디라 원컨ᄃᆡ 존공은 부모 업ᄉᆞᆫ 고혈ᄒᆞᆫ 졍니를 긍념ᄒᆞ샤 [녕]쇼ᄆᆡ로ᄡᅥ 남ᄆᆡ 위로ᄒᆞ게 ᄒᆞ신즉 대은을 감골

23면

명심ᄒᆞ고 션인이 디하의 플 ᄆᆡᄌᆞ미 이시리이다 말ᄉᆞᆷ으로조ᄎᆞ 혈뉘 옷기시 저즈니 소공 부ᄌᆡ ᄯᅩᄒᆞᆫ 감동ᄒᆞ여 눈물을 흘니고 쾌허ᄒᆞ여 일삭의 망일은 군쥐 [형데] 소부의 근친ᄒᆞ고 망일은 진부의 모다 서로 위로ᄒᆞ여 디내니 소휘 어려셔 진공긔 의탁ᄒᆞ여 지우를 닙엇ᄂᆞᆫ디라 그 상ᄉᆞ의 비쳑ᄒᆞ미 ᄌᆞ딜의 다ᄅᆞ미 업고 군쥬의 졍ᄉᆞ를 슬피 넉여

ᄃᆡ졉이 더옥 후ᄒᆞ고 진연 이후로 교되 더옥 두터워 죵신토록 샹실ᄒᆞ미 업서 관ᄉᆞ여가와 셩졍지후ᄂᆞᆫ 진부의 모다 공의 ᄌᆡ시도곤 더 지극ᄒᆞ니 그 유신ᄒᆞ미 여ᄎᆞᄒᆞ더라 양셩공쥬 진공의 상ᄉᆞ를 듯고 통곡ᄒᆞ며 삼년거상ᄒᆞ여 그 은혜를 갑흐니 소휘 가티 아니믈 니ᄅᆞ나 듯디 아니터라 ᄎᆞ시 졔공의 ᄌᆞ녜 다 혼취ᄒᆞ고 오딕 각노공의 쇼녀 예쥐 슌부인 필ᄋᆡ라 미용염티 크게 신이ᄒᆞ여 비록 군쥬의 텬향 염티와 다ᄅᆞ나 훤출

24면

ᄒᆞ고 법ᄃᆞ오며 유한졍뎡ᄒᆞ고 모친의 추용둔질을 일호도 방블치 아니ᄒᆞ고 젼혀 그 부친 풍모와 긔질을 품슈ᄒᆞ여시니 각뇌 크게 ᄉᆞ랑ᄒᆞᄃᆡ 다만 쇼졔 날 제 이향이 만실ᄒᆞ고 오운이 온집을 둘너시니 졔인이 다 고이히 녁이고 슌뷰인이 요긔롭다 ᄒᆞ여 ᄉᆞ랑티 아니나 초공 ᄉᆡᆼ시의 임의 그 비샹ᄒᆞᆫ 사ᄅᆞᆷ이믈 알고 특별이 무휼ᄒᆞ더니 이 째 년긔 십이셰의 침묵단아ᄒᆞ고 안졍 현텰ᄒᆞ여 의퓌 일월 ᄀᆞᆺ흐니 졔공은 명텰ᄒᆞᆫ 군ᄌᆡ라 이러ᄐᆞᆺ 비샹ᄒᆞ믈 깁히 근심ᄒᆞ더니 이 째 태ᄌᆞ비 위시 홍ᄒᆞ매 다시 비를 ᄐᆡᆨᄒᆞ실ᄉᆡ 쇼졔 간션의 참예ᄒᆞ여 텬심이 흡연ᄒᆞ믈 어든디라 드ᄃᆡ여 ᄎᆡᆨ봉ᄒᆞ여 동궁의 녜를 일우시고 각노와 두부인긔 은권을 두터이 ᄒᆞ시니 각뇌 됴곰도 깃거 아냐 왈 산계와 봉황이 빵이 못 되거ᄂᆞᆯ 예쥐 비록 ᄌᆞ식이 이시나 그 어믜 블쵸ᄒᆞ미 ᄐᆡ교를 어디리

25면

못ᄒᆞ여시리니 엇디 만승국모의 간ᄒᆞ리오 셩의ᄇᆡᆨ 왈 ᄎᆞᄋᆡ 비샹ᄒᆞᆫ 일이 만흐니 부뫼 긔이히 녁이시고 우형과 ᄎᆞ뎨ᄂᆞᆫ 금일이 이시믈 짐쟉ᄒᆞ더니 텬수를 엇디 면ᄒᆞ며 딜녜 복덕이 ᄀᆞ존 아히라 쇼방의 님재 되미 가티미 업ᄉᆞ니 현뎨ᄂᆞᆫ 념녀 말나 각뇌 탄식고 즐겨 아니ᄒᆞ더니 일노조차 ᄂᆡ시와 궁인이 년낙ᄒᆞ여 태ᄌᆞ와 비의 말ᄉᆞᆷ으로 문후ᄒᆞ고 진보와 어션을 니음차 보내시니 각뇌 블열ᄒᆞ여 태ᄌᆞᄂᆞᆫ 국지뎌군이시라 신뇨 ᄃᆡ졉을 후박이 업ᄉᆞ실 거시오 ᄉᆞ졍으로 금ᄇᆡᆨ을 대신의게 샹ᄒᆞ시미 노목공의 ᄌᆞᄉᆞ ᄃᆡ졉홈도곤 심ᄒᆞ고 ᄒᆞ믈며 비ᄂᆞᆫ 내 ᄌᆞ식으로 엇디 아븨 뜻을 모ᄅᆞ고 부챵된 거조를 ᄒᆞ리오 드ᄃᆡ여 금ᄇᆡᆨ과 진슈를 밧드러 보내고 글을 올녀 왈 신이 국은을 닙ᄉᆞ와 위 황각의 깃드리니 금보와 진찬이 일신의 족홀디라 이 곳 나라 은혜니 감히 ᄉᆞ〃 무명ᄒᆞᆫ 샹급을 밧자오

26면

믈 븟그려 ᄒᆞ옵ᄂᆞ니 태ᄌᆞᄂᆞᆫ ᄉᆞ경을 돈졀ᄒᆞ시고 샤치를 먼니ᄒᆞ샤 스ᄉᆞ로 힘쓰시고 신의 싱계를 념녀티 마ᄅᆞ쇼셔 신은 드ᄅᆞ니 님군이 음식을 주시면 신해 맛당이 절ᄒᆞ고 먹으며 님군이 샹봉을 ᄒᆞ신즉 신해 쏘 녜를 폐티 못ᄒᆞᄂᆞ니 ᄌᆞ식 졍육으로 군ᄌᆞ의 몸이 복이긔빅ᄒᆞ믈 즐기디 아니신즉 쏘ᄒᆞᆫ ᄌᆞ식이 주ᄂᆞᆫ 거술 인ᄒᆞ여 아븨 복이 굴ᄒᆞ믈 홀노 가ᄒᆞ랴 군신지의 엄졀ᄒᆞ나 부ᄌᆞ지의 쏘 듕ᄒᆞᆫ디라 비ᄂᆞᆫ 다시 이런 일노뼈 나의 괴로오믈 더으디 말나 ᄒᆞᆫ딕 비 황공ᄒᆞ여 ᄒᆞ시고 태지 탄복ᄒᆞ고 두려 ᄎᆞ후 감히 은명을 베프디 못ᄒᆞ시니 그 겸공ᄒᆞ고 검약홈과 엄졍ᄒᆞ미 여ᄎᆞᄒᆞ더라 졔공이 진공 상ᄉᆞ후로브터 우익ᄒᆞ미 더옥 도타와 형뎨 슈유를 ᄯᅥ나디 아니ᄒᆞ니 닉당 왕닉 쓰쳣ᄂᆞᆫ디라 잇다감 듕당의셔 모다 가ᄉᆞ를 결단홀 제 공회예 부인을 서로 볼 ᄯᆞ름이오 ᄉᆞ실의 모드미 업고 졔부인이 쏘ᄒᆞᆫ 당

27면

의 모다 화우ᄒᆞ며 당부인의 익쳑ᄒᆞᆫ 거동을 딕ᄒᆞ면 눈물을 흘녀 위로ᄒᆞ니 당부인이 뎨ᄉᆞ슉믹를 딕ᄒᆞ면 심ᄉᆞ를 더옥 이긔디 못ᄒᆞ여 믹양 녕운뎐의 깁히 드러 문을 닷고 가ᄉᆞ를 젼폐ᄒᆞ여 오딕 졔ᄉᆞ를 님ᄒᆞ며 ᄌᆞ녀로 쇼일ᄒᆞ니 졔공이 크게 슬허 딕졉ᄒᆞ기를 편모 밧듬ᄀᆞᆺ치 ᄒᆞ고 졔부인이 됴셕의 모다 위로ᄒᆞ여 녕운뎐이 도로혀 호번ᄒᆞ미 니부인 계시던 부용각과 ᄀᆞᆺ더라 당부인이 졔슉과 ᄌᆞ믹의 후졍을 감격ᄒᆞ야 식음을 맛보고 셰월을 디내더니 일〃은 진연 이휘 시랑 등 삼뎨로 더브러 샹부 대셔헌의 나아가 빅부와 졔슉을 뫼셔 말숨ᄒᆞ여 밤이 깁흐매 월식이 옥난의 됴요ᄒᆞ고 혜풍이 날호여 니러나니 셕년의 형뎨 모다 즐기던 경식이 의구ᄒᆞ딕 인싀 달나시믈 졔공이 츄연 감회ᄒᆞ며 진연 이후 형뎨 졔슉의 좌ᄎᆞ를 도라보아 야〃의 자리 홀노 븨여시믈 새로이 늣겨 실셩

28면

톄읍ᄒᆞ니 만좌 ᄀᆡ읍뉴톄라 셩의빅이 탄식ᄒᆞ여 ᄀᆞᆯ오딕 하ᄂᆞᆯ이 문희 ᄀᆞᆺᄒᆞᆫ 골격을 내시고 나흘 길게 아니시니 텬의를 가히 아디 못ᄒᆞ리로다 니별ᄒᆞ연 디 ᄒᆞ마 오년이라 셰월이 오래여 음용이 졈〃 요원ᄒᆞ여가니 당년 즐기미 한단의 ᄭᅮᆷ이라 졔딜은 이러틋 말디니 셰상이 언마치리오 말노조차 눈물이 광슈를 적시니 졔공이 블승감읍ᄒᆞ더니

냥구 후 셩의빅이 냥구 후 졔뎨를 도라보아 골오듸 우리 형뎨 나히 쇠로ᄒᆞ고 디통이 골슈의 박혀 셰샹이 오라디 아니리니 우형은 부모 계실 적브터 싀념을 ᄭᅳ쳐 외당의 잇거니와 삼뎨ᄂᆞᆫ ᄉᆡᆼ각건ᄃᆡ 광금당침이 비록 즐거오나 ᄉᆞ실의 너모 ᄆᆡ몰ᄒᆞ미 도로혀 인졍의 박ᄒᆞ고 이제 녀ᄉᆡᆨ을 니ᄅᆞ미 아니라 ᄌᆞ녀의 졍니와 가ᄉᆞ의 고견홀 거시 이시리니 너모 고집디 말고 일왕일지ᄒᆞ여 기리 쇼견ᄒᆞ미 엇더ᄒᆞ뇨 녕능휘 믄득 눈물을 거두고 우어 왈 형댱이 엇디 이런 말

29면

숨을 ᄒᆞ시ᄂᆞ뇨 쇼뎨 등이 나히 쇠ᄒᆞ고 ᄌᆞ네 ᄀᆞᄌᆞ니 다시 셰렴이 업ᄉᆞᆫ디라 ᄎᆞ형이 기셰ᄒᆞ신 후로브터 동긔 슈유 ᄯᅥ나믈 더옥 늣거온 줄을 ᄭᆡᄃᆞ라 쇼년 적 부〃 지낙으로 쳐소를 닷고 ᄃᆡᄒᆞ여 서로 좃디 못ᄒᆞ던 줄이 뉘웃브거ᄂᆞᆯ 이제 엇디 쳐ᄌᆞ를 뉴련ᄒᆞ여 형뎨 ᄒᆞᆫ ᄯᆡᆫ들 ᄯᅥ나리잇고 인ᄒᆞ여 이뎨를 도라보아 왈 우형의 ᄯᅳᆺ을 가져 이뎨를 ᄀᆞᆺ치 ᄒᆞ라 ᄒᆞᆫ즉 반ᄃᆞ시 우민ᄒᆞ리니 너히ᄂᆞᆫ ᄇᆡᆨ시 교령을 조ᄎᆞ미 가ᄒᆞ도다 부풍후 각뇌 웃고 ᄃᆡ왈 삼형의 호방ᄒᆞ신 셩경이 이ᄀᆞᆺ치 노셩ᄒᆞ신즉 쇼뎨 등은 본ᄃᆡ 가ᄉᆞ의 탄솔ᄒᆞ고 녀ᄉᆡᆨ의 ᄂᆡ도ᄒᆞ니 무러 아ᄅᆞ실 배 아니로소이다 졔공이 서로 웃고 ᄯᅩᄒᆞᆫ 진공의 호활ᄒᆞᆫ 담쇼와 화풍경운을 ᄉᆡᆼ각고 슬허ᄒᆞ니 진후 형뎨 보ᄂᆞᆫ 것마다 샹심ᄒᆞ여 비회를 뎡티 못ᄒᆞᄂᆞᆫ디라 졔공이 특별이 ᄌᆞ의ᄒᆞ미 긔츌희 디나고 ᄀᆞᄅᆞ치믈 더옥 엄히 ᄒᆞ여 미셰ᄒᆞᆫ 일의도 용셔

30면

티 아니〃 진후 등 오형뎨 ᄒᆡᆼ실이 더옥 츌인ᄒᆞ여 졔족군죵의 ᄲᅡ혀나고 모든 슉부 셤기믈 부친과 ᄀᆞᆺ치 ᄒᆞ고 당부인긔 셩회 츌텬ᄒᆞ여 황향의 션침과 뉵젹의 회귤노 샹칭ᄒᆞ더라 이 ᄯᆡ 초공과 진공이 비록 기셰ᄒᆞ여시나 셩의빅이 가ᄉᆞ를 쥬댱ᄒᆞ고 종족을 돈목ᄒᆞ며 녕능후 등 삼공이 덕을 일워 화긔 일문의 ᄀᆞ득ᄒᆞ고 고가와 뉴풍이 변티 아니ᄒᆞ니 ᄌᆡ물을 모호매 ᄉᆞ툑이 업고 의복을 ᄒᆞ매 님재 업ᄉᆞ며 밥을 먹으매 ᄒᆞᆫ당의 모다 공번되고 화목ᄒᆞ미 고금의 드믈며 졔ᄉᆡᆼ이 ᄯᅩᄒᆞᆫ 여러 ᄃᆡ의 니ᄅᆞ히 동포골육 ᄀᆞᆺ호여 개〃히 덕ᄒᆡᆼ을 닥고 쥬ᄉᆡᆨ을 먼니ᄒᆞ여 비쳡과 챵뉴를 모호디 아니며 모든 쇼년졔뷔 ᄉᆞ덕을 닥가 당초 혹 아름답디 아닌 일이 잇다가도 웃사ᄅᆞᆷ이 덕을 드리워 버거 년쇼제부를 놉흔 ᄒᆡᆼ실로 ᄀᆞᄅᆞ쳐 ᄌᆞ연 감화ᄒᆞ여 다 도의 도라가니이다 셩의빅 등

31면

졔공의 교홰오 기 듕 쇼댱 냥부인이 관주인혜ᄒᆞ여 모든 쇼년졔부를 ᄒᆞᆫ갈ᄀᆞᆺ치 ᄉᆞ랑ᄒᆞ고 인도ᄒᆞ여 녜예 어그ᄅᆞᄎᆞ미 업게 ᄒᆞ니 남힝과 규법이 이ᄀᆞᆺ더라 직셜 초공의 챵첩 찬향 월심 이인이 니부인의 무휼ᄒᆞ믈 닙어 초공의 은통을 어더시ᄃᆡ ᄌᆞ녜 업ᄉᆞ니 부인이 블샹이 넉이고 졔공이 셔모로 ᄃᆡ졉ᄒᆞ여 지극 후ᄃᆡᄒᆞ고 이인이 ᄯᅩᄒᆞᆫ ᄉᆞᄉᆞ로 진공긔 의탁ᄒᆞ엿더니 공이 망ᄒᆞ매 졔공과 진휘 지극 후ᄃᆡᄒᆞ나 이인이 ᄆᆞᄎᆞᆷᄂᆡ 신셰 무탁ᄒᆞ고 박명ᄒᆞ믈 슬허 날노 쵸젼ᄒᆞ니 노릐예 병이 팀면ᄒᆞ매 졔공이 친히 약을 다ᄉᆞ리고 증을 무러 치료ᄒᆞ믈 지극히 ᄒᆞᄃᆡ 됴곰도 낫디 아냐 십여 일의 니ᄅᆞ러는 ᄆᆞᄎᆞᆷᄂᆡ 니디 못ᄒᆞ니 졔공이 크게 슬허 관곽을 ᄀᆞᆺ초아 션셩 측의 장ᄒᆞ고 셩의빅이 탄왈 두 셔뫼 ᄆᆞ자 도라가니 우리 등이 다시 우러〃 봉양ᄒᆞᆯ 리 업도다 졔공이 탄식

32면

ᄒᆞ더라 이러구러 십여 년이 디나니 시졀이 구츄의 니ᄅᆞ러는 졔공이 진공의 긔ᄉᆞ를 디내고 [협문으로] 본부의 도라오더니 믄득 츄풍이 놉고 계젼 국화와 원듕 단풍을 보매 홀연 진공의 님ᄉᆞ의 이곳의셔 글 짓던 일을 ᄉᆡᆼ각고 셩의빅과 부풍휘 눈물이 비 ᄀᆞᆺ고 녕능후와 각뇌 톄읍ᄒᆞ야 피를 토ᄒᆞ니 모든 ᄌᆞ딜이 븟드러 도라오매 일노브터 병을 어더 샹요의 팀면ᄒᆞ니 이공이 본ᄃᆡ 본ᄃᆡ[6] 긔질이 쳥고ᄒᆞ여 옥슈 ᄀᆞᆺᄒᆞᆫ디라 초토의 샹ᄒᆞᆫ 증이 깁허 흠질이 ᄲᅧ의 박혓ᄂᆞᆫᄃᆡ 쇠년의 진공의 형영을 ᄉᆞ샹ᄒᆞ여 쳑쳐의 감회ᄒᆞ여 병이 날로 위틱ᄒᆞ니 텬지 드ᄅᆞ시고 어의로 문병ᄒᆞ시고 태ᄌᆞ 친문ᄒᆞ시고 태ᄌᆞ비 망극ᄒᆞ샤 ᄂᆡ시로 야〃와 슉부의 증후를 무ᄅᆞ시미 근졀ᄒᆞ더니 수월의 니ᄅᆞ러는 증세 날로 위악ᄒᆞ여 ᄇᆞ랄 일이 업ᄉᆞ니 ᄌᆞ네 망극 쵸황ᄒᆞ고 녕능휘 ᄉᆞᄉᆞ로 니디 못

33면

ᄒᆞᆯ 줄 알고 약을 그치고 이에 셩의빅과 부풍후를 ᄃᆡᄒᆞ여 ᄀᆞᆯ오ᄃᆡ ᄉᆞᄉᆡᆼ이 유명ᄒᆞ고 화복이 ᄌᆞ텬ᄒᆞ니 인녁의 미ᄎᆞᆯ 배 아니라 우리 등이 일ᄉᆡᆼ 슬프믈 모ᄅᆞ더니 부모를 여희옵고 ᄎᆞ형을 니별ᄒᆞ여 셰월이 변ᄒᆞ미 여러 츈취라 호텬디통은 니ᄅᆞ디 말고 동긔의

---

6) '본ᄃᆡ' 중복.

졍으로써 ᄎᆞ형의 죵젹이 묘망ᄒᆞᆫ 인졍의 ᄎᆞᆷ디 못홀 배라 ᄆᆡ양 침좌의 휴슈ᄒᆞ믈 ᄉᆡᆼ각ᄒᆞ여 셰샹의 ᄯᅳᆺ이 업더니 금일 텬명이 진ᄒᆞ니 디하의 도라가 부모와 ᄎᆞ형을 보올디라 엇디 깃브디 아니리잇고마ᄂᆞᆫ 형당의 외로오시믈 슬허ᄒᆞᄂᆞ니 블쵸뎨를 ᄉᆡᆼ각디 마ᄅᆞ시고 셩톄를 보듕ᄒᆞ쇼셔 도라 졔ᄌᆞᄃᆞ려 돈목ᄒᆞ고 공검ᄒᆞ믈 경계ᄒᆞ고 진후 형뎨 손을 잡고 [눈믈을 흘녀] ᄀᆞᆯ오ᄃᆡ 션형이 집을 ᄇᆞ리신 후 여등이 우리를 미더 위로ᄒᆞ더니 이제 내 몬뎌 현딜 등을 ᄇᆞ리니 엇디 슬프디 아니ᄒᆞ리오 디하의 아름이 이실딘대

34면

내 맛당이 현형을 보와 현딜 등의 어딜믈 고ᄒᆞ리라 말을 ᄆᆞᆺ고 명이 진ᄒᆞ니 일개 거ᄋᆡᄒᆞ여 곡셩이 딘동ᄒᆞ니 각뇌 병듕의 듯고 놀나 혼졀ᄒᆞ여 ᄭᆡ디 못ᄒᆞ니 가히 슬프다 녕능후의 사ᄅᆞᆷ 되오미 명쾌ᄒᆞ고 통달ᄒᆞ여 텹ᄌᆡ신슈와 호변지슐이 풍ᄉᆡᆼ운집ᄒᆞ여 뉵국 샹인을 ᄎᆞ고 공명을 만셰의 드리웜즉ᄒᆞ고 공평ᄒᆞᆫ 의논과 현명ᄒᆞᆫ 인ᄌᆡ 회ᄒᆡ 즐기던 샤안셕과 덕냥 잇ᄂᆞᆫ 왕승샹 ᄀᆞᆮᄒᆞ나 가졔의 엄슉ᄒᆞᆫ 왕샤의 비길 배 아니라 샤듕의 두부인이 이시ᄃᆡ ᄒᆞᆫ 번 노ᄉᆡᆨ과 큰소ᄅᆡ로 공의 안젼의 뵈디 못ᄒᆞ더라 나히 십오 셰의 니ᄅᆞ니 신댱이 팔쳑이 남고 풍뉘 쇄락ᄒᆞ니 보ᄂᆞ 니 긔특이 넉이더니 이 ᄒᆡ예 갑과 츌신ᄒᆞ여 이십이 셰의 간의태우 졍셔쟝군을 ᄒᆞ여 초공의 풍양 칠 적 후군을 총녕ᄒᆞ여 관셔의 젼공을 일우고 도라와 녜부샹셔 녕

35면

능후를 ᄒᆞ니 공명부귀 젹디 아니ᄃᆡ ᄯᅳᆺ을 환노의 두디 안코 ᄉᆞᆺ 압과 ᄃᆞᆯ 아ᄅᆡ 잔을 잡고 시를 읇퍼 복듕의 일 뎜 욕심이 업고 셩졍이 강개ᄒᆞ여 일ᄉᆡᆼ 강잉ᄒᆞᄂᆞᆫ 말이 업서 스ᄉᆞ로 뎡딕ᄒᆞ기로써 즐기더라 ᄌᆞ녀 교훈이 엄졍ᄒᆞ여 미셰ᄒᆞᆫ 일이라도 허믈을 용샤치 아니〃 모ᄃᆞᆫ ᄌᆞ네 두리고 가법이 졍숙ᄒᆞ여 평졔왕의 무리 차탕을 밧드러 봉양ᄒᆞ미 유ᄉᆡᆼ과 다ᄅᆞ미 업더라 국사를 진심ᄒᆞ여 공번되믈 힘쓰고 부모긔 효셩이 과인ᄒᆞ니 모부인이 샹시 우어 왈 ᄌᆞ녀 팔인의 오ᄃᆡᆨ 이 아ᄒᆡ 종요롭다 ᄒᆞ니 그 효슌ᄒᆞ믈 알디라 집상ᄒᆞ기와 진공의 상ᄉᆞ의 과쳑ᄒᆞ여 병이 깁허 기셰ᄒᆞ니 엇디 가셕디 아니리오 각노공과 ᄒᆞᆫ날 도라가니 녕능후ᄂᆞᆫ 뉵십칠 셰오 각노ᄂᆞᆫ 뉵십이 셰라 일개 망극ᄒᆞ여 일시의 통곡ᄒᆞ니 곡셩이 진텬ᄒᆞ여 상ᄉᆞ의 거록ᄒᆞ미 초공 진공을

36면

밋디 못ᄒᆞ나 녕능후ᄂᆞᆫ 봉읍녈퇴 잇고 졔왕이 복상ᄒᆞ매 일국을 기우리더라 각노공의 위인이 형산의 옥과 현틱의 어름 ᄀᆞᆺ고 총명호혹ᄒᆞ고 인ᄌᆞ효뎨ᄒᆞ며 또 손 가온ᄃᆡ 졔세안민홀 ᄌᆡ죄 잇고 념퇴ᄒᆞ며 ᄆᆡᆼ녈ᄒᆞ여 눈의 부졍ᄒᆞᆫ 것과 부챵된 일을 아니ᄒᆞ더라 십뉵 셰의 니ᄅᆞ러ᄂᆞᆫ 신댱이 칠 쳑 오 촌이오 문ᄌᆡ 사ᄅᆞᆷ을 놀내더니 이 ᄒᆡ 봄의 놉히 고등ᄒᆞ여 문환을 ᄌᆞᆺ블와 십여 년이 못ᄒᆞ여 ᄃᆡ각의 오유ᄒᆞ며 황유를 빗내연 디 이십여 년이라 산두듕망이 명문혁ᄂᆡᆨᄒᆞ여 텬해 울얼미 되엿더니 이에 망ᄒᆞ매 샹이 깁히 슬허ᄒᆞ샤 이인을 일등 녜장ᄒᆞ시고 녕능후를 문슉공을 증ᄒᆞ시며 각노로 효뎡공을 증ᄒᆞ시다 녕능후 부인 셜시 후의 졸ᄒᆞ믈 보고 평졔왕을 ᄃᆡᄒᆞ여 ᄀᆞᆯ오ᄃᆡ 내 본ᄃᆡ 조상부모ᄒᆞ고 녕뎡고〃ᄒᆞ여 의탁이 업거ᄂᆞᆯ 힝혀 네 부

37면

친의 유신ᄒᆞ믈 만나 지긔 샹흡ᄒᆞ여 ᄯᆞᆯ와오매 혼인의 구챠ᄒᆞ믈 써리디 아니코 녜로 뉴문의 도라오며 또 남부인의 실졍ᄒᆞ믈 블안ᄒᆞ여 믈너 산간의 깃드련 지 삼십여 년이라 힝혀 너희 남ᄆᆡ를 두어 종ᄉᆞ를 의탁ᄒᆞ고 너희 부친의 녜로 ᄃᆡ졉ᄒᆞ믈 힘닙어 사ᄅᆞᆷ의 더러이 넉이믈 면ᄒᆞ니 은혜와 의 심샹ᄒᆞᆫ 부뷔 아니라 엇디 지긔를 져ᄇᆞ려 구챠히 투ᄉᆡᆼᄒᆞ리오 너ᄂᆞᆫ 부모를 과도히 ᄉᆡᆼ각디 말고 졍ᄉᆞ를 브즈런이 닥가 신민을 ᄉᆞ랑ᄒᆞ고 부모 졔ᄉᆞ를 삼가 나의 ᄇᆞ라던 바를 져ᄇᆞ리디 말나 언필의 다시 ᄌᆞ녀의 말을 듯디 아니코 곡긔를 긋처 십여 일의 스ᄉᆞ로 죽으니 향년이 오십구 셰라 부인이 ᄌᆞ유로 총명호상ᄒᆞ여 일즉 졔ᄌᆞ빅가와 구류삼교의 보디 아닌 글이 업고 검슐이 더옥 신긔ᄒᆞ여 셥운낭의 무리라 십오의 녕능후긔 도라와 부〃의 은이

38면

비샹ᄒᆞᄃᆡ 겸손ᄒᆞ고 강개ᄒᆞ여 믈너 산슈간의 미록과 산금을 벗ᄒᆞ여 사른 디 삼십여 년이라 고상ᄒᆞ고 명쾌ᄒᆞ미 녀협의 드믈고 녕능후로 샹ᄃᆡᄒᆞ매 견혀 부〃의 되 업서 규졍ᄒᆞ고 문난ᄒᆞ미 ᄉᆞ랑ᄒᆞᄂᆞᆫ 붕우 ᄀᆞᆺ고 일즉 병셔를 달통ᄒᆞ고 텬문디리와 병법의 묘ᄒᆞᆫ 거술 붉이 아라 졔왕을 무예와 병셔를 ᄀᆞᄅᆞ쳐 큰 사ᄅᆞᆷ이 되게 ᄒᆞ니 그 ᄌᆞ모의 교훈이 여ᄎᆞᄒᆞ더라 임의 망ᄒᆞ매 졔공이 슬허ᄒᆞ미 친ᄆᆡ의 상 ᄀᆞᆺ고 남부인이 과도히 통샹ᄒᆞ여 졔왕 남ᄆᆡ를 각별이 무ᄋᆡᆨᄒᆞ며 졔왕이 평일 모ᄌᆞ의 샹의홈과 ᄌᆞ효ᄒᆞ미 타인

모ᄌᆞ의 비길 배 아니더니 일됴의 부모를 흠긔 여희매 텬디붕탁홈 ᄀᆞᆺᄒᆞ여 쇼미로 더브러 혼졀ᄒᆞ기를 ᄌᆞ루 ᄒᆞ고 죽음을 나오디 아니ᄒᆞ니 남부인이 울며 기유ᄒᆞ여 겨요 부지ᄒᆞ여 장ᄉᆞ를 디내고 셰월이 갈ᄉᆞ록 남미 이쳑ᄒᆞ미 녜예 넘게 ᄒᆞ고 삼년 결복

39면

ᄒᆞᆫ 후 셜부인 녕위를 븟드러 왕부의 봉안ᄒᆞ고 부친 유교를 싱각ᄒᆞ여 형뎨 동거ᄒᆞ여 써나디 아니터라 각노의 초상의 박부인이 스ᄉᆞ로 죽으니 뉴문의 망극ᄒᆞ미 측냥티 못ᄒᆞ고 ᄌᆞ녀의 이통ᄒᆞ믄 ᄎᆞ마 보디 못ᄒᆞ리러라 셩의빅과 부풍휘 슬허ᄒᆞ믈 이긔디 못ᄒᆞ여 드듸여 병이 니〃 텬ᄌᆞ ᄌᆞ루 듕ᄉᆞ로 문후ᄒᆞ시고 약뉴를 주샤 됴리ᄒᆞ믈 니ᄅᆞ시더니 이 ᄣᆡ 당부인이 고질이 팀면ᄒᆞ미 여러 ᄒᆡ라 약셕의 효험이 업고 디통이 셰월노 깁흔 가온듸 녕능후와 각노의 상ᄉᆞ로 인ᄒᆞ여 병이 텸감ᄒᆞ고 셩의빅의 병셰를 과려ᄒᆞ여 여러 가지로 증셰 더으니 ᄌᆞ녜 쵸황ᄒᆞ여 침변의 뫼셔 쥬야 게어르디 아니ᄒᆞ고 진연 이휘 더옥 지회 동쵹ᄒᆞ여 화평ᄒᆞᆫ 말솜과 유열ᄒᆞᆫ 안식으로 병회를 위로ᄒᆞ더니 텬되 믈극필반인 고로 당샹셔 부쳬 병이 위틱ᄒᆞ니 부인이 더옥 쵸젼ᄒᆞ더니

40면

십여 일 후 당공 부쳬 날을 아오라 망ᄒᆞ니 졔ᄌᆞ 감히 부인긔 상ᄉᆞ를 보티 못ᄒᆞ고 황〃이 셩의빅긔 나아가 ᄎᆞᄉᆞ를 의논ᄒᆞ니 셩의빅이 탄왈 부모의 상ᄉᆞ는 인ᄌᆞ의 지극ᄒᆞᆫ 셜움이오 몸이 임의 죽으미니 엇디 ᄎᆞ마 고티 아니리오마는 연이나 수쉬 병이 듕ᄒᆞ시니 념녜 깁흔디라 잠간 회두ᄒᆞ시믈 기ᄃᆞ려 고ᄒᆞ미 무방토다 졔ᄌᆞ 슈명ᄒᆞ여 삼공ᄌᆞ로브터 오공ᄌᆞ의 니ᄅᆞ히 다른 핑계로 당부의 가 상ᄉᆞ를 보고 진연 이후는 부인을 뫼셧더니 싱각디 아닌 오공ᄌᆞ 당부 셩복을 디내고 진부의 와 바로 녕운뎐의 드러가듸 위인이 심히 소활ᄒᆞᆫ 고로 그 닙은 오술 싱각디 못ᄒᆞ고 병침의 니ᄅᆞ니 부인이 져기 나아 연후의게 의지ᄒᆞ여 안잣고 진후는 약을 밧드러 권ᄒᆞ더니 문 여는 소릐로조차 부인이 눈을 드니 오공ᄌᆞ 빅포소듸로 ᄂᆞᆺ치 누흔이 ᄀᆞ득ᄒᆞ여 드러오는디라 부인이 믄득 대경 왈 내 아히 엇디

41면

복식이 다ᄅᆞ고 슬픈 긔식이 잇ᄂᆞ뇨 말노조차 긔운이 오ᄅᆞ고 인ᄉᆞ를 모ᄅᆞ니 졔ᄌᆞ 창

황이 약을 쁘며 쉬오듸 졈〃 혼미흔디라 급히 셩의빅긔 고흐니 부풍후로 더브러 니르러 보고 의관으로 진믹흐니 어의 왈 듕심이 샹흐여 뉵믹이 쪄나시니 편쟉이라도 고치디 못흐리라 흐니 셩의빅이 쏘흔 홀일 업슨 줄 알고 졔즈드려 왈 상녜 지듕흐니 부음을 죵시 긔여 유명간의 아디 못흐시게 흐미 가티 아니〃 맛당이 긔이디 말나 드듸여 친히 나아가 크게 당공 부〃 별셰 흉문 여돏 즈로뻐 뵈니 부인이 기리 흔 소릭를 익호흐여 한숨 지더니 이윽고 다시 졍혼을 출혀 진후의 손을 잡고 눈물을 흘녀 셩의빅 형뎨드려 왈 쳡이 쇼시의 셩문의 드러와 취졸이 만흐듸 힝혀 구고의 홍은과 부즈의 지우를 닙어 무궁흔 영화를 누리고 이제 호텬뉵아의 통을 쳑신의 얽믹이니 셕목이라도 견듸기

42면

어려온디라 텬명이 진흐여 도라가며 슉〃의 셩우를 갑숩디 못흐고 즈녀의 효의를 추마 닛디 못흐리니 디하의 눈을 곰디 못흐리로소이다 진후드려 왈 너의 어딜고 효흐므로뻐 박명흔 어미를 싱각디 말고 모든 아으와 누의를 거느려 션군의 뜻을 니을디어다 언필의 명이 진흐니 향년이 뉵십구셰라일궁이 딘동흐여 통곡흐고 즈녀의 망극흐미 션상과 다르미 업고 뉴공 형뎨 슬허흐미 과도흐여 녜로 상스를 다스려 션산의 안장흐시고 텬직 녜관으로 됴상흐시며부의를 각별이 흐시고 진연 이후를 즈루 문후흐시더라 부인이 쇼시의 투긔질오흔 허물의 이시나 기과흔 후 젼혀 다른 사름이 되여 온공즈인흐고 춍명영오흐며 모든 의즈를 긔츌ㄱ치 대흐고 어하흐믈 덕으로 흐여 공쥬의 졍스를 니어 변티 아니흐니 이 [쏘] 사름의 흐기 어려온 배라 밋 망흐매 진후 등이

43면

일졔히 복상과훼흐여 삼년상을 션상과 ㄱ치 흐고 졔모의복을 흐디 아냐 슬프믈 다흐더라 셩의빅 일가 상환이 년쳡흐고 셰샹이 졈〃 즐거오미 젹으믈 보매 감샹흔 회포 층가흐여 슉질이 미류흐니 일개 망극흐고 즈딜이 듀야 시약흐여 쵸황흐더니 일〃은 뎡사를 쇄소흐고 문싱과 친붕을 모화 영결흐며 유셔를 지어 당즈 건을 맛뎌 봉스하며 화목흐믈 경계흐고 부풍후를 도라보아 굴오듸 부뫼 기셰흐신 후 츳데 니어 셰샹을 브리니 만스의 흥이 업고 인간디통이 이밧긔 업순가 흐더니 냥뎨 년흐여 망흐고

졔수의 상시 힉를 니으니 이는 낙극비릭를 면티 못호미라 내 나히 칠십이 넘고 부귀 극하니 엇디 도라가미 앗가오리오 현데는 본디 당원홀 골격이오 삼미 이시니 샹의호여 기리 복녹을 영쥬호라 양혹스 부인 삼형데 공을 븟들고 호읍

44면

호여 능히 그치디 못호니 공이 탄왈 츠데 죽기를 님호여 흔번 슬허호미 업스믈 고이히 넉이더니 내 몸의 당호여 역시 타연호니 스데와 삼미 언마호여 또 이 곳흐리오 스데와 삼미 다 나히 쇠호여 압히 쟈루니 과도히 슬허 말고 보듕호라 양혹스 냥샹셔 샤참졍을 도라보아 골오디 삼군이 치발이 즈라디 못호여 오가의 드러와 의 비록 경호나 졍이 믄득 골육 곳더니 이제 셕일 즐거오미 변호고 슬픈 거시 니어 금일 영결호니 또흔 가히 늣겁도다 삼인이 타루호여 위로호더라 이윽고 혼절호니 부풍휘 칼을 잡아 손을 버혀 피를 입의 부으니 공이 즈녀의 혈읍과 졔미의 가숨을 두드려 흠긔 죽고져 호믈 보고 믄득 쑤지저 골오디 부뫼 즈식을브리시나 뜰와 뫼시디 못호고 님군이 신호를 브리시나 조차 죽디 못호믄 인명이 지듕호고 스싱이 쉬 이시미라 현데의 거죄 여츠

45면

흔즉 년쇼으빅의 과도호믈 죡히 니르디 못호리로다 언의 명이 진호니 향년이 칠십삼 세오 시가 졍스 십년 신유셰러라 공의 사름 되오미 팀묵온냥호고 신셩즈효호며 돈후듕신호여 싱이지〃 호는 덕이 잇고 겸공온화호고 힝실이 이셔 몸을 힝호매 칠십즈의 자최를 쏠오고 뜻을 셰우매 오릉듕즈의 쳥고호믈 가져 네 아닌 말과 네 아닌 빗출 입의 니르며 눈의 보디 아냐 죵일토록 호는 배 스친경당이오 브즈런이 닥는 배 셩니지혹이라 도덕이 휜연호고 혹힝이 쳥고호여 흔낫 옥곳흔 군즈오 말셰탁쇽의 셩현이라 빅옥이 틔 업스며 고듁이 졍〃흔 듯 놉흔 혹문이 동듕서의 무리며 관셔부즈의 뉴라 지인지감이 더옥 여신호여 니르디 아닐디언뎡 사름을 의논흔즉 그 말의 어긋나미 업고 일싱의 흔낫 허물이 업서 밍즈의 삼쳔지

46면

교를 바드미 업시 혹힝이 공문의 들고 누항의 곤호미 업스디 안빈낙도호여 지극흔

도덕이 ᄉᆞ림의 괴슈 되고 군부의 녜우ᄒᆞ시믈 바드니 엇디 아름답디 아니리오 평ᄉᆡᆼ의 환욕이 업ᄉᆞᄃᆡ 부모의 권ᄒᆞ시므로 장원급뎨ᄒᆞ여 십ᄉᆞ의 한님이 되고 십오의 다시 급뎨ᄒᆞ여 또 장원으로 묘년아망이 됴야를 기우리ᄃᆡ 뜻이 더옥 공근ᄒᆞ고 녀ᄉᆡᆨ을 더러이 넉여 평ᄉᆡᆼ 조강부인 ᄒᆞᆫ 사ᄅᆞᆷ 분이오 희쳡이 업더라 공의 신댱이 팔쳑이오 미위 슈려ᄒᆞ여 텬션 ᄀᆞᆺ고 단엄ᄒᆞ고 팀즁ᄒᆞ여 말이 드믈고 우음의 젹으ᄃᆡ 화긔는 봄 갓흐여 변ᄉᆡᆨ하고 온노ᄒᆞᄂᆞᆫ 말이 업ᄉᆞᄃᆡ 사ᄅᆞᆷ이 ᄌᆞ연 두려ᄒᆞ여 부뫼 긔ᄃᆡᄒᆞ며 형뎨 족당이 공경ᄒᆞ여 가ᄂᆡ예 일이 이신즉 그 못 ᄀᆞ즌 거슨 공의게 무러 결ᄒᆞ더라 ᄌᆞ딜을 ᄉᆞ랑ᄒᆞ나 엄히 ᄒᆞ고 그른 일이 이시매 인의로 감화ᄒᆞ고 ᄐᆡ당을 더으니 아니ᄒᆞᄃᆡ

47면

ᄌᆞ녜 개〃히 어지러 일홈을 엇디 아니 〃 업ᄉᆞ니 그 덕이 이러틋 ᄒᆞ여 그 ᄉᆡᆼᄒᆞᆫ 바 팔ᄌᆞ이녜 개〃히 어딜고 ᄌᆞ손이 크게 챵셩ᄒᆞ니라 어시의 부풍휘 형뎨 두 사ᄅᆞᆷ이 남아 서로 의지ᄒᆞ믈 그치디 아니ᄒᆞ니 양부인 삼형뎨 위로ᄒᆞ고 슬허 ᄒᆞᆫ가지로 장ᄉᆞ를 디내고 졔ᄉᆞ를 일우더니 소부인과 남부인이 니어 망ᄒᆞ니 모든 ᄌᆞ녜 ᄋᆡ통망극ᄒᆞ여 집상ᄒᆞ믈 녜예 넘게 ᄒᆞ여 삼년을 ᄆᆞᄎᆞ니 가디록 망극ᄒᆞ믈 어이 다 긔록ᄒᆞ리오 녯날 번화영귀 듕 다ᄉᆞᆺ 형뎨와 팔구부인이 부모를 뫼셔 즐기매 공쥬의 상ᄉᆞ를 큰 셜우므로 아더니 이제 십년 ᄂᆡ 상시 년ᄒᆞ여 졔공과 여ᄉᆞᆺ 부인이 망ᄒᆞ고 오딕 부풍후 부〃와 양냥샤 삼부인이 남앗ᄂᆞᆫ디라 남미 ᄉᆞ인이 모든 족셕ᄉᆞ를 ᄉᆡᆼ각고 눈물노 서로 됴문ᄒᆞ더라

48면

셰월이 여러 번 변ᄒᆞ매 양혹사 부인이 병이 위태ᄒᆞ여 기셰ᄒᆞ니 년이 칠십이라 양공이 일ᄉᆡᆼ 진듕ᄒᆞ여 가ᄂᆡ의 희쳡이 업고 부인의 호상ᄒᆞ며 명쾌ᄒᆞᆫ 덕이 녀듕군ᄌᆞ로 칠ᄌᆞ삼녀의 손즁이 ᄉᆞ십여 인이니 거칠 것 업시 유복ᄒᆞ미 초공의 삼녀 듕 웃듬이라 임의 망ᄒᆞ매 양공이 초상을 디내고 노ᄅᆡ예 과샹ᄒᆞ여 니어 졸ᄒᆞ니 부뷔 ᄒᆞᆷ긔 발인ᄒᆞ여 반혼ᄒᆞ니 일시의 듯ᄂᆞ 니 아니 블워ᄒᆞ 리 업서 복녹을 흠탄ᄒᆞ더라 냥샹셔 부인과 샤참뎡 부인이 ᄒᆡ를 년ᄒᆞ여 망ᄒᆞ니 냥부인은 칠십오셰오 샤참졍 부인은 칠십이 셰라 ᄌᆞ녜 ᄯᅩᄒᆞᆫ 번셩ᄒᆞ고 댱슈ᄒᆞ고 유복ᄒᆞ미 셰예 드므ᄃᆡ 양부인의 초두브터 ᄒᆞᆫ 흠이 업ᄉᆞᆫ 팔ᄌᆞ의 ᄲᅥ러지미 잇고 냥공과 샤공이 수년 전 몬뎌 도라가 쇠년의 호텬디통을 품어 기셰ᄒᆞ니 오복

49면

의 큰 흠시러라 부풍휘 홀노 나히 팔십의 강부인으로 더브러 흔 들의 기셰흐니 그 댱슈흐미 형데 듕 읏듬이러라 나라희셔 녜장흐시고 시호를 튱효공이라 흐시니라 공의 신댱이 구쳑이오 용뫼 관옥 굿흐며 희노를 나타내디 아니흐며 문댱이 형데 듕 낫디 아니되 브즈런이 공부흐여 학이시습으로 공문의 뜻을 두고 텬셩이 관후인즈흐여 곤튱초목의 니르히 살오고져 뜻이 이셔 덕이 둣겁고 평싱의 사름과 결우미 업서 형데 희학흐는 노름의는 드토아 분변흐는 말이 업스며 도량이 광원흐여 문무의 신긔흔 지죄 과인흐되 사름이 아디 못흐더라 셩질이 효우흐며 녀식을 블관이 넉이고 상히 부인을 암실의 되흐나 공경흐믈 쥬긱 굿치 흐고 즈녀를 フ르치되 미양 유화히 기유흐여 그 도의 나아가게 흐

50면

니 싱년팔십의 가인이 그 노식을 보디 못흔디라 그 도량이 이 굿더라 일즉 진공의 권을 되흐여 졍스를 잡안 지 십년만의 티스흐고 님하의 오유흐여 무춤닉 젹은 허물도 업시 일싱을 뭇츠니 텬지 슬허흐시고 인민이 그 덕음을 싱각흐여 후셰의 민멸티 아니흐더라 졔공과 졔부인이 셰상을 브리매 졔싱이 삼년탈상 후 문을 흔가지로 흐여 동거흐니 셩의빅 댱즈 대스도 건이 흑힝이 싸혀나고 관후인즈흐여 종족향당의 은혜 두텁고 부인 녀시 유한졍뎡흐여 존고의 후를 니으미 블스치 아닌디라 스도와 진휘 밧글 총졔흐고 녀시와 셜시 흔가지로 안흘 다스려 친쳑을 거느리매 샹해 돈목흐여 지극흔 화긔 셕일의 감티 아니〃 이 쏘흔 사름의 흐기 어려온 덕이라 승샹 초공의 즈손이 면〃 브졀흐여 오즈삼

51면

녀의 손증이 만단흐니 이곳 초공과 니부인의 덕이 아니라 효문공의 효우흑힝으로 원억이 펌뎍흐고 일싱 환우를 품어 감슈단명흐고 뎡부인의 빅힝스덕으로 쳔신만고를 격고 영화를 길게 누리디 못흐믈 텬되 에엿비 넉이샤 초공 흔 사름을 주어 수빅 즈손을 씨치니 일문의 왕이 세히오(초공 진공 몽이) 후빅이 다스시오(셩의빅 녕능후 부풍후 진양후 연국후) 황휘 흐나히며 신종황데 굿흔 외손이 계시고 진양공주 굿흔 셩

인의 며느리를 어더 종식 챵셩ᄒᆞ니 번화영귀 비ᄒᆞᆯ ᄃᆡ 업ᄉᆞ며 여러 며느리와 ᄯᆞᆯ이 다 뇨됴슉녀오 여러 아들이 개〃히 군ᄌᆞ댱부로 ᄎᆞ〃 어디러 조샹도덕을 니으니 뉴ᄉᆞ도의 관인ᄒᆞ미 문셩공 졔ᄉᆞ를 욕디 아닐 것이오 진후의 현명ᄒᆞ미 초공의 후ᄉᆞ를 빗내니 비록 졔공이 기셰ᄒᆞ여시나 문뎡이 번화ᄒᆞ고 영통이 혁〃ᄒᆞ미 셕일과 흔가

52면

디라 ᄉᆞ도 형졔 팔인의 그 듕 닐곱 사ᄅᆞᆷ은 벼슬 아니ᄒᆞ고 부친 유교를 ᄃᆡ희며 녕능후 ᄉᆞᄌᆞ 듕 삼지 닙됴ᄒᆞ여 졔왕은 니ᄅᆞ도 말고 남부인 이ᄌᆡ 벼슬이 다 직샹의 오ᄅᆞ고 부풍후 뉴ᄌᆡ 다 급뎨ᄒᆞ여 댱ᄌᆡ 더옥 현명ᄒᆞ니 부친을 승습ᄒᆞ고 각노공 구ᄌᆞ 듕 박부인 댱ᄌᆞ 만과 ᄎᆞᄌᆞ 겸과 삼ᄌᆞ 문과 슌부인 이ᄌᆡ 다 닙신ᄒᆞ고 양혹ᄉᆞ 칠ᄌᆞ 듕 ᄉᆞᄌᆡ 다 닙신ᄒᆞ고 냥샹셔의 뉴ᄌᆡ 다 등과ᄒᆞ여시며 샤참졍 삼ᄌᆡ 다 직샹이 되여 모든 손ᄌᆡ 취쳐ᄒᆞ매 명문슉녀요 모든 손ᄌᆡ 취부ᄒᆞ매 다 됴ᄉᆞ태위라 일시인ᄌᆡ와 공경명공이 뉴문의 디나 니 업더라 이 ᄣᆡ 태ᄌᆡ비 뉴시 어려셔 궁듕의 드러가 냥궁을 지효로 셤기오며 태ᄌᆞ를 공경ᄒᆞ여 기리 부형의 경계를 밧드러 쇼심 익〃ᄒᆞ여 텬해 울얼미 되엿더니 샹셔의 신몽을 인ᄒᆞ여 종샤의 도으신 경

53면

쾌 태손을 탄ᄒᆞ시니 샹과 태ᄌᆡ 더옥 통우ᄒᆞ샤 위권이 듕외예 ᄀᆞ득ᄒᆞ더라 가졍황뎨 붕ᄒᆞ시고 태ᄌᆡ 즉위ᄒᆞ시니 이곳 늉경황뎨라 비 뉴시를 칙봉ᄒᆞ여 황후를 삼으시고 태손으로 태ᄌᆞ를 봉ᄒᆞ시고 뉴각노를 츄증ᄒᆞ샤 황댱을 삼으시고 슌부인을 증ᄒᆞ여 태군부인을 봉ᄒᆞ시니 뉴시 졔인이 텬은의 늉셩ᄒᆞ시믈 두려ᄒᆞ고 각노와 부인의 보디 못ᄒᆞ믈 슬허ᄒᆞ더라 졔뉴 개〃히 ᄲᅢ혀나ᄃᆡ 그러나 진연 이후의 풍신과 ᄌᆡ덕 ᄀᆞᆺ흔 재 이시리오 진휘 ᄉᆞ도 건으로 더브러 덕을 닷가 힝ᄒᆞ고 도를 ᄀᆞᆺ치 베퍼 즐기는 가온ᄃᆡ나 부모를 츄모ᄒᆞ여 슬허 아니ᄒᆞᆯ 적 업더니 국개 요란ᄒᆞ여 각쳐의 도적이 벌 니러 나듯 ᄒᆞ고 안흐로 환슈의 작난이 셩흔디라 진휘 연후를 ᄃᆡᄒᆞ여 골오ᄃᆡ 국식 이러틋 ᄒᆞ니 나라 녹을 먹으나 국ᄉᆞ를 보졍티 못ᄒᆞ여 천

54면

면의 영통을 져ᄇᆞ리미 심ᄒᆞ고 ᄯᅩ 부형의 덕을 욕먹이미라 맛당이 벼슬을 드리고 믈

너 ᄉᆞ실의 업듸여 난셰의 문호ᄅᆞᆯ 보젼ᄒᆞ고 형뎨 휴슈ᄒᆞ여 경뇌예(동파형뎨 폄덕ᄒᆞᆫ 일) 니별이 업게 ᄒᆞ미 샹칙이라 현뎨의 ᄠᅳᆺ은 엇더ᄒᆞ뇨 연휘 공슈 ᄃᆡ왈 형당 말ᄉᆞᆷ이 명텰보신지칙이 지극ᄒᆞ고 ᄒᆞ믈며 우리 션군과 션비의 유괴 다 승습ᄒᆞ믈 깃거 아니시ᄃᆡ 형셰예 잇글녀 마디못ᄒᆞ여 ᄠᅳᆺ을 셰우디 못ᄒᆞ엿더니 이 ᄣᅢᄅᆞᆯ 타 믈너가미 맛당ᄒᆞ도소이다 진휘 대희ᄒᆞ여 드ᄃᆡ여 형뎨 년명ᄒᆞ여 ᄉᆞ딕ᄒᆞ기ᄅᆞᆯ 쳥ᄒᆞ니 늉경황뎨 그 근졀ᄒᆞᆫ 진졍을 막디 못ᄒᆞ샤 진연 이후의 겸ᄐᆡᄒᆞᆫ 바 벼ᄉᆞᆯ을 ᄀᆞ라주시고 다만 본직 진딘 이국으로ᄡᅥ 공과 공쥬의 졔ᄉᆞᄅᆞᆯ 밧들게 ᄒᆞ시니 이인이 샤은ᄒᆞ고 집의 도라와 삼뎨로 더브러 화됴월

55면

셕과 됴운모우의 서로 ᄉᆞ매ᄅᆞᆯ 잇그러 님하의 한유ᄒᆞ고 다시 국ᄉᆞᄅᆞᆯ 니ᄅᆞ디 아냐 환노ᄅᆞᆯ 기리 ᄉᆞᆺ첫더니 늉경황뎨 붕ᄒᆞ시고 만녁황뎨 즉위ᄒᆞ샤 졔뉘 다 쵸방지친이오 태후의 뉴련ᄒᆞ시ᄂᆞᆫ 배라 ᄒᆞ여 안거후례로 진연 이후ᄅᆞᆯ 좌우 승샹을 ᄒᆞ이샤 세 번을 쳥ᄒᆞ시ᄃᆡ 이인이 칭병브됴ᄒᆞ고 죵시 나디 아니ᄒᆞ며 졔왕과 ᄉᆞ도 건이 ᄯᅩᄒᆞᆫ 군죵으로 화목ᄒᆞ여 셰월을 보내더라 진후ᄂᆞᆫ 칠십여 셰ᄅᆞᆯ 살고 졸ᄒᆞ니 셜부인은 삼년 젼 몬뎌 망ᄒᆞ엿고 연휘 양부인으로 뉵십년 동쥬ᄒᆞ여 칠십여 셰의 부뷔 동ᄉᆞ동혈ᄒᆞ니 ᄂᆡ외 손증이 ᄇᆡᆨ여 인이오 문챵군쥐 ᄇᆡᆨ슈의 니ᄅᆞ히 소후의 무궁ᄒᆞᆫ 듕ᄃᆡᄅᆞᆯ 밧고 복녹이 챵셩ᄒᆞ여 팔십여 셰의 기세ᄒᆞ니 이ᄂᆞᆫ 공쥬의 셩덕과 진공의 어

56면

딜므로 텬되 슬피샤 삼인의 당슈ᄒᆞ고 유복ᄒᆞ미 셰샹의 드믈고 진후의 ᄌᆞ손이 칠ᄃᆡᄅᆞᆯ 년ᄒᆞ여 진국을 총녕ᄒᆞ여 군님어일국ᄒᆞ니 ᄆᆞᄎᆞᆷᄂᆡ 관셔의 한디봉토ᄒᆞ여 만셰의 ᄉᆞᆺ디 아니ᄒᆞ니라 모든 형뎨 각〃 그 션후ᄅᆞᆯ 니어 도라가니 남은 ᄌᆞ손이 텬하의 미만ᄒᆞ여 도라 고금의 비ᄒᆞ 리 업ᄉᆞᆫ디라 기듕 특츌ᄒᆞᆫ 쟈ᄂᆞᆫ 셩의ᄇᆡᆨ과 진공의 [ᄌᆞ손이]오 졔왕의 팔ᄌᆞ와 삼네 다 ᄲᅢ혀나 진후 ᄉᆞ도 등의 ᄌᆞ손으로 다ᄅᆞ미 업더라 뉴시 졔인이 면〃 브절ᄒᆞ여 문셩공과 문튱공의 종식 누ᄃᆡ의 ᄒᆞᆫ결ᄀᆞᆺ치 번화ᄒᆞ여 ᄆᆞᄎᆞᆷᄂᆡ 흥망이 나라와 ᄀᆞᆺ치 되니라 슬프다 ᄎᆞ뎐 사ᄅᆞᆷ이 허믈이 이시ᄃᆡ 씌돗기ᄅᆞᆯ ᄇᆞᆰ게 ᄒᆞ고 튱효로 ᄆᆞᆯ늘 잡으며 쥬식을 먼니ᄒᆞ고 위 극ᄒᆞᄃᆡ 여러 부인으로 모호디 아니ᄒᆞ고 형셰

57면

브득이 취ᄒᆞ나 고혹ᄒᆞ미 업고 챵뉴를 갓가이 아니ᄒᆞ며 허다 ᄌᆞ손이 ᄃᆡ〃로 가힝을 샹히오디 아냐 직물을 더러이 넉이고 신의를 두터이 ᄒᆞ니 엇디 시쇽 됴고만 공명부귀로 미식을 구ᄒᆞ며 부모형뎨를 경히 ᄒᆞ며 쳐ᄌᆞ를 듕히 ᄒᆞ여 ᄒᆞᆫ몸의 ᄉᆞ〃로오믈 젼쥬ᄒᆞᄂᆞᆫ 무리로 ᄒᆞ여곰 이 가온ᄃᆡ 죄인이 아니리오 슬프다 초공은 엇던 사ᄅᆞᆷ이완ᄃᆡ 오직 ᄒᆞᆫ골ᄀᆞᆺ치 영웅군ᄌᆞ의 틀이 이셔 ᄌᆞ손은 건곤을 튝황ᄒᆞ고 세샹을 건질 지죄 잇ᄂᆞ뇨 내 아ᄅᆞᆷ답고 심복ᄒᆞ믈 이긔디 못ᄒᆞ여 일만의 ᄒᆞ나흘 긔록ᄒᆞ여 세상의 뎐ᄒᆞ노라 우왈 은청광녹태우좌도어ᄉᆞ 셩운은 세ᄃᆡ로 뉴문과 친ᄒᆞᆫ 배라 초공 부ᄌᆞ [뉵인]의 특이ᄒᆞᆫ 힝실과 츌인ᄒᆞᆫ 지모를 ᄎᆞ마 민멸티 못ᄒᆞ여 삼[개] 긔록ᄒᆞ

58면

ᄂᆞ니 쳔츄의 지음홀디어라

유씨삼대록

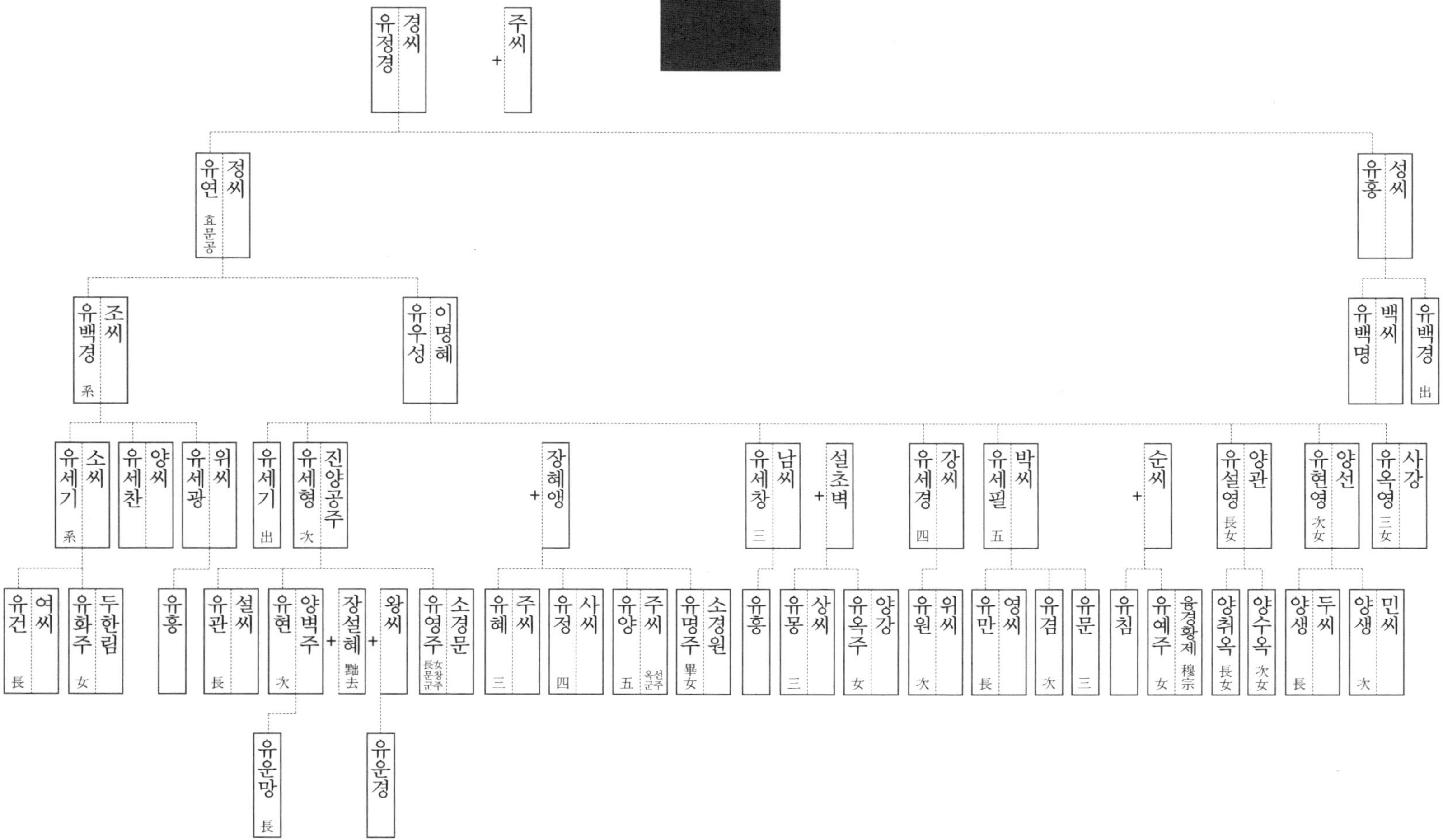
유정경 경씨
주씨
유연 정씨 효문공
유홍 성씨
유백경 조씨 系
유우성 이명혜
유백명 백씨
유백경 出
유세기 소씨 系
유세찬 양씨
유세광 위씨
유세기 出
유세형 진양공주 次
장혜앵
유세창 남씨 三
설초벽
유세경 강씨 四
유세필 박씨 五
순씨
유설영 양관 長女
유현영 양선 次女
유옥영 사강 三女
유건 여씨 長
유화주 두한림 女
유홍
유관 설씨 長
유현 양벽주 次
장설혜 黜去
왕씨
유영주 소경문 長女 문창군주
유혜 주씨 三
유정 사씨 四
유양 주씨 五 옥선군주
유명주 소경원 畢女
유홍
유몽 상씨 三
유옥주 양강 女
유원 위씨 次
유만 영씨 長
유겸 次
유문 三
유침
유예주 융경황제 女 穆宗
양취옥 長女
양수옥 次女
양생 두씨 長
양생 민씨 次
유운망 長
유운경